लंका का युद्ध

आई.आई.एम. (कोलकाता) से प्रशिक्षित, 1974 में पैदा हुए **अमीश** एक बैंकर से सफल लेखक तक का सफर तय कर चुके हैं। अपने पहले उपन्यास *मेलूहा के मृत्युंजय,* (शिव रचना त्रयी की प्रथम पुस्तक) की सफलता से प्रोत्साहित होकर उन्होंने फाइनेंशियल सर्विस का करियर छोड़कर लेखन पर ध्यान केंद्रित किया। एक लेखक होने के साथ ही, अमीश भारत-सरकार के राजनयिक, टीवी डॉक्यूमेंट्री के होस्ट और फिल्म-प्रोड्यूसर भी हैं।

इतिहास, पुराण और दर्शन में उनकी विशेष रुचि है और दुनिया के प्रत्येक धर्म की सार्थकता और ख़ूबसूरती को सराहते हैं। उनकी किताबों की 65 लाख से अधिक प्रतियां बिक चुकी हैं और उनका 20 से अधिक भाषाओं में अनुवाद हुआ है। भारतीय प्रकाशन इतिहास में अमीश की शिव रचना त्रयी सबसे तेजी से बिकने वाली सीरीज है और राम चंद्र सीरीज का स्थान दूसरे नंबर पर है। अमीश से संपर्क करने के लिए:

- www.authoramish.com
- www.facebook.com/authoramish
- www.instagram.com/authoramish
- www.twitter.com/authoramish

Celebrating
30 Years of Publishing
in India

अमीश की अन्य किताबें

शिव रचना त्रयी

भारतीय प्रकाशन क्षेत्र के इतिहास में सबसे तेज़ी से बिकने वाली पुस्तक श्रृंखला

मेलूहा के मृत्युंजय (शिव रचना त्रयी की पहली किताब)

नागाओं का रहस्य (शिव रचना त्रयी की दूसरी किताब)

वायुपुत्रों की शपथ (शिव रचना त्रयी की तीसरी किताब)

राम चंद्र श्रृंखला

भारतीय प्रकाशन क्षेत्र के इतिहास में दूसरी सबसे तेज़ी से बिकने वाली पुस्तक श्रृंखला

राम – इक्ष्वाकु के वंशज (श्रृंखला की पहली किताब)

सीता – मिथिला की योद्धा (श्रृंखला की दूसरी किताब)

रावण – आर्यवर्त का शत्रु (श्रृंखला की तीसरी किताब)

भारत गाथा

भारत का रक्षक महाराजा सुहेलदेव

कथेतर

अमर भारत : युवा देश, कालातीत सभ्यता

धर्म: सार्थक जीवन के लिए महाकाव्यों की मीमांसा

www.authoramish.com

'{अमीश के} लेखन ने भारत के समृद्ध अतीत और संस्कृति के विषय में गहन जागरूकता उत्पन्न की है।'

—**नरेन्द्र मोदी** *(भारत के माननीय प्रधानमंत्री)*

'{अमीश के} लेखन ने युवाओं की जिज्ञासा को शांत करते हुए, उनका परिचय प्राचीन मूल्यों से करवाया है...'

—***श्री श्री रवि शंकर***

(आध्यात्मिक गुरु व संस्थापक, आर्ट ऑफ़ लिविंग फाउंडेशन)

'{अमीश का लेखन} दिलचस्प, सम्मोहक और शिक्षाप्रद है।'

—**अमिताभ बच्चन** *(अभिनेता एवं सदी के महानायक)*

'भारत के महान कहानीकार अमीश इतनी रचनात्मकता से अपनी कहानी बुनते हैं कि आप पन्ना पलटने को मजबूर हो जाते हैं।'

—**लॉर्ड जेफ्री आर्चर** *(दुनिया के सबसे कामयाब लेखक)*

'{अमीश के लेखन में} इतिहास और पुराण का बेमिसाल मिश्रण है... ये पाठक को सम्मोहित कर लेता है।'

—***बीबीसी***

'विचारोत्तेजक और गहन, अमीश, किसी भी अन्य लेखक की तुलना में नए भारत के सच्चे प्रतिनिधि हैं।'

—**वीर सांघवी** *(वरिष्ठ पत्रकार एवं स्तम्भकार)*

www.authoramish.com

'अमीश की मिथकीय कल्पना अतीत को खंगालकर, भविष्य की संभावनाओं को तलाश लेती है। उनकी किताबें हमारी सामूहिक चेतना की गहनतम परतों को प्रकट करती हैं।'

—***दीपक चोपड़ा***

(दुनिया के जाने-माने आध्यात्मिक गुरु और कामयाब लेखक)

'{अमीश} अपनी पीढ़ी के सबसे ज़्यादा मौलिक चिन्तक हैं।'

—***अर्नब गोस्वामी*** *(वरिष्ठ पत्रकार व एमडी, रिपब्लिक टीवी)*

'अमीश के पास बारीकियों के लिए पैनी नज़र और बाँध देने वाली कथात्मक शैली है।'

—***डॉ. शशि थरूर*** *(सांसद एवं लेखक)*

'{अमीश के पास} अतीत को देखने का एक नायाब, असाधारण और आकर्षक नज़रिया है।'

—***शेखर गुप्ता*** *(वरिष्ठ पत्रकार एवं स्तम्भकार)*

'नये भारत को समझने के लिए आपको अमीश को पढ़ना होगा।'

—***स्वपन दासगुप्ता*** *(सांसद एवं वरिष्ठ पत्रकार)*

'अमीश की सारी किताबों में उदारवादी प्रगतिशील विचारधारा प्रवाहित होती है: लिंग, जाति, किसी भी क़िस्म के भेदभाव को लेकर... वे एकमात्र भारतीय बैस्टसेलिंग लेखक हैं जिनकी वास्तविक दर्शनशास्त्र में पैठ है—उनकी किताबों में गहरी रिसर्च और गहन वैचारिकता होती है।'

—***संदीपन देब*** *(वरिष्ठ पत्रकार एवं सम्पादकीय निदेशक, स्वराज्य)*

'अमीश का असर उनकी किताबों से परे है, उनकी किताबें साहित्य से परे हैं, उनके साहित्य में दर्शन रचा-बसा है, जो भक्ति में पैठा हुआ है जिससे भारत के प्रति उनके प्रेम को शक्ति प्राप्त होती है।'

—***गौतम चिकरमने*** *(वरिष्ठ पत्रकार एवं लेखक)*

'अमीश एक साहित्यिक करिश्मा हैं।'

—***अनिल धारकर*** *(वरिष्ठ पत्रकार एवं लेखक)*

www.authoramish.com

लंका का युद्ध

राम चंद्र श्रृंखला की चतुर्थ पुस्तक

अमीश

अनुवाद

शुचिता मीतल

प्रथम प्रकाशन 2023
हार्पर हिन्दी
(हार्परकॉलिंस पब्लिशर्स इंडिया) द्वारा प्रकाशित 2023
बिल्डिंग नं. 10, टावर A, 4th फ्लोर,
डीएलएफ साइबर सिटी, फेज II, गुरुग्राम 122002, भारत
www.harpercollins.co.in

P-ISBN: 9789356991590
E-ISBN: 9789356991637

कवर डिजाइन © : ऑक्टोबज़
टाइपसेटिंग : निओ साफ्टवेयर कन्सलटैंट्स, प्रयागराज (इलाहाबाद)
मुद्रक : थॉम्सन प्रेस (इंडिया) लि.

HarperCollinsIn

This book is produced from independently certified FSC® paper to ensure responsible forest management.

ॐ नमः शिवाय

ब्रह्मांड भगवान शिव के समक्ष सिर झुकाता है।

मैं भी भगवान शिव के समक्ष सिर झुकाता हूँ।

www.authoramish.com

मेरे पिता स्वर्गीय वी.के. त्रिपाठी,
और मेरे बेटे नील को समर्पित।

मैं बढ़कर पकड़ लेता था उनका हाथ, चलना सीखने के लिए,
मैं झुककर भर लेता हूं उसे बांहों में, और मेरा मन उड़ने लगता है आसमानों में।
मैं पूछा करता था उनसे ढेरों सवाल, वो देते थे मुझे सर्वश्रेष्ठ शिक्षा,
मैं देता हूं उसे पढ़ने के लिए पुस्तकें, ताकि उसका क्षितिज विस्तार पा सके।
मैंने कोशिश की कि मेरे पिता मुझ पर गर्व कर सकें,
मैं कोशिश करता हूं कि मेरा बेटा मुझे अनुकरण करने योग्य पा सके।
मैं हूं धन्य,
पवित्रतम बंधनों के साथ
जो फैले हुए हैं पीढ़ियों तक।
एक अपने पिता के साथ, एक अपने पुत्र के साथ,
और इन सुंदर संसारों में आत्मा सदैव गुंजायमान रहेगी।
जब एक पिता ने अपने पुत्र से कहा था:
मुझे तुम पर गर्व है, मेरे बच्चे। हमेशा था, हमेशा रहेगा।
और पुत्र ने अपने पिता से कहा:
मैं आपसे प्यार करता हूं, डैड। हमेशा किया है, और हमेशा करूंगा।

www.authoramish.com

मृत्यु संभवतः मनुष्य को प्राप्त सबसे बड़ा वरदान है...
—सुकरात

वास्तव में, सबसे बड़ा वरदान तो बार-बार
मृत्यु का भागी न बनना है।
जब आप मोक्ष या निर्वाण,
पुनर्जन्मों के कठोर चक्र से मुक्ति, पा लें।

भलाई करें।
दूसरों की सहायता करें।
सकारात्मक कर्म करें।
योग्य जीवन जिएं।
और अपने लिए उस महानतम अनुकंपा को प्राप्त करें:
सभी मृत्युओं के लिए मृत्यु।

www.authoramish.com

महत्वपूर्ण पात्र एवं जनजातियां

अकंपन : एक तस्कर, रावण के निकटतम सहयोगियों में से एक

अन्नपूर्णा देवी: एक उत्कृष्ट संगीतकार जो मलयपुत्रों की राजधानी अगस्त्यकूटम में रहती थीं

अरिष्टनेमी: मलयपुत्रों के सेनापति, विश्वामित्र का दाहिना हाथ

अश्वपति: उत्तर-पश्चिम साम्राज्य कैकेय के राजा, दशरथ के घनिष्ठ मित्र, कैकेयी के पिता

इंद्रजीत: रावण और मंदोदरी का पुत्र

कन्याकुमारी: अक्षत-यौवना देवी। विश्वास किया जाता है कि कुछ सावधानीपूर्वक चुनी गई कन्याओं में देवी मां स्वयं अस्थायी रूप से निवास करती हैं, जिन्हें जीवित देवी के रूप में पूजा जाता है।

कुबेर: लंका का प्रमुख-व्यापारी

कुंभकर्ण: रावण का भाई; एक नागा

कुशध्वज: संकश्या का राजा; जनक का छोटा भाई

कैकेसी: ऋषि विश्रवा की पहली पत्नी; रावण और कुंभकर्ण की मां

कौशल्या: दशरथ की सबसे पहली पत्नी और राम की माता

क्रकचबाहु: चिल्का का प्रांतपाल

खर: लंका की सेना का अधिपति; समीची का प्रेमी

जनक: मिथिला के राजा; सीता के पिता

जटायु: मलयपुत्र प्रजाति के अधिपति; सीता और राम के नागा मित्र।

दशरथ: कोशल के चक्रवर्ती राजा और सप्त सिंधु के सम्राट; राम, भरत, लक्ष्मण और शत्रुघ्न के पिता

नंदिनी: विश्वामित्र एवं वशिष्ठ की गुरुकुल के दिनों की अच्छी मित्र। वो ब्रंगा देश की वासी थीं।

नागा: विकृतियों के साथ जन्मी मानव प्रजाति

पृथ्वी: टोडी गांव का एक व्यापारी

भरत: राम के सौतेले भाई; दशरथ और कैकेयी के पुत्र

मंदोदरी: रावण की पत्नी

मरा: भाड़े का हत्यारा

मलयपुत्र: छठे विष्णु प्रभु परशु राम की प्रजाति

मारीच: कैकेसी का भाई; रावण और कुंभकर्ण का मामा; रावण के निकटतम सहयोगियों में से एक

राम: सम्राट दशरथ और उनकी सबसे बड़ी पत्नी कौशल्या के पुत्र; चारों भाइयों में सबसे बड़े, जिनका विवाह बाद में सीता से हुआ

रावण: ऋषि विश्रवा का पुत्र; कुंभकर्ण का भाई; विभीषण और शूर्पणखा का सौतेला भाई।

लक्ष्मण: दशरथ के जुड़वां बेटों में से एक; राम के सौतेले भाई

वशिष्ठ: अयोध्या के राजगुरु; चारों राजकुमारों के गुरु

वानर: वानर एक शक्तिशाली वंश था जो तुंगभद्रा नदी के तट पर किष्किंधा प्रदेश में शासन करता था

वायुपुत्र: पूर्ववर्ती महादेव भगवान रुद्र की प्रजाति

वालि: किष्किंधा का राजा

विभीषण: रावण का सौतेला भाई

विश्रवा: एक सम्मानीय ऋषि; रावण, कुंभकर्ण, विभीषण और शूर्पणखा के पिता

विश्वामित्र: छठे विष्णु परशुराम की प्रजाति मलयपुत्र के प्रमुख, राम और लक्ष्मण के अस्थायी गुरु भी

वेदवती: टोड़ी गांव की निवासी; पृथ्वी की पत्नी

शत्रुघ्न: लक्ष्मण के जुड़वां भाई; दशरथ और सुमित्रा के पुत्र; राम के सौतेले भाई।

शूर्पणखा: रावण की सौतेली बहन

शोचिकेश: टोड़ी गांव का भूस्वामी

समीची: मिथिला की नागरिक और सुरक्षा प्रमुख; खर की प्रेमिका।

सीता: मिथिला के राजा जनक और रानी सुनयना की पुत्री; मिथिला की प्रधानमंत्री भी जिनका विवाह बाद में राम से हुआ था।

सुकर्मण: टोड़ी गांव का निवासी; शोचिकेश का पुत्र

सुरसा: व्यापारी नारद की एक सेविका। हनुमान की ब्रह्मचर्य की प्रतिज्ञा के बावजूद उसे उनसे अथाह प्रेम था

सूर्यवंशी: सूर्य देव के वंशज। राजाओं और रानियों के इस वंश की स्थापना सम्राट इक्ष्वाकु ने की थी।

हनुमान: नागा और वायुपत्र प्रजाति के सदस्य

कथा विन्यास पर एक टिप्पणी

अगर आपने इस पुस्तक को चुना है, तो पूरी संभावना है कि आप राम चंद्र श्रृंखला की पहली तीनों पुस्तकों को पढ़ चुके हैं। और आशा है कि आपने उन्हें पसंद किया होगा!

आपके निरंतर स्नेह और सहयोग के लिए धन्यवाद।

इसके साथ ही, एक कलाकार को अपनी सबसे अनमोल वस्तु: अपना समय देने के लिए आभार। मुझे आशा है कि यह किताब आपकी अपेक्षाओं पर खरी उतरेगी।

जैसा कि आपमें से कुछ लोग जानते होंगे, मैं कहानी कहने की हाइपरलिंक नाम की शैली से प्रभावित हूं। इसे बहुरैखिक कथानक भी कहते हैं। इस तरह के कथानक में बहुत सारे पात्र होते हैं; और एक सूत्र उन सबको साथ जोड़ता है। राम चंद्र श्रृंखला में तीन मुख्य पात्र राम, सीता और रावण हैं। प्रत्येक पात्र के अपने जीवन-अनुभव हैं जो उनके चरित्रों को आकार देते हैं। इस कहानी में प्रत्येक के जीवन में अपना एडवेंचर, और दिलचस्प बैकस्टोरी है। और अंत में, सीता के अपहरण के साथ उनकी कहानियां मिलती हैं।

पहला भाग राम की कहानी को, दूसरा सीता की कहानी को बयां करता है, और तीसरा रावण की ज़िंदगी को खंगालता है। और फिर तीनों एक चौथी पुस्तक से एकाकार होकर एक कहानी बन जाती हैं। आपके हाथ में यह एकीकृत कहानी है: राम चंद्र श्रृंखला की चौथी पुस्तक।

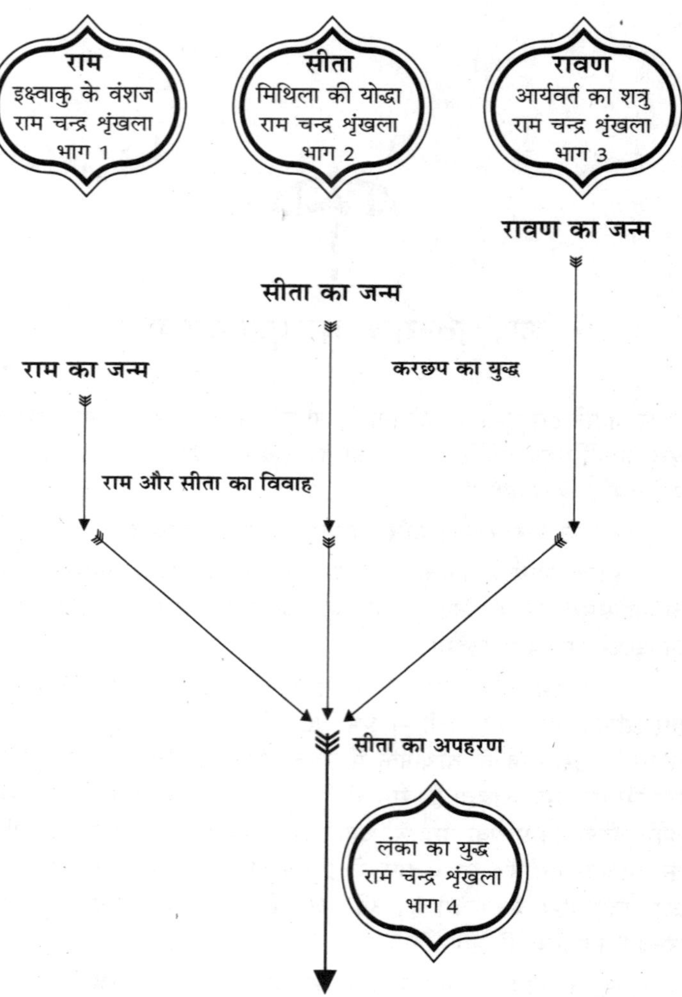

मैं जानता था कि बहुरैखिक कथानक में चार किताबें लिखना जटिल और समय-खपाऊ मामला है, मगर मैं स्वीकार करूंगा कि यह बहुत उत्तेजना भरा था। मुझे आशा है कि आपके लिए भी यह उतना ही फलदायक और रोमांचकारी अनुभव होगा जितना मेरे लिए रहा है। राम,

सीता और रावण को पात्रों के रूप में समझने से मुझे उनकी दुनियाओं में रहने, और षड्यंत्रों और कहानियों की उस भूलभुलैया को खोजने में मदद मिली जो इस महागाथा को प्रकाशित करती हैं। इसके लिए मैं वाक़ई अनुग्रहीत महसूस करता हूं।

चूंकि मैं एक बहुरैखिक कथानक पर चल रहा था, इसलिए मैंने पहली पुस्तक (*राम: इक्ष्वाकु के वंशज*), दूसरी पुस्तक (*सीता: मिथिला की योद्धा*) और तीसरी पुस्तक (*रावण: आर्यावर्त का शत्रु*) में अनेक संकेत छोड़े हैं, और उनमें से अधिकांश चौथी पुस्तक, *लंका का युद्ध*, में उजागर होते हैं।

मुझे आशा है कि आपको *लंका का युद्ध* पढ़ने में आनंद आएगा। कृपया पहले पृष्ठ पर दिए मेरे फ़ेसबुक पेज, इंस्टाग्राम, या ट्विटर अकाउंट पर संदेश भेजकर मुझे बताएं कि आप इसके बारे में क्या सोचते हैं।

स्नेह,

अमीश

आभार

जीवन वो है जो तब होता है जब आप दूसरी योजनाएं बना रहे होते हैं। और यह मुझे अब एक साथ चार कामों की ओर ले गया है। सबसे पहले तो, मैं भारत सरकार के सांस्कृतिक कूटनीति दल में काम करता हूं। दूसरे, मैं टीवी डॉक्यूमेंट्रीज की मेज़बानी करता हूं, और इसी के साथ अपनी एक किताब पर आधारित एक फ़िल्म का सह-निर्माण भी कर रहा हूं। इस सबके बावजूद, लेखन सबसे अहम काम बना रहा है। वास्तव में, यह मुझे सक्रिय रखता है, तब भी जब जीवन कठिन और दुष्कर होता है। मैं उन सभी लोगों के प्रति आभार व्यक्त करना चाहूंगा, जो लेखन में मेरी मदद करते हैं, क्योंकि वो मेरा मज़बूत संबल हैं।

वो तीन व्यक्ति जिन्हें मैं सबसे ज़्यादा सराहता हूं; मेरे पिता स्वर्गीय विनय कुमार त्रिपाठी, मेरे श्वसुर स्वर्गीय डॉ. मनोज व्यास; और मेरे बहनोई हिमांशु रॉय। अब ये पितृलोक से मुझे देख रहे हैं। मेरी कोशिश है कि वो मुझ पर गर्व कर सकें।

मेरा बेटा नील। मेरी आत्मा का उद्देश्य, मेरी सबसे बड़ी ख़ुशी, मेरी सबसे बड़ी उपलब्धि, मेरा सबसे गहरा प्यार। मेरी कोशिश है कि उसके लिए अनुकरणीय बन सकूं।

उषा, भावना, अनीश मीता, और आशीष, और डोनेटा—मेरी मां, मेरे भाई-बहन और भाभियों को उन सब चीज़ों के लिए जो वो करते हैं। पहला प्रारूप वही पढ़ते हैं, हमेशा की तरह, जैसे-जैसे अध्याय लिखे जाते हैं। सबसे अहम यह कि हम जानते हैं कि हम हमेशा एक-दूसरे के लिए मौजूद रहेंगे। हम एक दूसरे का ध्यान रखेंगे। हमेशा।

अपने शेष परिवार: शरनाज़, प्रीति, स्मिता, अनुज, रूटा, मितांश, डेनियल, एडेन, केया, अनिका और आश्ना को। उनकी सतत आस्था और प्रेम के लिए।

अमन और शिवानी, जो मेरे सारे काम और जीवन को संभालते हैं। मेरे लिए वो परिवार हैं।

हार्परकॉलिन्स की टीम। मेरी संपादक स्वाति, मार्केटिंग टीम शबनम एवं आकृति, सेल्स टीम गोकुल, विकास, और राहुल, और मेरे प्रकाशक उदयन, जिनका नेतृत्व करते हैं हार्परकॉलिन्स इंडिया के बेहतरीन सीईओ अनंत। उनके साथ यह मेरी पहली प्रकाशित किताब है। और मैं इस नई यात्रा का अत्यंत आनंद ले रहा हूं।

मेरे पिछले प्रकाशक वैस्टलैंड के सीईओ गौतम, मेरी संपादक कार्तिका और दीप्ति (जिन्होंने इस किताब के पहले प्रारूप का संपादन किया था), मार्केटिंग मैनेजर नेहा, वैस्टलैंड की शेष टीम। दुखद परिस्थितियों में हमारे रास्ते अलग भले ही हुए हों, मगर मेरे लिए वो परिवार जैसे ही रहेंगे।

विजय, शुभांगी, पद्मा, दिव्या, अनुज, युक्ता और मेरे ऑफिस के बाकी साथी। जो मेरे व्यवसाय को संभालते हैं जिससे मुझे लिखने के लिए खाली समय मिल पाता है।

हेमल, नेहा, रोहन, हितेष, शिखा, श्रीराम, विनीत, हर्ष, अक्षता, सारा, प्रकाश, सुजीत एवं टीम ऑक्टोबज़। इस किताब के लिए ज़्यादातर मार्केटिंग सामग्री उन्होंने उपलब्ध करवाई जिसमें शानदार कवर और अनेक डिजिटल गतिविधियां शामिल हैं। मैं उनके साथ कई वर्षों से काम कर रहा हूं। पुरानी वाइन की तरह वो निखरते जा रहे हैं!

मयंक, दीपिका, स्नेहा, नरेश, विशाल, परिधि, मार्वी, सिमरन, गुंजन और मो'ज़ आर्ट टीम, जिन्होंने किताब के लिए मीडिया संबंधों को अंजाम दिया। शांत और बुद्धिमान, वो उन कुछ बेहतरीन मीडिया मैनेजरों में से हैं जिनसे मेरा वास्ता पड़ा है।

आशीष मांकड, उत्कृष्ट डिज़ाइनर, और उससे भी अहम, एक विचारक जिन्होंने मेरी किताबों में मार्गदर्शन किया और आर्ट उपलब्ध करवाई। उन्होंने नई वेबसाइट भी डिज़ाइन की है।

सत्या और उनकी टीम जिन्होंने लेखक के नए फ़ोटो लिए जिन्हें इस किताब के अंदरूनी कवर पर लगाया गया है। उन्होंने एक साधारण से इंसान को बेहतर बना दिया।

प्रीति, प्रकाशन उद्योग की महारथी, जो मेरी किताबों की अंतरराष्ट्रीय डील्स पर काम करती हैं।

कैलेब, क्षितिज, संदीप, अखिल और उनकी अपनी टीमें जिन्होंने अपने व्यवसाय, क़ानून और मार्केटिंग परामर्श से मेरे काम को संबल दिया।

संस्कृत की उत्कृष्ट विद्वान मृणालिनी जो मेरे साथ मेरी रिसर्च पर काम करती हैं।

आदित्य, मेरी किताबों के जोशीले पाठक जो अब एक मित्र और तथ्यों के जांचकर्ता बन गए हैं।

नेहरू सैंटर, लंदन की मेरी टीम संजय, अर्चना, ओलीवियर, प्रंजुला, संदीप, रविचंद्रन, विनीत, सोमनाथ, कंवरप्रीत, जसीना, एवं नसीमा को उनके स्नेह और सहयोग के लिए। और मैं नेहरू सैंटर के एक पुराने टीम सदस्य का भी नाम लेना चाहूंगा, जिन्हें हमने हाल में खो दिया है, स्वर्गीय बी वी नारायण, एक बेहतरीन व्यक्ति जिनकी कमी बहुत अखरेगी।

और अंत में, मगर विशेष रूप से, आप पाठकगण। आपका सतत स्नेह, सहयोग, समझबूझ और प्रोत्साहन मुझे प्रेरित रखते हैं। आपका बहुत, बहुत धन्यवाद। भगवान शिव आप पर कृपा करें।

अध्याय 1

3400 ईसा पूर्व, भारत

लंका के राजा रावण के घावों से भरे शरीर से बेतहाशा खून बह रहा था।

वो पूरी शक्ति से दौड़ रहा था। उस स्त्री का नाम पुकारते हुए जिससे वो प्रेम करता था। वो एकमात्र स्त्री जिससे उसने कभी प्रेम किया था।

'वेदवती! वेदवती!'

उसे सांस लेने में भी कठिनाई हो रही थी। उसकी नाभि में लगातार रहने वाली मीठी दुखन अचानक ही असहनीय हो गई थी। उसकी आंखों से अविरल आंसू बह रहे थे। उसे वन्य पशुओं की आवाजें सुनाई दे रही थी—भेड़ियों की गुर्राहट; गिद्धों की कर्कश चीखें; चमगादड़ों की चिचियाहटें। मगर वो उन्हें देख नहीं सकता था। घोर अंधकार था, और सुनसान, निर्जन राहों पर रावण टोडी गांव की ओर दौड़ा चला जा रहा था।

'वेदवती!'

उसने दूर एक मशाल की धधकती लपट देखी।

रावण उसकी ओर दौड़ पड़ा।

'वेदवती!'

अचानक एक साथ सैकड़ों मशालों का प्रकाश फूट पड़ा। रावण पीड़ा से चिल्लाया और रुककर उसने एक हाथ से अपनी आंखें ढांप लीं। जब उसकी पुतलियां प्रकाश की अभ्यस्त हुईं, तो उसने हाथ हटाकर मशालों के चौंधिया देने वाले प्रकाश के नीचे खड़ी भीड़ को देखा।

रावण तेज़ी से प्रकाश की ओर भागा।

'वेदवती!'

भीड़ में उसके अपने लोग थे। कुंभकर्ण। इंद्रजीत। मारीच। अकंपन। और उसके सैनिक।

कहीं कुछ ठीक नहीं था।

कुंभकर्ण बूढ़ा दिख रहा था। थका-हारा। वो रो रहा था। उसने अपने बड़े भाई की ओर बांहें फैला दीं। 'दादा... '

रावण ने अपने प्यारे छोटे भाई के कंधों के पार देखा। उस झोपड़ी की ओर जिसे वो बहुत अच्छी तरह पहचानता था।

उसका घर।

उसने एक चीख सुनी। तेज दर्दनाक चीख, पीड़ा की। आतंक की। वो उस आवाज को पहचानता था। उस आवाज से वो प्रेम करता था। उस आवाज को वो पूजता था।

'वेदवती!'

कुंभकर्ण ने रावण को रोकने की कोशिश की। 'दादा... मत... '

रावण ने कुंभकर्ण को एक ओर धकेला, और झोपड़ी की ओर दौड़ गया। उस द्वार की ओर जो दानव के भूखे मुंह की तरह खुला पड़ा था।

वेदवती का पति, पृथ्वी, धरती पर पड़ा था। चित्त। बेजान। आंखें भय और आतंक से फैली हुई थीं। सारे शरीर पर लगे चाकू के हिंसक घावों से रक्त उबल-उबलकर बह रहा था। एक चाकू उसके हृदय में धंसा था। घातक वार।

रावण ने ऊपर देखा।

अपनी वेदवती को।

स्थानीय भूमिपति का बिगड़ा बेटा सुकर्मण वेदवती को गर्दन से पकड़कर ऊपर उठाए हुए था। उसका चेहरा क्रोध से विकृत हो रहा था। उसका हाथ बुरी तरह उसकी गर्दन को दबा रहा था। द्वेषपूर्ण शक्ति से

उसकी मांसपेशियां फटी पड़ रही थीं। चाकू के उन्मत्त वारों से वेदवती का सारा शरीर क्षत-विक्षत हो गया था। मांसपेशियां और नसें रक्तिम आंसू बहा रही थीं। वस्त्र खून में रंग गए थे, उसका सुंदर चेहरा सूज गया था और घावों से भरा हुआ था। उसके निर्मल, गोरे, सही-सलामत पैरों के पास ढेरों रक्त जमा हो गया था।

नहीं!!!

रावण के मुंह से आवाज ही नहीं निकली। ऐसा लग रहा था मानो किसी घोर दानवीय बल ने उसे जड़ कर दिया हो। वो कुछ नहीं कर सका। वो बस वहां खड़ा देखता रहा।

'धन कहां है?' सुकर्मण चिल्लाया। उसकी आवाज बिजली जैसी कड़क थी। भयावह।

घोर पीड़ा के बावजूद वेदवती का चेहरा शांत था। सौम्य। अक्षत यौवना देवी कन्याकुमारी की भांति जो वो थीं। उसने नर्म स्वर में उत्तर दिया, 'वो रावण का धन है। उन्होंने वो मुझे दान में दिया है। यह उनके लिए एक अवसर है कि वो अपने भीतर ईश्वर को ढूंढ़ सकें। मैं वो धन तुझे नहीं दूंगी। मैं उसे किसी को नहीं दूंगी।'

इसे धन दे दें, वेदवती! दे दें इसे! मुझे धन की कोई चिंता नहीं है! मुझे तुम्हारी चिंता है!

'मुझे धन दे दो!' सुकर्मण ग़ुर्राया। उसने अपने बाएं हाथ से उसकी गर्दन पर दबाव बढ़ा दिया था। धीमा दबाव। उसने अपना दायां हाथ उठाया, जिसमें उसने रक्तरंजित चाकू पकड़ा हुआ था, और उसे वेदवती के चेहरे के पास ले आया। 'वर्ना मैं इसे तुम्हारी आंख में घुसा दूंगा!'

इसे पैसा दे दें, वेदवती! इसे दे दें!

वेदवती का उत्तर सीधा और शांत था। 'नहीं।'

सुकर्मण ने बर्बर पशु की तरह गुर्राते हुए क्रूरता से वेदवती की बाईं आंख में चाकू घोंप दिया, चाकू उसने आंख में ही धंसा छोड़ दिया। रक्त की बौछार सुकर्मण के चेहरे पर पड़ी। वो अपना दायां हाथ पीछे लाया, अपनी हथेली खोली, और चाकू की मूठ पर हथेली दे मारी। जोरों से। चाकू उसकी आंख की कोटर में और गहरे धंस गया और मस्तिष्क में जा घुसा।

नहीं!!!!

रावण रो रहा था। चिल्ला रहा था। मगर अपनी आवाज केवल वही सुन पा रहा था। उसका स्वर उसके गले में ही घुट कर रह गया था, और कष्टकारी ढंग से उसके अंदर ही गूंजता रहा।

वो हिल तक नहीं सका।

अचानक, उसने एक बच्चे के रोने की आवाज़ सुनी। जोर-जोर से रोते शिशु का क्रंदन।

और उसके शरीर को जकड़ने वाली दुष्ट पकड़ खुल गई। उसने नीचे देखा।

बच्ची धरती पर लेटी हुई थी। काली धारियों वाले लाल रंग के सुंदर कपड़े में लिपटी।

'रावण...'

उसने ऊपर देखा।

वो थी।

उसका जुनून। उसका दिव्य प्रेम। कन्याकुमारी। वेदवती।

सुकर्मण अब वहां नहीं था। मगर वो थी।

और उसका दायां हाथ एक विचित्र से कोण पर मुड़ा हुआ था। टूटा हुआ। वेदवती पर चाकू के कम से कम बीस वार थे। अधिकांश वार उसके पेट पर किए गए थे, उसका बायां हाथ अपने पेट पर था, उंगलियों के बीच से रक्त झरझराकर बह रहा था और उसके शरीर से बहते हुए धरती पर उसके आसपास जमा हो रहा था। बाईं आंख में एक चाकू गहरा धंसा हुआ था।

लेकिन उसका चेहरा शांत और निश्चल था। जैसे हमेशा होता था। जैसे हमेशा रहेगा।

'ये मेरी नन्ही पुत्री है, रावण। मुझे वचन दें कि आप इसकी रक्षा करेंगे। मुझे वचन दें।'

रावण ने फिर से नीचे देखा। वेदवती और पृथ्वी की पुत्री को। सीता को।

उसने वापस ऊपर देखा। वेदवती को। वो असहाय भाव से रो रहा था।

'ये मेरी पुत्री है, रावण।'

'दादा...'

रावण को एहसास हुआ कि उसे हिलाया जा रहा है। उसने हड़बड़ाकर आंखें खोलीं और डगमगाते हुए अपने सपने से बाहर निकला तो कुंभकर्ण को स्वयं को तकते पाया।

लंका का राजा पुष्पक विमान में अपने आसन पर पेटी से बंधा हुआ था। उसने अपने पेंडल को कसकर पकड़ रखा था—वो पेंडल जो सोने की ज़ंजीर में पड़ा उसकी गर्दन में हमेशा मौजूद रहता था। वेदवती की दो उंगलियों की हड्डियों से बने इस पेंडल में पोरों को सावधानीपूर्वक सोने की कड़ियों से कसा गया था। वो पोर जो वेदवती के दाह-संस्कार में शेष रह गए थे। वो अब उसकी बैसाखियां थे जो उसके यातनामय जीवन में उसका संबल थे।

उसने चारों ओर देखा, अभी तक वो अपने भयानक सपने से हिला हुआ था। उसकी नाभि का सतत दर्द अभी बहुत बढ़ गया था। धाड़-धाड़ करता।

पुष्पक विमान शंकु के आकार का था जो शिखर की ओर संकरा होता जाता था। आधार के निकट बने झरोखे मोटे कांच से बंद थे, मगर धातु के पटों को खोल दिया गया था। विमान के ऊपर लगे पंखों का शोर हवा में गूंज रहा था। विमान अभी-अभी लंका की भव्य राजधानी सिगिरिया में उतरा था। विमान के अंदर लगभग नब्बे लंकाई सैनिक सावधान मुद्रा में खड़े अपने स्वामी के उतरने की प्रतीक्षा कर रहे थे।

कुंभकर्ण ने रावण की पेटी खोली और खड़े होने में उसकी सहायता की।

और फिर रावण ने उन्हें देखा।

सीता को।

उन्हें खोल दिया गया था और चार लंकाई स्त्रियों ने उन्हें कसकर पकड़ रखा था। वो उनकी शिकंजे जैसी पकड़ से छूटने की भरपूर कोशिश कर रही थीं।

रावण मिथिला की योद्धा राजकुमारी को ताकता रहा। अयोध्या के अनुपस्थित-राजा राम की पत्नी। लंकाई उन्हें उठाकर लाने में सफल रहे थे।

सीता। अड़तीस वर्षीया। अपने माता-पिता की हत्या से कुछ ही देर पहले जन्मीं। वो उस स्त्री की हूबहू प्रतिकृति थीं जिसने अपनी जान दे दी थी।

रावण उसके चेहरे से अपनी निगाह हटा नहीं पा रहा था। वेदवती के चेहरे से।

मिथिला की स्त्री के नाते सीता असामान्य रूप से लंबी थीं। उनकी पतली, सुडौल काया उन्हें देवी मां की सेना की योद्धा का रूप प्रदान कर रही थी। युद्ध के घाव उनके गेंहुए शरीर की शोभा बढ़ा रहे थे। वो मटमैले श्वेत रंग की धोती और श्वेत एकल-वस्त्र की अंगिया पहने हुए थीं। एक भगवा अंगवस्त्रम उनके दाहिने कंधे पर पड़ा हुआ था।

उनके शेष शरीर से हल्की रंगत वाले उनके चेहरे पर ऊंची कपोलास्थियां और तीखी, छोटी सी नाक थी। उनके होंठ न पतले थे और न ही भरे हुए थे। उनकी फैली हुई आंखें न छोटी थीं और न बड़ी। सपाट पलकों के ऊपर भारी भंवें पूर्ण कमान के आकार में थीं। उनके लंबे, चमकीले काले केश खुल गए थे और उनके चेहरे के आसपास बेतरतीब से पड़े थे। उनके नैन-नक्श हिमालय के पहाड़ी लोगों जैसे थे।

उनका चेहरा अपनी मां से पतला था। ज्यादा कठोर। कम कोमल। मगर फिर भी मूल की लगभग सटीक प्रतिकृति।

'तुम अब मुझे भी मार सकते हो,' सीता गुर्राईं। 'मैं अपनी मुक्ति के लिए राम या मलयपुत्रों को कभी समझौता नहीं करने दूंगी। तुम्हें कुछ प्राप्त नहीं होगा।'

रावण मौन रहा। उसकी आंखें दुख और पीड़ा से भर आई थीं।

'मार डालो मुझे!' सीता चिल्लाईं।

'ये मेरी नन्ही पुत्री है, रावण। मुझे वचन दें कि आप इसकी रक्षा करेंगे। मुझे वचन दें।'

और रावण ने धीमे से बुदबुदाते हुए उस पवित्रात्मा को उत्तर दिया जिसे उसने जीवन भर चाहा था। वो उत्तर जो काल के लंबे अंतराल से होकर गुजरा था। ऐसा अंतराल जिसे बस उस सुकून से पाटा जा सकता था जिसका नाम मृत्यु है।

धीमे से बुदबुदाकर दिया गया जवाब, जो बस उसे ही सुनाई दिया था। और वेदवती की आत्मा को।

'मैं वचन देता हूं।'

सूर्य देव क्षितिज के पार अपनी यात्रा आरंभ कर चुके थे और एक नई भोर अंगड़ाई ले रही थी। एक नया दिन। एक दुखद रूप से उदासी भरा नया दिन।

राम मूक खड़े थे, चिता की अग्नि से उठती ऊंची-ऊंची लपटों को देखते हुए। अपलक। थरथराती लपटें उनकी पुतलियों में प्रतिबिंबित हो रही थीं। सोलह चिताएं। वीर जटायु और उनके मलयपुत्र सैनिकों के शवों को लीलती हुई। वीर जवान जिन्होंने रावण के हाथों उनकी पत्नी सीता के अपहरण को रोकने के लिए युद्ध करते हुए अपने प्राण त्याग दिए थे।

उनके छोटे भाई लक्ष्मण उनके पास खड़े थे, उनका विशाल, बलिष्ठ शरीर हताशा से झुक गया था। वो अग्निदेव को तन्मयता से उनके भले मित्रों के शरीरों का उपभोग करते देख रहे थे। दोनों भाई हवा में गूंजते पवित्र *ईशवस्योपनिषद* के शक्तिशाली मंत्रों को उच्चारते हुए यातनापूर्ण राहत पा रहे थे।

वायुरनिलममृतमथेदम् भस्मांतम् शरीरम्।

अग्नि भले ही इस पार्थिव शरीर को भस्म कर दे; मगर प्राण-वायु किसी अन्य स्थान की वासी है। यह अविनाशी प्राण-वायु के पास वापस पहुंचने की राह पाए।

राम का चेहरा पथरीला था। भावहीन, जैसा क्रोधित होने पर हमेशा होता है। और इस समय, वो क्रोध की सीमाओं से भी परे थे।

उन्होंने उदय होते सूर्य को देखा।

राम सूर्यवंशी थे। सदियों से उनके वंश की परंपरा थी कि दिन का आरंभ सूर्य की प्रार्थना के साथ होता था। मगर राम प्रार्थना करने की अवस्था में नहीं थे। आज नहीं।

उनकी उखड़ी हुई सांस और कसी हुई मुट्ठियां ही उनके भीतर घुमड़ रहे प्रचंड क्रोध का एकमात्र चिह्न थीं। उनका शेष शरीर और चेहरा भयानक रूप से शांत थे।

उन्होंने सूर्य को तका।

मेरी पत्नी मुझे लौटा दें। मेरी सीता मुझे लौटा दें। अन्यथा मैं अपने पूर्वजों के रक्त की सौगंध खाता हूं, मैं इस संसार को जलाकर राख कर दूंगा! मैं सारे संसार को जला दूंगा!

अचानक किसी संकट की थाह पाकर राम की इंद्रियां सतर्क हो गईं। उन्हें देखा जा रहा था।

राम तुरंत चौकस हो गए, कुछ पल पहले तक कसकर बंधी उनकी मुट्ठियां खुल गई थीं। उन्होंने अपनी सांसों को नियमित किया। योद्धा का कठोर अभ्यास काम करने लगा था।

राम ने सिर घुमाए बिना अपने भाई पर निगाह डाली। लक्ष्मण चिताओं की लपटों को देख रहे थे, उनके चेहरे पर आंसू बह रहे थे। स्पष्ट था कि उन्हें किसी संकट का आभास नहीं था।

राम ने नीचे देखा। उनके धनुष और बाण कुछ दूरी पर रखे थे। नज़दीक नहीं थे।

उन्होंने जलती चिताओं को देखा, और फिर उनसे परे। जंगल में, पेड़ों की पंक्तियों के पीछे। अंधेरे में।

कोई था वहां। वो इसे महसूस कर सकते थे। स्पष्ट रूप से, वो जो कोई भी था, बहुत अच्छा टोही था, क्योंकि उसने कोई आवाज नहीं की थी; न कोई गलती की थी जो चेतावनी दे देती।

उसने अभी तक हम पर वार क्यों नहीं किया?

और फिर यकायक वो समझ गए।

वो ऊंचे स्वर में बोले। 'प्रभु हनुमान?'

नागा वायुपुत्र हनुमान पेड़ों के पीछे के अंधेरे स्थान से बाहर निकले। भीमकाय, मगर किसी पंख की सी, किसी छाया की सी भारहीनता के साथ चलते। उन्होंने भगवा धोती और अंगवस्त्रम पहन रखा था। उनकी कमर के निचले हिस्से से निकला, लगभग एक पूंछ जैसा, अतिरिक्त अंग किसी मूक साथी की तरह उनके पीछे-पीछे चल रहा था। वो एक समान लय में

सरसराता था मानो उनके मार्ग को देख रहा हो। बलिष्ठ अंगों वाले हनुमान का डीलडौल विशाल था, और वो अस्वाभाविक रूप से बालों से भरे थे। उनके भय उत्पन्न करने वाले व्यक्तित्व से देवताओं जैसी आभा फूटती थी, और उनके नैन-नक्श बहुत विशिष्ट थे। उनकी सपाट नाक चेहरे पर दबी हुई थी और उनकी दाढ़ी और चेहरे के बाल अत्यंत सटीकता से उनके मुखमंडल की परिधि बना रहे थे; उनके मुख के ऊपर और नीचे की त्वचा रेशम जैसी चिकनी और रोमहीन थी; वो थोड़ी उभरी सी और गुलाबी रंगत लिए थी। उनके होंठ पतले, महीन रेखा जैसे थे। ऐसा प्रतीत होता था जैसे ईश्वर ने मानव शरीर पर वानर का सिर लगा दिया हो।

उनके पीछे-पीछे सैनिक अनुशासन के साथ तीस वायुपुत्र आए। उनके रूप-रंग और परिधान से स्पष्ट हो रहा था कि वो भारत की पश्चिमी सीमा के पार परिहा प्रांत के थे। पूर्व महादेव, प्रभु रुद्र की मातृभूमि।

परिहन वायुपुत्र।

हनुमान थोड़ा सा मुंह खोले, दाएं हाथ की उंगलियों से अपने होंठों को दबाए हुए आए। उनकी दुख भरी आंखों से अविरल आंसू बह रहे थे। उन्होंने अयोध्या के दोनों राजकुमारों को और फिर जलती हुई चिताओं को देखा।

प्रभु रुद्र दया करें।

वन में अपने निर्वासन के दौरान राम-सीता की अक्सर हनुमान से भेंट होती थी। सीता बालपन से ही हनुमान को जानती थीं, और उन्हें बड़े भाई का सा सम्मान देती थीं। वो उन्हें हनु भैया कहती थीं। उन्होंने ही हनुमान को राम से मिलवाया था।

लक्ष्मण कभी औपचारिक रूप से हनुमान से नहीं मिले थे। उन्होंने अपने बालपन में दो बार नागा वायुपुत्र को देखा था। जब हनुमान गुप्त रूप से गुरु वशिष्ठ से मिलने उनके गुरुकुल आए थे। नन्हे लक्ष्मण संदेह से भर गए थे। आज तक भी उनके मन में वही पूर्वाग्रह था जो लगभग हर भारतीय नागाओं के प्रति महसूस करता था। 'नागा' वो शब्द था जिससे भारतीय विरूपताओं के साथ जन्मे लोगों का वर्णन करते थे। अब, उनका बरसों पुराना संदेह यकायक फिर से उभर आया था।

लक्ष्मण ने जल्दी से अपने पैरों के पास पड़ा धनुष उठाया और एक बाण चढ़ा लिया।

राम आगे झुके, लक्ष्मण के हाथ नीचे किए और अपना सिर हिलाया।

लक्ष्मण गुर्राए, 'दादा...'

राम ने धीरे से कहा, 'वो मित्र हैं।'

राम चिताओं के पास से आगे बढ़ते हुए हनुमान की ओर गए।

जब राम उनकी ओर बढ़े तो शक्तिशाली वायुपुत्र अपने घुटनों पर गिर गए और उन्होंने अपने हाथों से अपने चेहरे को ढांप लिया। अब वो रो रहे थे, उनका सारा शरीर वेदना में कांप रहा था।

राम तुरंत भांप गए। हनुमान समझ रहे थे कि सीता मारी गई हैं और इस समय इन चिताओं में से एक में अग्नि उनके शव को लील रही है। हनुमान सीता से छोटी बहन का सा स्नेह करते थे।

राम घुटनों के बल बैठे और उन्होंने हनुमान को गले से लगा लिया। उन्होंने धीरे से कहा, 'रावण ने उनका अपहरण कर लिया है...'

हनुमान ने तुरंत ऊपर देखा, वो भौचक्के मगर चिंतामुक्त दिख रहे थे। वो चिताओं की ओर मुड़े। उनकी दृष्टि बदल गई थी। अब वो उन योद्धाओं को देख रहे थे जिन्होंने वीरगति पाई थी।

जटायु। और उनके पंद्रह मलयपुत्र।

हनुमान वायुपुत्र थे, पूर्व महादेव, बुराई का विनाश करने वाले रुद्र द्वारा अपने पीछे छोड़ी जनजाति। मलयपुत्र पूर्व विष्णु, धर्म के स्थापक, प्रभु परशु राम की अनुयायी जनजाति थी। यदा-कदा कोई मतभेद होने के बावजूद ये दोनों जनजातियां एक दूसरे के साथ मिलकर काम करती थीं, क्योंकि वो उन देवताओं का प्रतिनिधित्व करती थीं जिन्होंने कभी इस धरती पर विचरण किया था।

हनुमान ने धीरे-धीरे दृढ़ संकल्प से अपनी मुट्ठियां भींचीं। 'जटायु और उनके मलयपुत्रों का बदला लिया जाएगा। और हम रानी सीता को वापस लाएंगे।'

अध्याय 2

'दादा!'

शत्रुघ्न भागते हुए प्रशिक्षण कक्ष में पहुंचे। अयोध्या के अनेक सैनिक, हमेशा की तरह, अपने राज-प्रतिनिधि भरत को भाले का अभ्यास करते देखने के लिए वहां जमा थे। अपनी मृत्युशय्या पर पड़े उनके पिता राजा दशरथ ने भरत को युवराज घोषित कर दिया था। मगर भरत ने राज्याभिषेक को ठुकरा दिया और इसके बजाय अपने बड़े भाई राम की चरण-पादुकाएं अयोध्या के सिंहासन पर रख दीं, और ऐलान किया कि वो राम के प्रतिनिधि के रूप में तब तक राज्य पर शासन करेंगे जब तक कि उनके बड़े भाई अपना राज्य संभालने वापस नहीं आते। चारों भाइयों में सबसे छोटे शत्रुघ्न ने भरत के साथ अयोध्या में रहने का निर्णय लिया। शत्रुघ्न के जुड़वां भाई लक्ष्मण राम के साथ चौदह साल के वनवास पर गए, जो मिथिला के युद्ध में दैवी-अस्त्र का अनधिकृत प्रयोग करने के लिए उनका दंड था।

भरत ने अपने भाई की पुकार को अनसुना कर दिया। कोई भटकाव नहीं। उन्होंने अपना ध्यान अपने युद्धाभ्यास पर केंद्रित रखा।

उनके हाथ में पकड़े भाले को सामान्यत: दूर से शत्रु पर वार करने के लिए प्रक्षेपक की तरह प्रयोग किया जाता है। या घुड़सवार सेना द्वारा प्रतिपक्षी सेना को कुचलने के लिए। मगर भरत आमने-सामने के युद्ध में भाले को एक अस्त्र के रूप में प्रयोग करने की प्राचीन परंपरा को फिर

से जीवित कर रहे थे। इसमें तलवार की तुलना में योद्धा की मारक क्षमता नाटकीय रूप से बढ़ जाती है। ये एक में दो अस्त्र थे, और पकड़ के छोर पर लगा लकड़ी का हत्था सोंटे की तरह काम कर सकता था। ये भयानक अस्त्र था जिसे चलाना मुश्किल था, लेकिन भरत इसमें माहिर थे। बहुत माहिर।

'दादा!'

भरत रुके नहीं और उन्होंने दक्षता से अपने भार को अपने पिछले पैर पर डालते हुए भाले के हत्थे के हिस्से को घुमाया, और अपने प्रतिपक्षी के सर पर दे मारा। इससे पहले कि उनका प्रतिपक्षी संभल पाता, भरत एक घुटने पर बैठे और भाले के दूसरे सिरे को घुमा दिया, और ठीक समय पर उसे पीछे खींच लिया ताकि कोई वास्तविक हानि न पहुंचे। मगर संदेश सुस्पष्ट था। भरत अपने साथ द्वंद्व कर रहे सैनिक की अंतड़ियां निकाल सकते थे।

युद्ध-पारंगत सैनिक दर्शकों ने ऊंचे स्वर में हर्षनाद किया।

'दादा!'

भरत अंततः शत्रुघ्न को देखने के लिए पलटे। अपने छोटे से, बौद्धिक भाई को युद्ध-प्रशिक्षण स्थल में देखकर भरत ने आश्चर्य नहीं जताया, जहां वो भूले-भटके ही आते थे।

शत्रुघ्न पर निगाह डालते ही भरत जान गए कि कोई बहुत बड़ी अनहोनी हो गई है।

'मैंने हनुमान को संदेसा भेज दिया है, गुरुजी,' अरिष्टेमी ने कहा। 'किंतु...'

मलयपुत्रों के सैन्य-प्रमुख अरिष्टनेमी मलयपुत्रों के दुर्जेय प्रमुख विश्वामित्र के साथ उनकी राजधानी अगस्त्यकूटम में थे। गत दिवस अरिष्टनेमी ने विश्वामित्र को भयानक समाचार दिया था कि लंका के दुष्ट राजा रावण ने सीता का अपहरण कर लिया है। मलयपुत्रों ने उन्हें सातवें विष्णु—कल्याणकारी—के रूप में मान्यता दी थी। विश्वामित्र इस समाचार से तनिक भी विचलित नहीं दिखे थे। वास्तव में, उन्होंने तो प्रसन्नता जताई थी।

'किंतु क्या?' विश्वामित्र ने पूछा।

'मेरा मतलब, गुरुजी... मैं आपसे प्रश्न करने वाला कौन हूं? और आप तो सब जानते हैं।' अरिष्टनेमी परिहास नहीं कर रहे थे। एक दिन पहले ही उन्हें पता चला था कि विश्वामित्र दो दशक से अधिक समय से जानते थे कि सीता रावण के प्रेम वेदवती की पुत्री थीं। रावण कभी सीता को कोई हानि नहीं पहुंचाएगा, और इसलिए, मलयपुत्रों की योजना अभी भी कारगर थी। रावण—जिसे अधिकांश भारतीय दुष्ट और अधर्मी मान्ते थे—सीता के हाथों मारा जाएगा, जिससे देश की रक्षक के रूप में सीता की छवि सुदृढ़ होगी। विश्वामित्र ने इतने लंबे अरसे से इसकी परिकल्पना और योजना बना रखी थी, यह बात अरिष्टनेमी को अविश्वसनीय प्रतीत हो रही थी। 'मगर हनुमान... मेरा मतलब...'

'कहो भी,' विश्वामित्र गुर्राए। 'तुम्हारे मन में जो है उसे कह दो।'

'हनुमान की तो मित्रता गुरु... मेरा मतलब वो दूसरे...' अरिष्टनेमी को अच्छी तरह पता था कि विश्वामित्र के सबसे घनिष्ट मित्र और अब घोर शत्रु वशिष्ठ का नाम भी नहीं लेना चाहिए। बहुत कम ही लोगों को पूरा प्रकरण पता था कि यह शत्रुता शुरू कैसे हुई थी, मगर इसकी गंभीरता से लगभग सभी परिचित थे।

विश्वामित्र ने अपने स्वर को नर्म करके खतरनाक फुसफुसाहट में बदल दिया। 'बोलो।'

'मेरा मतलब... हनुमान गुरु वशिष्ठ के प्रति निष्ठावान हैं... क्या वो हमारी बात सुनेंगे?' अरिष्टनेमी ने कह डाला।

विश्वामित्र पीछे को झुके और एक गहरी सांस भरी। उन्होंने अपनी आंखें बंद कर लीं और स्वयं को शांत किया। उस नाम का हमेशा उन पर एक अजीब सा प्रभाव होता था। उनका मित्र जो शत्रु बन गया था। अनेकों-अनेक भाव उनके हृदय में उमड़ पड़े। घृणा। क्रोध। प्रायश्चित। उदासी। पीड़ा... प्रेम।

नंदिनी।

जब विश्वामित्र ने अपनी आंखें खोलीं, तो वो फिर से संयत हो चुके थे। शांतचित्त। किसी ऐसे व्यक्ति की तरह जिसे विश्वास हो कि वो अपने कंधों पर भारत माता की नियति को वहन कर रहा है।

'तुम्हारे विचार से मैंने अन्नपूर्णा देवी के साथ जो किया था वो क्यों किया था?' विश्वामित्र ने दूसरे प्रश्न के साथ इस प्रश्न का उत्तर दिया।

अरिष्टनेमी जानते थे कि विश्वामित्र ने अन्नपूर्णा देवी और उनके विरक्त पति सूर्य के बीच के तनावपूर्ण रिश्ते का लाभ उठा कर कुंभकर्ण तक यह जानकारी पहुंचवाई थी कि मलयपुत्रों ने सीता को सातवें विष्णु के रूप में मान्यता प्रदान कर दी है। विश्वामित्र ने दांव लगाया था कि कुछ ही समय में कुंभकर्ण का बड़ा भाई रावण उस औषधि के लिए मलयपुत्रों पर दबाव बनाने हेतु विष्णु का अपहरण करने की बात सोचेगा जो उसके और उसके भाई के जीवित रहने के लिए आवश्यक थी। और उनका दांव चल गया था।

'क्योंकि, अन्नपूर्णा देवी के लिए प्रेम और सम्मान के बावजूद,' अरिष्टनेमी ने उत्तर दिया, 'आपके मन में भारत माता के प्रति अधिक प्रेम और सम्मान है।'

'बिल्कुल,' विश्वामित्र ने कहा। 'मैं जिससे सर्वाधिक प्रेम और सम्मान करता हूं, उसके लिए मुझे जो भी करना पड़ेगा, वो मैं करूंगा। हनुमान भले ही उस संपोले वशिष्ठ के प्रति कर्तव्यनिष्ठ हों। मगर वो सीता के प्रति अधिक कर्तव्यनिष्ठ हैं। वो उनसे अपनी बहन की तरह प्रेम करते हैं। वो सोचते हैं कि लंका में रहते हुए सीता का जीवन संकट में है। हनुमान वही करेंगे जो हम उनसे करने के लिए कहेंगे, क्योंकि वो सोचेंगे कि सीता को बचाने का यही एक मार्ग है।'

अरिष्टनेमी ने गर्दन हिलाई। 'जी, गुरुजी।'

सीता को प्रसिद्ध अशोक वाटिका में बंदी रखा गया था। यह अद्भुत और विशाल उपवन दुर्ग लंका की राजधानी सिगिरिया से पांच किलोमीटर दूर बनाया गया था। यह भव्य उपवन एक पहाड़ी की सपाट चोटी पर था, और दुर्ग की भारी-भरकम प्राचीरों से घिरा हुआ था। पच्चीस मीटर ऊंची और चार मीटर चौड़ी दो समानांतर दीवारें सिगिरिया से बाहर की ओर फैली हुई थीं। दोनों दीवारों पर पहरे के लिए मीनारें बनी हुई थीं जिनसे टोह लेना और बचाव करना आसान हो जाता था। उनके बीच बना मार्ग अशोक वाटिका के दुर्ग में खुलता था। उपवन सौ एकड़ में फैला हुआ था और दुनिया के कोने-कोने से लाए गए वृक्षों से भरा था। फूलों की क्यारियां अपनी सुगंध फैला रही थीं और अपने आसपास रंगबिरंगी तितलियों से लेकर सुंदर

गुबरैलों तक विविध जीवन को आकर्षित करती थीं। हरे-भरे मैदानों, घास से भरी पहाड़ियों और मानव-निर्मित टीलों पर भव्य एकांत में मोर नृत्य करते थे। जीवन के इस प्रवाह में उनके आत्मतुष्ट दंभ ने गौरवपूर्ण स्थान ले लिया था। भगवान रुद्र का प्रिय माने जाने वाला मोर प्रचुर सौंदर्य भरे इस स्थान को लालित्य और मनोहरता प्रदान कर रहा था। उपवन के बीच में सुख-सुविधापूर्ण आवास के लिए सुसज्जित विलासितापूर्ण कुटियाएं थीं। उपवन के बीचोबीच स्थित भव्य कुटिया सीता को प्रदान की गई थी।

अशोक वाटिका नाम स्वयं तथ्य और प्रतीकात्मकता से भरा था। अशोक वृक्षों की बहुतायत, विशेषकर केंद्र में स्थित कुटियाओं के चारों ओर, नाम के शाब्दिक आशय को स्थापित करती थी। मगर इसमें निहित अर्थ कुछ और भी था। *दुख* के लिए संस्कृत का प्राचीन शब्द *शोक* था। इस तरह, अशोक का अर्थ था शोक-रहित। यह उपवन, यह अशोक वाटिका, प्रसन्नता, आनंद, यहां तक कि परम-सुख का मरु-उद्यान था। किंतु भारतीय स्वभाव से ही दार्शनिक किस्म के होते हैं; इसलिए स्वाभाविक रूप से उनकी प्रवृत्ति और गहराई में उतरने की होती है। और *अशोक* का अर्थ *दुख महसूस न करना* भी हो सकता है। कुछ लोग नियति से ही ऐसे दुख भोगने के लिए अभिशप्त होते हैं जो उनके अस्तित्व की नींव बन जाते है। वो जीवन के परिवर्तनों से अप्रभावित रहते हैं। कोई भी चीज़ उन्हें और अधिक पीड़ा नहीं दे सकती, क्योंकि वो पहले ही सहनशीलता के बिंदु से परे दुख झेल चुके हैं। दुख की नई बूंदें उनके पीड़ा-सागर में कोई लहर पैदा नहीं करतीं।

ऐसा ही *अशोक* कुंभकर्ण दुर्ग के द्वार पर अपने घोड़े को छोड़कर अशोक वाटिका की ओर जा रहा था।

रावण ने निर्णय लिया था कि सीता को सिगिरिया से दूर उपवन के सुरक्षित संरक्षण में रखा जाएगा। पिछले कई वर्षों से शहर में एक रहस्यमय महामारी फैली हुई थी। वो सीता को संकट में नहीं डालेगा। सुप्रशिक्षित महिला सैनिकों को यह सुनिश्चित करने के लिए वाटिका और दुर्ग में तैनात किया गया था कि वो भागें नहीं। भोजन, पुस्तकें, वाद्य-यंत्र और ऐसी सभी वस्तुएं उपलब्ध करवाई गई थीं जो स्वयं को व्यस्त रखने के लिए सीता को चाहिए होतीं। लेकिन सामान्यता के इन दिखावों में स्वयं को उलझाने के लिए सीता तैयार नहीं थीं।

'मैं जानती हूं कि तुम बस आदेशों का पालन कर रही हो,' उन्होंने विनम्रता से कहा। 'मगर मैं यह भोजन नहीं करूंगी।'

वो अपनी कुटिया के बाहर बरामदे में बैठी थीं। सैनिकों ने उनके सामने सिगिरिया के सबसे स्वादिष्ट व्यंजनों के पात्र रखे थे, जिन्हें रावण की अपनी रसोई के राजकीय रसोइयों ने पकाया था।

एक सैनिक ने विनम्रता से एक ढक्कन खोला। 'इस भोजन में विष नहीं है, महान विष्णु,' उसने उलझे मगर फिर भी आदरभाव से कहा। 'अगर आप आदेश करें, तो मैं अभी हर व्यंजन को चखकर आपकी दुविधा को दूर कर दूंगी।'

सीता हंसीं। 'रावण मेरे भोजन में विष क्यों मिलाएंगे? अब तक तो वो मुझे अनेक बार मार सकते थे। बहुत सुगमता से। मैं जानती हूं इसमें विष नहीं है। मगर मैं नहीं खाऊंगी।'

'किंतु...'

'मैं अपने जीवन के लिए रावण को अपने पति या मलयपुत्रों से सौदेबाजी नहीं करने दूंगी।' उन्होंने अपने अंगूठे से अपने पीछे स्थित कुटिया की ओर संकेत किया। 'वहां, और यहां आसपास, तुमने ऐसी हर संभव वस्तु हटा दी है जिससे मैं अपनी जान ले सकती हूं। अब मैं बस भोजन करने से इंकार कर सकती हूं। मैं समझती हूं कि तुम बस आदेशों का पालन कर रही हो, और मुझे तुमसे कोई शिकायत नहीं है। मगर मैं नहीं खाऊंगी।'

सकपकाई सैनिक याचना करने लगी। 'मगर, देवी... कृपया मेरी बात सुनें। हम आपको मरने नहीं दे सकते हैं। हमें आपको खाना खाने के लिए विवश करना पड़ेगा।'

सीता मुस्कुराईं। 'करके देख लो।'

कुंभकर्ण अशोक के एक पेड़ के पीछे छिपा यह सारा संवाद देख रहा था। अब उसने दृष्टि के दायरे में पग बढ़ाया। पलक झपकते विनम्र सीता ग़ायब हो गई थीं। वो खड़ी हो गईं, क्रोध ने उनके शरीर की एक-एक मांसपेशी को कठोर कर दिया था।

सैनिक पलटीं और कुंभकर्ण को देखकर लंका के राजपरिवार के सम्मान में एक घुटने पर बैठ गईं। उसने उन्हें जाने का इशारा किया और वो तुरंत चली गईं।

कुंभकर्ण ने सीता को तका। यह आश्चर्य से भी परे था। वो वेदवती की लगभग प्रतिकृति थीं। लगभग, मगर पूरी तरह नहीं। क्योंकि वेदवती शांत और भली थीं जबकि सीता स्पष्ट रूप से आक्रामक और जुझारू हो सकती थीं। अब समय था यह परखने का कि उनके अंदर अपनी मां की सी करुणा और निष्पक्षता का भाव था या नहीं।

'अगर आप नहीं खाना चाहतीं, तो खाने की आवश्यकता नहीं है, महा विष्णु,' कुंभकर्ण ने सीता की ओर बढ़ते हुए नर्मी से कहा। 'मगर क्या मैं आपसे इसे देखने का निवेदन कर सकता हूं?'

उन्होंने संदेह से उस लिपटी हुई कलाकृति को देखा जिसे कुंभकर्ण आगे बढ़ा रहा था।

'क्यों?' चौकस सीता गरजीं।

'एक कलाकृति को देखने से क्या हानि हो सकती है, रानी सीता?'

सीता विशालकाय कुंभकर्ण से पीछे खिसकीं, उन्होंने द्वंद्वात्मक मुद्रा में अपने हाथ उठा लिए और बोलीं, 'कलाकृति को खोलो।'

कुंभकर्ण ने धीरे से हामी भरी, सीता और अपने बीच दूरी बढ़ाने के लिए पीछे हटा, बेलनाकार बंधे चित्रफलक को थामा, और साभिप्राय, धीमे-धीमे उसे खोला।

वो भौचक्की रह गईं।

यह तो वही थीं। यह उनका चित्र था। मगर उनसे युवा, कोई इक्कीस-बाईस बरस की आयु का। उनके वस्त्र हल्के बैंगनी रंग के थे: दुनिया का सबसे मूल्यवान और राजपरिवारों का पसंदीदा रंग। चेहरा, शरीर, केश, सब कुछ बिल्कुल उनके जैसा था। सच कहें तो, लगभग उनके जैसा। क्योंकि कुछ सूक्ष्म से अंतर थे। चित्र में वो शांत और भली थीं, लगभग किसी ऋषिका की तरह। असल जीवन की सीता के विपरीत वो सुडौल, कमनीय और आकर्षक थीं। वो अधिक स्त्रियोचित थीं। कम बलिष्ठ, कम पतली। सीता के गौरवशाली युद्ध के घावों को चित्र में कहीं अभिव्यक्ति नहीं मिली थी।

ऐसा नहीं था कि अड़तीस वर्षीया सीता को चित्र में कहीं अधिक युवा रूप में परिवर्तित कर दिया गया था। इसके विपरीत, एक योद्धा देवी को एक अत्यंत रूपसी अप्सरा में बदल दिया गया था।

चित्रित स्त्री के सौंदर्य में कुछ दिव्य था। उसका चेहरा। उसकी आंखें। उसकी पवित्रता। सीता ने इतना रूपवती होने की कभी कल्पना नहीं की थी।

और फिर उन्हें समझ आया। यह चित्र प्रेमपूर्वक बनाया गया था। तूलिका का हर आघात एक आलिंगन था। वो प्रार्थना थी। समर्पण था। उससे आवेग, उत्कंठा टपक रही थी। यह चित्रकार गहराई से, पागलों की तरह और हृदयविदारक ढंग से चित्र के विषय से प्रेम करता था।

अजीब।

वो एक कदम पीछे हटीं और क्रोध से गरजीं। 'यह क्या बकवास है? तुम क्या करने की कोशिश कर रहे हो? यह चित्र किसने बनाया है?'

कुंभकर्ण का उत्तर सीधा-सरल था। 'मेरे भाई रावण ने।'

'प्रभु इंद्र की सौगंध, रावण इसे क्यों बनाएंगे? तुम लोगों ने जिस दिन मेरा अपहरण किया था, उससे पहले मैं कभी उनसे नहीं मिली। और निश्चय ही उस आयु में तो कभी नहीं मिली!'

'मैंने तो नहीं कहा कि वो आपसे पहले मिले हैं।'

'फिर तुम दोनों आखिर करना क्या चाह रहे हो? ये किस तरह के दिमागी खेल हैं? अच्छा सैनिक-बुरा सैनिक जैसा कुछ वाहियात है? तुम्हें सच में लगता है कि मै इन बेकार के झांसों में आ जाऊंगी?'

'हम आपको कोई झांसा नहीं दे रहे हैं।'

'अपने उस राक्षसी भाई से कह देना कि वो जब तक चाहें मेरे चित्र बनाते रह सकते हैं, मगर वो मुझे प्रभावित नहीं कर पाएंगे! मैं भूखे रहकर दम तोड़ दूंगी! मैं परम पवित्र प्रभु रुद्र की सौगंध लेती हूं!'

कुंभकर्ण की ये कहते हुए आंखें नम हो गईं, 'ये आप नहीं हैं। यह आपका चित्र नहीं है।'

सीता मौन हो गईं। लेकिन बस पल भर के लिए। और फिर उनका मुंह खुला रह गया, और उनके भाव नाटकीय रूप से बदल गए। क्रोध से

अचंभे में। वो लगभग समझ गई थीं कि अगला वाक्य क्या होगा। मगर ऐसा नहीं हो सकता था... ऐसा *नहीं* हो सकता था...

कुंभकर्ण ने आगे कहा, 'ये आपकी मां हैं। आपकी जन्मदात्री।'

अध्याय 3

'राम,' वशिष्ठ ने कहा, 'मुझे नहीं लगता आप समझ रहे हैं।'

'नहीं, गुरुजी,' राम ने पूरी विनम्रता से कहा। 'मैं समझ रहा हूं। और मैं अपना इरादा नहीं बदलूंगा।'

अयोध्या राजपरिवार के राजगुरु ने अपने रोष को नियंत्रित करने की भरपूर कोशिश की। राम जब कोई इरादा कर लेते थे, तो वो अत्यंत हठी हो जाते थे। कोई बात उन्हें विचलित नहीं कर सकती थी। वो गुरु भी नहीं जिन्हें वो पिता के समान सम्मान देते थे।

हनुमान, राम और लक्ष्मण तीस वायुपुत्र सैनिकों के साथ तेजी से उत्तर में पवित्र ताप्ती नदी की ओर चल पड़े थे। ताप्ती भारत की उन दो बड़ी नदियों में से एक है जो अपने पूरे मार्ग में पूर्व से पश्चिम की ओर बहती हैं; दूसरी पवित्र नर्मदा नदी है। भारतीय, जो हर चीज़ में कोई दिव्य योजना देखते थे, इस नदी से अथाह प्रेम करते थे, जो सूर्य की दिशा में बहती थी। शायद इसीलिए नाम था: तप, विशेषकर संयम और ध्यान का तप। संयम के ताप से ऊष्मित, ताप्ती नदी के तटों पर आश्रमों की कतार थी, जिन्हें महान ऋषियों और ऋषिकाओं ने योग-ज्ञान पिपासुओं के लिए स्थापित किया था। वशिष्ठ ऐसे ही एक आश्रम में राम, लक्ष्मण और हनुमान की प्रतीक्षा कर रहे थे। वो आश्रम कभी पवित्र संत चांगदेव का आवास हुआ करता था।

ऋषि चांगदेव का आशीर्वाद लेने के बाद यह दल आश्रम से चल दिया। अब वो नाव से ताप्ती नदी के नीचे खंभात की खाड़ी की ओर जा रहे थे, जो कि पश्चिमी समुद्र का हिस्सा था, जहां से उनका इरादा उत्तर की ओर जाने का था। तिकोने आकार की खंभात की खाड़ी पश्चिमी समुद्र का द्वार है, और दाहिनी ओर दक्षिणी प्रायद्वीप और बाईं ओर सौराष्ट्र के बीच स्थित है। वो इस त्रिकोण से होते हुए कुछ घंटे दूर स्थित अपने अंतिम पड़ाव, बंदरगाह नगर लोथल की ओर जाएंगे।

'मेरी बात सुनें, राम,' राम के निर्णय से बुरी तरह परेशान वशिष्ठ ने कहा। 'मुझे नहीं लगता यह कारगर होगा। मुझे नहीं लगता हनुमान अकेले यह कर सकते हैं।'

'मैं आपसे असहमत हूं, गुरुजी,' हनुमान ने बात काटी। 'यह किया जा सकता है। और मैं अकेला नहीं होऊंगा। मलयपुत्र लंका को जानते हैं, उन्हें सिगिरिया दुर्ग के गुप्त प्रवेशद्वारों के बारे में पता है। और मैं मलयपुत्रों को जानता हूं। हम यह कर लेंगे।'

योजना सीधी सी थी। हनुमान चोरी छिपे कुछ ऐसे मलयपुत्रों के साथ सिगिरिया में घुसेंगे जिन्हें वो अच्छे से जानते थे। वो सीता को ढूंढ़ेंगे और उन्हें लेकर एकदम खामोशी से निकल आएंगे। लक्ष्यगत आक्रमण। खुले युद्ध से यह कहीं अधिक प्रभावी होगा। अनेक जानें बचाई जा सकेंगी।

'आपको सच में लगता है कि वो ऐसा होने देगा? इतनी आसानी से?' वशिष्ठ ने पूछा। 'आपको नहीं...'

'आपको टोकने के लिए क्षमा चाहता हूं, गुरुजी,' हनुमान ने याचना में अपने हाथ जोड़ते हुए कहा। 'किंतु आपको रावण की चिंता करने की आवश्यकता नहीं है। आप जानते हैं कुंभकर्ण अपने जीवन के लिए मेरा ऋणी है। और वो मर्यादापूर्ण है। वो मेरे ऋण को अस्वीकार नहीं करेगा। मैं सीता को जीवित, और सकुशल लंका से निकाल लाऊंगा।'

वशिष्ठ ने लंबी सांस ली और फिर तीव्रता से छोड़ दी। हताशा में। 'मैं रावण की बात नहीं कर रहा हूं। स्थिति पर उसका नियंत्रण नहीं है।'

राम और हनुमान समझ गए कि वो किसकी बात कर रहे हैं।

उनकी जो उनके मित्र से घोर शत्रु बन गए थे। विश्वामित्र।

वो मौन रहे।

'गुरुजी,' राम ने अंततः विनम्र दुस्साहस से कहा, 'मेरा आपसे निवेदन है कि अपने पूर्वाग्रह को...'

वशिष्ठ ने तीव्र स्वर में उन्हें टोका। 'राम, आप मुझे पूर्वाग्रह-ग्रस्त कह रहे हैं? मैं आपको आश्वस्त कर दूं मैं जानता हूं वो... वो... आदमी... मैं उसे किसी भी व्यक्ति से अधिक जानता हूं। उससे भी अधिक जितना वो स्वयं अपने को जानता है।' वशिष्ठ रुके और उन्होंने स्वयं को संभाला। 'वो यह युद्ध चाहता है। इससे उसका उद्देश्य पूरा होता है। उसने रावण की एक महादुष्ट की छवि बना दी है, जैसे कोई बूचड़ बलि के बकरे को खिलाता-पिलाता है। और अब वो आदमी रावण की आनुष्ठानिक बलि देना चाहता है। वो युद्ध चाहता है। मलयपुत्र इस अभियान में हनुमान की सहायता नहीं करेंगे। मेरा विश्वास करें। मैं जानता हूं।'

राम ने कुछ नहीं कहा, वो अपने गुरु द्वारा क्रोध के इस सार्वजनिक प्रदर्शन पर हतप्रभ थे। उन्होंने कभी उन्हें इस तरह ऊंचे स्वर में बोलते नहीं सुना था। न ही अपना आपा खोते देखा था।

हनुमान ने शांत स्वर में कहा। 'गुरुजी, सारे मलयपुत्र युद्ध नहीं चाहते हैं। मैं ऐसे कुछ को जानता हूं जो यह नहीं चाहते। आप भी तो कभी मलयपुत्र थे। आप जानते हैं कि वो भी अंदर से उतने ही बंटे हुए हैं जितने कि हम वायुपुत्र हैं। उनमें से कुछ मेरी सहायता करेंगे, मुझे विश्वास है। हमें क्या युद्ध से बचने और असंख्य जीवनों को बचाने की कम से कम कोशिश भी नहीं करनी चाहिए?'

'मैं चाहता हूं आप विश्वामित्र और अरिष्टनेमी से दूर रहें,' वशिष्ठ ने कठोरता से कहा। 'आप उनसे कोई सहायता नहीं लेंगे। आप सुनिश्चित करेंगे कि उन्हें आपकी योजनाओं की भनक भी न लगे।'

'जी, गुरुजी। मैं इसका ध्यान रखूंगा,' हनुमान ने कहा।

हनुमान को लगा कि वशिष्ठ मलयपुत्र-प्रमुख विश्वामित्र से अपनी शत्रुता के कारण इसके लिए आग्रह कर रहे हैं। मगर हनुमान गलत थे। वशिष्ठ के पास कही अधिक गहरा कारण था।

निकटतम युद्ध को जीतने के लिए युद्धनीतिज्ञ आने वाले कल पर ध्यान केंद्रित करते हैं। रणनीतिकारों का ध्येय परसों पर होता है। उन्हें युद्ध जीतना ही होगा। अयोध्या के राजगुरु वशिष्ठ भविष्य में आने वाले दिनों के बारे में सोच रहे थे।

वशिष्ठ अनिश्चित और परेशान से दिखे। और फिर उन्होंने हथियार डाल दिए। वो राम और हनुमान से भले ही असहमत हों, मगर सीता में उन्हें विश्वास था।

राम समझ नहीं रहे हैं। मगर सीता समझेंगी। वो हनुमान के साथ वापस नहीं आएंगी। वो नहीं आएंगी। वो जानती हैं कि वो नहीं आ सकतीं। भले ही इसका अर्थ अपने जीवन को संकट में डालना हो।

मगर वशिष्ठ भी अंधेरे में थे। उन्हें वो पता नहीं था जो विश्वामित्र को पता था। वो नहीं जानते थे कि सीता रावण के लिए क्या अर्थ रखती हैं।

अगले दिन, सुबह-सुबह, रावण धीरे-धीरे चलता अशोक वाटिका में पहुंचा। प्रभावशाली व्यक्तित्व वाला साठ वर्षीय राजपुरुष। पीठ के हल्के से झुकाव से इस विशाल शरीर को भार वहन करने में रीढ़ की हड्डी की अक्षमता का आभास हो रहा था। कभी बलिष्ठ और शक्ति से भरपूर रहे कंधों और बांहों पर त्वचा के फैलने के निशानों से मांसपेशियों के सिकुड़ने का संकेत मिल रहा था। माथे पर गहरी लकीरें थीं और आंखों के कोनों पर महीन रेखाएं बनने लगी थीं। उसके गालों पर धुंधले से धब्बे थे, जो बचपन में हुई चेचक की विरासत थे। कभी काले घने रहे केशों में अब पीछे खिसकते हुए सफेदी चमकने लगी थी। दाढ़ी घनी थी, हालांकि यौवन की चमकीली काली दाढ़ी अब सफ़ेद होने लगी थी।

एक बूढ़ा होता, आंशिक रूप से दुर्बल सिंह। मगर एक नए उद्देश्य वाला सिंह। एक सिंह जिसे दूसरा अवसर भेंट किया गया था।

उसके साथ उसका भाई कुंभकर्ण चल रहा था। उसने लंबे-चौड़े रावण को भी बौना बना दिया था। उसकी बालों भरी काया मनुष्य से अधिक किसी विशाल भालू जैसी प्रतीत हो रही थी। उसके कानों और कंधों पर मौजूद विचित्र से उपांग उसे नागा घोषित करते थे।

दोनों भाइयों के पीछे भोज्य पदार्थों से भरे थाल लिए सेवक-सेविकाओं का दल था।

सीता अपनी कुटिया के बाहर बरामदे में बैठी थीं, उनका आरामदेह आसन उनकी स्पष्ट असहजता का घोर विरोधाभास था। गत दिवस कुंभकर्ण के रहस्योद्घाटन ने उनकी नींद उड़ा दी थी। वो जानती थीं कि

वो अब अपनी जान नहीं ले सकती थीं। तब तक नहीं जब तक कि वो अपनी जन्मदात्री मां के बारे में और अधिक नहीं जान लेतीं। साथ ही, सच कहें तो, रावण के साथ अपनी मां के संबंध को भी। इसलिए पिछली रात सीता ने खाना खा लिया था। लंका में अपना पहला भोजन।

शोरगुल सुनकर उन्होंने अपना सिर घुमाया। रावण और कुंभकर्ण वृक्ष-रेखा को पीछे छोड़कर खुले मैदान में आ गए थे। उनके पीछे सूरज उग आया था।

सीता सतर हो गईं। और कांप उठीं।

सेविकाएं दौड़कर लंका के राजपुरुषों से आगे गईं और जल्दी से सीता की कुटिया से एक बेंत की पीठिका बाहर ले आईं। उन्होंने उसे सीता के सामने रख दिया। दूसरी सेविकाओं ने बेंत के दो आसन निकाले और पीठिका के आसपास रख दिए। इतने उपयुक्त समय पर कि रावण और कुंभकर्ण चुस्ती से उन पर बैठ गए।

रावण ने सीता को तका, हैरानी का भाव उसके चेहरे पर तिर गया। उसने कल्पना भी नहीं की थी कि वो उस चेहरे को फिर कभी जीता-जागता देखेगा। उसका दिल जोरों से धड़कने लगा।

कुंभकर्ण बोला। 'क्या हम आपके साथ नाश्ता कर सकते हैं, राजकुमारी?'

सीता मौन रहीं। निश्चल और मूक। मगर उनकी आंखें वाचालता से कह रही थीं। *तुम्हारा राज्य है। तुम्हारा नगर है। तुम्हारा उपवन है। तुम्हें कौन रोक सकता है?*

'धन्यवाद,' कुंभकर्ण ने उस चुनौती देते भाव को विनम्रता से उत्तर दिया।

दोनों भाई अपने आसनों पर सहज हो गए थे। उत्साही सेविकाओं ने शीघ्रता से पीठिका पर भोजन सजा दिया। उनके सामने तीन चांदी के थाल रख दिए गए। प्रमुख सेविका ने चांदी के बड़े से पात्र का ढक्कन हटाया तो भीनी-भीनी सुगंध उठी और हवा में घुल गई। उसने उदासीन बैठी सीता को भी भोजन को देखने के लिए विवश कर दिया था। संसाधित, नर्म और चपटे चावलों को सरसों, जीरे, करी पत्तों, प्याज और हरी मिर्चों के साथ हल्के से भपाया गया था। भुनी हुई मूंगफलियों ने इस व्यंजन को वनस्पति-आधारित पोषण का समृद्ध स्रोत बना दिया था। यह गोदावरी के प्रदेश का

पोहा नाम का व्यंजन था। राजकीय रसोइए का अनुमान था कि अनेक वर्ष पंचवटी में रहने के बाद सीता इसे पसंद करेंगी। एक सेविका ने चांदी के तीन गिलासों में छाछ डाली और थालों के पास रख दी।

रावण मुस्कुराया और उत्साह में उसने अपने हाथ मले। 'हम्म... स्वादिष्ट सुगंध है।'

वो सच में बहुत प्रयास कर रहा था। अजीब तौर पर मित्रवत सा। उसने यह नहीं बताया कि इस भोजन के लिए चावल विशेष रूप से गोकर्ण से मंगवाए गए थे। व्यावहारिक रूप से सिगिरिया में सब लोग गेहूं खाते थे, चावल लगभग कोई नहीं खाता था। यह बहुत महंगा भोजन था।

कुंभकर्ण ने अपने भाई को देखा और हल्के से मुस्कुराया। उसने उस जीवन के बारे में सोचा जो वो जी सकते थे। अगर कि...

दो सेविकाओं ने पानी के पात्र और एक कटोरा लेकर उन्हें घेर लिया, ताकि तीनों विराजित राजवंशी लोग हाथ धो सकें।

एक तीसरी सेविका पोहे परोसने वाली थी कि रावण ने हाथ उठाकर उसे रोक दिया।

'इतना पर्याप्त है,' रावण ने कहा। 'हम स्वयं परोस लेंगे।'

सेविका भौचक्की रह गई। मगर वो जानती थी, लंका के लगभग हर व्यक्ति की भांति कि उन्हें रावण से कभी प्रश्न नहीं करना चाहिए। कभी नहीं।

उसने पीठिका पर पात्र रख दिया और सेवक-दल सम्मानपूर्वक पीछे को चलते हुए वहां से हट गया। उनमें अपने राजा की ओर पीठ करने की हिम्मत नहीं थी।

रावण ने अन्यमनस्कता से उन्हें देखा और मुस्कुराया। 'धन्यवाद।'

कुंभकर्ण ने अपनी भंवें उठाईं, शिष्टाचार के इस असामान्य प्रदर्शन पर उसे सुखद आश्चर्य हुआ था। मगर सेविकाएं अवाक थीं। उलझन में पड़कर उनके कदम थम गए, फिर जल्दी से उन्होंने स्वयं पर नियंत्रण पाया और झटपट ओझल हो गईं।

रावण सीता की ओर मुड़ा। 'कृपया... खाएं।'

सीता ने कोई प्रतिक्रिया नहीं की। वो सोद्देश्य धरती को तकती रहीं।

रावण खड़ा हुआ, हाथ बढ़ाकर उसने सीता की थाली उठा ली, उसमें थोड़ा सा पोहा निकाला और शालीनता से उनके सामने थाली रख दी।

सीता ने आंख नहीं उठाईं।

रावण की त्योरियां चढ़ गईं।

शायद इन्हें संदेह है कि भोजन में विष है।

उसने तेजी से अपने लिए पोहे परोसे और फिर उंगलियों के पोरों में थोड़ी सी मात्रा ली। शालीन व्यवहार। उसने पोहे मुंह में रखे।

'मम्म... वाह। स्वादिष्ट हैं,' रावण ने धीरे से कहा।

कुंभकर्ण भी खाने लगा।

मगर सीता वहीं बैठी रहीं। मौन। निश्चल।

अपनी नसों को देखती। घृणा से।

उनमें उनका रक्त था। वो जैसे महसूस कर पा रही थीं कि उनका स्तंभित हृदय उनकी नसों से प्राप्त होने वाले रक्त को अस्वीकार कर रहा है।

मेरा रक्त...

इसका रक्त...

प्रभु रुद्र... नहीं... दया करें...

आप इस तरह मेरी परीक्षा कैसे ले सकते हैं?

यह दुष्ट नहीं... यह राक्षस नहीं...

कुंभकर्ण अचानक समझ गया कि उनके मन में क्या चल रहा है। उसकी निगाह अपने भाई की ओर गई।

लंका का राजा सीता को देख रहा था और क्रुद्ध हो रहा था। 'आप खा क्यों नहीं...'

फिर रावण भी समझ गया। उसकी आंखें क्रोध से भभक उठीं और उसका हाथ अपने गले में पड़ी चेन से लटकते उंगलियों के पोरों के पेंडल पर पहुंच गया। उसने वेदवती का हाथ थाम लिया।

कुंभकर्ण लगभग उछलकर खड़ा हो गया था और जब उसने अपने भाई के भावों को बदलते देखा तो फिर से बैठ गया।

रावण के चेहरे पर एक उदास सी मुस्कुराहट फैल गई। उसने उसे शांत कर दिया था। उसने उसका ध्यान केंद्रित कर दिया था। उसकी देवी ने... दूसरी दुनिया से उसकी सहायता की थी।

कुछ लोग कहते हैं कि ध्यान केंद्रित करने के लिए ऐसा मन चाहिए जिसमें निर्भीक बुद्धि हो। वो गलत कहते हैं। क्योंकि शांत हृदय के नियंत्रण के बिना निर्भीक बुद्धि दिशाहीन प्रक्षेपास्त्र जैसी होती है। यह किसी को भी ध्वस्त और नष्ट कर सकती है, स्वयं को भी।

'सीता...' रावण ने धीरे से कहा।

सीता अविचलित थीं।

'रानी सीता!' इस बार रावण ने जोर से कहा।

सीता ने ऊपर देखा। और अपनी अपलक दृष्टि से उसे भेद दिया।

'आपकी मां का नाम वेदवती था। वो एक देवी थीं। मैं उनसे प्रेम करता था और उनकी पूजा करता था। मैं अभी भी उनसे प्रेम और उनकी पूजा करता हूं।' रावण ठहरा और फिर सारगर्भित रूप से आगे बोला। 'और आपके *पिता* का नाम पृथ्वी था।' रावण ने 'पिता' शब्द पर विशेष रूप से बल दिया था। 'आपके पिता एक भले मानुस थे। निर्बल, मगर अच्छे व्यक्ति।'

सीता की आंखें हैरानी से फैल गईं। उनके कंधे तनावमुक्त होकर शिथिल हो गए और होंठों से एक गहरी सांस निकली। रावण ने लगभग उनके विचारों को पढ़ लिया था।

ओह, ईश्वर को धन्यवाद! मेरे अंदर इसका रक्त नहीं है!

सीता को अचानक अहसास हुआ कि वो कितनी अभद्र हो रही थीं। 'मैं... मेरा मतलब यह नहीं...'

रावण हंसने लगा। 'कोई बात नहीं। आप वेदवती की पुत्री हैं। मैं आपसे क्रुद्ध नहीं हो सकता।'

कुंभकर्ण ने आश्चर्य से अपने भाई को देखा। और पछतावे से। पछतावा कि रावण क्या हो सकता था। उनका जीवन क्या हो सकता था। अगर कि...

रावण ने मुस्कुराते हुए सीता की थाली की ओर संकेत किया। 'बात करने के लिए बहुत समय होगा। अभी तो भोजन करते हैं।'

अध्याय 4

'दादा क्या कहते हैं?' शत्रुघ्न ने पूछा।

भरत और शत्रुघ्न अयोध्या के राजमहल के पारिवारिक कक्ष में बैठे थे। उन्हें अभी-अभी एक पंछी द्वारा अपने बड़े भाई राम का संदेश प्राप्त हुआ था।

'वो हमसे कह रहे हैं कि सेना को युद्ध के लिए संगठित न करें,' भरत ने उत्तर दिया। 'वो युद्ध किए बिना सीता भाभी को लंका से निकालने का मार्ग तलाश रहे हैं। युद्ध की भारी तलवार के स्थान पर शल्य चिकित्सा की किसी सूक्ष्म छुरी के प्रयोग जैसा कुछ।'

शत्रुघ्न की भौंहें चढ़ गईं। 'मैं आशा करूंगा कि यह कारगर हो। किंतु मैं इसके भरोसे नहीं रहूंगा।'

'राम दादा सैनिकों का जीवन बचाने का प्रयास कर रहे हैं।'

'जो कि सही भी है... किंतु अगर वो असफल रहे तो? और हमने युद्ध के लिए कूच करने में बहुत देर कर दी तो? आपको क्या लगता है हमारे अधीनस्थ राज्य इसे किस तरह लेंगे? कुछ राक्षस अयोध्या की रानी को उठा ले गए और हमने अपनी सेना को कूच तक नहीं करवाया? हम सारे प्रांत में विद्रोह को उकसा देंगे।'

भरत ने शत्रुघ्न को देखा। 'यह अयोध्या के राजकुमार का रणनीतिज्ञ मस्तिष्क बोल रहा है? या यह एक देवर का नैतिक क्रोध है?'

'आप क्रुद्ध नहीं हैं, दादा? वो हमारी भाभी हैं,' शत्रुघ्न ने कहा, उनकी मुट्ठियां कस गई थीं। 'लंका के उस राक्षस की ऐसा करने की हिम्मत कैसे हुई? योद्धाओं की तरह लड़े, वो उचित है। मगर यह... यह तो अधर्म है।'

भरत ने हामी भरी।

'साम्राज्य और हमारे वंश दोनों के धर्म ये कहते हैं कि हम अपनी सेना और नौसेना को तैयार करें,' शत्रुघ्न कहते रहे। 'किसी भी स्थिति में हमें कुछ सप्ताह तो चाहिए ही होंगे। आशा करते हैं कि राम दादा जो भी योजना बना रहे हैं, उसमें सफल हों। अगर वो असफल होते हैं, तो हमें एक दिन के भीतर लंका के लिए कूच करना होगा।'

'हां,' भरत ने कहा। 'आदेश दे दो।'

'आपको देखकर बहुत अच्छा लगा, मेरे मित्र,' नारद ने हनुमान को गले लगाते हुए कहा।

राम, लक्ष्मण, वशिष्ठ, हनुमान और वायुपुत्र सप्त सिंधु के महत्वपूर्ण बंदरगाह नगर लोथल पहुंच गए थे। दल के एक बड़े भाग को विश्राम-गृह में छोड़कर वशिष्ठ, राम और हनुमान तुरंत ही हनुमान के मित्र नारद से मिलने चल दिए थे।

नारद उत्कृष्ट व्यापारी थे, और साथ ही कला, काव्य और नवीनतम मसालेदार समाचारों के प्रेमी थे। हनुमान ने उन्हें बताया था कि जानकारियां पाने के लिए वो सप्त सिंधु के सबसे शक्तिशाली राज्य की गुप्तचर सेवाओं से बेहतर स्रोत हैं।

'बहुत समय हो गया!' हनुमान ने कहा।

'हां,' नारद ने मुस्कुराते हुए कहा। 'मुझे लगा आप मेरी उपेक्षा कर रहे हैं!'

नारद उन दोनों व्यक्तियों की ओर मुड़े जो उनके मित्र के साथ आए थे।

हनुमान ने वशिष्ठ की ओर संकेत किया। 'ये हैं...'

'अरे, मैं गुरु वशिष्ठ को जानता हूं,' नारद ने ऋषि के पैर छूने के लिए झुकते हुए कहा।

'आयुष्मान भव,' वशिष्ठ ने नारद के सिर पर हाथ रखकर उन्हें लंबी आयु का आशीर्वाद दिया।

'आह, गुरुजी....,' नारद ने कहा। 'मेरा मानना है कि ऐसा जीवन जो आवेगों से तेजी से सुलगता हो, भले ही कुछ देर को, ऐसे जीवन से बेहतर है जो फड़फड़ाते हुए लंबी आयु के लिए एड़ियां रगड़ता है।'

वशिष्ठ समझ नहीं पाए कि एक सामान्य से आशीर्वाद पर इस विचित्र सी प्रतिक्रिया को किस तरह लें। वो मौन रहे।

आंखों में एक शरारत भरी चमक लिए नारद आगे कहने लगे, 'अच्छा, तेज सुलगने की बात पर, गुरु विश्वामित्र और आप के बीच यह छत्तीस का आंकड़ा क्यों है? और आवेग की बात पर, ये नंदिनी कौन हैं?'

वशिष्ठ को हनुमान ने चेतावनी दी थी कि नारद का हास्य-भाव बहुत विचित्र सा है। मगर फिर भी वो हतप्रभ रह गए। उन्हें लोथल के इस व्यापारी से इतना मुंहफट होने की अपेक्षा नहीं थी। मगर पल भर में ही वो समझ गए कि नारद क्या कर रहे हैं। वो अपने हास्य-भाव का सहारा लेकर उन्हें उकसाने और फिर जानकारी निकालने का प्रयास कर रहे थे। यह था उनके हुनर का रहस्य!

वशिष्ठ मुस्कुराए और हनुमान की ओर मुड़े। 'आपने सही कहा था।' नारद की ओर संकेत करते हुए वशिष्ठ आगे कहने लगे, 'ये भलेमानुस बहुत उपयोगी सहयोगी हैं।' वो नारद को देखकर मुस्कुराए और बोले, 'चिढ़ाऊ मगर उपयोगी सहयोगी।'

नारद हंसे, वशिष्ठ जिस तरह सफ़ाई से उन्हें जवाब देने से बच निकले थे, उसे उन्होंने सराहा। 'मैं प्रभावित हुआ, गुरुजी।' राम की ओर मुड़कर नारद ने कहा, 'तो आप विष्णु हैं?'

राम निष्कपट, अति-सत्यवादी, और नई-नई निर्मित नदी के निर्मल जल की तरह पारदर्शी थे। अपने गुप्त मंतव्यों पर केंद्रित पुरुषों का मौखिक द्वंद्व उनके लिए नहीं था; वो तो केवल सत्य और विधान पर केंद्रित रहते थे, भले ही सत्य और विधान उनके विरुद्ध जाएं। उनका उत्तर सीधा-सपाट था। 'उन लोगों द्वारा मेरी पत्नी सीता को विष्णु के रूप में मान्यता दी गई है, जिन्हें विष्णु को मान्यता देने का अधिकार है—मलयपुत्रों ने। हमें उन्हें

बचाना होगा, केवल इसलिए नहीं कि वो मेरी पत्नी हैं, बल्कि इसलिए कि वो भारत माता के लिए महत्वपूर्ण हैं। आप हमारी सहायता करेंगे या नहीं?'

अचंभित नारद को प्रतिक्रिया देने में समय लगा। वयस्कों में निश्छलता और सत्यनिष्ठा बहुत दुर्लभ होती हैं। जीवन यातना दे-देकर इन गुणों को लोगों से निकाल देता है, और उनके स्थान पर आक्रोश या द्वेषभाव घर कर लेता है। कुछ वयस्क अपनी कड़वाहट को एक और नाम दे देते हैं—परिपक्वता। अपने स्वार्थीपन और कायरता को छिपाने के लिए एक खूबसूरत शब्द। प्रचंड साहस, शांत सत्यवादिता और विशुद्ध निष्कपटता के इस असाधारण मेल को देखना सुखकर था... और वो भी उस व्यक्ति में जिसने इतने कष्ट झेले थे। *यह मनुष्य, अयोध्या का राजा, विशिष्ट है।*

नारद मुस्कुराए। 'आपकी सहायता करना मेरे लिए गौरव का विषय है।'

हनुमान बोले। 'आप हमारे साथ चलेंगे, मेरे मित्र?'

'हां, बिल्कुल चलूंगा,' नारद ने कहा। 'लेकिन आपको किसी और को भी बर्दाश्त करना होगा। एक पूर्व मलयपुत्र। वो अक्सर लंका जाती रही हैं और मेरी जानकारी में एक वही हैं जो हमें सिगिरिया के अंदर ले जा सकती हैं।'

हनुमान की भंवें टेढ़ी हुईं।

नारद ने द्वार की ओर देखा और पुकारा, 'सुरसा!'

हनुमान जड़ हो गए। सुरसा नारद की एक चाकर थी। हठी, रूपसी, और आक्रामक, वो हनुमान से अतिशय प्रेम करती थी—आजीवन ब्रह्मचर्य का प्रण लेने वाले नागा वायुपुत्र को इससे बहुत असहजता होती थी।

'हनु!' कक्ष में आते हुए सुरसा चिल्लाई।

हनुमान कसमसा गए। उन्हें यह नाम बिल्कुल नहीं भाता था।

अगले दिन सुबह-सुबह, रावण और कुंभकर्ण अशोक वाटिका में सीता की कुटिया में पहुंचे।

एक दिन पहले ही उन्होंने उस असहज सी ख़ामोशी को पस्त कर दिया था, इसमें सहायक रहा भोजन जो भारतीयों को सबसे अधिक लुभाता है। कल पोहा था। आज राजमहल के रसोइयों ने एक भिन्न व्यंजन पकाया था। चावल और उड़द की दाल में खमीर उठाकर और पीसकर गाढ़ा घोल बनाया गया था। इस घोल के छोटे-छोटे भागों को केले के पत्तों में लपेटकर भाप में उड़नतश्तरीनुमा गोलों में पकाया गया था। इन्हें केले के पत्तों में लिपटे हुए ही परोसा गया था, और साथ में थी नारियल की चटनी और दालों, इमली और मसालों के अद्भुत मेल से तैयार व्यंजन। इसमें प्रतिरोधक क्षमता बढ़ाने के लिए प्रसिद्ध सहजन की फलियां डूबी हुई थीं। वो इस भोजन को इडली-सांभर कहते थे।

इस भोजन के लिए एक बार फिर चावल गोकर्ण से मंगवाया गया था।

रावण ने बड़ी बेतरतीबी से कलेवा किया था, अब उसे पिछले दिन की तरह शालीनता के दिखावों से सीता को प्रभावित करने की आवश्यकता महसूस नहीं हो रही थी। सहज रूप से परिष्कृत कुंभकर्ण ने धीरे-धीरे, भद्रता से खाना जारी रखा।

सीता ने रावण को देखा और बोलीं, 'मुझे मेरी मां के बारे में बताएं...'

रावण ठहरा और उसने सीता पर निगाह डाली। उसने एक रूमाल उठाकर अपने हाथ को पोंछा। उसके चेहरे पर एक उदास मुस्कुराहट फैल गई। 'कहां से आरंभ करूं? एक देवी का वर्णन कैसे करूं?'

'आरंभ से आरंभ करें। यह हमेशा सही होता है।'

'मैं उनसे तब मिला था जब मैं चार बरस का था।'

'और वो कितनी बड़ी थीं?'

'संभवतः आठ-नौ वर्ष की, शायद... मुझे तभी उनसे प्रेम हो गया था।'

'चार वर्ष की आयु में आपको प्रेम कैसे हो सकता था?'

'हो सकता है, अगर आपके प्रेम का पात्र कन्याकुमारी हों।'

'मेरी मां कन्याकुमारी थीं?' सीता ने आश्चर्य से पूछा।

'हां,' रावण ने उत्तर दिया।

भारत के अनेक हिस्सों में कन्याकुमारी को पूजने की प्राचीन परंपरा थी। कन्याकुमारी को स्वयं देवी का अवतार माना जाता था। कहा जाता था कि देवी मां कुछ विशिष्ट कन्याओं के अंदर अस्थायी रूप से वास करती हैं। इन कन्याओं को जीवित देवी की तरह पूजा जाता था। लोग परामर्श लेने और भविष्य जानने के लिए उनके पास आते थे— राजा-रानी भी अक्सर उनके अनुयायियों में शामिल होते थे। जब वो रजस्वला हो जाती थीं, तो देवी किसी दूसरी कन्या के शरीर में चली जाती थीं। भारत में कन्याकुमारी के अनेक मंदिर थे।

'वो किस मंदिर की कन्याकुमारी थीं?'

'पूर्वी भारत में वैद्यनाथ मंदिर की। मगर वो अतुलनीय थीं। उनके जोड़ की न कोई कन्याकुमारी हुई हैं और न होंगी। वो अद्वितीय थीं। नेक, दयालु, करुणामयी, पवित्रात्मा। उनकी दिव्यता कभी समाप्त नहीं हुई थी। मेरे लिए वो इसलिए देवी नहीं थीं कि देवी मां ने उन्हें चुना था। वो तो उनके चरित्र ने उन्हें दिव्य बनाया था। हर तरह से संपूर्ण। संपूर्ण...'

सीता ने कोई बात पकड़ी थी। 'वो वैद्यनाथ की थीं? जब मेरा जन्म हुआ था तब उनकी क्या आयु रही होगी?'

'संभवतः छब्बीस या सत्ताईस वर्ष...' रावण ने उत्तर दिया।

अनेक पूर्व कन्याकुमारियां अपनी शेष आयु बिताने अपने मंदिर में लौट जाती थीं।

'मुझे मेरे दत्तक माता-पिता ने त्रिकूट के पर्वतों के निकट पाया था। जो वैद्यनाथ से बहुत दूर नहीं हैं।'

रावण और कुंभकर्ण को आभास था कि अब क्या बात उठेगी। स्पष्ट सा प्रश्न। किसी भी दत्तक संतान के मन में उठने वाले स्पष्ट प्रश्न।

'मेरे माता-पिता ने मुझे क्यों त्याग दिया था?' सीता ने पूछा। 'वो मुझे लेने वापस क्यों नहीं आए? अब वो कहां हैं? यहां लंका में हैं?'

रावण नीचे देखने लगा। उसकी आंखें आंसुओं से धुंधला गई थीं। इतने बरस बीत गए थे, फिर भी उस भयानक दिन की याद उसके दिल के लाखों टुकड़े कर देती थी।

सीता कुंभकर्ण की ओर मुड़ीं। 'उन्होंने मुझे क्यों त्यागा, कुंभकर्णजी? और उन्होंने मुझे नकारना जारी क्यों रखा? इन अड़तीस वर्षों में क्या कभी

मेरी मां ने अपनी संतान को देखना नहीं चाहा? क्या एक करुणामयी देवी और उनके पति से यह अपेक्षित है? आप कहते हैं कि आप उन्हें जानते हैं। आपको पता होगा क्यों...?

'वीर विष्णु...' कुंभकर्ण ने धीरे से कहा, उसका स्वर पीड़ा से लड़खड़ा रहा था। 'उन्होंने नहीं... कन्याकुमारी... वो...'

'अब कहां हैं वो? क्या वो यहां हैं?'

रावण ने सीता को देखा, उसके हाथ ने कसकर उंगली की हड्डियों के पेंडल को जकड़ रखा था। 'वो यहां हैं।'

सीता की दृष्टि रावण के गले में पड़े पेंडल पर पड़ी। दो मानव उंगलियों की हड्डियां—सोने की कड़ियों में सावधानीपूर्वक कसे दो पोर। सब कुछ समझते ही उनकी आंखें आंसुओं से धुंधला गईं।

रावण बुदबुदाया, मानो किसी सुदूर देश में हो, 'आपके जन्म के कुछ ही समय बाद, वेदवती और पृथ्वी की मृत्यु हो गई जब...' रावण रुक गया। उसने गहरी सांस भरी और स्वयं को सुधारा। 'वेदवती और पृथ्वी को मार डाला गया...'

सीता का हाथ उठा और उन्होंने अपने मुंह को ढांप लिया, उनके गालों पर आंसू बहने लगे थे।

रावण रुक जाना चाहता था। मगर शब्द जैसे अपनी इच्छा से उसके मुंह से लुढ़कते जा रहे थे। वो जानता था कि उसे कहना जारी रखना होगा। वेदवती की पुत्री सच जानने की अधिकारी थीं। 'कुछ... मैं...' अब वो दुख से कांप रहा था। 'मैंने दानस्वरूप उन्हें कुछ धन दिया था। वो दुष्ट... स्थानीय भूस्वामी का बेटा... वो अपने गिरोह के साथ आया... उसने धमकी दी... उसने... उन्होंने... छुरे...'

अब सीता बुरी तरह रो रही थीं।

रावण अब और नहीं बोल पाया।

उसके स्नेही भाई कुंभकर्ण को कमान संभालनी पड़ी। 'वेदवतीजी आश्वस्त थीं कि उन्होंने रावण दादा को पापमुक्त कर दिया है। कि वो इन्हें सही राह पर ले आई हैं। और वो ले आई थीं। इन्होंने... इन्होंने और मैंने, हम दोनों ने... कुछ भयानक काम किए थे। करुणामयी वेदवतीजी ने हमें सुधार दिया था... हमें दिशा दी थी... और वो धन... वो प्रायश्चित की

दिशा में दादा का पहला कदम था... कल्याण का इनका पहला कार्य... उसका प्रयोग एक चिकित्सालय बनाने के लिए होना था... जब उन लुटेरों ने धन मांगा, तो उन्होंने उसे देने से इंकार कर दिया... उसके बदले उन्होंने अपनी संचित थोड़ी सी पूंजी देने का प्रस्ताव रखा... सारी पूंजी... लेकिन दादा का धन... इनका दान वो नहीं देंगी... वो पवित्र था, उन्होंने प्रत्यक्षतः यह कहा था... ये रावण दादा के लिए अच्छाई से जुड़ने का एक अवसर था, वो किसी भी कीमत पर इसे व्यर्थ नहीं कर सकती थीं...'

सीता के होंठों से पीड़ा भरा आर्तनाद फूट पड़ा। वो अपनी पवित्रात्मा मां के लिए रो रही थीं जिनसे वो कभी नहीं मिली थीं। उस असाधारण स्त्री के लिए जिसका रक्त उनकी शिराओं में दौड़ रहा था।

'उन्होंने पृथ्वी को मार डाला... उन्होंने उन्हें मार डाला... और चुरा...'

अचानक सीता को अपने भीतर क्रोध की लहर दौड़ती महसूस हुई। प्रचंड क्रोध की। 'आपने उन आदमियों का क्या किया? आपने क्या...'

'हमने उन्हें बहुत यातना दी। हमने उन्हें मौत की भीख मांगने पर विवश कर दिया...'

'एक-एक बदमाश को,' रावण ने कहा। इतने वर्षों के अंतराल के बाद भी वो क्रोध से सुलग रहा था। 'हमने उन्हें जीवित ही काट डाला, बोटी-बोटी करके। उनके सांस लेते-लेते ही हमने उन्हें जला डाला। हमने हड्डी-हड्डी तक उन्हें भून डाला...'

संतोष से सीता का शरीर शिथिल हुआ।

'और फिर हमने पूरे गांव को मार डाला। उन कायर बदमाशों को जो खड़े रहे जबकि कुछ सिक्कों के लिए उनकी जीवित देवी की इतनी बर्बरता से हत्या की जा रही थी! हमने उन सबको मार डाला! और उन्हें जंगली जानवरों द्वारा खाए जाने के लिए छोड़ दिया।'

सीता ने लंकेश को देखा, उनकी आंखों में भी वही उन्मादी क्रोध प्रतिबिंबित हो रहा था।

रावण ने अपनी आंखें बंद कर लीं और गहरी सांस ली। वो अपने हृदय को शांत करने की कोशिश कर रहा था।

सीता ने भी आंखें बंद कर लीं। उन्होंने अपनी आंखें पोंछीं। मगर और आंसू भर आए, और उनके चेहरे को फिर से नम कर दिया। जब रावण को बोलते सुना तो उन्होंने अपनी आंखें खोलीं।

'उस पार से भी, उन्होंने मेरी सहायता के लिए हाथ बढ़ाया,' रावण ने कहा।

सीता ने रावण को देखा। *कैसे?*

रावण ने अपने दाहिने हाथ को देखा, उस पल को याद किया जो उसके यातनापूर्ण जीवन का सर्वोच्च बिंदु था, और हमेशा रहेगा। 'अपने जीवन में बस एक बार मैंने क... क... कन्याकुमारी को छुआ था... एक पल के लिए उन्होंने इस हाथ को पकड़ा था... जीवन भर के लिए... एक पल के लिए... बस एक बार मुझे छुआ था।'

कुंभकर्ण की आंखें भर आईं, उसने हाथ बढ़ाया और नर्मी से अपने भाई के कंधे को छुआ।

'आप जानती हैं पूर्ण वैदिक रीति से किए गए अंतिम संस्कार में चिता की अग्नि में क्या बचता है?' रावण ने पूछा, और स्वयं ही उत्तर दे दिया। 'लगभग कुछ नहीं... कपाल के कुछेक भाग... शायद कुछ हिस्से रीढ़ के... और कुछ नहीं... मगर कन्याकुमारी... वेदवती... वो... मेरे लिए अपना हाथ छोड़ गई थीं। वो हाथ जिससे एक बार उन्होंने मुझे छुआ था... दो उंगलियां... ताकि जब भी मैं भटक जाऊं और अकेला पड़ जाऊं, तो उनका हाथ थाम सकूं...'

सीता ने रावण के गले में पड़े पेंडल को देखा।

'मुझे हमेशा हैरानी होती थी...' रावण रो रहा था, 'क्यों... उन्होंने मेरे लिए दो उंगलियां क्यों छोड़ी थीं? दो क्यों? अब मैं जानता हूं...'

उसने अपनी माला को खोला और पेंडल को निकाला। एक उंगली उसने अपने लिए रखी। 'एक मैं ही नहीं हूं जिसे उनकी आवश्यकता है... मैं अकेला नहीं हूं जो उनका हाथ थामना चाहता है...'

रावण आगे झुका और उसने वेदवती की उंगली के स्मृति-चिह्न को सीता को थमा दिया।

जब सीता ने अपनी मां के स्पर्श को महसूस किया तो उनके शरीर में जैसे बिजली की लहर सी कौंध गई। उन्होंने श्रद्धा से उस उंगली को अपने

माथे लगाया। यह बहुत ही पवित्र चिह्न था। उन्होंने हौले से उसे चूमा और फिर कसकर मुट्ठी में बंद कर लिया। उन्होंने रावण को देखा।

वो दोनों रो रहे थे।

उसके लिए जिसे उन्होंने खोया था। और उसके लिए जो उन्होंने फिर से पाया था।

अपनी देवी को।

कन्याकुमारी को।

वेदवती को।

अध्याय 5

'मैंने उन्हें सेना को कूच न करवाने का आदेश दिया था,' राम ने कहा, उनके चेहरे पर अप्रसन्नता का भाव छाया हुआ था।

राम, वशिष्ठ, लक्ष्मण, हनुमान और नारद एक मध्यम आकार के समुद्री पोत द्वारा पश्चिमी समुद्र में आगे बढ़ रहे थे। वो ऊपरी तल पर इकट्ठा हुए थे। सुरसा अपने कक्ष में सो रही थी। उन्होंने कोंकण तट को पीछे छोड़ दिया था और अब मालाबार समुद्रतट, पश्चिम भारतीय प्रायद्वीपीय तटीयरेखा के निचले आधे भाग, के साथ-साथ आगे बढ़ रहे थे। उनके साथ चालीस सैनिक थे, उनमें से तीस परिहा के वायुपुत्र थे।

'हम्म... आपने स्पष्ट रूप से जो आदेश दिया था वो मैंने सुना था,' नारद ने उपहास भरे स्वर में कहा। 'किंतु आपके छोटे भाई ने आपकी अवहेलना की है। वो अपनी इच्छा से अपनी सेना को कूच करवा रहे हैं।'

'संभवत: उन्हें लगता है कि लंका में आपका अभियान सफल नहीं हो पाएगा, हनुमान,' वशिष्ठ ने नागा वायुपुत्र को देखते हुए कहा।

'लेकिन भरत को यह निर्णय लेने का अधिकार नहीं है,' राम ने बात काटते हुए कहा।

'एक अच्छा भाई अपने बड़े भाई के आदेशों का अंधानुकरण नहीं करता,' नारद ने कहा। 'वो वही करेगा जिसमें उसे अपने भाई का सर्वश्रेष्ठ हित दिखेगा, भले ही इसका अर्थ उसकी अवज्ञा करना हो।'

'अगर आपको लगता है कि हमारा अभियान असफल होगा, तो आपने सुरसा से मुझे लंका ले जाने को क्यों कहा?' हनुमान ने पूछा।

'हम किसी भी बात को लेकर निश्चित नहीं हो सकते, हनुमान,' नारद ने कहा, 'इस संवेदनशील अभियान को लेकर तो बिल्कुल भी नहीं। निस्संदेह, हमें प्रयास करना होगा। अगर निर्दोष जीवनों को बचाने का तनिक भी अवसर है, तो हमें कम से कम प्रयास तो करना ही चाहिए। मगर मुझे लगता है विपरीत परिस्थितियां अधिक हैं। भरत सही हैं। अगर आपका अभियान असफल रहता है, तो हमें शीघ्रता से सेना को वहां भेजना होगा। उस समय सेना को कूच करवाने में हम महीनों बर्बाद नहीं करना चाहेंगे।'

यह कहते हुए नारद ने राम को देखा। राम के चेहरे पर अबूझ से भाव थे। एक तरफ तो उनमें अपने भाई के प्रति रोष था कि वो अयोध्या के निष्कासित राजा के वैध आदेश की अवहेलना कर रहा था और दूसरी तरफ वो जानते थे कि इस अवहेलना के वजह भी उनके भाई का उनके प्रति गहन प्रेम ही था। उनका भाई उनके और सीता के लिए लड़ने का हरसंभव प्रयास करेगा।

'जो भी हो,' हनुमान ने कहा। 'आप लोग शबरीमलयजी मंदिर में प्रतीक्षा कर सकते हैं इस बीच सुरसा और मैं कुछ सैनिकों के साथ चोरी से सिगिरिया में प्रवेश करेंगे और सीता को बचा लाएंगे। पोत आलापुड़ा में लंगर डालेगा। आप उतर सकते हैं और मेरे वायुपुत्र सैनिक आपको मंदिर के ग्राम तक ले जाएंगे। वन-देवी आपको शरण देंगी। सुरसा और मैं अपने सैनिकों के साथ आलापुड़ा से आगे चले जाएंगे।'

प्रसिद्ध शबरीमलय मंदिर भगवान अयप्पा को समर्पित था। भगवान अयप्पा पिछले महादेव प्रभु रुद्र और देवी मोहिनी (विष्णु) के पुत्र थे। तीर्थयात्रा के दिनों में भारत भर से उपासक अस्थायी संन्यास की शपथ लेकर यहां आते थे। मंदिर का प्रबंधन उस क्षेत्र का एक छोटा सा वनवासी समुदाय करता था, जिसकी प्रमुख वन-देवी शबरी थीं। वो मंदिर के आसपास रहने वाले समुदाय के मामलों का भी प्रबंधन करते थे।

'मैं शबरीमलय मंदिर में दर्शन करने अवश्य जाता, मगर जा नहीं सकता,' राम ने कहा। 'मैं लंका चल रहा हूं।'

हनुमान ने राम को देखा और फिर वशिष्ठ को।

पहले वशिष्ठ ही बोले थे। 'आप नहीं जा सकते, राम।'

राम का उत्तर सीधा-सपाट था। 'सीता मेरी पत्नी हैं। उनकी रक्षा मुझे करनी है।'

'यह आपकी सदाशयता है, राम। किंतु हम आपको स्वयं को संकट में नहीं डालने दे सकते।'

'क्षमा चाहूंगा, गुरुजी, किंतु यह आप नहीं तय करेंगे।'

'क्षमा करें, राजा राम,' हनुमान ने कहा। 'यह आप भी तय नहीं कर सकते हैं।'

राम लगातार उखड़ते जा रहे थे। लेकिन उनका चेहरा और स्वर, उनके स्वभावानुसार, बहुत शांत थे। 'यह मेरा जीवन है। वो मेरी पत्नी हैं। मुझे कोई कारण—'

हनुमान ने बात काटी। 'आप केवल एक पति नहीं हैं, राजा राम। आप केवल अयोध्या के राजकुमार भी नहीं हैं। आपको वायुपुत्रों ने विष्णु के रूप में मान्यता प्रदान की है। हम नहीं—'

अब हनुमान की बात काटने की बारी राम की थी। 'मुझे इतना श्रेष्ठ समझने के लिए कृपया वायुपुत्रों के प्रति मेरा आभार स्वीकार करें। मगर विष्णु की मान्यता देने का अधिकार केवल मलयपुत्रों को है। और उन्होंने सीता को विष्णु के रूप में मान्यता प्रदान की है। तो भले ही आपका लक्ष्य विष्णु की रक्षा करना हो, आपको मेरे सुझाव के अनुसार चलना होगा। यही बुद्धिमानी भरा विकल्प है।'

'राजा राम,' हनुमान ने कहा, 'इस पर और अधिक वादविवाद नहीं हो सकता। आपको भी विष्णु के रूप में मान्यता प्रदान की गई है।'

'आप सोच सकते हैं कि यह बुद्धिमानी भरा विकल्प है, मगर ऐसा नहीं है,' वशिष्ठ ने राम से कहा।

बहुत पहले, गुरुकुल में, वशिष्ठ ने राम को निर्णय लेने के तीन प्रेरकों के बारे में शिक्षा दी थी: इच्छा, भावनाएं और बुद्धि। ये स्वयं को श्रेष्ठता-क्रम में स्थापित करती हैं, इच्छा सबसे नीचे और बुद्धि सबसे ऊपर। इच्छा और भावनाओं को कभी-कभी निर्णय लेने की अनुमति दी जा सकती है। किंतु निर्णय लेने में इच्छा को कभी भी भावनाओं को दरकिनार करने की अनुमति नहीं दी जानी चाहिए। और भावनाएं कभी भी बुद्धि पर हावी नहीं हो सकतीं। जब हम अपने व्यवहार और निर्णयों पर बुद्धि को

प्रमुख रूप से हावी होने देते हैं, तो हमारे पास बुद्धिमानी से जीवन जीने का अवसर होता है। 'आप अपनी भावनाओं से प्रेरित हो रहे हैं, राम। शांत मन से, अपनी बुद्धि से, हमारे पास मौजूद सारी जानकारी को समेटते हुए विचार करें। और फिर निर्णय लें।'

'साथ ही,' हनुमान ने कहा, 'रावण की भी यही योजना हो सकती है। अगर वो दोनों विष्णुओं की हत्या कर दे, या उससे भी बुरा, दोनों विष्णुओं को अपना बंदी बना ले, तो भारत मां की दुर्दशा हो जाएगी। न केवल वो हमारी मातृभूमि के अतीत को नष्ट कर देगा, बल्कि इसके भविष्य को भी नष्ट कर डालेगा। आपका भारत माता के प्रति कोई कर्तव्य नहीं है? आपने ही एक बार मुझसे कहा था कि जननी और जन्मभूमि स्वर्ग से भी अधिक महान होती हैं!'

राम मौन थे। हनुमान के लिए उनके पास कोई उत्तर नहीं था।

वशिष्ठ ने कोमलता से उनके कंधे को छुआ। 'राम, जब तक आप जीवित हैं, सीता की हत्या करने में रावण का कोई हित नहीं सधेगा। रावण निर्मम और धूर्त व्यापारी है। मैं जानता हूं उसे मलयपुत्रों से औषधियां चाहिए। उनके लिए वो उन्हें धमकी देकर दबाव बनाएगा। युद्ध तो वस्तुतः विश्वामित्र छेड़ना चाहता है। उस युद्ध को टालने के लिए हम सीता को चुपचाप लंका से निकाल लाना चाहते हैं। लेकिन अगर अभी आप लंका मे घुसने की शीघ्रता करते हैं, और आपको और सीता, दोनों को बंदी बनाकर रावण के बंदीगृहों में डाल दिया गया तो युद्ध होना अनिवार्य हो जाएगा। विवेक से सोचें। बुद्धि से निर्णय करें। हनुमान और सुरसा को जाने दें।'

राम धीरे से नीचे देखने लगे। उनकी आंखों पर एक छाया सी तिर आई थी।

उन्होंने हार मान ली।

अशोक वाटिका पर सूरज चढ़ आया था। सुंदर सुबह थी। वातावरण में गुनगुनाहट थी। हवा मधुर थी। बैंगनी, गुलाबी, नारंगी और सफेद फूल एक लय में झूम रहे थे, मानो अपने दमकते मुखड़ों से ओस को झटक रहे हों। मस्ती से एक दूसरे का पीछा करती गिलहरियां इधर-उधर दौड़ रही थीं।

रावण, कुंभकर्ण और सीता जलपान के लिए बैठे हुए थे। धीरे-धीरे अब यह दैनिक कार्यक्रम होता जा रहा था। उन सबके द्वारा पूर्वापेक्षित।

वो खाना लगभग समाप्त कर चुके थे। और सबसे महत्वपूर्ण काम शुरू हो चुका था।

संवाद।

'वो...' रावण ने टेक लगाई और बोलते-बोलते चुप हो गया। उसने ऊपर आसमान में देखा और गहरी सांस ली। मानो स्वयं को संयत करने के लिए। 'कल का दिन शुद्धिकारक था, सीता... वेदवती की बात करना... उस दुख की जो मेरे अंतर गहरे पैठा हुआ था... इतने अरसे से... उसकी बात करना... रोना... सब कह देना... इससे सहायता मिली। मुझे... मैं बहुत हल्का महसूस कर रहा हूं।'

रावण ने सीता को देखा। 'धन्यवाद।'

सीता मुस्कुराईं और रावण से उनकी दृष्टि मिली, सीता की आंखें नम थीं।

कुंभकर्ण ने गहरी सांस छोड़ी और अपने भाई के घुटने को थपथपाया। 'दादा, इससे सहायता मिली थी। मुझे भी सहायता मिली थी। मैं यह नहीं कह सकता कि मैंने आपके जैसे दुख का दूर-दूर तक भी अहसास किया है... लेकिन मैं भी उस भयानक दिन के घाव लिए जी रहा था।' कुंभकर्ण ने सीता को देखा। 'मैंने अक्सर दादा से इस बारे में बात करने की कोशिश की थी। इन्हें इनकी पीड़ा से बाहर निकालने की। मगर जो काम मैं दसियों बरस में नहीं कर पाया, वो आपने कुछ ही दिन में कर दिखाया है, रानी सीता।'

सीता मुस्कुराईं। 'मैंने कुछ नहीं किया है। यह तो मेरा चेहरा है। मेरी मां का चेहरा।'

'नहीं,' कुंभकर्ण ने कहा। 'आपके अंदर उनकी आत्मा का वास है। उनमें अपनी उपस्थिति मात्र से स्थितियों को बेहतर बना देने की चमत्कारिक क्षमता थी। आपमें भी वही क्षमता है... मलयपुत्रों ने उचित चुनाव किया है।'

सीता हौले से हंसीं, मगर कुछ नहीं बोलीं।

'मैं आपके अंदर महानता को देख सकता हूं, रानी सीता,' कुंभकर्ण ने आगे कहा। 'आप उत्कृष्ट विष्णु बनेंगी। आपमें शक्ति, साहस, बुद्धि और करुणा है। आपमें चारित्रिक बल और दृढ़ता है।'

रावण ने कुंभकर्ण को देखा और मुस्कुराया, फिर वो सीता की ओर मुड़ा। 'और सबसे महत्वपूर्ण, आपने दुख को जाना है... सबसे शक्तिशाली भावना। सच्ची महानता का स्रोत।'

सीता की भृकुटियां तन गईं। *क्या?*

'मैंने एक बार एक पुस्तक में यह पढ़ा था,' रावण ने कहना जारी रखा, 'कि दुख और कष्ट वो प्रेरक तत्व बन सकते हैं जो जीवन को आगे ले जाते हैं। प्रसन्नता को तो कुछ अधिक ही बढ़ा-चढ़ा दिया गया है। घृण, निस्संदेह, विनाशकारी है।'

'इसका क्या विवेक है?' सीता ने पूछा। 'हालांकि इससे मैं सहमत हूं कि घृणा विनाशकारी है। मगर दुख? क्या सच में?'

'हां, सच में। यह विवेकसम्मत है। उन महापुरुषों के बारे में सोचें जिन्हें आज आप जानती हैं।' रावण ने चुनौती में अपने सिर को पीछे करते हुए लगभग आत्मतुष्ट भाव से अपना सीना चौड़ा किया।

सीता ने अपनी आंखें सिकोड़ीं और रावण को देखा। उनमें अपनी जन्मदात्री की तनिक भी विनम्रता नहीं थी। मारक ढंग से स्पष्टवादी होने में उन्हें कोई झिझक नहीं थी। वो अपनी आंखों से अपने विचारों को स्पष्ट रूप से व्यक्त कर रही थीं। *महान? आपको लगता है आप महान हैं? सच में?*

रावण ने उनके भावों को उत्तर दिया। 'महान होने का अर्थ अच्छा होना नहीं है, सीता। महान का अर्थ केवल ऐसा व्यक्ति होना है जो संसार पर वास्तविक प्रभाव डालता है। साधारण लोग संसार पर प्रभाव नहीं डालते, वो केवल इससे प्रभावित होते हैं। अब, महान लोगों के साथ, प्रभाव अच्छा या बुरा हो सकता है। मगर यह जान लें: सुखी लोग कभी महान नहीं हो सकते।'

सीता सहमत नहीं थीं। 'रहने भी दें, रावणजी। आप सच में इस पर विश्वास करते हैं? मेरी दत्तक माता सुनयना महान स्त्री थीं। उन्होंने मिथिला को सुधारा। वहां इतनी शांति और समृद्धि लाईं, जितनी वो ला सकती थीं।

उन्होंने अनेक लोगों की सहायता की। मेरा लालन-पालन किया। मुझे दिशा दी। मुझे शक्ति और प्रेरणा दी।'

'लेकिन क्या वो सुखी थीं?'

'वो हमेशा मुस्कुराती रहती थीं। वो—'

रावण ने सीता की बात काटी। 'यह मेरे प्रश्न का उत्तर नहीं है। लोग मान लेते हैं कि अवसादग्रस्त लोग ऐसे दिखते हैं जैसे कि वो अवसाद में हों। कि हर समय रोते रहते हैं। या उदास रहते हैं। नहीं। अवसाद में रहने वाले अधिकांश लोग मुस्कुराते हैं। वस्तुत: वो आवश्यकता से अधिक मुस्कुराते हैं। क्योंकि वो अपने दुख को संसार से छिपाते हैं।'

सीता ने उत्तर नहीं दिया।

'रानी सुनयना के साथ आपके अंतिम पल कैसे थे? मैं जानता हूं कि जब आप बहुत छोटी थीं तभी उनका देहांत हो गया था। है ना?'

सीता ने हामी भरी। 'हां।'

'तो अपनी मृत्युशय्या पर उन्होंने आपसे क्या कहा था?' रावण ने पूछा। 'क्या उन्होंने आपसे कहा था प्रसन्न रहना? शांत रहना? स्थिरचित्त रहना? सुखी रहना?'

सीता को अपनी मां के शब्द बहुत अच्छी तरह याद थे। *मेरे लिए शोक करने में तुम अपना जीवन व्यर्थ मत करना। तुम बुद्धिमानी से जीना और मेरा सिर ऊंचा करना।*

'उन्होंने मुझसे कहा था कि वो चाहती हैं मैं उनका सिर ऊंचा करूं,' सीता ने कहा।

रावण ने अपनी तर्जनी से उन्हें इंगित किया। 'अहा! यही तो महान लोगों और सुखी लोगों के बीच का भेद है। महान लोग हमेशा जतन करते, उपलब्धियां हासिल करते रहते हैं, मानो उनके भीतर कोई दानव बसा हो जो उन्हें आराम न करने देता हो। यह इतना शक्तिशाली है, यह दानव, कि यह उन्हें विवश करता है कि वो लगातार विकास और उपलब्धि प्राप्त करते रहें, मरने के बाद भी। इसलिए वो चाहते हैं कि उनके आसपास के लोग, विशेषकर वो जिनसे वो प्रेम करते हैं, भी महान बनें। एक आकस्मिक गौण-उत्पाद के रूप में सुख स्वीकार्य है, मगर यह उनके जीवन का उद्‌देश्य नहीं होता। दूसरी ओर, सुखी लोग संतुष्ट होते हैं।

उनके पास जो होता है, उसमें संतुष्ट। उनकी मुस्कुराहटें खरी होती हैं, ऐसी मुस्कुराहटें जो आंखों तक जाती हैं। उनके हृदय हल्के होते हैं। वो अपने आसपास सभी लोगों के प्रति स्नेही होते हैं। और वो चाहते हैं कि दूसरे, विशेषकर वो जिनसे वो प्रेम करते हैं, आनंदमग्न रहें, जीवन उन्हें जो सुख-दुख दे, उन्हें स्वीकार करें, और उनके साथ संतुष्ट रहें। मूल रूप से उनका मंत्र होता है: संसार को बदलने के स्थान पर अपने मन को नियंत्रित करके सुखी रहो। दूसरी ओर, महान लोग संसार को बदलना चाहते हैं। सुखी लोग बस चाहते हैं कि अपने मन को वो सब स्वीकार करने पर विवश करें जो संसार उनकी झोली में डालता है, ताकि, अपने छोटे से खोल में, वो आनंदमग्न रह सकें। उन लोगों की तरह जो नशा करते हैं।'

'ओह, रहने भी दीजिए!'

'नहीं, मैं सही कह रहा हूं,' रावण ने कहा। 'सुख एक नशे की तरह है। चरम नशा। यह लोगों से जीवन को उसी तरह लेने पर विवश करता है जैसा वो होता है। अपने मस्तिष्क को उस नशे के वशीभूत कर आनंद में डूब जाएं और कुछ हासिल न करें, कुछ न बदलें। बस आनंदमग्न मूर्ख बने रहें।'

'देखिए—'

रावण ने सीता की बात काटी। 'और दूसरी ओर, दुख आपको पागल कर देता है। आप किसी भी चीज से संतुष्ट नहीं होते। किसी भी चीज से। आप उस दुख को अपने जीवन से किस तरह निकालेंगे? कैसे? संसार को बदलकर, या ऐसा आप सोचते हैं... क्योंकि आप संसार को चाहे कितना भी क्यों न बदल दें, आपको सुख नहीं मिलेगा। क्यों? क्योंकि सुखी होने का एकमात्र उपाय नशा करना है; अपने मस्तिष्क को नियंत्रित करना है, दुनिया को बदलना नहीं। इसीलिए बदलाव लाने वाले एकमात्र लोग वो होते हैं जो सुखी *नहीं* होते, जो दुख से पीड़ित होते हैं।'

सीता ने अपनी आंखें सिकोड़ीं। 'मैं पिछले तेरह वर्ष से राम के साथ प्रसन्न हूं। निष्कासन में बीते ये वर्ष मेरे जीवन के सबसे सुखद वर्ष रहे हैं। राम भी मुझसे यही बात कहते हैं।'

'और इन तेरह वर्षों में आप दोनों की क्या उपलब्धि रही है?'

सीता ने कुछ नहीं कहा। मगर उत्तर स्पष्ट था। *कुछ विशेष नहीं।*

रावण ने कहना जारी रखा। 'सुखी होने की इच्छा करने में कुछ गलत नहीं है। बहुत लोग इसे चुनते हैं। मगर आपको पता होना चाहिए कि आप क्या छोड़ रहे हैं—आप महान होने का अवसर छोड़ रहे हैं।'

सीता के चेहरे पर हल्की सी मुस्कान आ गई थी। वो अपनी मित्र राधिका के विषय में सोच रही थी जिसने प्रसन्नता चुनी थी।

'सूर्य के विषय में सोचें,' रावण ने कहा। 'वो, अंततः, एक विशाल, विकिरणशील आग का गोला है। उसके निकट कोई जीवन संभव नहीं है। और उसके भीतर केवल मृत्यु है। मगर प्रकाश-गति से मात्र आठ मिनट की दूरी पर धरती मां हैं, जो सूर्य द्वारा संभव किए गए जीवन से परिपूर्ण हैं। सूर्य एक बुरी तरह आहत मनुष्य जैसा है, जो अपने दुख में स्वयं को जलाए दे रहा है। मगर उसका कष्ट कुछ ही दूरी पर जीवन को संभव बना देता है। यह है महानता।'

'हां, लेकिन जैसा आप कहते हैं, कुछ दूरी पर। सूर्य के साथ नहीं।'

'सत्य है। सूर्य कभी सुख नहीं पा सकता। मगर वो महान है। कहा जाता है कि वास्तव में महान लोगों की नियति ही कष्ट पाना है, लेकिन वो सहसंबंध को कार्य-कारण संबंध समझ बैठते हैं। असल में होता इसका उलट है। वो कष्ट सहते हैं, इसलिए वो महान बनते हैं।'

सीता ने सूर्य के तेजमय प्रभामंडल को देखते हुए अपनी आंखों पर आड़ कर ली थी। जब एक विचार ने अपने पति के बारे में उनकी धारणा को सुदृढ़ किया तो वो मुस्कुरा दीं। *राम के बारे में...*

'आप मुझसे सहमत हैं?' रावण ने पूछा।

सीता रावण की ओर मुड़ीं। 'संभव है। इसमें कुछ तथ्य तो है, मैं मानती हूं। मगर बात यह है कि सूर्य अगर अपने दुख को केवल अपने तक ही सीमित रखे, तभी वो कुछ कल्याण कर सकता है। अगर वो ऐसा नहीं कर पाएगा तो सौर लपटें फूटेंगी, जो जीवन को हानि पहुंचाएंगी, दूर से भी। दुख महानता के लिए ईंधन उपलब्ध करवा सकता है, लेकिन यह बुराई का प्रेरक भी बन सकता है।'

रावण ने हामी भरी। 'हां। मैंने संसार को बहुत क्षत-विक्षत किया है।'

कुंभकर्ण बीच में कूदा। 'नहीं, नहीं, दादा। आपने कुछ अच्छे काम भी किए हैं। ऐसा नहीं है कि—'

'कुंभ!' अपने भाई को झिड़कते हुए रावण गरजा। मगर उसकी आंखें हास्यभाव से टिमटिमा रही थीं। 'मुझसे प्रेम करो, लेकिन इतना झूठ तो मत बोलो कि तुम्हें सुनना भी पाप सा हो!'

कुंभकर्ण हंसने लगा, और सीता भी।

'मैं भयानक मनुष्य रहा हूं,' रावण ने कहा। 'मैंने आजीवन दुख पाए हैं, और बदले में मैंने सारे संसार को दुख दिए हैं। लेकिन आप,' रावण ने सीता की ओर संकेत करते हुए कहना जारी रखा। 'आप भिन्न हैं। आप सदाचारी और संपूर्ण हैं।'

सीता ने अपना सिर हिलाया। 'आप फिर से मुझमें मेरी मां को देख रहे हैं। हो सकता है आपने अपनी सारी पीड़ाएं संसार पर थोप दी हों। लेकिन ऐसा नहीं है कि मैंने कभी यह नहीं किया। अक्सर मैं अपनी पीड़ा को पी जाती थी, लेकिन कभी-कभी जब यह बहुत अधिक हो जाती थी, तो मैं फट पड़ती थी। और जिन लोगों के पास शक्ति होती है, उनके पास फट पड़ने की विलासिता नहीं होती। अगर मैं विष्णु बनी, तो मेरे पास वो शक्ति होगी।'

रावण ने कुंभकर्ण को और फिर वापस सीता को देखा।

'कल जब आप मुझे बता रहे थे कि मेरी मां के साथ क्या हुआ था, और आपने उन लोगों के साथ क्या किया जिन्होंने उनकी हत्या की थी, तो एक पल के लिए मैंने उस क्रोध को महसूस किया जो आपने महसूस किया था। मैंने सोचा कि आपने जो किया, उन हत्यारों को यातना देना, वो न्यायसंगत था। मगर मैं एक ऐसे व्यक्ति को जानती हूं जो ऐसा महसूस नहीं करेंगे; जो इतने घोर दुख के पल में भी न्यायसंगत बने रहेंगे। मैं एक ऐसे व्यक्ति को जानती हूं जो कभी अपनी दिशा नहीं खोएंगे, भले ही वो कितनी ही गहन पीड़ा क्यों न भोग रहे हों। जितना बड़ा दुख होगा, उतनी ही नैतिक उनकी प्रतिक्रिया होगी। मैं अब निश्चित रूप से जानती हूं।'

रावण हल्के से मुस्कुराया।

सीता एक पल को दूर कहीं देखने लगीं, कुछ याद करते हुए। 'जानते हैं,' उन्होंने कहा, 'एक बार मैंने पढ़ा था कि युद्ध जीतना शांति जीतने से भिन्न होता है। युद्ध जीतने के लिए आपको क्रोध की आवश्यकता होती है। उस पल में क्रोध। और इसीलिए महादेव हमेशा वो रहे हैं जिनमें अथाह क्रोध होता है। मगर शांति जीतने के लिए... इसके लिए कुछ भिन्न

चाहिए होता है। आप और मैं युद्ध जीत सकते हैं। मगर युद्ध बस किसी अन्याय को दूर कर सकता है। यह न्याय को स्थापित नहीं कर सकता। युद्ध केवल बुराई को दूर कर सकता है। यह अच्छाई को स्थापित नहीं कर सकता। न्याय और अच्छाई को स्थापित करने के लिए आपको शांति की आवश्यकता होती है। और शांति जीतने के लिए आपको ऐसा अधिनायक चाहिए जो मार्ग पर डटा रहे, भले ही उसे अपने पथ से डिगाने के लिए कुछ भी सामने आए—दुख, कष्ट।'

'सत्य है।'

'वो अधिनायक राम हैं,' सीता ने कहा।

अध्याय 6

पोत ने भगवान परशु राम की भूमि केरल प्रांत के अलापुड़ा बंदरगाह पर लंगर डाला। दल को अस्सी किलोमीटर दूर शबरीमलय की पवित्र भूमि पहुंचने के लिए अश्वों से यात्रा करनी थी जहां वनों के भीतर महान अयप्पा मंदिर स्थित था।

केरल पर देवताओं का अनुग्रह था। वहां सब चीजों का आधिक्य था: गहरे पानी की झीलें, अप्रवाही जल और लगभग हर रास्ते को काटती नदियां; घने वनों ने आगे के मार्ग को दुर्गम बना दिया था; ऊंचे-ऊंचे, टेढ़े-मेढ़े पहाड सबसे गहन भक्तों के भी साहस की परीक्षा लेते थे; और वन्य पशु कभी-कभी इस यात्रा पर अरुचिकर और अकस्मात विराम लगा देते थे। यह शबरीमलय की यात्रा को बहुत सुगम नहीं बनाता था।

मगर पूर्वजों ने तीर्थयात्राओं को कठिन ही बनाया था। यात्रा एक तपस्या होनी चाहिए। इसे आपको आपके लक्ष्य के लिए तैयार करना चाहिए।

तीर्थस्थल संस्कृत का शब्द है। इस शब्द का मूल अर्थ है 'पार करने वाला बिंदु।' यानी, तीर्थस्थल वो स्थान है जहां आत्मा उस पार जाकर दिव्य को स्पर्श कर सकती है। इसीलिए, अक्सर, तीर्थों पर मंदिर बीहड़ क्षेत्रों में बने होते हैं, जहां पहुंचना कठिन और दुर्गम होता है; तीर्थयात्रा तैयारी का, तन को शुद्ध करके आत्मा को तैयार करने का कार्य करती है।

मगर राम तो एक दूसरी ही यात्रा में उलझे हुए थे। वो जो हनुमान करने वाले थे।

दस सैनिकों के साथ हनुमान और सुरसा छोटी नौकाओं से निकल रहे थे। उनकी योजना नौका से भारत की मुख्यभूमि के दक्षिणी छोर तक, और फिर लंका द्वीप पर जाने की थी जहां वो अपेक्षाकृत निर्जन पश्चिमी समुद्रीतट पर पड़ाव डालते। फिर वो द्वीप के मध्य में स्थित सिगिरिया की ओर निकलने वाले थे।

'कृपया उन्हें ये पत्र दे देना, प्रभु हनुमान,' राम ने नागा वायुपुत्र को एक बेलनाकार लिपटा और मुहरबंद चर्मपत्र थमाते हुए कहा। उन्होंने अपनी एक अंगूठी उतारी। 'और कृपया उन्हें ये भी दे दें।'

हनुमान ने पत्र को और फिर राम को देखा, उनके चेहरे पर एक फीकी सी मुस्कुराहट थी। 'आपको भी ऐसा लगता है?'

राम ने हामी भरी। 'हां। वो वापस आने के लिए तैयार नहीं होंगी।'

हनुमान ने गहरी सांस ली। 'मैं उन्हें आश्वस्त करने का पूरा प्रयास करूंगा।'

'हां, मैं जानता हूं। लेकिन मेरे कारण वो बचकर निकलना नहीं चाहेंगी। मुझे लगता है कि वो चाहेंगी कि मैं रावण से युद्ध करके उन्हें बचाऊं। ताकि विष्णु के लिए मेरा नाम निर्विवाद रूप से पक्का हो जाए। मगर वो गलत हैं। मैं विष्णु नहीं हूं, वो हैं। उन्हें वापस आना होगा।'

हनुमान ने कसकर राम की बांहें पकड़ लीं। 'मैं उन्हें वापस लाऊंगा, महामना।'

—JF JSD—

'प्रभु परशु राम की सौगंध, ये हनुमान है कहां?' क्रुद्ध विश्वामित्र ने पूछा।

कुछ दिन पहले मलयपुत्रों ने हनुमान को एक संदेश भेजा था। लोथल, जहां माना जा रहा था कि वो पहुंचने वाले थे। मगर उन्हें कोई प्रत्युत्तर नहीं मिला।

'गुरुजी,' अरिष्टनेमी ने कहा, 'ऐसा संभव नहीं है कि हनुमान हमें उत्तर न दें। संभवत: उन्हें संदेश मिला ही नहीं होगा।'

'मैंने सुना है कि... वो अधम पुरुष भी उस क्षेत्र में देखा गया है।'

अरिष्टनेमी जानते थे कि विश्वामित्र वशिष्ठ की बात कर रहे थे। उन्होंने भी यह समाचार सुना था। लेकिन वो इस बारे में कोई अटकल नहीं लगाना चाहते थे कि क्या हुआ होगा।

'तुम जाओ,' अचानक विश्वामित्र ने कहा।

अरिष्टनेमी हैरान रह गए। 'लंका, गुरुजी?'

'हां।'

'किंतु... किंतु मुझे संदेह है कि सीता मेरी बात सुनेंगी, गुरुजी।'

'उन्हें विवश करना!'

अरिष्टनेमी मौन रह गए।

विश्वामित्र ने आगे कहा। 'भारत माता के लिए हमें बहुत सारे बलिदान देने होंगे। अब वो नादान नहीं हो सकतीं। हम अपनी स्वयं की सेना को कूच करवा रहे हैं। हम उन्हें लंका तक ले जाएंगे। वायुपुत्रों को भी हमारे साथ जुड़ना होगा... उनके सामने और कोई चारा नहीं होगा। हमारे दैवी अस्त्रों से सुसज्जित होकर सीता युद्ध में हम सबका नेतृत्व करेंगी और आसानी से रावण को मार देंगी। मगर पहले, उन्हें नाटकीय ढंग से वहां से भागने का प्रबंध करना होगा। इससे भारत भर में उनकी एक छवि बन जाएगी। बिसात बिछ चुकी है, सब कुछ तैयार है, उन्हें बस शिकार के लिए आगे बढ़ना है।'

'लेकिन गुरुजी...'

'सीता को सुनना होगा। अभी उनके हाथ में कुछ नहीं है, कोई तरकीब नहीं बची। वो सोच रही होंगी कि रावण उन्हें मार डालेगा। वो नहीं जानतीं कि राम कहां हैं। उनके पास कोई संबल नहीं है। हम उनकी एकमात्र आशा हैं। मिथिला के युद्ध में उन्हें बचाने के लिए मलयपुत्र दैवी अस्त्र का प्रयोग कर चुके हैं। वो जानती हैं कि हम उनके प्रति निष्ठावान हैं। हम उनकी एकमात्र आशा हैं। उन्हें विष्णु की भूमिका लेनी ही होगी।'

'लेकिन वो हठी हैं, गुरुजी। वो नहीं—'

विश्वामित्र आगे को झुके और उन्होंने अरिष्टनेमी की बात काट दी। 'लंका जाओ और उन्हें समझाओ। मुझे निराश मत करना।'

—J+ J5D—

रावण ने अपनी आंखों पर हाथ रखा और सूर्य की ओर देखा। वो मुस्कुरा दिया।

'हंसने की क्या बात है?' कुंभकर्ण ने पूछा।

रावण और कुंभकर्ण सीता की कुटिया के बरामदे में खड़े उनके बाहर आने की प्रतीक्षा कर रहे थे। उन्होंने अभी-अभी अपना अल्पाहार लिया था। सीता अल्पाहार के बाद की अपनी पूजा करने कुटिया में चली गई थीं।

'बस... दुख से पीड़ित सूर्य,' रावण ने उत्तर दिया।

कुंभकर्ण शरारत से मुस्कुराया। 'मुझे समझ नहीं आ रहा आपका कौन सा रूप मुझे अधिक सताता है, दादा। वो पुराना रूप जो कभी मेरी बात नहीं सुनता था, या यह नया दार्शनिक स्वरूप जो गोल-गोल बात करता है!'

रावण ने कुंभकर्ण के पेट में घूंसा मारा। 'नीच कहीं के!'

कुंभकर्ण और जोर से हंसने लगा, और उसने अपने भाई को गले लगा लिया। दोनों कसकर एक दूसरे को गले से लगाए हंसते रहे जब तक कि उनके गालों पर आंसू नहीं बहने लगे। और फिर दोनों और रोए। इस बार, दुख के आंसू। व्यर्थ किए बरसों के लिए दुख।

जब उन्होंने अपने पीछे किसी को गला खखारते सुना तो वो अलग हुए। कुछ दूरी पर चेहरे पर विनोद भरी मुस्कान लिए सीता खड़ी थीं।

भाइयों ने अपनी आंखें पोंछीं और बैठ गए। सीता भी बैठ गईं।

'आप दोनों ठीक तो हैं?' सीता ने पूछा।

कुंभकर्ण ने दोनों भाइयों की ओर से कहा। 'इससे अच्छे कभी नहीं थे।'

रावण हंसा और उसने अपने भीमकाय भाई के कंधे पर घूंसा जड़ दिया।

'तो आज हम क्या बात करने वाले हैं?'

रावण आगे को झुका। 'अब और दार्शनिक चर्चा नहीं!'

'प्रभु रुद्र की सौगंध, हां! बहुत हो गईं दार्शनिक चर्चाएं!' कुंभकर्ण ने हंसते हुए कहा।

'ए!' रावण ने भी हंसते हुए कहा।

कुंभकर्ण आसन पर पीछे झुका और हंसता रहा। सीता भी इस अकारण हंसी में शामिल हो गईं।

सबको संयत होने में कुछ पल लगे, और फिर रावण बोला। 'हमें अपना अगला चरण तय कर लेना चाहिए।'

'हां,' सीता ने कहा।

रावण ने कहना जारी रखा। 'गुरु विश्वामित्र आपको बचाने के लिए किसी को भेजेंगे।'

'संभवत: वो भेजेंगे।'

'और आपके पति जीवित हैं। वो भी आएंगे।'

'हां, वो आएंगे।'

'और आप क्या करेंगी? क्या आप उनके साथ बचकर चली जाएंगी?'

सीता जानती थीं कि वो उन्हें ये नहीं बता सकतीं कि वो वास्तव में क्या करना चाहती थीं। 'हम्म...'

'ईमानदारी से कहिए। आप वेदवती की पुत्री हैं।'

'वो... मेरा मतलब...'

'ठीक है,' रावण ने सीता की बात काटते हुए कहा। 'तो आपकी ओर से मैं उत्तर देता हूं।'

सीता के चेहरे पर एक शर्मिंदगी भरी मुस्कुराहट आ गई। क्योंकि वो अनुमान लगा सकती थीं कि आगे क्या होने वाला था।

'अपने मन में कहीं मैं जानता था कि गुरु विश्वामित्र क्या सोच रहे थे,' रावण ने कहा। 'उन्हें किसी को खलनायक बनाना था, जिसे विष्णु द्वारा मरवाया जा सके, ताकि भारत के विद्रोही और अनियंत्रित लोग उस विष्णु का अनुकरण करें।'

'हम्म...'

'मुझे बताने दें,' रावण ने अपना हाथ उठाते हुए कहा। 'संसार भर में, भारतीयों को नियंत्रित करना सबसे कठिन कार्य है। वो निरंतर विद्रोह करते रहते हैं। उन्हें विधान तोड़ना बहुत पसंद है, भले ही इससे कुछ प्राप्त न हो। हमें किसी भी अधिनायक से आदेश लेना पसंद नहीं है। जब तक कि वो कोई ऐसा असाधारण अधिनायक न हो जिसे हम भगवान की तरह देखने

लगें। ऐसे अधिनायक का हम धरती के सुदूर छोरों, और उनके पार तक अनुकरण करेंगे। मगर किसी मनुष्य को आप भगवान में कैसे रूपांतरित करेंगे? एक संपूर्ण मनुष्य भी पर्याप्त नहीं होगा। लोगों में उसका अनुकरण करने की चाह होनी चाहिए। उसे उनकी प्रशंसा और निष्ठा अर्जित करनी होगी। और इसके लिए उस खलनायक का सिर लाने से बेहतर कुछ नहीं होगा जिससे लोग घृणा करते हैं, सही?'

'रावणजी... मुझे समझ नहीं आ रहा क्या कहूं... लेकिन गुरु विश्वामित्र क्या... उनकी योजना...'

रावण मुस्कुराया। 'नहीं, कोई बात नहीं... मैं समझता हूं। मेरा जीवन कोई विशेष उपयोगी नहीं रहा है। शायद मेरी मृत्यु ही सार्थक हो सके।'

सीता मौन रहीं। और कुंभकर्ण भी।

'लेकिन आपके पति राम का यहां आना और आपको बचाना भारतीयों की कल्पनाशीलता को झकझोरेगा नहीं। एक महायुद्ध होना होगा।'

'लेकिन...'

'मेरी बात सुन लें। आप और आपके पति भारत में अनेकानेक सुधार लाएंगे। आप लोगों से अनेक बलिदान करने को कहेंगे। मातृभूमि के लिए। ताकि भारत माता का भविष्य सुरक्षित हो जाए। वो आपका अनुपालन और वो बलिदान तब तक नहीं करेंगे जब तक कि वो आपकी पूजा नहीं करेंगे। और आप दोनों की पूजा करने के लिए, उन्हें कोई तमाशा चाहिए होगा।'

आगे बोलने से पहले रावण जरा ठहरा।

'भारत की सहायता वास्तव में उससे होगी,' रावण ने कहा, 'जो बाद में आप दोनों करेंगे। आप जो सुधार लाएंगे। मैं सुझाव दूंगा कि आप लंका के प्रशासन का अध्ययन करें। हमने लंका में जो किया है, उससे आप बहुत कुछ सीख सकती हैं। मार्ग, मूलभूत सुविधाएं...' रावण ने आगे बोलने से पहले कुंभकर्ण को देखा। 'यद्यपि हमारी स्वास्थ्य सेवाएं सुधार चाहती हैं... हम अभी तक यह नहीं समझ पाए हैं कि सिगिरिया में फैली महामारी को कैसे रोकें। लेकिन क्या आपको लगता है कि मेरे लंकावासी उन मार्गों की प्रशंसा के गीत गाते हैं जो मैंने उनके लिए बनवाए हैं? या जल-आपूर्ति व्यवस्था के जो मैंने स्थापित की है? या उद्यानों के? गुरुकुलों के? नहीं जी... वो तो करछप में मेरी सैन्य विजय की कहानियों के गीत गाते हैं! आप दोनों के साथ भी यही होगा। अगर आप सफल रहते हैं, तो

वो संभवत: पूर्ण विष्णु-स्थापित युग को राम राज्य या सीता राज्य कहेंगे। और यह युग व्यवस्था, सुख, शांति और सुविधाओं का; मार्गों, नहरों से सिंचाई, चिकित्सालयों, गुरुकुलों का होगा। सबसे महत्वपूर्ण, संस्थागत प्रणालियों का। लेकिन मेरा विश्वास करें, जब राम और सीता की कहानी लिखी जाएगी—संभवत: वो इसे रामायण या सीतायण कहें, कौन जाने—तो इस राम राज्य का बहुत कम वर्णन होगा जिसकी हम बात कर रहे हैं। एक अच्छी नहर किस प्रकार बनाई जाती है, इस पर बीस पृष्ठ लिखने के प्रस्ताव पर किसी कथाकार की कल्पनाशीलता उत्तेजित नहीं होती। उस कहानी में किस पाठक को रुचि होगी? कहानीकारों को उत्तेजित करेंगे आपके दुस्साहस। आपकी प्रेम कहानी, आपके संघर्ष, वन में बीते आपके दिन, और अत्यावश्यक रूप से, लंका में मेरे विरुद्ध आपका युद्ध। क्योंकि साधारणजन बस यही सुनना चाहते हैं। आपको इसी के लिए याद रखा जाएगा। इसके लिए ही लोग आपका अनुसरण करेंगे। क्योंकि अधिकांश लोग मूर्ख होते हैं...'

कुंभकर्ण ने असहजता से पहलू बदला।

'ठीक है, ठीक है, कुंभकर्ण, क्रोध मत करो,' रावण ने कहा। 'लोग सचेत रूप से उन वस्तुओं की गणना नहीं करते जो उनके जीवन को बेहतर बनाती हैं। जैसे गुरुकुल और चिकित्सालय। ये वस्तुएं जब उन्हें मिल जाती हैं तो वो इन्हें सहज रूप में लेते हैं। इसके बजाय वो उन कहानियों के जादू पर ध्यान केंद्रित करते हैं जो उन्हें छलती हैं, जैसे एक अधिनायक और एक खलनायक के बीच हुए महायुद्ध। साधारण लोग, मूलत:, बुद्धिहीन होते हैं।'

'बस भी करिए, रावणजी,' सीता ने कहा। 'आप यह नहीं कह सकते कि...'

रावण ने सीता को टोका। 'आप ऐसी कोई भी नैतिक रूप से उचित बात कह सकती हैं जिसे स्वयं को नैतिक रूप से श्रेष्ठ महसूस करने के लिए आप कहना चाहें। लेकिन आप जानती हैं कि मैं सच कह रहा हूं।'

सीता मौन रहीं।

'तो, अगर हमें उन्हें एक युद्ध देना ही है, तो देते हैं उन्हें युद्ध। और अच्छा युद्ध देते हैं।'

'हम्म...'

'इससे एक और उद्‌देश्य भी सिद्ध होगा। यह मेरी सेना को नष्ट कर देगा।'

'क्या?'

'लंका की सेना को नष्ट होना होगा। भारत के कल्याण के लिए।'

कुंभकर्ण ने हामी भरी, इस बार अपने बड़े भाई के समर्थन में।

'क्यों?' सीता ने पूछा। 'आप अपने निष्ठावान सैनिकों का नरसंहार क्यों करवाना चाहेंगे? वो तो बस आपके आदेशों का पालन ही कर रहे होंगे।'

'नहीं। आप मेरी सेना को नहीं जानती हैं। वो बस आदेशों का पालन ही नहीं करते हैं। वो हिंसा का आनंद लेते हैं। मैंने इसी तरह के सैनिकों को जमा किया है; यातना पाए, क्षत-विक्षत आत्माओं वाले क्रुद्ध लोग जो संसार से घृणा करते हैं और इसे जला देना चाहते हैं। लंका की मेरी प्रजा, साधारण नागरिक नेक हैं। और उनकी सुरक्षा के लिए हमारे पास एक सक्षम आरक्षी बल है। लेकिन मेरी सेना... वो उसका प्रतिबिंब है जैसा मैं था... वो निर्मम राक्षस हैं। और उन्हें नियंत्रित रखने के लिए मेरे न होने पर, वो अराजकता फैला देंगे। वो बर्बर लोग हैं जो बस थोड़ी सी लूटपाट के लिए शस्त्रहीन लोगों को जीवित जला दें, बालकों तक को, जैसा उन्होंने मुंबादेवी में किया था। अपने हत्थे चढ़ने वाली किसी भी गैर-लंकाई स्त्री का बलात्कार कर डालने वाले आततायी। बूचड़ जो सार्वजनिक रूप से सिर काटते फिरें क्योंकि उस दृश्य से उन्हें आनंद मिलता है। दुष्ट जो लोगों को दासता में बेच डालें, भले ही धर्म ने इस पर प्रतिबंध लगाया हुआ है, क्योंकि यह लाभदायक है। अतिशय साहस वाले भयंकर हत्यारे, निस्संदेह। मगर धर्म के अंकुश के बिना। मैंने ऐसे सैनिकों को जमा किया था। मैं ऐसे पुरुष-स्त्रियों का पारखी हूं। उनमें से एक को तो आप जानती हैं। समीची। आपको लगता था कि आप उसे बहुत अच्छी तरह से जानती हैं, मगर आप उसे बिल्कुल नहीं जानती थीं। मैंने उसे क्यों रखा? क्योंकि वो अपने अस्तित्व के पोर-पोर तक क्षत-विक्षत थी। उसके अपने कारण भी थे। बचपन के भयावह कष्ट। अपने निर्मम पिता के प्रति उसका क्रोध सारे संसार के विरुद्ध उसके अकारण क्रोध में; एक अदम्य रोष में बदल गया था। यह जीवन के हर पल को उसके लिए क्रूर यातना बना देता है; और यही रोष उसे असाधारण हत्यारिन बना देता है। ऐसी हत्यारिन जो पूरी

तरह मेरे नियंत्रण में है। मेरे पास ऐसे दो लाख सैनिक हैं, सीता। वो किसी भी समाज के लिए एक खतरा हैं। केवल भारत के लिए ही नहीं, मेरी लंका के लिए भी। वो धर्म के लिए खतरा हैं, क्योंकि वो अधर्म की सेना हैं। अभी वो इतने शक्तिशाली नहीं हैं कि भारत को जीत सकें क्योंकि हम पर महामारी ने कहर ढा रखा है। लेकिन वो भारत और लंका में दसियों बरस की अव्यवस्था फैला देंगे। फिर आप एक बेहतर भारत का निर्माण कैसे करेंगे? लंका की सेना को नष्ट करना ही होगा। और ऐसा करने का सर्वश्रेष्ठ मार्ग युद्ध है। अंत तक युद्ध।'

सीता ने कुछ नहीं कहा। रावण जो कह रहा था वो बहुत निर्मम, क्रूर लेकिन तार्किक लग रहा था।

'क्या आपके पति अंत तक लड़ेंगे?' रावण ने पूछा।

'बिल्कुल, वो लड़ेंगे... लेकिन तभी जब उन्हें विश्वास हो कि आप भी अंत तक लड़ रहे हैं। अगर उन्हें संदेह हो गया कि आप जीतने के लिए नहीं लड़ रहे हैं, तो वो युद्ध रोक देंगे। क्योंकि ऐसे शत्रु से लड़ना अधर्म है जो स्वयं को रोक रहा हो। वो इसी तरह से सोचते हैं।'

रावण ने भौंहें तिरछी कीं। 'वो कैसे जानेंगे? उन्हें कौन बताएगा?'

उसने कुंभकर्ण और सीता को देखा। इनमें से कोई भी इस विषय में और किसी से बात नहीं करेगा।

'मगर मैं असलियत में स्वयं को नहीं रोकूंगा,' रावण ने कहा। 'मैं घनघोर युद्ध करूंगा। क्या आपके पति जीत जाएंगे?'

सीता मुस्कुराईं। परम आत्मविश्वास की मुस्कान। 'राम को अगर कोई हरा सकता है तो वो स्वयं राम हैं। वो आपको हरा देंगे, रावणजी।'

रावण मुस्कुराया। 'तब तो यह भव्य युद्ध होगा।'

'लेकिन...' सीता चुप हो गईं, उन्हें अपना प्रश्न पूछने में हिचकिचाहट हो रही थी।

रावण समझ गया। लेकिन उसने उनके पूछने की प्रतीक्षा की।

'लेकिन आप अपने साथ ऐसा क्यों कर रहे हैं?'

रावण मुस्कुराया। 'आपने वो कहावत सुनी है, "उन्होंने हमें दफ्ना दिया, लेकिन वो नहीं जानते थे कि हम बीज थे"?'

सीता ने हामी भरी। 'हां, सुनी है। सुंदर है। विचारोत्तेजक और विद्रोही। किसने कहा है ये?'

'हमारे पश्चिम में यूनानी द्वीपों में किसी ने। शायद उनका नाम कॉन्स्तेंतिनोस दिमित्रियादिस था। मगर, मेरे निष्पक्ष विचार में, यह बुद्धिमानी की ओर बस आधा रास्ता ही तय करती है।'

'वो कैसे?'

'ये अनुमान लगाती है कि बीज आप ही आप उठ आता है। लेकिन हम जानते हैं कि ऐसा नहीं होता है। बीज को अगर उपजाऊ धरती में न गाड़ा जाए तो बीज पत्थर जैसे बेजान रहेंगे। बीज को गाड़ना होगा। और इसे नष्ट होने दिया जाए। ताकि इसके फटे दिल से एक भव्य पेड़ निकल सके। यही बीज का उद्देश्य, इसका स्वधर्म है। जब तक पेड़ जीवित रहता है, तब तक उस बीज के गीत गाए जाएंगे जिसने पेड़ को ऊपर आने देने के लिए मृत्यु का अनुभव किया था—यद्यपि वो पहले ही मृत हो चुका था। बीज या तो धरती के ऊपर बेजान रहता है, या धरती के नीचे नष्ट हो जाता है। लेकिन जब यह पेड़ को निकलने देने के लिए स्वयं को फटने देता है, तो यह अमर हो जाता है। केवल एक ही तरह कोई भी जीवित वस्तु अमर हो सकती है: दूसरों की यादों में, जो उनके बाद भी जीवित रहती हैं। बीज का त्याग उसे अमर बना देता है।'

सीता मौन रहीं।

'मैं तो उसी दिन मर गया था जिस दिन वेदवती की मृत्यु हुई थी। इतने समय से मैं अपनी लाश को ढो रहा हूं। अब समय है कि मैं अपनी लाश को मरने दूं। सही समय है। मैं स्वयं को नष्ट होने दे सकता हूं ताकि राम और सीता की किंवदंती उभर सके। और जब तक संसार आप दोनों को याद रखेगा, तब तक वो मुझे भी याद रखेगा। मैं भी अमर हो जाऊंगा।'

सीता नीचे देखने लगीं, उनकी आंखें भावुकता से भर आई थीं।

रावण ने कुंभकर्ण को देखा, उसकी आंखें भी अनबहे आंसुओं से नम थीं। उसने वापस सीता को देखा। 'मेरी सेना में तीन भले व्यक्ति हैं। मेरा एकमात्र निवेदन यह है कि उन्हें इससे अलग रखा जाए। कुंभकर्ण, मेरे मामा मारीच, और मेरा बेटा इंद्रजीत।'

कुंभकर्ण की प्रतिक्रिया त्वरित थी। 'नहीं, मैं लड़ूंगा।'

'कुंभ... तुम्हें...'

'नहीं।'

'मेरी बात सुनो... मारीच मामा और इंद्रजीत के साथ दूर चले जाओ और फिर—'

'नहीं, दादा।'

'कुंभ... मान जाओ।'

'नहीं, दादा।'

रावण मौन हो गया। कुंभकर्ण अपने भाई को घूरता रहा। उसकी आंखें प्रेम, क्रोध और गर्व के मिले-जुले भाव व्यक्त कर रही थीं। फिर रावण उठा और उसने अपने भाई को गले से लगा लिया।

अध्याय 7

जिन राष्ट्रों के पास समुद्रतट नहीं होता, उन्हें यह सोचने के लिए क्षमा किया जा सकता है कि किसी द्वीप तक पहुंचना बहुत चुनौतीपूर्ण होता है: वो द्वीप को एक दुर्ग और समुद्र को खाई के समान मानते हैं। जो कि सच नहीं है। अच्छे पोतों और तीव्र नौकाओं के साथ समुद्र किसी बाधा के स्थान पर राजमार्ग सरीखा हो सकता है। असली चुनौती तो भूमि पर अंदर जाना होती है, विशेषकर अगर वो भूभाग घने वनों से भरा हो, गहरी नदियों और ऊंचे-ऊंचे पहाड़ों से युक्त हो। तो, जब राम और उनका दल शबरीमलय की ओर चले, तब तक हनुमान, सुरसा और दस वायुपुत्र सैनिक एक तीव्र नौका से लंका के उत्तर-पश्चिमी तट पर पहुंच चुके थे।

लंका के इस क्षेत्र में अच्छे बंदरगाह नहीं थे। वास्तव में, विशाल बलुआ तटों के कारण बड़े समुद्री पोतों के चलने के लिए यह बहुत जोखिम भरा समुद्र था, इनमें से अनेक बलुआ तट भाटे के दौरान जल के स्तर से ऊपर उठ आए थे। इसीलिए हनुमान ने एक छोटी नौका से जाने का निर्णय किया था।

मगर बलुआ तटों, और उनके परिणामस्वरूप अच्छे बंदरगाहों की अनुपस्थिति, ने हनुमान के गुप्त अभियान को बहुत लाभ प्रदान किया था: लंका का यह हिस्सा आमतौर पर निर्जन था।

देर रात गए, नौका लंबे मगर अपेक्षाकृत कम चौड़े मन्नार द्वीप के पास से निकली। वो किसी हसरत करते प्रेमी की तरह दक्षिण-पूर्व

से उत्तर-पश्चिम में, भारतीय तटीय भूमि से मात्र पच्चीस किलोमीटर दूर पंबन द्वीप की ओर फैला हुआ था। वो गहरे समुद्र में द्वीप से और आगे पश्चिम की ओर गए। लंका की मुख्यभूमि पर, मन्नार के पूर्व में प्रसिद्ध केतीश्वरम मंदिर के कारण ऐसा करना आवश्यक था। इस क्षेत्र में यही एक ऐसा स्थान था जहां कुछ भीड़ होती थी, जिससे वो बचना चाहते थे। स्पष्ट कारणों से।

वहां से निकलते हुए, हनुमान ने हाथ जोड़कर प्रकाश की दिशा में महादेव, प्रभु रुद्र, को प्रणाम किया जिनकी मूर्ति केतीश्वरम मंदिर में स्थापित थी।

'जय श्री रुद्र,' उन्होंने धीरे से कहा।

'जय श्री रुद्र,' नाव में सवार सभी लोगों ने दोहराया।

दक्षिण में लगभग बीस किलोमीटर आगे अरुवी अरु नदी समुद्र में मिलती थी। लंका की दूसरी सबसे बड़ी नदी का उद्गम लंका की राजधानी सिगिरिया के समीप था। इससे लंका के आंतरिक भागों में यात्रा करने के लिए यह नदी एक महत्वपूर्ण जलमार्ग बन जानी चाहिए थी। सिद्धांतत: पोत समुद्र में आसानी से आ-जा सकते थे और नदी के रास्ते सिगिरिया की ओर बढ़ सकते थे। मगर इस क्षेत्र के आसपास के समुद्र के घातक बलुआ किनारों के कारण यह असंभव हो गया था। रेत में फंसने के भय से समुद्री पोत सामान्यतया इस मार्ग से बचते थे। परिणामस्वरूप, सिगिरिया के भीतरी भागों के लिए नौका परिवहन लंका की सबसे बड़ी नदी महावेली गंगा से होता था जो द्वीप के दूसरी ओर पूर्वी तट पर समुद्र से मिलती थी।

हनुमान के अभियान के लिए यह एकदम सटीक था।

क्योंकि लंका का यह उत्तर-पश्चिमी समुद्रतट लगभग पूरी तरह से निर्जन था। वो अपनी छोटी नाव से नदी में, अनचीन्हे, सिगिरिया के बहुत नजदीक तक जा सकते थे। यह महत्वपूर्ण था, क्योंकि लंका के अंदर पैदल जाने में सबसे बड़ा जोखिम घने वनों में खो जाने का था। नदी मार्गदर्शक का कार्य करती। एक और संभावित मार्ग था: केतीश्वरम मंदिर से सीधे लंका की राजधानी को जाने वाली सड़क। लेकिन उस पर स्थान-स्थान पर सैन्य बाधाएं थी, जो इसे बहुत जोखिम भरा सुझाव बना देती थीं।

'बस एक समस्या है,' सुरसा ने धीरे से कहा।

'क्या?' हनुमान ने पास झुककर अपना स्वर हल्का रखते हुए पूछा।

'नदी के मुहाने के पास एक प्रकाशस्तंभ है। वो समुद्री पोतों के लिए चेतावनी का काम करता है कि बलुआ तटों के कारण उत्तर में आगे न जाएं।'

'और वो मानव-चालित है?'

'हां। लगभग दस आदमी होंगे।'

हनुमान ने उनके पीछे बैठे दस वायुपुत्र सैनिकों को देखा। 'शायद हम उनसे निबट सकते हैं।'

'हमें यह बहुत शीघ्रता से करना होगा।'

'क्यों?'

'प्रकाशस्तंभ से बस बीस किलोमीटर दूर केतीश्वरम मंदिर पर एक पूरी सैन्य टुकड़ी तैनात है। वो सिगिरिया से मंदिर को जाने वाले राजमार्ग की सुरक्षा करती है। घुड़सवारों को वहां से पहुंचने में मात्र तीन घड़ी लगती हैं। अगर एक सैनिक भी बच निकला तो कुछ ही पल में हमारे ऊपर पूरी की पूरी टुकड़ी सवार होगी।'

'हम्म। ठीक है। तो, हमें उन सबको मारना होगा। झटपट।'

'हां।'

'पाली कब-कब बदलती है?'

'यह टुकड़ी बहुत हद तक आत्मनिर्भर है। और एक पूरी तरह से महत्वहीन चौकी है जहां कुछ नहीं होता। रसद चार सप्ताह में एक बार आती है। सैन्य टुकड़ी को यह पता लगने में भी कुछ समय लग जाएगा कि प्रकाशस्तंभ के ये सैनिक मारे गए हैं। तब तक हम सिगिरिया में अपना काम निबटाएंगे और भारतभूमि वापस पहुंच जाएंगे।'

हनुमान ने हामी भरी और जल्दी से अपने सैनिकों को आदेश दिए। अस्त्रों और ढालों को जांच लें। कवच कस लें। मांसपेशियों को खोल लें।

फिर वो नाव के तख्ते पर सतर लंबे होकर बैठ गए, और अपनी बेढब बलिष्ठ बाईं भुजा को ऊपर की ओर ले गए और अग्रबाहु को अपनी पीठ के पीछे ले जाते हुए उन्होंने अपने बाएं हाथ को अपने भूरे कंधे की अस्थियों के बीच टिका दिया। दाहिने हाथ से हनुमान ने अपनी मुड़ी हुई बाईं कोहनी को पकड़ा और धीरे से खींचा। अपनी शक्तिशाली बाईं

त्रिकोणीय और त्रिशिस्क मांसपेशियों में खिंचाव महसूस होने पर उनके मुंह से आह निकल गई।

लगभग तुरंत ही उन्हें महसूस हुआ कि किसी की निगाह उन पर टिकी है। उन्होंने मुड़कर देखा तो सुरसा प्रशंसा भरी उन्मुक्त निगाहों से उन्हें देख रही थी। हनुमान के गाल लाल हो गए और उन्होंने तुरंत दृष्टि हटा ली। सुरसा हंस पड़ी और स्वयं भी अपने कंधे खोलने लगी।

—jf j5D—

वायुपुत्र सैनिकों के साथ हनुमान और सुरसा पेड़ों में छिपे हुए थे। उत्तर में ठीक-ठाक दूरी पर उन्होंने अपनी नाव बांध दी थी और फिर बिना शोर किए, पेड़ों की घनी पंक्तियों के पीछे दौड़ते हुए दक्षिण की ओर चल दिए। वो आड़ में खड़े खुले समुद्रतट के पार प्रकाशस्तंभ को देख रहे थे। लंबी, पांच माले की मीनार में सबसे ऊपर, अपना प्रकाश फैलाते और सुदूर समुद्र में चलते पोतों को चेतावनी देते हुए एक विशाल आग जल रही थी। एक सीधी-सादी सी चेतावनी: *दूर रहो।*

'वो दस लोग हैं,' हनुमान ने लंका के सैनिकों को गिनते हुए कहा जो समुद्रतट पर जमा थे और जल के विस्तार को तक रहे थे। भले ही रात बहुत हो गई थी, मगर पूर्णमासी की रात में वो स्पष्ट दिखाई दे रहे थे। वो बस थोड़ी सी दूरी पर थे।

'लेकिन हनु, हमें प्रकाशस्तंभ के भीतर भी सैनिकों की जांच कर लेनी चाहिए,' सुरसा ने कहा।

हनुमान ने अपने नाम के प्यार भरे मगर अनुचित अंग-भंग पर ध्यान नहीं दिया। 'मैं सहमत हूं। लेकिन पहले हमें इन सैनिकों से छुटकारा पाना होगा।'

सुरसा ने हामी भरी।

हनुमान अपने साथी वायुपुत्रों की ओर मुड़े। 'उनके पास भाले हैं। इसका ध्यान रखना।'

हनुमान और वायुपुत्रों के पास तलवारें और छुरे थे। लंकाइयों के पास भी ये अस्त्र थे, लेकिन उनके पास भाले भी थे, जिनसे नाटकीय रूप से उनकी पहुंच बढ़ गई थी।

हनुमान ने अपनी तलवार निकाली, एक घुटने पर बैठे, और नर्म, रेतीली धरती में उसकी नोक गाड़ दी। उनके दल ने उनका अनुसरण किया।

हनुमान ने अपनी आंखें बंद कीं, अपना सिर झुकाया और धीरे से बोले, 'मैं जो भी करता हूं, वो रुद्र के लिए करता हूं।'

इन शब्दों ने धीरे से उनके पीछे बैठे योद्धाओं में प्रतिध्वनि पाई। 'मैं जो भी करता हूं, वो रुद्र के लिए करता हूं।'

हनुमान उठे, उनका भीमकाय शरीर नीचे झुका, उनकी तलवार उनके शरीर से दूर थी। वो हल्के पैरों से आगे बढ़ने लगे।

चीते की तरह तेज, बाघ की तरह चुस्त।

हनुमान और उनका दल अब खुले में थे। समुद्रतट पर। लंकाइयों की ओर दौड़ते हुए, जो दूसरी ओर मुंह करके बैठे थे। समुद्र की ओर।

वायुपुत्र उन तक पहुंचते, उससे कुछ ही पल पहले लंका का एक सैनिक पलट गया। आदिम पशु प्रवृत्ति, तब से जब मनुष्य अफ्रीका के घास के मैदानों में विशाल शिकारी पशुओं से स्वयं को बचाता था; एक ऐसी प्रवृत्ति जो उन लोगों को चेतावनी देती है जो अपनी सहज प्रतिक्रिया से जुड़े रहते हैं।

'कौन है वहां?'

जबरदस्त चुस्ती से, रावण के उत्कृष्ट प्रशिक्षण प्राप्त सैनिक अपने पैरों पर खड़े हो गए और गोल-गोल घूमने लगे, उनके भाले आगे को निकले थे, ढालें सटीक अनुशासन में एक साथ जुड़ी हुई थीं।

आमने-सामने के युद्धों में यह सबसे सशक्त रक्षात्मक रणनीतियों में से एक थी। सैनिकों ने अपनी ढालों को एक साथ रखा था, प्रत्येक ढाल दूसरी ढाल को आंशिक रूप से ढकते हुए एक अभेद्य दीवार बना रही थी। और प्रत्येक ढाल के दाहिने किनारे पर एक घुमावदार स्थान से एक खतरनाक लंबा भाला निकला हुआ था।

ढाल की भयंकर दीवार।

ढाल की दीवार का सामना होने पर किसी भी आक्रामक दल के लिए धीमे पड़ जाना स्वाभाविक ही था। क्योंकि इसे भेद पाना लगभग

असंभव था। आक्रांता अगर हमला बोलता तो वो भालों के नुकीले वन में घुसता और स्वयं को बींधवा लेता।

लेकिन हनुमान कोई साधारण आक्रांता नहीं थे।

वायु केसरी के इस शक्तिशाली पुत्र में कोई रक्षात्मक झिझक नहीं थी।

हनुमान ने अपने विशाल शरीर को अपनी पूरी ऊंचाई में उठाया। अब झुकने या चुप रहने की आवश्यकता नहीं थी। वो धीमे नहीं पड़े। उनकी तलवार अभी भी उनके पहलू में थी।

जब वो तीव्र गति से दौड़े तो उनका सैन्य बल पीछे रह गया।

हनुमान जब भालों के वन के पास तक पहुंच गए, तब दहाड़े, 'कालाग्नि रुद्र!'

कालाग्नि पौराणिक युग के अंत को चिह्नित करने वाली अग्नि थी। और एक नए युग के आरंभ को। वो प्रभु रुद्र की अग्नि थी जो उन लोगों के लिए युग के अंत का द्योतक थी जो शक्तिशाली महादेव के विरुद्ध खड़े होते थे।

'कालाग्नि रुद्र!' वायुपुत्रों ने हुंकार भरी।

हनुमान सीधे ढाल की दीवार के मध्य में स्थित भाले की ओर दौड़े। जब लगभग ऐसा प्रतीत हुआ कि नागा वायुपुत्र नोक में जा घुसेंगे, तभी हनुमान ने अपने धड़ को एक ओर को मोड़ा और अपनी बाईं बांह उठा दी। भाले की नोक से बचते हुए वो पूरे बल से अपनी बाईं बांह को नीचे लाए और भाले के हत्थे को अपनी बाईं बांह और अपने सीने के पार्श्व में फंसा लिया। अब जब तक वो भाले को जकड़े हुए थे, लंकाई इसी स्थिति में फंसकर रह गया था। हनुमान ने गति धीमी नहीं की। उनका बायां कंधा ढाल से टकराया और लंकाई लड़खड़ाता हुआ पीछे हट गया। हनुमान ने अपनी तलवार उठाई और निर्ममता से उसे सैनिक के गले में घोंप दिया। लगभग तुरंत ही अपनी तलवार को वापस खींचते हुए, उन्होंने उसी प्रवाह में अपनी तलवार को एक ओर घुमाया और उसके पास खड़े लंकाई की गर्दन काट दी।

पलांशों में हनुमान ने दो लंकाइयों को मार डाला था। और, सबसे महत्वपूर्ण, ढाल की दीवार टूट गई थी।

ढाल की दीवार जब तक साथ रहती है, अभेद्य होती है। लेकिन एक भी दरार सारी संरचना को आश्चर्यजनक तेजी से ध्वस्त कर देती है। वायुपुत्रों की टुकड़ी हनुमान द्वारा बनाई सेंध में घुस गई। उन्होंने तीव्र दक्षता से शेष लंकाइयों को मार गिराया।

एक लंकाई के अलावा जिसने अपना भाला फेंक दिया था और शीघ्रता से अपने घोड़े की ओर भाग रहा था। जब हनुमान ने अपना सामना कर रहे सैनिक को मारा, तो उनका ध्यान उस लंकाई की ओर गया जो कुछ दूरी पर अपने घोड़े पर सवार हो रहा था।

'उस आदमी को रोको!' उसकी ओर दौड़ते हुए हनुमान चिल्लाए।

लंकाई ने क्रूरतापूर्वक अपने घोड़े को एड़ लगाई। ऐसा लगा कि वो भाग निकलेगा। और जल्दी ही केतीश्वरम मंदिर में सैन्य-वाहिनी को चेतावनी दे देगा।

यह अभियान शुरू होने से पहले ही असफल हो सकता था।

और तभी हनुमान ने एक अत्यंत सुंदर शिकार देखा।

घोड़े पर सवार लंकाई के दाहिनी ओर से सुरसा गरजती हुए रेतीली भूमि पर उतरी। अभागे आदमी ने अपनी ओर दौड़ती मौत को देखा ही नहीं था। उसकी आंखें तो दूसरी ओर विकराल हनुमान पर टिकी थीं। घोड़े के पास पहुंचकर सुरसा अपने पैरों पर उछली और उसने अधिकतम ऊंचाई पाने के लिए पूरी सटीकता से अपने घुटनों को मोड़ते हुए हवा में ऊंची छलांग लगाई।

हनुमान को लगा जैसे वो धीमी गति में इसे देख रहे हों।

भव्य।

सुरसा हवा में उड़ रही थी, पीठ मुड़ी हुई, दाहिना हाथ ऊंचा उठा हुआ, छुरा तैयार। वो घुड़सवार लंकाई पर गिरी और इसी के साथ अपने दाहिने हाथ को भी नीचे लाई। छुरे को लंकाई की बाईं आंख में भोंकते हुए। धातुई नोक आंख की कोटर को फाड़ते हुए उसके मस्तिष्क में धंस गई। लंकाई और सुरसा गुत्थमगुत्था होकर घोड़े से लुढ़क गए। धरती पर पहुंचने से पहले लंकाई मर चुका था।

घोड़ा कुछ पल भागता रहा और फिर चकराया सा रुक गया।

हनुमान सुरसा से निगाहें नहीं हटा पाए, उनके चेहरे पर विस्मय छाया हुआ था।

सुरसा एक बार और लुढ़की और उसी चुस्त प्रवाह में खड़ी हो गई। उसने चारों ओर देखा। शिकार पर निकली जंगली बिल्ली।

सारे लंकाई मारे जा चुके थे।

उसकी कठोर आंखें हनुमान पर ठहर गईं। 'जल्दी से प्रकाशस्तंभ में भी देख लेते हैं।'

हनुमान ने हामी भरी। वो अपने सैनिकों की ओर मुड़े। 'लाशों को उठाओ और उन्हें प्रकाशस्तंभ में ले आओ। घोड़ों को बांध दो।'

'जी, प्रभु हनुमान,' उन्होंने एक स्वर में कहा।

हनुमान और सुरसा तेजी से प्रकाशस्तंभ की ओर बढ़े।

———

'पिताजी, मुझे जानने का अधिकार है कि क्या हो रहा है,' इंद्रजीत ने विनम्र मगर दृढ़ स्वर में कहा।

रावण का सत्ताईस वर्षीय पुत्र बिना घोषणा के उसके निजी कक्ष में चला आया था, जबकि लंकेश कुंभकर्ण के साथ चर्चा कर रहा था। इंद्रजीत का अपने पिता के समान ही विकराल डील-डौल था। लंबा और बलिष्ठ, उसका भारी स्वर स्वाभाविक रूप से आदेशात्मक था। लेकिन वो मोहक भी था। उसने अपनी मां मंदोदरी की उठी हुई कपोलास्थि और घने भूरे बाल पाए थे, शेरों जैसा अयाल जिन्हें वो किनारे की दो मांग निकालकर और अपने सिर के ऊपर जूड़ी में बांधकर रखता था। तेल लगी तीखी मूंछें उसके चिकने साफ चेहरे पर सजती थीं। उसके कपड़े हमेशा की भांति शालीन थे। कानों में कीलों के अलावा वो कोई आभूषण नहीं पहनता था, जो कि भारत के अधिकांश योद्धा पसंद करते थे। एक जनेऊ उसके बाएं कंधे से तिरछा सीने के पार पड़ा हुआ था।

रावण ने बोलना बंद कर दिया और अपने गर्व और आनंद की ओर मुड़ा। 'तुम किस विषय में बात कर रहे हो, इंद्रजीत?'

इंद्रजीत ने अपने पिता को घूरा। और फिर अपने चाचा की ओर मुड़ा। 'चाचाजी, आप कहेंगे कुछ?'

कुंभकर्ण निश्शब्द दूसरी ओर देखने लगा।

'पिताजी,' इंद्रजीत ने अपनी दृष्टि वापस रावण की ओर घुमाते हुए कहा, 'अंतिम बार जब मुझे पता था, तो योजना विष्णु का अपहरण करने और फिर उन औषधियों के लिए मलयपुत्रों से बात करने की थी जिनकी आप दोनों को आवश्यकता होती है। हमारे द्वारा उनका अपहरण किए दिन बीत चुके हैं। अनेक दिन। लेकिन मलयपुत्रों के पास न तो किसी को भेजा गया है, न कोई संदेसा भेजा गया है। और मैं देखता हूं कि आप दोनों रानी सीता से लंबी-लंबी वार्ताएं करने अशोक वाटिका जाते रहते हैं। चल क्या रहा है?'

'इंद्रजीत, बहुत सी बातों पर विचार करना है।'

इंद्रजीत मौन खड़ा अपने पिता द्वारा खोलकर बताने की प्रतीक्षा करता रहा। जब कुछ नहीं कहा गया तो उसने गहरी सांस ली और शांत, कठोर स्वर में बोला। 'पिताजी, क्या मुझे अभी भी आपका विश्वास हासिल है?'

'निस्संदेह, पुत्र।'

'तो आप मुझे पूरा सच क्यों नहीं बता रहे हैं?'

'मेरे पुत्र, कुछ इससे भी बड़े मुद्दे हैं जिन पर कोई भी कदम उठाने से पहले तुम्हारे चाचाजी और मुझे विचार करना होगा।'

'बड़े मुद्दे? पिताजी, अयोध्या अपनी सेना को कूच करवा रही है। हमने सोचा था कि अगर हम रानी सीता को कोई हानि नहीं पहुंचाएंगे तो वो ऐसा नहीं करेंगे। हम गलत थे। और अगर *मुझ* तक को पता है कि अयोध्या क्या कर रही है, तो ऐसा तो संभव ही नहीं कि आपको यह पता न हो। अगर अयोध्या सप्त सिंधु की अपनी सारी सेनाएं एकत्र करने में सफल हो गई तो हम पराजित हो जाएंगे। आप यह जानते हैं। इससे बड़ा मुद्दा क्या हो सकता है?'

रावण मौन रहा।

'पिताजी...'

रावण ने पास ही रखी पीठिका से एक चर्मपत्र उठाया। 'समस्या यह है।'

'कैसी समस्या?'

'मैं चाहता हूं तुम बाली चले जाओ।'

बाली भारत के सुदूर पूर्व में स्थित एक द्वीप था, दक्षिण-पूर्व एशिया और चीन के साथ व्यापार के लिए एक अत्यंत महत्वपूर्ण संग्रहण स्थान। जिस पर लंका का नियंत्रण था।

इंद्रजीत को झटका लगा, मगर किसी तरह उसने अपने चेहरे को भावहीन बनाए रखा। 'बाली?'

'हां।'

'भगवान रुद्र के लिए मैं बाली क्यों जाऊं?'

'कुछ बहुत बड़े व्यापारिक विवाद हैं जिन पर तुरंत ध्यान देना होगा। और इसे हममें से ही कोई हल कर सकता है। राजपरिवार का कोई।'

इंद्रजीत ने झुंझलाहट में अपनी आंखें सिकोड़ीं। 'व्यापारिक विवाद?'

'हां।'

इंद्रजीत की मुट्ठियां भिंच गई थीं, उसके पोर सफेद पड़ गए थे। 'पिताजी, मैं तब वापस आऊंगा जब आप मुझ पर विश्वास करने योग्य अच्छी मानसिकता में होंगे।'

यह कहकर इंद्रजीत मुड़ा और शांति से चलता हुआ कक्ष से बाहर चला गया।

अध्याय 8

तटीय नगर अलापुड़ा से शबरीमलय की सौ किलोमीटर से कुछ कम की दूरी को पार करने में एक सप्ताह से अधिक समय लग गया। पिछली रात, राम और उनके साथियों ने नीचे स्थित वादी में पंपा नदी के किनारे पड़ाव डाला था। अगली सुबह-सुबह उन्होंने पर्वत-शिखर की अपनी यात्रा शुरू कर दी। मंदिर समुद्रतल से पंद्रह सौ फ़ुट से अधिक ऊंचाई पर स्थित था।

वो मंदिर से अभी भी कुछ दूरी पर थे जब उनकी भेंट वन की देवी शबरी से हुई। वो उनसे मिलने परिसर के द्वार तक आई थीं।

'देवी शबरी,' वशिष्ठ ने हाथ जोड़कर और अपना सिर झुकाकर सम्मानपूर्वक प्रणाम किया।

शबरी कोई नाम नहीं, बल्कि शबरीमलय मंदिर के प्रमुख की उपाधि थी। उनकी औपचारिक उपाधि तंत्री शबरी थी। जैसी कि भारतीय परंपरा है, इसमें एक गहरी प्रतीकात्मकता गुथी हुई थी। प्राचीन संस्कृत में *तंत्री* शब्द तटस्थ-लिंगी था और पुरुष-स्त्री दोनों के लिए प्रयोग किया जा सकता था। इस शब्द का मूल तंत्र या तार था। स्थानीय भाषा में शबरीमलय का अर्थ शबरी का पर्वत है। मगर प्राचीन संस्कृत में, माला का मतलब हार था। इस तरह शबरीमलय, शबरी के हार, को एक तंत्री ने एक साथ पिरोया था।

वर्तमान तंत्री एक वृद्धा स्त्री थीं, कम से कम सौ वर्ष आयु की। उनकी असली नाम कोई नहीं जानता था। वो स्वयं भी अपनी पुरानी पहचान भूल चुकी थीं और उन्होंने अपना सारा अस्तित्व महान योद्धा-

भगवान अयप्पा की सेवा में लगा दिया था, जो इस विशेष मंदिर में अपने ब्रह्मचारी स्वरूप में स्थापित थे।

झुर्रियों से भरी बूढ़ी स्त्री गोरी रंगत और स्नेहिल, ममताभरी आंखों वाली थीं। उन्होंने अपने गांठों भरे और वन्य जीवन में कठोर हो गए हाथों को जोड़कर नमस्ते की। 'महर्षि वशिष्ठ। हमारी भूमि पर आपके आने से हमारा मान बढ़ा है। *स्वामिये शरणम् अयप्पा।'*

हम प्रभु अयप्पा के चरणों में शरण पाते हैं।

'मान तो मेरा बढ़ा है, देवी शबरी,' वशिष्ठ ने उत्तर दिया। 'स्वामिये शरणम् अयप्पा।' फिर अयोध्या के राजगुरु राम और लक्ष्मण की ओर मुड़े। 'कृपया मुझे अनुमति दें कि मैं परिचय—'

'महान राम को कौन नहीं जानता,' शबरी ने ऐसी मुस्कुराहट के साथ कहा जो उनके हृदय से उठकर बिनबुलाए आंखों तक चली आई थी। 'स्वागत है, महा विष्णु।'

राम विष्णु नाम से संबोधित किए जाने पर लज्जा से मुस्कुराए। वो धीरे से बोले '*स्वामिये शरणम् अयप्पा*' और अपनी सुगठित काया को झुकाकर उन्होंने शबरी के चरण-स्पर्श किए।

उन्होंने राम के सिर को स्पर्श किया और धीरे से बोलीं, 'आप पर महती अनुकंपा हो: आप हमारी मातृभूमि भारत माता की सेवा करें।'

वशिष्ठ मुस्कुराए क्योंकि बहुत वर्ष पहले उन्होंने यही आशीर्वाद राम की पत्नी सीता को दिया था।

राम उठे, उनके हाथ नमस्ते में जुड़ गए थे।

लक्ष्मण आगे बढ़े, और बोले '*स्वामिये शरणम् अयप्पा,*' और अपनी विशाल काया को झुकाकर उन्होंने भी शबरी के पांव छू लिए। उनका आशीर्वाद पाते ही वो पीछे हट गए।

'मेरे साथ आइए, राजा राम,' शबरी उनका हाथ पकड़कर उन्हें प्रवेशद्वार के एक ओर को ले चलीं। अधिकांश लोग राम को राजा कहते थे, भले ही अधिकृत रूप से उनका राज्याभिषेक न हुआ हो। क्योंकि भरत ने स्पष्ट घोषणा की थी कि वो राम के नाम पर शासन करेंगे।

राम ने पीछे देखा। वशिष्ठ और लक्ष्मण पीछे आ रहे थे। कुछ ही पलों में वो एक बहुत विशाल बावड़ी पर पहुंच गए थे। उसका सतही क्षेत्र

लगभग पांच सौ वर्ग मीटर था। वर्षा ऋतु में शबरीमलय में प्रचुर मात्रा में वर्षा होती थी, लेकिन पहाड़ सपाट थे और वहां कोई झील नहीं थी। वो वर्षा ऋतु में जल से भरे रहते थे लेकिन शेष वर्ष पानी की कमी से त्रस्त रहते थे, विशेषकर गर्मियों के शुष्क महीनों में। बावड़ी को बहुत दक्षता से एक घोड़े की नाल के आकार में बनाया गया था जो सात खड़े स्तरों में नीचे उतरती थी, जिनमें से अंतिम स्तर लगभग पचास फ़ुट गहरा था। इसके संकरे सिरों से निकली छोटी-छोटी सीढ़ियां पानी तक जाती थीं। बावड़ी की विशाल क्षमता सुनिश्चित करती थी कि यह वर्षा ऋतु में इतना पानी जमा कर ले कि पूरे वर्ष मंदिर परिसर की आवश्यकताओं को पूरा किया जा सके।

शबरी बावड़ी की सीढ़ियों को छोड़कर पर्वत की ओर बढ़ गईं। राम का हाथ अभी उनके हाथ में था।

वशिष्ठ मुस्कुराए। क्योंकि वो जानते थे कि वो कहां जा रही थीं। परीक्षा। शबरी की परीक्षा। ऐसी परीक्षा जिसमें कोई उत्तीर्ण नहीं हुआ था।

शबरी राम को पर्वत के किनारे बनी एक स्थापना की ओर ले गईं, जो परिसर की चारदीवारी के ठीक अंदर था। यहां से नीचे स्थित वादी का दृश्य मनोहारी था। किंतु राम का ध्यान कहीं और था। वो दो मूर्तियों को देखकर मंत्रमुग्ध थे।

शबरी राम की ओर मुड़ीं। 'ये बताइए, महान राजकुमार, ये दोनों मूर्तियां आपको क्या बताती हैं? इनका क्या संदेश है?'

शबरी ये प्रश्न मंदिर में आने वाले प्रत्येक महत्वपूर्ण आगंतुक से करती थीं। और किसी ने इसका सही उत्तर नहीं दिया था।

दोनों मूर्तियां एक दूसरे से कुछ दूरी पर आमने-सामने मुंह किए थीं।

एक आक्रामक सांड।

और भयंकर पशु के ठीक सामने खड़ी एक छोटी सी निर्भीक बालिका।

सांड पूर्ण-आकार का, भय पैदा करने वाले आक्रामक पौरुष का प्रतीक था। उसका सिर झुका हुआ था, नथुने फूले हुए थे, उसके दांत खुले हुए थे। उसके लंबे, तीखे सींग भयानक ढंग से मुड़े हुए थे। मानो बच्ची को चीर डालेंगे। बेहद बलिष्ठ शरीर दाईं ओर को मुड़ा हुआ था जैसे कि वो

आगे हमला कर रहा हो। उसके आगे के पैर धरती में धंसे हुए थे। किसी भयानक कोड़े की तरह घुमावदार उसकी पूंछ उठी हुई थी।

एक उग्र, भयंकर, खतरनाक पशु।

और फिर वो निर्भीक नन्ही सी बच्ची थी।

छोटी सी। मुश्किल से पांच-छह बरस की। हाथ कूल्हे पर, कंधे अवज्ञा में पीछे को तने हुए। उसके पैर थोड़े से अंतराल पर फैले हुए थे, और संतुलन के लिए दृढ़ता से जमे थे। विद्रोही आंखें। उठी हुई ठोड़ी। बाल बेतरतीबी से पीछे उड़ रहे थे। उसके कपड़े उसके शरीर से चिपके हुए थे, मानो तेज हवा उसे थपेड़े मार रही हो। पशु की ओर से निडर जो उसे कुचल डालने वाला था। हिम्मती। बहादुर।

राम तकते रहे, अपलक।

पहले लक्ष्मण बोले। उनका वही विचार था जो उस प्रत्येक व्यक्ति का होता था जिसने इन मूर्तियों को देखा था। 'कितनी अद्‌भुत बच्ची है! शक्तिशाली! बहादुर! यह हमें बताती है कि लड़ाई में व्यक्ति का आकार नहीं, बल्कि व्यक्ति के भीतर की लड़ाई का आकार अर्थपूर्ण होता है!'

शबरी ने न लक्ष्मण पर ध्यान दिया और न उनके उत्तर पर। वो तो उन्हें देखने के लिए मुड़ीं तक नहीं। उनकी आंखें राम पर टिकी थीं।

राम हल्के से मुस्कुराए और धीरे से बोले। 'क्या अद्‌भुत पशु है...'

शबरी ने वशिष्ठ पर एक निगाह डाली और मुस्कुरा दीं। और फिर उन्होंने वापस राम पर ध्यान केंद्रित कर दिया।

राम मूर्तियों को तके जा रहे थे।

'स्पष्ट करें, महान राजा,' शबरी ने कहा।

'बच्ची के लिए बचने का कोई अवसर नहीं है,' राम ने कहा। 'वो साहसी हो सकती है, लेकिन अपने मन में कहीं वो जानती है कि उसके लिए कोई मौका नहीं है। अगर वो इस आकार और भयंकरता वाले किसी पशु का सामना करती जो वास्तव में इतना निर्मम और क्रूर है, तो कुछ ही पलों में वो रौंद दी जाती। ऐसा हो ही नहीं सकता कि वो यह न जानती हो। जिस निडर और हिम्मती भाव के साथ वो खड़ी है, इसका यही अर्थ है कि वो सच जानती है... केवल जानती ही नहीं, उसे इस सच में पूर्ण विश्वास भी है: कि सांड उसे कोई हानि नहीं पहुंचाएगा। कि सांड धर्म

द्वारा नियंत्रित है। सांड कोई अनुचित काम नहीं करेगा। मेरे विचार में, पशु धर्म का प्रतिनिधि है।'

वशिष्ठ गर्व से खिल उठे। प्राचीन काल से ही, धर्म—वो सब कुछ जो उचित, संतुलित और पूरी तरह संसार के तालमेल में है—का प्रतिनिधित्व सांड द्वारा किया गया है। और धार्मिक जीवन के मुख्य सिद्धांतों में से एक यह है कि शक्तिशाली निर्बल की रक्षा करे।

'सांड के सींग... इन्हें देखें,' राम ने आगे कहा। 'सींगों में एक पतला धागा बंधा है जो सांड के मुंह से निकला हुआ है, लगाम की मुखरी की तरह। लगभग अदृश्य सी लगाम की तरह, जिसकी रास सींगों से बंधी है। ऐसा प्रतीत हो सकता है कि सांड अपने दांत निकाले हुए है, लेकिन वास्तव में लगाम की मुखरी इसके गालों को पीछे खींच रही है। यह प्रतीकात्मक है। धर्म के साथ हम जो करते हैं वो *हमारे* नियंत्रण में है। यह हमारा चुनाव है। केवल हमारा चुनाव। सांड हमला कर रहा था, लेकिन नन्ही बालिका को देखने पर वो तुरंत स्वयं को नियंत्रित करने लगा, जो उसकी अपेक्षा कहीं अधिक निर्बल है। मुड़े हुए शरीर को देखें, लगता है जैसे पशु बालिका से बचने का प्रयास कर रहा हो। आगे के पैर गति धीमी करने की कोशिश में धरती में गड़े हुए हैं। बच्ची को बचाते हुए इसकी पूंछ स्वयं को संतुलित करने के सहज प्रयास में उठ गई है... *परिपालय दुर्बलम्...*'

शबरी ने हामी भरी। संस्कृत की पुरानी सूक्ति। *निर्बल की रक्षा करो।*

राम ने अपने हाथ जोड़े और सांड को नमन किया।

शबरी ने आंखों से अपने विचारों का आदान-प्रदान करते हुए, अनुमोदन में वशिष्ठ को देखा। *आपने सही चयन किया है।*

फिर उन्होंने राम से आगे कहा। 'सशक्त समाज के सबसे महत्वपूर्ण घटकों में से एक आक्रामक पुरुषत्व की भावना है। इसके बिना समाज निर्बल और असुरक्षित होगा। इसे बाहरी लोग जीत लेंगे। यह बिखर जाएगा। मगर धर्म के नियंत्रण के बिना आक्रामक पुरुषत्व विषाक्त पुरुषत्व में बदल जाता है। यह अराजकता की ओर ले जाता है, उससे भी कहीं अधिक जो कहीं और से आए विजेता फैलाते हैं। असुरों के अंतिम दिन याद करें... उन्होंने सारे देश में कैसी हिंसा, बलात्कार, लूट और दमन मचा रखा था। आक्रामक पुरुषत्व आवश्यक है, अत्यंत आवश्यक। लेकिन इस पर धर्म

का नियंत्रण होना चाहिए। ताकि सांड की शक्ति और बल को अधिक कल्याण-कार्यों में प्रयोग किया जा सके।'

राम ने हामी भरी।

शबरी ने राम के कंधे को छुआ। 'एक ऐसे खतरनाक और शक्तिशाली व्यक्ति से भव्य और कोई दृश्य नहीं है, जिसे अपनी आदिम इच्छाओं पर पूरा नियंत्रण हो, जिसमें न्याय के लिए एक सहजात लालसा हो, जिसे अपने देश और इसके लोगों से अथाह और अटूट प्रेम हो।'

राम मौन खड़े रहे।

'आप लड़ेंगे,' शबरी ने कहा। 'आप लंका के उस व्यक्ति से लड़ेंगे जिसने अधर्म किया है। लेकिन आप यह भी याद रखेंगे कि रावण केवल आपका प्रतिपक्षी है। आपके वास्तविक शत्रु, आपकी प्रजा के शत्रु, आपके अपने देश में हैं। वो आपका अंतिम युद्ध होगा। आप उसे जीत जाएंगे। और फिर आप भारत माता की महानता के पुनर्निर्माण के लिए मेहनत करेंगे। जब आप यह सब कर लेंगे, तब आप विश्राम करेंगे। और मैं शांति से मृत्यु पा सकूंगी।'

—JF J5D—

सुबह की पूजा और अल्पाहार से निबटने के बाद सीता अपनी कुटिया के बाहर आईं। उन्हें बताया गया था कि आज रावण और कुंभकर्ण नहीं आएंगे और इसलिए उन्होंने अशोक वाटिका में घूमने का निर्णय लिया। अब तक उन्होंने अपना अधिकांश समय विशाल उपवनों के मध्य में बनी कुटियाओं में ही बिताया था।

जब वो सीढ़ियों से उतरीं तो कुछ ही दूरी पर उन्होंने एक युवक को खड़े देखा। वो लंबा और सुडौल था। गोरी रंगत। उठी हुई कपोलास्थियां और तेल लगी नुकीली मूंछें। लंबे बालों को दोनों ओर मांग निकालकर सिर के ऊपर जूड़ी में बांधा गया था। निस्संदेह, उसके रूप-रंग में अपनी मां की बहुत अधिक झलक थी। मगर पिता की भी इतनी थी कि सीता ने अनुमान लगा लिया था कि वो कौन है।

रावण का पुत्र।

'राजकुमार इंद्रजीत?' सीता ने पूछा।

इंद्रजीत उनके चेहरे को तक रहा था। वो चेहरा जिसे वो पहली बार देख रहा था। मगर फिर भी, रावण का पुत्र हतप्रभ था।

'मैं आपके लिए क्या कर सकती हूं, राजकुमार?'

इंद्रजीत के पास तो जैसे शब्द ही नहीं रहे थे।

'क्या बात है, राजकुमार?'

इंद्रजीत ने कुछ नहीं कहा। अपने स्थान पर जड़वत खड़ा रहा मानो पत्थर का हो गया हो।

सीता ने बरामदे में पड़े आसनों की ओर संकेत किया। 'आप बैठकर बात करना चाहेंगे?'

इंद्रजीत हिला। वो चलता हुआ आया, उनके पास से निकला। आसन पर बैठ गया। एक बार भी उसने उनके चेहरे से दृष्टि नहीं हटाई थी।

सीता लंका के राजकुमार के सामने बैठ गईं, उनके चेहरे पर सहानुभूति फैली हुई थी। वो अनुमान लगा सकती थीं कि इंद्रजीत क्या सोच रहा है। 'मेरा विचार है आप चित्र देख चुके हैं।'

इंद्रजीत ने हामी में सिर हिलाया।

'वो मेरी मां वेदवती के हैं।'

'मैं जानता हूं...' इंद्रजीत ने अंततः उत्तर दिया। 'मैं उन चित्रों वाली देवी को जानता हूं... मैं अपने पिता के बारे में एक-एक बात जानता हूं... कम से कम मुझे लगता था कि मैं जानता हूं। लेकिन मैं आपके बारे में नहीं जानता था।'

'आपके पिता भी मेरे बारे में नहीं जानते थे।'

'क्या आप... मेरा मतलब... क्या मैं आपको दीदी बुलाऊं?' इंद्रजीत ने अविश्वास से पूछा।

सीता ने तुरंत प्रतिक्रिया दी। 'नहीं, मैं आपकी बहन नहीं हूं। आपके पिता ने भले ही मेरी मां से प्रेम किया हो। मगर उन्होंने एक बार से अधिक उनके हाथ को भी नहीं छुआ। मैं वेदवती और उनके पति पृथ्वी की पुत्री हूं।'

इंद्रजीत हल्के से मुस्कुराया। 'अर्थात, रावण की एकमात्र संतान मैं ही रहा।'

सीता मुस्कुराईं। 'लगता तो ऐसा ही है।'

इंद्रजीत नीचे देखने लगा।

'आप मुझसे घृणा तो नहीं करते?' सीता ने पूछा।

'मैं आपसे घृणा क्यों करूंगा? मैं आपसे अभी मिला हूं।'

'मेरा मतलब... मैं वेदवती की पुत्री हूं...'

वो उस स्त्री की पुत्री थीं जिनसे इंद्रजीत के पिता ने आजीवन प्रेम किया था। और इंद्रजीत रावण की वैध पत्नी मंदोदरी का पुत्र था। उसकी मां अवश्य ही दुखी रही होंगी क्योंकि उसके पिता का हृदय कभी उनका न हो सका था। वो सदैव किसी अन्य स्त्री का, बहुत पहले मृत स्त्री का रहा था।

इंद्रजीत का रावण के साथ बहुत जटिल संबंध रहा था। वो अपने पिता से अगाध प्रेम करता था और उनका सम्मान करता था। मगर वो उनसे घृणा भी करता था। वो रावण की बुद्धि, उसकी शक्ति, उसके जुझारूपन, उसकी कारोबारी दक्षता, उसकी कलात्मक योग्यताओं का सम्मान करता था। देवताओं ने उसके पिता को हर संभव प्रतिभा से अनुग्रहीत किया था। और फिर उन्हें एक बचकाने, असुरक्षित हृदय का शाप दे दिया जिसका अपनी इच्छाओं पर कोई नियंत्रण नहीं था। अपने बचपन में इंद्रजीत अपने पिता को, उनकी निर्ममता को, उनके क्रोध को नापसंद करता था। मगर विशेष रूप से उसे घृणा उस व्यवहार से थी जो रावण उसकी मां के साथ करता था। उससे भी अधिक उसके पिता अपने आसपास 'सतही विवेकहीन रूपसियों' का जमावड़ा रखते थे जैसा कि वो रावण के आसपास मौजूद रहने वाली स्त्रियों के लिए कहता था; क्योंकि वो उसकी बुद्धिमान, शांत और विवेकशील मां के सामने दीया भी थामने योग्य नहीं थीं। और फिर उसे वेदवती... कन्याकुमारी के बारे में पता लगा...

इंद्रजीत धीरे से बोला, जैसे अपने आप से बात कर रहा हो, 'कन्याकुमारी ने मेरे पिता के साथ मेरे संबंध बदल दिए थे...'

सीता ने हल्के से भौंहें उठाईं, मगर उत्तर में मौन रहना ही उचित जाना।

इंद्रजीत ने जांच-पड़ताल की थी। उसने पाया था कि वेदवती कितनी महान स्त्री थीं। असाधारण शालीन स्त्री। कन्याकुमारी। एक देवी। और संभवतः, कुछ अर्थों में, उसकी अपनी मां से भी बेहतर। विचित्र रूप से,

यह जानकर उसके मन को शांति मिली थी कि उसके पिता ने उसकी मां मंदोदरी की उपेक्षा कन्याकुमारी के लिए की थी। उसके पिता कामुक रसिया नहीं थे। वास्तव में, उनके हृदय में कुछ गहराई थी। और यह समझने के बाद वो अपने पिता को अधिक स्पष्ट रूप में देखने लगा था। अभी भी वो रावण की दुर्बलताओं को देखता था। मगर उसका उतना अधिक आकलन नहीं करता था। समय के साथ, वो अपने पिता के निकट आ गया था।

'शायद मैं समझ रहा हूं कि चल क्या रहा है...' इंद्रजीत ने धीरे से कहा।

इंद्रजीत ने अपने शेष विचारों को अपने मस्तिष्क से बाहर नहीं आने दिया। *आपका चेहरा कन्याकुमारी जैसा है। और कन्याकुमारी की तरह ही आप मेरे पिता को बेहतर मनुष्य बनने के लिए प्रेरित करेंगी।*

'मैं समझी नहीं आपका क्या मतलब है, भले राजकुमार,' सीता ने कहा।

'एक यूनानी दार्शनिक ने कभी कहा था कि "मृत्यु संभवतः मनुष्य को प्राप्त महानतम वरदान है"।'

सीता के भावों में बहुत मामूली सा परिवर्तन आया।

'किसी को भी अपनी स्वयं की मृत्यु की प्रार्थना नहीं करनी चाहिए। क्योंकि इसे तभी आना चाहिए जब इसका समय हो। लेकिन हमको इस पर विचार करना, इसके लिए योजना बनाना, यहां तक इसका अभिविन्यास तक करना चाहिए... जितना संभव हो सके। क्योंकि इस पूरी अंधकारमयी पृथ्वी पर क्या एक अच्छी मृत्यु से अधिक सुंदर भी कुछ है?'

सीता मौन रहीं।

'उनका जीवन अर्थहीन रहा हो सकता है, मगर उनकी मृत्यु का एक उद्देश्य होगा। मगर साथ ही...'

इंद्रजीत ने आगे कुछ नहीं कहा। उसके मन में चल रही उथल-पुथल स्पष्ट थी। क्या उसे वो करना चाहिए जिसमें उसके पिता की आत्मा का हित निहित था या वो जिसमें उसके देश का हित था? क्या उसे एक अच्छा पुत्र बनना चाहिए या अच्छा राजकुमार?

सीता ने इंद्रजीत के चेहरे पर संघर्ष देखा। वो बोलीं। 'राजकुमार इंद्रजीत—'

इंद्रजीत ने उन्हें रोक दिया। 'कोई शब्द आवश्यक नहीं हैं, महान विष्णु... और कुछ मत कहिए। अगर हम इस बारे में और बात नहीं करेंगे, तो आपको कुछ छिपाना नहीं पड़ेगा।'

सीता ने और कुछ नहीं कहा।

अध्याय 9

'पोत नहीं?' राम ने हैरानी से पूछा।

राम, वशिष्ठ, शबरी, लक्ष्मण और नारद शबरीमलय में मुख्य मंदिर से कुछ दूरी पर बैठे थे। ग्रेनाइट की ठोस चट्टान से बनी प्रसिद्ध अठारह सीढ़ियां दूर से ही दिखाई दे रही थीं। राम उन पवित्र सीढ़ियों पर नहीं चढ़े थे, न उन्होंने प्रभु अयप्पा के दर्शन ही किए थे, क्योंकि उन्होंने इकलातीस दिन का व्रत पूरा नहीं किया था जो इस मंदिर में प्रभु अयप्पा की आराधना करने के इच्छुक हर भक्त को करना होता है। और राम बहुत ही स्पष्ट थे: नियम सब पर लागू होते हैं, उनके समेत। उन्होंने शपथ ली थी कि अनुष्ठान पूरा करके दर्शन करने के लिए वो एक दिन वापस आएंगे।

राम अभी बताकर चुके थे कि हनुमान के अभियान के असफल रहने की सूरत में उनकी अगली योजना क्या है। 'हमारी सेना पोतों पर सवार होगी, गोकर्ण जाएगी, फिर नौकाओं से महावेली गंगा नदी और इसकी सहायक नदी, अंबन गंगा, में उस बिंदु तक जाएगी जो सिगिरिया से निकटतम होगा। और फिर शेष दूरी हम भूमि पर पैदल पूरी करेंगे।'

महावेली गंगा लंका की सबसे लंबी नदी थी। यह द्वीप के पूर्वी तट पर गोकर्ण के समुद्री बंदरगाह पर हिंद महासागर में मिलती थी। वास्तव में, यह नदी लंका के हृदयस्थल तक पहुंचने का राजमार्ग थी।

मगर ओंगुइआहरा पर महावेली गंगा संकरी हो जाती थी, जहां वो महान नदी अपनी मुख्य सहायक नदी अंबन गंगा में एकाकार होने से

पहले पहाड़ों के बीच संकरे मुहाने से टकराती थी। उत्कृष्ट वास्तुकला का परिचय देते हुए लंकावासियों ने इस पहाड़ी संकरे रास्ते को एक भव्य दुर्ग में परिवर्तित कर लिया था। इस स्थल पर उन्होंने सुनियोजित अवरोध और बांधों का भी निर्माण किया था ताकि इच्छानुसार पानी छोड़कर नदी में आने वाले अनधिकृत पोतों को नष्ट कर सकें। मानव इतिहास में ओंगुइआहरा पर कभी विजय नहीं पाई गई थी।

राम इस दुर्ग में सेंध लगाने के विभिन्न विकल्पों का मूल्यांकन कर रहे थे ताकि वो नदी में आगे यात्रा करते हुए सिगिरिया की ओर बढ़ सकें। क्योंकि लंका की राजधानी तक पहुंचने का और कोई मार्ग नहीं था। और किसी दिशासूचक मार्ग के बिना लंका के घने वनों से एक विशाल सेना को लेकर जाना जोखिमों से भरा था। उनमें कोई भी आसानी से खो सकता था; ये वन भारत के किसी भी वन से कहीं अधिक घने थे।

जब राम कह चुके तो शबरी ने एक सुझाव रखा कि वो अपनी प्रमुख सेना को लंका द्वीप पर ले जाने के लिए पोतों का प्रयोग न करें।

'ऐसा कैसे संभव है, देवी शबरी?' वशिष्ठ ने पूछा।

'हां, पोतों के बिना लंका पर कोई कैसे आक्रमण कर सकता है?' राम ने पूछा।

'ओह, मेरा यह मतलब नहीं था कि आप पोतों का प्रयोग करें ही नहीं, महान राम,' शबरी ने कहा। 'मैं जानती हूं कि आपके भाई भरत और शत्रुघ्न अयोध्या की सेना के साथ भारत के पूर्वी तट से आने की योजना बना रहे हैं। मेरा विचार है कि आप अपनी सेना के बड़े भाग को हमारे पूर्व में तमिल भूमि पर रखें। और उन अन्य, कम सैनिकों से युक्त पोतों को उस मार्ग से यात्रा करवाएं जो आपने अभी बताया है। उन्हें महावेली गंगा नदी से ओंगुइआहरा जाने को कहें। और वहां लंकाइयों को घनघोर युद्ध दें। लेकिन यह युद्ध छलावा होगा। क्योंकि आपकी मुख्य सेना भूमार्ग से पार चली जाएगी।'

लक्ष्मण ने बात दोहराई। 'पार चली जाएगी? द्वीप पर!'

शबरी ने लक्ष्मण पर दृष्टि डाली और मुस्कुरा दीं। और फिर उन्होंने राम को देखा। 'मुझे विश्वास है आप यह जानते होंगे कि प्राचीन काल में लंका भारत के भूभाग का अंग था। यह अंतिम हिमयुग की समाप्ति से

पहले की बात है जब समुद्र का स्तर बहुत कम था। मानव-बंधन भले ही क्षीण हो गए हों, मगर समुद्र और पृथ्वी को वो संबंध याद है।'

राम ने भौंहें उठाईं।

शबरी ने अपने अंगवस्त्रम की चुन्नटों में से एक मानचित्र निकाला। उन्होंने उसे फैला दिया और उस पर विभिन्न बिंदुओं को इंगित करते हुए आगे बोलीं, 'यह वैगई नदी के दक्षिण में तमिल भूमि का क्षेत्र है। यहां भूमि की प्रकृति देखें। भारत माता अपनी एक अरसे पहले बिछुड़ी बहन की ओर बढ़ रही हैं। और बदले में छोटी बहन लंका अपनी बड़ी बहन की ओर हाथ बढ़ा रही है।'

राम, वशिष्ठ, लक्ष्मण और नारद ने झुककर पास से मानचित्र को देखा। भारत प्रांत की मुख्यभूमि समुद्र में एक अंतरीप के रूप में आगे निकली हुई थी, जिसे पंबन द्वीप से मात्र डेढ़ किलोमीटर का उथला पानी अलग करता था। स्वयं पंबन द्वीप लंका की ओर उन्मुख होते हुए उत्तर-पश्चिम से दक्षिण-पूर्व में फैला हुआ था। पंबन के दक्षिण-पूर्व समुद्रतट के परे, कोई पच्चीस किलोमीटर समुद्री जल से विभाजित मन्नार द्वीप था, और वो भी उत्तर-पश्चिम से दक्षिण-पूर्व तक फैला हुआ था। बस कुछ हाथ उथले पानी से अलग होते हुए यह लगभग लंका की मुख्यभूमि को स्पर्श करता था।

शबरी ने राम को देखा। 'भारत भूमि से पंबन द्वीप तक नौकाओं का पुल बनाना, और मन्नार से लंका की बहुत थोड़ी सी दूरी को बहुत आसानी से पार कर लेना भी संभव है। लेकिन सबसे बड़ी समस्या है...'

'...पंबन द्वीप और मन्नार द्वीप के बीच की पच्चीस किलोमीटर की दूरी,' राम ने शबरी का वाक्य पूरा करते हुए कहा। 'पुल बनाने के लिए यह बहुत लंबी दूरी है। और वो भी नियमित ज्वार-भाटों वाले दुर्गम समुद्र पर।'

'पंबन और मन्नार के बीच उस पच्चीस किलोमीटर के अंतराल में बलुआ स्थल हैं, राजा राम। वो समुद्र-तल से इतने ऊंचे हैं कि भाटे के दौरान उन्हें देखा भी जा सकता है।'

राम आगे को झुके और फिर से मानचित्र को देखने लगे। सम्मोहित से। उन्होंने एक गहरी सांस भरी और छोड़ी। 'लेकिन फिर भी यह बहुत कठिन होगा।'

'निस्संदेह यह कठिन होगा। लेकिन कल्पना करें कि आप इस अंतराल को पाटने में समर्थ रहते हैं और अपनी सेना के एक बड़े भाग के साथ आगे बढ़ते हैं। जब आप मन्नार को पार करके लंका में पहुंचेंगे तो आप केतीश्वरम मंदिर पहुंचेंगे जो प्रभु रुद्र को समर्पित है। राजकीय मंदिर होने के कारण यह एक चौड़े मार्ग से जुड़ा हुआ है, जो सीधे सिगिरिया जाता है।'

नारद ने उत्साह भरी सांस खींची। 'बस एक दिन के प्रयाण में सिगिरिया!'

'एक दिन से भी कम में,' शबरी ने सुधार किया। वो राम की ओर मुड़ीं। 'आप लंकाइयों को हतप्रभ कर देंगे। लंका के पश्चिमी ओर से आक्रमण का किसी को अंदेशा नहीं होता। सारे सुरक्षा-प्रबंध पूर्वी पक्ष में बने हैं। उनके संभल पाने से पहले ही आप उन्हें पराजित कर देंगे।'

राम ने विचारपूर्ण मुद्रा में ठोड़ी पर हाथ रखा। 'सारी योजना एक पुल बनाने पर टिकी है। और वो लगभग असंभव सा लगता है।'

'युद्ध केवल महान योद्धाओं द्वारा ही नहीं जीते जाते हैं, माननीय विष्णु,' शबरी ने कहा। 'वो उत्कृष्ट वास्तुशिल्पियों द्वारा भी जीते जाते हैं जो उन चीजों को वास्तविक बना देते हैं जिन्हें अधिकांश साधारण जन असंभव समझते हैं।'

राम ने लक्ष्मण को देखा। दोनों भाइयों के मन में एक ही विचार था। केवल एक महामनीषी ही इस तरह के अविश्वसनीय शिल्प का निर्माण कर सकता है। उनके सबसे छोटे भाई शत्रुघ्न।

'बहुत बढ़िया...' लक्ष्मण ने कहा। *लेकिन...*

राम ने लक्ष्मण को देखा और मुस्कुरा दिए, फिर वापस वशिष्ठ की ओर मुड़ गए। 'आप सही कहते हैं, गुरुजी। यह काम कर सकता है।'

वशिष्ठ ने अभी-अभी राम को एक रणनीति सुझाई थी। भारतीय सेनाओं में दसियों बरस से हाथियों का प्रयोग किया जाता रहा था; सुप्रशिक्षित हाथी बहुत कम तादाद में भी शत्रु की घुड़सवार सेना को ध्वस्त कर सकते थे। वो शत्रु की पैदल-सेना की रेखा को भी तोड़ सकते थे। हाथी प्रायः आक्रमण का नेतृत्व करते थे। वो शत्रु अवरोधों को तोड़ते और

ध्वस्त कर देते थे, और पैदल सेना और घुड़-सेना के लिए रास्ते बना देते थे ताकि वो अंदर घुसकर काम को पूरा कर सकें।

वशिष्ठ ने हामी भरी। 'लंका में भी वन्य हाथी हैं, लेकिन उन्हें युद्ध के लिए प्रशिक्षित नहीं किया गया है। लंकाइयों ने कभी हाथियों को वश में करके उनकी शक्ति से लाभ उठाने की परेशानी मोल नहीं ली।'

'और क्यों लेते?' राम ने पूछा। 'लंका एक द्वीप है। उन्हें भू-आक्रमणों से रक्षा करने की आवश्यकता नहीं है। उनकी प्रमुख चिंता जलीय आक्रमण हैं। और किसी ने अभी ऐसे पोत बनाने के बारे में नहीं सोचा है जो हाथियों को समुद्र पार ले जा सकें।'

'और कोई लंका में अपनी सेना लेकर कभी नहीं घुसा है,' वशिष्ठ ने हल्के से मुस्कुराते हुए कहा। 'हम अपने हाथियों को लंका में ले जाएंगे। हम बस सौ, या पचास ही, हाथियों से उनकी थल-सेना को नष्ट कर देंगे।'

'बस एक छोटी, मामूली सी समस्या है,' लक्ष्मण ने कहा। 'लंकाइयों के पास युद्ध-हाथी नहीं हैं। न ही हमारे पास हैं। अयोध्या से हाथियों को यहां तक लाने में महीनों लग जाएंगे। सीता भाभी को बचाने के लिए हमारे पास इतना समय नहीं है।'

'हमें हमारे अपने हाथी नहीं चाहिए,' वशिष्ठ ने कहा। 'हम अपने सहयोगियों से उन्हें प्राप्त करेंगे।'

'कौन? मलयपुत्र?' राम ने पूछा। 'लेकिन गुरु विश्वामित्र लंका पर आक्रमण करने में हमारी सहायता क्यों करेंगे? वो स्वयं लंका पर आक्रमण करना चाह सकते हैं!'

उस क्षेत्र में केवल मलयपुत्रों के पास युद्ध-प्रशिक्षित हाथी थे। या ऐसा राम का विचार था। मलयपुत्रों की राजधानी अगस्त्यकूटम शबरीमलय के दक्षिण में मात्र सौ किलोमीटर दूर थी। लेकिन यह स्पष्ट था कि वो मलयपुत्रों से किसी सहायता की अपेक्षा नहीं कर सकते थे।

'वो नहीं,' वशिष्ठ ने उत्तर दिया।

'फिर कौन?' राम ने पूछा।

'वानर।'

वानर एक प्रतिष्ठित वंश था जो शबरीमलय के उत्तर में लगभग साढ़े छह सौ किलोमीटर दूर तुंगभद्रा नदी के तट पर किष्किंधा प्रदेश पर शासन

करता था। यह अत्यंत समृद्ध वंश लंका के मित्रों में माना जाता था। उन पर योद्धा-राजा वालि राज करते थे।

'उनके पास युद्ध-हाथी हैं?' लक्ष्मण ने पूछा।

'असाधारण रूप से सुप्रशिक्षित,' वशिष्ठ ने कहा।

'लेकिन राजा वालि के विषय में मैंने विचित्र सी बातें सुनी हैं,' राम ने कहा। 'अनेक वर्ष पहले लक्ष्मण, सीता और मेरी उनसे एक छोटी सी भेंट हुई थी। जल्लीकट्टू प्रतियोगिता के दौरान। वो बहादुर लेकिन दुस्साहसी थे। लगभग ऐसे जैसे वो मरना चाहते हों। मैंने सुना है कि वो बहुत भले थे, और अभी भी हैं। सुशासक। लेकिन लगभग पिछले एक दशक से वो अत्यंत आक्रामक हो गए हैं। उन्होंने अपने राज्य के आसपास अनेक राज्यों पर आक्रमण किया और फिर, पता नहीं क्यों, अपने पराजित शत्रुओं की भूमियों का अधिग्रहण नहीं किया। यह लगभग ऐसा है जैसे वो युद्ध में रक्तपात के पिपासु हों।'

'हम्म,' वशिष्ठ ने कहा। 'मैं नहीं जानता इसका क्या कारण है। मैं पता करूंगा।'

'लेकिन इन बार-बार हुए युद्धों ने उनकी सेना को युद्ध में निपुण कर दिया होगा,' लक्ष्मण ने कहा। 'वो सेना जिसने रक्त बहाया हो ऐसी सेना होती है जो जानती है कि शत्रु का रक्त कैसे बहाया जाए। लंका की सेना ने—और सच कहें तो अयोध्या की सेना ने भी—बहुत समय से कोई वास्तविक युद्ध नहीं लड़ा है। वानर सेना का हमारे साथ जुड़ना दुर्जेय गठबंधन होगा।'

'तो हम उन्हें कैसे सहयोगी बनाएंगे, गुरुजी?' राम ने पूछा।

'लंका बहुत समय से किष्किंधा के व्यापार के राजस्व का एक बड़ा भाग वसूल कर रहा है। राजा वालि ने उस संधि का मान रखा है। वो इतने शक्तिशाली नहीं हैं कि लंका का सामना कर पाएं, उसकी वर्तमान निर्बल अवस्था में भी। मगर अयोध्या और किष्किंधा की संयुक्त सेनाएं निश्चित रूप से लंका को हरा सकती हैं। फिर वो दुबारा संधि पर बात कर सकते हैं और अपनी प्रजा के लिए अधिक धन बचा सकते हैं।'

'हमारे पास कैकेय की सेना भी आ जाएगी,' राम ने कहा।

कैकेय पर भरत के नाना अश्वपति का शासन था। यह सबको ज्ञात था कि राजा अश्वपति ने, जो राजा दशरथ के जीवनकाल में अयोध्या के निष्ठावान सहयोगी थे, भरत के गौण शासक बनने पर अपना प्रभाव बढ़ाने का प्रयास किया था। कैकेय के राजा ने सोचा होगा कि अपने धेवते, अपनी पुत्री कैकेयी के पुत्र, को सुगमता से दरकिनार करके अधीनस्थ भूमिका में लाया जा सकता है। मगर अपने बड़े भाई राम के प्रति निष्ठावान भरत ने प्रतिरोध किया। अश्वपति और उनके सहयोगी वंश अनुनाकी को यह रास नहीं आया था।

'कैकेय नहीं आएंगे, दादा,' लक्ष्मण ने कहा। 'नारदजी ने अपने व्यापक गुप्तचर जाल से जो जानकारी जुटाई है, उसके अनुसार तो नहीं।'

राम में वही कमी थी जो अनेक मर्यादापूर्ण लोगों में पाई जाती है। वो समझते हैं कि दूसरे—या कम से कम, अधिकांश—लोग भी मर्यादापूर्ण होते हैं। 'राजा अश्वपति आएंगे, मुझे विश्वास है। उनके हमसे जो भी मतभेद हों, लेकिन वो उसके विरुद्ध धर्मयुद्ध में साथ देंगे जिसने भारत को हानि पहुंचाई है।'

'दादा,' लक्ष्मण ने सांस छोड़ते हुए कहा, 'मुझे आपसे यह कहते हुए अच्छा नहीं लग रहा है, लेकिन कैकेय को लेकर आप सही नहीं हैं।'

'जो भी हो,' वशिष्ठ ने टोका, 'ये बातें हम बाद में कर लेंगे। जल्दी ही हम जान लेंगे कि कैकेय और अनुनाकी आ रहे हैं या नहीं। अभी तो वानरों पर ध्यान देते हैं। राजा वालि प्रभु अयप्पा के भक्त हैं। कुछ ही दिन में वो शबरीमलय आ रहे होंगे। हम उनसे तभी पूछ लेंगे।'

'ठीक है,' राम ने कहा।

अध्याय 10

'किसी को मारना नहीं है,' हनुमान ने धीरे से कहा।

हनुमान, सुरसा और वायुपुत्र सैनिक बिना किसी घटना के सिगिरिया पहुंच गए थे। देर रात गए वो दबे पांव अशोक वाटिका के द्वार पर पहुंचे। सिगिरिया में मौजूद अपने गुप्तचरों के माध्यम से सुरसा ने पता लगाया था कि सीता को *शोकहीन उपवन* में बंदी रखा गया है। सैनिकों को पीछे छोड़कर हनुमान और सुरसा ने प्रसिद्ध उपवन परिसर की सुरक्षा का आकलन किया। अब वो विचार कर रहे थे कि इस दुर्ग में प्रवेश कैसे किया जाए जहां महिला सैनिकों की चौकस और सुप्रशिक्षित वाहिनी का पहरा था।

'प्रकाशस्तंभ में सैनिकों को मारते हुए तो तुम तनिक भी नहीं हिचकिचाए थे,' सुरसा फुफकारी। 'अब क्या इसलिए "संवेदनशील" बन रहे हो क्योंकि यहां पहरेदार स्त्रियां हैं?'

'नहीं, बात यह नहीं—'

सुरसा ने हनुमान की बात काट दी, उसके अंदर पिघले लावा की तरह क्रोध बलबला रहा था। 'मैं समझती थी कि तुम इससे बेहतर हो, हनु... तुच्छ पितृसत्ता! स्त्रियों को कभी समानता का सम्मान प्रदान नहीं किया जाता है, भले ही वो योद्धा हों!'

हनुमान ने अपनी खीझ को दूर रखा। 'इसमें पितृसत्तात्मक कुछ नहीं है। सैनिक सैनिक होता है। इससे कोई अंतर नहीं पड़ता कि वो स्त्री

हैं या पुरुष। मैं किसी भिन्न कारण से यहां कोई रक्तपात नहीं चाहता। प्रकाशस्तंभ में सैनिकों के मारे जाने का तो कुछ समय तक किसी को पता नहीं चलेगा। यहां पर, लोग जान जाएंगे।'

'इससे क्या अंतर पड़ता है? जब तक उन्हें यह पता लगेगा, हम रानी सीता को लेकर जा चुके होंगे।'

हनुमान ने उत्तर नहीं दिया।

सुरसा को समझने में एक पल लगा। 'हे भगवान! तुम्हें लग रहा है कि सीता हमारे साथ आने से इंकार कर देंगी?'

हनुमान ने सिर हिलाया। *हां।*

'उनके साथ परेशानी क्या है? वो इस दड़बे में क्यों रहना चाहेंगी?' सुरसा स्पष्टतः उत्तेजित थी।

'क्योंकि वो केवल कल के बारे में नहीं सोचती हैं। रानी सीता कल के बाद के बारे में भी सोचती हैं।'

सुरसा ने अपनी आंखें घुमाईं। 'मैं दर्शनशास्त्र सीखने के लिए अपनी जान जोखिम में डालकर यहां तक नहीं आई हूं। हम उन्हें बचा रहे हैं या नहीं बचा रहे हैं।'

'अभी तो मुझे इन पहरेदारों को मारे या चोट पहुंचाए बिना अंदर जाना है। अभी अपने सामने मौजूद काम पर ध्यान देते हैं।'

'मेरा मानना है कि तुम पहरेदारों को यह भी पता नहीं लगने देना चाहोगे कि अशोक वाटिका में कोई आया है।'

'सही है,' हनुमान ने कहा। वो जानते थे कि नारद के व्यापारिक सौदों पर बातचीत करने के लिए सुरसा लंका में बहुत समय रही थी। संभवतः वो कोई योजना बना सकती है। 'तुम्हारे पास कोई सुझाव है?'

सुरसा ने एक गहरी सांस ली। उसने ऊपर, उद्यान की ऊंची-ऊंची दीवारों को देखा, और नर्म स्वर में बोली, 'शायद हो सकता है। लेकिन इसका मोल लगेगा।'

'कैसा मोल?'

वो हनुमान की ओर मुड़ी। उसके चेहरे पर शरारत भरी मुस्कान तैर रही थी। 'तुम्हें मुझे चुंबन देना होगा।'

हनुमान ने भी उन्हें घूरा, उनका चेहरा भावहीन था। 'देवी, मैंने आपसे अनेक बार कहा है, कृपया ऐसी बातें न किया करें।'

'तुम अचानक इतने औपचारिक क्यों हो जाते हो?'

'मैं... देवी, कृपया हम अपने सामने मौजूद काम पर ध्यान दे सकते हैं? मेरा मंतव्य आपका या आपके सौंदर्य का अपमान करना नहीं है, लेकिन...'

'मेरा सौंदर्य? तुमने देखा?'

हनुमान रोष से धीरे से फुफकारे, वो इस बात की ओर से सजग थे कि वो शत्रु की भूमि पर हैं और उन्हें अनचीन्हे बने रहना है। 'देवी, कृपया समझने का प्रयास करें कि मैं क्या—'

सुरसा ने उन्हें रोकने के लिए अपना हाथ हिलाया। 'ठीक है, ठीक है। तुम सीधे-सीधे न कह सकते थे, हनु।'

हनुमान मौन रहे।

'मैं कोई मार्ग निकाल लूंगी,' सुरसा ने कहा। 'अपने शेष समूह के पास चलते हैं।'

—Jf J5D—

'कुछ गड़बड़ है,' सुरसा ने धीरे से कहा।

वो अभी-अभी अशोक वाटिका की टोह लेकर लौटी थी, वो मुख्य द्वारों और जिन गुप्त द्वारों को जानती थी, उनके पास तक ही रही थी। हनुमान और वायुपुत्र सैनिक वन के भीतर ही प्रतीक्षा करते रहे थे। वो हैरान थे कि वो इतनी जल्दी वापस आ गई थी। इतनी जल्दी तो वो गहराई से जांच नहीं कर सकती थी।

'क्या हुआ?' हनुमान ने पूछा।

'सारी पहरेदार सो रही थीं,' सुरसा ने कहा।

'हो सकता है वो थक गई हों, देवी सुरसा,' एक वायुपुत्र सैनिक ने राय व्यक्त की, जो समूह में सबसे छोटा था।

सुरसा ने मुंह बनाया। 'ये लंका के सैनिक हैं। इनका प्रशिक्षण उससे कहीं बेहतर है जो वायुपुत्रों को मिलता है।' वो हनुमान की ओर नुड़ी। 'तुम क्या सोचते हो?'

हनुमान विचारपूर्ण मुद्रा में उसे देखते रहे। 'मैं जानता हूं कि यह बहुत कठिन होता, मगर क्या तुम किसी तरह—'

'हां, मैंने देखा था,' सुरसा ने बात काटी। 'मैं वास्तव में दबे पांव एक सोई हुई पहरेदार के पास गई और उसकी नाक पर उंगली लगाकर देखा था। गहरी नींद। तेज सांसें। असामान्य रूप से तेज। उथली और अनियमित। उसकी नाक हल्की नीली सी थी। मैंने कुछ दूसरी पहरेदारों की नाक भी हल्की सी बदरंग देखी थीं।'

'उन्हें नशा दिया गया था,' हनुमान ने कहा।

'हां।'

हनुमान ने भौंहें चढ़ाईं। और फिर यकायक उन्हें सूझा। 'मलयपुत्र आ गए हैं।'

'यही मैं भी सोच रही थी,' सुरसा ने कहा।

'गुरु विश्वामित्र इस काम के लिए केवल एक ही व्यक्ति पर भरोसा कर सकते हैं।'

सुरसा ने हामी भरी। 'अरिष्टनेमी।'

हनुमान मुस्कुराए।

सुरसा के माथे पर बल पड़ गए। 'तो अरिष्टनेमी तुम्हें पसंद करते हैं, है ना?'

'निस्संदेह करते हैं।' और फिर सुरसा के भाव देखकर हनुमान ने स्पष्ट दिख रहा प्रश्न पूछ लिया। 'तुम कह रही हो कि वो तुम्हें पसंद नहीं करते?'

'वो मुझसे घृणा करते हैं।'

'क्यों?'

सुरसा मुस्कुराई। 'मैं... मुश्किल हो जाती हूं।'

हनुमान हौले से हंसे।

'अच्छा होगा कि मैं दूर ही रहूं,' सुरसा ने कहा। 'मैं तुम्हारे साथ अशोक वाटिका में चलूंगी। मैं तुम्हें केंद्र में बनी कुटियाओं तक पहुंचा दूंगी जो एकमात्र स्थान है जहां रानी सीता को बंदी रखा जा सकता है। मगर मैं सुनिश्चित करूंगी कि अरिष्टनेमी मुझे न देखें। वो भी यहां रानी सीता

को अपने साथ चलने के लिए आश्वस्त करने आए होंगे। तुम उन्हें उनके बजाय अपने साथ आने के लिए कैसे मनाओगे, यह तुम पर है।'

हनुमान ने हामी भरी।

'मगर मैं बहुत देर नहीं रुकूंगी,' सुरसा ने आगे कहा। 'इसे जल्दी से निबटाना। पहली किरण के साथ हमें अशोक वाटिका छोड़ देनी होगी।'

'ठीक है।'

सुरसा के निर्देशन में, हनुमान भव्य उपवन के केंद्र में खुले स्थान पर पहुंच गए जहां कुटियाएं दिख रही थीं। सुरसा और वायुपुत्र सैनिक पेड़ों के पीछे छिपे रहे। शुक्ल पक्ष की चतुर्थी थी; अर्ध-चंद्र के प्रकाश से रात हल्की सी उजियारी थी।

हनुमान को कुछ स्वर सुनाई दे रहे थे।

'रानी सीता, आप इतनी हठी नहीं हो सकतीं,' उन्होंने स्पष्ट रूप से उत्तेजित अरिष्टनेमी को कहते सुना।

'मैं अपना निर्णय ले चुकी हूं, अरिष्टनेमीजी,' सीता ने अत्यंत नर्मी से कहा। 'मैं क्षमा चाहती हूं, मगर आप ऐसा कुछ नहीं कह सकते जो मेरा इरादा बदल सके। कृपया—'

'मेरे पास कुछ है जो आपका इरादा बदल सकता है,' हनुमान अंधेरे में अपने स्थान पर खड़े-खड़े ही बीच में बोल पड़े।

अरिष्टनेमी का हाथ अपने आप ही अपनी तलवार पर चला गया। हनुमान को देखकर वो सहज हुए।

'हनु भैया!' सीता कह उठीं, उनका चेहरा खिल गया था। वो उठीं और उन्होंने स्नेह से अपने भाई का आलिंगन किया।

'आप कैसी हैं, सीता?' हनुमान ने पूछा।

सीता मुस्कुराईं और पीछे हटीं और उन्होंने अरिष्टनेमी को देखा। 'अभी तो बहुत अच्छी नहीं हूं। अरिष्टनेमीजी को यह समझाने के लिए संघर्ष कर रही हूं कि मैं उनके साथ नहीं चल सकती।'

'जबकि, दूसरी ओर, मैं कुछ और समझने के लिए संघर्ष कर रहा हूं,' अरिष्टनेमी ने मुस्कुराते हुए कहा। 'प्रभु परशु राम की सौगंध, मेरे

सैनिकों द्वारा रोके बिना आप इतनी दूर आ कैसे गए? वो बस पेड़ों के पीछे ही तो हैं। मुझे उन सबको निकालना पड़ेगा।'

'उन्हें दोष न दें,' हनुमान ने धीरे से हंसते हुए कहा। 'वो मुझे जानते हैं। अभी जब हम बात कर रहे हैं तो वो मेरे वायुपुत्रों से बतिया रहे हैं।'

अरिष्टनेमी ने अंधकार के परे पेड़ों की श्रृंखला की ओर देखा। छठे विष्णु, प्रभु परशु राम के अनुयायी अपने मलयपुत्र सैनिकों और महादेव प्रभु रुद्र के अनुयायी वायुपुत्र जनजाति के उनके मित्रों के बीच सौहार्द्र की आकांक्षा भरी कल्पना करते हुए। मैत्रीपूर्ण हंसी-ठिठोली की।

'काश हम मिलकर काम कर पाते,' अरिष्टनेमी ने हनुमान से कहा। 'तो इन सारी समस्याओं को बहुत आसानी से सुलझा देते।'

हनुमान मुस्कुराए। 'सच है। लेकिन यह तब तक संभव नहीं है जब तक गुरु विश्वामित्र और गुरु वशिष्ठ अपनी समस्याओं को हल नहीं करते।'

अरिष्टनेमी ने अपना सिर हिलाया और गहरी सांस भरी। 'जो भी हो, अब जब आप यहां हैं, हनुमान, तो कृपया अपनी बहन को हमारे साथ चलने के लिए आश्वस्त करें।'

'ऐसा कोई तर्क नहीं है जो मुझे आश्वस्त कर सके,' सीता ने कहा।

'आप यहां सुरक्षित नहीं हैं, मेरी बहन,' हनुमान ने कहा।

'मैं सुरक्षित हूं।'

'लेकिन रावण अस्थिर राक्षस है,' अरिष्टनेमी ने कहा। 'वो किसी भी पल आप पर आक्रमण कर सकता है।'

'नहीं, वो नहीं करेंगे,' सीता ने कहा। अरिष्टनेमी के भावों में तनिक सा परिवर्तन आते देखकर सीता ने अपने आश्चर्य को छिपा लिया था। *क्या ये जानते हैं कि मेरी जन्मदात्री कौन थीं? क्या ये जानते हैं कि रावण मुझे कभी भी हानि क्यों नहीं पहुंचाएंगे?*

हनुमान को दूसरी ओर वेदवती के बारे में कुछ पता नहीं था। 'सीता, अरिष्टनेमी ठीक कह रहे हैं। हम रावण पर विश्वास नहीं कर सकते। आप यहां सुरक्षित नहीं हैं। हमें अभी निकलना होगा।'

'नहीं। मैं जानती हूं कि मैं यहां सुरक्षित हूं।'

'आपको इतना विश्वास क्यों है?' हनुमान ने उत्तेजित होते हुए पूछा।

सीता के पास सीधा-सरल सा उत्तर था। 'कुंभकर्णजी।'

सीता जानती थीं कि अरिष्टनेमी और हनुमान दोनों ही रावण के छोटे भाई के बारे में उच्च विचार रखते हैं।

'लेकिन कुंभकर्ण हमेशा तो रावण को नियंत्रित नहीं रख सकते,' हनुमान ने कहा।

सीता ने तुरंत उत्तर दिया। 'अभी तक तो रखा है, हनु भैया।'

'उनकी मांगें क्या हैं?' अरिष्टनेमी ने पूछा। उनका मस्तिष्क इस उधेड़बुन में लगा था कि क्या सीता अपनी जन्मदात्री वेदवती के प्रति रावण के प्रेम के बारे में जानती थीं।

'आपको तो वो पहले से पता हैं, अरिष्टनेमीजी,' सीता ने उत्तर दिया। 'और उनकी मांगें वैध हैं।'

'मुझे नहीं पता कि वो क्या चाहते हैं—हमें अभी तक कोई मांग-पत्र नहीं मिला है।'

'तो मुझे विश्वास है कि आपको वो शीघ्र ही मिल जाएगा,' सीता ने कहा। वो रावण और कुंभकर्ण को सुझाव दे चुकी थीं कि मलयपुत्रों को एक पत्र भिजवा दें। 'उन्हें वो औषधियां चाहिएं जो रावण और कुंभकर्ण को जीवित रखती हैं।'

'उन्हें जीवित रखने में आपको इतनी रुचि क्यों है?'

'क्योंकि विष्णु को आना और युद्ध में उन्हें पराजित करना होगा,' सीता ने कहा। 'महायुद्ध में। तभी भारत के साधारणजन विष्णु पर विश्वास करना और उनका अनुपालन करना जानेंगे।'

अरिष्टनेमी के हृदय में आशा की किरण कौंधी। 'तो आप गुरु विश्वामित्र की योजना से सहमत हैं?'

'हां, मैं सहमत हूं,' सीता ने उत्तर दिया। 'अलावा इसके कि रावण को पराजित करने वाली विष्णु मैं नहीं होऊंगी। वो राम होंगे।'

अरिष्टनेमी ने खीझ भरा तीव्र श्वास खींचा। 'विष्णु आप हैं।'

हनुमान बीच में बोल पड़े। 'और, सीता, आपको पता होना चाहिए कि राम स्वयं नहीं मानते कि उन्हें विष्णु होना चाहिए। मैं उनका पत्र लाया हूं,' उन्होंने पत्र बढ़ाते हुए कहा।

हनुमान से पत्र लेते हुए सीता मुस्कुराईं। उन्हें आभास था कि उसमें क्या लिखा होगा। लेकिन उनकी रुचि शब्दों में नहीं थी। उन्हें तो उसे स्पर्श करना था क्योंकि राम ने उसे स्पर्श किया था।

सीता ने पत्र को सूंघा, उनकी आंखें नम हो गई थीं। उन्होंने प्रेम से पत्र पर हाथ फेरा मानो वो राम का हाथ हो। एक हल्की सी, आकांक्षा भरी मुस्कान उनके होंठों पर खेल रही थी।

अपनी बात जारी रखते हुए हनुमान भी मुस्कुरा रहे थे। 'मुझे उन्होंने कोई और वस्तु भी दी है।'

सीता ने दृष्टि उठाई।

हनुमान ने अपनी कमर में बंधी थैली में हाथ डाला और राम की अंगूठी निकाली। सीता ने ऐसी हसरत से उसकी ओर हाथ बढ़ाया जिसे शब्दों में व्यक्त नहीं किया जा सकता। उन्होंने उस सर्वोत्तम सोने की रत्नजड़ित अंगूठी को चूम लिया। अपनी तर्जनी अंगूठी में उसे पहनकर वो प्रेम से उसे निहारने लगीं। उन्होंने एक लंबी सांस छोड़ी और फिर अपने कुंडलों की ओर हाथ बढ़ाए। उन्होंने उन्हें उतारा और हनुमान को दे दिए। 'ये मेरे राम को दे देना।'

'आप स्वयं ही इन्हें क्यों नहीं दे देतीं? मेरे साथ चलें,' हनुमान ने कहा।

'नहीं,' सीता ने दृढ़ता से कहा।

अरिष्टनेमी बोले। 'रानी सीता, अपने पति के लिए आपके प्रेम को कोई नेत्रहीन भी देख सकता है। उनके पास लौट जाएं। हमें आपको आपके पति के पास ले जाने दें।'

'नहीं।'

'सभी अच्छी और पवित्र वस्तुओं के नाम पर, आखिर क्यों?'

'क्योंकि वो केवल मेरे पति ही नहीं हैं। वो विष्णु भी हैं।'

अरिष्टनेमी हनुमान की ओर मुड़े और रोष से सिर हिलाने लगे। उनका हाथ अपने मस्तक पर चला गया था, और अपने बढ़ते क्रोध को शांत करने के लिए वो धीरे-धीरे उसे रगड़ने लगे थे।

सीता ने दोनों की उपेक्षा करके राम के पत्र पर अपना ध्यान लगा दिया। उन्होंने मुहर तोड़ी और चर्मपत्र को खोला। उनके पति का संदेश सुस्पष्ट था।

'प्रभु हनुमान के साथ वापस आ जाएं। आप विष्णु हैं। विष्णु को अनावश्यक रूप से अपना जीवन संकट में डालने का कोई अधिकार नहीं है। बाद में हम सेना लेकर लंका लौटेंगे। हम रावण को धर्म का पाठ पढ़ाएंगे।'

सीता मुस्कुरा दीं और उन्होंने अपनी महक के अंश छोड़ते हुए पत्र को चूम लिया। फिर उन्होंने काले सीसे की बनी लेखनी को उठाया और उसी चर्मपत्र पर अपना उत्तर लिखा।

'नहीं। मैं वापस नहीं आऊंगी। आप यहां आएंगे। आप मेरे विष्णु हैं। मैं आपकी पत्नी हूं। मेरे लिए युद्ध करना आपका धर्म है। तो मेरे लिए युद्ध करें।'

'यह उन्हें दे देना, हनु भैया,' सीता ने हनुमान को पत्र थमाते हुए कहा। फिर वो अरिष्टनेमी की ओर मुड़ीं। 'अरिष्टनेमीजी, गुरु विश्वामित्र भले ही कुछ भी कहें, मगर मैं आपसे और उन सभी से जो विष्णु के प्रति निष्ठावान हैं अपेक्षा करती हूं कि इस युद्ध में नैतिक रूप से सही पक्ष का साथ दें। राम जब रावण से युद्ध करेंगे, तो आप उनके पीछे खड़े हों। यह धर्मयुद्ध है। धर्मयुद्ध में कोई तमाशबीन नहीं होता।'

अरिष्टनेमी मौन रहे।

सीता ने आगे कहा, 'कृपया अब आप वापस जाएं। प्रभु रुद्र और प्रभु परशु राम की सुरक्षा में जाएं।'

'सर्वनाश,' अरिष्टनेमी धीरे से बोले।

हनुमान और अरिष्टनेमी सीता को उनकी कुटिया में ही छोड़कर अशोक वाटिका के प्रवेशद्वार की ओर जा रहे थे।

हनुमान ने अपने मित्र को देखा और मुस्कुराए। 'आप गुरु विश्वामित्र से क्या कहेंगे?'

'क्या कह सकता हूं? मैं असफल रहा। सीधी सी बात है।'

'बुरे समाचार गुरुजी को रास नहीं आते हैं। न ही असफलताएं।'

'जानता हूं। इसीलिए तो "सर्वनाश!" कहा।'

हनुमान धीरे से हंस दिए। 'और आप क्या करेंगे?'

अरिष्टनेमी चलते-चलते ठहर गए और पेड़ों की ओर अंधेरे में देखने लगे। उसके पार कई कुटियाएं थीं, जिनके बीच में मुख्य कुटिया थी। जिसमें वो बैठी थीं जिनका वो विष्णु के रूप में सम्मान करते थे। अरिष्टनेमी हनुमान की ओर मुड़े। 'वो अत्यंत उत्कृष्ट विष्णु बनतीं।'

हनुमान ने हामी भरी और मुस्कुराए। 'हां, बनतीं तो।'

'राम भी उत्कृष्ट विष्णु बनेंगे।'

'हां, यह भी सच है।'

अरिष्टनेमी हंस पड़े। 'यह योजना के अनुसार नहीं हो रहा है।'

'अतीत में किसी भी विष्णु या महादेव की कहानी कब योजना के अनुसार चली है?'

अरिष्टनेमी ने मुस्कुराते हुए हामी भरी। 'सच है।'

हनुमान फिर से द्वार की ओर चलने लगे। 'तो आप क्या करेंगे?'

अरिष्टनेमी अपने मित्र के साथ-साथ चलने लगे। 'मैं और क्या कर सकता हूं? मुझे अपने विष्णु से आदेश मिला है। मैं राजा राम की सेना में युद्ध करूंगा।'

'और गुरुजी?'

अरिष्टनेमी ने कंधे उचकाकर गहरी सांस ली। 'वो... वो कठिन वार्ता होगी। लेकिन वो आज नहीं होनी है। अभी तो हम—'

एक ऊंचे स्त्री स्वर ने अरिष्टनेमी की बात काट दी।

'तो दो महानायक एक युवा रानी को अपने साथ आने के लिए आश्वस्त नहीं कर पाए!'

अरिष्टनेमी के पांव थम गए। उनकी आंखें बंद हो गईं, कंधे शिथिल हो गए। उन्होंने एक लंबी सांस छोड़ी। *सुरसा।*

'यह दिन अभी और कितना बुरा होगा?' उन्होंने धीमे से कहा।

सुरसा खिलखिलाकर हंस पड़ी और उसने अरिष्टनेमी के कंधे पर मुक्का जड़ दिया। 'अरिष्टनेमी, निकृष्ट मनुष्य, यह बहुत, बहुत बुरा होने वाला है। हम साथ में वापस जा रहे हैं।'

अरिष्टनेमी ने हनुमान को देखा, उनका चेहरा भावशून्य था।

'वापसी की यात्रा साथ करना ही विवेकपूर्ण है, अरिष्टनेमी,' हनुमान ने कहा। 'संख्या में ही शक्ति है। हम लंका से सुरक्षित निकल सकेंगे।'

सुरसा ने खिल्ली उड़ाते हुए कहा। 'और निस्संदेह शक्ति अरिष्टनेमी के काम आएगी। ये एक बार मुझसे द्वंद्व हार गए थे।'

'वो तो इसलिए था कि...' अरिष्टनेमी ने ठीक समय पर स्वयं को रोक लिया। उन्होंने स्वयं को संयत किया और धीमे स्वर में बोले, 'हमें चलते रहना चाहिए। शीघ्र ही सूरज चढ़ आएगा।'

अध्याय 11

'हम्म,' वालि ने विचारपूर्ण मुद्रा में अपनी ठोड़ी को सहलाते हुए कहा।

किष्किंधा के राजा इकतालीस दिन के व्रत को पूरा करने के बाद एक दिन पहले ही शबरीमलय आए थे। वो मंदिर में दर्शन और पूजा कर चुके थे। अब चूंकि पूजा हो चुकी थी तो वो काले वस्त्रों में नहीं थे। वो अहिंसा के अपने प्रण से भी मुक्त हो चुके थे जो कि व्रत का बहुत कठोर अंग था।

'आप क्या कहते हैं, राजा वालि?' राम ने पूछा। 'अधर्म के विरुद्ध इस युद्ध में आप हमारा साथ देंगे?'

राम अपने गुरु वशिष्ठ और भाई लक्ष्मण के साथ उस अतिथि-गृह में आए थे जहां राजा वालि ठहरे हुए थे। वालि तुरंत ही राम से भेंट करने के लिए तैयार हो गए थे, क्योंकि वो अंततः अयोध्या के अनुपस्थित राजा और, तकनीकी रूप से, सप्त-सिंधु के स्वामी थे। राम ने वालि को लंका के राजा द्वारा सीता का अपहरण करने की सूचना दी थी। उन्होंने रावण के विरुद्ध आसन्न युद्ध में किष्किंधा की गज-वाहिनी का प्रयोग करने का निवेदन किया था।

'लेकिन आप मेरे हाथियों को लंका लेकर कैसे जाएंगे?' वालि ने रुचि लेते हुए पूछा था।

'हमारे पास एक योजना है,' वशिष्ठ ने कहा। शबरी द्वारा आश्वासन दिए जाने के बाद भी वो अभी तक आश्वस्त नहीं हुए थे कि वो वालि पर

विश्वास कर सकते हैं या नहीं। उन्होंने स्पष्ट रूप से कहा था कि किष्किंधा के राजा एक सम्माननीय व्यक्ति थे। लेकिन वशिष्ठ तनिक भी जोखिम नहीं लेना चाहते थे कि उनकी युद्ध की योजनाएं लंका के सर्वव्यापी गुप्तचरों तक पहुंचें।

'हम्म,' वालि ने प्रत्यक्षतः अप्रतिबद्ध रहते हुए फिर से कहा।

वशिष्ठ को लगा कि यही समय है जब वालि को मनाने के लिए चारा डालना चाहिए। 'जब हम लंका को पराजित कर देंगे, तो सप्त-सिंधु को व्यापारिक समझौतों को संशोधित करने और लंका के साथ व्यापार में किष्किंधा के हिस्से को दुगुना करने में प्रसन्नता होगी। भू-व्यापार में लंका पूंजी के जिस हिस्से पर अधिकार कर लेता था, वो इसके बाद अपने उचित स्वामी किष्किंधा के सदाशयी राज्य को जाएगा।'

'हम्म,' वालि ने दोहराया।

वशिष्ठ ने राम को देखा, वो समझ नहीं पा रहे थे कि अब और क्या कहा जा सकता है।

वालि ने लक्ष्मण को देखा। 'मुझे आप याद हैं।'

'और मुझे भी आप याद हैं, राजन,' लक्ष्मण ने सम्मानपूर्वक हाथ जोड़ते हुए कहा।

लक्ष्मण सामान्यतः अव्यावहारिक व्यक्ति थे। इसलिए यह आश्चर्य की ही बात थी कि उन्होंने झट से नहीं कह दिया कि उन्होंने एक बार वालि की जान बचाई थी। यह अनेक वर्ष पहले इंद्रपुर नाम के एक छोटे से नगर में जल्लीकट्टू प्रतियोगिता की घटना थी। एक विशालकाय बैल ने किष्किंधा के राजा को मौत के घाट उतार दिया होता अगर भीमकाय लक्ष्मण ने मैदान में कूदकर अस्थायी रूप से बैल को भ्रमित न कर दिया होता। वालि बच गए थे। उनकी बाईं बांह पर बना बड़ा सा घाव उस घटना की यादगार था। उनकी क्षत-विक्षत बाईं बांह को ठीक करने के लिए की गई अनेक शल्य-क्रियाओं के बाद उस चोट का अवशेष भर रह गया था। मगर उस महान राजा को उस दिन की याद दिलाना असभ्यता होती। एक सच्चे क्षत्रिय को आप कभी यह याद नहीं दिलाते कि आपने उसकी जान बचाई थी। इसके बजाय यह याद रखना एक सच्चे क्षत्रिय का कर्तव्य था कि उसे बचाया गया था। और वालि सर्वोत्कृष्ट क्षत्रियों में से थे।

वालि राम की ओर मुड़े। 'लेकिन आप *केवल* मेरी गज-वाहिनी ही क्यों लेना चाहते हैं? मेरी पूरी सेना क्यों नहीं लेते?'

राम आश्चर्यचकित रह गए। सुखद आश्चर्य से चकित। 'अम्म। बहुत, बहुत धन्यवाद, महान राजन।'

'लेकिन एक शर्त है,' वालि ने जोड़ा।

लो हो गया काम, वशिष्ठ ने सोचा, उन्हें अपेक्षा थी कि व्यापारिक संधि पर कुछ और भाव-ताव होगा। लेकिन जो बात सामने आई, उसके बारे में वो भी अनुमान नहीं लगा सकते थे।

'मैं एक द्वंद्व की मांग करता हूं।'

'क्या?' राम हतप्रभ थे।

'आपने सुना,' वालि ने कहा। 'मैं द्वंद्व करना चाहता हूं। आपके साथ।'

'क्यों?'

'क्यों नहीं?' वालि ने पूछा। 'मेरी शर्तें बहुत साधारण सी हैं। अगर मैं जीतता हूं, तो आपको मेरी गज-वाहिनी नहीं मिलेगी। अगर आप जीते, तो आपको न केवल मेरी गज-वाहिनी, बल्कि पूरी सेना भी मिलेगी।' फिर वालि वशिष्ठ की ओर मुड़े। 'और मुझे वो अर्थहीन व्यापार-संधि नहीं चाहिए, गुरुजी। व्यापार की शर्तें जैसी हैं, वैसी ही मुझे पसंद हैं। अगर अयोध्या लंका को हरा देती है, तो लंका के भू-व्यापार से मिलने वाला सारा अतिरिक्त स्वर्ण आप रख सकते हैं। मुझे तो बस अयोध्या के राजा के साथ अपना द्वंद्व चाहिए।'

राम और वशिष्ठ हतप्रभ थे।

'मैंने सुना है कि वो सुग्रीव भी यहां है—वो अकर्मण्य भाई जो मेरा अभिशाप है। उस मूर्ख से कहना कि आकर देखे कि दो असली पुरुष कैसे लड़ते हैं।'

लक्ष्मण अचंभित थे। 'लेकिन...'

वालि लक्ष्मण की ओर मुड़े। 'मैं आपके अचंभे को समझ रहा हूं, शक्तिशाली लक्ष्मण। क्योंकि आप सोच रहे होंगे मैं कृतघ्न हूं। आप समझते हैं कि उस दिन आपने मेरी जान बचाई थी।'

लक्ष्मण मामूली ढंग से छिप रहे क्रोध से बलबला रहे थे। वालि क्षत्रियों के अलिखित नियम को तोड़ रहे थे: अपने जीवन को बचाने वाले का ऋण सबसे बड़ा ऋण होता है। इसे अवश्य उतारना चाहिए।

'सिंह हमेशा अकेला लड़ता है, राजकुमार लक्ष्मण,' वालि ने कहा। 'इससे अंतर नहीं पड़ता कि वो जीतता है या हारता है, जीवित रहता है या मर जाता है। यह तो सिंह की नियति है। मगर अपने से किसी निर्बल से सहायता लेना? कोई भी सिंह मरना पसंद करेगा।'

राम अंततः बीच में पड़े। 'राजा वालि, मुझे नहीं लगता कि यह सबसे अच्छा—'

'यही एकमात्र मार्ग है, अयोध्याराज,' वालि ने कहा। 'स्वीकार करें या अस्वीकार। यह आप पर है। मैं एक सप्ताह यहां हूं। और जब भी आप तैयार हों, मैं तैयार हूं।'

वालि खड़े हो गए, यह संकेत देते हुए कि सभा समाप्त हो गई है।

नदियां संसार का सबसे अच्छा मार्ग होती हैं। समुद्रतट से भीतरी प्रांतों में जाने-आने का तीव्र और प्रभावी मार्ग। सड़क पर किसी घोड़े की अपेक्षा नदी पर चलने वाली नौका कहीं अधिक यात्रियों को बिठा सकती है। आपको भोजन के लिए कहीं रुकने की आवश्यकता नहीं होती; आप नौका पर ही भोजन कर सकते हैं। सबसे महत्वपूर्ण, अगर आप नदी के प्रवाह के साथ चल रहे हैं, तो नदी गतिशील मार्ग बन जाती है; यह बहुत शीघ्रता से आपको आपके गंतव्य तक ले जाती है।

कुछ घंटे बाद, सिगिरिया के निकट से चलकर लगभग द्वीप के उत्तर-पश्चिमी समुद्रतट के किनारे-किनारे दो नौकाएं अरुवी अरु नदी में चल रही थीं।

एक नौका में हनुमान, अरिष्टनेमी और सुरसा के साथ सात सैनिक थे। इसके बाईं ओर की नौका में अन्य दस सैनिक थे। मलयपुत्र और वायुपुत्र एक दल की तरह यात्रा कर रहे थे।

'कुछ ही पलों में हम नदी के मुहाने पर पहुंच जाएंगे,' सुरसा ने धीरे से कहा। यह भोर होने के ठीक पहले, दिन के पहले प्रहर का पांचवां घंटा था। वर्ष के इस काल में सूरज की किरणें अधिक से अधिक डेढ़ घंटे में

फूट जाएंगी। वो उससे बहुत पहले ही समुद्र में पहुंच जाएंगे। 'हम बहुत तेजी से निकल आए।'

'हां,' अरिष्टनेमी सहमत थे।

हनुमान शांत थे। वो बड़ी एकाग्रता से सुन रहे थे। उनकी इंद्रियों ने कोई चेतावनी महसूस की थी।

'क्या बात है, हनुमान?' अरिष्टनेमी ने नर्मी से पूछा।

हनुमान ने उन्हें देखा और अपना स्वर धीमे रखते हुए कहा, 'कुछ अधिक ही नीरवता है।'

अच्छे योद्धा हल्की से हल्की ध्वनि से भी संकेत पकड़ लेते हैं। असाधारण योद्धा नीरवता से भी संकेत पकड़ लेते हैं।

'मछेरे उल्लू मौन हैं,' हनुमान फुसफुसाए।

उल्लू निशाचर जीव होते हैं। और अधिकांश उल्लू रात में खामोशी से अपने काम करते हैं: उड़ना, शिकार करना, खाना। मगर मछेरे उल्लू, जो इस क्षेत्र में विशेष रूप से आम थे, मौनी नहीं होते। वो ऊंचे स्वर में चिल्लाते हैं: विशिष्ट तू-व्हू-हू, साथ ही प्रजातियों के प्रदर्शनकारी नर की गहरी खोखली बूम-बूम भी। मछेरे उल्लुओं की उपस्थिति का संकेत देने वाली सबसे विशिष्ट ध्वनि उनके पंखों की तेज, लयात्मक फड़फड़ाहट थी।

आज रात, पंखों की तेज, लयात्मक फड़फड़ाहट नदारद थी। इसका अर्थ था कि पंछी स्थिर थे। समुद्रतट पर भोजन के लिए शिकार नहीं कर रहे थे, जो कि रात के इस काल में सामान्य होता।

विचित्र है।

जब तक कि वो किसी अन्य शिकारी की उपस्थिति से भयभीत न हों।

संभवत: उन सबसे बड़ा शिकारी।

मनुष्य।

'तुम्हें लगता है हमारी जानकारी मिल गई है?' सुरसा ने पूछा।

'पता लगाने का बस एक ही रास्ता है,' अरिष्टनेमी ने धीरे से कहा। 'दाईं ओर लंगर डालते हैं। मैं दो सैनिकों को शीघ्रता से टोह लेने भेजूंगा।'

हनुमान ने सिर हिलाया।

'लगभग आधी वाहिनी है, प्रभु अरिष्टनेमी,' मलयपुत्र सैनिक ने कहा।

दोनों टोही अभी-अभी जानकारी जुटाकर वापस आए थे। उन्होंने बताया था कि पूरी तरह शस्त्रों से सुसज्जित लगभग डेढ़ सौ लंकाई अरुवी अरु नदी के मुहाने पर घात लगाए लेटे हुए हैं। उस स्थान पर जहां लंका द्वीप की दूसरी सबसे लंबी नदी का मीठा पानी मन्नार की खाड़ी में समुद्र के खारे जल में मिलता है।

उन्होंने जलती चिताएं भी देखी थीं, जो संभवत: उन सैनिकों की थीं जिन्हें हनुमान और वायुपुत्रों ने मारा था।

'उन्होंने शवों के बारे में कैसे जाना? और हमारी उपस्थिति को?' सुरसा ने पूछा।

'पता नहीं,' अरिष्टनेमी ने कहा। 'लेकिन अभी इस पर विचार करने का कोई लाभ नहीं है। अगर उन्होंने इतने सारे सैनिक भेजे हैं, तो शायद उन्हें संदेह होगा कि नदी से शत्रु की कोई बड़ी टुकड़ी आ रही है।'

'बहुत संभव है कि वो यह सूचना सिगिरिया भेज चुके हों,' हनुमान ने कहा। 'लंकाई नदी के मार्ग से और सैनिक भेज सकते हैं।'

'हम दोहरे आक्रमण में फंस जाएंगे,' सुरसा ने कहा। 'हमारे पीछे लंकाई होंगे, और नदी के मुहाने पर और अधिक लंकाई हमारा मार्ग रोके हुए होंगे।'

'वो लगभग डेढ़ सौ होंगे, देवी,' उन मलयपुत्र सैनिकों में से एक ने कहा जो यह सूचना लेकर वापस आया था। 'हम बस बीस हैं। हम लड़कर इससे बाहर नहीं निकल पाएंगे।'

हनुमान, अरिष्टनेमी और सुरसा ने कोई उत्तर नहीं दिया। वो जानते थे कि उनके पास बहुत कम समय है। उन्हें शीघ्र ही कुछ करना होगा। और इस अवस्था से निकलने का बस एक ही रास्ता था।

भटकाव।

'मैं करूंगा यह,' हनुमान ने कहा। 'मैं अपने साथ दो सैनिकों को लेकर जाऊंगा। या संभवत: तीन को। आप लोग मेरे संकेत की प्रतीक्षा करना और फिर पूरी गति से समुद्र की ओर बढ़ जाना। मुझे उत्तर में आगे

समुद्रतट से ले लेना। लेकिन विलंब न करना। अन्यथा लंका के तट पर मैं पट हो जाऊंगा।'

मृत्यु के सामने योद्धाओं के बीच की ठिठोली साहस का संकेत होती है। और पौरुष का भी।

अरिष्टनेमी धीमे से हंसे। 'योजना तो सटीक है। लेकिन भटकाव पैदा करने का काम *मैं* करूंगा। आप दोनों सुनिश्चित करना कि—'

सुरसा ने अरिष्टनेमी की बात काटी। 'पुरुषत्व का यह मेल-मिलाप बहुत हुआ। भटकाव मैं पैदा करूंगी।'

हनुमान और अरिष्टनेमी ने उसे देखा मानो उसने कोई अविश्वसनीय रूप से मूर्खतापूर्ण बात कही हो।

'सच में?' सुरसा उत्तर में भड़क गई। 'अब तुम लोग मुझे पितृसत्तात्मक बकवास सुनाओगे?'

हनुमान ने अपनी खीझ जताई। 'सुरसा, कृपया यह पागलपन बंद करो। इसका पितृसत्ता से कोई लेना-देना नहीं है। लेकिन बेहतर यह होगा कि—'

'अगर तुम दोनों यह करोगे तो बेहतर क्यों होगा? तुम बड़े हो। तुम मुझसे धीमे चलते हो। तुम्हारे अंदर भटकाव पैदा करने का कौशल नहीं है। मेरे पास है।'

अरिष्टनेमी ने प्रयास किया। 'सुरसा...'

'मैं कह चुकी हूं, अरिष्टनेमी। तुम जानते हो कि मैं इस काम में तुमसे या हनुमान से बेहतर हूं। अगर मैं पुरुष होती, तो तुम मुझसे बहस करने में समय बर्बाद नहीं करते।'

'सुरसा...' हनुमान ने याचना की।

'यहां सम्मान पाने के लिए किसी स्त्री को क्या करना होगा?'

'बात इसकी नहीं है कि...'

'इसी की है! तुम दोनों मेरी सुरक्षा करना चाहते हो। मेरी सुरक्षा? *मेरी?* मैं देश के सर्वश्रेष्ठ योद्धाओं में से हूं। अगर मैं स्त्री न होती तो तुम इस तरह से न सोचते। एक योद्धा के रूप में तुम्हारा काम उनकी रक्षा करना है जो योद्धा नहीं हैं, चाहे वो पुरुष हों या स्त्री। और जब

आवश्यकता पड़े तो तुम्हारा कर्तव्य है कि दूसरे योद्धाओं की सहायता लो, फिर चाहे वो पुरुष हों या स्त्री।'

हनुमान और अरिष्टनेमी मौन रह गए।

सुरसा ने पलटकर उन तीन सैनिकों को देखा जो टोह लेने गए थे। वो छोटे से थे। पतले-दुबले। फुर्तीले।

एकदम सही। ये तेज और बेआवाज रहेंगे।

'तुम तीनों मेरे साथ चलोगे,' सुरसा ने कहा। 'शस्त्र धारण कर लो। जितने अधिक से अधिक तलवार-छुरे ले सकते हो, ले लो। धनुष-बाण भी। छोटे धनुष। ये देख लेना कि तुम्हारे चर्म-कवच आगे-पीछे से कसे हों। जंघाओं को मुक्त रखना। हमें बहुत तीव्र गति से दौड़ना होगा।'

सैनिकों ने हामी भरी और शीघ्रता से आज्ञापालन में जुट गए।

सुरसा हनुमान और अरिष्टनेमी की ओर मुड़ी। 'जब उत्तर की ओर से शोरगुल सुनाई दे, तो वो आपका आगे बढ़ने का संकेत होगा। पूरी तीव्रता से नाव चलाना। झटपट समुद्र में पहुंचना। फिर उत्तर में मुड़ जाना।'

'हां,' अरिष्टनेमी ने कहा। उन्होंने कोहनियों के नीचे से सुरसा की बांहों को थामा। 'प्रभु परशु राम तुम्हारी रक्षा करें, वीर सुरसा।'

सुरसा ने सिर हिलाया, और फिर हनुमान को देखा।

हनुमान ने म्यान में से अपना छुरा निकाला। उससे उन्होंने अपना अंगूठा काटकर रक्त निकाला। दृढ़ता से उन्होंने सुरसा के माथे पर रक्त का लेप कर दिया। प्राचीन काल के महान भ्राता-योद्धाओं की परंपरा में इसने इस समझौते पर मुहर लगा दी थी कि हनुमान का रक्त सुरसा की रक्षा करेगा।

'भगवान रुद्र तुम्हारी रक्षा करें, देवी सुरसा,' हनुमान ने धीरे से कहा।

सुरसा मुस्कुराई। 'एक दिन रक्त के अलावा और किसी चीज से मैं तुमसे यह करवाऊंगी। और शायद अपनी भौंहों पर नहीं, बल्कि थोड़ा ऊपर, अपनी मांग पर।'

हनुमान हौले से हंसे।

मृत्यु के सामने योद्धाओं के बीच होने वाली हंसी-ठिठोली उनकी दिलेरी का निश्चित चिह्न था।

'मुझे प्रकाशस्तंभ के उत्तर से ले लेना,' सुरसा ने कहा। 'उसी स्थान से जहां हमने आते समय अपनी नाव को बांधा था।'

हनुमान ने सिर हिलाकर हामी भरी।

'और हमारे पीछे पूरे वेग से लंकाई लगे होंगे। तैयार रहना।'

'हम तैयार रहेंगे,' हनुमान ने उत्तर दिया। 'तुम पक्का करना कि जीवित वहां पहुंचो।'

'वो तो मैं पहुंचूंगी,' सुरसा ने कहा।

सुरसा ने लंकाइयों को सही समझा था। उसे उनकी सामान्य रणनीतियां पता थीं।

लंकाई पशुओं पर कभी पूरी तरह से विश्वास नहीं करते थे। या अधिक सटीकता से कहा जाए, तो वो उन प्रशिक्षकों पर विश्वास नहीं करते थे जो उनके युद्ध-पशुओं को प्रशिक्षित करते थे। इसलिए घात लगाते समय, जब तक एकदम आवश्यक न हो, वो अपने युद्ध-पशुओं को बहुत दूर रखते थे। उन्हें विश्वास नहीं था कि उनके पशु शांत और मौन रहेंगे।

सुरसा और तीनों सिपाही दबे पाँव और ख़ामोशी से जंगल की ओर बढ़ गए थे। उन्होंने तट के किनारे दौड़ लगाईं थी, दुश्मन सिपाही से होने वाली किसी भी मुठभेड़ से बचते हुए। जल्दी ही वो उत्तर दिशा में थे, छिपे हुए लंकाई सिपाहियों के ठीक पीछे।

सुरसा ने अपना दाहिना हाथ ऊपर उठाया। मुट्ठी बंद। सैनिक थम गए।

अब वो शत्रु सेना के पीछे थे। किसी भी अनावश्यक शब्द से बचना होगा। शब्दहीनता उनका सर्वश्रेष्ठ कवच थी।

स्याह आकाश में चांदनी मद्धम सी थी।

सुरसा ने संकेत करते हुए धीमे से कहा, 'वहां।'

उनसे कोई सौ मीटर आगे डेढ़ सौ से अधिक घोड़े खड़े थे। कुछ को, मूर्खतावश, पतले पेड़ों से बांधा गया था जिनके चारों ओर उन्होंने स्वयं को इस तरह लपेट लिया था कि पशु अपनी रस्सियों में उलझ गए थे। दूसरों को, बुद्धिमानी से धरती में खूंटे गाड़कर बांधा गया था और उनके

पास घूमने का स्थान था। लेकिन किसी के भी पास हवा से बचने के लिए आड़ नहीं थी। पशु अशांत थे।

पेड़ों की घनी पंक्ति पशुओं का मार्ग अवरुद्ध कर रही थी।

चार लंकाई सैनिक घोड़ों की निगरानी कर रहे थे।

बस चार।

'योजना यह है,' सुरसा ने फुर्ती से सैनिकों की ओर घूमते हुए कहा। 'हम बाणों से इन चारों लंकाइयों को मार गिराएंगे। उनकी गर्दन का निशाना लेना। सबको एक साथ। उनकी गर्दन में। कोई चीख नहीं। दूसरों को कोई चेतावनी न जाए। फिर हम आगे दौड़ेंगे और जितने घोड़ों को खोल पाएंगे, खोल देंगे। जितना शांति से संभव हो। यह काम होने के बाद, हम चार घोड़ों पर सवार होकर उत्तर की ओर भागेंगे, अधिक से अधिक शोर मचाते हुए। हमारा शोर सुनकर लंकाई समुद्रतट की ओर भागेंगे। वो हमारा पीछा करेंगे। लेकिन वो अधिकांशतः पैदल होंगे। वो धीमे होंगे। हमें आगे रहना होगा। पूरी शक्ति से घोड़े दौड़ाना। हमारे मित्र सुदूर उत्तर में हमसे मिलेंगे। हम घोड़ों को समुद्र में ले जाएंगे। समुद्र में, साथियो। जितनी दूर घोड़े हमें ले जा पाएंगे। और फिर हम पानी में कूदकर नावों की ओर तैरेंगे। और वहां से, हम नावों से अपने रास्ते पर बढ़ जाएंगे। स्पष्ट है?'

सैनिकों ने हामी भरी। *स्पष्ट है।*

'याद रखना, उन्हें समुद्रतट पर दौड़ते अधिकाधिक घोड़े दिखाई देने चाहिए। इस मद्धम प्रकाश में वो समझेंगे कि अधिकांश पर घुड़सवार हैं। और कि हम सब—उनके शत्रु—यहीं हैं। अगर वो बस हम चारों को देखेंगे, तो अनुमान लगा लेंगे कि यह भटकाव है।'

'जी, देवी सुरसा।'

सुरसा ने सिर हिलाया। वो अपने छोटे से धनुष को आगे लाई और उस पर प्रत्यंचा चढ़ाई। फिर, किसी अच्छे धनुर्धर की तरह उसने प्रत्यंचा को खींचा और अपने कान के पास छोड़ दिया। रस्सी का तनाव जांचने के लिए।

एकदम सही।

योद्धाओं के सामान्य नियम। युद्ध से पहले हमेशा अपने उपकरणों की जांच करें।

उसके सैनिकों ने भी यही किया।

धनुष तैयार थे। बाण चढ़ा लिए गए थे।

'चलो,' सुरसा फुसफुसाई।

वो दबे पांव आगे बढ़े। और चारों लंकाइयों से कोई चालीस मीटर दूर रुक गए। वो लंकाई जिन्हें घोड़ों की निगरानी के लिए छोड़ा गया था, स्पष्ट रूप से सर्वश्रेष्ठ नहीं थे। झुंड बनाकर वो बातों में लगे हुए थे।

निगरानी के कर्तव्य के पहले दो नियम। कभी झुंड न बनाएं। बातें न बनाएं। आप स्वयं को आसान लक्ष्य बना लेते हैं। और आप भटक जाते हैं।

लापरवाही।

'एक बाण, एक शिकार,' सुरसा फुसफुसाई। 'अपना लक्ष्य चिह्नित कर लो। मेरी गिनती पर हम बाण छोड़ेंगे। यही योजना है।'

ये घिसा-पिटा कथन है कि युद्ध की अधिकांश योजनाएं शत्रु से पहले संपर्क को झेल नहीं पातीं। और अधिकांश घिसे-पिटे कथनों में कुछ सीमा तक सच होता है।

सुरसा ने उल्टी गिनती शुरू की।

'तीन... दो... एक!'

चार बाण एक साथ छोड़े गए। तीन ने अपने लक्ष्य को पा लिया, और तीन लंकाइयों की गर्दनों में धंस गए। वो लगभग तुरंत ही धराशायी हो गए थे। बेआवाज। लेकिन एक बाण जरा सा चूक गया। वो अभागे लंकाई की हंसुली में जा धंसा था। कंधे और गर्दन के बीच। दर्दनाक। बेहद दर्दनाक। मगर घातक नहीं।

लंकाई पीड़ा में चिल्ला पड़ा। उसका चिल्लाना इतना तेज नहीं था कि अरुवी अरु नदी के मुहाने पर उसके लंकाई साथियों को चेता देता। मगर इसने घोड़ों को डरा दिया था। और मूर्ख पशु हिनहिनाने और शोर मचाने लगे थे।

सुरसा ने कोसा। उसने एक और बाण निकाला और तेजी से छोड़ दिया। सीधे आदमी की गर्दन पर। तुरंत उसके जीवन और सारी आवाजों को काटते हुए।

मगर अब तक घोड़ों पर घबराहट सवार हो गई थी। वो हिनहिनाते और हींसते हुए अपनी रस्सियों को खींच रहे थे।

'मेरे पीछे आओ!' सुरसा दहाड़ी। 'जल्दी!'

अपने धनुष को एक ओर फेंककर वो आगे दौड़ पड़ी। उसका अब कोई काम नहीं था। उसने अपनी छोटी सी कटार निकाल ली। उसके सैनिकों ने भी यही किया। पूरी शक्ति से दौड़ते हुए।

'जितने घोड़े खोल सकते हो, खोल दो। जल्दी! और उन्हें समुद्रतट की ओर दौड़ा देना!'

सैनिक तेजी से आज्ञापालन में जुट गए। कुछ घोड़ों के बंधन खोले। खूंटों और पेड़ों से बंधे घोड़ों की रस्सियां काटीं। घबराकर इधर-उधर भग रहे पशुओं से बचते हुए उन्हें बहुत शीघ्रता से काम करना था।

कोई पच्चीस-तीस घोड़े मुक्त किए गए होंगे, तभी सुरसा ने आदेश दिया, 'बहुत हैं! घोड़ों पर सवार हो जाओ! उत्तर की ओर भागो! हमारे पास अधिक समय नहीं है!'

सुरसा को उत्तर की ओर भागती लंका की सेना की आवाजें आ रही थीं। जोरों से शोर करते हुए। युद्धघोष।

'सवार हो जाओ!' सुरसा ने आदेश दिया।

अपने सैनिकों के साथ सुरसा घोड़ों को सरपट भगा ले चली। समुद्रतट की ओर। पेड़ों की पंक्ति पीछे छूट गई थी।

बहुत सारे घोड़े छूट गए थे। सुरसा यह जानती थी। वो घोड़े जिनका उनके लंकाई शत्रु प्रयोग करेंगे। वो यह भी जानती थी।

उनके पास बहुत कम समय था।

'तेज!'

उसने पीछे देखा। दूर कहीं उसे मशालें दिखाई दे रही थीं। लंकाई बहुत पीछे थे। मगर इतना भी पीछे नहीं थे। और वो जल्दी ही अपने घोड़ों पर सवार हो जाएंगे।

'पूरी शक्ति से दौड़ाओ!' सुरसा चिल्लाई।

उन्हें अपने घोड़ों पर होने और लंकाइयों के अभी भी पैदल होने के इस अस्थायी लाभ का भरपूर लाभ उठाना था। उन्हें अधिकाधिक दूरी हासिल करनी थी।

अंधेरा इतना गहरा था कि समुद्र में दूर तक देखना संभव नहीं था। यह जानने के लिए कि हनुमान और अरिष्टनेमी नदी के मुहाने से समुद्र में आ पाए हैं या नहीं।

उसे यह विश्वास करना होगा कि वो आ गए होंगे। करना ही होगा।

विकल्प भयावह थे। क्योंकि उनके आगे, घोड़ों द्वारा मात्र तीस घड़ी दूर, केतीश्वरम मंदिर में शेष वाहिनी तैनात थी। समुद्र में उतरने के अलावा भागने का कोई और मार्ग नहीं था।

'चलो!' सुरसा दहाड़ी।

उसके सैनिक उसके साथ गति बनाए हुए थे।

उसने पीछे देखा। घोड़ों पर सवार पहले लंकाई दिखने लगे थे। पीछा शुरू हो गया था।

कुछ घुड़सवार पेड़ों की पंक्ति के पीछे समुद्रतट की ओर आ रहे थे। कुछ ने बाण मारने शुरू कर दिए थे। यद्यपि बहुत दूर से। वो पहुंच से बाहर थे। अभी तो।

'यहां!'

सुरसा ने उस स्थान को पहचान लिया था जहां उन्होंने अपनी नौका को बांधा था।

'समुद्र में उतर जाओ।'

उथले पानी में चलना घोड़ों की गति को धीमा कर देगा, जिससे लंकाइयों और सुरसा के बीच दूरी कम हो जाएगी। यद्यपि लंकाई उन्हें पकड़ नहीं पाते, मगर जल्दी ही वो लंकाइयों के बाणों की पहुंच में आ जाते।

'और तेज दौड़ाओ! अपने घोड़ों को एड़ लगाओ!'

समुद्र में ले जाए जाने से घोड़े घबरा गए थे। उनकी गति धीमी हो गई थी, लेकिन, प्रशंसनीय रूप से, वो भव्य पशु रुके नहीं थे।

'चलते रहो!' सुरसा चिल्लाई।

लंकाइयों के बाण निकट आ रहे थे।

प्रभु रुद्र के नाम पर, वहां मौजूद होना, हनुमान।

सुरसा ने दूर कहीं से एक पुकार सुनी। वो उस स्वर को पहचानती थी। उसे उस स्वर से प्रेम था।

'सुरसा...'

'वो यहीं हैं! चलते चलो!'

सुरसा और उसके वीर सैनिक अपने घोड़े समुद्र में और गहरे ले गए। यहां भूमि धीरे-धीरे ढलवां हो रही थी, इसलिए तट के किनारे के अधिकांश दूसरे भागों की अपेक्षा वो यहां से अपने घोड़ों को ज्यादा दूर ले जा सकते थे। लेकिन वो जानते थे कि किसी भी समय घोड़े घबराकर पीछे मुड़ सकते हैं। जब उनके पैर भूमि को नहीं छू पाएंगे। और सुरसा को आभास हो रहा था कि वो पल निकट ही है।

'एड़ लगाओ!'

घोड़े अब विरोध में जोर-जोर से हिनहिना रहे थे। लेकिन वो अभी भी आगे बढ़ते जा रहे थे। लंकाई बाण भारी मात्रा में आने लगे थे, मगर अभी भी पीछे गिर रहे थे। पहुंच से बाहर।

'सुरसा!' इस बार अरिष्टनेमी थे। 'हम आ रहे हैं! तैरकर आ जाओ!'

सुरसा को आभास हुआ कि समय आ गया है। घोड़े हार मानने वाले हैं।

उसने रकाब से अपने पैर निकाल लिए। और लहरों के गर्जन और पीछे से आ रहे लंकाइयों के युद्ध-घोषों के ऊपर से चिल्लाई। 'रकाबों से पैर निकालो! कूदने की तैयारी करो!'

उसके सैनिकों ने आज्ञापालन किया।

'अब! कूद जाओ!'

वो समुद्र में कूद पड़े। और तैरने लगे। दिलेरी से लहरों को काटते हुए जो पूरी आक्रामकता से उन्हें पीछे धकेल रही थीं।

हल्की चांदनी में, सुरसा ने तेजी से अपनी ओर आती दो नौकाओं को देखा।

वो और शक्ति लगाकर तैरने लगे।

अपने मिलनबिंदु की ओर।

नौकाओं की ओर।

लंकाइयों ने अपने घोड़ों को समुद्र में उतार दिया था, और वो लगातार बाण छोड़ रहे थे।

अब वो पहुंच के अंदर थे।

बाण सुरसा और उसके सैनिकों के आसपास गिर रहे थे। वो तैरते रहे। पूरी शक्ति से।

लंकाई हल्की चांदनी में बिना देखे-भाले बाण चला रहे थे। उन्हें आशा थी कि संख्या से वो सटीकता के अभाव की पूर्ति कर देंगे।

और उन्होंने पूर्ति कर दी।

सुरसा के एक सैनिक की जंघा में बाण धंसा तो वो पीड़ा से चिल्ला उठा। मगर तैरता रहा।

सुरसा ने पीछे देखा। वो पीछे छूट रहा था।

अन्य दोनों सैनिक नौकाओं तक पहुंच चुके थे और उन पर चढ़ रहे थे।

'सुरसा!' हनुमान अपना हाथ आगे बढ़ाते हुए चिल्लाए।

मगर सुरसा पलट गई थी और घायल सैनिक की ओर तैर रही थी। उनके चारों ओर मूसलाधार वर्षा की तरह बाण गिर रहे थे। वो उसके पास पहुंची और उसे नौकाओं की ओर खींचने लगी। उस अभागे सैनिक को एक बाण और आ लगा। इस बार कंधे पर। सुरसा ने उसे नाव की ओर धकेला और उसे शीघ्रता से ऊपर चढ़ा लिया गया।

तीव्र गति से एक बाण आया और सुरसा के कंधे में धंस गया। वो पीड़ा से दहाड़ उठी। अरिष्टनेमी पानी में कूद गए, उसे उठाया और लगभग नौका में फेंक दिया। वो वापस नाव पर सवार हो गए।

सारे मलयपुत्र और वायुपुत्र नौकाओं पर सुरक्षित आ गए थे।

'वापस चलो!'

उनके चारों ओर बाण बरस रहे थे।

मलयपुत्र और वायुपुत्र नाव खेने लगे।

'नाव खेओ! पूरी शक्ति से!'

हनुमान ने सुरसा को देखा, उनकी भौंहों पर चिंता की लकीरें थीं। उन्होंने उसके कंधे में धंसे बाण की डंडी को तोड़ने की कोशिश की। मगर,

सैनिक को खींचते समय सुरसा का चर्म-कवच ढीला हो गया था। वो बाण की डंडी को तोड़ने में कठिनाई पैदा कर रहा था।

'इसे... छोड़ो...' अभी भी हांफती सुरसा ने धीरे से कहा।

'सुरसा...' हनुमान कराह उठे। उन्होंने बाण को पहचान लिया था। वो विशेष रूप से बनाए गए बाणों में से था। मूल्यवान। दांतेदार उल्टे किनारे उन्हें खींचना मुश्किल बना देते थे। और वो प्राय: विष-बुझे होते थे।

सुरसा मुस्कुराई। 'मैं ठीक हूं... बस खरोंच है...'

मृत्यु के सामने योद्धाओं के बीच होने वाली हंसी-ठिठोलो उनकी सच्ची दिलेरी का निश्चित चिह्न था।

हनुमान मुस्कुराए। घाव गंभीर था, मगर बहुत अधिक गंभीर भी नहीं था। विष-बुझा बाण चिंता का कारण था, लेकिन वो बस कंधे में लगा था, किसी महत्वपूर्ण अंग में नहीं। वो बेसुध नहीं हुई थी। एक-दो घंटे में वो भारतीय समुद्र तट पर पहुंच जाएंगे। नौका से उतरते ही वो शीघ्रातिशीघ्र सबसे निकट के गांव जाएंगे और बाण निकाल देंगे। और घाव पर टांके और औषधि लगा दी जाएगी।

घाव बुरा तो था लेकिन बहुत अधिक बुरा नहीं था।

सैनिकों ने पूरी शक्ति से खेया, तो नावें तीव्र गति से आगे बढ़ने लगीं, और बाणों की पहुंच से दूर निकल गईं। या ऐसा प्रतीत हुआ था।

पुराने लोग कहते हैं कि सर्वश्रेष्ठ ज्योतिषी भी स्त्री की अंतरानुभूति को मात नहीं दे सकते। सुरसा को अचानक कुछ अशुभ सा अहसास हुआ। बिना कुछ विचारे, उसने हनुमान को एक ओर धकेला और उन्हें अपने शरीर से ढकते हुए पलट गई।

बाण बहुत तीव्रता से आया। दानवी सटीकता के साथ। और सटीक समय पर। वो सुरसा के पेट में धंसता चला गया। काश तब पहले उसका चर्म-कवच खुल न गया होता। काश।

निर्मम बाण उसके अंदर गहरा घुस गया था, उसके प्रमुख अंगों को चीरते हुए। गुर्दों, यकृत, यहां तक कि आंतों को भी।

सुरसा हनुमान के ऊपर गिर गई, अरिष्टनेमी तेजी से उसकी ओर बढ़े।

हनुमान ने सुरसा को अपनी बांहों में थाम लिया था। 'सुरसा...'

सैनिक रुके नहीं। वो नाव खेते रहे। नावों को समुद्र की गहराई में ले जाते हुए। लंकाई बाणों से दूर।

सुरसा को सांस लेने में कठिनाई हो रही थी, तभी उसने अपने पेट में लगे बाण को देखा। अब वो बाण को पहचान गई थी। वो जान गई थी कि उसका काल आ गया है।

हनुमान नाविकों की ओर मुड़े। 'और तेज चलाओ! हमें भूमि पर लेकर चलो! शीघ्र!'

सुरसा ने हनुमान का हाथ पकड़ लिया। 'सब ठीक है... सब ठीक है...'

अरिष्टनेमी बुरी तरह रो रहे थे। 'सुरसा...'

सुरसा ने उनकी ओर नहीं देखा। उसकी आंखें हनुमान पर टिकी थीं।

हनुमान सुबक रहे थे। 'यह मुझे लगना था... यह मुझे लगना था...'

'कोई बात नहीं... कोई बात नहीं...' सुरसा ने अंधेरे से जूझते हुए कहा। वो गहरी नींद में जाने को तैयार नहीं थी। अभी नहीं। अभी नहीं। उसे कुछ कहना था। 'मेरे तीन सपने थे, हनु...'

हनुमान उससे आंख नहीं मिला पा रहे थे। उन्होंने बाण को देखा। रक्त उबल-उबलकर बाहर आ रहा था। सब समाप्त हो गया था। कोई आशा नहीं थी।

अंततः उन्होंने सुरसा के चेहरे को देखा। उनकी आंखें आसुंओं से धुंधला रही थीं।

'पहला सपना...' सुरसा ने धीमे से कहा, 'तुम्हारा प्रेम जीतना था... दूसरा, तुम्हारी बांहों में मरना... और तीसरा था... अपने मरते समय तुम्हें रोते देखना...'

'सुरसा...' हनुमान ने हौले से कहा।

सुरसा मुस्कुराई। अंधेरा हावी होता जा रहा था। 'तीन में से दो बुरे नहीं हैं... तीन में से दो... बुरा नहीं है...'

हनुमान ने आंखें बंद कर लीं, आंसू उनके चेहरे को भिगो रहे थे।

'मेरी ओर... देखो,' सुरसा फुसफुसाई।

हनुमान ने अपनी आंखें खोल दीं।

'मैं तुमसे प्रेम करती हूं, हनु...' सुरसा ने धीरे से कहा। उसने उन आंखों में देखा जिनसे वो प्रेम करती थी, और फिर उसने स्वयं को बेसुधी में उतरने दिया। अंधकार में।

अरिष्टनेमी ने बढ़कर सुरसा का हाथ पकड़ लिया। वो किसी बच्चे की तरह रो रहे थे। वो जानते थे कि वो अंतिम बार सुरसा का स्वर सुन रहे थे।

अध्याय 12

'यह तो एकदम विचित्र सी बात है,' वशिष्ठ ने कहा।

वशिष्ठ शबरी की सादा सी कुटिया में एक चटाई पर बैठे हुए थे। किष्किंधा के राजा के साथ हुई अजीबोगरीब भेंट के तुरंत बाद वो इस बुद्धिमती स्त्री से मिलने आ गए थे। उन्हें उनका विवेकपूर्ण मत चाहिए था। भेंट उस तरह से नहीं हुई थी जैसा वशिष्ठ ने सोचा था। दूर-दूर तक नहीं।

शबरी ने अपनी ठोड़ी उठाई और खिड़की के बाहर देखा। दूर स्थित प्रभु अयप्पा के मंदिर की दिशा में। उन्होंने कुछ कहा नहीं।

'यह किस प्रकार की विलक्षण मांग है?' वशिष्ठ ने पूछा। 'किष्किंधा की सेना देकर सहायता करने की शर्त के रूप में सप्त सिंधु के राजा से द्वंद्व युद्ध की मांग करना! और उसी स्थिति में सहायता करना जब वो स्वयं हार जाएं। विचित्र है।'

शबरी ने धीमे से कहा, 'संभवत: चर्चाएं सच हैं...'

वशिष्ठ ने अपनी आंखें सिकोड़ीं। 'चर्चाएं? कैसी चर्चाएं?'

'मैं कुछ समय से सुन रही हूं,' शबरी ने कहा। 'लेकिन मैंने उन्हें अधिक विश्वसनीयता नहीं दी थी।'

'कैसी चर्चाएं, शबरीजी?' वशिष्ठ ने दोहराया।

शबरी ने वशिष्ठ को देखा। 'गुरुजी, ऐसा प्रतीत होता है कि अंगद को नियोग रीति से गर्भ में धारण किया गया था।'

'क्या?' भौचक्के वशिष्ठ ने कहा।

नियोग भारत की एक प्राचीन परंपरा थी जो सुदूर अतीत में प्रचलित थी। इसके नियमों के अनुसार अगर किसी स्त्री का विवाह ऐसे पुरुष से हो जो संतान उत्पन्न करने में असमर्थ हो, तो वो किसी अन्य पुरुष से उसे गर्भवती करने की प्रार्थना कर सकती थी। प्रायः वो किसी ऋषि के पास जाती थी। एक तो, ऋषियों की बौद्धिक क्षमताएं आनुवंशिक रूप से उनकी संतान में आने की संभावना होती थी। उससे भी महत्वपूर्ण, ऋषि घुमन्तु संन्यासी होते थे और संतान पर अपना दावा नहीं करते थे। नियोग रीति से उत्पन्न संतान उस स्त्री और उसके पति की वैध संतान मानी जाती थी; जन्मदाता पिता को सदैव गुमनाम रहना होता था।

'मैंने सुना है कि एक बार सुग्रीव को बचाते हुए वालि बहुत बुरी तरह से घायल हो गए थे। यह बहुत वर्ष पहले एक शिकार के दौरान हुआ था। घावों और उन पर उस समय लगाई गई औषधियों के दुष्प्रभाव से वालि संतान उत्पन्न करने में असमर्थ हैं।'

'सुग्रीव हमेशा से किष्किंधा के राजपरिवार पर बोझ रहे हैं,' वशिष्ठ ने कहा। 'लेकिन इसका वालि द्वारा राम को द्वंद्व की चुनौती देने से क्या लेना-देना है?'

'उनका क्रोध।'

'लेकिन वालि क्रुद्ध क्यों हैं? मैं समझा नहीं। हमारी परंपराएं नियोग की अनुमति देती हैं। इसमें कुछ अनुचित नहीं है। उनकी पत्नी तारा की संतान उनकी संतान है। अपने मूर्ख भाई सुग्रीव के प्रति उनका क्रोध मैं समझता हूं। मगर मुझे कोई सूत्र नहीं दिख रहा। और यह अनिर्दिष्ट क्रोध सबके प्रति क्यों है? राम के प्रति? इसमें कोई तुक नहीं है। वालि जैसे सज्जन मनुष्य के लिए तो नहीं।'

'मामला इससे कहीं अधिक जटिल है...' शबरी ने कहा। 'मैंने सुना है कि रानी मां आरुणि ने तय किया...'

शबरी हिचकिचाईं।

'तय किया... क्या?' वशिष्ठ ने पूछा।

'आप तो जानते हैं आरुणि कैसी थीं।'

'हां... वो... हठी और अड़ियल थीं। तो उन्होंने क्या किया?'

'प्रत्यक्षत: वो सुनिश्चित करना चाहती थीं कि उनकी वंशावली ही शासन करे। तो उन्होंने...'

वशिष्ठ समझ गए थे। 'प्रभु रुद्र दया करें!'

रानी मां आरुणि का दूसरा पुत्र। सुग्रीव।

वशिष्ठ ने दोनों हाथों से सिर पकड़ लिया। वो हतप्रभ थे। नियोग रीति सुग्रीव ने पूरी की थी। अंगद सुग्रीव का जैविक पुत्र था।

'यह तो अकल्पनीय है!'

'जानती हूं,' शबरी सहमत थीं।

वशिष्ठ अब वालि के क्रोध और पीड़ा को समझ पा रहे थे। और फिर उन्हें कुछ और सूझा। 'लेकिन यह तो रहस्य रहना चाहिए था। परंपरा के अनुसार नियोग हिमालय में हुआ होगा। राजा वालि को सच का पता कैसे लगा?'

'सुनने में आया है रानी मां आरुणि ने स्वयं उन्हें बताया था। अपनी मृत्युशैया पर।'

वशिष्ठ का मुंह अचंभे से खुला रह गया। 'उन्होंने ऐसा क्यों किया? वो चुप क्यों नहीं रह पाईं? किसी को ऐसा सत्य क्यों बताना जिससे उसका कुछ भला न हो, बस पीड़ा ही मिले?'

'अपराधबोध, संभवत:? उन्होंने वालि के साथ सही नहीं किया था। संभवत: उन्होंने सोचा होगा कि सच बोलने से उनके मन को शांति मिलेगी। उनकी आत्मा का पाप धुल जाएगा।'

'नहीं। आप स्वार्थ से अपनी आत्मा को नहीं धो सकते। वालि को सच बताकर उन्होंने उन्हें जीवन भर की यातना दे दी। और यह सब बस मरने से पहले अपने अपराधबोध को दूर करने के लिए। यह अत्यंत स्वार्थ भरा काम है।'

शबरी ने सहमति में सिर हिलाया।

'लेकिन वालि अपने पुत्र अंगद से प्रेम करते हैं। यह तो एकदम स्पष्ट है।'

'हां, वो उससे प्रेम करते हैं,' शबरी ने सहमति जताई।

'मुझे आशा है, अंगद यह नहीं जानता होगा?'

'मुझे नहीं लगता,' शबरी ने उत्तर दिया। 'और मुझे नहीं लगता कि सामान्यजन भी जानते होंगे। न ही सप्त-सिंधु के राजवंश। बस हम ऋषि और ऋषिकाओं के दायरे में ही इस विषय में कुछ सुनगुन है।'

'आपने मुझे इस विषय में क्यों नहीं बताया?'

'मैं अधकचरे लोकापवाद में नहीं पड़ना चाहती हूं, वशिष्ठजी। मगर वालि के व्यवहार से मुझे संदेह हो रहा है कि यह सच है। मैं समझती थी कि उनके निरंतर होने वाले युद्ध-अभियान यश प्राप्ति के लिए हैं। अब मैं समझ रही हूं... वो अपने सहज सच्चरित्र और जीवन द्वारा अपने साथ किए अन्याय से उपजे घोर क्रोध के बीच झूल रहे थे।'

वशिष्ठ ने लंबी सांस छोड़ी। 'आह, अग्निदेव...'

शबरी शून्य में तकती रहीं, अपलक।

वशिष्ठ, जो उस सबके लिए एकनिष्ठ भाव से प्रतिबद्ध थे जिसे वो भारत के लिए कल्याणकारी समझते थे, स्थिति को स्पष्ट रूप से देख रहे थे। इसमें निहित मानव संवेदनाओं के परे।

'हम गज-वाहिनी के बिना रावण को नहीं हरा सकते,' वशिष्ठ ने कहा। 'हमें इसकी आवश्यकता है।'

'सच है।'

'संभवत: मुझे राम को द्वंद्व स्वीकार करने का परामर्श देना चाहिए।'

'संभवत: आपको यही करना चाहिए' शबरी सहमत थीं।

उनमें से किसी ने भी स्पष्ट सच को शब्द प्रदान नहीं किए थे। *वालि की अनियंत्रित भावनाएं और क्रोध उसकी पराजय को आसान बना देंगे।*

'लंबी तलवार?' लक्ष्मण आश्चर्य से बुदबुदाए।

नारद की भृकुटियां उठीं और उन्होंने अपने कंधे उचका दिए।

चुनौती राम को दी गई थी, और इसलिए द्वंद्व के लिए अस्त्र चुनना उनका अधिकार था। वीर राम ने मगर वालि को अस्त्र चुनने का प्रस्ताव दिया था। और वालि ने, पता नहीं क्यों, लंबी तलवार चुनी थी। यह अजीब था। बहुत अजीब। वालि मांसल और बलिष्ठ, मगर मध्यम काठी का था। राम पतले-दुबले, लेकिन बहुत अधिक लंबे थे, लगभग छह फुट के।

तलवार का कोई भी गुरु वालि को छोटी तलवार चुनने की राय देता। और द्वंद्व में उसे निकट रखने की, राम को कम से कम स्थान देते हुए, जिससे उनकी लंबी पहुंच का लाभ कम हो जाता। लंबी तलवार चुनकर जिसे लड़ते समय सामान्यतया दोनों हाथों से पकड़ना होता है, वालि ने राम को स्पष्ट लाभ प्रदान कर दिया था।

'राजा वालि सोच क्या रहे हैं?' लक्ष्मण ने पूछा।

मंदिर परिसर के लगभग सभी प्रतिष्ठित नागरिक द्वंद्व देखने एकत्र हुए थे। स्पष्ट रूप से यह मंदिर परिसर में आयोजित नहीं किया जा सकता था। वो अधर्म होता। इसलिए वो पहाड़ी की तलहटी में एक खुले प्रशिक्षण मैदान में एकत्र हुए थे जिसके चारों ओर रंगभूमि शैली में दीर्घाएं बनी हुई थीं। दूर स्थित मंदिर साफ दिख रहा था।

दीर्घाओं में दो सहस्त्र लोग खड़े थे। वो जानते थे कि इस श्रेणी के योद्धाओं को दोबारा देखने का अवसर शायद उन्हें पूरी ज़िंदगी नहीं मिलने वाला था। शबरी और वशिष्ठ पास-पास खड़े थे, उनकी आंखें गंभीरता से केंद्र में लगी थीं। मैदान में एक ओर द्वंद्व-प्रतियोगी अपने शरीरों को तनावमुक्त कर रहे थे। उन्होंने बिना किसी सहायक के द्वंद्व करने का निर्णय लिया था।

वालि मैदान के बीच में आए। गोरी रंगत और बालों भरे, वो अपना सीना फुलाए, कंधों को पीछे धकेले गर्व से चल रहे थे। अपनी तलवार से बड़े-बड़े चाप बनाते हुए वो अपनी बांहें लहराने लगे थे। गर्वोन्मत्त और अहंकारी। मदमस्त। श्याम रंग के, लंबे और सुदृढ़ राम किनारे-किनारे चल रहे थे। सिर ऊंचा। सधे कदम। नियंत्रित ढंग से अपनी बांहों को घुमाते और अंगों को शिथिल करते हुए। एकाग्रचित्त और सजग।

वालि ने अपनी तलवार नर्म मिट्टी में गाड़ दी, अपने घुटने पर झुके, और दूर स्थित शबरीमलय मंदिर की ओर चेहरा किया। राम ने धीरे से अपनी तलवार धरती पर रखी, उसे छुआ और श्रद्धा से अपने हाथों को मस्तक तक ले गए। अपने अस्त्र की पूजा करते हुए। फिर वो भी अपने घुटनों के बल बैठे और मंदिर की ओर चेहरा कर लिया।

दोनों योद्धाओं ने एक साथ अपने हाथ जोड़े और प्रभु अयप्पा से प्रार्थना की—जो भारत की पवित्र भूमि पर विचरण करने वाले महानतम योद्धाओं में से थे।

उन्होंने उस मंत्र के साथ अपनी प्रार्थना समाप्त की जिससे प्रभु के सभी भक्त परिचित हैं।

'स्वामिये शरणम् अयप्पा।'

हम प्रभु अयप्पा की शरण में जाते हैं।

सभी एकत्रित लोगों ने प्रार्थना में स्वर मिलाया। 'स्वामिये शरणम् अयप्पा।'

राम ने अपनी तलवार उठाई, उठे और उसे आगे बढ़ाया। वालि ने अपनी तलवार से राम की तलवार के सिरे को छुआ। द्वंद्व से पहले की परंपरा।

जानलेवा बहस शुरू होने से पहले तलवारों को एक दूसरे को स्पर्श करना और हौले से बतियाना होता है।

राम ने वालि को देखा और मुस्कुराए। वालि ने शुष्कता से सिर हिलाकर उत्तर दिया। और वो अपनी-अपनी शुरुआती सीमारेखा पर चले गए। वालि ने अपने पुत्र अंगद को देखा। वो द्वंद्व के अखाड़े के किनारे पर, शबरी और वशिष्ठ से कुछ ही दूर खड़ा था।

अंगद। बीस वर्ष से कुछ कम आयु का, वो अपने वैध पिता वालि का प्रतिरूप था। गौर वर्ण। बालों भरा। असाधारण रूप से मांसल। उन सभी के हृदयों को प्रसन्न करता जो पिता और पुत्र के बीच समानता देखते थे। मगर वालि असल बात जानते थे। क्योंकि उनका भाई सुग्रीव भी उनका हूबहू प्रतिरूप था।

वालि ने गहरी सांस ली और अपना सिर हिलाया। फिर राम को देखा। प्रतियोगी शबरी की ओर मुड़े और उन्हें नमन किया।

शबरी ने घोषणा की, 'प्रभु अयप्पा सर्वश्रेष्ठ को विजयी बनाएं।'

और इसी के साथ द्वंद्व आरंभ हुआ।

हमेशा शास्त्रसम्मत तलवारबाज रहे राम ने कठोरता से अपने प्रशिक्षण का पालन किया। उन्होंने दोनों हाथों से लंबी तलवार को पकड़ा और अपने प्रतिद्वंद्वी को लक्ष्य के लिए कम स्थान देते हुए अपने शरीर को एक ओर को झुका लिया। उनकी तलवार सीधी आगे को निकली हुई थी।

वालि ने अपने दाहिने हाथ में तलवार पकड़ी हुई थी, एक ओर को किए हुए। उनका शरीर पूरी तरह से खुला था। लापरवाही से। मानो मृत्यु की इच्छा करते हुए।

अचानक, किष्किंधा के राजा ने हुंकार भरी और आक्रमण कर दिया। जब वो पास आए तो अपनी दाईं बांह को खतरनाक ढंग से घुमाते हुए चकरघिन्नी की तरह घूमने लगे। मगर बिना किसी नियंत्रण के। राम पीछे को झुके और बड़ी सहजता से उन्होंने वार को रोक दिया।

यह बेतहाशा उतावलापन था। हमला करते समय दूर से ही घूमने लगना और अस्त्र झुलाना खेल-तमाशों में बहुत दिलचस्प दृश्य लग सकता है। इसे उन दर्शकों से हमेशा वाहवाही और तालियां मिलती हैं जिन्हें कोई जानकारी नहीं होती। लेकिन यह नादानी थी। इसका मतलब था कि पल भर के लिए आप अपने प्रतिपक्षी की ओर पीठ कर लेते हैं। तलवारों की वास्तविक लड़ाई में एक दक्ष प्रतिपक्षी के सामने बहुत ही मूर्खतापूर्ण कृत्य। वो बड़ी आसानी से आपकी पीठ में तलवार घोंप सकता था।

मगर राम की सत्यनिष्ठा अगाध थी। वो कभी पीठ पर वार नहीं करते। उन्होंने वालि को रोका और दूर धकेल दिया।

वालि उसी गतिशीलता में मुड़े और उन्होंने अपनी लंबी तलवार को आगे की ओर लहराया। राम को इस माहिर पैंतरे की अपेक्षा थी। उन्होंने वालि की तलवार को रोका और एक ओर को धकेल दिया और घूम गए। अपने पेट को दूर रखते हुए।

और फिर वालि ने एकदम अनपेक्षित हरकत की। उन्होंने अपनी तलवार से लगी राम की तलवार को फिसलन की तरह प्रयोग करते हुए तीव्र गति से अपनी तलवार को ऊपर उठा दिया। वालि की सुदृढ़ कलाई ने इस हरकत को इतनी तीव्रता से किया था कि इसे देख पाना कठिन था। सहज-वृत्ति से राम ने अपने सिर को पीछे कर लिया, और पलांश के अंतर से हल्के से घाव से बच गए।

राम तुरंत पीछे हटे और मुस्कुराए। वालि को देखकर सिर हिलाते हुए।

बहुत बढ़िया।

चेहरे पर अहंकारी मुस्कान लिए वालि ने भी हौले से सिर हिलाया।

राम ने फिर से अपनी तलवार उठा ली। तैयारी में।

वालि ने अपने पैरों पर नृत्य सा करते हुए और यांत्रिक सटीकता के साथ अपनी तलवार को दाएं-बाएं लहराते हुए आक्रमण किया। दोनों हाथों से दृढ़ पकड़ बनाए हुए राम हरेक रक्षात्मक प्रहार के साथ एक पग पीछे हटते गए। नीचे मूठ और ऊपर ठोले ने तलवार को अपने स्थान पर रखा, और वालि के लगातार किए प्रहारों से इसे झुकने नहीं दिया। राम धीरे-धीरे पीछे हटे। एकदम परंपरागत शैली में। या ऐसा प्रतीत हो रहा था।

वालि ने भयंकर ढंग से चिल्लाते हुए और अपनी तलवार को चुस्ती से लहराते हुए जोरदार हमला किया। उन्हें जब तक इसका भान हुआ, बहुत देर हो चुकी थी। वो एक जाल में घुसते जा रहे थे।

राम पीछे हट रहे थे, हर पग नपा-तुला और धीमा था। द्वंद्व के अखाड़े की परिधि की ओर। उनका मंतव्य सीमारेखा की ओर जाने का था। वालि अपने आक्रामक वारों के साथ आगे बढ़ने के लिए प्रतिबद्ध थे। वो अपनी कोहनी पर गहरे घाव से बच नहीं पाते जो उनकी तलवार वाली बांह को अक्षम कर देता।

लेकिन वालि समय रहते पीछे हट गए, चक्कर खाते हुए, अपनी कोहनियां ऊपर उठाकर, दोनों हाथों को कंधों के पीछे ले जाकर तलवार को अपनी पीठ के पीछे नीचे लटकाए हुए। पीछे हटते हुए अपनी पीठ को सुरक्षित करते हुए।

जब वालि पलटे, तो उन्होंने राम को आंखें सिकोड़े उन्हें तकते पाया। माथे पर बल। चेहरे पर गंभीर भाव।

वालि समझ गए। राम का अहं आहत हुआ था। वो यह सोच भी कैसे सकते थे कि राम उनकी पीठ पर वार करेंगे? यह तो अधर्म होता।

राम इक्ष्वाकु वंश के थे। रघु के सदाचारी वंशज। अधर्म से जीतने की अपेक्षा वो मृत्यु को अंगीकार करना पसंद करते।

वालि ने पल भर के लिए राम की सुलगती आंखों में देखा। उनके चेहरे पर अजीब सा भाव तैर गया। मानो अब वो निश्चित हो गए हों।

शबरी ने दूर से उस भाव को देखा। और वो तुरंत उसे पहचान गईं। उस भाव को उन्होंने उस व्यक्ति के चेहरे पर देखा था जिससे वो प्रेम

करती थीं, दसियों बरस पहले। एक सदाशयी क्षत्रिय आकांक्षा वाला एक मर्यादाशील योद्धा: योग्य शत्रु के हाथों मृत्यु पाने की आकांक्षा।

विस्मय से शबरी का मुंह खुला रह गया। वो अंततः समझ गई थीं कि वालि क्या चाहते थे। उनकी क्या इच्छा थी।

वालि ने जोरों से हुंकार भरी और फिर हमला कर दिया।

इस बार, राम ने बस बचाव नहीं किया। उन्होंने पूरी शक्ति से धकेला। वालि के हर वार का अपने वार से घनघोर प्रतिवाद करते हुए। उनकी तलवारें बार-बार टकरा रही थीं। भयंकर शक्तिशाली वार। इस्पात से चिंगारियां फूट रही थीं। अब वो केवल पीछे धकेल नहीं रहे थे। वो वालि के वारों को अपने वारों के लिए उछाल की तरह प्रयोग कर रहे थे। यह गतिशीलता में काव्य था। साहस की स्याही में डूबी तलवार से लिखा एक योद्धा का काव्य।

और फिर... उत्कृष्ट वार।

जब वालि ने राम की तलवार को नीचे किया तो राम ने उसे ऊपर उठा दिया।

दक्षता भरा वार। भयंकर निर्ममता और बारीक सटीकता का असाधारण मेल।

वापस आता घुमाव दाईं भौंह की त्वचा को छीलते हुए प्रहार में बदल गया था।

हताशा से दहाड़ते वालि पीछे हट गए।

राम ने ऊंचे स्वर में कहा। 'पराजय स्वीकार कर लें!'

'कभी नहीं!' दबंग उत्तर मिला।

अगर किसी को तलवार की लड़ाई की जानकारी नहीं थी, तो उसे इस बात पर हैरान होने के लिए क्षमा कर दिया जाता कि अपने विरोधी के माथे पर नन्हा सा घाव लगने भर पर ही राम ने उन्हें पराजय स्वीकार करने के लिए क्यों कह दिया। लेकिन रक्तरंजित भौंह से टपकता लहू एक आंख को बेकार कर देता। तलवार युद्ध के लिए यह एक गंभीर अक्षमता होती।

राम को अब बस इसकी प्रतीक्षा करनी थी। वालि कुछ ही पलों में गंभीर रूप अक्षम हो जाएंगे।

द्वंद्व-योद्धा ने एक दूसरे का चक्कर काटा। दोनों ही प्रतीक्षा कर रहे थे कि दूसरा व्यक्ति वार करे।

वालि हंसे। उन्होंने दहाड़ते हुए फिर से हमला बोल दिया।

इस बार उन्होंने अपनी तलवार को दोनों हाथों से पकड़ा था। लगातार पूरी शक्ति से घुमाते हुए। लोहे के टकराने की ध्वनि सारे मैदान में गूंज रही थी। लोग जानते थे। उन्हें अपनी हड्डियों तक यह महसूस हो रहा था। अपने रक्त में। वो इतिहास को गढ़ते देख रहे थे। कवि इस युद्ध की प्रशंसा में गाथाएं लिखेंगे। गायक विजयगीत गाएंगे। अब से बरसों बाद। सहस्त्रों साल बाद। यह कहानी काल को हरा देगी।

वालि ने एक निचले कोण से पूरी शक्ति से तलवार घुमाई, वो राम की अंतड़ियां निकाल देना चाहते थे। अयोध्या के राजा तीव्रता से पीछे हटे, और वार हवा को काटकर रह गया। उन्होंने उसे रोका नहीं। वालि की गतिशीलता का प्रयोग करते हुए राम ने आगे को वार किया। एक नीचा, घातक वार।

उन्हें आशा थी कि वालि समय रहते अपनी तलवार को पीछे लाकर उनकी तलवार को मोड़ देंगे और घूमकर रास्ते से हट जाएंगे। इसके स्थान पर वालि ने जो किया वो आधा कृत्य था। सटीकता के साथ।

वो अपनी तलवार को नीचे लाए, लेकिन पर्याप्त तीव्रता से नहीं। न ही वो घूमे। उनका शरीर सतर रहा।

समय आ गया था।

राम की तलवार किष्किंधा के राजा के पेट में जा घुसी। बिना किसी बाधा के।

यह इतनी शीघ्रता से हुआ कि एक पल के लिए दर्शक भी नहीं समझ पाए कि हुआ क्या था। वालि ने चीत्कार नहीं किया। न पीड़ा में। न क्रोध में। न सदमे में। उन्होंने बस देर से रोकी सांस छोड़ी। उनकी तलवार हाथ से छूट गई। उनका शरीर ढह गया। शबरी को उनकी आंखें दिख रही थीं। उनमें पीड़ा का आघात नहीं था, बल्कि मुक्ति की शांति थी।

राम अपने स्थान पर जड़ खड़े रह गए। हतप्रभ। *वालि घूमकर रास्ते से हटे क्यों नहीं?*

राम ने तलवार पर अपनी पकड़ ढीली कर दी।

वो अंदर बहुत गहरे धंसी हुई थी; उसने महत्वपूर्ण अंगों को बींध दिया था।

हवा में निश्चलता थी।

घातक वार। वीर वालि के लिए सब समाप्त हो गया था।

किष्किंधा के राजा गिर पड़े, उनकी शक्ति क्षीण हो रही थी। राम आगे बढ़े और उन्हें थाम लिया, फिर धीरे से उन्हें भूमि पर लिटा दिया।

'पिताजी!' वालि की ओर दौड़ते हुए अंगद चिल्लाया।

राम ने अंगद को, और फिर वालि को देखा। अचंभित। असहाय। *ये रास्ते से हटे क्यों नहीं थे?*

वालि की आंखें अंगद पर टिकी थीं। अपनी शक्ति समेटकर उन्होंने अपनी उंगली से राजसी अंगूठी उतारी, और उस रक्तरंजित प्रतीक को अंगद की तर्जनी में पहना दिया।

उनका पुत्र। उनका उत्तराधिकारी।

वालि सार्वजनिक रूप से उसे अपनी प्रजा के अगले वैध शासक के रूप में स्वीकार कर रहे थे। 'अब तुम राजा होगे... अंगद...'

अंगद बुरी तरह रो रहा था। उस पिता के लिए जिनसे वो प्रेम करता था, जिन्हें सराहता था। उस पिता के लिए जिनकी स्वीकृति उसने हमेशा चाही थी। उस पिता के लिए जो उसकी दादी की मृत्यु के बाद अजीब ढंग से चरम अवस्थाओं के बीच झूलते थे, कभी गहरे प्रेम से भर उठते तो कभी एकाकी और भावहीन हो जाते।

वालि ने अंगद की बांह पकड़ी और राम की ओर संकेत किया। 'मैंने अयोध्या के राजा को अपनी सेना देने का वचन दिया है... तुम इनका... साथ दोगे... तब तक जब तक कि वो रावण पराजित न हो जाए... फिर तुम स्वतंत्र होगे...'

अंगद विलाप कर उठा। 'पिताजी...'

राम ने वालि को देखा। उस सज्जन पुरुष को जिसे उन्होंने मृत्यु के आलिंगन में धकेल दिया था।

'अंगद!' वालि ने अपना स्वर ऊंचा करते हुए कहा। 'मुझे वचन दो... मुझे वचन दो कि तुम मेरे वचन को पूरा करोगे...'

'मैं पूरा करूंगा, पिताजी...' आंसुओं के बीच अंगद बुदबुदाया। 'मैं वचन देता हूं।'

वालि ने एक लंबी सांस छोड़ी। वो जानते थे कि अंगद अपना वचन कभी नहीं तोड़ेगा। कभी भी नहीं।

उन्होंने अपने पेट में गहरी धंसी सूर्यवंशी तलवार को देखा। और फिर राम को, जो उनके पास एक घुटने पर बैठे थे। मौन। सम्मानपूर्ण। वो मर्यादापुरुष जिसने उन्हें मृत्यु भेंट की थी।

उन्होंने अपने चारों ओर देखा। उनकी प्रजा। अनेक लोग रो रहे थे। सब उन्हें श्रद्धापूर्वक देख रहे थे।

फिर उन्होंने अपनी आंखें सुदूर स्थित मंदिर की ओर घुमाईं। उनके प्रभु, उनके ईश्वर, अयप्पा।

अंततः उन्होंने अपने पुत्र को देखा। अंगद को। उनका हाथ अपने हाथ में लिया।

बिल्कुल सही।

एक योग्य मृत्यु।

बस एक कमी थी।

सच की।

अब वो अपनी मां को समझ पा रहे थे। जब शरीर उस पिंजर को छोड़ने की तैयारी करता है, जिसमें वो बंदी होता है, तो आत्मा सबसे महत्वपूर्ण सच कह देने के लिए तड़पती है। अपने जीवन के सबसे महत्वपूर्ण व्यक्ति से।

उनकी मां को उन्हें सच बताना ही था।

अब वो उन्हें समझ रहे थे।

उन्होंने अपने पुत्र को देखा। उनका बेटा। उन्हें उसे सच बताना ही होगा। अब वो यह समझ गए थे।

सच... वो एकमात्र सच जो मायने रखता था।

'अंगद...'

अंगद रो रहा था।

'मेरी बात... सुनो...'

अंगद ने अपने पिता को देखा, उसने कसकर उनका हाथ पकड़ रखा था।

सच। वो एकमात्र सच जो मायने रखता था। उसे बताना ही होगा।

'मैं तुमसे प्रेम करता हूं, मेरे बच्चे...' वालि ने धीमे से कहा।

'मैं भी आपसे प्रेम करता हूं, पिताजी,' अपने पिता के हाथ को सीने से लगाए अंगद रो रहा था।

चोटिल भौंह से निकलता रक्त वालि की आंख को धुंधला रहा था। और अपने रक्त के पीछे से उन्होंने अपने रक्त को देखा। अपने पुत्र को। कोई पुरुष केवल अपने शरीर से ही पिता नहीं बन जाता है। पुरुष को अपने संरक्षण, अपनी देखभाल, अपने भरण-पोषण की क्षमता से पितृत्व का विशेषाधिकार अर्जित करना होता है। पुरुष अनुकरणीय होकर पितृत्व अर्जित करता है। पुरुष प्रेम के माध्यम से पितृत्व अर्जित करता है।

सच बताना होगा। और एकमात्र सच जो मायने रखता है, वो है प्रेम।

'मैं तुमसे प्रेम करता हूं... मेरे पुत्र...'

और, वो सच बोलने के बाद जो मायने रखता था, वालि की आत्मा ने अपने नश्वर शरीर को छोड़ दिया। अपने अगले जीवन के लिए तैयार।

अध्याय 13

'मैंने तुमसे कहा था कि अयोध्या में ही रहना,' राम ने नर्मी से अपने भाई भरत को झिड़का। मुस्कुराते हुए।

वालि के साथ द्वंद्व के दो सप्ताह बाद, राम को सूचना मिली कि भरत और शत्रुघ्न वैगई नदी पर आ गए थे जो शबरीमलय के पूर्व में तमिल भूमि के पार बहती थी। वो अपने साथ चार सौ पोतों की सुदृढ़ नौसेना लाए थे, प्रत्येक पोत विशालाकार था जो लगभग ढाई सौ सैनिकों को लेकर चल सकता था। इन चार सौ पोतों पर एक लाख सैनिक अयोध्या से चले थे। वो सरयू नदी से चले जो आगे चलकर गंगा में मिल गई थी, और पवित्र गंगा मां ने उन्हें सुरक्षित पूर्वी समुद्र तक पहुंचा दिया था। फिर अनुशासित बेड़ा भारत के पूर्वी समुद्र तट की ओर, वैगई नदी के मुहाने तक गया। वर्ष के और किसी भी समय में वैगई इतने बड़े बेड़े को समाहित नहीं कर पाती। मगर इस वर्ष दक्षिण-पश्चिम मानसून विशेष रूप से प्रचुर रहा था। और आश्विन मास उत्तर-पूर्वी हवाओं को लाया था, जो सामान्यतया तमिल और आंध्र देशों में और अधिक वर्षा लाती थीं। वैगई बाढ़ के पानी से भरी हुई थी। यह अपने सामने मौजूद काम के लिए तैयार थी।

अपने पिता के आदेश के अनुसार, अंगद अपनी सेना को तैयार करने के लिए किष्किंधा की राजधानी लौट गया था। राम, लक्ष्मण और वशिष्ठ वैगई नदी के मुहाने पर भरत और अयोध्या की नौसेना से मिलने के लिए अपने दल के साथ वैगई नदी पर चल दिए थे। वो अब भरत के

पोत के तल पर थे। वशिष्ठ और नारद भी राम और लक्ष्मण के साथ पोत पर आ गए थे।

'मैं आपका छोटा भाई हूं, दादा,' भरत हंसे। 'मेरा काम वो करना है जिसमें आपका सर्वश्रेष्ठ हित हो, वो करना नहीं जिसका आप मुझे आदेश दें।'

राम भी हल्के से हंसे और उन्होंने भरत को बांहों में भर लिया। दृढ़ इच्छाशक्ति वाले दोनों पुरुषों पर भावनाएं हावी होने लगी थीं। बहुत लंबा समय बीत गया था। बहुत लंबा।

'और वैसे भी, दादा,' शत्रुघ्न ने मुस्कुराते हुए कहा, 'हम आपके लिए नहीं आए हैं। हम तो सीता भाभी के लिए आए हैं।'

राम हंसे और उन्होंने अपनी बाईं भुजा बढ़ा दी। शत्रुघ्न भाइयों के आलिंगन में शामिल हो गए।

'अरे! और मैं?' लक्ष्मण ने कृत्रिम विरोध में हवा में हाथ उठाते हुए कहा।

'आपमें किसी को रुचि नहीं है, भाई!' शत्रुघ्न हंसे।

और अपने विशाल शरीर के समान ही विशाल हृदय वाले लक्ष्मण ने अपनी आंखों में आंसू उमड़ते महसूस किए। वो दौड़कर इस सामूहिक आलिंगन में समा गए।

कुछ लोग अपने प्रेम को शब्दों की अपेक्षा कार्यों से व्यक्त करते हैं। और वो जितना अधिक प्रेम जताते हैं, तीक्ष्ण हंसी-ठिठोली उतनी ही कम करते हैं।

चारों भाई एक दूसरे को थामे हुए थे। एक समूह में।

एकजुट भाई। एक दुर्ग। कोई उन्हें तोड़ नहीं सकता था। कोई नहीं।

कुछ दूर खड़े वशिष्ठ मुस्कुरा रहे थे।

नारद वशिष्ठ की ओर मुड़े, वो भी मुस्कुरा रहे थे। 'भाई सच में आपस में बहुत प्रेम करते हैं। राजवंशों में यह दुर्लभ है। आपने बहुत अच्छा काम किया है, गुरुजी।'

'नहीं, नहीं,' वशिष्ठ ने कहा। 'गुरु की अपेक्षा माता-पिता का कहीं अधिक प्रभाव होता है।'

होंठों पर कुटिल मुस्कान लिए नारद ने वशिष्ठ को देखा। 'अगर आप ऐसा कहते हैं तो।'

वशिष्ठ अनावश्यक उत्तर देने वाले लोगों में से नहीं थे। वो मुस्कुरा दिए।

'इन्हें इस एकजुटता की आवश्यकता होगी,' नारद ने कहा। 'लंका को पराजित करना आसान होगा। रावण मात्र एक प्रतिपक्षी है। इनके वास्तविक शत्रु तो इनके अपने देश में, इनके अपने लोगों के बीच हैं। उस समय इनकी एकता की असली परीक्षा होगी।'

वशिष्ठ ने भाइयों को देखा और विश्वास के साथ बोले। 'ये इस एकता को कभी नहीं खोएंगे।'

'हाथी?' भरत ने हैरानी से पूछा। 'दादा, हमारे पोत बड़े हैं... मगर जहां तक मुझे पता है, कोई पोत हाथियों को नहीं ले जा सकता।'

चारों भाई राजकीय पोत में प्रमुख नाविक के कक्ष में भोजन कर रहे थे। वशिष्ठ बुद्धिमानी से उन्हें अकेला छोड़ गए थे। उन्हें अपनी बातें कहने-सुनने का अवसर देते हुए।

राम मुस्कुराए। 'पोतों पर नहीं। हम उन्हें पैदल लेकर जाएंगे।'

'पैदल? पानी पर चलाकर?' भरत ने पूछा।

'हां,' राम ने शत्रुघ्न की ओर मुड़ते हुए कहा जो लगता था कि योजना को समझ रहे थे।

लक्ष्मण और भरत ने भी राम की दृष्टि का पीछा किया। तीन जोड़ी आंखें सबसे छोटे भाई पर लगी थीं। उनमें सबसे अधिक बुद्धिमान और सुशिक्षित। महाविद्वान।

शत्रुघ्न पीछे टिके और मुस्कुराए।

'अति-उत्तम...' वो धीमे से बोले। लगभग इस तरह जैसे स्वयं से बात कर रहे हों।

'क्या कोई मुझे बताएगा कि यहां चल क्या रहा है भला?' भरत गुर्राए, वो इस बात से खीझ रहे थे कि एकमात्र वही ऐसे थे जिन्हें संभवतः कुछ पता नहीं था।

शत्रुघ्न ने राम को देखा। 'धनुषकोडी के रेत के मैदान...'

'क्या बात है!' राम ने शत्रुघ्न की ओर अपनी तर्जनी उठाते हुए कहा।

शत्रुघ्न धीमे से हंसे। 'बहुत बढ़िया... बहुत बढ़िया... लंकाई इसकी तनिक भी अपेक्षा नहीं करेंगे... हम उन्हें चौंका देंगे।'

'एकदम सही,' लक्ष्मण ने कहा।

अब तक भरत बात समझ गए प्रतीत हो रहे थे। उन्हें भारत के इस भाग की भौगोलिक स्थित की जानकारी थी। गुरुकुल में बीते वर्षों में वो कभी-कभी अपने गुरु वशिष्ठ द्वारा ली जाने वाली भूगोल की कक्षाओं में ध्यान दे लेते थे।

वैगई नदी के मुहाने के दक्षिण में, एक अंतरीप के रूप में बढ़ा हुआ भारत की मुख्यभूमि का प्रायद्वीपीय भाग समुद्र में जा रहा था। मात्र डेढ़ किलोमीटर का उथला पानी उसे पंबन नामक द्वीप से अलग करता था। स्वयं पंबन द्वीप लंका की उत्तर-पश्चिमी से दक्षिण-उत्तरी दिशा में फैला हुआ था। पंबन द्वीप के दक्षिण-पूर्वी समुद्रतट के पार मन्नार द्वीप था, जिसे लगभग पच्चीस किलोमीटर लंबा समुद्र अलग करता था। यह भी लंका के मुख्य द्वीप को लगभग छूते हुए उत्तर-पश्चिम से दक्षिण-पूर्व तक फैला हुआ था, जिससे यह मात्र कुछ हाथ उथले पानी से विभाजित था।

भरत को वही विचार आया जो राम को तब आया था जब शबरी ने उन्हें यह सुझाव दिया था। 'मैं इन भागों में पहले भी आया हूं। भारतीय मुख्यभूमि से पंबन द्वीप तक कुछ नौका पुल बनाए जा सकते हैं। थोड़ी-बहुत दूरी तो हाथी तैरकर भी पार कर सकते हैं। हां। मन्नार द्वीप से लंका की मामूली सी दूरी तो हम पैदल भी पार कर सकते हैं। आसान है। मगर पंबन और मन्नार द्वीप को विभाजित करने वाले पच्चीस किलोमीटर का क्या होगा? वहां पुल बांधना असंभव है। पानी बहुत गहरा है। और नौका पुल तेज ज्वारों को झेल नहीं पाएंगे। ऐसा कोई रास्ता नहीं है कि हम सेना को पार ले जा सकें।'

'ले जा सकते हैं, अगर हम पुल बना लें तो,' शत्रुघ्न ने कहा।

'पुल वाला पुल?' भरत ने पूछा। 'मतलब, वास्तविक पुल?'

'अवास्तविक पुल कोई क्यों बनाएगा?'

भरत हंसने लगे और उन्होंने शत्रुघ्न की पीठ पर धौल जमा दिया।

'लेकिन नहीं,' लक्ष्मण ने कहा, 'तुम्हें सच में लगता है कि एक वास्तविक पुल बनाना संभव है?'

भरत ने भी प्रभावशाली ढंग से जोड़ा, 'हां... बताओ हमें। क्योंकि यह मानव इतिहास में सबसे लंबा पुल होगा। और इसे सटीक अवधियों पर भयंकर ज्वार-भाटों द्वारा समुद्र के पानी के चढ़ने और घटने के साथ बनाना होगा। हमारे पास भाटे के बाद अगले ज्वार में पानी चढ़ने तक छह घंटे से अधिक समय नहीं होगा, और फिर इसके उलट छह घंटे। और हमें पूरा पुल कुल दो माह में बनाना होगा, क्योंकि, दादा, आप उत्तर-पूर्वी मानसून की समाप्ति के साथ ही आक्रमण करना चाहते हैं।'

शत्रुघ्न ने हामी भरी। 'यह थोड़ा चुनौतीपूर्ण है, मैं मानता हूं।'

राम मुस्कुराए और उन्होंने शत्रुघ्न की पीठ थपथपाई।

भरत आश्वस्त नहीं थे। 'थोड़ा चुनौतीपूर्ण? यह असंभव है! कोई वास्तुशिल्पी इसे नहीं बना सकता!'

'सही है, संसार का कोई वास्तुशिल्पी इसे नहीं बना सकता,' शत्रुघ्न ने अपनी ओर संकेत करते हुए कहा। 'अलावा इसके!'

भरत ने गहरी सांस भरी। 'शत्रुघ्न, तुम जानते हो, मैं तुमसे प्रेम करता हूं। लेकिन यह—'

'दादा,' शत्रुघ्न ने भरत की बात काटते हुए कहा। 'आप मुझे यहां मेरे युद्ध-कौशल के लिए तो लाए नहीं थे, है न?'

सब हंसने लगे। जहां तक युद्ध-कौशल की बात थी, तो शत्रुघ्न ने वो आनुवंशिक गुण अजेय लक्ष्मण के हाथ गंवा दिए थे। लेकिन जहां तक बुद्धि की बात थी...

'तुम्हें विश्वास है कि तुम ये कर लोगे, शत्रुघ्न?' राम ने पूछा।

'हमारे पास क्या कोई विकल्प है, दादा?' शत्रुघ्न ने जवाबी प्रश्न किया। 'प्रश्न भाभी का है। मुझे यह करना ही होगा।'

राम, भरत और लक्ष्मण अपने सबसे छोटे भाई को देखकर मुस्कुराए।

'संसार इसे धनुषकोडी सेतु कहेगा,' लक्ष्मण ने कहा। स्थानीय भाषा में धनुषकोडी का अर्थ धनुष की प्रत्यंचा था। 'धनुष की प्रत्यंचा के पार

एक पुल। इतिहास का महानतम पुल। वास्तुशिल्प का महानतम अचंभा। महानतम स्मारक कि मनुष्य क्या कर सकता है।'

शत्रुघ्न ने अपना सिर हिलाया। 'नही, इसे राम सेतु कहा जाएगा। महानतम स्मारक कि मनुष्य क्या कर सकता है, *प्रेम के लिए*। और प्रभु रुद्र मेरे साक्षी हैं, हम उस पुल को बनाएंगे।'

'हमारे पास और कोई विकल्प नहीं है, गुरुजी,' अरिष्टनेमी ने कहा, उनका सिर विनम्रता से झुका हुआ था। मगर उनका स्वर दृढ़ था।

अरिष्टनेमी मलयपुत्रों की राजधानी अगस्त्यकूटम में विश्वामित्र के साथ थे। उस दिन के शुरू में, हनुमान और अरिष्टनेमी ने पूरी वैदिक रीति से सुरसा का अंतिम संस्कार किया था। फिर हनुमान वैगई के साथ-साथ अयोध्या के राजपरिवार के पास वापस चले गए, जबकि अरिष्टनेमी अगस्त्यकूटम लौट गए थे।

विश्वामित्र ने सिर हिलाकर अरिष्टनेमी को उत्तर दिया, लेकिन कुछ बोले नहीं।

विश्वामित्र जानते थे कि अरिष्टनेमी सही कह रहे थे। सीता द्वारा विष्णु पद अस्वीकार करने से उपजी अपनी हताशा के बावजूद वो युद्ध में रावण को राम को पराजित करने की रत्ती भर भी संभावना प्रदान नहीं कर सकते थे। इससे सीता से अपनी योजना का पालन करवाना असंभव हो जाता। अभी फिलहाल इस खेल में उनके पास बस एक ही मोहरा बचा था: इस संघर्ष में राम का साथ देना। जो कि मलयपुत्रों और वायुपुत्रों के सहयोग से रावण की मृत्यु में समाप्त होगा। जब यह हो जाएगा, तो अपनी योजना को वापस पटरी पर लाने का उनका दृढ़ संकल्प था।

'तो, हमारे लिए क्या आदेश हैं, गुरुजी?'

विश्वामित्र धीरे से मुस्कुराए। 'मलयपुत्रों को उस वशिष्ठ के उम्मीदवार का सहयोग करने पर विवश किया जा रहा है। बस सीता की हठधर्मी के कारण।'

'सच है, गुरुजी। आप हमें क्या करने के लिए कहते हैं?'

विश्वामित्र ने अपना सिर हिलाया और गहरी सांस ली। 'मैं चाहे कितनी भी घृणा करूं... उस धूर्त मनुष्य से... मगर भारतमाता से मैं हमेशा

उससे अधिक प्रेम करूंगा...' फिर लगभग इस तरह से जैसे कि शब्द बलपूर्वक उनसे कहलवाए जा रहे हों, उन्होंने अपने निर्णय की घोषणा की: 'हमारे सैनिकों को ले जाओ। हमारी गज-वाहिनी को ले जाओ। युद्ध में शामिल हो।'

'जैसी आपकी आज्ञा, गुरुजी,' अरिष्टनेमी ने होथ जोड़कर नमन करते हुए कहा।

जब वो जाने के लिए मुड़े, तो विश्वामित्र ने अपना हाथ उठाया। 'और अरिष्टनेमी... मुझे...' विश्वामित्र कुछ झिझकते से लगे। 'मेरी संवेदनाएं तुम्हारे साथ हैं।'

अरिष्टनेमी एक शब्द भी नहीं बोल पाए। वो समझ गए थे। उनके गुरु उसके बारे में बात कर रहे थे। वो स्त्री जिससे वो प्रेम करते थे। वो स्त्री जिससे उन्होंने सदैव प्रेम किया था। जिसने उस पुरुष की बांहों में प्राण त्यागे थे जिससे वो प्रेम करती थी। उसे बचाते हुए। उसकी रक्षा करते हुए... उनकी पीड़ा अप्राप्त प्रेम से कहीं अधिक गहरी थी। क्योंकि अप्राप्त प्रेम में हमेशा यह आशा होती है कि पुरुष किसी दिन उस स्त्री का स्नेह पाने योग्य हो सकता है। आशा हृदय को जीवित रखती है। मगर अरिष्टनेमी का हृदय तो अपनी प्रिया के साथ ही मर गया था।

वो अपने स्थान पर जड़ खड़े रह गए। बिना रोए।

'तुम प्रतिशोध लेना चाहोगे। केतीश्वरम की वाहिनी के मुखविहीन योद्धाओं से,' विश्वामित्र ने कहा। 'यह उचित भी है।'

मलयपुत्रों के सेनापति ने उन्हें देखा।

'तुम्हें मेरी अनुमति है, अरिष्टनेमी,' मलयपुत्रों के प्रमुख ने कहा। 'जब तुम हमारे मलयपुत्र सैनिकों के साथ वहां पहुंचो, तो उन पर अपना प्रतिशोध ढा देना। न्याय करना।'

अरिष्टनेमी ने कृतज्ञता से अपने गुरु को नमन किया। वो कुछ बोले नहीं, उन्हें डर था कि कहीं उनके आंसू न बह निकलें। अपने प्रमुख को प्रणाम करके वो कक्ष से बाहर आ गए।

अचानक, विश्वामित्र के मन में एक विचार कौंधा। उनकी सांस रुक गई।

एक मार्ग है। राम। नियमों पर चलने का उनका जुनून। एक और दैवी अस्त्र। और दंड होगा...

विश्वामित्र ने अपने होंठों पर हल्की मुस्कान आने दी। शायद वो अभी भी सीता को विष्णु बना सकते थे।

एक मार्ग तो है।

अध्याय 14

'अगली लहर...' भरत ने कहा।

चारों भाई अपने गुरु वशिष्ठ के साथ पंबन द्वीप के दक्षिण-पूर्वी छोर पर धनुषकोडी के समुद्रतट पर अपनी नौका के पास खड़े थे। वो, या विशिष्ट रूप से शत्रुघ्न, समुद्र पर पुल की रूपरेखा बनाना शुरू करने के लिए उस क्षेत्र का सर्वेक्षण करना चाहते थे। कुछ ऐसा जिसका मानवता के इतिहास में पहले कभी प्रयास नहीं किया गया था। वो साधारण वस्त्रों में थे, क्षेत्र के मछुआरों की भांति, और उनके साथ कोई सैनिक या अंगरक्षक नहीं थे। क्योंकि इससे वो दर्रे के दूसरी ओर लंका में केतीश्वरम के गुप्तचरों का ध्यान आकर्षित कर लेते। उनकी योजना की कोई सूचना सिगिरिया नहीं पहुंचनी चाहिए।

भाइयों ने तट पर लगी नाव की पट्टी पकड़ रखी थी। वशिष्ठ बेंच के तख्ते पर बैठे हुए थे। उन्हें नाव समुद्र में धकेलने के लिए अपने गुरु की मदद नहीं चाहिए थी।

'यह अच्छी है, दादा,' पिछले छोर पर खड़े लक्ष्मण ने कहा जहां अधिकतम बल की आवश्यकता थी। चारों भाइयों में वो सबसे शक्तिशाली थे।

लहर ऊंची उठी और फिर अयोध्या के राजकुमारों को अपने आलिंगन से नहलाते हुए भयंकर घुमाव में टूट गई।

'अब!' राम ने आदेश दिया।

पीछे हटती लहर की सहायता लेते हुए भाई पूरी शक्ति से धकेलने लगे। राजकुमारों के बल की सहायता से नाव गीली रेत से उठ गई और धीरे से पानी में सरक गई।

'धकेलिए!' अपने सीमित शारीरिक बल को लगाते हुए शत्रुघ्न चिल्लाए।

एक और लहर उठी और नाव में बिखर गई। भाई नाव को दौड़ाते रहे। समुद्र में। नाव को धकेलने के लिए आगे को भागते हुए उनके पांव रेत में धंसे जा रहे थे।

'शत्रुघ्न, नाव में कूदो!' लहरों के गर्जन में भरत चिल्लाए।

शत्रुघ्न उनमें सबसे नाटे थे। जल्दी ही भागने के लिए उनके पांवों तले भूमि नहीं रहेगी। कोई भी तैरने और नाव को धकेलने का काम एक साथ नहीं कर सकता। शत्रुघ्न ने आदेश का पालन किया। नाव पर, वो तुरंत ही बीच के तख्ते की ओर गए, एक पतवार उठाई और लहरों के विरुद्ध पूरी शक्ति से खेने लगे। दूसरे सिरे पर वशिष्ठ भी उतनी शक्ति से पतवार चला रहे थे जितना उनका वृद्ध शरीर अनुमति दे रहा था।

'एक और लहर!' राम चिल्लाए।

तीनों भाई धक्का देते रहे। नाव के अंदर शत्रुघ्न और वशिष्ठ पतवार चलाते रहे। वो इस लहर के पास से भी निकल गए।

वो निकल आए थे।

'नाव पर आ जाओ!' वशिष्ठ ने आदेश दिया।

जब नाव पंबन द्वीप से दूर दक्षिण में मन्नार द्वीप की ओर गहरे समुद्र में आगे बढ़ी तो राम, भरत और लक्ष्मण कूदकर नाव पर आ गए।

सिंह के अयाल जैसे लंबे बालों से पानी को झटकते हुए लक्ष्मण हंसने लगे। 'क्या रोमांच है! मुझे समुद्र पसंद है!'

राम और भरत भी हंसने लगे। उन्होंने शत्रुघ्न और वशिष्ठ से पतवारें ले लीं, और खेने लगे।

जब नाव स्थिर लय में बहने लगी, तो राम और भरत अपने सबसे छोटे भाई की ओर मुड़े। शत्रुघ्न पहले ही आगे के तख्ते की ओर जा चुके थे, उनकी दृष्टि दूर मन्नार की ओर देखते हुए नाव के अगले सिरे के पार टिकी हुई थी। इसका समय नहीं था कि रुककर समुद्र की शक्ति और

सौंदर्य को निहारा जाए। वो अपना विश्लेषण और सर्वेक्षण शुरू कर चुके थे।

'तुम्हें कितना समय चाहिए होगा, शत्रुघ्न?' भरत ने पूछा।

शत्रुघ्न ने उत्तर नहीं दिया। वो नीचे पानी में, छह-सात फ़ुट नीचे बलुआ तलहटी में देख रहे थे।

'इसमें संभवतः पूरा दिन लग जाएगा, भरत,' शत्रुघ्न की ओर से वशिष्ठ ने उत्तर देते हुए कहा।

लक्ष्मण ने गहरी सांस ली और पीछे के तख्ते से टिक गए। *पूरा दिन?!*

रोमांच भुला दिया गया था। उसके स्थान पर ऊब पैर पसार चुकी थी। लक्ष्मण ने भरत को देखा, उनके कंधे शिथिल थे और चेहरा भावहीन। भरत अपने भाई को देखकर मुस्कुराए और हाथ से संकेत किया। *धीरज रखो।*

'क्या कहते हो, शत्रुघ्न?' राम ने पूछा।

शत्रुघ्न अपने बड़े भाई की ओर मुड़े, उनकी आंखों में विश्वास भरा भाव था। 'यह किया जा सकता है, दादा। इसमें सात से दस दिन लगेंगे।'

चारों भाई और उनके गुरु ने पूरा दिन समुद्र पर, पंबन और मन्नार द्वीपों के बीच, विस्तार से क्षेत्र का सर्वेक्षण करते हुए बिताया था। मछुआरों के भेष में उन्होंने बहुत अधिक ध्यान नहीं खींचा था। इससे भी सहायता मिली कि यहां आसपास का अधिकांश क्षेत्र बहुत कम आबाद था। बीच-बीच में शत्रुघ्न अपने भाइयों को खेने से रोकते और पानी के अंदर की कुछ विशिष्टताओं को जांचने के लिए समुद्र में कूद जाते थे। उन्होंने मूंगों को छुआ और सामग्री की प्रकृति को समझने के लिए रेतीली सतह में हाथों को धंसाया। रेत के कण बजरी से महीन, लेकिन गाद से मोटे थे। उत्तम। उन्होंने मन्नार द्वीप के उत्तरी भाग को बारीकी से जांच लिया था और तय कर लिया था कि पुल कहां समाप्त होगा। सूर्य लगभग अस्त हो चुका था और अब वो पंबन समुद्र तट पर वापस आ गए थे। बूंदाबांदी शुरू हो गई थी; वर्षा और वज्र के देवता इंद्र ने कृपापूर्वक पूरे दिन वर्षा को रोके रखा था।

वशिष्ठ पूरे दिन शत्रुघ्न से भौगोलिक और समुद्र-विज्ञान की बारीकियों पर बात करते रहे थे। लेकिन वो भी, जिन्होंने शत्रुघ्न को उस सबकी शिक्षा दी थी जो वो जानते थे, अपने पुराने शिष्य के आत्मविश्वास पर चकित थे। 'सात से दस दिन, शत्रुघ्न? बस?! हम समुद्र पर पुल बांधने की बात कर रहे हैं। मानव इतिहास में बनने वाले सबसे लंबे पुल की।'

शत्रुघ्न का चेहरा शांत था, संकेंद्रित और आश्वस्त। 'किया जा सकता है, गुरुजी।'

'कैसे?' भरत ने अविश्वास से पूछा।

'हमें पहले कुछेक बातें सुनिश्चित करनी होंगी।'

'तुम जो कहो, शत्रुघ्न,' राम ने कहा।

शत्रुघ्न भरत की ओर मुड़े। 'दादा, मैंने वो सारी रणनीति समझ ली है जो आपके मन में है। आप महावेली गंगा नदी में आगे छद्म नौसैनिक आक्रमण का नेतृत्व करेंगे। आक्रमण घातक होगा। इसके लिए अनेक सैनिकों की आवश्यकता होगी। हमारे पास केवल एक लाख तीस सहस्त्र सैनिक हैं। एक लाख अयोध्याई और तीस सहस्त्र राजकुमार अंगद के वानर। लेकिन—'

राम ने शत्रुघ्न की बात काटी। 'हमारे साथ और सैनिक आएंगे, शत्रुघ्न। आश्वस्त रहो। हम अगले तीन महीने, उत्तर-पूर्वी मानसून के समाप्त होने तक कोई आक्रमण नहीं करेंगे। अंगद और उनकी तीस सहस्त्र बलशाली वानर सेना निस्संदेह शीघ्र ही यहां आ जाएगी... लेकिन उत्तर-पूर्व मानसून के समाप्त होने तक, कैकेय के अनुनाकी भी पवित्र सिंधु नदी के देशों से अपने सहयोगियों को लेकर यहां आ पहुंचेंगे। उनके साथ भी कम से कम पचास से साठ सहस्त्र सैनिक होंगे।'

शत्रुघ्न ने लक्ष्मण और भरत को देखा।

भरत बोले। 'वो नहीं आ रहे हैं, दादा। युद्धजीत मामा से मेरी निकटता है, नानाजी से इतनी नहीं है।' वो कैकेय के राजा अश्वपति की बात कर रहे थे। जो उनके नाना भी थे। 'मुझे पता है कि युद्धजीत मामा हमारी सहायता करने का पूरा प्रयास कर रहे हैं, मगर नानाजी ने इस युद्ध से बाहर रहने का निर्णय लिया है।'

राम शांत रहे। लेकिन उनका शरीर क्रोध से तनावग्रस्त हो गया था। एक सज्जन व्यक्ति अपने निकटतम संबंधियों और मित्रों से सज्जनता की अपेक्षा करता है। उन सबसे। ऐसा व्यक्ति बार-बार निराश होता है।

'लेकिन कुछ सुसमाचार भी है,' वशिष्ठ बोल उठे। 'सबसे अधिक अनपेक्षित स्थान से।'

भाई अपने गुरु की ओर मुड़े।

'मलयपुत्र हमारा साथ देने आ रहे हैं।'

'क्या?' राम स्तंभित थे।

'मुझे अभी-अभी अरिष्टनेमी का संदेश मिला है,' वशिष्ठ ने कहा। 'पंद्रह सहस्त्र मलयपुत्र युद्ध में हमारा साथ देंगे, साथ ही, सबसे महत्वपूर्ण रूप से, उनकी गज-वाहिनी भी। इसके साथ ही पंद्रह सहस्त्र वायुपुत्रों को भी जोड़ लें जिन्हें शीघ्र ही यहां पहुंच जाना चाहिए, और हमारी सेना कम से कम एक लाख साठ सहस्त्र सैनिकों से सुदृढ़ हो जाएगी—अयोध्या की सेना और वानर सेना, साथ में मलयपुत्र और वायुपुत्र सैनिक। मुझे आशा थी कि वायुपुत्र हमें दैवी अस्त्रों से लंका को धमकाने की अनुमति दे देंगे, ताकि युद्ध शीघ्र समाप्त हो सके। मगर उन्होंने इंकार कर दिया है। उनके सैनिक आ रहे हैं, मगर दैवी अस्त्रों की अनुमति नहीं मिलेगी।'

राम को दैवी अस्त्रों की परवाह नहीं थी। वो वैसे भी उनका प्रयोग नहीं कर सकते थे, क्योंकि दैवी अस्त्रों के दूसरी बार अनधिकृत प्रयोग का दंड मृत्यु था। लेकिन उनकी पारदर्शी आंखों में एक प्रश्न झलक रहा था। अपने गुरु के लिए। *मलयपुत्र हमारा साथ देने आ रहे हैं? क्यों?*

'यह आपके लिए नहीं है,' वशिष्ठ ने स्पष्ट किया। 'और सच कहूं तो यह सीता के लिए भी नहीं है। मैं अपने... अपने मित्र... विश्वामित्र को जानता हूं। मैं उनकी कमियों को जानता हूं। लेकिन मैं उनके सुदृढ़ पक्षों को भी जानता हूं। उनका क्रोध अनियंत्रित है और उनमें बला का अहंकार है। लेकिन मैं यह भी जानता हूं— वो मुझसे कितनी भी घृणा कर लें, लेकिन उससे अधिक भारतमाता से प्रेम करते हैं।'

राम ने भरत को देखा, हल्के से मुस्कुराए और अपना सिर हिला दिया। सज्जन बार-बार चकित होते हैं। कभी उनमें सज्जनता के अभाव पर जिनसे उन्हें इसकी अपेक्षा होती है। तो कभी, उनके द्वारा सज्जनता दिखाए जाने पर जिनसे उन्हें इसकी अपेक्षा नहीं होती।

'कुल मिलाकर, वो, आपके ये मित्र, भले व्यक्ति हैं, गुरुजी,' भरत ने कहा।

वशिष्ठ ने लंबी सांस छोड़ी, उनके चेहरे पर उदासीन भाव थे। पृथक से। बस उनकी आंखों में नमी का एक कण झलक आया था। वो बाहर नहीं निकला।

राम ने आकाश को देखा और कृतज्ञतापूर्वक हाथ जोड़े। 'इस कृपा के लिए भगवान इंद्र की जय हो।'

'भगवान इंद्र की जय हो,' सबने दोहराया।

भरत शत्रुघ्न की ओर मुड़े। 'तो, शायद मैं अनुमान लगा सकता हूं कि तुम क्या चाह रहे हो, शत्रुघ्न। तुम अधिकांश सैनिकों को यहां रखना चाहते हो।'

'हां,' शत्रुघ्न ने उत्तर दिया।

'कितने?'

'लगभग एक लाख बीस सहस्त्र।'

'एक लाख बीस सहस्त्र?!'

'हां, दादा। पुल बनाने के लिए मुझे इतने ही लोग चाहिए होंगे। यह आसान काम नहीं होगा।'

'तुम चाहते हो कि मैं महावेली गंगा नदी के लंका के प्रमुख रक्षात्मक व्यूहों पर नौसैनिक और स्थलीय संयुक्त आक्रमण मात्र पैंतीस सहस्त्र सैनिकों के साथ करूं?'

'आपको वो युद्ध जीतने की आवश्यकता नहीं है, दादा,' शत्रुघ्न ने बहुत बारीक सी मुस्कुराहट के साथ कहा। 'बस उन्हें तब तक व्यस्त रखना होगा जब तक हम यहां से पार नहीं पहुंचते। हमारा मुख्य आक्रमण यहां से होगा।'

भरत धीमे से हंस दिए।

'और अगर मैं आपके साथ महावेली गंगा चलूं, भरत दादा,' लक्ष्मण ने कहा, 'तो हम शायद युद्ध जीत ही लें। बस पैंतीस सहस्त्र सैनिकों के साथ ही।'

'वो तो हम जीतेंगे, भाई!' भरत ने कहा। 'हम जीतेंगे।'

लक्ष्मण ने सम्मति के लिए राम को देखा। राम ने सिर हिलाकर अपनी सहमति दे दी। लक्ष्मण भरत के साथ जाएंगे।

'और कुछ?' भरत ने शत्रुघ्न से पूछा।

'हां,' शत्रुघ्न ने कहा। 'हम पुल के लिए सामग्री तो गुप्त रूप से जुटा सकते हैं। लेकिन जब हम उसे पंबन द्वीप पर लेकर जाएंगे और निर्माण की तैयारी आरंभ करेंगे, तो इसे गुपचुप तौर पर करने का कोई तरीका नहीं होगा।'

'सही है।'

'और इसलिए, केतीश्वरम पर लंका की वाहिनी को...'

शत्रुघ्न ने अपना वाक्य पूरा नहीं किया। लेकिन यह स्पष्ट था कि वो क्या कह रहे हैं। केतीश्वरम मंदिर में और उसके आसपास तैनात लंकाई सैनिकों को चुप करना होगा। या तो बंदी बनाकर या मारकर। उनमें से कोई एक भी बच नहीं सकता था कि सिगिरिया जाकर लंकाइयों को चेतावनी दे दे कि द्वीप के इस भाग में क्या चल रहा है।

भरत ने राम को देखा और हामी भरी।

'यह हो जाएगा,' राम ने कहा।

'अच्छा, अब बहुत हो गया!' भरत ने कहा। 'हमें यह बताओ कि तुम पुल बनाओगे कैसे?'

'ठीक है, ठीक है।' शत्रुघ्न हंसे। 'लेकिन पहले आपको पूर्वी समुद्र के बारे में कुछ समझना होगा। कुछ ऐसा जो इसे न केवल पश्चिमी समुद्र से, बल्कि संसार के दूसरे सभी समुद्रों से भिन्न बनाता है।'

'क्या?' लक्ष्मण ने पूछा।

'आपको समुद्री जल और नदी के जल के बीच में अंतर पता है?' आंखों में चमक लिए शत्रुघ्न ने पूछा। उन्हें स्पष्ट रूप से इसमें आनंद आ रहा था। यह उनका क्षेत्र था। उनका साम्राज्य। ज्ञान।

वशिष्ठ आराम से बैठ गए और मुस्कुराने लगे। उन्हें लग रहा था कि वो समझ गए हैं कि शत्रुघ्न क्या कहना चाह रहे हैं। अतिप्रतिभाशाली।

'समुद्री जल खारा होता है, जबकि नदी का पानी निर्मल और मीठा होता है,' राम ने उत्तर दिया।

'यह संसार के हर समुद्र के बारे में सच है,' शत्रुघ्न ने कहा। 'लेकिन पूर्वी समुद्र के बारे में बस आंशिक रूप से सच है। अधिकांश पूर्वी समुद्र में समुद्री जल के ऊपर मीठे पानी की पतली परत है। वर्ष के विभिन्न कालों में इस मीठे पानी की गहराई भिन्न हो सकती है, कुछ अंगुल से लेकर और अधिक तक। पूर्वी समुद्र के पूरे क्षेत्र में यह एक समान भी नहीं है।'

'अरे नहीं!'

'अरे हां!'

'कैसे? क्यों?' लक्ष्मण ने पूछा, जिन्होंने गुरुकुल में शिक्षा पर बहुत कम ध्यान दिया था। उन्होंने अपने गुरु वशिष्ठ की ओर क्षमा मांगती दृष्टि डाली और फिर वापस अपने जुड़वां भाई को देखा।

'मां भारती पर नदियों की विशेष अनुकंपा है। अन्य किसी भी देश से अधिक। मिस्र को नील नदी प्रणाली का उपहार कहा जाता है। मेसोपोटामिया दजला-फ़रात नदी प्रणालियों के कारण ही अस्तित्व में है। वो भाग्यशाली देश हैं क्योंकि उनके पास एक बड़ी नदी प्रणाली है। यही सभ्यता को संभव बनाता है। कुछ अत्यंत भाग्यशाली देशों में दो, या शायद तीन बड़ी नदी प्रणालियां भी हो सकती हैं। मगर हमारी भारत माता के पास सात हैं!' शत्रुघ्न ने अपनी उंगलियों के पोरों पर गिनते हुए महान नदी प्रणालियों के नाम बताना शुरू किया। 'सिंधु नदी प्रणाली, सरस्वती नदी प्रणाली, गंगा-ब्रह्मपुत्र नदी प्रणाली, नर्मदा नदी प्रणाली, महानदी नदी प्रणाली, गोदावरी-कृष्णा नदी प्रणाली, कावेरी नदी प्रणाली। और फिर ताप्ती और पेन्ना जैसे अनेक छोटी नदियां हैं, जिन्हें हम सात में गिनते भी नहीं हैं, लेकिन उनमें से प्रत्येक में फ़रात नदी ज़ितना पानी है! यहां तक कि महानदी में, जो सात प्रमुख नदी प्रणालियों में सबसे छोटी है, प्राय: नील नदी जितना पानी होता है!'

'वाह!' लक्ष्मण ने कहा।

'कोई आश्चर्य नहीं कि हमारे पूर्वज कहते थे कि भारत ऐसा देश है जिस पर देवताओं की अनुकंपा है।'

'जय मां भारती,' वशिष्ठ ने कहा।

भाइयों ने उनके शब्दों को दोहराया। 'जय मां भारती।'

'तो, भारत में हमारे पास ये सशक्त नदी प्रणालियां हैं। और उनमें से अधिकांश विशाल मात्रा में अपना मीठा जल पूर्वी समुद्र में छोड़ती हैं। यहां तक कि पूर्व के विदेशी प्रांतों—ब्रह्मदेश (म्यांमार) और श्यामदेश (थाईलैंड)—की विशाल इरावदी और सालवीन नदियां भी पूर्वी समुद्र में ही आकर मिलती हैं। और बस यही नहीं, दक्षिण-पश्चिमी वर्षाऋतु भी पूर्वी समुद्र में भारी मात्रा में वर्षा-जल छोड़ती है। लेकिन पूर्वी समुद्र में अब तक मीठे जल का सबसे बड़ा मेल गंगा-ब्रह्मपुत्र नदी प्रणाली से होता है। यह सब पूर्वी समुद्र पर मीठे पानी की एक परत बना देता है। और यह परत गंगा-ब्रह्मपुत्र नदी प्रणाली के मुहाने के निकट उत्तरी भागों में सबसे गहरी होती है।'

भरत ने समझते हुए सिर हिलाया।

'और अभी भाद्र माह चल रहा है।'

'तो?'

'तो, यह वो समय है जब गंगा-ब्रह्मपुत्र नदी प्रणाली के निकट पूर्वी सागर के उत्तरी भागों से पूर्वी भारतीय समुद्रतटीय प्रवाह दक्षिण भारतीय तट पर और अधिक मीठा पानी लाते हुए दक्षिण की ओर बहना आरंभ करता है।'

'प्रभु इंद्र के नाम पर इससे हमारी सहायता कैसे होती है?' राम ने पूछा।

'यह लकड़ियों से हमारी सहायता करता है।'

'क्या?'

शत्रुघ्न ने समझाया। 'इस पुल को बनाने के लिए हमें ऐसी लकड़ी चाहिए जो पानी में डूब जाती है और ऐसे पत्थर चाहिए होंगे जो पानी पर तैरते हैं। बहुत मात्रा में ऐसी लकड़ी और पत्थर।'

अब तो शत्रुघ्न ने सब लोगों को और अधिक चकरा दिया था। वशिष्ठ समेत।

'मैं समझाता हूं,' शत्रुघ्न ने कहा।

'बड़ी कृपा होगी!' भरत ने प्रसन्नतापूर्वक मुस्कुराते हुए कहा।

'हम यहां तटबंध और उसके ऊपर मार्ग वाला कोई परंपरागत पुल नहीं बना सकते। हमारे पास समुद्र में स्तंभ उठाने का समय नहीं है।'

'सही है।'

'तो,' शत्रुघ्न ने कहा, 'हम धनुषकोडी जलडमरूमध्य पर एक सेतु का निर्माण करेंगे। प्रभावी रूप से, जल के प्रवाह को अवरुद्ध करके...'

वशिष्ठ तुरंत बोल उठे। 'लेकिन वो तो...'

शत्रुघ्न ने अपने गुरु की बात काटी। 'नहीं, गुरुजी। यह पुल को क्षीण नहीं करेगा। पारंपरिक पुलों में हमें तटबंध चाहिए होते हैं क्योंकि वो पानी को अपने नीचे से बहने देते हैं। यहां यह समस्या नहीं है। यह समुद्र है। यहां पानी निरंतर प्रवाहमान नहीं होता।'

'लेकिन ज्वार तो आते हैं,' वशिष्ठ ने कहा। 'पानी चढ़ता-उतरता है, लगभग हर छह घंटे में दिशा बदलते हुए। ज्वार की लहरें भले ही नदी के प्रवाहमान जल की तरह शक्तिशाली नहीं होतीं, लेकिन—'

'गुरुजी, यहां पर समुद्र को देखें,' शत्रुघ्न ने फिर से अपने गुरु की बात काटते हुए कहा। 'हम चाहें तो इसे पाक खाड़ी और मन्नार की खाड़ी कह सकते हैं। लेकिन यह अनिवार्यतः पाक खाड़ी में पूर्वी सागर का और मन्नार की खाड़ी में हिंद महासागर का जल है। दोनों जल यहां—धनुषकोडी में—एक दूसरे से टकराते हैं और एक दूसरे की ऊर्जा को नष्ट कर देते हैं। इसलिए यहां समुद्र अपेक्षाकृत शांत है। इस पूरे क्षेत्र में यदि कोई स्थान समुद्र पर पुल बनाने के लिए उपयुक्त है तो वो यही है।'

'लेकिन समुद्र अपेक्षाकृत कितना भी शांत क्यों न हो, वो फिर भी समुद्र है। इसमें ज्वार आते हैं और लहरें उठती हैं जो इतनी शक्तिशाली होती हैं कि किसी भी पुल को क्षीण कर सकती हैं।'

'मेरे पुल को नहीं।'

'तुम्हारे पुल को क्यों नहीं?'

'कारण इसका शिल्प है, गुरुजी। और सामग्री।'

'वो लकड़ी जो डूब जाती है और पत्थर जो तैरते हैं?' भरत ने धीमे से कहा।

शत्रुघ्न ने मुस्कुराते हुए हामी भरी। 'हां, दादा! मैं जानता हूं आप क्या सोच रहे हैं। लेकिन यह कोई कपोल-कल्पना नहीं है।'

'मुझे तुम पर विश्वास है, भाई। मगर, यह चमत्कारिक लकड़ी क्या है जो डूब जाती है?'

'आबनूस की लकड़ी,' शत्रुघ्न ने कहा। 'प्राचीन संस्कृत में इसे कुपिलु कहते हैं।'

वशिष्ठ अपने सिर को पकड़कर पीछे को झूल गए, इस नई खोज की घोर साहसिकता पर उनका मुंह विस्मय से खुला रह गया था। अब वो इसे समझ गए थे। आबनूस की लकड़ी। मीठा पानी। ज्वारीय प्रवाह। रेतीली सतह। मौसम। ये सब अंततः अर्थपूर्ण हो गया था। *अब तक के महानतम वैज्ञानिक के बाद से, जो कई सहस्त्राब्दियों पहले अस्तित्व में थे,* उन्होंने ऐसी विद्वता न देखी थी, न पढ़ी-सुनी थी। 'प्रभु ब्रह्मा की सौगंध, तुम अतिप्रतिभाशाली हो, शत्रुघ्न! लेकिन अभी भी तैरने वाले पत्थरों की बात मुझे समझ नहीं आई।'

'गुरुजी,' लक्ष्मण ने क्षमायाचना में हाथ जोड़ते हुए कहा। 'मैं अभी भी डूबने वाली लकड़ी को समझने के प्रयास पर फंसा हुआ हूं। और मेरे दादा लोग भी। तो कृपा करके आप अपनी बारी की प्रतीक्षा करेंगे?'

वशिष्ठ हंसे और उन्होंने शत्रुघ्न को अपनी बात जारी रखने का संकेत किया। 'बताओ, बुद्धिमान नलतार्दक,' उन्होंने शत्रुघ्न को उनके गुरुकुल के नाम से पुकारते हुए कहा।

शत्रुघ्न ने अपनी बात आगे बढ़ाई, 'तो, आबनूस संसार की सबसे कठोर लकड़ियों में से है। यह दक्षिण भारत और लंका के इस क्षेत्र की पैदावार है। इसकी सबसे विचित्र बात यह है कि जब यह गीली होती है तो और भी कठोर हो जाती है।'

'लेकिन मैं समझता था,' राम ने कहा, 'कि गीली होने पर लकड़ी फूलकर क्षीण हो जाती है। क्या यह सच नहीं है?'

'यह सही है, दादा,' शत्रुघ्न ने मुस्कुराते हुए कहा, 'लेकिन एक सीमा तक। हल्की नमी से लकड़ी के तंतु फैल जाते हैं, और जब नमी दूर होती है तो वो सिकुड़ जाते हैं। और इसके कारण लकड़ी क्षीण हो जाती है। लेकिन जब नमी की मात्रा एक निश्चित सीमा से ऊपर जाती है—मेरे विचार से आबनूस के लिए यह तीस से चालीस प्रतिशत के लगभग होनी चाहिए—तो लकड़ी के तंतु वास्तव में अधिक सुदृढ़ हो जाते हैं। लकड़ी अधिक कठोर हो जाती है।'

'तो मैं इसे बताता हूं,' भरत ने कहा। 'अगर हम लकड़ी को थोड़ी सी नमी में रखें तो वो फूल जाती है, लेकिन जब आप इसे अत्यधिक नमी में रखते हैं, तो यह कठोर हो जाती है।'

'और हम इसे केवल "नमी में रखने" वाले नहीं हैं। हम तो इसे डुबो देंगे!'

'वाह...' लक्ष्मण ने कहा। 'यह तो असाधारण बात है, भाई।'

'लेकिन मीठा पानी किसलिए?' राम ने पूछा। 'तुमने हमें पूर्वी समुद्र में मीठे पानी की परत की इतनी लंबी गाथा क्यों सुनाई थी?'

'यही तो इस आदमी की असल प्रतिभा है!' वशिष्ठ ने पिता-समान गर्व से शत्रुघ्न को देखते हुए कहा। 'चलो, बताओ इसे।'

'आपके विचार में अगर आप खारे पानी में कुछ डालें, तो मीठे पानी की तुलना में उसके साथ क्या होता है?' शत्रुघ्न ने पूछा।

'वो धीरे-धीरे नष्ट हो जाएगा,' भरत ने उत्तर दिया।

'बिल्कुल सही। लकड़ी के लट्ठे पुल की नींव बनेंगे। अगर वो नष्ट हो गए, तो पुल बहुत समय टिका नहीं रहेगा। लेकिन चूंकि समुद्र तल इस क्षेत्र में छह-सात फ़ुट से गहरा नहीं है, इसलिए यहां अधिकांश पानी मीठा है। लट्ठे नष्ट नहीं होंगे और पुल लंबे समय तक सुदृढ़ बना रहेगा।'

'लेकिन,' लक्ष्मण ने शत्रुघ्न से कहा, 'हमें यह पुल लंबे समय के लिए नहीं चाहिए। सेना को पार ले जाने में हमें बस दो या तीन दिन लगेंगे। अगर यह इतने दिन चल जाए तो हमारा काम बन जाएगा।'

'और हमारी वापसी का क्या?' शत्रुघ्न ने पूछा। 'हम हाथियों को कैसे वापस लाएंगे? हमें उन्हें किष्किंधा और मलयपुत्रों को लौटाना होगा। और हम यह भी नहीं जानते कि यह अभियान कितना लंबा चलेगा। इसमें एक माह लग सकता है। एक वर्ष भी लग सकता है। एक अभियंता को बुरी से बुरी स्थिति के लिए भी तैयारी रखनी चाहिए।'

'तो, तुम क्या कह रहे हो?' लक्ष्मण ने पूछा। 'कि यह पुल एक वर्ष टिका रहेगा?'

शत्रुघ्न आगे को झुके। 'यह मेरा पुल है, लक्ष्मण। यह कम से कम एक सहस्त्र वर्ष चलेगा। अगर और अधिक नहीं तो।'

'इतने लंबे समय तक तो कोई पुल नहीं टिका रह सकता, शत्रुघ्न!' भरत ने कहा। 'तुम जानते हो कि मैं तुमसे प्रेम करता हूं और तुम्हारी बुद्धिमता का सम्मान करता हूं, लेकिन यह कुछ अधिक हो रहा है।'

'ऐसा नहीं है,' वशिष्ठ ने कहा। 'यह इनकी विद्वता है। जिस तरह ये इसकी योजना बना रहे हैं, या कम से कम जिस तरह मैं समझ रहा हूं कि ये इसकी योजना बना रहे हैं, उससे यह लगभग एक प्राकृतिक विशिष्टता बन जाएगा। यह बहुत, बहुत लंबे समय तक अस्तित्व में रहेगा।'

'लेकिन नींव में लकड़ी क्यों प्रयोग करें?' लक्ष्मण ने पूछा। 'बड़े-बड़े पत्थर और चट्टानें क्यों नहीं? क्या वो अधिक कठोर और बेहतर नहीं रहेंगी?'

'अनेक कारणों से,' शत्रुघ्न ने उत्तर दिया। 'सबसे पहला, हमारी सेना का प्रत्येक सैनिक आपकी भांति विशालकाय नहीं है, लक्ष्मण। औसत डीलडौल के आदमियों के लिए बड़े-बड़े पत्थरों को खोदना, लाना और समुद्र में जमाना बहुत कठिन होगा। लेकिन आबनूस की लकड़ी के लट्ठे आसानी से लाए जा सकते हैं। वो हल्के होते हैं। और एक बार समुद्र में रखे जाने के बाद जब पानी उन पर अपना जादू चलाएगा, तो वो धीरे-धीरे कठोर और भारी हो जाएंगे। इससे वे धीरे-धीरे डूबेंगे, और नीचे की गीली रेत अपने स्थान से नहीं हटेगी। कम से कम बहुत अधिक तो नहीं। एक भारी शिलाखंड अपने नुकीले किनारों से रेत को बहुत अधिक हटा सकता है। यह विनाशकारी होगा। हमें ऐसी नींव चाहिए होगी जो अपने चारों ओर रेत के कणों के साथ गीली रेत में आराम से बैठ जाए। वो लट्ठों को अपने स्थान पर स्थिर रखेंगे, ठीक उसी तरह जिस तरह हमारे मसूड़े हमारे दांतों को पकड़कर रखते हैं। हम लट्ठों के बीच में और रेत भी डालेंगे, रिक्त स्थानों को भर देंगे, और इस प्रकार नींव को मजबूती प्रदान करेंगे। और याद रखें, हम जो रेत डालेंगे, वह यहां के समुद्री पानी से भीग जाएगी, और इस तरह और अधिक कठोर और चेपदार हो जाएगी।'

'और यही इनकी अभिकल्पना को सर्वोत्तम बनाता है,' वशिष्ठ ने कहा। 'इस क्षेत्र में बहुत रेत है। इतनी कि ज्वार और भाटा दोनों इसे रेतीले तल से हटा ले जाते हैं। चूंकि लट्ठों की अपनी नींव के साथ यह पुल इस क्षेत्र की सबसे सुदृढ़ संरचना होगी, तो ज्वारीय गतिविधियों से गीली रेत

स्वाभाविक रूप से इसके आसपास जमा होती रहेगी। यह नींवों को सुदृढ़ से सुदृढ़ करता जाएगा।'

'उत्कृष्ट!' राम ने कहा। 'तुम पुल को सुदृढ़ करने के लिए प्रकृति के बलों का प्रयोग करने का सोच रहे हो।'

'धन्यवाद, दादा। लेकिन अभी और भी कुछ है। लकड़ी की नींव के उपर हम छोटे-छोटे पत्थरों को रखेंगे, जो अतिरिक्त आधार का काम करेंगे और लट्ठों के अपने स्थान पर बने रहने में सहायक होंगे।'

'मेरा एक प्रश्न है,' वशिष्ठ ने कहा।

'मैं तैरने वाले पत्थरों पर ही आ रहा हूं, गुरुजी।'

'नहीं, नहीं। वो तो तुम बाद में समझा देना। ज्वार-भाटे के मामले में मेरा एक और प्रश्न है। मुझे इसमें कोई संदेह नहीं है कि तुम इस विषय में सोच चुके होगे, लेकिन अगर यह पुल पंबन से मन्नार तक एक सीधी रेखा में बनाया जाता है, तो ज्वारीय लहरें केंद्र को हानि पहुंचा देंगी। पुल एक वर्ष फिर भी बना रहेगा, मेरा मानना है। लेकिन यह जोखिम रहेगा कि, समय के साथ, यह बीच से टूट सकता है। हम इसे कैसे हल करेंगे?'

'मैंने इस बारे में सोचा है, गुरुजी। आपने वायुगतिकी का अध्ययन किया है?'

वशिष्ठ खुलकर हंसे। 'मैं जानता हूं तुम बहुत कुशाग्र हो, शत्रुघ्न, लेकिन मैं तुम्हारा गुरु हूं। यह मत भूलो। हां, मैं वायुगतिकी समझता हूं।'

प्राचीन भारत में रक्षा प्रौद्योगिकी और पोत-निर्माण के क्षेत्र में वायुगतिकी का अध्ययन किया जाता था। अनिवार्यतः वो वायु की गति और उन ठोस पिंडों के साथ इसकी परस्पर क्रिया का अध्ययन करते थे जो इसके साथ या इसके विपरीत चलते थे। उदाहरण के लिए, हवा का कम प्रतिरोध तीर या भाले के प्रक्षेप पथ में सहायता करता है। यह तीव्रता से और अधिक दूरी तक जाता है।

'क्षमा करें, गुरुजी,' शत्रुघ्न ने मुस्कुराते और हाथ जोड़ते हुए कहा। 'मुझे लगता था कि वायुगतिकी वायु की गति का ही अध्ययन है। लेकिन पानी भी अपनी गति में वायु की तरह है। प्रवाही गति। बस यह कहीं अधिक सघन है। इसलिए, मैंने सोचा, क्यों न पुल पर वायुगतिकीय सिद्धांतों को लागू किया जाए?'

'ओह, उत्कृष्ट!' वशिष्ठ ने कहा।

'ओह, क्या?' भरत ने पूछा। 'मैं कुछ नहीं समझा।'

'मूल रूप से, दादा,' शत्रुघ्न ने कहा, 'हम पंबन और मन्नार के पार सीधा सेतु नहीं बनाएंगे। गुरुजी सही कह रहे हैं। सीधी दीवार पर ज्वारों का बल अधिक प्रबल होगा। लेकिन अगर हम पुल को एक बड़े चाप में घुमा देते हैं, तो यह बल वितरित हो जाएगा। वायुगतिकी के सीधे-सरल सिद्धांत। क्षरण कम होगा। सेतु धनुष की तरह घुमावदार होगा। इससे यह और लंबा तो हो जाएगा, हां। लेकिन यह इसे और अधिक सुदृढ़ बना देगा।'

'तो पुल कितना लंबा हो जाएगा?' राम ने पूछा। 'सीधी रेखा में पंबन और मन्नार के बीच की दूरी लगभग पच्चीस किलोमीटर है।'

'मेरी गणना के अनुसार, यह लगभग पैंतीस किलोमीटर लंबा होना चाहिए,' शत्रुघ्न ने कहा। 'और मैं सोच रहा हूं कि हम इसे साढ़े तीन किलोमीटर चौड़ा बनाएं।'

'इतना चौड़ा?' राम ने पूछा। 'इसके लिए तो बहुत अधिक सामग्री और लोग चाहिए होंगे।'

'हमारे पास पर्याप्त आदमी हैं। और सामग्री जुटाने के लिए हमारे पास तीन माह हैं। हम उत्तर-पूर्वी वर्षा ऋतु के बाद ही निर्माण आरंभ कर सकते हैं। याद रखें, दादा, पुल जितना चौड़ा होगा, उतना ही अचल होगा। इस विशेष पुल के सिद्धांत उनसे बहुत भिन्न हैं जो सामान्य पुल के मामले में कारगर होते हैं।'

तीनों भाइयों ने हामी भरी। समझते हुए... कुछ-कुछ।

'मेरा मुख्य प्रश्न मगर अभी भी अनुत्तरित है,' वशिष्ठ ने कहा।

'तैरने वाले पत्थर,' शत्रुघ्न ने मुस्कुराते हुए कहा।

'हां, तैरने वाले पत्थर। क्यों? सामान्य पत्थर ही क्यों नहीं प्रयोग करते?'

लक्ष्मण बीच में बोल पड़े। 'और उससे भी महत्वपूर्ण, ये तैरने वाले पत्थर हमें मिलेंगे कहां?'

'वो हमें यहीं मिलेंगे,' शत्रुघ्न ने कहा। 'तैरने वाले पत्थर प्लैटिग्यरा प्रवाल हैं।'

'क्या?' भरत ने कहा। 'प्रवाल तो पत्थर नहीं होते। वो वनस्पति... या शायद जीव होते हैं... या...'

'प्रवाल वनस्पति जैसे दिखते हैं, दादा। लेकिन वास्तव में वो जीव होते हैं।'

'जो भी हो... वो बहुत सुंदर वस्तुएं हैं जो समुद्र में रहती हैं। वो निश्चय ही पत्थर नहीं होते।'

'जब वो जीवित होते हैं तो पत्थर नहीं होते, दादा। लेकिन मरने के साथ ही वो पत्थर बन जाते हैं।' शत्रुघ्न ने उनके पास स्थित एक बड़ी सी शिला की ओर संकेत किया। 'क्या आप उस शिला को उठा सकते हैं, दादा?'

'पागल हुए हो, शत्रुघ्न?' भरत ने कहा। 'लक्ष्मण तक को कमर में लचक आने का जोखिम उठाए बिना इसे उठाने में परेशानी होगी।'

पतले-दुबले शत्रुघ्न शीघ्रता से आगे बढ़े और शिला को उठा लिया। एक हाथ से।

लक्ष्मण भौचक्के थे। 'यह क्या...'

'प्रवाल पत्थर बहुत हल्के होते हैं। इन्हें तराशना और सपाट बनाना बहुत आसान होता है। इस पर भी, इनमें भार सहने की भारी क्षमता होती है। हम इनसे छोटे-छोटे भवन तक बना सकते हैं। ये एकदम सटीक निर्माण सामग्री हैं। और इस क्षेत्र में ये बहुतायत से हैं। हम इन पत्थरों से सबसे ऊपरी सतह बनाएंगे, और उसे गीली रेत से ठोस कर देंगे। जिस पर हमारी सेना कूच करेगी।'

'मतलब, हम असल में तैरते पत्थरों पर चलेंगे नहीं?' लक्ष्मण ने निराशा से पूछा।

'बिल्कुल नहीं,' शत्रुघ्न ने उत्तर दिया। लेकिन हम पुल में जो भी पत्थर प्रयोग करेंगे, नींव के छोटे पत्थरों से लेकर ऊपर के सपाट पत्थरों तक, वो प्रवाल पत्थर ही होंगे।'

'इसका लाभ क्या है? ऊपरी परत के लिए अधिक कठोर पत्थर क्यों न प्रयोग करो?' वशिष्ठ ने पूछा। 'क्या कठोर पत्थर पुल को स्थायित्व नहीं देंगे?'

'उन्हें काट-छांटकर सपाट पत्थर बनाना कठिन होगा। इसमें बहुत अधिक समय भी लगेगा। और मुझे नहीं लगता कि ऊपरी परत पूरी तरह सपाट हो पाएगी।'

'हमारे सैनिक प्रबल हैं,' भरत हंसे। 'अगर सतह पूरी तरह सपाट नहीं हुई, तो पांवों में कुछेक चुभन को वो झेल लेंगे।'

'हां, वो सब तो ठीक रहेंगे, लेकिन मैं हाथियों के बारे में सोच रहा हूं,' शत्रुघ्न ने कहा। 'हैरान-परेशान हाथी कूच के लिए विनाशकारी सिद्ध होंगे।'

'सही बात है।'

'उससे भी महत्वपूर्ण यह कि हम चाहे जितनी भी सुदृढ़ता से ऊपरी सतह की ईंटों को लगाकर प्रबल कर दें, मगर कूच के दौरान उनमें से कुछ निकल ही जाएंगी। अंततः उस पर हाथी चल रहे होंगे। और उनमें से कुछ पत्थर समुद्र में जा गिरेंगे।'

'तो?'

'भारी पत्थर डूब जाएंगे,' शत्रुघ्न ने कहा। 'और फिर ज्वारीय प्रवाह से वो इधर-उधर खिसकेंगे। वो पुल की नींव से टकराएंगे। ज्वार-भाटे के साथ बार-बार कठोर पत्थरों का पुल से टकराना... पुल के लिए अच्छा नहीं होगा।'

वशिष्ठ ने हामी भरी। 'इसलिए तैरने वाले पत्थर... अगर उनमें से कुछ पत्थर अपने स्थान से हट भी गए तो वो समुद्र की सतह पर तैरते रहेंगे और पुल की नींव को हानि नहीं पहुंचाएंगे। और बहुत हल्का होने के कारण, ऊपरी सतह पर उनका प्रभाव न्यूनतम होगा।'

'एकदम सही।'

वशिष्ठ के चेहरे पर बड़ी सी मुस्कान छा गई। 'तुमने हर पहलू पर सोचा है!'

शत्रुघ्न ने कृत्रिम गर्व से बोले। 'मैं नलतार्दक हूं!'

उन्होंने अपने गुरुकुल के नाम का प्रयोग किया था जब अनेक वर्ष पहले चारों भाई वशिष्ठ के आश्रम में पढ़ते थे।

'हमारा विद्वान भाई!' भरत ने लाड़ से कहा।

'पिछले नाम को भूल जाओ!' राम ने कहा। 'इस पुल को इसका निर्माण करने वाले के नाम पर नल सेतु कहा जाएगा!'

अध्याय 15

'नमस्ते, रावणजी और कुंभकर्णजी,' सीता ने कहा। 'इतने दिन से आप लोग कहां थे? बहुत दिन हो गए।'

रावण और कुंभकर्ण को अंतिम बार अशोक वाटिका में आए दो सप्ताह हो चुके थे। मगर, उन्हें हनुमान और अरिष्टनेमी के सीता से भेंट करने की जानकारी थी। उन्हें विदशियों के एक छोटे से गुट द्वारा केतीश्वरम मंदिर की वाहिनी पर आक्रमण करने की भी जानकारी थी जो उस रात अरुवी अरु नदी के मार्ग से बच निकले थे। कुछ हताहत हुए थे, मगर मुठभेड़ बहुत गंभीर नहीं थी। स्पष्ट था कि हनुमान और अरिष्टनेमी सीता के लिए जो संदेश लाए थे, वो दे दिया गया था और वो वापस लौट गए थे। रावण और कुंभकर्ण केतीश्वरम पर थोड़े से सैनिकों को छोड़कर शेष को वापस बुलाने पर विचार कर रहे थे। क्योंकि मुख्य आक्रमण तो पूर्व से होगा। वो जानते थे कि अयोध्या की नौसेना दक्षिण भारत पहुंच चुकी है और वैगई नदी पर प्रतीक्षा कर रही है। जैसे ही उत्तर-पूर्वी वर्षाकाल समाप्त होगा, वो नदी पर आगे बढ़ चलेगी और फिर लंका के भीतर महावेली गंगा नदी में आ जाएगी। पहला युद्ध ओंगुइआहरा के दुर्ग पर लड़ा जाएगा जो लंका की राजधानी सिगिरया को जाने वाली अंबन गंगा के जलमार्ग की सुरक्षा करता है।

'युद्ध शीघ्र ही आरंभ हो जाएगा, रानी,' रावण ने कहा। 'उत्तर-पूर्व वर्षाकाल के बाद कभी भी। बस कुछ ही सप्ताह और हैं। युद्ध हमें नष्ट

करे, उससे पहले जीवन में जो कुछ भी है उसका आनंद लेने के लिए बस कुछ सप्ताह ही शेष हैं। इसलिए, मैं उन कामों में व्यस्त था जो सबसे अधिक महत्वपूर्ण हैं।'

'युद्ध की योजना?' सीता ने पूछा।

'ओह, वो भी!' कुंभकर्ण ने कहा। 'दादा और मैं रणनीति बना रहे थे कि अयोध्या की नौसेना के लिए इसे कैसे दुष्कर बनाया जाए। मगर दादा कुछ उन कार्यों में भी व्यस्त थे जिन्हें ये अधिक महत्वपूर्ण मानते हैं!'

'युद्ध से पहले युद्ध की तैयारियां करने से अधिक महत्वपूर्ण क्या हो सकता है?' सीता ने पूछा।

'कला,' रावण ने उत्तर दिया।

'कला?'

'हां। मैं फिर कभी चित्र या मूर्ति बनाने या वाद्ययंत्र बजाने या गाने का अवसर नहीं पा सकूंगा। इसलिए मैं इनका जितना आनंद ले सकता हूं, ले रहा हूं। लेकिन सर्वाधिक चित्रकारी और मूर्तिकला का।'

सीता मुस्कुराईं और उन्होंने अपना सिर हिलाया। 'आप हमेशा मुझे चकित कर देते हैं।'

'हां... मैं या तो चकित करता हूं या निराश। मैं कभी अपेक्षाओं पर खरा उतरता प्रतीत नहीं होता!'

'आपने क्या चित्र और मूर्तियां बनाई हैं? उनका आप क्या करेंगे?'

'कुछ तो मेरे भाई के लिए हैं, कुछ मेरे पुत्र के लिए, कुछ मेरी पत्नी के लिए, और कुछ मेरी निकृष्ट मां तक के लिए हैं।'

नागवारी में सीता की भृकुटियां चढ़ गईं।

'हां, हां। जानता हूं अपनी मां के लिए मेरा इस तरह बोलना आपको पसंद नहीं है,' रावण ने कहा। 'लेकिन हर मां आपकी मां जैसी नहीं होती। कुछ मां ऐसा बोझ होती हैं जो बच्चों को वहन करना होता है।'

'कोई मां बोझ नहीं होती।'

'जिसकी एक नहीं बल्कि दो-दो श्रेष्ठ मांएं हों, वही इस तरह लुभावने ढंग से अनावश्यक रूप से सामान्यीकृत और त्रुटिपूर्ण बात कह सकती हैं।'

'भारी-भरकम शब्द!' अपनी भंवों को उठाते हुए सीता हंसीं। 'आप पढ़ भी रहे थे!'

'मैं सदैव पढ़ता हूं। मैं बहुत पढ़ता हूं। मगर कुछ समय से मैं उन लोगों की रचनाएं पढ़ रहा हूं जो सोचते हैं कि भारी-भरकम शब्द गहरे विचारों का स्थान ले सकते हैं। उनकी दंभपूर्ण बकवास को पढ़ने में शांति भरा आनंद मिलता है।'

सीता ने कुंभकर्ण को देखा। 'ये हमेशा ऐसे ही होते हैं?'

'प्रायः और बुरे,' कुंभकर्ण ने धीरे से हंसते हुए कहा।

'जो भी है,' रावण ने हंसते हुए कहा, 'मैंने आपके लिए भी कुछ चीजें बनाई हैं।'

सीता मुस्कुराईं। 'मेरी जन्मदात्री मां के और चित्र?'

रावण ने अपना सिर हिलाया। 'नहीं। आपके और आपके पति के।'

सीता चकित रह गईं। इसकी उन्हें अपेक्षा नहीं थी।

'और मैं आपको बता दूं, मेरी कला मायावी है,' रावण ने कहा। 'इतिहास राम और सीता को उस तरह याद करेगा जैसे *मैंने* उन्हें चित्रित किया और मूर्त रूप दिया है।'

सीता मुस्कुरा दीं, अब तक वो रावण की आडंबरपूर्ण बातों और प्रचंड अहंकार की आदी हो गई थीं।

रावण ने ताली बजाई और झटपट सेवकों का एक दल बड़े-बड़े पैकेट लिए नमूदार हो गया। रावण आडंबरपूर्वक उठा और उसने एक को आगे बुलाया।

पूर्वापेक्षा में सीता का हृदय जोरों से धड़कने लगा था। वो रावण की कलाकृति देख चुकी थीं। उसकी प्रतिभा को। लेकिन उनका मन आकलन में पीछे हट रहा था। उन्होंने स्वयं से कहा कि वो चित्र की प्रशंसा विनम्र और उचित रूप से नपे-तुले शब्दों में करेंगी। न कम। न अधिक। *इस तरह इतिहास सातवें विष्णु राम को याद करेगा? मुझे ऐसा नहीं लगता...*

रावण ने जादूगर की सी नाटकीयता से कपड़े का आवरण हटाया और चित्र उजागर कर दिया। सीता की सांस थम गई। ये तो वो स्वयं थीं। मगर वो कभी कल्पना भी नहीं कर सकती थीं कि वो ऐसी दिखती थीं। इतनी... दिव्य।

यह वो थीं, उनकी मां नहीं। शरीर पतला था, अधिक मांसल। चेहरे और बाहों पर युद्धों के धुंधले से घाव थे। वो अशोक वाटिका में अकेली बैठी थीं। सब कुछ भव्य दिख रहा था। आसमान भोर के सूर्य की आभा से दमक रहा था। पेड़ों का इतना यथार्थ चित्रण किया गया था कि वो अपने बीच बैठी अद्‌भुत देवी को देखते हुए मंद-मंद हवा में झूमने का दृष्टि भ्रम पैदा कर रहे थे। उनका ध्यान खींचने को आतुर हिरन और मोर भक्ति में नृत्य कर रहे थे। मर्मस्थल में, केंद्र में, सीता थीं। धोती और अंगिया पहने, और उनके दाहिने कंधे पर अंगवस्त्रम पड़ा था। निर्मल श्वेत। एक उंगली की अस्थियों—उनकी मां वेदवती के शरीर के अवशेष—से बना पेंडल, जिसमें पोरों को सावधानीपूर्वक सोने की कड़ियों से सबल किया गया था, एक काले धागे में बंधा उनके गले में लटका हुआ था।

सीता को एक बड़ी सी शिला पर बैठे उकेरा गया था। अशोक वाटिका में। उनकी टांगें धरती पर टिकी थीं, पैर आपस में बंधे थे। जंघाओं पर रखे दोनों हाथ एक दूसरे में बंधे हुए थे, उंगलियां आपस में गुथी हुई थीं। उनकी पीठ हल्की सी झुकी हुई थी। वो दूर कहीं देख रही थीं। चिंतन-मनन और शांति की तस्वीर।

उनके मन में क्या चल रहा था? क्या वो राम के विषय में सोच रही थीं? उनकी कामना करते हुए? पुनर्मिलन की इच्छा करते हुए? या वो बस उदास थीं? एकाकी?

विलग। दिव्य। किसी देवी की तरह।

सीता चित्र से मोहित भी थीं और खिन्न भी, अगर ऐसा संभव था तो। 'राम कहां हैं?'

रावण मुस्कुराया। 'मुझे क्षमा करना कि मैं आपको उनसे छीन लाया। लेकिन अब बहुत अधिक विलंब नहीं होगा। आप शीघ्र ही उनसे फिर मिलेंगी।'

सीता हल्के से मुस्कुराईं और फिर से चित्र को देखने लगीं। वो कल्पना भी नहीं कर सकती थीं कि कोई चित्र कालजयी हो सकता है। इसकी एक प्रति एक गुप्त मंदिर में टंगेगी, एक ऐसे शहर में जिसका निर्माण होना अभी शेष था, वो शहर जिसका नाम उस क्षेत्र के पांच वट वृक्षों के नाम पर रखा जाएगा। भविष्य में, सीता स्पष्ट आदेश देंगी कि उनकी छवि कहीं न बनाई जाए। लेकिन फिर भी कुछ लोग इस चित्र की

प्रतियां सहेज लेंगे। वो इस रूप में उनकी आराधना करेंगे। वो उन्हें भूमिदेवी पुकारेंगे।

'धन्यवाद,' सीता ने कहा। और फिर उन्होंने आगे कहा, बिना यह जाने कि उन्होंने ऐसा क्यों कहा, 'मैं इस चित्र के योग्य बनने का प्रयास करूंगी।'

'आप पहले से ही हैं, राजकुमारी,' कुंभकर्ण ने विनम्रता से कहा।

'और अब,' रावण ने कहा, 'अगली है...'

सेवक उनके पास एक और चित्र ले आए। रावण ने और अधिक नाटक के साथ उस पर ढके कपड़े को हटाया। हमेशा का मायाविनी। उसने अपने सेवक से चित्र को ऊंचा पकड़वाया। सीता लजा गईं और आनंद से मुस्कुरा दीं। क्योंकि यह वो थीं, अपने गहनतम प्रेम के पात्र के साथ। राम के साथ।

राम और सीता साधारण वस्त्रों में थे, बिना किसी राजसी अलंकरण या मुकुट के। उन्होंने सादा हाथ से बुना सूती वस्त्र पहना हुआ था, निर्धनतम से निर्धन लोगों का वस्त्र। उनकी आंखें एक दूसरे पर टिकी थीं। संसार की ओर से बेसुध। यह प्रेम, विश्वास, और सर्वोपरि, सम्मान की दृष्टि थी। एक दूजे के लिए बने पुरुष एवं स्त्री। सीता ने राम का दायां हाथ नीचे से पकड़ रखा था, मानो उन्हें संबल देने के लिए।

पुनः, सीता भविष्य को नहीं जान सकती थीं। कैसे जानतीं? लेकिन यह छवि पवित्र उज्जैन नगरी में स्वयं विष्णु को समर्पित एक महान मंदिर की मुख्य विशालकाय मूर्ति के लिए प्रेरणा बनेगी। अनेकानेक सदियों बाद, तिब्बत से आया एक अपरिष्कृत उद्धारक उस मंदिर में इस मूर्ति को देखेगा। उस जनजाति के साथ एक भेंट में जिसका गठन अभी किया जाना था—वासुदेव। बुराई मिटाने के अपने अभियान को पूरा करने के प्रयास में।

'राम विष्णु बनेंगे,' रावण ने कहा, 'आपके कारण। और वो महान विष्णु बनेंगे।'

सीता ने अपना सिर हिलाया। 'वो विष्णु बनेंगे तो अपने कारण। सर्वश्रेष्ठ। मेरा काम तो उनकी सहायता करना है।'

रावण मुस्कुराया मगर उसने सीता का विरोध नहीं किया। उसने अगली कलाकृति आगे लाने का संकेत किया। वो चित्र नहीं बल्कि मूर्ति

थी। उत्कृष्ट कला की एक छोटी सी कृति। उसने मूर्ति पर ढके कपड़े को हटा दिया। भावुकता में सीता की आंखें भर आईं। उनके होंठों पर कोमल सी मुस्कान तैर रही थी।

उन्होंने रावण को देखा, उसे बड़ी सी मुस्कान दी और प्रशंसा की। 'आपकी प्रतिभा असाधारण है।'

'जानता हूं।'

सीता हंस दीं और उन्होंने अपना ध्यान वापस मूर्ति पर लगा दिया। वो राम थे। राम, जैसे वो दसियों वर्ष बाद दिखेंगे। क्योंकि रावण में यह विशिष्ट क्षमता थी कि वो अपनी कल्पना में किसी भी व्यक्ति की आयु बढ़ी देख सकता और उसे कलाकृति में ढाल सकता था।

'ये राम तब हैं,' रावण ने कहा, 'जब वो उस सबको प्राप्त कर चुके होंगे जो वो विष्णु के रूप में प्राप्त करेंगे। जब वो एक नया साम्राज्य स्थापित कर चुके होंगे। जब लोग सुखी और समृद्ध होंगे। जब व्यवस्था और सौंदर्य होगा। जब हमारी प्रिय मां भारती एक बार फिर संसार का नेतृत्व करेंगी। अपनी भूमिका का निर्वाह कर चुकने के बाद वो ऐसे दिखेंगे। उन्हें इस तरह याद रखा जाएगा।'

सीता बुदबुदाईं, 'हम साम्राज्य का नाम मेलूहा रखेंगे।'

रावण मुस्कुराया। '*पवित्र जीवन का देश...* अच्छा नाम है।'

'इनका रूप राजर्षि जैसा है,' सीता ने कहा।

रावण ने हामी भरी। 'मेरी कल्पना में वो इसी तरह आए थे। ऋषि-राजा।'

राजा और *ऋषि* से मिलकर बना संस्कृत का शब्द *राजर्षि*। इसे कभी-कभी उन राजाओं के लिए प्रयोग किया जाता था जो राजत्व को छोड़कर ऋषि बन गए थे। लेकिन उससे भी अधिक, यह उन राजाओं के लिए प्रयुक्त होता था जो ऋषियों की भांति शासन करते थे। जो अपनी ऊर्जा, भावनाएं, मन और अपनी आत्मा भी केवल एक उद्देश्य, अपनी प्रजा का कल्याण, के लिए समर्पित कर देते थे।

सीता मूर्ति को देखकर सम्मोहित सी हो गई थीं। अपने सौंदर्य और शिल्प में यह त्रुटिहीन थी, यह राम का सिर और ऊपरी धड़ था। उनका वक्ष खुला था और वो एक साधारण रूप से सज्जित अंगवस्त्रम पहने हुए

थे जो उनकी दाईं बगल से होकर बाएं कंधे पर लिपटा हुआ था, जिससे उनकी बाईं बांह पूरी तरह ढक गई थी मगर तलवार चलाने वाली दाईं भुजा और दायां कंधा उघड़ा हुआ था। अंगवस्त्रम बारीक तिपतिया कढ़ाई से सज्जित था: उनके ऊपर छल्ले के नमूने लाल रंग से भरे हुए थे। सादा और परिष्कृत। कानों में साधारण सी स्वर्ण मंडित कीलों के अलावा उन्होंने और कोई आभूषण नहीं पहना हुआ था। रावण ने अत्यंत बारीकी से बनाए कानों में छेद किए थे और उन्हें सोने की कीलों से सजाया था। राम ने बालों में असाधारण बारीकी से उकेरी हुई पट्टिका पहनी हुई थी। बालों की पट्टी के बीच में एक आभूषण मढ़ा हुआ था जो उनके माथे के ऊपर लटक रहा था। वो सूर्य था, और उसकी किरणें फैली हुई थीं। सूर्यवंश का प्रतीक। ऐसे व्यक्ति के लिए अत्यंत साधारण सा मुकुट जो, अंततः, एक राजर्षि था। ऐसा ही मगर एक छोटा जंतर रेशमी सुनहरे धागे से उनकी दाहिनी भुजा के ऊपरी हिस्से पर बंधा था।

सीता ने पास से देखा। 'जंतर पर वो क्या प्रतीक हैं?'

'अभी तो ऐसे ही कुछ प्रतीक हैं,' रावण ने कहा। 'लेकिन आपने एक बार मुझे बताया था कि राम गुणों पर आसक्त रहते हैं। मुझे आपके शब्द ठीक-ठीक याद हैं: कि समाज में लोगों का स्तर और सम्मान उनके कर्म से परिभाषित होना चाहिए, न कि जन्म से। मैंने सोचा कि वो एक ऐसी प्रणाली पसंद करेंगे जिसमें लोग उस अधिग्रहीत स्तर को प्रदर्शित करें... संभवतः जन्म से प्राप्त जाति के बजाय एक चुनी हुई जाति... जिसे उन्होंने अपनी योग्यता से अर्जित किया हो... और जिसे वो अपने भुजबंध पर गर्व से पहनें।'

सीता मुस्कुराईं। *यह बहुत कुछ राम जैसा होगा...*

रावण अपने लिए असामान्य लज्जा से मुस्कुराया। 'बस एक विचार था...'

सीता मूर्ति के पीछे गईं। उन्होंने पीठ को देखा। पट्टिका के मुकुट के दोनों सिरे सफाई से सिर के पीछे बंधे हुए थे। उनके बाल सटीकता से कढ़े हुए थे और सिर के ऊपर एक बड़ी सी जूड़ी में बंधे थे। मूंछें और दाढ़ी सुव्यवस्थित तौर पर छंटी हुई थीं। उस मूर्ति में सब कुछ निर्दोष, संयत और आडंबरहीन था।

कितना राम जैसा...

लेकिन सीता को बांधने वाली थीं उनकी आंखें। गहरी और प्रभावशाली। आधी बंद। जैसे कोई संन्यासी ध्यान लगाए हो। शांत। सुकोमल।

'वाह...' सीता ने धीरे से कहा। वो सम्मोहित सी थीं। 'लोग राम को इसी तरह याद रखेंगे।'

'लोग राम को इसी तरह याद रखेंगे,' रावण ने दोहराया।

रावण ने सही कहा था। लोग इस छवि को याद रखेंगे। सहस्त्रों वर्ष तक।

वो अपने राजर्षि को याद रखेंगे।

वो अपने विष्णु, राम, को याद रखेंगे।

जब तक भारत की भूमि सांस लेगी, वो राम नाम जपेगी।

—JF J5D—

'सारी तैयारी हो गईं?' राम ने पूछा।

भरत ने हामी भरी। 'हां, दादा।'

इस वर्ष उत्तर-पूर्व मानसून पहले माह में बहुत विकट रहा था, लेकिन उसके बाद अनपेक्षित रूप से पूरी तरह बेजान पड़ गया था। राम और उनके भाइयों ने लंका पर अपने निर्धारित आक्रमण को पहले करने का निर्णय लिया था। वो तैयार थे। शत्रुघ्न और उनके नियत सैनिकों ने पुल-निर्माण के लिए आवश्यक सामग्री जुटाने में दोगुनी गति से काम किया था। मात्र एक माह में। मलयपुत्र अपने पंद्रह सहस्त्र सैनकों और गज-वाहिनी के साथ आ चुके थे। और पंद्रह सहस्त्र सैनिकों के साथ वायुपुत्र भी। अंगद भी अपनी वानर सेना और हाथियों के साथ कूच कर चुका था। इस विशाल सेना का और दो माह भरण-पोषण करना अनावश्यक रूप से महंगा साबित होता, जबकि पहले युद्ध छेड़ने का अवसर सामने खड़ा था। इसके अतिरिक्त, जैसा कि सभी अच्छे सेनापति जानते हैं, ऊबी हुई सेना एक बड़ा जोखिम हो जाती है। शत्रु से युद्ध करने से रोके जा रहे, ऊर्जा से भरे सैनिक आपस में भिड़ सकते हैं।

इसलिए बिना देरी किए आक्रमण करने में ही समझदारी प्रतीत हुई।

रावण की लंका पर आक्रमण अगले दिन शुरू होना था। आश्विन माह के पहले दिन।

राम ने अपने छोटे भाई के कंधे पर मुक्के मारा। 'मुझे तुम्हारा अभाव बहुत खला, बुद्धू कहीं के!'

राम और भरत अकेले थे। युद्ध की तैयारियों की गहमागहमी में यह एक दुर्लभ अवसर था। वो वैगई नदी के मुहाने के पास समुद्रतट पर बैठे थे। दूर उनकी सेनाएं दिख रही थीं।

'आपसे किसने कहा था कि निर्वासित हो जाइए?' भरत ने हंसते हुए अपने भाई के कंधे पर हाथ रखकर तीखे स्वर में पूछा।

राम मंद-मंद मुस्कुराए। वो दूर कहीं देख रहे थे। उस बिंदु पर जहां क्षितिज पर रात का आकाश पूर्वी समुद्र के शांत जल को स्पर्श कर रहा था।

दोनों भाई मौन बैठे थे। भरत जानते थे कि राम दुखी हैं। वो यह भी जानते थे कि राम लक्ष्मण के कितने भी निकट क्यों न हों, वो अपनी आशंकाओं को अपने क्रोधी-स्वभाव वाले भाई के सामने व्यक्त नहीं कर सकते थे।

इसलिए वो राम के बोलने की प्रतीक्षा करते रहे।

'भरत...'

'हां, दादा...'

राम ने गहरी सांस भरी।

भरत फिर प्रतीक्षा करते रहे। चुपचाप।

'मुझे तो यह भी नहीं...'

भरत ने राम का कंधा थाम लिया। 'रावण उन्हें नहीं मारेगा, दादा। भाभी को जीवित रखना उसके लिए आवश्यक है। हम यह जानते हैं।'

अपने भाई से दृष्टि बचाते हुए राम समुद्र को देखने लगे। क्षत्रिय अपने आंसू छिपाते हैं, अपने अपनों से भी।

'वो उन्हें नहीं मारेगा,' भरत ने दोहराया। 'आप यह जानते हैं।'

'हां। लेकिन वो उन्हें हानि पहुंचा सकता है। वो राक्षस है।'

'अगर उसने ऐसा करने का साहस भी किया, दादा, तो मैं सौगंध लेता हूं हम उसे नर्क दिखा देंगे। हम उस राक्षस से भी भयंकर राक्षस हो जाएंगे।'

राम शून्य में देखते रहे। अब उनकी आंखों से आंसुओं की अविरल धारा बह रही थी। और फिर वो बात बाहर आ गई। वो विचार जो उनके मन में था। जो उनके होंठों से बाहर नहीं निकला था। क्योंकि भरत के अतिरिक्त वो और किससे बात कर सकते थे?

'मैं असफल हो गया,' राम ने पीड़ा भरे स्वर में धीरे से कहा।

'नहीं! नहीं, आप असफल नहीं हुए, दादा...'

'वो मेरी पत्नी हैं। किसी भी संकट से उनकी रक्षा करना मेरा कर्तव्य है। उनके लिए मर जाना मेरा कर्तव्य है। मैं वहां नहीं था... और उनका अपहरण हो गया... मैं अपने कर्तव्य में असफल रहा...'

भरत ने अपने बड़े भाई को बोलने दिया।

'वो मेरे जीवन का प्रेम हैं। वो मेरी स्त्री हैं। और मैंने किसी राक्षस को ले जाने दिया... मेरी...'

भरत ने राम का हाथ थाम लिया। निश्शब्द।

'मुझे उस मृग के पीछे नहीं जाना चाहिए था... मैं और तीव्र दौड़ सकता था... मैं...' राम रुक गए, आंसू उन पर हावी हो गए थे।

भरत ने आगे बढ़कर अपने भाई को गले लगा लिया। राम ने उन्हें कसकर पकड़ लिया था। उन्होंने अपने आंसुओं को बहने दिया। सीता से महीनों के अलगाव की पीड़ा को उन्होंने रिस जाने दिया।

भरत चुपचाप अपने भाई को गले से लगाए रहे। जब उन्हें लगा कि राम शांत हो गए हैं तो वो सीधे हुए।

'आप जानते हैं, दादा,' भरत ने कहा, 'अधिकांश स्त्रियां वो सब कुछ कर सकती हैं जो पुरुष कर सकते हैं, अलावा पुरुषों के साथ शारीरिक लड़ाई लड़ने के। औसत पुरुष औसत स्त्री से अधिक बड़ा और शक्तिशाली होता है।'

राम ने प्रश्नवाचक दृष्टि से भरत को देखा। क्योंकि इसका उस सबसे कोई लेना-देना नहीं था जिससे वो जूझ रहे थे।

'लेकिन,' भरत ने आगे कहा, 'सीता भाभी कोई औसत स्त्री नहीं हैं। वो लड़ सकती हैं। वो अपना मोर्चा संभाल सकती हैं।'

राम मुस्कुराए।

'अगर आप मुझसे पूछें, तो सच कहता हूं,' भरत ने कहा, 'मुझे यह चिंता नहीं है कि रावण सीता भाभी को क्या हानि पहुंचा सकता है। मुझे तो यह चिंता अधिक है कि वो उसे क्या हानि पहुंचा सकती हैं!'

राम खुलकर मुस्कुराने लगे।

भरत ने राम का हाथ पकड़ा। 'दादा, आप असफल नहीं हुए हैं। नियति सीता भाभी और आपकी परीक्षा ले रही है। लेकिन अगर आप यह मानते भी हैं कि आप असफल रहे हैं, तो याद रखें कि ऐसा नहीं है कि महान लोग कभी गिरते नहीं हैं। कभी न कभी सब गिरते हैं। महान वो होते हैं जो गिरकर फिर उठ खड़े हों, धूल झाड़ें और वापस जीवन-युद्ध में रत हो जाएं।'

राम ने हामी भरी।

'और आप बस महान ही नहीं हैं। आप विष्णु हैं।'

राम ने आंखें तरेरीं। 'विष्णु सीता हैं।'

भरत ने गहरी सांस लीं। 'यह तो आप दोनों आपस में सुलटा लें। मैं तो बस यह जानता हूं कि आप दृढ़चित्त और शक्तिशाली पुरुष हैं। और आपके पीछे आपके भाई और आपकी प्रजा खड़ी है। हमसे भिड़कर रावण ने मधुमक्खियों के छत्ते को छेड़ा है। हम उसे ऐसा पाठ पढ़ाएंगे कि संसार सदैव याद रखेगा।'

अध्याय 16

भरत, लक्ष्मण और अयोध्या की नौसेना ने प्रातः ही वैगई नदी से कूच कर दिया। जब प्रमुख पोत गोकर्ण की खाड़ी में पहुंचा तो सूरज उनके पीछे अस्त हो रहा था। अंतिम पोत के लंगर डालने तक सूर्यास्त हुए काफी समय बीत चुका था। अयोध्या की नौसेना विशाल थी।

गोकर्ण—शाब्दिक अर्थ में गाय का कान—लंका का मुख्य बंदरगाह था। द्वीप के उत्तर-पूर्व में स्थित, इसका प्राकृतिक बंदरगाह गहरी खाड़ी से समृद्ध था। समुद्र में आगे को निकली हुई भूमि प्राकृतिक बांध का काम करती थी। इसने समुद्र में चल रहे अयोध्याई नौसैनिक पोतों को स्वीकार किया और सुरक्षित रूप से लंगर पड़वाया। भरत के अधिकांश पोत, किसी भी औचक आक्रमण से सुरक्षित, खाड़ी के बाहर ही रहे।

महावेली गंगा गोकर्ण की खाड़ी के दक्षिणी छोर में मिलती थी। महान रेतीली गंगा नाम वाली यह लंका की सबसे लंबी नदी थी और इसमें गहरे जलमार्ग के साथ नौगम्य जलग्रीवा थी जो पोतों को द्वीप के केंद्र तक जाने की अनुमति देती थी। नदी में और आगे पोत अंबन गंगा—महावेली गंगा की सहायक नदी—में चले जाते थे जो नौकाओं को लंका की राजधानी सिगिरिया के बहुत पास तक ले जाती थी। राजधानी गोकर्ण के दक्षिण-पश्चिम में लगभग सौ किलोमीटर दूर स्थित थी, और इस तक अधिकांशतया जलमार्ग से ही पहुंचा जाता था।

कोई भी गोकर्ण में अयोध्याइयों के अपेक्षित आक्रमण के प्रति कुछ सैन्य प्रतिरोध की भविष्यवाणी करता। लेकिन ऐसा करने वाला गलत होता।

लंका ने अपना सारा ध्यान दो मोर्चों पर केंद्रित किया था: व्यापार, और युद्ध जो उस व्यापार की सहायता करता था। और अधिक कुछ नहीं। अधिकांश लंकावासी या तो योद्धा थे या व्यापारी, या वो जो इन दोनों समूहों की सेवा करते थे। किसान न के बराबर थे, लंका अपनी खाद्य आवश्यकताओं के लिए बहुत कम उत्पादन करती थी। एक ऐसे द्वीप के लिए यह समझ भी आता था जो मुक्त व्यापार पर फलता-फूलता था। लंका में खाद्य-उत्पादन महंगा था और उसके बगल में ही सप्त सिंधु देश था—वो क्षेत्र जहां संसार में सबसे बड़े अनुपात वाली कृषि योग्य भूमि थी। लंका सप्त सिंधु से सस्ती और उच्च गुणवत्ता वाली कृषि उपज का आयात कर सकती थी, और अपनी सारी ऊर्जा व्यापार और उस व्यापार को बढ़ावा देने के लिए युद्ध में लगा सकती थी।

हालांकि मुक्त व्यापार के दृष्टिकोण से यह स्थिति समझ में आती है, मगर सैन्य दृष्टिकोण से यह विनाशकारी थी। कोई भी शत्रु आसानी से गोकर्ण बंदरगाह पर घेराव डाल सकता था और कुछ ही समय में लोगों को भूख से व्याकुल कर आत्मसमर्पण करने के लिए विवश कर सकता था। गोकर्ण सिगिरिया का आयात केंद्र था, जिसने इस तरह की घेराबंदी के लिए लंका की राजधानी को ही संवेदनशील बना दिया था।

कुंभकर्ण ने अपने सभी खाद्य पदार्थों को आयात करने के सैन्य दोष को समझा था और वर्षों से वो सिगिरिया और उसके आसपास कृषि को प्रोत्साहित कर रहा था। लेकिन गोकर्ण हठपूर्वक आयातित खाने का आदी बना रहा। लाभदायक व्यापार से कम आय वाली खेती करने के लिए कोई गोकर्णवासी तैयार नहीं था। और बिना किसानों के कोई खेती कैसे करे?!

तो जब रावण को सूचना मिली कि अयोध्या की नौसेना वैगई में आगे बढ़ने की तैयारी कर रही थी तो उसने गोकर्ण से अपने सैनिकों को वापस बुला लिया और सिगिरिया की चौकसी बढ़ा दी। सिगिरिया की घेराबंदी होने की स्थिति के लिए तैयारी करना और गोकर्ण जैसे नगर की रक्षा करने पर अपने मूल्यवान संसाधन बर्बाद न करना समझ में आता था जो घेराव के प्रति बहुत संवेदनशील था।

अपनी व्यापारिक भावना के अनुरूप, गोकर्ण के व्यापारिक मंडलों के वरिष्ठजन अयोध्या की नौसेना का स्वागत करने के लिए बंदरगाह के मुख्य घाट पर पहुंच गए थे। लंका के इस बंदरगाह शहर के व्यवसायी व्यावहारिक बने रहने के लिए दृढ़प्रतिज्ञ थे। व्यापार-केंद्रित मस्तिष्कों के लिए सब कुछ बेचने योग्य होता है। उन्होंने ऐसा प्रतिरोध करने के बजाय जिसका अप्रभावी होना अवश्यंभावी था, आक्रमणकारियों के सामने घुटने टेकना पसंद किया। वो अपनी रक्षा और सुरक्षा के बदले में सैनिकों को सिगिरिया जाने देंगे। उनका आकलन था कि सिगिरिया में जो कोई भी युद्ध जीतेगा, बाद में वही उनका प्रशासक और अधिपति बनेगा।

तर्कपूर्ण।

जब उनके पोत-अधिपति ने दक्षतापूर्वक पोत को घाट पर लगाया तो भरत और लक्ष्मण हतप्रभ रह गए।

संगीतकार, गायक, पूजा के थाल लिए पुरोहित, अपने सर्वश्रेष्ठ परिधानों में सजे शीर्ष व्यापारी...

'इन्होंने तो स्वागत मंडल जमा कर लिया है!' लक्ष्मण ने हैरानी से कहा। 'इनके बारे में आप सही कह रहे थे, दादा।'

भरत ने हामी भरी। 'हम्म... आशा करो कि ये आगे जो करने वाले हैं, उसके विषय में भी मैं सही होऊंगा।'

भरत के पोत ने घाट पर लंगर डाल दिया था और शीघ्रता से तख्ते लगाकर मार्ग बना दिया गया था। अयोध्या के नाविक मस्तूल नीचे करके उन्हें बांधने लगे थे, जबकि भरत और लक्ष्मण पोत से उतरे, उनके आगे-पीछे दुर्दांत अंगरक्षक चल रहे थे।

जैसे ही उन्होंने भूमि पर पांव रखे, उन्हें फूलमालाएं और लड्डू लिए मुस्कुराते व्यापारियों ने घेर लिया। लंका में दोनों भाइयों का स्वागत करते हुए संगीतकारों ने अपने सुरीले रागों से वातावरण में नई ऊर्जा भर दी। मार्ग के दोनों ओर पंक्तिबद्ध खड़े नगर के कलात्मक अभिजात्य वर्ग ने दोनों भाइयों पर गुलाबों की पंखुड़ियों की वर्षा की।

'प्रभु भरत,' एक प्रकटतः प्रतिष्ठित नागरिक ने आत्मविश्वास से अयोध्या के राजकुमार की ओर बढ़ते हुए कहा। 'सम्राट राम आपके साथ नहीं आए?'

भरत ने दूर खाड़ी के बीच में खड़े अपने सबसे भव्य पोत की ओर जल्दी से एक निगाह डाली। और फिर उन्होंने अपना ध्यान व्यापारी की ओर मोड़ दिया। 'क्यों न पहले हम बात कर लें?'

व्यापारी ने दोनों हाथ जोड़कर बहुत अधिक झुकते हुए नमन किया। 'अवश्य, अवश्य, राजकुमार भरत। आपका भी अभिवादन है, राजकुमार लक्ष्मण। कृपया मेरे साथ आएं।'

भरत को यह देखकर प्रसन्नता हुई कि लक्ष्मण निर्देशों का पालन कर रहे थे। वो अपना मुंह बंद रखे हुए थे। उन्होंने निष्ठापूर्वक अपने भाई की दृष्टि का अनुसरण किया और उस भव्य पोत को देखा था जो घाट तक नहीं आया था।

भरत व्यापारी के मंतव्य को लेकर निश्चित नहीं थे। संभव था कि वो रावण की ओर से उनका भेद लेने आए हों। उन्होंने लक्ष्मण को चेतावनी दी थी कि किसी भी परिस्थिति में उन्हें यह आभास नहीं देना था कि राम और शत्रुघ्न उनके साथ नहीं थे। इससे लंकाइयों को संदेह हो जाएगा कि महावेली गंगा नदी पर यह नौसैनिक आक्रमण एक छल है, और कि वास्तविक आक्रमण कहीं और से होगा।

लंकाई व्यापारी अब आश्वस्त थे कि राम और शत्रुघ्न उस भव्य पोत में थे जो पीछे रुक गया था।

भरत ने लक्ष्मण को देखकर हामी भरी और वो दोनों व्यापारी के साथ चलने लगे। भाइयों के अंगरक्षक समझदारी से अर्धवृत्त में सुरक्षा घेरा बनाकर उनके साथ चल रहे थे।

'हमें मिले आदेश याद रखना, अरिष्टनेमी,' हनुमान ने कहा।

बहुत रात हो चुकी थी। बारीक सा चांद अंधेरे से लड़ने के लिए जूझ रहा था। बीस सक्षम सैनिकों के साथ, हनुमान और अरिष्टनेमी ने अपनी छोटी नौका को समुद्र में धकेल दिया था। वो दूसरी लहर से आगे निकले, कूदकर अपनी नौका में बैठे और चुस्ती से धनुषकोडी जलडमरूमध्य की ओर नौका खेने लगे। कुछ ही घंटे में वो लंका की मुख्यभूमि में पहुंच जाएंगे।

अरिष्टनेमी किसी समाधिस्थ तपस्वी की तरह मौन थे। कुछ समय बाद उन्होंने दाईं ओर देखा। नौकाएं पीछे थीं, दूर धुंधली सी दिखाई देती, लगभग बेआवाज। अंधेरा था, मगर स्याह काले समुद्र में सफेद झाग की लकीरें उन्हें कभी-कभी दर्शा देती थीं। छोटी नौकाएं बहादुरी से समुद्र का सामना करते हुए अपने लक्ष्य की ओर बढ़ रही थीं। वो मौत की तरह मौन अपने साथियों को सुन नहीं पा रहे थे। मगर नाव खेने की लयात्मक आवाजों से उन्हें पता लग रहा था कि वो उनके साथ थे।

सौ छोटी नौकाएं। दो सहस्त्र वायुपुत्र और मलयपुत्र। आवश्यकता से अधिक ही थे।

शत्रु की संख्या से बहुत अधिक। अरिष्टनेमी और हनुमान जानते थे कि केतीश्वरम वाहिनी के एक बड़े भाग को कुछ सप्ताह पहले सिगिरिया बुला लिया गया था। थोड़े से जो रह गए थे, वो सौ से अधिक नहीं होंगे। पिछले कुछ सप्ताहों में अयोध्या के टोहियों ने उन्हें शायद ही कभी देखा था। शायद वो नाव-मार्ग से बस कुछ ही घंटे दूर मौजूद अयोध्याइयों के आक्रमण से भयभीत अपने आवासों में छिपे बैठे थे। वो इस प्रभाव में भी हो सकते थे कि राम की अधिकांश सेना लंका के पूर्वी छोर से युद्ध करने के लिए जा रही होगी। नहीं, उन्हें अपनी ओर चुपचाप बढ़ते आ रहे सैनिकों का अंदेशा भी नहीं होगा।

दो सहस्त्र सैनिक। मात्र सौ शत्रु सैनिकों के लिए। आवश्यकता से कहीं अधिक थे।

अपने अधिनायक प्रभु राम की ओर से हनुमान को मिले आदेश एकदम स्पष्ट थे। उन्हें केतीश्वरम में लंकाइयों को बंदी बनाना होगा। केवल आवश्यक होने पर ही जान ली जाए। किसी को बचकर न जाने दिया जाए। अयोध्याइयों से पहले धनुषकोडी में पुल बनाए जाने की सूचना सिगिरिया नहीं पहुंचनी चाहिए। वो अप्रत्याशित रूप से विनाशकारी होगा।

इसलिए, हनुमान को इस अभियान के लिए दो सहस्त्र सैनिक दिए गए थे। शत्रु को जीवित पकड़ने के लिए अधिक सैनिकों की आवश्यकता होती है, और उन्हें मार डालने के लिए कहीं कम।

'अरिष्टनेमी?' हनुमान ने फिर कहा।

हनुमान जानते थे कि उन्हें लंकाइयों को बंदी बनाना होगा। मारना नहीं। मगर वो यह भी जानते थे कि अरिष्टनेमी क्या करना चाहेंगे। मारना।

अरिष्टनेमी ने उत्तर नहीं दिया। उन्होंने कसकर नाव का किनारा पकड़ लिया और सामने तकते रहे।

हनुमान मौन हो गए।

——

भोर होने से एक घंटा पहले, लहरें अयोध्याइयों को केतीश्वरम वाहिनी के आवासों से दो किलोमीटर दक्षिण में समुद्रतट पर ले आईं। सैनिक शीघ्रता से कूदे और उन्होंने अपनी नौकाओं को जलरेखा से ऊपर धकेल दिया।

उन्होंने अपने आने का समय भलीभांति निर्धारित किया था। यह अधिकतम ज्वार का समय था। लहरों के प्राकृतिक बल के धक्के से नौकाएं समुद्रतट पर ऊंचाई पर रुकी थीं। अब पानी धीरे-धीरे उतरेगा और बारह घंटे बाद इसका स्तर फिर से बढ़ेगा। इस डर से कि कहीं उनकी नावें समुद्र में बह न जाएं, उन्हें उनको ऊंचे धरातल पर ले जाने के लिए पशु-चालित चरखियों की आवश्यकता नहीं थी।

बारह घंटे। बहुत समय था। केतीश्वरम के लंकाइयों को अधीनस्थ करने और वापस लौटने के लिए। फिर शत्रुघ्न के पुल का निर्माण शुरू हो सकता था।

'अवतरण की जानकारी दो,' हनुमान ने एक सैनिक से कहा।

सैनिक ने हनुमान को प्रणाम किया और शीघ्रता से तट पर लगी नौकाओं को गिनने चला गया।

हनुमान ने अरिष्टनेमी को अपने पास खींचा।

'अरिष्टनेमी, जहां तक हो सके, हमें मारकाट से बचना होगा,' हनुमान ने धीरे से कहा।

अरिष्टनेमी ने सूनी दृष्टि से हनुमान को देखा।

'मेरी बात सुनें...'

'आप उससे प्रेम नहीं करते थे,' अरिष्टनेमी ने कहा। 'मैं करता था।'

'भाई...'

'आप उससे प्रेम नहीं करते थे,' अरिष्टनेमी ने दोहराया। 'मैं करता था।'

'लंका के वो सैनिक तो बस अपने कर्तव्य का पालन कर रहे थे।'

'और मैं अपने कर्तव्य का पालन करूंगा।'

'सुरसा कभी नहीं चाहतीं कि आप ऐसा करें।'

'आप जानते हैं यह सच नहीं है। अगर आप मारे जाते, तो सुरसा उन्हें जिंदा भून डालती।'

हनुमान मौन रह गए।

'जो व्यक्ति प्रेम नहीं करता, वो नहीं जान सकता कि प्रेम करना कैसा होता है। जो व्यक्ति प्रेम नहीं करता, वो प्रतिशोध लेने की आवश्यकता महसूस नहीं करेगा।'

'अरिष्टनेमी, मेरी बात सुनें...' हनुमान ने याचना की।

'मेरे बदले और मेरे बीच न आएं,' अरिष्टनेमी ने कहा। वो हनुमान से दूर चले गए।

'यह तो विचित्र है...' हनुमान फुसफुसाए।

हनुमान और अरिष्टनेमी लंका की वाहिनी के आवासों से दो सौ मीटर दूर पेड़ों के पीछे छिपे हुए थे। सुबह के प्रकाश ने अंधेरे को छांटना शुरू कर दिया था। धुंधली सी छायाएं दिखने लगी थीं। थोड़े से प्रयास से।

वाहिनी का आवासीय परिसर अस्त-व्यस्त पड़ा था। बिखरी हुई पत्तियां। पशुओं का मल। गंदे पानी के गड्ढे। दो घोड़े अस्तबल से निकल आए थे, उनके बंधन खुल गए थे। वो द्वार के पास निरुद्देश्य से फूलों की सुंदर क्यारियों और पेड़ों के बीच फिर रहे थे। पत्तों को चबाते हुए।

अरिष्टनेमी ने हनुमान को देखा। 'मैं लंका की परंपराओं से परिचित हूं। उनकी सेना हिंसक लेकिन बहुत अच्छी तरह प्रशिक्षित है। उनके आवास हमेशा सुव्यवस्थित रहते हैं। एकदम साफ-सुथरे। वो पेड़ बस सजावटी नहीं हैं, उनके पत्ते औषधीय हैं। घोड़े उन्हें क्यों खा रहे हैं? मामला क्या है?'

हनुमान ने एक छोटे से दल को पता लगाने के लिए भेजने के बारे में सोचा। वो अपने सैनिकों की ओर मुड़े।

'अभी किसी को वहां न भेजें,' अरिष्टनेमी ने नर्म स्वर में कहा, जैसे उन्होंने हनुमान के मन को पढ़ लिया हो।

'आपकी क्या राय है?'

अरिष्टनेमी, प्रतिशोध लेने के लिए पागल प्रेमी, जा चुका था। अरिष्टनेमी, असाधारण सामरिक उत्कृष्टताओं वाला प्रचंड योद्धा, सामने आ गया था।

'मुझे एक पल दें,' उन्होंने धीमे से कहा और दबे पांव आगे बढ़ते चले गए।

पंद्रह घड़ी बाद अरिष्टनेमी भागे-भागे हनुमान के पास आए। उनके चेहरे पर संकट की छाया स्पष्ट दिख रही थी।

'क्या बात है?'

'महामारी...'

'महामारी?'

'सिगिरिया पिछले अनेक वर्ष से एक महामारी से त्रस्त हैं। किन्हीं कारणों से यह गोकर्ण तक नहीं फैली थी। न ही केतीश्वरम में। लगता है अब यह फैल गई है।'

हनुमान अनजाने ही पीछे हट गए।

'मैं बहुत पास नहीं गया था। यह दूर से ही स्पष्ट था...' अरिष्टनेमी ने कहा। 'सामान्य लक्षण तीव्र पीड़ा, सुस्ती, थकान आदि हैं। लेकिन हाल ही में एक नया लक्षण जुड़ा है... अनियंत्रित खांसी और सांस फूलने के दौरे। चिंता न करें — मलयपुत्रों के पास इस रोग की औषधि है और हम पर्याप्त मात्रा में लेकर चल रहे हैं, अपनी सेना के लिए भी।'

'ठीक है तो। हम इन लोगों को बंदी बनाएंगे और अपने साथ ले चलेंगे। हमारे सैनिक चिकित्सालयों में इनकी देखभाल हो सकती है। मलयपुत्रों की औषधि से...'

हनुमान बोलते-बोलते ठहर गए क्योंकि अरिष्टनेमी पीछे खड़े अपने मलयपुत्र सेनानायक की ओर मुड़ गए थे, और शीघ्रता से हाथ के संकेतों से आदेश दे रहे थे।

हनुमान तुरंत समझ गए। 'अरिष्टनेमी... नहीं...'

अरिष्टनेमी ने हनुमान को देखा। उनके नेत्रों में मूक क्रोध चमक उठा।

'वो अक्षम हैं... वो सामना नहीं कर सकते... यह अधर्म है।'

अरिष्टनेमी ने अपनी तलवार की म्यान का पट्टा ढीला किया और अपने सारे शरीर पर विभिन्न म्यानों में बंधे मिले-जुले छुरों को परखा।

हनुमान ने अपने मित्र की बांह पकड़ ली। 'आप इससे बेहतर हैं, अरिष्टनेमी। मुझे... मान जाइए... मुझे विवश मत करिए कि...'

अरिष्टनेमी ने जलती निगाहों से हनुमान को देखा। 'आप कुछ नहीं करेंगे। आप यहीं प्रतीक्षा करें।'

'ऐसा न करें... आप इससे बेहतर हैं...'

पलक झपकते, कोई दो सौ मलयपुत्र अरिष्टनेमी के पीछे पंक्तिबद्ध खड़े थे, जिनके निष्ठावान सेनानायकों ने चुस्ती से उन्हें निर्देश दे दिए थे। हनुमान जानते थे कि मलयपुत्र सैनिक केवल अपने सम्मानित प्रमुख के आदेशों का पालन ही नहीं कर रहे थे। सुरसा पूर्व मलयपुत्र भी थी। यह व्यक्तिगत था। उन सबके लिए।

'अरिष्टनेमी...' हनुमान ने धीरे से कहा। अपने मित्र से याचना करते हुए।

'यहीं रहिए। आप इसमें मत पड़िए।'

अरिष्टनेमी ने अपनी तलवार खींची और अपने सैनिकों की ओर मुड़े। और सिर हिलाया।

मलयपुत्रों ने अपनी तलवारें खींच लीं और आगे बढ़ने लगे।

सुरसा का प्रतिशोध लिया जाएगा।

रक्त का प्रत्युत्तर रक्त होगा।

अध्याय 17

'आपकी रक्षक सेना कहां है?' भरत ने पूछा।

भरत, लक्ष्मण और उनके अंगरक्षक अपने सुविधापूर्ण आवास में रातभर चैन की नींद सोकर सुबह जल्दी उठ गए थे। गोकर्ण में रावण के आवास का एक भाग अयोध्या के राजकुमारों को दे दिया गया था। दूसरे प्रहर के अंत में, गोकर्ण के व्यापार मंडलों के वरिष्ठ भागीदार सदल-बल भाइयों से मिलने आए थे।

व्यवसायियों ने चापलूसी भरी बातों से अपनी बातचीत शुरू की थी। भरत और लक्ष्मण उनके धूमिल क्षितिज में धूप की किरणों के समान थे, उन्होंने कहा था। वो दोनों भाई—भारतीय उपमहाद्वीप के वास्तविक शासक—उन्हें मुक्ति प्रदान करेंगे, उन्होंने कहा था। भरत ने शीघ्र ही इस स्वांग को समाप्त कर दिया और वो काम की बात पर आ गए।

समय ही सार था। वो एक पल भी व्यर्थ नहीं करते।

मणिग्रम्मा कपास एवं रेशम मंडल की वरिष्ठ प्रबंधन भागीदार थीं। यह गोकर्ण का सबसे धनी मंडल था। उन्होंने सावधानीपूर्वक भरत के प्रश्न का उत्तर दिया। 'रक्षक सेना, महान राजकुमार?'

पूरे भारतीय उपमहाद्वीप में अधिकांश निर्माता, व्यापारी और व्यवसायी मंडलों—अनिवार्य रूप से एक ही शिल्प या व्यापार में लगे सदस्यों द्वारा निर्मित निगम—में संगठित होते थे। आकांक्षी व्यक्ति प्रशिक्षुओं के रूप में किसी व्यापार मंडल में प्रवेश करते थे और अपने द्वारा मंडल

के लिए अर्जित लाभ के आधार पर सीढ़ी चढ़ते थे—प्रबंधक बनते, फिर अधिपति और फिर भागीदार बनते। सदस्यों द्वारा अर्धवार्षिक आधार पर पांच प्रबंधन भागीदारों को चुना जाता था। कोई भी प्रबंधन भागीदार लगातार दो कार्यकाल से अधिक पद पर नहीं रह सकता था।

मंडल के प्रत्येक सदस्य को वार्षिक लाभ का एक भाग प्राप्त होता था। सारे बहीखाते मंडल कार्यालयों में खुले रखे जाते थे और, प्रबंधकों से ऊपर, सदस्य अपनी इच्छानुसार किसी भी समय खातों की जांच कर सकते थे। फिर, व्यवस्थित ढंग से सभी सदस्य मंडल के लाभ पर ध्यान केंद्रित कर सकते थे। क्योंकि ये लाभ सीधे-सीधे सदस्यों की लाभ-भागीदारी का निर्धारण करते थे।

हिंद महासागर में समुद्री लुटेरों द्वारा व्यापारिक पोतों पर आक्रमण करना लाभ के लिए प्रतिकूल था। इसलिए मंडलों के लिए अपने पोतों की सुरक्षा के लिए अपनी आंतरिक रक्षक सेना रखना, या लंका की सेना की सेवाएं हासिल करना विवेकसम्मत ही था।

'जी, मणिग्रम्माजी,' भरत ने कहा। 'मुझे पूरा विश्वास है कि आपके मंडल के पास आंतरिक रक्षक सेना होगी। आप लंका की महंगी सेना पर धन व्यर्थ नहीं करेंगी। आपका मंडल तो बहुत बड़ा है,' कभी-कभी उलट-चापलूसी भी उपयोगी सिद्ध होती है। 'रक्षक सेना के सैनिक कहां हैं?'

मणिग्रम्मा ने अपने सह-प्रबंधन भागीदार को देखा, और फिर दूसरे मंडलों के प्रबंधक भागीदारों को। सभी ने अलक्षित ढंग से हामी भरी। अयोध्याइयों से झूठ बोलना व्यापार के लिए प्रतिकूल होगा।

'महान राजकुमार,' मणिग्रम्मा ने कहा। 'हमारी रक्षक सेना को सम्राट ने... मेरा मतलब... दुष्ट अपहर्ता रावण ने मांग लिया है। यहां हमारे पास कोई सैनिक नहीं है।'

भरत ने मणिग्रम्मा की आंखों में देखा। वो झूठ नहीं बोल रही थीं। लेकिन वो उन पर विश्वास नहीं करना चाहते थे।

'आपकी नौकाएं...' भरत ने कहा।

'जी, प्रभु भरत?'

'मुझे आपकी नौकाएं चाहिए।'

'लेकिन...' मणिग्रम्मा ने विनम्रता से कहा। 'महान राजकुमार, महावेली गंगा में बाढ़ आई हुई है। आपके अपने समुद्री पोत भी महावेली गंगा में जा सकते हैं क्योंकि नदी-मार्ग में काफी पानी है। आपको हमारी छोटी नौकाएं नहीं चाहिए होंगी। आपके बड़े समुद्री पोत सिगिरिया नौसेना की नदी की नावों को टक्कर मारकर नष्ट कर सकते हैं।'

भरत व्यापारी महिला की युद्ध संबंधी जानकारी से प्रभावित हुए। वो सही कह रही थीं। लेकिन आंशिक रूप से। उनके समुद्री पोत नदी में आगे जा तो सकते थे, लेकिन ओंगुइआहरा नदी के दुर्ग के लिए वो बहुत भारी-भरकम सिद्ध होंगे। मंडल की छोटी नदी की नौकाएं उस महत्वपूर्ण बिंदु पर बहुत उपयोगी होंगी। एक बार दुर्ग में सेंध लगने के बाद उनके पोत नदी में आगे जा सकते थे।

एक अन्य कारण भी था कि वो मंडल के पोतों को अधिकार में ले लेना चाहते थे। वो नौकाओं को पीछे नहीं छोड़ना चाहते थे जिन्हें, महावेली गंगा में उनके आगे बढ़ने पर, उनकी नौसेना पर पीछे से आक्रमण करने के लिए प्रयोग किया जा सकता था। कुछ मंडल रावण के प्रति निष्ठावान हो सकते थे। प्रचुर सावधानी की मांग थी कि वो मंडल के उन पोतों को नष्ट कर दें जिन्हें वो प्रयोग नहीं कर सकते थे।

युद्ध में सब लोग सर्वोत्तम की अपेक्षा करते हैं और सबसे बुरी स्थिति के लिए तैयारी करते हैं।

'बुद्धिमतापूर्ण सैन्य सलाह के लिए धन्यवाद,' भरत ने कहा। 'लेकिन फिर भी मुझे वो पोत चाहिएं। आपकी सारी नौकाएं। समुद्री और साथ ही नदी की नौकाएं भी।'

'हम्म...'

मणिग्रम्मा ने अपने साथियों को देखा, सब असहजता से अपने आसन में पहलू बदल रहे थे। कुछ उन्हें देख रहे थे। अन्य अपनी दृष्टि धरती पर जमाए हुए थे।

भरत समझ गए। अयोध्या और सप्त सिंधु व्यापारियों को नीची निगाह से देखते थे। रावण के विपरीत, जो मूल रूप से व्यापारी था, सप्त सिंधु के अधिकांश राजा व्यापारियों के लिए संपत्ति के अधिकार की अवधारणा को नहीं समझ पाते थे। भरत ने अनुमान लगाया कि गोकर्ण

के मंडलों को संदेह था कि उनके पोतों के नुकसान की भरपाई नहीं की जाएगी।

'मैं आपके सारे पोतों के लिए उचित मूल्य दूंगा,' उन्होंने कहा।

मणिग्रम्मा का चेहरा खिल गया। उत्तर देने से पहले उन्हें प्रतिनिधिमंडल के अन्य सदस्यों की ओर देखने की भी आवश्यकता नहीं थी। 'फिर तो हमें अपने पोत आपको सौंपकर अत्यंत प्रसन्नता होगी।'

भरत ने हामी भरी। 'धन्यवाद।'

'वास्तव में,' और लाभ अर्जित करने का अवसर भांपकर मणिग्रम्मा ने आगे कहा, 'अगर इस खरीद के लिए अयोध्या के राजकोश में धन की कमी हो, या आपको और कोई रसद चाहिए हो, तो हमारा कपास और रेशम मंडल प्रसन्नतापूर्वक आपको ऋण दे सकता है। हमारी ब्याज दर बहुत प्रतिस्पर्धात्मक हैं। सप्त सिंधु से कहीं कम।'

भरत कुछ सोचते हुए मुस्कुराए। लंकाई व्यापार मंडल असीम रूप से सफल थे, और भरत जानते थे कि अनेक के पास विशाल परिमाण में अतिरिक्त धन था जिसे अब वो ब्याज पर उठा रहे थे। प्रभावी रूप से, वो पारंपरिक महाजनों के क्षेत्र में पांव घुसा रहे थे। और चूंकि उनके पास नकद राशि की भरमार थी, इसलिए वो प्रसन्नातापूर्वक कम ब्याज दर ले सकते थे। लेकिन भरत तो पहले ही अयोध्या में पैसा उठा चुके थे। ऊंची ब्याज दरों पर, निस्संदेह। ऐसे देश में तो ब्याज दर अस्वाभाविक रूप से ऊंची होंगी ही जो अपने व्यापारियों और व्यापारिक घरानों से अप्रसन्न रहता हो, और वहां ऋण मिलना भी कठिन होता था। लेकिन काम हो चुका था। अब बहुत देर हो चुकी थी।

उन्होंने विनम्रता से मना कर दिया। 'धन्यवाद मणिग्रम्माजी। लेकिन नहीं, धन्यवाद।'

मणिग्रम्मा शालीनता से मुस्कुराईं। 'ठीक है, तो। लगता है यहां हमारा काम समाप्त हो गया है।'

'हां, मुझे भी ऐसा लगता है।'

'धन्यवाद, महान राजकुमार,' मणिग्रम्मा ने उठते हुए कहा। 'आप निष्पक्ष एवं न्यायी व्यक्ति हैं। सप्त सिंधु के किसी राजपुरुष से मुझे इसकी अपेक्षा नहीं थी।'

'हम सब हठधर्मी नहीं हैं,' भरत ने मुस्कुराते हुए, और सम्मान में उठते हुए कहा। 'न ही मूर्ख हैं। मैं समझता हूं कि व्यापारी हमारे देश के लिए धन अर्जित करते हैं।'

मणिग्रम्मा ने अपनी भावनाओं को कठोरता से रोके रखा। वो सप्त सिंधु के राजपुरुषों से सम्मान पाने की आदी नहीं थीं। वो मुस्कुराईं और उन्होंने हाथ जोड़कर नमस्ते की। 'मां लक्ष्मी आपको विजयी और सफल करें, महान राजकुमार।'

'धन्यवाद,' भरत ने भी सम्मानपूर्ण नमस्ते में हाथ जोड़ते हुए कहा।

वो थोड़ा हिचकिचाईं, फिर उन्होंने जोड़ा, 'आप हम पर विश्वास कर सकते हैं, राजकुमार भरत... मुझे नहीं लगता सम्राट राम और राजकुमार शत्रुघ्न को राजकीय पोत में रहने की आवश्यकता है। उन्हें तट पर लाया जा सकता है।'

भरत सुशिष्टता से मुस्कुराए। 'यह अयोध्या का राजकीय पोत है, मणिग्रम्माजी। विश्वास करें, यह बहुत ही सुविधाजनक है।'

मणिग्रम्मा समझते हुए मुस्कुराईं। भरत ने वस्तुतः उनसे कहा था कि वो अपने राजा के जीवन को संकट में डालने का जोखिम नहीं ले सकते। यह व्यावहारिक चुनाव था। लेकिन उन्होंने बहुत गरिमा के साथ इसका संकेत दिया था। उनके मान-सम्मान को ठेस पहुंचाए बिना। *नेक व्यक्ति।*

'तो फिर मैं अनुमति चाहूंगी,' मणिग्रम्मा ने झुकते हुए कहा।

भरत ने अपने सिर को हल्के से हिलाया, उनके हाथ नमस्ते में जुड़े हुए थे।

मणिग्रम्मा, और पीछे-पीछे उनका शेष प्रतिनिधिमंडल, कक्ष से बाहर चले गए।

भरत ने लंकाइयों के जाने की प्रतीक्षा की और फिर लक्ष्मण को देखा। 'और अब उस देशद्रोही से मिल लेते हैं।'

'आप पक्का यह चाहते हैं, दादा?' लक्ष्मण ने पूछा। 'क्या हम ऐसे व्यक्ति पर विश्वास कर सकते हैं जो अपने ही बड़े भाई को धोखा दे रहा हो?'

'निश्चय ही हम उस पर विश्वास नहीं कर सकते,' भरत ने कहा। 'लेकिन उसे प्रयोग कर सकते हैं। तुमने हमारे सैनिकों को नगर के आसपास की पहाड़ियों पर निगरानी करने के लिए भेजा?'

'हा, दादा। यह हो गया है। हमें लंका के किसी भी गुप्त भू-आक्रमण की चेतावनी देने के लिए मैंने ऊंचाई पर एक संदेशवाहक प्रणाली भी स्थापित कर दी है। हमारे पोत यहां से बहुत दूर नहीं हैं। अगर रावण कुछ भी कपटपूर्ण करने का प्रयास करेगा, तो हम झटपट निकल सकते हैं।'

भरत ने सिर हिलाया। वो चौकस सेनापति थे। 'तो ठीक है। दूत भेज दो और उस लंकाई दलबदलू को बुलवाओ।'

—— Jf J5D ——

'हम आपसे अनुमति लेने आए हैं, राजकुमारी। समय आ गया है,' रावण ने कहा।

रावण और कुंभकर्ण उस परिधान में सुसज्जित अशोक वाटिका में आए थे जो लंकावासी युद्ध में जाते समय पहनते थे: काली धोती और अंगवस्त्रम। अंगवस्त्रम उनकी नाक और मुंह पर लिपटा हुआ था, नकाब की तरह। वो सीता से कुछ दूर खड़े थे, जिन्होंने अभी-अभी अपना कलेवा समाप्त किया था।

सीता की भौंहें टेढी हुईं। उन्हें समाचार नहीं मिला था। रोग को पकड़ में आए हुए बस एक ही दिन हुआ था।

कुंभकर्ण अपने पीछे खड़ी एक स्त्री वैद्य की ओर मुड़ा। उसने भी अपने नाक और मुंह पर अंगवस्त्र लपेट रखा था। उसने अपने कंधे पर पड़े झोले को स्थान पर रखते हुए झुककर प्रणाम किया।

सीता अनायास ही पीछे हट गईं। 'हो क्या रहा है?'

रावण ने वैद्य को देखा। 'पीछे हटो।'

वैद्य कुछ पग पीछे हट गई।

'सुनने की सीमा से दूर,' रावण फुफकारा।

वैद्य पलटी और झटपट कुछ पग और पीछे भाग गई।

रावण ने सीता को देखा। 'यह आपकी सुरक्षा के लिए है, राजकुमारी।'

'किससे सुरक्षा?' सीता ने पूछा।

'राजकुमारी, हमारे यहां संक्रामक सर्दी-ज्वर की एक और महामारी फैल गई है,' कुंभकर्ण ने कहा। 'यह बहुत भयंकर है। यह बड़े लोगों को बुरी तरह प्रभावित करती प्रतीत हो रही है।'

'अभी के लिए हमारे पास मलयपुत्रों की पर्याप्त औषधि हैं,' रावण ने कहा। 'लेकिन हमें अपनी सेना के लिए इसके प्रयोग को प्राथमिकता देनी होगी। और आपके लिए। मेरी सेना के लिए अगर सांस लेना दूभर हो रहा होगा, तो वो युद्ध नहीं कर पाएगी। और अगर मैंने समय से पहले आपको मृत्यु का ग्रास बनने दिया तो पूर्वजों के लोक में मैं वेदवती से मिल नहीं पाऊंगा।'

सीता आतंक से पीछे हट गईं। 'आपका प्राथमिक कर्तव्य अपने नागरिकों के प्रति है।'

'हमारे पास उनके लिए पहले दौर की पर्याप्त औषधि है,' रावण ने उत्तर दिया, उसे सीता की ओर से इस आपत्ति की अपेक्षा थी। 'नागरिकों के लिए दूसरे दौर की आवश्यकता दो सप्ताह बाद होगी। मैं आशा कर रहा हूं कि तब तक आप गुरु विश्वामित्र को और औषधि भेजने के लिए मना लेंगी। लेकिन उन्हें मनाने के लिए आपको जीवित रहने की आवश्यकता होगी।'

'यह महामारी लंका में बार-बार क्यों आती रहती है? शेष भारत में तो यह इतना नहीं होती।'

'संभवतः अपने अगले जीवन में मैं इस पर शोध करूंगा। अभी तो हमें यह सुनिश्चित करना होगा कि आप सुरक्षित रहें। कृपया औषधि ले लें।'

सीता मुस्कुराईं और उन्होंने हामी भरी।

कुंभकर्ण दूर खड़ी वैद्य की ओर मुड़े। और उसे आने का संकेत किया।

वैद्य उनकी ओर आने लगी।

रावण भड़का। 'चलो। चलो। चलो!' वो गुर्राया।

वैद्य भागने लगी। जब वो पास आई तो रावण ने झिड़का, 'हम क्या अगली वर्षा ऋतु की प्रतीक्षा कर रहे हैं?'

'क्षमा चाहूंगी, महाराज,' वैद्य ने कहा।

'राजकुमारी को औषधि दो।'

वैद्य ने औषधि की चटनी पहले ही बना ली थी। उसने जल्दी से अपना कपड़े का झोला खोला, पात्र खोला और, एक साफ चम्मच में सीता की ओर औषधि बढ़ाई। सीता ने कड़वी औषधि निगल ली और वैद्य ने जल्दी से पात्र को बंद कर दिया। औषधि को हवा और नमी के लिए खुला नहीं छोड़ा जा सकता था।

'च्यवन ऋषि की जय हो,' वैद्य ने धीरे से कहा।

यह जग-प्रसिद्ध था कि मलयपुत्रों की इस औषधि को प्राचीन काल में च्यवन ऋषि ने विकसित किया था। उनके सम्मान में इस औषधि को कभी-कभी च्यवनप्राश भी कहा जाता था।

'च्यवन ऋषि की जय हो,' सबने दोहराया।

'कृपया औषधि को यहीं छोड़ दें, माननीया वैद्य,' कुंभकर्ण ने कहा।

वैद्य ने तुरंत उसे पीठिका पर रख दिया और सीता की ओर मुड़ी। 'इस औषधि को आपको एक बार—'

सीता ने सम्मान में सिर झुकाया, हाथ जोड़कर नमस्ते की और कोमल स्वर में कहा, 'मुझे खुराक पता है, माननीया वैद्य। आपकी सहायता के लिए बहुत, बहुत धन्यवाद।'

वैद्य मुस्कुराई और पीछे हट गई।

रावण ने तीखी निगाह वैद्य पर डाली। वो तुरंत मुड़ी और सुरक्षित दूरी पर लौट गई। सुनने की सीमा से दूर।

'पूरे नगर के लिए पर्याप्त औषधि मंगवाना सुनिश्चित कीजिएगा, राजकुमारी,' कुंभकर्ण ने कहा। 'गुरु विश्वामित्र आपको इंकार नहीं करेंगे।'

'मैं मंगवा लूंगी,' सीता ने वचन दिया। 'आपके नागरिक इस रोग से मृत्यु को प्राप्त नहीं होंगे।'

कुंभकर्ण मुस्कुराया। 'मैं जानता हूं आप अपने वचन को पूरा करेंगी।'

'मेरा एक और निवेदन है,' रावण ने कहा।

'कहिए,' सीता ने कहा।

'मैंने अपने मामा मारीच के साथ अपने पुत्र इंद्रजीत को बाली भेज दिया है। एक व्यापारिक विवाद को निपटाने, उनसे कहा गया है...' यह कहते हुए रावण मुस्कुराया, वो प्रसन्न था कि वो अपने पुत्र और मामा का

जीवन बचाने के लिए उन्हें मूर्ख बनाने में सफल रहा था। 'वो कुछ सप्ताह में वापस आएंगे। तब तक सब कुछ समाप्त हो चुकेगा। कृपया सुनिश्चित कीजिएगा कि आपके पति राम इंद्रजीत के लंका के सिंहासन पर आसीन होने का विरोध न करें। वो अच्छा राजा बनेगा।'

सीता का विचार था कि इंद्रजीत का बाली चले जाना असंभव सा था। उन्हें संदेह था कि वो रावण के साथ मिलकर लड़ेगा। और वो किसी सम्मानजनक मृत्यु की नहीं बल्कि युद्ध में विजय की आकांक्षा करेगा। लेकिन, अगर इंद्रजीत युद्ध में जीवित रहा, तो वो सुनिश्चित करेंगी कि रावण का योग्य एवं धार्मिक पुत्र लंका का राजा बने।

'मैं वचन देती हूं, रावणजी,' सीता ने कहा।

'मेरे पुत्र को मेरी ओर से यह पत्र दे दीजिएगा,' रावण ने सीता को एक मुहरबंद चर्मपत्र थमाते हुए कहा।

'अवश्य,' सीता ने पत्र को स्वीकार करते हुए कहा।

रावण मुस्कुराया। अब और कुछ कहने को नहीं था। विदा के अलावा। अंतिम विदा।

'आप आज ही जा रहे हैं?' सीता ने पूछा।

'कुछ घंटे के भीतर, वास्तव में,' रावण ने कहा। 'आपके पति और उनकी सेना गोकर्ण पहुंच चुके हैं। कुछ ही दिन में वो ओंगुइआहर के दृष्टि-क्षेत्र में आ जाएंगे।'

सीता ने हामी भरी। प्रतीत होता था कि रावण और कुंभकर्ण से यह उनकी अंतिम भेंट थी। उन्होंने उनके साथ बातचीत में, अपनी मां के बारे में इतना कुछ जान पाने में, इतनी सारी बातें सीखने में आनंद लिया था। उनके बीच मित्रता का बंधन स्थापित हो गया था।

उन्होंने अपने हाथ जोड़े और रावण को सिर झुकाया, उस व्यक्ति के प्रति सम्मान दर्शाते हुए जो वो बन गया था। उस राक्षस के विपरीत जो वो रहा था।

रावण मुस्कुराया और उसने दूर से ही अपना दायां हाथ उठा दिया। 'अखंड सौभाग्यवती भव,' रावण ने सीता को आशीर्वाद दिया।

अत्यंत उदारमना आशीर्वाद, उस व्यक्ति की ओर से जो उनके पति से युद्ध करने वाला था।

उसने भले ही बुरा जीवन जिया हो। मगर उसकी मृत्यु अच्छी होगी।

'नमस्ते, महान राजकुमार,' विभीषण ने बड़े जतन से अर्जित आत्मविश्वास के साथ कक्ष में आते हुए कहा। भरत और लक्ष्मण उसकी प्रतीक्षा कर रहे थे।

'नमस्ते, श्रेष्ठ विभीषण,' भरत ने मनोरम मुस्कान के साथ कहा।

भरत ने अपने सैनिकों से बाहर प्रतीक्षा करने को कहा। उन्होंने अयोध्या के राजकुमार को प्रणाम किया और चले गए। अब विभीषण भाइयों के साथ अकेला था।

विभीषण ने हाथ जोड़कर नमस्त करते हुए मैत्री भरी मुस्कान के साथ लक्ष्मण को देखा। 'यह भेंट पिछली बार से कहीं अधिक अप्रत्याशित परिस्थितियों में हो रही है, राजकुमार लक्ष्मण।'

पिछली बार उनकी भेंट पंचवटी में हुई थी जहां स्थितियां तेजी से बिगड़ते हुए छुरेबाजी में बदल गई थीं। लक्ष्मण को विश्वास था कि उस विशिष्ट घटनाक्रम ने ही वस्तुतः इस युद्ध को प्रेरित किया था। वो यह नहीं समझ पा रहे थे कि पंचवटी में चाहे जो भी घटा हो, मगर यह युद्ध अवश्यंभावी था।

लक्ष्मण ने दांत पीसे और यंत्रवत हाथ जोड़ दिए।

विभीषण ने इस अपमान को अनदेखा कर दिया। वो भरत की ओर मुड़ा। 'क्या पुण्यात्मा राजा राम हमारे साथ नहीं रहेंगे, राजकुमार भरत?'

'क्यों न पहले आप हमसे ही बात कर लें?' भरत ने मीठे स्वर में कहा। 'और फिर हम निर्णय लेंगे कि आगे क्या करना है।'

'आपके अधिनायक की हत्या करने का मेरा कोई मंतव्य नहीं है, राजकुमार भरत,' विभीषण ने आत्ममुग्ध होते हुए ठिठोली करने का व्यर्थ सा प्रयास किया।

भरत ने हंसी दबा ली। यह विदूषक सच में सोचता था कि यह राम को मार सकता था।

मगर कभी किसी मूर्ख की मूर्खता पर बहस नहीं करनी चाहिए। इससे केवल अहंकार से प्रेरित, निरर्थक प्रतिक्रियाओं का चक्र ही चलता

है। 'बुद्धिमानी' की प्रशंसा करना, और आत्मसंतोष से लाभ उठाना आपके हित को पूरा करता है।

'हमें आप पर पूरा भरोसा है, राजकुमार विभीषण,' भरत ने कहा। 'लेकिन हमें आपकी भयंकर शूरवीरता के बारे में भी पता है। मुझे विश्वास है कि आप भी यह समझेंगे कि हमारे तौर पर सावधानी बरतने में ही समझदारी है। चतुरंग के खेल में राजा को बचाना ही होता है।'

'मैं समझता हूं, राजकुमार भरत। संभवतः आपकी स्थिति में मैं भी यही करता।'

'धन्यवाद, राजकुमार विभीषण,' भरत ने कहा। 'तो, आपने संदेश भेजा था कि आप कोई जानकारी देना चाहते हैं।'

विभीषण मुस्कुराया, वो स्पष्ट रूप से अपनी प्रतिभा पर प्रसन्न था। 'केवल जानकारी ही नहीं... मैं सहायता प्रदान करने भी आया हूं।'

लक्ष्मण बहुत कठिनाई से ही अपनी हंसी रोक पा रहे थे। *यह जड़बुद्धि अपने दुर्जेय भाई रावण के विरुद्ध हमारी सहायता करेगा, सच में?*

लेकिन उन्हें भरत ने चुप रहने के लिए कड़ाई से निर्देश दिया था। तो वो मौन रहे।

'सहायता, वीर राजकुमार?' भरत ने झूठी दिलचस्पी दर्शाते हुए कहा।

'संभवतः समझौता बेहतर शब्द होगा।'

'हां, हां, समकक्षों के बीच समझौता।'

'हां, बिल्कुल,' विभीषण ने और अधिक आत्म-तुष्टता के साथ कहा। 'न्यायोचित समझौता। आपके भाई सम्राट राम की विजय, और लंका का सिंहासन मुझे।'

भरत मुस्कुराए। 'न्यायोचित ही प्रतीत होता है। साहसपूर्ण भी। लेकिन आप क्या प्रस्तुत कर रहे हैं? अपने सिवा, निस्संदेह...'

विभीषण ने लक्ष्मण को देखा, उसके चेहरे पर गर्वीली मुस्कुराहट फैली हुई थी। उसने वापस भरत को देखा। 'मैं ओंगुइआहरा की कुंजियां लाया हूं।'

भरत आगे को झुक गए। अब वो वास्तव में दिलचस्पी ले रहे थे। और इसलिए मौन थे।

'आपको ओंगुइआहरा के नदी स्थित भव्य दुर्ग के बारे में तो पता ही होगा,' विभीषण ने कहा।

भरत ने सिर हिलाकर हामी भरी।

'उसे कभी जीता नहीं जा सका है। उसे जीतना असंभव है। और ओंगुइआहरा पर नियंत्रण पाए बिना, आपके पोत महावेली गंगा की सहायक नदी अंबन गंगा में आगे नहीं जा सकते और सिगिरिया के बंदरगाह के पास नहीं पहुंच सकते। और आपकी सेना लंका के घने वनों से होकर जा नहीं सकती। वो बुरी तरह गुम हो जाएंगे। वो मारे जाएंगे। अंबन नदी ही एकमात्र रास्ता है। और ओंगुइआहरा इसे दृढ़ता से रोके रखता है।'

'मुझे इसकी जानकारी है, राजकुमार विभीषण,' भरत ने कहा। 'आप क्या प्रस्ताव दे रहे हैं?'

'ओंगुइआहरा को सीधे आक्रमण से नहीं जीता जा सकता। यह असंभव है। मैं आपको दुर्ग के मानचित्र और रूपरेखा दूंगा।'

भरत अपने गुप्तचरों के माध्यम से ओंगुइआहरा के मानचित्र पहले ही प्राप्त कर चुके थे। वो जानते थे कि सीधा आक्रमण बेकार होगा। घेराव के विशेषज्ञ कहते थे कि हर दुर्ग में कुछ दोष, कुछ कमियां होती हैं। लेकिन भरसक प्रयासों के बाद भी भरत ओंगुइआहरा के विन्यास में कोई दोष नहीं ढूंढ़ सके। दुर्ग के आसपास की भौगोलिक स्थिति, और दुर्ग-निर्माताओं द्वारा इसके दक्षतापूर्ण प्रयोग ने इसे अगम्य बना दिया था। कोई आक्रमणकारी इसे कभी भेद नहीं पाया था।

'आप कह रहे हैं कि आपके भाई ने दुर्ग के विन्यास में कोई त्रुटि की थी?' भरत ने पूछा।

'नहीं,' विभीषण ने कहा। 'मेरे बड़े भाई ने एक भिन्न प्रकार की त्रुटि की थी। उन्होंने गलत व्यक्ति पर विश्वास किया था।'

भरत भावशून्य बने रहे। 'कहते रहिए।'

'मेरे भाई बहुत अधिक शक्की व्यक्ति हैं। वो अपनी सेना तक पर अविश्वास करते हैं। और वो ओंगुइआहरा के महत्व को समझते हैं। जब

तक ओंगुइआहरा सुदृढ़ रहेगा, सिगिरिया सुरक्षित है। इसलिए, उन्होंने ओंगुइआहरा को स्थानीय सेनापति के हाथ में नहीं छोड़ा।'

'और क्या आप सेनापति को लाए हैं?'

विभीषण ने सिर हिलाया। 'नहीं। सेनापति धूम्राक्ष लंका के प्रति निष्ठावान हैं। वो निर्मम और भयंकर योद्धा हैं। लेकिन रावण दादा उन पर पूरा विश्वास नहीं करते, इसलिए उन्होंने निर्देश दिया था कि धूम्राक्ष की जानकारी के बिना एक गुप्त भूमिगत सुरंग बनाई जाए, जो दुर्ग के पिछले तट पर जाती हो। वास्तव में दो गुप्त भूमिगत मार्ग। एक गोकर्ण की दिशा में नदी में नीचे की ओर खुलता है, और दूसरा नदी में ऊपर सिगिरिया की ओर।'

भरत ने अपने चेहरे पर उत्साह नहीं दिखने दिया। 'मेरा अनुमान है कि रावण सुनिश्चित करना चाहते होंगे कि अगर धूम्राक्ष विद्रोह करे, तो रावण शीघ्रता से और गुप्त रूप से दुर्ग में प्रवेश करके नियंत्रण वापस ले सकें।'

विभीषण ने हामी भरी।

'और आपको इन मार्गों के बारे में कैसे पता है?'

'मैंने उन्हें बनाया था,' विभीषण ने कहा।

भरत ने सिर हिलाकर हामी भरी। 'हमें ओंगुइआहरा में ले जाएं और लंका का सिंहासन आपका होगा।'

विभीषण मुस्कुराया। 'मैं जानता हूं आप अपने वचन का मान रखेंगे, महान राजकुमार। लेकिन क्या मैं अयोध्या के सम्राट राम से भी यह सुन सकता हूं?'

लक्ष्मण क्रोध से फट पड़े, 'तुम्हें अयोध्या के किसी राजकुमार की बात पर संदेह है? क्या तुम नहीं जानते कि अयोध्यावासी अपना वचन तोड़ने की बजाय अपने प्राण दे देंगे?'

भरत ने अपने भाई पर निगाह डाली। 'शांत रहो, लक्ष्मण। मैं समझता हूं कि राजकुमार विभीषण आश्वासन क्यों चाहते हैं।' भरत ने विभीषण को देखा। 'मैं घोषणा जारी कर दूंगा, जिस पर स्वयं मेरे भाई राम की मुहर होगी, कि आप लंका के न्यायोचित राजा हैं। यह पर्याप्त है?'

विभीषण ने दोनों हाथ जोड़ दिए। 'पर्याप्त से भी अधिक है, राजकुमार भरत। आप निष्पक्ष और न्यायी हैं।'

'और जब तक हम ओंगुइआहरा में प्रवेश नहीं करते, आप हमारे सम्मानित अतिथि के रूप में हमारे साथ रहेंगे,' भरत ने आगे कहा।

भरत को इस आदमी पर विश्वास नहीं था।

विभीषण के माथे पर बल पड़ गए। 'मगर मैं तो सुविधाओं का आदी हूं।'

'और आप बहुत आराम से रहेंगे, मैं आपको आश्वस्त करता हूं।'

'ठीक है,' विभीषण ने कहा। 'ओंगुइआहरा पर नियंत्रण करने तक मैं आपका अतिथि रहूंगा।'

समझौते पर मुहर लग गई थी।

विभीषण ने खिड़की से बाहर, गोकर्ण की खाड़ी में लंगर डाले अयोध्याई पोतों को देखा। उसे यह जानकारी भी थी कि अनेक पोत खाड़ी के बाहर खुले समुद्र में भी खड़े हैं। वो भरत की ओर मुड़ा।

'मुझे आशा है कि आपके पास पर्याप्त सैनिक हैं, राजकुमार भरत,' विभीषण ने कहा। 'लंका की सेना भले ही वैसी न रही हो जैसी यह हुआ करती थी, मगर मेरे भाई रावण तनिक भी भयभीत नहीं होंगे। क्योंकि वो जानते हैं कि उनके और पराजय के बीच दो लाख सैनिक खड़े हैं।'

भरत मुस्कुराए। 'हमारे पास एक लाख साठ हजार सैनिक हैं। और वो तनिक भी भयभीत नहीं होंगे। क्योंकि वो जानते हैं कि उनके और पराजय के बीच राम खड़े हैं।'

अध्याय 18

'आपको प्रतीक्षा करनी होगी, प्रभु हनुमान और प्रभु अरिष्टनेमी,' अंगद ने कहा।

यह केतीश्वरम में लंका की वाहिनी के बचेखुचे सैनिकों के नरसंहार के बाद अगला दिन था। राम आक्रमण को लेकर अत्यधिक क्रुद्ध थे; वो अक्षम सैनिक थे और यह युद्ध-धर्म के नियमों के विरुद्ध था, उन्होंने कहा था। लेकिन वो यह भी जानते थे कि वो मलयपुत्रों को दंड नहीं दे सकते। प्रतिशोध लेना केवल उनका अधिकार ही नहीं था, वो यह भी जानते थे कि उन्हें पंद्रह सहस्त्र मलयपुत्र सैनिकों की आवश्यकता है; उनसे भी अधिक, उनकी गज-वाहिनी की। कभी-कभी युद्ध में गुरुतर लाभों के लिए अधिपति को अपने सैनिकों के असंयम को भी सहन करना पड़ता है। राम ने इस कड़वी गोली को निगल लिया था।

अरिष्टनेमी और हनुमान ने लंका की मुख्यभूमि में एक समुद्रतटीय चौकी के पास पड़ाव डाल लिया था, और वो राम की सेना के उतरने पर उसकी सुरक्षा के लिए एक बाड़ बनाने की योजना बना रहे थे। अपने सैनिकों को इस काम को पूरा करने के लिए छोड़कर दोनों एक नौका से धनुषकोडी जलडमरूमध्य को पार करके पंबन द्वीप लौट आए थे जहां शत्रुघ्न मन्नार और पंबन के बीच पुल बनाने की अंतिम तैयारियों का निरीक्षण कर रहे थे। अयोध्या की सेना भारत की मुख्य भूमि से निर्माण सामग्री ला रही थी। वो समुद्र के उथले जल को पैदल पार कर रहे थे।

मलयपुत्रों के तीन सौ से अधिक हाथियों और वानर सेना ने काम को उससे कहीं अधिक आसान और शीघ्रता से पूरा कर दिया था जितना उन्होंने सोचा था।

'पूजा और कितनी देर चलेगी?' अरिष्टनेमी ने पूछा।

हनुमान, अरिष्टनेमी, अंगद और नारद उस स्थान से थोड़ी ही दूर खड़े थे जहां राम और शत्रुघ्न ने रुद्राभिषेक पूजा शुरू की थी जिसे उनके गुरु वशिष्ठ करवा रहे थे। पिछले महादेव प्रभु रुद्र के लिए की जाने वाली यह पूजा प्रायः नकारात्मक शक्तियों को दूर रखने के लिए की जाती थी। लेकिन इसका एक कारण और था। प्रभु रुद्र संसार के महानतम योद्धाओं में से थे, और वो युद्ध से पहले उनका आशीर्वाद पाना चाहते थे। पूजा उच्च अंतरीप जैसे रेतीले भूखंड पर हो रही थी जो पंबन द्वीप पर उत्तर-पूर्वी दिशा में निकला हुआ था। पुल यहां से दो किलोमीटर आगे द्वीप के दक्षिण-पूर्वी छोर से आरंभ होना था। अब से बरसों बाद, इस स्थल पर भगवान रुद्र का भव्य मंदिर बनाया जाएगा। उसे रामेश्वरम के नाम से जाना जाएगा।

'यह साधारण रुद्राभिषेक पूजा नहीं हैं, अरिष्टनेमीजी,' नारद ने उत्तर दिया। 'गुरु वशिष्ठ ने दो घंटे पहले यह शुरू की थी। अब तो शीघ्र ही समाप्त होने वाली होगी।'

'हम्म,' हनुमान ने उत्तर दिया।

'हां, हमने औषधि ले ली है,' वशिष्ठ ने अरिष्टनेमी को उत्तर देते हुए कहा।

'अच्छा है,' अरिष्टनेमी ने कहा। 'यह रोग भयंकर है।'

मलयपुत्रों की औषधि एक ही दिन में अयोध्याइयों, वायुपुत्रों, मलयपुत्रों और वानरों को दे दी गई थी। अनुशासित सेनाओं का लाभः सैनिक आदेशों का पालन करते हैं और प्रश्न नहीं करते।

'क्या हमारे पास अगले कुछ महीनों के लिए पर्याप्त औषधि है?' शत्रुघ्न ने पूछा। 'यह अभियान लंबा चल सकता है। या पर्याप्त औषधि आने तक हम पुल के निर्माण में विलंब कर दें?'

राम ने अपना सिर हिलाया। 'हम निर्माण में विलंब नहीं कर सकते। भरत पहले से गोकर्ण में हैं। उन्हें शीघ्र ही महावेली गंगा में आगे बढ़ना आरंभ करना होगा, वर्ना वो रावण को शंका में डाल देंगे। हम यह नहीं

मान सकते कि लंका का राजा कोई मूर्ख है। रावण की सेना अंबन गंगा की ओर कूच कर चुकी है। वो पारंपरिक नौसैनिक युद्ध की तैयारी कर रहा है। हमें ओंगुइआहरा की उसकी सेना को पूर्व में भटकाकर रखना है, ताकि किसी लंकाई को यह अंदेशा भी न हो कि हमारी मुख्य सेना पश्चिम से आ रही होगी।'

'मैं सहमत हूं,' वशिष्ठ ने कहा जो डाक-पंछी द्वारा लाए भरत के गुप्त संदेश को भी पढ़ चुके थे। 'भरत ने विभीषण से गठजोड़ कर लिया है। रावण का छोटा भाई भरत की सेना को एक गुप्त मार्ग से ओंगुइआहरा दुर्ग में ले जाएगा। एक बार ओंगुइआहरा पर भरत का नियंत्रण हो गया, तो वो आसानी से रावण की नौसेना को भारी क्षति पहुंचा सकेंगे। लंका के राजा को पीछे हटने के लिए विवश कर दिया जाएगा। फिर भरत अपनी सेना को अंबन गंगा नदी में ऊपर ले जा सकेंगे और पूर्व से सिगिरिया में प्रवेश कर सकेंगे, जबकि हम पश्चिम में अंदर जाएंगे। इतने सबके बाद भी, विभीषण दोमुंहा भेदी हो सकता है। या अंत में वो उसकी सहायता करेगा जो उसे लगेगा जीत रहा है। अगर भरत आगे बढ़ने में देरी करते हैं, तो संभव है विभीषण यह सोचने लगे कि हमें अपने आक्रमण में कुछ परेशानियां आ गई हैं, और वो फिर से दल बदल सकता है।'

'यानी, संक्षेप मे, हमें कल ही पुल-निर्माण आरंभ कर देना चाहिए,' शत्रुघ्न ने कहा।

'बिल्कुल,' हनुमान सहमत थे।

अंगद बोल उठा। 'राजकुमार विभीषण से मुझे राजाओं के लिए एक प्राचीन नीति-सूत्र याद आता है। विश्वासयोग्य मूर्खों और अविश्वासयोग्य विशेषज्ञों दोनों से बचना चाहिए। कुंभकर्ण और इंद्रजीत के रूप में रावण के पास विश्वासयोग्य परामर्शदाता हैं। लेकिन वो उनकी सुनता नहीं है।'

'विभीषण न तो विश्वासयोग्य मूर्ख है न अविश्वासयोग्य विशेषज्ञ,' नारद ने कहा। 'वो सबसे बुरा संयोग है: अविश्वासयोग्य मूर्ख। रावण ने उस निकृष्ट को अपने साथ लंका में रहने की अनुमति ही क्यों दी, यह एक रहस्य है।'

'वो हमारी समस्या नहीं है,' शत्रुघ्न ने कहा। 'हमारी समस्या तो यह है कि हमें शीघ्र ही और औषधि चाहिए होगी। यह एक लंबा अभियान हो सकता है। क्या इसका प्रबंध हो सकता है, अरिष्टनेमीजी?'

'मुझे इस आवश्यकता का भान है, शत्रुघ्न,' अरिष्टनेमी ने कहा। 'मैं पहले ही कुछ मलयपुत्रों से अगस्त्यकूटम जाने को कह चुका हूं। वो कल सुबह जा रहे हैं। मैंने उनसे कहा है कि नौका से समुद्रतट के साथ-साथ दक्षिण में जाएं, और फिर ताम्रवर्णी नदी पर चले जाएं। वो अधिक से अधिक एक सप्ताह में वापस आ जाने चाहिएं।'

'यह तो सुसमाचार है,' वशिष्ठ ने कहा।

'क्या हम सिगिरिया नगर के लिए भी एक माह की आपूर्ति मंगा सकते हैं?' राम ने पूछा। 'उन औषधियों के लिए धन अयोध्या देगी।'

अरिष्टनेमी की आंखें हैरानी से फैल गईं। 'आप शत्रु की सहायता करना चाहते हैं?!'

'बस नागरिकों की,' राम ने उत्तर दिया। 'उन्होंने तो कुछ अनुचित नहीं किया है।'

राम केतीश्वरम में लंका के अक्षम सैनिकों की हत्या को सहन करने के लिए विवश किए जाने को लेकर ही बहुत क्रुद्ध थे। वो सामान्य असैनिक नागरिकों को पीड़ित नहीं होने देंगे।

'ऐसा न करें, महाविष्णु,' नारद ने कहा। 'यह जान लें कि अंत साधनों को उचित ठहराते हैं। भारत के कल्याण के लिए रावण का नाश होना ही चाहिए। हमें उस लक्ष्य से अपना ध्यान नहीं हटने देना चाहिए।'

राम ने कहा, 'अंत केवल हमारे मन में होते हैं। समय कभी रुकता नहीं है। तो, वस्तुतः अंत कुछ नहीं है, है ना? केवल मार्ग है। हम सब साधनों के साथ अटके रहते हैं, क्योंकि हम वास्तविक अंत तक कभी नहीं पहुंच पाएंगे। इसलिए हमें साधनों के बारे में बहुत सावधानी से विचार करना होगा। निर्दोष अयोद्धाओं को नहीं मारा जा सकता, भले ही वो चूक से हो या जानबूझकर। यह अधर्म है।'

'लेकिन अभी तो आपने सिगिरिया पर घेराबंदी करने, यहां तक कि उनकी खाद्य आपूर्ति भी रोकने की बात कही थी,' वशिष्ठ ने कहा। 'क्या वो नागरिकों के विरुद्ध नहीं है? क्या वो प्रश्नीय साधन नहीं हैं?'

'मैं आशा कर रहा हूं कि घेराबंदी और अवरोध नागरिकों को राजा रावण के विरुद्ध विद्रोह करने के लिए प्रोत्साहित करेंगे। हम धीमे-धीमे आगे बढ़ेंगे। नागरिक मरेंगे नहीं। उन्हें पूरा अवसर दिया जाएगा कि अपने

शासक के विरुद्ध विद्रोह करके अपनी सहायता करें। लेकिन अगर हम उन्हें इस रोग की औषधि नहीं देंगे तो वो मर जाएंगे। और बहुत शीघ्र। विद्रोह भड़काने के लिए शत्रु नागरिकों पर दबाव डालने और उन्हें सीधे मौत के मुंह में धकेलने में अंतर है। पहला युद्ध का एक वैध साधन है। दूसरा युद्ध-अपराध है।'

'लेकिन रावण औषधि अपनी सेना को पहुंचा सकता है। इससे उसके सैनिक अधिक समय युद्ध कर सकेंगे,' हनुमान ने प्रतिवाद किया।

'हम सिगिरिया में संदेश पहुंचाकर नागरिकों को सूचित कर देंगे कि हमने मलयपुत्रों की औषधि उनके प्रयोग के लिए दी है। और कि रावण उसे अपने सैनिकों को दिलवा रहा है। इससे भी मोहभंग होगा। घेराबंदी तभी सफल होती है जब घेराबंदी किए गए नगर के नागरिक अपने शासकों और सेना के विरुद्ध विद्रोह करते हैं। हमें सिगिरिया से विद्रोह करवाना होगा।'

सब चुप रहे। केवल नारद के होंठों पर हल्की सी मुस्कान आई।

'मैं जानता हूं आप क्या सोच रहे हैं,' राम ने कहा। 'कि मैं सीधा-सरल हूं। लेकिन ऐसा नहीं है। हम सिगिरिया के नागरिकों को औषधि देकर धर्म का पालन करेंगे। और राजा रावण के नागरिकों के प्रति हमारी उदारता उसके नगर में विद्रोहियों को उकसाएगी। यह धर्म भी है और अच्छी रणनीति भी।'

'आपको याद है रावण की सेना ने मुम्बादेवी में क्या किया था?' नारद ने पूछा। 'मैं आपको याद दिलाता हूं। शांतिपूर्ण देवेंद्रों को जला डाला था, एक-एक स्त्री-पुरुष और बच्चे समेत। जिस सेनानायक—प्रहस्त—ने उस बर्बर आक्रमण का नेतृत्व किया था, उसे दंडित नहीं किया गया। इसके विपरीत, उसे पदोन्नति दे दी गई। आप इसका सामना कर रहे हैं। आपका शत्रु इस तरह का ही है। रावण अपने सारे नागरिकों को मरने के लिए छोड़ सकता है। आप स्वयं को यह विश्वास दिलाकर कि यह अच्छी रणनीति भी है, अपने नैतिक होने की आवश्यकता को तर्कसम्मत बना रहे हैं। लेकिन आपके शत्रु में कोई नैतिकता नहीं है। रावण केवल विजयी होना चाहता है। यहीं अंतर है आपके और उसके बीच। हमारे और उनके बीच।'

'हां। यही अंतर है,' राम ने कहा। 'और यह अंतर बना रहना चाहिए। हम जीतेंगे। लेकिन हम सही माध्यम से जीतेंगे। हमें एक श्रेष्ठ भारत के लिए उदाहरण स्थापित करना होगा।'

अपने विचारों को अपने मन में ही रखते हुए नारद मुस्कुरा दिए। *इस बार मैं संभवत: अच्छाई के पक्ष में हूं... आशा है कि हम विजयी होंगे...*

'ठीक है,' अरिष्टनेमी ने कहा। 'मैं अपने सैनिकों से कहूंगा कि अगस्त्यकूटम से और अधिक औषधि ले आएं। इतनी कि वो सिगिरिया के नागरिकों के लिए भी पर्याप्त हो जाए।'

वो सुबह अंतत: आ गई थी।

एक समारोह में वास्तुशिल्पियों और अभियंताओं के देवता विश्वकर्मा का विधिपूर्वक आह्वान किया गया। जल और समुद्र के देवता भगवान वरुण का भी अनुष्ठानपूर्वक आह्वान किया गया। विश्वकर्मा कर्मठता और विशेषज्ञता प्रदान करते, और वरुण देवता अपने राज्य में उनके कार्य को निर्बाध रूप से करने की अनुमति देते। निर्माण के पहले चरण की सामग्री पंबन द्वीप के दक्षिण-पूर्वी भाग में पहुंच चुकी थी। शीघ्र ही उतरते ज्वार का निम्नतम बिंदु उनके सामने होगा। सटीक समय।

हाथियों और सैनिकों के प्रारंभिक जत्थे को प्रशिक्षित और तैनात कर दिया गया था; श्रमिकों को चार-चार घंटे की छोटी पालियों में लगाया जाना था, क्योंकि इस काम में कड़ी मेहनत लगनी थी।

हाथियों पर सवार चार महावतों को पश्चिम से पूर्व की ओर बनाए जा रहे पुल की उत्तरी और दक्षिणी सीमाओं को चिह्नित करने का काम सौंपा गया था। यह शत्रुघ्न द्वारा परिकल्पित एक कम तकनीक वाला, प्रभावी तरीका था।

दो हाथी उथले पानी में एक पंक्ति में खड़े थे, जबकि उनके महावतों ने दोनों सिरों पर एक रस्सी पकड़ रखी थी, जो पुल के आरंभ बिंदु के उत्तरी किनारे की द्योतक थी। कुछ दूर खड़े राम और शत्रुघ्न मनुष्यों और पशुओं को मिलकर काम करते देख रहे थे। अपने महावतों के साथ हाथियों का एक और जोड़ा दक्षिण में साढ़े तीन किलोमीटर की दूरी पर एकदम सामने खड़ा किया गया था। महावतों के दोनों जोड़ों द्वारा पकड़ी

गई रस्सियां पुल की चौड़ाई के सबसे उत्तरी और दक्षिणी किनारे को दर्शा रही थीं। निर्माण की सभी गतिविधियां रस्सी की सीमाओं के भीतर की जानी थीं जो हल्का सा घुमाव लेते हुए वायुगतिकीय—बल्कि जलगतिकीय—पुल का निर्माण करेंगी जिसकी कल्पना शत्रुघ्न ने की थी।

'दादा,' शत्रुघ्न ने अपने बड़े भाई को मूंगा पत्थर की एक ईंट थमाते हुए कहा। राम ने ईंट को देखा। उस पर एक ओर उनका नाम खुदा हुआ था। दूसरी ओर एक का अंक खुदा था। 'इसे पानी में छोड़ें और निर्माण शुरू करवाएं। यह वरुण देव को हमारी पहली भेंट होगी।'

राम ने ईंट को और फिर शत्रुघ्न को देखा। वो कुछ पग आगे बढ़े, झुके और उन्होंने एक नुकीला पत्थर उठा लिया। मूंगे की उस ईंट पर वो कुछ शब्द और उकेरने लगे। शत्रुघ्न ने झांककर देखा कि उनके भाई ने क्या लिखा था।

राम ने अपने भाइयों के नाम जोड़ दिए थे। अपने पास भरत। और नीचे लक्ष्मण और शत्रुघ्न।

'मैं अकेले काम नहीं करता हूं,' राम ने कहा। 'अपने भाइयों के बिना मैं कुछ नहीं हूं।'

शत्रुघ्न मुस्कुराए और उन्होंने अपने भाई की भुजा को छुआ।

राम ने पत्थर को पलटा। एक का चार हो गया।

'मेरे साथ पत्थर को पकड़ो,' राम ने कहा।

शत्रुघ्न ने हाथ बढ़ाकर ईंट को पकड़ लिया। फिर दोनों भाई समुद्र में गए।

उन्होंने प्राचीन भारतीय नाविकों के मंत्र का उच्चारण किया।

शं नो वरुणः।

वो नीचे झुके और उन्होंने पानी में ईंट को छोड़ दिया। धीरे-धीरे लहरों के साथ डोलते हुई वो सतह पर तैरने लगी।

लहरों ने पत्थर को वापस तट पर नहीं धकेला था।

वरुण देव ने भेंट स्वीकार कर ली थी।

राम ने हामी भरी। 'चलो, आरंभ करते हैं।'

'उनसे प्रतीक्षा करने को कहो,' भरत ने अपने सेवक को आदेश दिया।

सेवक प्रणाम करके कक्ष से चला गया।

दो दिन पहले लंका द्वीप के पश्चिमी तट पर पुल निर्माण का काम शुरू हो चुका था। निस्संदेह, लंका के पूर्वी भाग में किसी लंकाई को इसकी भनक तक नहीं थी।

भरत और लक्ष्मण गोकर्ण के महल में अपने अस्थायी आवास में थे। पिछली रात उन्होंने अयोध्या के राजकीय पोत पर बिताई थी। गोकर्ण अभी तक आश्वस्त था कि राम और शत्रुघ्न पोत पर थे। रात में अयोध्या के पोत गोकर्ण की खाड़ी से अंदर आ गए थे और उन्होंने खुले समुद्र में अपने बेड़े के शेष पोतों के साथ लंगर डाल दिए थे। भरत और लक्ष्मण अपने सैनिकों के लिए नए आदेशों के साथ सुबह को वापस आ गए थे। और जानकारी जुटाने के लिए।

विभीषण बिना सूचना के आ गया था। भरत ने निर्णय लिया कि उसे प्रतीक्षा करने दी जाए।

'कोई समाचार, दादा?' लक्ष्मण ने पूछा।

दो दिन पहले भरत ने कुछ सैनिकों को निर्देश दिया था कि एक तीव्र गति वाली छोटी नौका लेकर महावेली गंगा में ओंगुइआहरा नदी दुर्ग तक जाएं। उनसे कड़ाई के साथ किसी भी टकराव से और निगाह में आने से बचने के लिए कहा गया था। उनका काम यह जांच करना था कि लंका की सेना और नदी की नौसेना ओंगुइआहरा के अवरोध बिंदु के दूसरी ओर थी या नहीं।

भरत ने लक्ष्मण को देखा और सिर हिलाकर हामी भरी। 'रावण ने चारा ले लिया है। वो लगभग अपनी पूरी सेना को ओंगुइआहरा ले आया है। वो सब पोतों में अंबन गंगा में उस स्थान पर हैं जहां वो महावेली गंगा से मिलती है।'

लक्ष्मण ने अपनी दाईं मुट्ठी भींची और उसे अपनी खुली बाईं हथेली पर मारा। 'बहुत बढ़िया। हम उन्हें यहां खींच लाए हैं। राम दादा और शत्रुघ्न को अपनी ओर साफ मैदान मिल जाएगा।'

'हम्म। और हमें उन्हें यहीं रोके रखना होगा।'

'हम उन्हें बस यहां रोकेंगे ही नहीं, दादा। हम उन्हें यहीं समाप्त कर देंगे। राम दादा को लड़ने में अपना समय बर्बाद नहीं करना होगा। वो बस विजयी की तरह सिगिरिया में प्रवेश करेंगे।'

भरत स्नेह से मुस्कुरा दिए। अंतराल बहुत लंबा हो गया था। लगभग चौदह साल शत्रुघ्न के साथ बिताने के बाद वो लगभग भूल ही गए थे कि लक्ष्मण किस तरह के हैं। जुड़वां होने के बावजूद लक्ष्मण और शत्रुघ्न में आकाश-पाताल का सा अंतर था। शत्रुघ्न शांत, बुद्धिमान और व्यावहारिक थे, जबकि लक्ष्मण आक्रामक, आवेगी और क्रुद्ध स्वभाव के थे। मगर दोनों ही सोने के दिल वाले थे।

एक योद्धा में उग्र आत्मविश्वास बहुत कारगर हो सकता है, मगर एक सेनापति में, जिसे यथार्थवादी होना चाहिए, अक्सर इसका उल्टा प्रभाव पड़ता है। उसे अपने शत्रु से दो कदम आगे सोचना चाहिए, और केवल तभी युद्ध करना चाहिए जब वो जानता हो कि वो जीत सकता है।

एक अच्छा सेनापति अपने सैनिकों को व्यर्थ में मरने नहीं देता।

और भरत अच्छे सेनापति थे।

'देखते हैं, लक्ष्मण,' भरत ने कहा। 'हमारा मुख्य उद्देश्य रावण को अधिक से अधिक देर तक यहां रोके रखना है। अगर हम उसकी सेना को कुछ गंभीर क्षति पहुंचा सकें, तो और भी अच्छा रहेगा।'

अचानक कुछ जोरदार धमाकों की आवाज से उनका ध्यान बंटा। लक्ष्मण ने खिड़की के बाहर झांका। 'यह आरंभ हो गया, दादा।'

भरत खिड़की के पास गए। अपने महल के ऊंचे स्थान से उन्हें गोकर्ण की खाड़ी स्पष्ट दिखाई दे रही थी।

'लक्ष्मण, तुमने व्यापार मंडलों को हुंडी पहुंचा दी थी? गोकर्ण के व्यापारिक पोतों को खरीदने के लिए?' भरत ने पूछा।

'हाँ, दादा, जैसे आपने कहा था।'

गोकर्ण के व्यापारिक पोत अब अयोध्या के थे। और उन सबको एक साथ बांधकर खाड़ी के बीच में खड़ा कर दिया गया था। तल पर खुले हाथ से उड़ेले गए मोम और तेल की सहायता से अब बेड़े में आग लग गई थी। कई पोतों में गौण वर्गाकार मस्तूल आधी ऊंचाई तक खुले थे—तेल में भीगे कपड़े शीघ्र आग पकड़ लेंगे। भरत ने सावधानीपूर्वक

विस्तृत योजना बनाई थी। बंधे हुए बेड़े में कुछ बड़े व्यापारिक पोतों के माल कक्ष में कोयले और शोरे का मेल—जिसे आतिशबाजी में उपयोग किया जाता है—रख दिया गया था। उनमें से ही एक विस्फोटक मिश्रण अभी-अभी फटा था।

नारकीय लपटों का दृश्य। रावण के गुप्तचरों के लिए।

भरत अनुमान लगा सकते थे कि लंका के आलाकमान तक किस प्रकार के समाचार पहुंचेंगे। अयोध्या के सेनानायक अपने पीछे के भाग को सुरक्षित कर रहे थे। अयोध्या की नौसेना पर पीछे से व्यापारिक पोतों के किसी भी संभावित आक्रमण को रोककर। निष्कर्ष स्पष्ट था: महावेली गंगा नदी की ओर से शीघ्र आक्रमण होने वाला था।

'आपको नहीं लगता कि यह कुछ अधिक ही स्पष्ट है? ऐसे सार्वजनिक रूप से जलाया जाना?' लक्ष्मण ने पूछा। 'हम इन पोतों को डुबो भी तो सकते थे। रावण को संदेह हो सकता है।'

भरत ने ठिठोली में अपनी आंखें फाड़ीं। 'लक्ष्मण, मेरे प्रिय भाई, क्या तुम समझदारी की बात कर रहे हो?'

लक्ष्मण हंस पड़े और उन्होंने अपने बड़े भाई की पीठ पर धौल जमा दिया।

'मैं चाहता हूं रावण सोचे कि हम क्रुद्ध हैं। बदले की आग और इस तरह की बातें,' भरत ने आगे कहा। 'मैं चाहता हूं वो सोचे कि हमने अपनी निर्णय क्षमता को भावनाओं से धुंधला होने दिया है। अगर आपका शत्रु युद्ध में आपको कम आंकता है, तो यह सबसे अच्छा होता है।'

'हम्म...'

'तो, इस बार जब विभीषण आए तो थोड़ी गर्मी दिखाना। उसे देखने देना कि तुम क्रोध में हो। यह भी संकेत दे देना कि राम दादा भी क्रुद्ध हैं। और अकेला मैं हूं जो वास्तविकता की घुट्टी पिलाकर तुम लोगों को रोके हुए हूं।'

लक्ष्मण ने सिर हिलाकर हामी भरी। 'आपको लगता है विभीषण के साथ हमारी बातचीत रावण तक पहुंच रही होगी?'

'मुझे इसमें कोई संदेह नहीं है। हो सकता है स्वयं विभीषण के माध्यम से नहीं। मगर यहां उपस्थित दूसरे लोगों के माध्यम से पहुंच रही

होंगी। विभीषण को बस किसी ऐसे व्यक्ति के आगे थोड़ा बड़बोला होने की आवश्यकता है जिसे इस नगर में वो अपना मित्र मानता हो। एक सक्षम प्रशासन के मूल में एक अच्छा गुप्तचर जाल होता है जो शासक को सबसे एक कदम आगे रखता है। और रावण एक सक्षम प्रशासक है। उसने शून्य से इस सबका निर्माण किया है। हम भले ही उस व्यक्ति से घृणा करते हों, मगर उसकी योग्यताओं का हमें सम्मान करना चाहिए।' भरत द्वार की ओर मुड़े और ऊंचे स्वर में दूसरी ओर खड़े द्वारपाल से बोले। 'राजकुमार विभीषण को अंदर आने दो।'

विभीषण दिखावटी लापरवाही से चलते हुए अंदर आया। बांस से पतले शरीर में नदारद मांसपेशियों को समाने के लिए बांहें बाहर को फैली हुई थीं। 'लगता है इसकी बगलों में फोड़े हो रहे हैं...' भरत को लक्ष्मण का बारीक सा कटाक्ष याद आया और वो मुस्कुरा दिए।

मगर विभीषण ने अपने वस्त्रों के माध्यम से अपना पलड़ा ऊंचा कर दिया था। उसने बैंगनी रंग की धोती और अंगवस्त्रम पहना हुआ था। बैंगनी रंग संसार का सबसे मूल्यवान रंग था, राजसी रंग। उसके आभूषण भी अब हल्के-फुलके नहीं रहे थे; सोने और रूबी जड़े मूल्यवान कुंडल, महीन कारीगरी वाला हार और हीरे जड़ा सोने का कंगन।

स्पष्ट था कि वो स्वयं को राजा के रूप में देखने भी लगा था।

'स्वागत है, महाराज,' भरत ने अपने संबोधन से विभीषण की कमजोर नस को दबाया।

विभीषण झूठे अहंकार से फूल गया। 'आपसे फिर से भेंट करके अच्छा लगा, राजकुमार भरत।' विभीषण लक्ष्मण की ओर मुड़ा और बहुत आडंबर के साथ नमस्ते की। लक्ष्मण ने सरसरी तौर पर सिर हिला दिया। विभीषण हमेशा की तरह तिरस्कार को पी गया। 'तो, हम कब पोतों से कूच कर रहे हैं, राजकुमार भरत? अब जब व्यापारिक पोतों की होलिका जलाकर आपने अपने पिछले पक्ष को सुरक्षित कर लिया है... जो कि बहुत सटीक चाल है, अगर मैं कह सकता हूं तो।'

भरत का उत्तर सादा और संक्षिप्त सा था। 'शीघ्र ही, महाराज।'

'केवल पोतों को ही नहीं, हमें तो इस सारी नगरी को जलाकर राख कर देना चाहिए, दादा,' अचानक लक्ष्मण बोल पड़े, उनकी आंखों से

आग बरस रही थी। 'लंका को सप्त सिंधु के राजवंश को छेड़ने का फल भोगना होगा।'

विभीषण ने सहमकर लक्ष्मण को देखा। सिगिरिया भले ही लंका की जगर-मगर करती राजधानी हो, मगर बंदरगाह नगरी गोकर्ण लंका की समृद्धि की कुंजी थी। सिगिरिया को भले ही ध्वस्त कर दिया जाए, मगर लुटा-पिटा गोकर्ण लंका का अंत होगा।

भरत ने अपना हाथ उठाया मानो शांत रहने का परामर्श दे रहे हों। 'लक्ष्मण...'

'राम दादा सही कहते हैं, भरत दादा,' लक्ष्मण ने कहा, उनका चेहरा क्रोध से लाल भभूका हो रहा था। 'हमें उन्हें पाठ पढ़ाना होगा। पता नहीं आप क्यों—'

'बस!' भरत ने जोर से और दृढ़ता से कहा।

लक्ष्मण मौन हो गए।

'मुझे राजकुमार विभीषण के साथ अकेला छोड़ दो,' भरत ने कहा।

'दादा...'

'मेरे आदेश का कौन सा भाग तुम्हें समझ नहीं आया, लक्ष्मण?' भरत गुर्राए।

लक्ष्मण कुछ पल भरत को घूरते रहे और फिर तेजी से कक्ष से चले गए।

'क्षमा चाहूंगा कि आपको यह देखना पड़ा, महाराज,' भरत ने विभीषण से कहा।

विभीषण इतना सकपकाया हुआ था कि कुछ बोल नहीं पाया। उसने लक्ष्मण के क्रोध को तो एक बार देखा था, पंचवटी में। लेकिन यह जानना भयावह था कि शांत स्वभाव के राम भी क्रुद्ध थे; इतने क्रुद्ध कि गोकर्ण जैसे निर्दोष नगर को भी नष्ट कर देना चाहते थे, जैसा कि प्रतीत होता था। शायद यह समझा भी जा सकता था। सीता उनकी पत्नी थीं, अंततः। क्षणांश के लिए, विभीषण सोच में पड़ गया कि अयोध्या की सहायता लेकर उसने कोई गलती तो नहीं कर दी थी। लेकिन अब तक तो रावण शायद उसके देशद्रोह को जान गया होगा। उसकी नौका भी जला दी गई

थी। अब पीछे जाने का प्रश्न नहीं था; उसके लिए नहीं। अब तो वो भरत के साथ या तो डूबेगा या तर जाएगा।

'हमें अपनी मैत्री को सुदृढ़ रखना होगा, राजकुमार भरत,' विभीषण ने लगभग रिरियाते हुए कहा। कुछ देर पहले वाली लापरवाही नदारद हो गई थी। 'अन्यथा बहुत से निर्दोष मारे जाएंगे।'

'मैं जानता हूं,' भरत ने कहा। 'मैं व्यावहारिक व्यक्ति हूं। मैं अपने सैनिकों के कम से कम हताहत होने के साथ युद्ध में विजय पाना चाहता हूं। हमारी मित्रता यह सुनिश्चित कर सकती है।'

'हां, राजकुमार भरत, यह निश्चय ही ऐसा कर सकती है।'

भरत ने अपनी पीठिका पर हाथ बढ़ाया और एक लिपटा हुआ चर्मपत्र विभीषण को थमा दिया। 'और हमारी मित्रता के चिह्न के रूप में...'

विभीषण को आभास तो था कि उस चर्मपत्र में क्या था, मगर फिर भी उसे खोलते हुए वो अपना उत्साह छिपा नहीं पा रहा था। अयोध्या का राजकीय घोषणापत्र, जिस पर सप्त सिंधु के सम्राट राम की मुहर लगी थी। इसमें औपचारिक रूप से विभीषण को लंका का राजा स्वीकार किया गया था और सभी साधनों द्वारा, सेना समेत, विभीषण को सिगिरिया के सिंहासन पर बिठाने की अयोध्या की प्रतिबद्धता जताई गई थी।

उसका हृदय बल्लियों उछल गया। *मैं दिखा दूंगा उस... उस राक्षस को... मैं अयोग्य हूं, उसने कहा था ना... मैं दिखा दूंगा...*

भरत ने विभीषण की विचार-श्रृंखला को तोड़ा। 'अब... बदले में मैं आपसे मित्रता का चिह्न चाहूंगा, महाराज।'

'जो आप चाहें,' कृतज्ञ विभीषण ने कहा।

'पहले तो मैंने सोचा था कि आप लक्ष्मण के साथ जाएं और गुप्त सुरंग के माध्यम से उन्हें ओंगुइआहरा दुर्ग में ले जाएं।'

क्रोधी स्वभाव के लक्ष्मण के साथ ही नहीं बल्कि युद्ध की मारकाट में फंसने के विचारमात्र से विभीषण सहम गया।

'मगर,' भरत ने कहना जारी रखा, 'अपने भाई की—असल में, अपने सभी भाइयों की—शिराओं में दौड़ रहे क्रोध को देखकर मैं लक्ष्मण और उनकी वाहिनी को आपके बिना ही भेजना पसंद करूंगा।'

'इसी में समझदारी होगी, राजकुमार भरत,' विभीषण ने कहा, उसके कंधे स्पष्ट रूप से राहत पाकर शिथिल हो गए थे। 'ओंगुइआहरा को जीतना जल्लादों का काम है, राजाओं का नहीं।'

भरत ने बहुत जतन से अपने चेहरे पर घृणा नहीं झलकने दी। 'हां, अवश्य, महाराज।' उन्होंने महावेली गंगा और अंबन गंगा के मार्ग का विस्तृत मानचित्र खोला जिस पर सिगिरिया और गोकर्ण स्पष्ट रूप से चिह्नित थे। फिर उन्होंने कुछ भोजपत्र और सीसे की एक बत्ती उठाई। 'मैं चाहूंगा कि आप पूरे गुप्त मार्ग को चिह्नित कर दें।'

'अवश्य,' विभीषण ने कहा। उसने भरत से मानचित्र, भोजपत्र और सीसे की बत्ती ले ली।

'कृपया मार्ग के प्रवेश की पहचान के लिए सारे संकेतकों और संकेतों पर भी चिह्न लगा दें। और साथ ही सुरंगों की वो सभी विशिष्टताएं लिख दें जो उसमें से शीघ्र निकलने के लिए लक्ष्मण को जाननी चाहिएं। लंबाई, चौड़ाई, ऊंचाई, वायु के प्रवाह के लिए छिद्र, प्रकाश के लिए छिद्र, भूतल-निर्माण और समतलता आदि। मैं चाहता हूं वो उसमें प्रवेश करने से पहले अपने मन में उस मार्ग को "देख" लें। आप भोजपत्रों पर अलग से टिप्पणी लिख सकते हैं।'

विभीषण काम में जुट चुका था। 'इन सुरंगों की परिकल्पना और निर्माण मैंने ही किया है, राजकुमार भरत। याद रखें, मैं प्रशिक्षित वास्तुकार और मानचित्र-निर्माता हूं। मैं एकदम सटीक मानचित्र बना दूंगा और निर्देश लिख दूंगा।'

'मुझे इसमें कोई संदेह नहीं है,' भरत मुस्कुराए।

अध्याय 19

'तुम अपने असल उद्यम से चूक गए, भाई!' भरत हंसे।

'मैंने अच्छा अभिनय किया ना?' गर्व भरी नन्ही सी मुस्कान के साथ लक्ष्मण ने कहा।

विभीषण के राजकक्ष से जाने के बाद भरत ने लक्ष्मण को बुला भेजा और भोजन लगाने का आदेश दिया।

'वास्तव में मैं अपनी प्रशंसा वापस लेता हूं,' भरत ने चिढ़ाया। 'तुम अभिनय नहीं कर रहे थे। तुम तो अपने वास्तविक रूप में थे!'

रोटी का निवाला तोड़कर थाली में रखी सब्जी भरते हुए लक्ष्मण ठठाकर हंस पड़े। 'उसने आपको समुचित मानचित्र दे दिए?' लक्ष्मण ने पूछा।

'हम्म,' भरत ने धीमे-धीमे निवाला चबाते हुए कहा।

'बहुत बढ़िया।'

'लेकिन यह विभीषण बहुत धूर्त है।'

'यह तो मैंने आपसे हमेशा कहा है। लेकिन अचानक यह प्रकटीकरण कैसे हुआ?'

भरत बीच में ही रुक गए, रोटी का ग्रास सब्जी पर छोड़कर उनकी आंखें नकली हैरानी से फैल गई थीं। 'प्रकटीकरण? प्रभु इंद्र के नाम पर यह शब्द तुमने कहां सीखा?'

'शत्रुघ्न से, निस्संदेह?!' लक्ष्मण हंसे। 'क्यों? क्या मैंने शब्द का सही प्रयोग नहीं किया?'

'नहीं, नहीं... प्रकटीकरण अचानक होने वाला बड़ा रहस्योद्घाटन या अनुभूति होती है। और तुमने इसे व्यंग्य में प्रयोग किया है। तो, तुमने इसका सही प्रयोग किया है, मेरे भाई...'

लक्ष्मण संतुष्टि से मुस्कुराए, अपनी बाईं भुजा को अपने सिर के ऊपर ले गए, कोहनी मोड़ी और अपनी पीठ थपथपाई। 'शाबाश, लक्ष्मण। शाबाश।' वो खुलकर हंसने लगे।

भरत ने भी हंसी में साथ दिया। 'मुझे तुम्हारी चुहलों का अभाव बहुत खला, विदूषक! हम बहुत लंबे समय दूर रहे हैं।'

'हां, हम बहुत लंबे समय दूर रहे हैं...' लक्ष्मण ने भी कहा।

'अब वापस सुरंगों पर आते हैं,' भरत ने कहा। 'मालूम होता है कि ओंगुइआहरा दुर्ग में किसी को उनके बारे में पता नहीं है। न ही लंका प्रशासन को और न ही, निस्संदेह, साधारणजन को। केवल रावण, कुंभकर्ण, उनके मामा मारीच, रावण के पुत्र इंद्रजीत, विभीषण और उन श्रमिकों को ही पता है जिन्होंने सुरंग बनाने का काम किया था।'

'श्रमिकों ने इस बारे में किसी को नहीं बताया? विचित्र है।'

'लाशें बोलती नहीं हैं। निर्माण के बाद श्रमिकों की हत्या कर दी गई थी। एक-एक आदमी की।'

'ओह... यह तो...'

'...निर्मम, और पागलपन है,' भरत ने लक्ष्मण के वाक्य को पूरा किया। 'लेकिन प्रभावशाली भी है। एकदम रावण सरीखा। इसीलिए तो लगभग किसी को इन सुरंगों के बारे में ज्ञात नहीं है।'

'लेकिन रावण ने विभीषण को क्यों लगाया? वो आदमी धूर्त, एकदम आस्तीन का सांप है।'

'ऐसा लगता है कि लंका के राजपरिवार में विभीषण के पास सर्वश्रेष्ठ वास्तुनिर्माण और अभियांत्रिक दक्षताएं हैं। या ऐसा उसका कहना है। वो कहता है कि इन सुरंगों की परिकल्पना उसकी है और उसी ने इनके निर्माण का निरीक्षण किया था।'

'तब तो वो सुरंगों के बारे में हमें सबसे सटीक जानकारी दे सकता है।'

'बात इससे भी बेहतर है। हमें यह मानना होगा कि रावण जानता है कि विभीषण हमसे मिल गया है। गोकर्ण में उसका गुप्तचर जाल बहुत अच्छा है। वो तार्किक रूप से निष्कर्ष निकालेगा कि विभीषण ने हमें सुरंगों के अस्तित्व के बारे में बता दिया है। स्पष्ट है कि फिर रावण उन मार्गों में हम पर घात लगाकर आक्रमण करेगा या गोकर्ण की ओर से सुरंग को ढहा देगा जिससे हम उसे प्रयोग न कर सकें।'

लक्ष्मण ने सिर हिलाकर हामी भरी। यह सबसे तर्कसम्मत विचार था।

'लेकिन,' भरत ने कहना जारी रखा, 'हमारे लिए एक और मार्ग खुला है।'

'कौन सा?'

'विभीषण ने बहुत पहले ही इस विश्वासघात की योजना बना ली होगी। उसने नदी के बहाव की ओर से ओंगुइआहरा में जाने का एक और गुप्त मार्ग बनाया था, प्रति-सुरक्षा की भी प्रति-सुरक्षा।

लक्ष्मण हंसने लगे। 'आखिर उस दुर्ग में कितनी सुरंगें जा रही हैं?! वो दुर्ग है या कोई पड़ाव?!'

भरत हंसने लगे।

'अच्छा, तो,' लक्ष्मण ने स्वयं को संयत करते हुए कहा, 'ओंगुइआहरा में एक और सुरंग जा रही है... जिसके बारे में रावण, कुंभकर्ण और इंद्रजीत को कोई जानकारी नहीं है। केवल विभीषण ही इसके बारे में जानता है।'

'विभीषण और उस सुरंग को बनाने वाले श्रमिक।'

'वो श्रमिक जो मर चुके हैं।'

'हां।'

'हम सच में सौभाग्यशाली हैं कि हमने लंका के इस विश्वासघाती को प्रलोभन दिया।'

'विभीषण अपने भाई के किसी भी विश्वसनीय शत्रु के पास चला जाता,' भरत ने कहा। 'जब उसने यह सुरंग बनाई थी, तब अयोध्या के

पास लंका के विरुद्ध युद्ध की घोषणा करने का कोई कारण नहीं था। विभीषण तो प्रतीक्षा कर रहा था कि कोई भी राजा रावण से युद्ध करने की घोषणा करे।'

'मेरा अनुमान है जिस दिन रावण ने विभीषण पर विश्वास करने का निर्णय लिया होगा, उसी दिन उसने अपनी नियति पर मुहर लगा ली थी।'

'वास्तव में, उसने अपनी नियति तो उसी दिन तय कर ली थी जब उसने ओंगुइआहरा की अपनी वाहिनी पर विश्वास न करने का निर्णय किया था। और उस संकट से बचने की कोशिश में उसने हमारे लिए उसे पराजित करने का आसान रास्ता ढूंढ़ने की संभावना खोल दी।'

'हम्म।'

'शत्रुघ्न ने एक बार मुझे कुछ बताया था। सुदूर पश्चिम, ग्रीस से भी परे, के एक लेखक—कोई फ़ॉन्टेन—ने कहा था, "मनुष्य अक्सर उसी मार्ग पर अपनी नियति से टकराता है जिसे वो उससे बचने के लिए लेता है।"'

लक्ष्मण मुस्कुराए। 'हां... और हम रावण को उसके मार्ग के अंत पर ले जाएंगे।'

लंका द्वीप के उत्तर-पश्चिमी सिरे पर पुल का निर्माण आरंभ हुए चार दिन हो गए थे। द्वीप के उत्तर-पूर्वी सिरे और गोकर्ण खाड़ी के दक्षिणी छोर पर, लक्ष्मण और भरत अपने प्रमुख पोत पर महावेली गंगा नदी में आगे बढ़ने के लिए तैयार खड़े थे। उन्हें पंछी संदेशवाहक द्वारा सूचना मिली थी कि शत्रुघ्न ने आधे से अधिक पुल का निर्माण कर लिया है। अब से तीन दिन बाद अयोध्या की सेना का प्रमुख भाग लंका की भूमि पर आ जाएगा, और तेजी से सिगिरिया की ओर बढ़ेगा।

'कूच करने से पहले क्या हमें सम्राट राम से नहीं मिलना चाहिए?' विभीषण ने पूछा।

विभीषण दोनों भाइयों के पास ही खड़ा था। वो ऊपरी तल के सामने के सिरे पर, पोत की कगार पर हाथ रखे सामने फैले नदी के अंतहीन विस्तार को देख रहे थे। पोत महावेली गंगा के मुहाने पर खड़ा था, जहां नदी गोकर्ण की खाड़ी में मिलती थी। भरत ने बेड़े को साथ-साथ खड़े दो

पोतों के रक्षा दल में सजाया था, जो उनके पीछे एक लंबी दोहरी पंक्ति में फैले हुए थे। चार सौ पोत, दो सौ-दो सौ पोतों की दो पंक्तियों में, एक के पीछे एक खड़े दो-दो पोत। पोत खाड़ी के पार हिंद महासागर में दूर तक जा रहे थे। नदी के मुहाने के किनारे खड़े किसी दर्शक को अयोध्या की नौसेना के पहले से लेकर अंतिम पोत तक सारे रक्षा दल को देखने में चार घंटे लग सकते थे; बेड़े की संरचना इतनी लंबी थी। यह सप्त सिंधु की नौसेना का शक्ति-प्रदर्शन था। भय और आतंक पैदा करने की मुहिम ताकि लंकाई डरकर आत्मसमर्पण कर दें।

'भरत दादा और मैं सुबह उनसे मिले थे,' लक्ष्मण ने विभीषण को उत्तर देते हुए कहा। 'आप उनसे क्यों मिलना चाहते हैं? आप उनसे ऐसा क्या कहना चाहते हैं जो हमसे नहीं कह सकते?'

'ऐसी कोई बात नहीं है, राजकुमार लक्ष्मण,' विभीषण ने कहा। वो मुस्कुरा रहा था, यह लक्ष्मण के निरंतर जारी द्वेषपूर्ण व्यवहार के लिए उसका सामान्य प्रत्युत्तर था। 'मैं बस यह सोच रहा था कि चूंकि मैं एक मित्र हूं इसलिए लंका पर आक्रमण आरंभ करने से पहले मुझे हमारी सेना के प्रमुख से मिलना चाहिए।'

लक्ष्मण के चेहरे पर गहरा द्वेष भाव उभर आया। 'आप कोई मित्र नहीं हैं। आप बस एक साझेदार हैं। यह हमारे बीच एक व्यापारिक संबंध है। हम ओंगुइआहरा लेंगे। आपको लंका का सिंहासन मिलेगा। ऐसा कुछ बनने का प्रयास न करें जो आप नहीं हैं।'

'लक्ष्मण...' भरत ने झुंझलाहट का नाटक करते हुए कहा।

'दादा, मैं आपकी बात सुन रहा हूं और आपके निर्देशों का पालन कर रहा हूं,' लक्ष्मण ने कहा। 'राम दादा भी यही कर रहे हैं। मगर अपने इन मित्र से कह दें कि अपनी सीमाओं में रहें।'

'लक्ष्मण,' भरत गुर्राए। 'मुझे राजा विभीषण के साथ अकेला छोड़ दो। जाओ।'

'ये अभी राजा नहीं बने हैं,' लक्ष्मण ने हंसी उड़ाते हुए कहा।

भरत लक्ष्मण की ओर बढ़े। 'क्या तुम यह कह रहे हो कि हम सूर्यवंशी अपना वचन तोड़ देते हैं?'

लक्ष्मण मौन हो गए।

'हमें अकेला छोड़ दो,' भरत ने आदेश दिया। 'और यह आदेश है। जाओ, अपना काम करो। महावेली गंगा में कूच आरंभ करते हैं।'

लक्ष्मण ने एक स्नेही भाई की तरह नहीं, बल्कि एक अधीनस्थ की तरह प्रणाम किया जो अपने सेनापति के आदेश का पालन कर रहा था, और चले गए। भरत ने मन ही मन सोचा कि बाद में लक्ष्मण को उनकी नाटकीयताओं के लिए सराहेंगे। लक्ष्मण स्पष्ट रूप से इसका आनंद ले रहे थे।

भरत विभीषण की ओर मुड़े। 'क्षमा चाहूंगा, महाराज। आपकी सहायता लेने पर मेरे सारे भाई प्रसन्न नहीं हैं। वो छल-कपट के बिना जीतना पसंद करते। वो पुरानी शैली के योद्धाओं की तरह विजय पाना चाहते हैं। लेकिन मैं समझता हूं कि युद्ध मलिन उद्यम है। हमें अपने पास उपलब्ध सभी साधनों से विजय प्राप्त करनी होगी।'

'लेकिन—' विभीषण ने कहना आरंभ किया।

जोरों के शोर से उसकी बात अधूरी रह गई। दोनों पलटे। मुख्य पोत की तुरही ने एक बार लंबी और उसके बाद तीन छोटी-छोटी ध्वनि की थीं। और झंडे लहरा उठे। रक्षा दल इतना विशाल था कि मौखिक रूप से आदेश नहीं पहुंचाए जा सकते थे। और लिखित निर्देशों के साथ छोटी नौकाओं को भेजने में बहुत देर लगती। इसलिए भरत ने एक प्रणाली स्थापित की थी जिसके द्वारा पोत की तुरही बजाने, और साथ में मुख्य मस्तूल के ऊपर विभिन्न ध्वजों के माध्यम से निर्देश दिए जाने थे। रंगीन ध्वजों का प्रत्येक संयोजन कोडित भाषा में कोई विशिष्ट निर्देश प्रसारित करता था जिसे केवल पोत-नायक ही समझ सकता था। अभी दिया जा रहा निर्देश एकदम स्पष्ट था: कूच करो।

भरत ने विभीषण को देखा। उन्होंने अनुमान लगाया कि रावण के छोटे भाई के मन में क्या चल रहा है।

'राजा विभीषण,' भरत ने नर्म स्वर में कहा, 'मैं समझ सकता हूं कि आप क्या सोच रहे हैं... *क्या मैं ऐसे सम्राट पर विश्वास कर सकता हूं जो मुझे पसंद नहीं करते? क्या वो अपने वचन का पालन करेंगे और मुझे राजा बनाएंगे?'*

विभीषण मौन रहा।

'मेरे भाई राम हमेशा मर्यादा के मार्ग का पालन करते हैं भले ही इससे उन्हें व्यक्तिगत रूप से हानि पहुंचे। इसीलिए इस समय वो आपकी सहायता लेना नहीं चाहते थे। आपको लगता है ऐसे व्यक्ति आपको राजा बनाने के अपने वचन का पालन करने से इंकार करेंगे? उस वचन से जो उन्होंने आपको लिखित में दिया है?'

विभीषण ने लंबी सांस छोड़ी। तर्क अकाट्य था।

'लेकिन, हां, वो आपको पसंद नहीं करते,' भरत ने आगे कहा। 'वो आपसे भेंट नहीं करेंगे।'

बातचीत रुक गई क्योंकि पोत चलने लगा था। मस्तूल उठा दिए गए थे और पोत के संख्या-विशेषज्ञों के ढोलों की लयबद्ध थाप सुनी जा सकती थीं। ढोलों की थाप जिनके अनुसार खिवैये अपने नाव खेने में तालनेल बिठाते थे। छह वाहिनियां—महावेली गंगा के पश्चिमी और पूर्वी तटों पर तीन-तीन—नदी तटों पर चार-चार की पंक्ति में नौसेना के साथ-साथ आगे बढ़ रही थीं। उनकी ढालें वन की ओर उठी हुई थीं। भाले और तलवारें तैयार थीं। लंकाइयों के किसी भी औचक आक्रमण से निबटने की स्थिति के लिए।

भरत सतर्क सेनापति थे।

भूमि पर चल रहे सैनिक एक और उद्देश्य को पूरा कर रहे थे। वो महावेली गंगा नदी पर अयोध्या की नौसेना की धीमी गति के लिए विश्वसनीय बहाना प्रदान कर रहे थे। अब आधे दिन की यात्रा दो दिन लेगी, क्योंकि नौकाओं को धीमे चलना होगा और किनारे पर चल रहे सैनिकों के साथ तालमेल बनाए रखना होगा। संभावित छिपे आक्रमणों से सुरक्षा रखना संदेह नहीं जगाएगा। ओंगुइआहरा में युद्ध में यथासंभव विलंब करने का असली कारण राम और शत्रुघ्न को पुल बनाने और उसे पार करके आने के लिए समय देना था।

'मुझे विश्वास है कि जब सम्राट राम यह जानेंगे कि मैंने उनके शत्रु की लड़ने की क्षमता को क्षीण करने में किस तरह सहायता की है, तो वो मुझे पसंद करने लगेंगे,' विभीषण ने कहा।

'आपका क्या मतलब है?' भरत ने रुचि लेते हुए पूछा।

'आप जानते हैं कि सिगिरिया एक महामारी से क्षीण हो गया है?'

'मैंने श्लैष्मिक ज्वर की महामारी के बारे में सुना है।' भरत ने यह प्रकट नहीं किया कि उन्हें राम द्वारा भेजे पंछी संदेशवाहक द्वारा यह जानकारी मिल चुकी थी। उन्होंने अरिष्टनेमी की तीव्र नौकाओं द्वारा औषधियां भी भेजी थीं। 'और हमारे पास मलयपुत्रों की पर्याप्त औषधि है। आप चिंता न करें।'

'अरे वो— मैं जानता हूं आप इसका प्रबंध कर सकते हैं। एक और महामारी है जिससे एक लंबे समय से वो लोग त्रस्त हैं। असल में, बहुत वर्षों से। इसने सिगिरिया और उसकी सेना को क्षीण कर दिया है।'

'यह क्या है? मुझे इस महामारी के बारे में पता नहीं है।'

'लंका के बाहर के अधिकांश लोग नहीं जानते हैं। मेरे भाई रावण ने प्रत्यक्ष कारणों से इसे गुप्त रखा है। और इस महामारी के बारे में विचित्र बात यह है कि यह गोकर्ण नहीं पहुंची है। बहुत से लोग मानते हैं कि सिगिरिया शापित है। और जो वहां रहेगा, वो कष्ट पाएगा।'

'यह है क्या?' भरत ने दोहराया।

'यह प्लेग न तो संक्रमण है, और न ही देवताओं का शाप है,' विभीषण ने हल्के से हंसते हुए कहा। 'यह तो ऐसी मुसीबत है जो सिगिरिया ने स्वयं न्योती है।'

'क्या?'

'मेरे भाई लोगों के घरों तक जल की आपूर्ति करवाना चाहते थे।'

'तो, समस्या क्या है? मैंने भी सारी अयोध्या में कुएं खुदवाए हैं, हर घर के समीप ताकि लोगों को पानी सुगमता से प्राप्त हो सके।'

'नहीं, नहीं!' विभीषण हंसा। 'वो अपने नागरिकों के लिए इसे और अधिक सुविधाजनक बनाना चाहते थे। अगर आप कुएं खुदवाते हैं, तो लोगों को उनकी देखरेख करनी होगी। जो कि असुविधाजनक है। और स्पष्ट कारणों से रावण दादा कठोर ईंट जैसी वो नलिकाएं भी नहीं चाहते थे जो आपके सप्त सिंधु के कुछ स्थानों पर हैं। तो, उन्होंने ऐसी परिकल्पना की जो उन्हें बहुत दक्षतापूर्ण लगी थी: सीसे की धातुई नलिकाएं। उन्हें बनाना आसान होता। उन्हें घरों में लगाना भी आसान था। कोई रिसाव नहीं। न्यूनतम रखरखाव की आवश्यकता पड़ती। और वो अपनी प्रजा को पानी पहुंचा सकते थे। वो सब इसके लिए उनके कृतज्ञ होते। निस्संदेह,

सारा परिश्रम उन्होंने मुझसे करवाया था। मैंने इसका नमूना बनाया और निर्माण किया था।'

'मैं अभी भी नहीं समझ पा रहा हूं कि समस्या क्या है।'

'बाद में मैंने जाना कि सीसा हमारे लिए अच्छा नहीं होता।'

'क्या? सप्त सिंधु में हम भी सीसे का प्रयोग करते हैं!'

'हां, लेकिन सप्त सिंधु सीसे का भारी मात्रा में प्रयोग नहीं करता है। आप प्राथमिक रूप से तांबे के बरतनों और नलिकाओं का प्रयोग करते हैं। तांबा लाभदायक होता है। सीसे का प्रयोग आप बहुत कम करते हैं। अधिक मात्रा में सीसा विषात्मक हो जाता है और हमें क्षीण कर देता है। आप समझ रहे हैं, सीसा पानी में घुल जाता है, विशेषकर उस तरह के पानी में जो सिगिरिया में है। और जो भी उस पानी को पीता है, उसमें धीरे-धीरे रोग के चिह्न दिखने लगते हैं। यह महामारी जैसा दिखता है। लेकिन यह महामारी नहीं है। यह रोग धीरे-धीरे फैलता है, अनेक वर्षों में। कुल मिलाकर, रावण दादा धीरे-धीरे स्वयं को और अपने प्रिय नगर को विष देते आ रहे हैं।'

यह कहते हुए विभीषण खी-खी करने लगा।

भरत हतप्रभ थे। 'आपने बचाया क्यों नहीं—'

विभीषण ने भरत की बात काट दी। 'बचाया ना अपने परिवार और अपनी मां और बहन को। अब वो गोकर्ण में रहते हैं। लेकिन रावण की सेना जो मुख्यत: सिगिरिया में है, बरसों से धीमा विषपान कर रही है। सीसे की विषाक्तता ही कारण है कि आपके सैनिकों की तुलना में वो इस श्लैष्मिक ज्वर की महामारी से अधिक पीड़ित होंगे। वो उससे कहीं अधिक क्षीण हैं जितना आप सोच सकते हैं।'

'लेकिन... सिगिरिया के नागरिकों का क्या?'

'आनुशंगिक हानि, राजकुमार भरत,' विभीषण ने कहा। 'जैसा आपने कहा था, युद्ध मलिन उद्यम है। तो आप देख सकते हैं, मैं बहुत समय से लंका को कमजोर करने में लगा हूं। केवल सम्राट राम और आपके लिए। आप आसानी से विजय पा लेंगे। मैं तो आपसे मिलने से पहले से ही आपकी सहायता कर रहा हूं! जब मैं सम्राट बन जाऊंगा, तो

सीसे की नलिकाओं को तांबे या और किसी धातु की नलिकाओं से बदल दूंगा। मैं लोगों को बचाऊंगा और इसके लिए वो मेरे कृतज्ञ होंगे।'

भरत ने मुंह फेर लिया और नदी को तकने लगे। विभीषण के लिए उपज रही घोर घृणा को अपने चेहरे पर न झलकने देने का प्रयास करते हुए।

अध्याय 20

'गुरुजी?' मतिकाय ने आश्चर्य से पूछा।

विश्वामित्र ने अपनी खीझ को दबा लिया। *यह मूर्ख मानता है कि किसी समस्या को सुलझाने के लिए इसकी समझबूझ महत्वपूर्ण है। यह सोचता है कि यह ऐसे किसी हल में सुधार ला सकता है जिसे स्वयं मैंने निकाला है। मूर्ख!* विश्वामित्र मतिकाय के स्थान पर अरिष्टनेमी को वरीयता देते थे। अरिष्टनेमी में इतनी बुद्धि थी कि कब प्रश्न नहीं करना था। मतिकाय हमेशा और जानकारी पाने के लिए भूखा रहता था।

विश्वामित्र कुछ महीनों से योजना बनाने में लगे थे। गुप्त संकेत भाषा में संवाद करने की। पंछी संदेशवाहकों के माध्यम से। लेकिन अब उन्हें कुछ और भेजना था। एक बड़ा डिब्बा, लगभग बक्से जैसा। कुछ अनमोल सामान के साथ। बहुत अनमोल। बक्से में एक अस्त्र था। कोई पंछी स्पष्ट रूप से इसे नहीं ले जा सकता था। और इसलिए उन्हें इस मूर्ख मतिकाय की आवश्यकता थी। वो और किसी पर विश्वास नहीं कर सकते थे। मतिकाय अपने प्रश्नों की झड़ी लगाए हुए था, लेकिन वो जानता था कि विश्वामित्र से मिलने वाले निर्देशों पर किस तरह मौन रहना था। दुर्जेय गुरु यह जानते थे।

'इसे ले जाओ, मतिकाय। और इसे देवगिरि आश्रम में छोड़ देना। इसे वहां से उठा लिया जाएगा।'

'लेकिन... लेकिन देवगिरि आश्रम तो परित्यक्त पड़ा है, गुरुजी। वहां कोई नहीं है। मेरा मतलब...'

'तुम्हें ऐसा संभव लगता है कि मुझे ऐसी किसी बात की जानकारी नहीं होगी जो तुम्हें तक मालूम है?'

'क्षमा चाहूंगा, गुरुजी,' मतिकाय ने क्षमायाचना में हाथ जोड़ते हुए कहा।

सरस्वती भारत की पवित्रतम नदी थी। इसलिए उसे तटस्थ क्षेत्र माना जाता था। वो किसी राजा के अधिकार-क्षेत्र में नहीं थी। इसके किनारों पर कोई दुर्ग नहीं थे। वो स्थान ऋषि-मुनियों, विद्वत्जनों, संन्यासियों और अधिकांशतः स्वयं प्रकृति देवी के लिए रिक्त छोड़ दिया गया था। इन क्षेत्रों से सब बिना अनुमति या बाधा के आ-जा सकते थे। अनेक लोग तो सरस्वती के किनारों पर युद्ध करना भी अधार्मिक मानते थे।

और चूंकि सरस्वती के आसपास कोई नहीं लड़ता था, इसलिए इन क्षेत्रों को कभी सैन्य दृष्टिकोण से परखा भी नहीं गया था। और इसीलिए देवगिरि के सैन्य महत्व को कोई नहीं समझता था। *लगभग* कोई नहीं।

'बस वो करो जो मैंने करने के लिए कहा है,' विश्वामित्र ने आदेश दिया।

'अवश्य, गुरुजी,' मतिकाय ने चुस्ती से प्रणाम करते हुए कहा।

विश्वामित्र ने अपना सिर घुमा लिया। भव्य परशुरामेश्वर मंदिर की ओर, जो मलयपुत्र राजधानी अगस्त्यकूटम का केंद्र था। उनके अस्तित्व का केंद्र।

हे प्रभु परशु राम, मेरी आपसे विनती है... ययाति और शर्मिष्ठा के उस वंशज पर कृपा करें। उसका बलिदान व्यर्थ न जाए। यह सब मां भारती के लिए है।

निस्संदेह, ययाति और शर्मिष्ठा के वंशज को पता नहीं था कि उसे किसी बलिदान के लिए तैयार किया जा रहा था।

शत्रुघ्न को पुल का निर्माण आरंभ किए हुए छह दिन हो गए थे। उन्हें आशा थी कि अगले एक दिन में वो मन्नार द्वीप को छू लेंगे। उसके बाद, केतीश्वरम मार्ग से एक दिन चलकर वो सिगिरिया पहुंच जाएंगे।

आकाश में असाधारण रूप से चमकीले लाल और असामान्य, उदासी भरे बैंगनी रंगों का सुंदर मेल था। शाम बस ढली ही थी और सूर्य क्षितिज में डूब रहा था। सूर्य देव ने आकाश के फलक पर एक चित्ताकर्षक तस्वीर उकेर दी थी। अपने भक्तों के लिए विदाई की भेंट जो कौतुक से ऊपर देख रहे थे। उनके अगली बार उनसे मिलने तक। अगली सुबह को।

मनोहर आकाश से मंत्रमुग्ध से वशिष्ठ, राम और शत्रुघ्न पुल के किनारे बैठे हुए थे।

'मैंने शायद ही कभी किसी निर्माण कार्य को एकदम योजना के अनुसार पूरा होते देखा है,' मुस्कुराते हुए वशिष्ठ ने शत्रुघ्न को देखते हुए कहा।

'धन्यवाद, गुरुजी,' शत्रुघ्न ने हाथ जोड़ते हुए कहा।

'क्या तुमने माप लिया—'

शत्रुघ्न ने राम की बात काट दी। 'हां, दादा। हम तीस किलोमीटर से कुछ अधिक पुल का निर्माण कर चुके हैं। बस पांच किलोमीटर और, जो हम कल पूरा कर लेंगे। और फिर हम मन्नार द्वीप पर होंगे। परसों सेना पार जा सकती है।'

राम मुस्कुराए। 'हम तीन दिन के अंदर सिगिरिया में होंगे।'

'भरत और लक्ष्मण?' वशिष्ठ ने पूछा।

'वो आज रात ओंगुइआहरा पहुंच रहे हैं, गुरुजी,' राम ने कहा। 'उन्हें बस तीन दिन और लंका की सेना को व्यस्त रखना होगा। तब तक हम सिगिरिया पहुंच जाएंगे और युद्ध समाप्त हो जाएगा।'

'मैं सिगिरिया दुर्ग प्रणाली के मानचित्रों को देख रहा था, दादा,' शत्रुघ्न ने कहा। 'अरिष्टनेमी जी और हनुमानजी ने वो मुझे दिए थे। घेराव लंबा और कठिन होगा। यह सच में भली-भांति बनाया गया दुर्ग है। मुझे उसमें कोई दोष नहीं दिखता है।'

'हरेक दुर्ग में कोई तो दोष होता ही है,' राम ने कहा।

'ऐसा प्रतीत होता है कि इसमें कोई नहीं है।'

'हर दुर्ग में कोई न कोई दोष होता है। और जानते हो सिगिरिया के दुर्ग का दोष क्या है?'

शत्रुघ्न ने सिर हिलाकर इंकार किया।

'कि जब हम पहुंचेंगे तो इसकी रक्षक सेना ओंगुइआहरा में होगी। वो इसका दोष होगा!'

—jF J5D—

लंका का ग्रामीण क्षेत्र अंतहीन वन था। प्रायद्वीपीय भारत के प्रसिद्ध दंडकारण्य सहित उन सभी वनों से घना और गहरा जिन्हें अयोध्यावासियों ने कभी देखा था।

लंका हिंद महासागर में आंसू की बूंद के आकार का द्वीप था। पहाड़ी मैदानी क्षेत्र और पहाड़ उत्तर-दक्षिण दिशा में इसके केंद्रीय मेरुदंड की ओर जा रहे थे। इस प्रकार स्थित होने के कारण दक्षिण-पश्चिम और उत्तर-पूर्वी दोनों मानसूनी हवाएं लंका पर भरपूर वर्षा करवाती थीं। अधिकांश भारतीय उपमहाद्वीप मुख्य भूमि पर प्रायः छह ऋतुएं होती थीं, उनमें से एक वर्षा ऋतु थी। लेकिन लंका में दो भरे-पूरे वर्षा काल थे, जिन्हें दो अंतर-वर्षा ऋतुएँ अलग करती थीं। और भूमध्य रेखा से लंका की निकटता के कारण अंतर-वर्षा काल में भी बारिश होती थी।

उनकी वार्षिक जलवायु सीधी सी थी: वर्षा। बहुत भारी वर्षा। वर्षा। असाधारण रूप से भारी वर्षा। और साल भर गर्मी। सब एक अत्यंत उपजाऊ भूमि पर फैले हुए थे।

घने वर्षा वनों के लिए उत्तम परिस्थितियाँ।

वन इतने अभेद्य थे कि पैदल चलने वाले सैनिक नदी के किनारे से वन में पंद्रह से बीस फ़ुट के आगे नहीं देख सकते थे। वो हर समय अपनी ढालें ऊपर किए रहते थे। रात में वो पोतों पर चले जाते और पोत बीच नदी में लंगर डाल देते थे।

प्रगति धीमी थी।

अंततः, वो शत्रु के गढ़ में पहुंचे। अब वो ओंगुइआहरा के भव्य दुर्ग से कोई दो किलोमीटर दूर थे।

सुबह लक्ष्मण पोत से उतर गए थे और वाहिनियों के साथ उत्तर दिशा में बह रही महावेली गंगा नदी के उत्तर किनारे पर आगे बढ़ने लगे। भरत नहीं चाहते थे कि लंका का कोई गुप्तचर अयोध्या की सेना को रात में पोत से उतरते देखे। इसलिए उन्होंने निर्णय लिया था कि पूर्वी किनारों के कुछ सैनिक सूरज ढलने पर सहजता से वन में गुम हो जाएंगे। और शीघ्रता से गुप्त सुरंग में घुस जाएंगे।

भरत सतर्क सेनापति थे। और सतर्क सेनापति कभी भी अपने प्रतिपक्षी के गुप्तचर-तंत्र को कम नहीं समझता।

सूरज क्षितिज के निकट था। गोधूलि का समय था। अयोध्या के पोतों के लिए नदी के बीच में लंगर डालने और पैदल चल रहे सैनिकों के लिए पोतों पर आने का समय। भरत ने सुबह को पोतों से उतरने और शाम को सवार होने की गतिविधियों को छिपाने का कोई प्रयास नहीं किया था। वो चाहते थे कि लंकाई जान लें कि वो सैन्य गतिविधियों की सामान्य आचरण-संहिता का पालन करते हुए सावधानी बरत रहे हैं।

पोतों पर सवार हो रहे सैनिकों के शोरगुल के बीच किसी ने ध्यान नहीं दिया कि कुछ सैनिक—उत्कृष्ट विशेष बल की लगभग मध्य आकार की वाहिनी—नीम-अंधेरे में विलीन हो गए थे। पांच सौ सैनिकों के साथ लक्ष्मण शीघ्र ही वन में दो सौ मीटर अंदर एकजुट हो गए थे। नदी से अदृश्य।

उनके जूतों पर चमड़े की अतिरिक्त परत चढ़ी हुई थी ताकि उनके कदमों की आहट दब जाए। उनकी तलवारें सूती कपड़े में लिपटी हुई थीं ताकि म्यानों से उनके टकराने का हल्का सा शोर भी न हो। तलवारें खींचने पर सूती कपड़े को हटा दिया जाएगा। उनकी धोतियां सैन्य शैली में कसकर बंधी हुई थीं। उनके कवच धातु के स्थान पर चमड़े के थे। सुरक्षा कम थी लेकिन शोर भी कम होता। यह अयोध्या का विशेष बल था। अपने जीवन की रक्षा से महत्वपूर्ण अभियान को पूरा करना था। कोई मौखिक आदेश नहीं, बस हाथ से संकेत दिए जाने थे। वो शीघ्रता से दोहरी पंक्ति में खड़े हो गए। एक पतली रस्सी हर सैनिक को अपने पीछे वाले सैनिक से बांधे हुए थी, पंक्ति में अंत तक। हरेक सैनिक के साथ एक साथी था, और वो पूरे समूह से बंधा हुआ था, आगे वाले सैनिक से लेकर पीछे तक।

लक्ष्मण ने छिपे हुए मार्ग का चिह्न पहचाना जो उन्हें गुप्त सुरंग तक ले जाता। विभीषण के मानचित्रों को समझना बहुत सरल था। ये आसान सा निशान था।

फ़ीजी का बौना नारियल वृक्ष। एक बहुत ही सुंदर छोटा सा नारियल वृक्ष जिसके लंबे-लंबे पत्ते और उनमें छोटी-छोटी पत्तियां, नन्हे-नन्हे नारियल और उसके तने पर कांसे के रंग के पत्तों के छल्लों के निशान होते हैं। इस पेड़ का फल बहुत ऊपर नहीं होता है, और नारियलों को पेड़ पर चढ़े बिना ही तोड़ा जा सकता है। इसका नाम इसका सही विवरण देता है: बौना नारियल पेड़।

लक्ष्मण मुस्कुराए।

चतुर।

स्पष्ट रूप से, विभीषण इस स्थान पर कोई ऐसा पटल तो लगा नहीं सकता था जिस पर लिखा होता "गुप्त सुरंग का रास्ता इधर से है।" लेकिन खाली संकेतक भी आसानी से संदेह पैदा कर सकता था, क्योंकि वन के इस भाग में मानवनिर्मित किसी संकेतक के होने का कोई कारण नहीं था। संकेतक को एकदम निगाह में आने से छिपाना ही बेहतर था। इस स्थान पर उल्लेखनीय रूप से पेड़ों की भरमार थी। तो क्यों न किसी पेड़ को ही संकेतक की तरह प्रयोग किया जाता? लेकिन संकेतक को पहचानने के लिए यह कोई ऐसा पेड़ होना चाहिए था जिसके यहां होने का कोई प्राकृतिक कारण नहीं था। फ़ीजी का बौना नारियल इस क्षेत्र की पैदावार नहीं था। और साधारण किस्म के टोही इसे चूक जाते। केवल वही इस पेड़ को ढूंढ़ सकता था जो विशेष रूप से इसे तलाश रहा हो।

निगाह के सामने छिपा हुआ।

लक्ष्मण मानचित्र को रट चुके थे। अपनी दिशा तय करने के लिए उन्होंने दिक्सूचक निकाला, फिर सावधानी से तने के दक्षिणी भाग को पकड़ते हुए पेड़ को छुआ। फिर वो दाईं ओर मुड़े और फ़ुट भर लंबे पांच कदम चले, फिर बाईं ओर तीन कदम और दाईं ओर एक कदम और चले।

उन्होंने नीचे देखा। उन्हें मिट्टी की पतली ऊपरी परत के नीचे एक पत्थर का नुकीला सिरा अपने जूते में चुभता महसूस हुआ। नुकीला पत्थर। प्रारंभिक बिंदु। हल्की मिट्टी में दबे दूसरे पत्थर रास्ता बताएंगे।

वो विभीषण आस्तीन का सांप भले ही हो, लेकिन चतुर सांप है।

लक्ष्मण अपने सैनिकों की ओर मुड़े और उन्होंने अपना दाहिना हाथ उठाया, हथेली खुली और उनके चेहरे के सही कोण पर, उंगलियां बंधी और आसमान की ओर उठी। और फिर उन्होंने अपनी कलाई घुमाई, अब उंगलियां पूर्व की ओर संकेत कर रही थीं।

हाथ का स्पष्ट संकेत: पूर्व में आगे बढ़ो।

संकेत झटपट पंक्ति में सब तक पहुंचा दिया गया। और वाहिनी आगे बढ़ने लगी। एक साथ। ताल से ताल मिलाकर। उन्हें एक सूत्र में बंधने वाली रस्सी और उनके पैरों के नीचे दबे पत्थरों द्वारा निर्देशित।

'तुम्हें लगता है तुम्हारे पिता को पता होगा कि हम बाली नहीं गए हैं, पौत्र-भानजे?' मारीच ने इंद्रजीत से पूछा। 'और कि हम यहां ओंगुइआहरा में हैं?'

ओंगुइआहरा केवल दुर्ग ही नहीं, एक बांध भी था। बेहतरीन योजनाबद्ध। मूल रूप से बैराज के रूप में परिकल्पित इसका निर्माण अनेक दशक पहले पिछले शासक कुबेर ने शुरू करवाया था। बैराज के लिए उचित स्थान ओंगुइआहरा की पहाड़ियों के बीच स्थित प्रपात थे। महान महावेली गंगा के दोनों ओर स्थित ये पहाड़ियां प्राकृतिक रूप से नदी को संकुचित करके नदी के प्रवाह को तीव्र कर देती थीं। प्रपात शिलाखंड और नदी तल से निकलने वाले छोटे-छोटे चट्टानी टापू महावेली गंगा में आगे नौचालन को असंभव बना देते थे। इसलिए, पोत स्वाभाविक रूप से कहीं अधिक शांत सहायक नदी अंबन गंगा की ओर मुड़ जाते थे जो प्रपातों से नीचे गिर रही महावेली गंगा में मिल जाती थी। अत: महावेली गंगा के प्रपातों पर बना बैराज नदी परिवहन और इसके व्यापारिक लाभों पर प्रभाव नहीं डालता। बैराज बाढ़ का पानी महावेली गंगा से अंबन गंगा की ओर मोड़ देता और इसके प्रवाह के आकार को बढ़ा देता। इससे इस सहायक नदी में आने वाले समुद्री पोतों का मार्ग भी सुगम हो जाता। नदी से जलसेतु सिगिरिया की तेजी से बढ़ती जा रही आबादी को भरपूर पीने का पानी भी उपलब्ध करवाता। एक बैराज, अनेक लाभ।

मगर निर्माण की लागत?

महावेली गंगा ओंगुइआहरा की पहाड़ियों के बीच बहती थी। इसलिए, उस विशाल नदी के परिमाण के लिए जिस पर अवरोध बनाए जाने थे, बैराज तुलनात्मक रूप से संकरा होगा। और चट्टानी प्रपातों का अर्थ था कि नींव को भूमि में बहुत गहरा नहीं बनाना होगा। इन सभी ने निर्माण लागत को बहुत कम कर दिया था, जो लाभ के प्रति सजग कुबेर के लिए बहुत महत्वपूर्ण कारक था।

'मुझे तो ऐसा नहीं लगता, दादाजी,' इंद्रजीत ने अपनी दादी के भाई से कहा। इंद्रजीत को निश्चित तो पता नहीं था कि मारीच की आयु क्या होगी, लेकिन निश्चय ही वो सत्तर से अधिक तो था। लेकिन वो अभी भी बहुत शक्तिशाली था। 'लेकिन मैं किसी बेकार व्यापारिक झगड़े के लिए बाली नहीं जाने वाला। हमें अयोध्याइयों को पराजित करना और लंका को बचाना होगा। और सम्राट राम और उनकी सेना को हराने के लिए यह एकदम सही स्थान है।'

'सच है,' मारीच सहमत था। 'मैं सिगिरिया में उनका सामना नहीं करना चाहूंगा। मुझे नहीं पता लंबी घेराबंदी को झेलने के लिए हमारे नागरिकों में कितना साहस है। महामारी ने अनेक को क्षीण कर दिया है।'

इंद्रजीत ने हामी भरी और दुर्ग की प्राचीर के पार, बांध के पीछे बनी कृत्रिम झील को देखने लगा।

रावण ने ओंगुइआहरा के बैराज के सैन्य महत्व को समझा था। लगभग तीस वर्ष पहले वो कुबेर को सिहांसन से हटाकर लंका का शासक बना था। और तुरंत ही उसने आदेश दिया कि निर्माणाधीन बैराज के स्थान पर बांध बनाने की योजना बनाई जाए। बांध का जलाशय महावेली गंगा के पानी को रोकता और एक विशाल कृत्रिम झील बनाता। योजना में परिवर्तन ने परियोजना की लागत और जटिलता बहुत बढ़ा दी थी। लेकिन रावण के पास न धन का अभाव था और न ही साहस का।

बैराज की तुलना में बांध के लाभ कहीं अधिक थे। विशाल कृत्रिम झील ने दुर्ग के रक्षकों को जल की भारी मात्रा उपलब्ध करवाई। वो अपनी इच्छा से अनेक जलद्वारों के माध्यम से नीचे स्थित नदी में जल छोड़ सकते थे। छोटे जलद्वारों के उत्कृष्ट नियंत्रण के माध्यम से वो कम मात्राओं में भी पानी छोड़ सकते थे, और नदी में आगे नियंत्रक-सोपानों को भर सकते थे।

यह स्वाभाविक रूप से अंबन गंगा तक पोतों को जाने देने या उन्हें रोकने की संख्या को नियमित करता था।

सारे जलद्वारों को एक साथ खोलना और कृत्रिम जलाशय की विशाल जल राशि को छोड़ देना नदी में मौजूद पोतों को पीछे धकेल देता। मगर यह बाढ़ महावेली गंगा के मुहाने पर स्थित गोकर्ण तक जाती और, निस्संदेह, नगर को नष्ट कर देती। इसलिए यह हताशा भरा कदम होता, परमाणु विकल्प की तरह। जिसे हल्केपन में नहीं लिया जा सकता था।

इस समय जलद्वार दृढ़ता से बंद थे। साथ ही दूर कृत्रिम झील के पीछे की ओर स्थित बाढ़ के पानी के निकासी द्वार भी, जो एक नहर के माध्यम से जलाशय के पानी को अंबन गंगा में प्रवाहित होने देते थे। इससे नियंत्रक-सोपानों पर पानी का बहाव घट जाता था और किसी पोत का ओंगुइआहरा से आगे जाना असंभव हो जाता था।

युद्ध से पहले सभी पक्ष रक्षात्मक स्थितियों में हैं। यह स्वाभाविक ही है।

'लेकिन, भानजे, सुरंग के प्रवेश द्वार पर इतने सैनिकों को लगाना क्या सच में आवश्यक है? सौ को?'

ओंगुइआहरा रक्षा बलों के लिए यह बहुत बड़ी संख्या थी। कुल मिलाकर, वो मात्र पांच सौ सैनिकों का छोटा सा दल ही तो था। हरेक सैनिक अपने आप में उत्कृष्ट था। ओंगुइआहरा की सेना का नेतृत्व करना, या उसका हिस्सा भर होना भी किसी भी लंकाई सैनिक के लिए सर्वोच्च सम्मानों में से एक था। क्योंकि वो उसकी रक्षा करते जो सबसे अधिक अनमोल था: उनका राजधानी नगर। और छोटा सा होना ओंगुइआहरा सेना को एक विशिष्ट संगठन बनाता था। जो आसानी से मिल जाए वो अक्सर वांछनीय नहीं होता। प्रेमियों के लिए जो सच है, वही योद्धाओं के लिए भी सच है। वांछनीयता और अनुपलब्धता में अंतर करने के लिए अत्यधिक ज्ञान और विवेक की आवश्यकता होती है। लेकिन प्रेम और रक्तपिपासा में कुछ ऐसा होता है जो बुद्धिमान होने की क्षमता को घटा देता है।

इस सबके बाद भी ओंगुइआहरा की सेना का छोटा आकार केवल उत्कृष्टता की आवश्यकता से नहीं, बल्कि दुर्ग की सीमित क्षमता के कारण निर्धारित किया गया था। ओंगुइआहरा दुर्ग को मूल रूप से एक बैराज की तरह परिकल्पित किया गया था और बाद में इसे बांध में बदल

दिया गया था। योजना के अनुसार, दुर्ग का केंद्र महावेली गंगा नदी की चौड़ाई में बनी एक सुदृढ़ दीवार था। कोई भी अभियंता बांध की दीवार को बहुत अधिक मोटा नहीं बना सकता था। इससे लागत तो बेतहाशा बढ़ ही जाती। लेकिन संरचनात्मक मुद्दे कहीं अधिक महत्वपूर्ण थे। दीवार जितनी मोटी होती, उसे स्थिर करने के लिए बांध के सिरे को उतनी ही दूर निचले प्रवाह की ओर होना होता। इससे स्थान की कमी पैदा होती। साथ ही बांधित जलाशय के पानी के लिए, नदी के ऊपरी प्रवाह से निचले प्रवाह के लिए जलद्वारों को भी लंबा करना होता। यह अपनी ही अस्थिरताएं पैदा करता। ओंगुइआहरा मुख्यतः एक बांध था, कोई दुर्ग नहीं: इसलिए रावण ने अगला बेहतरीन काम किया, और दीवार के दोनों सिरों पर छोटे-छोटे बुर्ज बनवा दिए, जिन्हें पहाड़ियों में खोदा गया था।

दीवार के पूर्वी छोर पर बुर्ज के अंदर स्थित गुप्त सुरंग के प्रवेशद्वार पर इंद्रजीत ने इन सौ सैनिकों को तैनात किया था।

'हां, यह आवश्यक है,' इंद्रजीत ने कहा। 'अयोध्याई वहीं से आएंगे। मेरा विश्वास करें। मुझे पूरा विश्वास है कि विभीषण चाचा हमसे विश्वासघात कर चुके हैं।'

रावण ने ओंगुइआहरा दुर्ग की संरचना डंबल के आकार में की थी। बांध की दीवार 'लोहे का दंड' थी जो महावेली गंगा नदी को अवरुद्ध करती थी। बांध की दीवार के दोनों ओर 'हत्थे' और 'भार' पहाड़ियों के शिखर पर बने बुर्ज थे जिनमें बांध की दीवार की नींव जा रही थी। बांध की दीवार के पूर्वी और पश्चिमी छोरों पर बने दोनों बुर्ज दोहरी दीवारों, मीनारों और दो द्वारों के साथ गोलाकार बने थे। चारदीवारी की अंदरूनी दीवार के अंदर आवास, शस्त्रागार, रसोई, प्रशिक्षण मैदान, अभ्यास कक्ष, चिकित्सालय, शौचालय और एक स्वस्थ एवं प्रभावशाली वाहिनी के लिए आवश्यक अन्य सभी चीजें थीं। बुर्जों के अंदरूनी द्वारों में बनी सीढ़ियां नीचे, बांध की दीवार में बने जलद्वारों के नियंत्रणों की ओर ले जाती थीं। बुर्जों के पास स्थित पहाड़ियां सपाट कर दी गई थीं और ढलानें खड़ी, लगभग लंबवत थीं। किसी भी आक्रामक सेना का सामना खड़ी चट्टान जैसी पहाड़ियों से होता। और बांध की दीवार के ऊपर से हमला करना असंभव ही था। ओंगुइआहरा अजेय था। इसलिए पांच सौ सैनिकों की सीमित वाहिनी भी पर्याप्त थी। बहुत पर्याप्त, रावण-पुत्र जानता था।

अलावा इसके कि आक्रांता गुप्त सुरंग के माध्यम से बुर्ज में घुस आएं।

'मेरे बच्चे, मैं निश्चित नहीं हूं,' मारीच ने कहा। 'मैं जानता हूं विभीषण निर्बल है। लेकिन मेरा मानना है कि वो बस तुम्हारी दादी और बुआ की सुरक्षा में गोकर्ण भाग गया होगा, क्योंकि अयोध्याई कभी भी असैनिक स्त्रियों और बच्चों पर आक्रमण नहीं करेंगे। मैं रावण से सहमत हूं। विभीषण कायर है, मगर देशद्रोही नहीं है। ऐसा नहीं हो सकता कि वो हमें धोखा देगा।'

'वो देंगे। मेरा विश्वास कीजिए।'

'मुझे तुम पर विश्वास है, भले ही इस बात पर मैं तुमसे सहमत नहीं हूं। इसका सुबूत मैंने तुम्हें धूम्राक्ष को इस गुप्त प्रवेश के बारे में बताने की अनुमति देकर दिया था, है ना?'

'सेनापति धूम्राक्ष प्रसन्न नहीं हुए थे,' इंद्रजीत ने कहा।

'धूम्राक्ष को रुष्ट होने का अधिकार है। वो भले ही आक्रानक युद्धपिपासु हो, लेकिन वो दशकों से हमारा वफादार रहा है, और रावण ने उस पर इतना विश्वास नहीं किया कि उसे इस गुप्त सुरंग के बारे में बताता।'

'हम्म।'

'लेकिन वो यहीं रहा। मैं उसे इसका श्रेय तो दूंगा। वो अभी भी लंका के लिए युद्ध करने के लिए तैयार है।'

'यह कोई युद्ध नहीं होगा, दादाजी। यह नरसंहार होगा। जब हम उस सुरंग से सिर बाहर निकालते अयोध्याइयों पर टूटेंगे जिसे वो हमें नष्ट करने का रहस्य समझते हैं!'

अध्याय 21

'राम बहुत धीमे और सावधान हैं,' रावण ने कहा, वो और कुंभकर्ण अपने मुख्य पोत के तल की ओर जा रहे थे। उन्होंने ओंगुइआहरा के नियंत्रण-सोपानों से पीछे सुरक्षित, अंबन गंगा नदी के बीच में लंगर डाला हुआ था। वो जानते थे कि अयोध्याई अंबन गंगा पर आ पहुंचे थे। लेकिन नियंत्रण-सोपान के निकट आने की कोई कोशिश नहीं की गई थी जो अंबन गंगा के महावेली गंगा में मिलने के ठीक बाद थे। नियंत्रण-सोपान उल्टे रंगमंच की तरह था; सबसे ऊपर की 'सीढ़ी' महावेली गंगा के पूर्वी तट पर थी, और बाद की सारी सीढ़ियां निरंतर नीचे होते हुए पश्चिमी किनारे की ओर जा रही थीं। हर सीढ़ी की चौड़ाई विशाल थी, इतनी बड़ी कि समुद्री पोत तक को स्थान दे दे। पानी का कम स्तर भी पश्चिमी किनारे के निकट अंतिम सीढ़ी को ढक लेता था, और एक पोत को निकलने देता था। पानी का बढ़ता स्तर और अधिक सीढ़ियों तक चला जाता था, जिससे अधिक पोत निकल सकते थे। और पानी का बहुत कम स्तर किसी पोत को आगे नहीं जाने देता। सोपान ग्रेनाइट के बने थे, जो मानवजाति को ज्ञात सबसे कठोर पत्थर था, और पोत के पेंदे को नष्ट कर सकता था।

कुल मिलाकर लंकाइयों ने एक कृत्रिम प्रपात बनाया था, जिसे ओंगुइआहरा के बांध-दुर्ग द्वारा रोके गए जलाशय का पानी विनियमित करता था। एक सीधी-सरल सी परिकल्पना जिसे उत्कृष्ट अभियांत्रिकी ने जीवंत कर दिया था।

'सही है,' कुंभकर्ण ने कहा। 'राजा राम वहीं खड़े हैं जहां जलनिकास नहर महावेली गंगा में मिलती है। बहुत पीछे।'

एक अतिरिक्त जलनिकास नहर नियंत्रण-सोपानों को छोड़कर, एक लंबा चाप बनाते हुए ओंगुइआहरा के बांध-दुर्ग से महावेली गंगा में पानी छोड़ती थी। पानी और आगे जाकर उसी नदी में विलीन हो जाता था। इससे सुनिश्चित होता था कि बाढ़ के पानी से नियंत्रण-सोपान पानी में डूबेंगे नहीं। इसलिए नदी में वर्तमान बाढ़ के बावजूद, जिसके परिणामस्वरूप ओंगुइआहरा के बांध-दुर्ग के पीछे और जलनिकास नहर और महावेली गंगा के विलय-बिंदु पर अत्यधिक पानी था, महान नदी बीच रास्ते में ही नियंत्रण सोपानों पर पानी को नियमित कर देती थी।

'राम ने समुद्री पोतों को महावेली गंगा तक लाकर गलती की है,' रावण ने कहा। 'शायद उन्होंने सोचा होगा कि उन्हें हमारे कहीं छोटे नदी के पोतों पर लाभ मिल जाएगा। मेरे गुप्तचरों ने बताया है कि उनके पोतों के अग्रणी सिरों को धातु से सुदृढ़ किया गया है। वो हमारे छोटे पोतों से टकराकर उन्हें नष्ट कर सकते हैं। उनके लिए समस्या यह है कि उनके पोतों के नदी में ऊपर आने के लिए पर्याप्त पानी नहीं है!' यह कहते हुए रावण हल्के से हंसा।

'वो मूर्ख नहीं हैं। बिना किसी योजना के वो अपने समुद्री पोतों को यहां तक नहीं लाए होंगे। आपको लगता है कि विभीषण...'

'नहीं,' रावण ने अपना सिर हिलाते हुए कहा। 'विभीषण कायर है। लेकिन उसमें विश्वासघात करने का दम नहीं है।'

कुंभकर्ण मौन रहा।

'देखते हैं राम अब क्या करते हैं। वो हमेशा तो लंगर डाले रह नहीं सकते।'

लक्ष्मण और उनकी सेना दबे हुए पत्थरों से चिह्नित टेढ़ी-मेढ़ी पगडंडी पर एक घंटे से अधिक चलते रहे। अब वो सुरंग के द्वार को चिह्नित करने वाले पेड़ के पास खड़े थे। उनके अभियान का अगला पायदान।

लक्ष्मण फिर मुस्कुरा दिए। वो विभीषण को पसंद करने लगे थे। थोड़ा सा।

आस्तीन का सांप। लेकिन बहुत ही चालाक सांप।

मानचित्र लक्ष्मण को निर्देश दे रहा था कि आगे क्या अपेक्षित था; इसके बावजूद, वो प्रभावित थे। विशुद्ध प्रतिभा। प्रवेशद्वार को एकदम प्राकृतिक सा बनाया गया था। इन पहाड़ी मैदानों में छोटी सी चट्टानी गुफा काफी प्राकृतिक थी।

पेड़ों की घनी आड़ और सुबह का धुंधला सा प्रकाश दृश्यता को बहुत कम कर रहे थे, लेकिन लक्ष्मण एक छोटी सी गुफा को देख पा रहे थे, जो अंदर की ओर पांच से दस फ़ुट से अधिक नहीं फैली हुई थी। उनकी आंखें पथरीले किनारों के बीच उभरे एक दांतेदार पत्थर पर पड़ीं। गुप्त द्वार खोलने वाली ढेकली।

उत्तम। एकदम प्राकृतिक लग रहा है। यह विभीषण तो कमाल का वास्तुशिल्पी है।

लेकिन विभीषण की अभियांत्रिकी दक्षता के बावजूद लक्ष्मण को अभी भी उस आदमी पर विश्वास नहीं था।

उन्होंने अपना दाहिना हाथ उठाया और तीन उंगलियां दिखाईं, एक दूसरे से अलग। वो एक पल रुके और फिर अपनी सारी उंगलियां उठाईं, इस बार एक साथ जुड़ी, हथेली बाहर की ओर। उन्होंने अपनी कलाई घुमाई और अब उंगलियां पूर्व की ओर संकेत कर रही थीं। फिर उन्होंने अपनी उंगलियों को फिर से आकाश की ओर उठाया और मुट्ठी बंद कर ली। उनका अंगूठा क्षैतिजीय रूप से बाहर निकाला हुआ था।

संदेश स्पष्ट था। तीन सैनिक। पूर्व में जाएं, गुफा के द्वार के एक ओर से और पीछे की ओर। देखें, वापस आएं और जानकारी दें।

तीन सैनिकों ने अपनी कमर में बंधी रस्सी खोली, बंधन से अलग हुए और आदेश का पालन किया।

लक्ष्मण ने इसी तरह के हाथ के संकेत किए, इस बार पश्चिम की ओर संकेत करते हुए। तीन सैनिक और बंधन से बाहर निकले और दबे पांव आगे बढ़ गए।

सैनिक शीघ्र ही वापस आ गए और मूक भाव से उन्होंने अपनी सूचना दी। कुछ नहीं है। कोई संकट नहीं। सब साफ है।

अब लक्ष्मण ने अपने अंगवस्त्रम को ढीला किया, उसे अपनी नाक पर लपेटते हुए सिर के पीछे बांध लिया। विभीषण की टिप्पणियां स्पष्ट और विस्तार से थीं।

उनके पांच सौ सैनिकों ने अपने नायक का अनुसरण किया और अपने अंगवस्त्रम के साथ यही किया।

वो तैयार थे।

लक्ष्मण ने गुफा में एक पग रखा और अपनी तलवार खींचते हुए रुक गए। उनके पीछे आ रहे चार सैनिकों ने भी अपनी तलवारें निकाल लीं।

लक्ष्मण ने अपनी आंखें बंद कर लीं और अपनी पुतलियों को फैलने और अनुकूल होने दिया। दृष्टिपटल के भीतर शंकुओं ने विश्राम पाया, छड़ सक्रिय हो गईं और अंधकार में देखने की क्षमता बेहतर हो गई। उन्होंने कुछेक बार पलकें झपकाईं और तेजी से कुछ कदम आगे बढ़े। बस कुछ फ़ुट; वो उथली गुफा थी। अब अंधेरे में अच्छी तरह देख पाकर, वो बिना कोई गलती किए पत्थर की दांतेदार मूठ की ओर बढ़ गए। कोई सोच भी नहीं सकता था कि यह मानव-निर्मित थी। अपने बाएं हाथ से उन्होंने धीरे से मूठ को पीछे की ओर धकेला। पत्थर द्रवचालित सिसकारी के साथ दब गया।

पत्थर की मूठ एक खोखल में गिर गई और गुफा की पीछे की दीवार खुलती सी दिखी।

लक्ष्मण ने अपनी तलवार उठा ली। किसी भी आकस्मिकता के लिए तैयार।

यद्यपि विभीषण के निर्देशों में चेतावनी दी गई थी, मगर आक्रमण का झटका भयावह था।

उनकी नाक पर हुआ आक्रमण।

जब पीछे की दीवार एक ओर को खिसकी, तो गुफा के भीतर से भयानक बदबू का झोंका आया जो खोखल में खड़े सैनिकों की सूंघने की ग्रंथियों पर थपेड़े की तरह टकराया था। लक्ष्मण उल्टी को रोकने के लिए जूझ रहे थे। उन्होंने अपनी नाक पर अंगवस्त्रम दबाया। वो पीछे नहीं हटे। प्रशंसनीय ढंग से, उनके सैनिक भी नहीं।

पीछे की दीवार एक खिसकने वाले द्वार के रूप में सामने आई थी। एक ओर को खिसकते हुए यह आश्चर्यजनक ढंग से आसान और शांत थी।

कोई आवाज नहीं थी। अलावा लक्ष्मण और उनके पीछे मौजूद चारों सैनिकों द्वारा उबकाई रोकने की लगभग बेआवाज कोशिशों के।

सभी अच्छी और पवित्र वस्तुओं की सौगंध! यह असहनीय है!

लक्ष्मण ने अपनी तलवार बाहर की ओर उठाई और उस अंधेरे रास्ते की ओर संकेत किया जो गुफा की पिछली दीवार के पीछे खुल गया था। वो पीछे हटे और गुफा के मुंह से निकल गए। और उनके राहत पाए सैनिक भी।

———

सैनिक गुफा के बाहर बैठे थे। गुफा के मुंह के एकदम सामने नहीं, बल्कि एक ओर को, क्योंकि बदबू अभी भी हवा में भरी हुई थी। दो-दो की अनुशासित पंक्तियों में। शांत। धैर्य से।

विशेष बलों और साधारण सैनिकों में यही अंतर था। निस्संदेह, प्रशिक्षण का स्तर भी बेहतर था। शारीरिक बल अति-उत्तम था। विशेष बलों को प्रदान किए गए सैन्य उपकरण उच्च श्रेणी के थे। मगर मुख्य अंतर धैर्य का था। साधारण सैनिकों में धैर्य का अभाव होता है। विशेष बल एक साथ घंटों तक बिना आवाज़ किए या हिले-डुले, अनुशासित और एकाग्रचित्त हो निश्चल बैठे रह सकते हैं। और पल भर की सूचना पर सक्रिय हो सकते हैं।

आठ सैनिक तलवारें लिए प्रवेशद्वार पर खड़े रहे। किसी भी अप्रिय घटना के लिए तैयार। हर पंद्रह मिनट पर परिवर्तन राहत प्रदान करता था। यह आवश्यक था। भयानक बदबू असहनीय थी।

लक्ष्मण ने गुफा को देखा।

सच कहा जाए तो विभीषण ने अपनी टिप्पणी में उन्हें चेतावनी दी थी। दुर्ग के नाले की पंद्रह साल से जमा बदबू—इतने समय से ही सुरंग बंद थी। यद्यपि नाले का एक अलग निकास सीधे नदी में खुलता था, मगर सुरंग का एक छोर दुर्ग के ऊपर सैनिक आवासों के शौचालयों के पास था। सुरंग के समाप्त होने के लिए चतुराई भरा स्थान। नाले की तब तक जांच

नहीं की जाती जब तक कि वो जाम नहीं होता। और दुर्ग से नदी तक की सीधी ढलान सुनिश्चित करती थी कि नाला कभी जाम नहीं होगा। विभीषण की संरचना दोषरहित थी।

विभीषण ने परामर्श दिया था कि वो गुफा का द्वार खोलने के बाद एक घंटा प्रतीक्षा करें। बदबू समाप्त हो जाएगी, उसने कहा था। उसने गुप्त वातायन बनाए थे जो गुफा का द्वार खुलने के बाद हवा को प्रवाहित होने देते।

लक्ष्मण ने उस समय सोचा था कि हवा को शुद्ध करने के लिए उनसे एक घंटा प्रतीक्षा करने के लिए कहकर वो बकवास कर रहा था। लेकिन अब वो सोच रहे थे क्या एक घंटा पर्याप्त होगा। उन्होंने निर्णय लिया कि वो दो घंटे प्रतीक्षा करेंगे।

उन्होंने आकाश को देखा। वो शुक्ल पक्ष की पंचमी थी और चांदनी मद्धम थी। दिन का चौथा और अंतिम प्रहर आधे से अधिक बीत गया था। अर्धरात्रि लगभग तीन घंटे दूर थी। पर्याप्त समय था। वो सुबह को आक्रमण करेंगे।

उन्होंने अपने उप-सेनापति क्षिराज को संकेत किया। वो अयोध्याई था। *हम दो घंटे प्रतीक्षा करेंगे।*

क्षिराज राहत से मुस्कुराया।

शत्रुघ्न ने अपना सिर हिला। 'सत्यानाश!'

'यह तो बस दुर्भाग्य है, शत्रुघ्न,' राम ने कहा। 'हम क्या कर सकते हैं?'

चौथे प्रहर की चौथी घड़ी समाप्ति की ओर बढ़ रही थी। अर्धरात्रि दो घंटे दूर थी। मन्नार द्वीप और भारत भूमि में फैला अयोध्या का युद्ध शिविर अधिकांशतः सोया हुआ था। सशस्त्र पहरेदार तीस किलोमीटर के निर्माणाधीन पुल की पहरेदारी कर रहे थे। अगले दिन उन्होंने पुल के शेष पांच किलोमीटर का निर्माण पूरा करने की योजना बनाई थी। लेकिन एक अप्रत्याशित समस्या सामने आ खड़ी हुई थी।

'मुझे खेद है। लगता है यह मेरी काली जीभ के कारण हुआ है,' वशिष्ठ ने अपराधभाव से कहा। कुछ घंटे पहले ही उन्होंने टिप्पणी की

थी कि उन्होंने कभी भी किसी निर्माणकार्य को एकदम योजना के अनुरूप होते नहीं देखा था।

'नहीं, गुरुजी,' नारद ने कहा जो हमेशा चतुराई भरी टिप्पणियों के साथ तैयार रहते थे। 'मुझे लगता है आपकी काली जीभ ने नहीं, बल्कि काले मांसौदन ने यह कारनामा किया है!'

वशिष्ठ ने मुस्कुराते हुए नारद को देखा और आंखें तरेरीं।

मांसौदन। *शतपथ ब्राह्मण* में वर्णित यह भोजन सैनिकों में विशेष रूप से लोकप्रिय था। अच्छे प्रकार के चावलों को पहले धोया, भिगोया और फिर उनका पानी निकाल दिया जाता है। फिर चावल के दानों के आकार के बराबर बारीक कटे लावा पक्षी के नर्म मांस को मिला दिया जाता है। प्रवासी पक्षी होने के कारण यूरोप के लावा पक्षी सर्दी के महीनों में दक्षिण भारत में आ जाते थे। वर्ष के इन दिनों में इसका ताजा मांस प्रचुरता से उपलब्ध होता था। नए बने घी और नारियल के दूध को चावल और मांस में मिलाया जाता है। सुगंध के लिए कस्तूरी और कपूर डाला जाता है, क्योंकि प्राचीन लोगों का यह दृढ़ विश्वास था कि भोजन केवल स्वाद और दृष्टि की इंद्रियों को ही नहीं, बल्कि सूंघने की इंद्रिय को भी भाना चाहिए। पात्र को भारी ढक्कन से बंद कर दिया जाता है और घंटों धीमी आग पर पकाया जाता है। सामग्री को बीच-बीच में चलाया जाता है जब तक कि यह घुलकर एकसार नहीं हो जाता। पकी हुई कस्तूरी इस व्यंजन को एक विशिष्ट गहरा लाल रंग प्रदान करती है।

जब मांसौदन परोसने के लिए तैयार हो जाता है, तो उसे केतकी के फूल के पत्तों से सजाया जाता है। प्रभु रुद्र की प्रजा परिहन इस सादा से सुस्वादु व्यंजन को भारत से अपने देश ले गए और इसे बिरयानी नाम दिया। अत्यधिक स्वादिष्ट और पौष्टिक, योद्धाओं की जिह्वा को कोई और भोजन इससे अधिक सुख नहीं दे सकता था। दुख की बात यह थी कि बासी मांस कभी-कभी पेट गड़बड़ा सकता था। उस शाम बना मांसौदन गहरे लाल रंग के स्थान पर लगभग काला हो गया था, इसी से सचेत हो जाना चाहिए था। मगर जैसा कि परिहन अक्सर कहते थे, बिरयानी खाने के लिए कोई भी सच्चा पुरुष प्रसन्नता से मर जाएगा। इसकी तुलना में पेट की थोड़ी सी गड़बड़ी क्या है? मामूली सी स्वास्थ्य समस्या।

युद्ध में स्वास्थ्य समस्याएं तो होती रहती हैं। साथ-साथ यात्रा करते और खुले में रहते इतने सारे सैनिक, नागरिक निकास सुविधाओं और सुनिश्चित, पौष्टिक भोजन का अभाव। सैनिक बीमार पड़ते हैं। पशु बीमार होते हैं। ऐसी बातें तो होती ही हैं।

एक अच्छा सेनापति न केवल उत्कृष्ट रणनीतियां और कार्यनीतियां गढ़ता है, बल्कि रसद का भी दक्षतापूर्वक प्रबंधन करता है।

और राम ने, वशिष्ठ, शत्रुघ्न, हनुमान, अरिष्टनेमी, अंगद और नारद के सक्षम सहयोग से रसद का भी भलीभांति प्रबंधन किया था।

मगर राम का बस एक बात पर बल था: कि सभी इकाइयां अपने-अपने समुदायों के साथ नहीं बल्कि साथ में भोजन करें। सारी सेना में बारीकी से भाईचारा पनप गया था। पिछले कुछ महीनों में इसने अलग-अलग अस्तित्व वाली सेनाओं को राजा राम के नेतृत्व में एक संयुक्त सेना बनने में सहायता की थी।

हाथियों के महावत या तो मलयपुत्र थे या वानर। राम की सेना का भाग बनने से पहले उनका आपस में कभी कोई संपर्क नहीं रहा था। अब वो नियमित रूप से एक साथ खाना खा रहे थे। लेकिन नियति का खेल, उस शाम महावतों के लिए बना भोजन ही संक्रमित था। उन्हें अतिसार हो गया। युद्धक्षेत्र में यह कोई गंभीर शारीरिक संकट नहीं है। रोग और चोटें इससे कहीं बुरी हो सकती हैं। अधिकांश महावत एक दिन या अधिक से अधिक दो दिन में सही हो जाते।

लेकिन आगामी दिन पुल के अंतिम पांच किलोमीटर का निर्माण करने के लिए हाथी महत्वपूर्ण थे। अपने महावतों के दक्ष हाथों में हाथी जहां बहुत ही शांत और आज्ञाकारी पशु होते हैं, वहीं अनजान लोगों के साथ वो भयंकर रूप से अनियंत्रित हो जाते हैं।

अगले या उसके भी अगले दिन पुल का काम हो पाना असंभव जान पड़ रहा था। जिससे सिगिरिया में सेना के पहुंचने में भी विलंब होता।

'अब?' अरिष्टनेमी ने पूछा।

'हम महावतों के फिर से स्वस्थ होने की प्रतीक्षा करेंगे।'

शत्रुघ्न ने राम को देखा। 'भरत दादा और लक्ष्मण को अपनी लड़ाई कम से कम तीन दिन और खींचनी होगी। अगर हमें यह युद्ध शीघ्र समाप्त

करना है तो लंका की सेना के ओंगुइआहरा से लौटने से पहले हमें सिगिरिया पहुंचना होगा। अगर भरत दादा आक्रमण में देरी कर सकें, तो सबसे अच्छा होगा।'

'वो आज रात आक्रमण करने की योजना बना रहे थे। अब तक तो वो आक्रमण कर भी चुके होंगे। हम कुछ नहीं कर सकते।'

नारद बोल पड़े। 'आप सही कहते हैं, अब हम कुछ नहीं कर सकते।'

सब नारद को देखने लगे। प्रतीक्षा करते हुए कि वो कुछ व्यंग्यात्मक या अनुचित बात बोलेंगे।

और नारद ने उनका मान रखा। 'ज्ञानियों ने हमेशा कहा है कि अगर देर रात गए आप स्वयं को जगा और परेशान पाएं, जबकि उस मामले में आप कुछ न कर सकते हों जो आपको परेशान कर रहा है, तो सबसे अच्छा उपाय है कि सो जाएं। धर्म यही कहता है।'

किसी ने कुछ नहीं कहा।

'ठीक है, तो कम से कम मैं ही अपनी सलाह मान लेता हूं। आप लोग जगे रहें और चिंता करते रहें। शुभरात्रि।'

आधी रात बीते एक घंटा हुआ था।

लक्ष्मण सुरंग में अपने सैनिकों का नेतृत्व कर रहे थे। जैसा कि विभीषण के विवरण में लिखा था, अनेक—लगभग दो सौ से अधिक और चूने के पत्थर से बनी—मशालें दीवार पर खांचों में लगी हुई थीं। हर दूसरा सैनिक गंधक और चूने में भीगा कपड़ा लिए चल रहा था। पिछले एक घंटे से, वो मशालों के ऊपर कपड़ा लपेटकर उन्हें जला रहे थे। हालांकि विभीषण ने कहा था कि उन्हें गुफा के द्वार को बंद करने की आवश्यकता नहीं होगी क्योंकि ऊपर से लटकी चट्टान और पेड़ों की घनी आड़ सुदूर पहाड़ी दुर्ग से प्रकाश को नहीं देखने देगी, मगर लक्ष्मण ने सावधानी बरतने में कोई गलती नहीं की। अंतिम सैनिक के सुरंग में कदम रखने के बाद उसका खिसकने वाला द्वार बंद कर दिया गया। लगभग पूरी तरह से। हवा के प्रवाह के लिए बस एक छोटी सी दरार भर छोड़ दी गई थी। बदबू का अंश मात्र ही बचा था।

लक्ष्मण और उनकी सेना दबे पांव चल रहे थे। सुरंग का द्वार ऊपर स्थित उस पहाड़ी से डेढ़ किलोमीटर दूर था जिस पर ओंगुइआहरा दुर्ग का पूर्वी खंड बना था। लक्ष्मण ने धीरे-धीरे आगे बढ़ने और इस दूरी को एक घंटे में पूरा करने की योजना बनाई थी। जल्दी थी नहीं। वो सुबह आक्रमण कर सकते थे। वो मामूली से प्रकाश वाली सुरंग में अपने सैनिकों के चोट खाने का जोखिम नहीं लेना चाहते थे।

आगे बढ़ते हुए लक्ष्मण के मन में विभीषण की दक्षता के लिए सम्मान बढ़ता जा रहा था। फर्श कुटी मिट्टी का और बहुत हद तक समतल था। उस पर गोल पत्थर जड़े हुए थे जो उसे ठोसता दे रहे थे। चलने के लिए आसान बनाते हुए। पगडंडी के दोनों ओर छोटी-छोटी नालियां थीं, जो लंका में नियमित रूप से होने वाली भारी बारिशों से रिसकर आए पानी को बिना कोई संरचनात्मक हानि पहुंचाए सुरंग से निकाल देती थीं। सुरंग उनकी अपेक्षा से बड़ी थी। इतनी चौड़ी कि दो सैनिक साथ-साथ चल सकते थे, और इतनी ऊंची कि उन्हें भी अपने भीमकाय शरीर को झुकाने की आवश्यकता नहीं थी। वास्तव में एक सैनिक बिना किसी मुश्किल के अपने घोड़े को लेकर उस सुरंग से निकल सकता था। हां, घोड़े पर चढ़कर जाना मुश्किल होता। ऊपर इतनी जगह नहीं थी। लेकिन एक गुप्त सुरंग के लिए इतना भी अद्भुत था। दीवारों को पत्थरों से सुदृढ़ किया गया था, जिससे वो ठोस और अभेद्य हो गई थीं। उन्हें कहीं धंसाव नहीं मिले थे, जो कि यह देखते हुए आश्चर्य की बात थी कि वो सुरंग पंद्रह साल पुरानी थी और इस बीच में उसमें लगभग कुछ रखरखाव नहीं हुआ था। विभीषण का काम सटीक था। लगभग बिना किसी पेंच और मोड़ के सीधी-सीधी खुदाई। भूमि के नीचे खुदाई करते हुए उच्चस्तरीय धरातल-मापन, और साथ में असाधारण संरचनात्मक सुदृढ़ता के लिए दुर्लभ योजना और वास्तुशिल्पीय दक्षता की आवश्यकता होती है।

आस्तीन का सांप। लेकिन बहुत ही चतुर सांप।

एक घंटे बाद, लक्ष्मण और उनके पांच सौ सैनिक पहाड़ की तलहटी में बनी सुरंग के अंतिम छोर पर पहुंच गए थे। या अधिक स्पष्ट कहें तो चट्टानी पहाड़ी के अंदरूनी हिस्से में, जैसा कि लक्ष्मण फर्श और दीवारों की संरचना में आए बदलावों को देखकर अनुमान लगा रहे थे।

और अब तो वो सच में हतप्रभ थे।

विभीषण और उनके कामगार पहाड़ी के अंदरूनी पेंदे में खोदते हुए ऊपर चले गए थे। पगडंडी सीधी ढलान में पश्चिमी दिशा में लगभग बीस मीटर ऊपर चढ़ी और फिर उसने एक तीखा मोड़ लिया, मुड़ी और पूर्वी दिशा में ऊपर चढ़ी। अगले तीखे मोड़ पर सुरंग फिर मुड़ गई, पश्चिम की ओर। अनिवार्यतः पहाड़ी के अंदर विशाल सीढ़ियां बनी हुई थीं। अभियांत्रिकी का शानदार नमूना।

हरेक तीखे मोड़ के अंतिम सिरे पर एक बड़ी सी खोह खोदी गई थी, पहाड़ी की गहराई में सीढ़ी की चौकी का एक विस्तार।

लक्ष्मण सोच में पड़ गए, *यह किसलिए है? यह खोह क्यों है?*

सीढ़ियों पर चढ़ने वाले लोग चौकी का प्रयोग करते और अगली सीढ़ियों पर मुड़ जाते। खोह की आवश्यकता क्यों थी? फिर उन्हें सूझा। उसे उखड़े पत्थरों या धंसान की सामग्री को जमा करने के लिए बनाया गया था जो सीढ़ियों से लुढ़ककर आ जाते थे। एक सहायक योजना जो सुनिश्चित करती कि सीढ़ियों की चौकियां साफ रहें।

वाह। यह तो असाधारण है, भई।

पहाड़ी के अंदर बनीं जटिल सुरंगित-सीढ़ियां। वन क्षेत्र के नीचे बनी समतल सुरंग से सीधे। सुरंग के समतल भाग के लिए सटीक धरातल मापन और सुरंगित सीढ़ियों के लिए मानवेतर ऊंचाई-मापन की आवश्यकता होती। और यह सब उसने गुप्त रूप से किया था। किसी को मालूम पड़े बिना कि क्या हो रहा था। जबकि दो गुप्त सुरंगें और बनाते हुए।

बहुत ही चतुर संपोला है!

लक्ष्मण अपने सैनिकों की ओर मुड़े और धीरे से उन्हें संकेत किया। उन्होंने अपना हाथ ऊपर उठाया, यह पक्का करते हुए कि मशालों की मद्धम रोशनी में सब लोग आदेश समझ लें।

संदेश स्पष्ट था: ऊपर चढ़ना शुरू करो। चुपचाप। और सबसे ऊपर प्रतीक्षा करना।

अध्याय 22

'आप सोने जाएं, राजकुमार,' धूम्राक्ष ने कहा। 'आधी रात होने वाली है। मैं पहरे पर हूं। सौ सैनिक भी जगे हुए और सजग हैं।'

धूम्राक्ष ने सौ-सौ सैनिकों को छह-छह घंटे की पाली में लगा दिया था। वो तलवारें निकाले दुर्ग के पूर्वी खंड की गुप्त सुरंग के द्वार पर पहरा दे रहे थे। सुरंग का द्वार बंद और अप्रकाशित था। अयोध्याइयों को संदेह भी नहीं होता कि वो किसी जाल में फंसने जा रहे हैं।

इंद्रजीत ने धूम्राक्ष के सुझाव पर सिर हिला दिया। नहीं।

धूम्राक्ष यानी धूएं सी आंखें। और उसकी आंखें आक्रामक आग से सुलगती रहती थीं। उसके माता-पिता ने उसका सही नाम रखा था। विशाल आकार और भयंकर स्वभाव वाले धूम्राक्ष का जन्म ही योद्धा बनने के लिए हुआ था। ओंगुइआहरा वाहिनी के सेनापति के रूप में वो लंका के विशिष्ट बल का प्रमुख था। अच्छा योद्धा होने के कारण वो साथी योद्धाओं का सम्मान करता था। इंद्रजीत शत्रु के विशिष्ट बलों के संभावित संकट का सामना करने के लिए यहां दुर्ग तक आया था। राजकुमार ने स्वयं को संकट में डाला था। यह सम्माननीय है। और अनुभवी धुएं सी आंखों ने सम्मान-योग्य को बहुत ही स्पष्ट, आडंबरपूर्ण सम्मान दिया था।

धूम्राक्ष ने मारीच को देखा। 'प्रभु मारीच, हममें से एक को हर समय जगा और आक्रमण के लिए तैयार रहना होगा। हम बारी-बारी से सो सकते हैं।' सेनापति के आवास की ओर संकेत करते हुए, जो कुछ ऊंचाई पर,

उस स्थान से ऊपर था जहां वाहिनी के सबसे नौजवान लंकाई सैनिक रहते थे, धूम्राक्ष ने आगे कहा, 'आप दोनों अभी सो सकते हैं। मेरे आवास में।'

इंद्रजीत ने उस ओर देखा जिधर धूम्राक्ष संकेत कर रहा था। 'वो तो बहुत दूर है। मुझे ऐसा तीव्र आभास हो रहा है कि वो आज रात ही आक्रमण करेंगे। हम यहीं रहेंगे।'

'राजकुमार इंद्रजीत,' धूम्राक्ष ने कहा, 'शत्रु के आते ही मैं रणभेरी बजा दूंगा। सुरंग से बस दो-दो करके ही बाहर निकल सकते हैं। हम उन्हें यहीं रोके रहेंगे। और इतनों को ज़िंदा रखेंगे कि आप भी मार सकें।'

इंद्रजीत हल्के से हंसा।

मारीच ने कहा। 'सेनापति धूम्राक्ष बुद्धिमानी की बात कह रहे हैं, इंद्रजीत। इनका परामर्श मान लेते हैं। अगली निगरानी पर आ जाना, और कम से कम कुछ घंटे तो सो लो।'

इंद्रजीत ने हार मान ली और अपनी म्यान संभालते हुए उठ गया।

इंद्रजीत चलने लगा तो मारीच उसकी ओर झुके। 'लेकिन पहले...'

'जी, दादाजी?'

लक्ष्मण और उनके सैनिक सीढ़ियों के ऊपर पहुंच चुके थे और निकलने से पहले प्रतीक्षा कर रहे थे।

विभीषण के काम की गुणवत्ता ऐसी थी कि लक्ष्मण आश्वस्त थे कि मशालों का प्रकाश उनके सामने मौजूद बंद द्वारों के पार नहीं पहुंचेगा। जब तक कि वो उसे खोलेंगे नहीं, निस्संदेह।

हाथ के संकेतों से लक्ष्मण ने अपने सैनिकों को दीवार पर कुछ ऊंचाई पर लगी स्पष्ट रूप से चिह्नित ढेकली से दूर रहने की चेतावनी दी। ढेकली जो द्वार खोलती। वो नहीं चाहते थे कि वो गलती से खुल जाए।

लक्ष्मण ने पत्थर के द्वार पर एक निश्चित स्थान पर अपना कान लगा दिया। उन्हें बताया गया था कि यहां से वो बाहर चल रही गतिविधियों को सुन सकते थे।

उन्होंने... कुछ नहीं सुना।

उन्होंने अपनी सेना को देखा।

अचानक जोर से एक घंटी बजने लगी। उनके कानों में दर्द भरी गूंज भर गई।

उफ़...

ध्वनि की स्पष्टता से अचंभित और कानों में हुई असुविधा के बावजूद लक्ष्मण अपने स्थान से नहीं हिले। उन्हें यह सुनना था।

एक और घंटी।

और फिर सन्नाटा।

लक्ष्मण अपने सैनिकों की ओर मुड़े और हाथों से संकेत किए।

निगरानी का दूसरा घंटा शुरू हो गया है।

लक्ष्मण ने गणना की। ओंगुइआहरा में सामान्य पाली छह घंटे की थी। अब से चार घंटे बाद निगरानी का छठा घंटा शुरू होगा।

आक्रमण करने के लिए वही सबसे सही समय होगा। अपनी पाली के समाप्ति की ओर बढ़ने पर निगरानी पर मौजूद सैनिक थके हुए होंगे।

उन्होंने फिर से हाथों से संकेत किए।

हम प्रतीक्षा करेंगे। चार घंटे और।

संदेश पंक्ति में आगे तक पहुंचा दिया गया।

लक्ष्मण ने दीवार के छोटे से टुकड़े पर अपना कान लगा दिया। वो हैरान थे कि विभीषण ने कौन सी तकनीक लगाई होगी कि इतनी मोटी पत्थर की दीवार के पार ध्वनि इतनी स्पष्टता से आ रही थी।

उनके मन में पहली बार यह विचार नहीं आया था। *विभीषण। प्रतिभाशाली संपोला।*

वो आवाजों के लिए कान लगाए रहे। लेकिन कोई आवाज नहीं थी।

शायद इस द्वार के दूसरी ओर कोई नहीं है।

उन्होंने अपने सैनिकों को देखा। स्थिर। मौत की तरह निश्शब्द। धैर्यवान। वैसे ही जैसे विशिष्ट बलों के सैनिकों को होना चाहिए।

यह मानने का कोई कारण नहीं था कि लंकाई विशिष्ट बल कुछ कम प्रशिक्षित होंगे। वो एकदम बाहर हो सकते थे। मौन, जैसी अनुशासन की मांग थी।

चार घंटे में हम जान जाएंगे।

लक्ष्मण ने एक सैनिक को ध्वनि-सूचक की चौकसी पर लगाया। फिर वो धरती पर बैठ गए, दीवार से पीठ टिकाई, और उन्होंने थोड़ी देर सोने का निर्णय लिया।

——

हल्का सा स्पर्श महसूस होते ही लक्ष्मण ने आंखें खोल दीं। उनके सैनिक का हाथ का संदेश स्पष्ट था।

निगरानी का छठा घंटा शुरू हो गया था।

लक्ष्मण झट से उठे और उन्होंने हाथों के संकेत से आदेश दिए।

तैयारी करो।

सैनिकों ने अपनी बांहें, कंधे, पीठ और टांगें सीधी कीं। उन्हें तनावमुक्त किया।

उन्होंने जल्दी से अपनी सुराहियों से पानी पिया। फिर अपने झोलों में हाथ डाला और जल्दी-जल्दी सूखे मेवे और चने गले से नीचे उतारे। अपने खाने और पानी के पात्रों को खाली करके उन्होंने अपने झोलों को सुरंग में ही छोड़ दिया; अब उन्हें इनकी आवश्यकता नहीं थी। जल्दी से अपने अस्त्र जांचने के बाद उन्होंने अपनी म्यानों के आवरण को ढीला किया। उन्होंने अपनी ढालों को खोला और उन्हें संभाल लिया।

तैयार।

उन्हें दस मिनट लगे थे। वो विशिष्ट बल के सैनिक थे।

लक्ष्मण ने उन्हें देखा। वो संतुष्ट थे। उन्होंने सावधानी से हाथों के संकेत से आदेश दिया।

बाहर एकदम शांत रहना। हम पहले एकत्र होंगे। फिर आक्रमण करेंगे।

सैनिकों को पहले ही बताया जा चुका था। वो जानते थे कि सुरंग एक ऐसे स्थान पर निकलती है जो नीचे छत वाले स्तंभयुक्त गलियारे द्वारा नजरों से छिपा हुआ था। उनमें से कम से कम सौ सैनिक आक्रमण से पहले वहां एकत्र हो सकते थे। शेष अनवरत लहरों में आते रहेंगे।

लक्ष्मण ने अपनी तलवार निकाल ली, और शेष लोगों ने भी। उन्होंने ढेकली के पास खड़े सैनिक को संकेत किया और द्वार की ओर सरक

गए। द्वार खुलने पर स्वयं को जोखिम में डालते हुए क्षिराज तेजी से आगे निकला।। लक्ष्मण धीरे से रोष से फुफकारे। क्षिराज ने लक्ष्मण को देखा और मुस्कुरा दिया। मगर अपने अगुआई के मोर्चे को छोड़ने के लिए टस से मस नहीं हुआ।

क्षिराज के साहस के आगे लक्ष्मण ने हार मान ली और पंक्ति में पीछे ही रहे। उन्होंने अपने दाएं हाथ को उठाया और अचानक मुट्ठी बंद कर ली। सारी मशालें बुझा दी गईं और सुरंग अंधकार में डूब गई। और ढेकली दबा दी गई।

घोर बदबू का फिर से आक्रमण हुआ। लेकिन यह उतनी भयंकर नहीं थी जितनी पहले रात में सुरंग का द्वार खोलने पर आई थी। इसकी उन्हें अपेक्षा थी। वो जानते थे कि वो नाले के पास निकलेंगे। इसलिए किसी ने प्रतिक्रिया नहीं की।

लेकिन लक्ष्मण की भृकुटियां टेढ़ी हो गईं। कुछ तो गड़बड़ थी।

कोई आवाज नहीं थी। बिल्कुल भी नहीं। जोश से भरे सैनिकों के शिविर में।

अजीब था। डरावना सा।

क्या लंकाइयों को हमारे आने की उम्मीद है?

सुबह का हल्का सा प्रकाश सुरंग में आ गया।

क्षिराज सरकते हुए सुरंग से बाहर निकला और, जैसी कि योजना थी, जल्दी से दाईं ओर बढ़ गया। लक्ष्मण बाहर निकले और केंद्र की ओर बढ़ गए। जल्दी ही सौ सैनिक सुरंग के बाहर पंक्तिबद्ध खड़े थे।

घोर नीरवता पसरी हुई थी।

वो स्तंभों वाले गलियारे में थे जिसे पहाड़ी के काले पत्थर में खोदकर बनाया गया था। इसे इस तरह से बनाया गया था कि, हालांकि लक्ष्मण और उनके सैनिक अंधेरे में छिपे थे, शेष अहाता दिखाई दे रहा था। दाईं ओर गलियारा आम शौचालयों की ओर जाता था। बाईं ओर यह नए सैनिकों के शयनकक्ष की ओर जाता था, जहां वाहिनी के सबसे युवा लंकाई सैनिक रहते थे। उनके आगे सीढ़ियां थीं जो दुर्ग के पूर्वी खंड के सार्वजनिक मैदान में उतरती थीं। सार्वजनिक मैदान के सुदूर दाईं ओर

केंद्रीय बांध की दीवार के पूर्वी खंड का द्वार था। लक्ष्मण को यह मानचित्र से याद था।

सुरंग के खुलने का इससे बेहतर स्थान नहीं हो सकता था। लक्ष्मण ने मन ही मन लंका के विश्वासघाती विभीषण को फिर से धन्यवाद दिया।

उनकी पुतलियां धीरे-धीरे संकुचित हुईं और वो सुबह के मद्धम प्रकाश में और स्पष्ट देखने लगे। लक्ष्मण ने अपना बायां हाथ उठाया और कलाई को बाईं ओर घुमाया। पचास सैनिक खंजर निकाले दबे पांव नए सैनिकों के शयनकक्ष की ओर बढ़ गए।

पचास और सैनिक चुपचाप सुरंग से निकले और उन्होंने उनका स्थान ले लिया।

लक्ष्मण हैरान थे कि लंकाई पहरेदार कहां थे।

और फिर उन्होंने उन्हें देखा।

हे भगवान रुद्र!

उन्होंने हाथों के संकेत किए और इशारा किया। संकेत पूरी पंक्ति में फैल गए।

सौ लंकाई सैनिक कुछ दूरी पर अहाते के दूसरे छोर पर खड़े थे। वो झुंड बनाए दुर्ग के छोटे से मंदिर की दीवार से लगकर निश्शब्द खड़े थे। लक्ष्मण ने देखा कि वो अपनी तलवारें निकाले खड़े थे।

उन्होंने अपनी हंसी दबा ली।

वो दूसरी सुरंग से आक्रमण की अपेक्षा कर रहे हैं! इस सुरंग का तो उन्हें पता ही नहीं।

एक बार फिर, लक्ष्मण ने विभीषण को मौन धन्यवाद दिया।

भगवान इंद्र उस आस्तीन के सांप पर कृपा करें!

किसी लंकाई ने उनकी दिशा में नहीं देखा था। उनके पास थोड़ा और समय था।

हाथों के संकेत से उन्होंने एक और आदेश दिया। दस सैनिक पंक्ति से निकल गए। और खामोशी से छिपते हुए दुर्ग की दीवार के किनारे पर जंगले से सुरक्षित सीढ़ियों पर चढ़ गए। ऊंचाई पर स्थित सेनापति आवास की ओर। अगर भाग्य ने साथ दिया और सेनापति मिल गया, तो लड़ाई शुरू होने से पहले ही समाप्त हो जाएगी।

सुरंग से दस सैनिक और निकले और उन्होंने उनका स्थान ले लिया जो हटे थे।

लक्ष्मण ने दाईं ओर देखा। दूरी पर उन्हें ओंगुइआहरा के केंद्रीय बांध के पूर्वी खंड के द्वार दिखे। वो खुले थे। विभीषण ने उनसे कहा था कि उन द्वारों पर तुरंत नियंत्रण कर लें। अगर लंकाई बाहर से उन द्वारों को बंद करने में सफल हो गए तो अयोध्याई अंदर ही फंस जाएंगे। फिर लंकाई जलद्वारों के नियंत्रणों को नष्ट कर सकते थे, इससे नदी में नीचे नियंत्रण सोपानों में पानी छोड़ने की लक्ष्मण की क्षमता संकट में पड़ जाएगी। और वो ओंगुइआहरा की विजय को निरर्थक कर देगा। मगर भरत ने बार-बार बल दिया था कि लक्ष्मण पहले पूर्वी खंड पर पूरा नियंत्रण प्राप्त करें, और उसके बाद ही केंद्रीय बांध की ओर बढ़ें। भरत नहीं चाहते थे कि पीछे से आक्रमण का सामना करते हुए अयोध्याई सैनिकों की अनावश्यक मृत्यु हो।

जो भी हो, लक्ष्मण अपने सैनिकों को द्वार पर नियंत्रण करने का आदेश नहीं दे सकते थे। अभी नहीं। क्योंकि वो उन लंकाइयों को एकदम स्पष्ट दिख रहा था जो दुर्ग के मंदिर के पास खड़े थे।

उसके लिए पर्याप्त समय है।

उन्होंने बाईं ओर देखा। उनका एक सैनिक नए सैनिकों के आवास से बाहर आया था। उसने अपने भुजबंध से अपना खंजर पोंछा। उसने लक्ष्मण की ओर देखा और संकेत दिया।

पचास लंकाई। अब सब मर चुके थे।

लक्ष्मण ने उन्हें आदेश दिया कि जहां थे वहीं रहें।

पचास गए। और सौ दूसरी सुरंग के द्वार पर थे। शेष सो रहे होंगे। विभीषण के अनुसार, बाईं ओर की मुख्य शयनशाला की क्षमता दो सौ की थी। तो, अधिक से अधिक यहां साढ़े तीन सौ लंकाई थे, जिनमें से पचास मर चुके थे। दूसरे डेढ़ सौ सैनिक केंद्रीय बांध के सुदूर दूसरे छोर पर ओंगुइआहरा दुर्ग के पश्चिमी खंड में होंगे। वो यहां की इस छोटी सी मुठभेड़ में कोई भूमिका नहीं निभाएंगे।

मेरे पांच सौ बनाम इनके तीन सौ। अच्छी संभावना है। विशेषकर तब जब हमारे पास आश्चर्य का तत्व भी है।

उन्होंने सेनापति के आवास की ओर देखा। उनके सैनिक अभी भी अंदर थे। आदर्श रूप से तो वो चाहते थे कि आवास भी सुरक्षित हो जाए ताकि जब वो आक्रमण करें तो पीछे से किसी भी आक्रमण को रोका जा सके।

उन्होंने अपना हाथ उठाया और अभी भी सुरंग में मौजूद सैनिकों को आदेश दिए।

मुख्य शयनशाला की ओर जाओ। जब मैं कहूं। वहां मौजूद सबको मार डालना।

आदेश सब तक पहुंच गया था।

लक्ष्मण ने फिर से सेनापति के आवास की ओर देखा। एक सैनिक बाहर आया और उसने संकेत किया: *यहां कोई नहीं है।*

कोई परेशानी नहीं है, लक्ष्मण ने धीरे से स्वयं से कहा। लंकाई सेनापति धूम्राक्ष दूसरी सुरंग के प्रवेशद्वार पर अपने सैनिकों के साथ होगा। *हम उसे वहीं मार गिराएंगे।*

अब उन्हें बस चुपचाप उन सैनिकों के साथ आगे बढ़ना था जो सुरंग से बाहर आ चुके थे, दूसरी सुरंग के द्वार पर खड़े लंकाइयों के अधिक से अधिक पास पहुंचना था, और इससे पहले कि वो पलटें और फिर से संरचना बनाएं, उन्हें चौंका देना था। यह बहुत आसान नरसंहार होगा।

वो यह आदेश देने ही वाले थे कि तभी अपने स्थान पर जड़ हो गए।

सत्यानाश!

लक्ष्मण ने अहाते की ओर देखा और शब्दहीन आह भरी।

जैसा कि इतिहास गवाह था, लक्ष्मण जल्दी उठने वालों में से नहीं थे। उन्हें सोना पसंद था। केवल युद्ध या अपने बड़े भाइयों का आदेश ही उन्हें जल्दी उठा सकता था। और अधिकांश देर से उठने वालों की तरह उन्हें भी वो लोग नापसंद थे जो अकारण जल्दी उठ जाते थे।

ऐसे ही दो नमूने अब मुख्य शयनशाला से बाहर आ रहे थे। लंकाई सैनिक। बलिष्ठ और स्वस्थ। नंगा वक्ष, बस ढीली सी लुंगी पहने। उनमें से एक ने अपनी पीठ सीधी की और दूसरे ने जोरदार जम्हाई ली।

यहां मत आना। यहां मत आना।

वो लक्ष्मण की दिशा में बढ़ने लगे। डिब्बे लिए। अधिकांश सभ्य लोगों की तरह भारतीय मलत्याग के बाद पोंछने के स्थान पर धोना पसंद करते थे।

लक्ष्मण ने अपने दाईं ओर देखा। उनके सैनिक शौचालयों के ठीक सामने खड़े थे।

धत्तेरे की। चौंकाने का लाभ तो गया।

अगर वो लाभ चला गया था तो, लक्ष्मण ने सोचा, वो अपने पसंदीदा अस्त्र का ही प्रयोग कर लें। उन्होंने सावधानी से अपनी तलवार वापस म्यान में रखी।

म्यान में वापस गिरते हुए तलवार ने हल्की सी आवाज की। अधिकांश लोगों को यह सुनाई नहीं देती। मगर यह ऐसी आवाज थी जिसे एक अच्छा सैनिक कहीं भी पहचान लेगा, विशेषकर सुबह-सुबह की शांति में। दोनों लंकाई जड़ हो गए। उन्हें कुछ दिख नहीं रहा था, क्योंकि अयोध्याई स्तंभों वाले गलियारे में छिपे हुए थे। भोर का मद्धम प्रकाश उस कोने में नहीं पहुंचा था। उन्होंने पल भर के लिए एक दूसरे को देखा, पुष्टि करते हुए कि उन दोनों ने उसे सुना था। ठीक से देखने के लिए उन्होंने अपनी आंखों पर जोर डाला।

लक्ष्मण ने पीछे हाथ घुमाया और अपने पसंदीदा शस्त्र को खोल लिया। युद्ध की गदा।

एक सामान्य गदा एक तरह का क्लब होती है जिसके एक छोर पर भारी शीर्ष होता है जो शक्तिशाली वार कर सकता है। लेकिन लक्ष्मण की गदा को विशेष रूप से उनके लिए बनाया गया था। शीर्ष और दंड को धातु के एक ही खंड से बनाया गया था जिससे गदा को भयंकर मजबूती मिल गई थी। इसके अलावा, शीर्ष में ऊपर से नीचे तक और बाईं से दाईं धुरी तक धातु के नुकीले टुकड़े लगे हुए थे। वो चमड़े के कवच को भेदने में सहायक होते थे। इसके अलावा और भी कुछ था। शीर्ष पर सारे में धातु की तीखी कीलें लगी हुई थीं। चमड़ा तो भूल जाइए, धातु के कवच भी इस शीर्ष के वार को झेलने में हार मान जाते। आमतौर पर एक गदा लगभग तलवार की तरह ही दो से तीन फ़ुट लंबी होती है। मगर इस अस्त्र को विस्तार देकर लक्ष्मण के लिए लंबा किया गया था। यह साढ़े तीन फ़ुट से कुछ अधिक; लंबी तलवार से भी लंबी थी।

साधारण योद्धाओं के लिए इस विकट और भारी अस्त्र को चला पाना तो दूर, उठाना भी कठिन था। लेकिन लक्ष्मण छह फ़ुट दस इंच लंबे थे और बैल की तरह भीमकाय थे। उनके हाथों में यह गदा अत्यंत डरावनी दिखती थी।

लक्ष्मण ने गदा के शीर्ष से चमड़े का मोटा आवरण खोला और एक ओर रख दिया। किसी ठीक समय पर वो इसे वापस ले लेंगे।

अब खामोश बने रहना अर्थहीन है।

'क्षिराज,' उन्होंने धीरे से कहा, 'द्वारों को सुरक्षित करो।'

और फिर लक्ष्मण ने गलियारे से बाहर चौकी पर कदम रखा। खुले में। सौ सैनिक उनके पीछे थे।

दोनों लंकाइयों ने अपने डिब्बे फेंक दिए, जो आसपास के सन्नाटे को तोड़ते हुए जोर से खड़खड़ाते हुए गिरे। वो अपने अस्त्र लेने के लिए अपने आवास की ओर दौड़ पड़े, पूरी शक्ति से चिल्लाते हुए। 'शत्रु गलियारे में है! शत्रु गलियारे में है!'

दूसरी सुरंग पर लंकाई तेजी से मुड़े और अपने स्थान पर जड़ खड़े रह गए। अचंभे से जैसे क्षणिक पक्षाघात हो गया हो। इस बीच क्षिराज और उसके दस सैनिक द्वारों की ओर दौड़ पड़े थे।

'आक्रमण!' लक्ष्मण दहाड़े। 'अयोध्यातः विजेतारः!'

अजेय नगरी के विजेता!

'अयोध्यातः विजेतारः!' लक्ष्मण के सैनिक चिल्लाए।

लक्ष्मण और पहली पंक्ति के उनके सैनिक आंधी-तूफान की तरह दूसरी सुरंग के द्वार पर खड़े लंकाइयों की ओर झपटे। शेष अयोध्याई गुप्त सुरंग से बाहर आने लगे। कुछ लक्ष्मण के पीछे भागे, लेकिन अधिकांश मुख्य शयनशाला की ओर दौड़े। जैसा कि उन्हें आदेश दिया गया था।

स्तंभित धूम्राक्ष को श्रेय देना होगा कि उसने तुरंत स्वयं को संभाल लिया। उसके तेज प्रभावशाली स्वर ने उसके सैनिकों को तुरंत उद्देश्य से भर दिया।

'मेरे पीछे!' धूम्राक्ष गरजा। 'आक्रमण! भारत भर्तृ लंका!'

लंका, भारत का स्वामी!

'भारत भर्तृ लंका!' अयोध्याइयों की ओर लपकते हुए लंकाइयों ने उद्घोष किया।

एक लंकाई अयोध्या के राजकुमार की ओर भागा; वो लंबा था, लेकिन फिर भी भीमकाय लक्ष्मण के आगे बौना लग रहा था। यह सहस और चतुराई भरी रणनीति थी। प्रतिरोधी सेनापति को मार गिराओ; तो उसके सैनिक समर्पण कर देंगे। लंकाइयों के दुर्भाग्य से प्रतिरोधी सेनापति लक्ष्मण थे।

लंकाई ने अपनी ढाल उठा रखी थी कि लक्ष्मण की गदा के सामान्य निचले हिस्से के वार को रोक सके। जिसके बाद उसी चाल में वो निकट पहुंचने का प्रयास करेगा और गदा की लंबी पहुंच को निष्प्रभावी कर देगा। फिर, अपनी छोटी तलवार को ऊपर घुमाते हुए वो उसे लक्ष्मण के पेट में भोंक देगा। यही योजना थी।

बुरी योजना।

शत्रु के पहले संपर्क में ही वो धराशायी हो गया।

गदा अपने आप में भयंकर अस्त्र थी। लक्ष्मण के द्वारा चलाए जाने पर, उनके भीमकाय शरीर, बैलों जैसी शक्ति और साहसिक दक्षता के अद्वितीय मेल से यह अजेय हो जाती है। शीर्ष ने चमड़े और लकड़ी की ढाल को फाड़ दिया। उसने लंकाई की बाईं बांह पर वार किया था। लक्ष्मण की गदा ने हड्डियां केवल तोड़ी ही नहीं थी, उनको चूर-चूर कर दिया था। लंकाई की कोहनी का जोड़, उसके ऊपर प्रगंडिका के भाग, और नीचे त्रिज्या और उल्ना हड्डियों को लगभग तुरंत ही कैल्शियम और कॉलेजेन के चूर्ण में बदल दिया था। स्तंभित लंकाई ने नीचे देखा। एक ओर को लटकी उसकी क्षत-विक्षत बाईं बांह यहां-वहां कुछेक तंतुओं से जुड़ी थी, जो कभी कोहनी रही थी। उसके मस्तिष्क ने पीड़ा को अवरुद्ध कर दिया था जो सहनशक्ति के परे थी। उसके दूसरे हाथ से तलवार छूट गई। इसके शीघ्र बाद ही उसे उसकी पीड़ा से मुक्ति मिल गई जब लक्ष्मण ने हिंस्र भाव से अपने बाएं हाथ से अपनी गदा को घुमाया और उसने लंकाई की खोपड़ी के दाहिने आधे भाग को इस तरह कुचल दिया कि वो दूसरे भाग में धंस गया।

लक्ष्मण इसी तरह अपनी गदा को घुमाते बढ़ते रहे, और गदा के शीर्ष में लगी कीलें दूसरे लंकाई के सिर में धंसती गईं। अभागा मनुष्य एक

अयोध्याई से लड़ रहा था। एक सूर्यवंशी तलवार ने उसके हृदय को चीर दिया जबकि लक्ष्मण ने अपनी गदा से उस पर कड़ी चोट की थी। यह बताना कठिन था कि उस लंकाई को किसने मारा—उसके चकनाचूर हुए सिर ने या हृदय के पार हुई तलवार ने।

जब लक्ष्मण अपनी ओर आ रहे अगले लंकाई की ओर गदा घुमा रहे थे, तो मुख्य शयनशाला में उनके सैनिक शत्रु का नरसंहार कर रहे थे। लक्ष्मण ने अपने सैनिकों को स्पष्ट आदेश दिए थे: कोई दया नहीं। जो भी लंकाई प्रतिरोध करे, उसे मार दो। और वो सभी प्रतिरोध कर रहे थे।

ओंगुइआहरा के रक्षकों के लिए अहाते में भी स्थिति कुछ बेहतर नहीं थी। लक्ष्मण के सैनिक अधिकांश वाहिनी को काटते हुए, अपने रास्ते में आने वाले सबको मारते हुए बढ़े जा रहे थे।

लक्ष्मण बहुत प्रभावित थे कि एक भी लंकाई ने समर्पण नहीं किया था। सारी परिस्थितियां स्पष्ट रूप से अपने विरुद्ध होने के बाद भी उन्होंने लड़ना जारी रखा।

योग्य शत्रु।

रक्तपात चलता रहा। अधिकांशत: लंकाइयों का रक्त।

'रुको!' लक्ष्मण दहाड़े।

लगभग सभी लंकाई मारे जा चुके थे। शेष इतनी बुरी तरह घायल थे कि उनका बचना कठिन था।

एक लंकाई अभी भी खड़ा था। घायल। रक्त में नहाया। लेकिन गर्वित और अटल।

सेनापति धूम्राक्ष।

'रुको,' लक्ष्मण ने आदेश दिया। 'और लंकाइयों के शस्त्र ले लो।'

अयोध्याई तुरंत लक्ष्मण के आदेशों का पालन करने लगे। लेकिन धूम्राक्ष के पास कोई नहीं गया। जो एक पल पहले उससे युद्ध कर रहे थे, वो भी पीछे हट गए।

लक्ष्मण ने लंका के सेनापति को घूरा।

शारीरिक रूप से धूम्राक्ष भयावह मनुष्य था, लेकिन लक्ष्मण के समान लंबा-चौड़ा नहीं था। लंका का सेनापति साढ़े छह फ़ुट का था। बलिष्ठ। गोरा। उसकी मूंछें लंबी, नुकीली थीं और उसने बिना बांहों का

चर्म-कवच पहना हुआ था। उसने काले भुजबंध और सैन्य शैली में काली धोती पहनी हुई थी। उसका शरीर रक्तरंजित था, अधिकांशतः अपने ही रक्त से।

अपनी शक्ति और संतुलन वापस पाने की कोशिश में वो जल्दी-जल्दी सांस ले रहा था। वो अपलक लक्ष्मण को देखता रहा। ललकारते हुए।

लक्ष्मण का ध्यान धूम्राक्ष के हाथ के अस्त्र पर गया। युद्ध-गदा

लक्ष्मण तुरंत उसे पहचान गए। 'कोडुमनल?'

धूम्राक्ष मुस्कुराया और धीरे से सिर को हिलाकर हामी भरी। 'सर्वश्रेष्ठ लोग सर्वश्रेष्ठ वस्तु ही प्रयोग करते हैं।'

लक्ष्मण मुस्कुराए।

योग्य शत्रु।

कोडुमनल पवित्र कावेरी नदी की सहायक नदी कांचीनदी पर बसा चेर वंश का एक महान नगर था। यह सर्वज्ञात था कि तलवार और गदा निर्माण में यह संसार में सर्वश्रेष्ठ स्थान था। धूम्राक्ष की युद्ध-गदा कोडुकनाल के बेहतरीन धातुकर्मियों और लुहारों के हाथों से निर्मित थी। लक्ष्मण की भी।

धूम्राक्ष ने अपनी गदा उठाई। एक अंतिम द्वंद्व।

लक्ष्मण ने भी अपनी गदा उठा ली। चुनौती स्वीकार थी।

लक्ष्मण ने दोनों हाथों से अपनी गदा पकड़कर धूम्राक्ष की क्षमता वाले सैनिक के प्रति सम्मान व्यक्त किया। एक दक्ष योद्धा के सामने एक हाथ से गदा घुमाने की नासमझी नहीं चलेगी। अयोध्या के राजकुमार अपने स्थान पर ही रहे। लंका के सेनापति के विरुद्ध लापरवाही से आक्रमण भी नहीं करना होगा।

दोनों योद्धा एक दूसरे के चक्कर काटने लगे। एक दूसरे की थाह लेते हुए।

धूम्राक्ष ने पहल की। उसने तेजी से आगे कदम रखा और पूरी शक्ति से अपनी गदा घुमाई। लक्ष्मण अपनी जगह पर ही रहे लेकिन पीछे को झुक गए, एक दक्ष पहलवान की तरह आसानी से वार को बचाते हुए। उसी वेग में उनकी पीठ आगे को आई और उन्होंने बाईं ओर से अपनी गदा

को घुमाया। धूम्राक्ष के कंधे को लक्ष्य बनाते हुए। लेकिन लंकाई ने अपनी कलाई मोड़ी औऱ उसकी गदा ने वार को निष्फल कर दिया।

लक्ष्मण पीछे हटे, मुस्कुराते और सिर हिलाते हुए।

धूम्राक्ष ने भी यही किया था।

अब उन्हें एक दूसरे के बारे में महत्वपूर्ण जानकारी मिल गई थी। अधिकांश भारी-भरकम डीलडौल के लोगों में बल और शक्ति तो होती है, लेकिन गति और स्फूर्ति नहीं होती। मगर ये प्रकट रूप से उलट दिखने वाले गुण इन दोनों पुरुषों में सहज भाव से घुले-मिले थे।

यह दिलचस्प होगा, लक्ष्मण ने सोचा।

धूम्राक्ष ने फिर वार किया और लक्ष्मण ने उसे असफल कर दिया।

लक्ष्मण के पीछे से एक स्वर गूंजा। 'स्वामी, इसे समाप्त करें! हमें बहुत काम करना है!'

लक्ष्मण ने ध्यान नहीं दिया।

धूम्राक्ष ने फिर आक्रमण किया। लक्ष्मण एक ओर को हट गए और शक्ति के साथ अपनी गदा को आगे फेंका। गदा के ऊपरी सिरे का नुकीला भाग धूम्राक्ष के वक्ष में घुसा। मगर गहरे नहीं। मगर उसने चर्म-कवच को काट दिया था। लक्ष्मण ने पहला रक्त बहाया था। धूम्राक्ष पीछे हटा और अचानक तेजी से अपने दाईं ओर बढ़ा। लक्ष्मण को इसकी अपेक्षा थी। उन्होंने तेजी से बाईं ओर से गदा घुमाई। पहले धूम्राक्ष की गदा टकराई। वो लक्ष्मण के कंधे से टकराई थी। क्षणांश बाद ही लक्ष्मण की गदा का शीर्ष धूम्राक्ष के बाएं कंधे से टकराया, लेकिन यह शक्तिहीन वार था। लक्ष्मण को तभी चोट पड़ी थी।

एक बड़ी कोडुमनल गदा के शीर्ष का सीधा वार अधिकांश योद्धाओं की हड्डी को चकनाचूर कर देता या कम से कम तोड़ तो देता ही। लेकिन जब वो हड्डी बैल जैसी मांसपेशियों की परतों से सुरक्षित हो, जैसा कि लक्ष्मण और धूम्राक्ष के मामले में था, तो ऐसा कुछ नहीं होता। दोनों योद्धाओं के घावों से रक्त फूट पड़ा था। लेकिन उनके कंधे अभी भी काम करने योग्य थे।

स्वर फिर सुना गया, लक्ष्मण के पीछे से, इस बार उसमें अधीरता थी। 'स्वामी!'

धूम्राक्ष ने हमला बोल दिया, अपनी गदा को बाएं से दाएं और दाएं से बाएं घुमाते हुए, मानो वो तलवार हो। लक्ष्मण धीरे-धीरे पीछे हटते हुए हर वार को बचाते रहे। मानो पीछे हट रहे हों। लेकिन वो धूम्राक्ष को जाल में फंसा रहे थे।

जब धूम्राक्ष ने दाईं ओर से शक्तिशाली प्रहार किया, तो लक्ष्मण का बचाव और अधिक दृढ़ हो गया। धूम्राक्ष के आगे बढ़ते रहने पर भी उन्होंने अपनी गदा को जगह पर ही रखा। लंकाई को बहुत देर में आभास हुआ कि उसने क्या किया था। बिजली की सी तेजी से आगे बढ़ते हुए लक्ष्मण ने अपने दाएं अंगूठे से अपनी गदा की मूठ पर लगी एक ढेकली को दबा दिया। उनका बायां हाथ नीचे फिसला, और तभी गदा की मूठ में छिपा एक खंजर सरसराता हुआ बाहर निकला। लक्ष्मण ने खंजर को पकड़ा और भोंक दिया। इससे पहले धूम्राक्ष हट पाता, खंजर उसके हृदय में धंस चुका था।

यह सब पलक झपकते हो गया था।

लक्ष्मण वो कर चुके थे जो धूम्राक्ष अपने अगले वार में करना चाहता था।

अयोध्या के राजकुमार ने खंजर को और गहरा धकेला, और एक धमाका महसूस किया। एक गूंज। धूम्राक्ष ने अपनी गदा गिरा दी थी। लक्ष्मण ने खंजर पकड़ा हुआ था और उन्होंने खंजर पर एक और आघात महसूस किया। यह धूम्राक्ष का शक्तिशाली हृदय था, अभी भी धड़कता हुआ, जिसने अपनी मांसपेशियों के कंपन को खंजर में प्रेषित कर दिया था, जो थरथराहट को खंजर की मूठ में ले गया था जिसे लक्ष्मण ने पकड़ा हुआ था।

धूम्राक्ष पीछे को गिर गया। लक्ष्मण ने अपनी गदा फेंक दी और सहारा देकर उसे धरती पर लिटा दिया।

लंकाई सेनापति संतोष से मुस्कुरा रहा था। मानो अपने शत्रु को धन्यवाद कह रहा हो। उसे सम्मानजनक मृत्यु मिली थी। कोई योद्धा अपने से कमतर के हाथों नहीं मरना चाहता, जैसे लकड़बग्घे किसी शेर को घेर लें। अगर उसे मरना ही है, तो ऐसा किसी योग्य प्रतिपक्षी के साथ द्वंद्व में हो। एक दूसरे शेर के साथ।

लक्ष्मण ने कोमलता से धूम्राक्ष के मस्तक को छुआ। 'भगवान यम आपको पवित्र वैतरणी पार करवाएं, वीर धूम्राक्ष।' अगली दुनिया, पूर्वजों की दुनिया, पौराणिक नदी वैतरणी के पार स्थित है। मृत्यु के देवता यम आत्माओं को उस पड़ाव तक ले जाते हैं। कुछ समय बाद आत्माएं या तो पुनर्जन्म लेकर इस पृथ्वी पर लौट आती हैं, या पुनर्जन्मों के चक्र से मुक्ति पाकर मोक्ष की ओर चली जाती हैं।

धूम्राक्ष ने अपना क्षीण होता हाथ उठाया और लक्ष्मण के मस्तक को छुआ। 'मैं आपसे... दूसरे लोक में... मिलूंगा।'

'मैं आपसे दूसरे लोक में मिलूंगा, भाई।'

धूम्राक्ष का हाथ धरती पर गिर पड़ा और उसकी आत्मा ने शरीर को त्याग दिया।

लक्ष्मण ने गहरी सांस ली और अपना सिर झुका लिया। श्रद्धांजलि अर्पित करने के बाद वो उठे और उन्होंने अपने सैनिकों को देखा। 'शाबाश, वीरों।'

'धन्यवाद, स्वामी।'

फिर लक्ष्मण ने दूर स्थित द्वारों पर निगाह डाली।

और ऊंचे स्वर में कोसने लगे।

अध्याय 23

भाग्य की बात कि जब लक्ष्मण और उनकी सेना गुप्त सुरंग से बाहर निकले तब तक इंद्रजीत और मारीच जाग गए थे। वो एक घंटे पहले उठ गए थे और पूर्वी खंड के द्वार के पास निगरानी कक्ष में चले गए थे। जब लक्ष्मण ने अपने सैनिकों को आक्रमण करने का आदेश दिया, तब वो पहरेदारों के साथ इधर-उधर की बातें कर रहे थे।

इंद्रजीत, मारीच और निगरानी कक्ष में लंका के पंद्रह सैनिक लक्ष्मण और उनके अयोध्याई सैनिकों की दृष्टि से पूरी तरह ओझल थे।

क्षिराज और उसके सैनिक जब द्वार की ओर भागे तो वो पीछे से निकलते लंकाइयों को नहीं देख पाए। बहुत से अयोध्याई शत्रु का सामना करने के लिए पलटने से पहले ही मारे गए थे।

मारीच ने क्षिराज की ओर बढ़ते सैनिकों को चिल्लाकर आदेश दिया। 'उसे मत मारो! उसे यहां ले आओ! मुझे यह जीवित चाहिए!'

इंद्रजीत चाहता था कि अहाते में आगे जाए और दुर्ग के मंदिर के निकट धूम्राक्ष और उसके सैनिकों पर आक्रमण करते अयोध्याइयों पर आक्रमण करे। मगर मारीच ने अपने भानजे को पीछे खींच लिया। 'यह समय नायक बनने का नहीं है। यह समय है अधिनायक बनने का!' मारीच ने इंद्रजीत से याचना की।

कभी-कभी नायक और अधिनायक एक ही व्यक्ति में घुलमिल जाते हैं। लेकिन अक्सर ऐसा नहीं होता। नायक को अनुयायियों की आवश्यकता

नहीं होती, जबकि उनके बिना एक अधिनायक की कल्पना नहीं की जा सकती जिनका वो नेतृत्व करता है। नायक स्वयं को बलिदान कर देता है, जबकि अधिनायक इस उत्कृष्ट आवेग के आगे नहीं झुक सकता। नायक को साहसी होना चाहिए, और अधिनायक वही करता है जो करना आवश्यक है, यहां तक कि वो कभी-कभी कायर समझे जाने का जोखिम भी उठाता है। नायक कहानीकारों को प्रेरित करता है, और अधिनायक अपने अनुयायियों के दिलों में रहता है। नायक को यह चिंता सताती है कि देवता उसके बारे में क्या सोचेंगे, और अधिनायक को अपने लोगों और अपनी भूमि की रक्षा और पोषण करने की चिंता रहती है। नायक उच्च नैतिक आदर्शों को नहीं छोड़ेगा, भले ही वो अपने लोगों को चोट पहुंचाए, जबकि एक अधिनायक आवश्यकता होने पर उच्च नैतिक आदर्शों को छोड़ देगा, यहां तक कि उन लोगों की भलाई के लिए वो अपनी आत्मा का बलिदान भी कर देगा जिनका वो नेतृत्व करता है।

एक नायक दुर्गम बाधाओं के बावजूद दुश्मन से लड़ेगा और पूरी आन-बान से मौत को गले लगा लेगा।

एक अधिनायक शांति से प्रतिक्रिया करेगा और दुश्मन को लड़ाई में महत्वपूर्ण रणनीतिक लाभ नहीं लेने देगा।

इंद्रजीत ने मारीच की बात सुनी और एक अधिनायक की तरह व्यवहार किया।

वो पीछे हटकर पंद्रह सैनिकों के साथ केंद्रीय बांध क्षेत्र के द्वार में चले गए। पूर्वी खंड के अहाते में भयंकर लड़ाई चलती रही। उन्हें निगरानी कक्ष में कुछ हथौड़े मिल गए थे जिन्हें मरम्मत के लिए प्रयोग किया जाता था। अब उनका प्रयोग विनाश के लिए किया जाएगा।

क्षिराज ने अपने साथी अयोध्याइयों को चेतावनी देने का प्रयास किया जो अहाते के दूसरे छोर पर धूम्राक्ष और उसके सैनिकों के साथ युद्धरत थे। लेकिन इंद्रजीत के सुदृढ़ समूह के एक सैनिक ने उसके सिर पर वार किया और बेसुध अयोध्याई को ले गया। द्वार को शीघ्र ही बाहर से बंद करके अवरोध लगा दिए गए।

फिर वो काम में जुट गए।

जलद्वारों की ढेकलियां तोड़ दी गई थीं। कुछ बड़े जलद्वारों के नियंत्रणों को तोड़ने से भी अयोध्याइयों द्वारा जल-प्रवाह का प्रबंधन करना

कठिन हो जाता। मगर फिर भी इंद्रजीत ने बल दिया कि जलद्वारों के छोटे नियंत्रणों समेत सभी बड़े नियंत्रणों को तोड़ दिया जाए। बाढ़ के पानी के निकास मार्ग पहले ही बंद कर दिए गए थे। नियंत्रणों को ठीक करने में अयोध्याइयों को कम से कम एक सप्ताह तो लगेगा ही। तब तक उनके पोत महावेली गंगा में नीचे फंसे रहेंगे।

लंकाइयों ने अपने लिए एक सप्ताह ले लिया था। अयोध्याइयों को पराजित करने के लिए नई रणनीतियों का आकलन करने और उन्हें बनाने के लिए।

जब लक्ष्मण ने धूम्राक्ष को मारा, तब तक इंद्रजीत के सैनिकों ने अंतिम जलद्वार नियंत्रक को भी तोड़ दिया था। उसी समय अयोध्या के राजकुमार ने पूर्वी खंड के बंद द्वारों को देखा था।

उन्होंने तुरंत आदेश दिया कि उन्हें तोड़ दिया जाए। लेकिन इसमें कुछ समय लगता। वो लंका का उच्च गुणवत्ता वाला निर्माण था, जिसे विभीषण ने अभिकल्पित किया था।

इंद्रजीत ने पीछे देखा। उसे द्वारों पर प्रहार करते संप्रहारक कुट्टक की आवाज सुनाई दे रही थी। उसने मारीच को देखा और मुस्कुराया। 'इसमें उन्हें आधा घंटा, वास्तव में पैंतालीस मिनट लग जाएंगे। जब तक कि वो द्वार को जला ही न दें।' इंद्रजीत दो सैनिकों की ओर मुड़ा। 'शीघ्रता से पश्चिमी खंड में जाओ। वहां अहाते में हमारे सैनिकों और घोड़ों को इकट्ठा करो। जाओ!'

ओंगुइआहरा दुर्ग के पूर्वी खंड में अयोध्या का आक्रमण पंद्रह मिनट पहले आरंभ हुआ था। उन पंद्रह मिनटों ने युद्ध की शक्ल ही बदल डाली थी।

दोनो सैनिक केंद्रीय बांध की दीवार पर भागते हुए गए और इंद्रजीत और मारीच शीघ्रता से पश्चिमी खंड की ओर चल दिए। शेष सैनिक उनके पीछे थे।

'तुम क्या करने की योजना बना रहे हो?' मारीच ने पूछा। 'क्या तुम पश्चिमी खंड को बचाओगे?'

इंद्रजीत ने अपना सिर हिला दिया। 'नहीं। वो व्यर्थ है। हम अंदर से पश्चिमी खंड के द्वार को बंद कर देंगे; इससे अयोध्याइयों के लिए बांध की ओर से प्रवेश करना कठिन हो जाएगा। फिर हम जो कुछ बचा सकेंगे, उसे

बचाएंगे और शेष भंडार को जला देंगे; हम उनके लिए यहां जीना आसान नहीं बनाएंगे। फिर हम घोड़ों पर सवार होकर निकल लेंगे और नीचे स्थित अपने पोतों को चेतावनी देंगे।'

मारीच मुस्कुराया। 'जब पीछे हटना ही सबसे उपयुक्त रास्ता बचे, तो पीछे हटने में कोई असम्मान नहीं है। अब तुम एक नायक की नहीं, अधिनायक की भांति सोच रहे हो।'

इंद्रजीत हल्के से मुस्कुराया। 'मुझे खेद है। उस समय मैं भावुक हो गया था।'

अपने पौत्र-भानजे के साथ चलते हुए मारीच ने इंद्रजीत का कंधा थपथपाया। 'तुम युवा हो। और युवा नायक बनना पसंद करते हैं। वयस्क काम करने के लिए बुद्धिमानी की आवश्यकता होती है।'

इंद्रजीत ने अपनी भौंहें उठाईं। 'आप हमारी भाषा सीख रहे हैं, दादाजी?'

मारीच हल्के से हंसा। 'अगर मुझे तुम लोगों से बात करनी है तो थोड़ी बहुत तो सीखनी होगी।'

वो पश्चिमी खंड के द्वार से निकले। इंद्रजीत मुड़ा और उसने स्पष्ट आदेश दिए। 'बांध की ओर के द्वारों को अंदर से बंद कर दो। उन पर अच्छी तरह ताले और अवरोध लगा देना। फिर अपने घोड़ों को और जितनी रसद ले जा सको, उसे एकत्र करो। हम पहाड़ी की ओर के मुख्य द्वार से बाहर निकलेंगे।'

उसके उप-सेनापति ने प्रणाम किया।

'एक बात और,' इंद्रजीत ने आगे कहा। 'जो रसद हम ले जा न सकें, उसे जला देना।'

'स्वामी?' उप-सेनापति ने झिझकते हुए कहा।

'तुमने सुना ना!'

'जी, स्वामी।'

उप-सेनापति और सैनिकों ने प्रणाम किया और शीघ्रता से आदेश का पालन करने चले गए।

'और यहां से निकलकर हम क्या करने वाले हैं?' मारीच ने पूछा।

'दादाजी, आप पिताजी के पास जाएं और उन्हें यहां हुई सारी घटना की जानकारी दें। उनसे कहें कि मैं एक दिन के भीतर आ जाऊंगा, और फिर हम अपनी आगे की रणनीति पर निर्णय लेंगे।'

'जब रावण मुझसे पूछेगा कि मैं बाली में न होकर यहां क्यों हूं तो मैं क्या कहूंगा?'

इंद्रजीत हंस पड़ा। 'उनसे कहिएगा कि मैं रावण का पुत्र हूं। नियम तोड़ना और आदेशों का उल्लंघन करना तो मेरे रक्त में है!'

मारीच हंसा और उसने इंद्रजीत की पीठ थपथपाई। 'लेकिन तुम जा कहां रहे हो? एक दिन के लिए तुम्हारी कहां जाने की योजना है?'

'मैं इन सैनिकों को दूर जलाशय के पीछे बाढ़ के पानी के निकासी द्वार पर ले जा रहा हूं,' इंद्रजीत ने कहा। 'जो जलाशय के पानी को एक नहर के माध्यम से अंबन गंगा में उल्टे प्रवाह में छोड़ता है। मैं उस द्वार को अवरुद्ध करके नियंत्रणों को तोड़ दूंगा।'

मारीच के माथे पर बल पड़े। 'इससे कैसे सहायता मिलेगी?'

'जूजुत्सु।'

'क्या?!'

इंद्रजीत ने तुरंत उत्तर नहीं दिया, क्योंकि उसका ध्यान पश्चिमी खंड के द्वार के बंद किए जाने और लकड़ी के अवरोधक लगाए जाने की आवाजों से भटक गया था। वो मारीच की ओर मुड़ा। 'जूजुत्सू सुदूर पूर्व की एक सैन्य कला है, दादाजी। इसमें हम अपने विरोधी की शक्ति को उसी के विरुद्ध प्रयोग करते हैं।'

मारीच के माथे के बल गहरा गए, वो उलझन में पड़ गया था। 'इसका बाढ़ के पानी के द्वार से क्या संबंध है, इंद्रजीत?'

'इसके बारे में सोचिए। हमारी नौसेना की तुलना में अयोध्याई नौसेना की सबसे प्रमुख शक्ति क्या है?' इंद्रजीत ने पूछा।

मारीच ने घुड़कते हुए अपने होंठों को गोल कर लिया, जिससे उसके ऊपरी दांत दिखने लगे थे। 'उनके पोत हमारे पोतों से बड़े हैं। बहुत बड़े।'

'बिल्कुल सही। वो महावेली गंगा की बाढ़ का सहारा लेकर अपने बड़े समुद्री पोतों को नदी में ऊपर ले आए। उन्होंने सोचा होगा, और सही सोचा होगा, कि हमारे समुद्री पोत गोकर्ण में होंगे, और ओंगुइआहरा में बस

नदी की नौसेना होगी। मेरे गुप्तचरों ने मुझे बताया था कि उनके बड़े पोतों में धातु से सुदृढ़ीकृत गलहियां हैं। उनकी योजना थी कि अपने समुद्री पोतों से हमारे नदी के पोतों को टक्कर मारेंगे और उन्हें डुबो देंगे। और विभीषण चाचा—उस देशद्रोही—के उनके शिविर में होने से उन्हें आशा होगी कि वो ओंगुइआहरा पर नियंत्रण करेंगे, नियंत्रक सोपानों को पानी से भर देंगे, और अपने बड़े पोतों को नदी में आगे ले जाएंगे। चतुर रणनीति थी।'

'तो, तुम्हारा बिंदु क्या है?' मारीच ने उलझते हुए पूछा। 'उनके समुद्री पोत यहां हैं। वो जल्दी ही ओंगुइआहरा पर नियंत्रण कर लेंगे। जलद्वारों के नियंत्रणों को ठीक करने में अधिक से अधिक उन्हें एक सप्ताह लगेगा। उनके पास विभीषण अभी भी है, और वो माहिर अभियंता है। जैसे ही जलद्वारों के नियंत्रण ठीक होंगे, वो अपने समुद्री पोतों को यहां लाकर हमें जलसमाधि दे सकते हैं।'

इंद्रजीत मुस्कुराया। 'समुद्री पोतों को ऐसा क्या चाहिए होता है, दादाजी, जो नदी के पोतों को नहीं चाहिए होता?'

और फिर मारीच के ज्ञान चक्षु खुले। 'अधिक बड़ा नौतल... पानी का विस्थापन...'

'बिल्कुल सही। बहुत, बहुत अधिक।'

मारीच मुस्कुराया। *शानदार!*

एक पोत नदी या समुद्र में अपनी जगह बनाने के लिए कुछ मात्रा में पानी हटाता है। पोत तभी तैरता है जब हटाए गए पानी का भार पोत के भार से अधिक होता है। बड़ा और अधिक भारी होने के कारण समुद्री पोत को अधिक पानी हटाने की आवश्यकता होती है। स्पष्ट है। नौतल पानी की रेखा के नीचे पोत के सबसे निचले हिस्से की गहराई है। आमतौर पर, पानी का विस्थापन जितना अधिक होता है, नौतल उतना ही बड़ा होता है। लंका के नदी के पोतों का नौतल लगभग एक मीटर था। यदि अंबन गंगा नदी में पानी की एक मीटर से अधिक गहराई भी रहती है, तो वो तैरते रहेंगे।

'अयोध्या के पोतों का नौतल कितना है?' मारीच ने पूछा।

'दक्ष पोत निर्माता पोत के पूरे पेंदे में नौतल बनाएंगे। यह उत्पाद की अच्छी अभिकल्पना है। मेरे गुप्तचरों ने बताया है कि अयोध्या के समुद्री पोतों का नौतल पांच मीटर है।'

मारीच मान गया था कि इंद्रजीत के पास बहुत पैनी दृष्टि है। 'और?'

'देखिए, दादाजी, बात यह है कि पोत-निर्माता समुद्री पोतों के नौतल की गणना केवल समुद्री जल के लिए करते हैं। स्पष्ट है। नदी के जल के लिए नहीं...'

मारीच मुस्कुराया। 'नदी के पानी का घनत्व कम होता है।'

'सही। एक पोत जो एक विशेष नौतल पर समुद्र में तैरता है, उसे नदी के जल में कहीं अधिक बड़े नौतल की आवश्यकता होगी। सीधा सा विज्ञान है।'

मारीच हंसने लगा।

'जैसा मैंने कहा, समुद्र में अयोध्या के समुद्री पोतों का नौतल पांच मीटर है। लेकिन नदी के जल में उन्हें साढ़े पांच मीटर चाहिए होगा। जो कि बाढ़ से भरी महावेली गंगा के लिए ठीक है। अंबन गंगा में भी यह चल जाता, अगर बाढ़ नियंत्रक निकास द्वार खुले रहते और उस नदी में और अधिक पानी प्रवाहित होता। लेकिन अगर वो बंद होते तो अयोध्या के पोत नियंत्रक सोपानों को तो पार कर लेते लेकिन अंबन गंगा में प्रवेश करके लंका के पोतों का सामना नहीं कर पाते। वो भूमि में धंस जाते।'

'अगर वो परंपरावादी होते, तो नदी के पोत लाते और अंबन गंगा तक आने में सक्षम हो जाते,' मारीच ने कहा।

'बिल्कुल। लेकिन अब इसके लिए बहुत देर हो चुकी है।'

'बहुत बढ़िया। उनका बल—बड़े पोत—ही उनकी कमजोरी बन गई है। जूजुत्सु।'

इंद्रजीत ने हामी भरी। 'वो अंततः पानी की कमी के पीछे का कारण समझ जाएंगे और जलाशय पर भी हम पर आक्रमण करेंगे। वो खुला क्षेत्र है, उसे बचाना कठिन है। और ओंगुइआहरा की विस्तृत दीवारें जलाशय को लगभग पूरी तरह ही छिपा देती है। वो अंततः बाढ़ के जल द्वारों को भी ले लेंगे। लेकिन हम उन्हें एक सप्ताह और, या शायद अधिक ही देरी करवा देंगे।'

'यह उन्हें हताश कर देगा और फंसा भी देगा। और वो अपनी आपूर्ति श्रृंखला से भी दूर हैं। हम नहीं हैं। हम भले ही उन्हें हरा न पाएं,

लेकिन हम इसे खींच सकते हैं और संघर्षण की लड़ाई में उन्हें थका सकते हैं।'

'बिल्कुल सही।'

'जाओ, यह करो, मेरे बच्चे। मैं रावण को संभाल लूंगा।' मारीच ने बेसुध क्षिराज को देखा। 'और इसका तुम क्या करना चाहते हो?'

'मैं इससे कुछ प्रश्न पूछना चाहता हूं। मुझे अंदर से ऐसा आभास हो रहा है कि हम कुछ चूक रहे हैं। कोई बड़ी बात। शायद यह कुछ रोशनी डाल सके कि वो क्या है।'

'क्या तुम चाहते हो कि मैं...' मारीच उस कठोर तरीके के बारे में बहुत गहराई में नहीं गया जिससे क्षिराज का मुंह खुलवाया जा सकता था।

'नहीं, दादाजी। इसे मुझे संभालने दें। आप पिताजी के पास जाएं।'

'ठीक है, मेरे बच्चे।'

'उन्होंने पूर्वी खंड पर अधिकार कर लिया है,' विभीषण ने अपनी दूरबीन से देखते हुए कहा।

जब सुबह-सुबह के सूरज का प्रकाश फैला, तो भरत और विभीषण अयोध्या की नौसेना के अग्रणी पोत के सबसे पिछले तल पर खड़े थे। उठा हुआ तल निगरानी के लिए आदर्श था। भरत अपनी दूरबीन से ओंगुइआहरा दुर्ग के पूर्वी खंड पर अयोध्या के मानक ध्वज को देख पा रहे थे। अयोध्याइयों का चिह्न एक श्वेत वस्त्र के केंद्र में बना लाल सूरज था, जिसकी किरणें सभी दिशाओं में फैल रही थीं। सूरज की चमकीली किरणों से भरे ध्वज के नीचे के भाग में छलांग भरता एक भव्य सिंह था। भरत ने देखा कि उनका ध्वज लहरा रहा था। मगर पश्चिमी खंड पर नहीं। उस ओर अभी भी लंका का ध्वज ही हवा में लहरा रहा था। वो काला ध्वज था जिस पर आग की लपटों के बीच से एक दहाड़ते हुए सिंह का सिर निकल रहा था। भरत को ध्वजों की बारीकियां तो नहीं दिख रही थीं, मगर श्वेत और काला एकदम विपरीत दिखाई दे रहे थे।

'पश्चिमी खंड अभी भी लंका के नियंत्रण में है,' भरत ने कहा।

'क्या वो लपटें हैं?' विभीषण ने पूछा।

'लगता तो ऐसा ही है।'

'सत्यानाश। वो भंडारों को जला रहे हैं। मैं आशा करूंगा कि राजकुमार लक्ष्मण पूर्वी खंड में ही बंद न हो गए हों। अगर लंकाइयों ने बांध के जलद्वार नियंत्रकों को नष्ट कर दिया तो हमें कई दिनों का विलंब हो जाएगा।'

भरत मौन रहे।

विभीषण भरत की ओर मुड़ा। 'क्या आप जानते हैं, राजकुमार भरत, कि मानव मस्तिष्क के तंत्रिका तंतु की लंबाई, जब एक सिरे से दूसरे तक उसे फैलाया जाए तो, साढ़े आठ लाख किलोमीटर से अधिक होती है? यह हमारी पृथ्वी और चांद के बीच की दूरी का दोगुना है।'

विभीषण को देखते हुए भरत ने अपनी उलझन भरी कुढ़न को छिपाने की कोशिश की। *भगवान इंद्र के नाम पर यह मूर्ख अब क्या बक रहा है? इसका ओंगुइआहरा से क्या लेना-देना है?*

विभीषण फिर बोला। 'मानव मस्तिष्क से शक्तिशाली कोई उपकरण नहीं है। और अब समय है कि आपके भाई के बाहुबल के स्थान पर मैं अपने मस्तिष्क का प्रयोग करूं।'

भरत मौन ही रहे।

'पूरी संभावना है कि जलद्वार नियंत्रक नष्ट कर दिए गए होंगे,' विभीषण बोलता रहा। 'अगर मैं धूम्राक्ष होता तो मैं भी यही करता। इसीलिए मैंने आपके भाई से कहा था कि इसमें शीघ्रता बरतें। मैं जाकर जलद्वार नियंत्रकों की मरम्मत शुरू कर दूंगा। जब तक बांध के पानी पर नियंत्रण नहीं होगा, तब तक ओंगुइआहरा व्यर्थ है।'

'आप सही कहते हैं,' भरत मानने पर विवश थे। 'बशर्ते लक्ष्मण ने बांध पर नियंत्रण न कर लिया हो।'

'मुझे डर है कि मैं ही शायद सही होऊंगा। क्योंकि मुझे केंद्रीय बांध पर भी हमारा ध्वज फहरता नहीं दिख रहा है।'

भरत दूर स्थित ओंगुइआहरा को देखते रहे।

'मुझे जाने दें,' विभीषण ने आगे कहा। 'मैं तुरंत मुख्य सड़क से घोड़े द्वारा पूर्वी खंड चला जाऊंगा। यह हमारे नियंत्रण में है। मेरे साथ

सौ सैनिकों को भेज दें। मैं कुछ ही दिनों में आपके लिए जलद्वार नियंत्रक तैयार कर दूंगा।'

'मैं आपके साथ तीन सौ सैनिक भेजूंगा।'

विभीषण नाटकीय ढंग से झुका। 'धन्यवाद, श्रेष्ठ राजकुमार।'

'लेकिन मैं चाहता हूं आप पहले पश्चिमी खंड पर नियंत्रण हासिल करें, सुनिश्चित करें कि पश्चिमी खंड की सुरंग नष्ट हो जाए, और मुख्य द्वार प्रभावी रूप से अवरुद्ध कर दिया जाए।'

'आप तो कुछ अधिक ही रूढ़िवादी हो रहे हैं, राजकुमार भरत। आप जो कह रहे हैं, उस सबको करने में एक-दो दिन लग जाएंगे। इससे जलद्वारों की मरम्मत में विलंब हो जाएगा। मैं लंकाइयों को जानता हूं। वो वापस नहीं आएंगे। हमें आक्रामक होना और शीघ्रता से आगे बढ़ना होगा ताकि—'

'नहीं,' भरत ने दृढ़ता से कहा। 'मैं अनावश्यक मृत्यु का जोखिम नहीं लूंगा।'

'लेकिन—'

भरत विभीषण के समीप गए और अपने स्वर को भयंकर ढंग से धीमा करते हुए बोले। 'आप वही करेंगे जैसा मैं कहता हूं। क्या यह स्पष्ट है?'

विभीषण ने हथियार डाल दिए। 'जी, निस्संदेह, राजकुमार भरत।'

——

'अब ओंगुइआहरा पर उनका अधिकार है,' वशिष्ठ ने कहा। 'लेकिन यह विजय अधूरी है, लक्ष्मण कहते हैं।'

पंछी संदेशवाहक महावेली गंगा नदी के रणमोर्चे से आया था। भरत और लक्ष्मण अपने साथ कुछ भारतीय शाहीन बाज ले गए थे; ये तीव्र गति से उड़ने वाले पंछी कुछ ही घंटों में लंका द्वीप के पार संदेश पहुंचा देते थे। दोपहर के खाने से बहुत पहले वशिष्ठ, राम और युद्ध-मंडल के सदस्य संदेश की सामग्री पर विचार कर रहे थे।

'अधूरी विजय?' हनुमान ने पूछा।

'उन्होंने आज सुबह-सुबह पंद्रह मिनट में ही पूर्वी खंड को जीत लिया था।'

'और पश्चिमी खंड?' अरिष्टनेमी ने पूछा।

'उस पर वो तीन घंटे बाद अधिकार कर पाए थे। लंकाई पीछे हटकर उस खंड में चले गए और लक्ष्मण के सैनिकों को उन्होंने अवरुद्ध द्वारों के पीछे रोक दिया। फिर उन्होंने अपने ही भंडारों को जला दिया। लक्ष्मण को अपने सैनिकों को दीवार के ऊपर चढ़वाकर आग बुझवानी पड़ी। उस समय तक प्रतिरोध करने के लिए वहां कोई लंकाई उपस्थित नहीं था। वो सब दुर्ग के खुले मुख्य द्वार से बच निकले थे।'

'मतलब, दुर्ग के दोनों खंडों पर हमारा अधिकार है,' अरिष्टनेमी ने पूछा। 'पूरा ओंगुइआहरा हमारे नियंत्रण में है। तो यह अधूरी विजय कैसे हुई?'

'क्या लंकाइयों ने जलद्वारों के नियंत्रक नष्ट कर दिए थे?' शत्रुघ्न ने तुरंत ही अनुमान लगाया कि इसका क्या अर्थ है।

'हां,' वशिष्ठ ने कहा। 'हमने पुरस्कार की टोकरी तो जीत ली। लेकिन पुरस्कार चुरा लिया गया है।'

'चुराया नहीं, बस तोड़ा गया है, गुरुजी,' शत्रुघ्न ने कहा। 'एक अच्छा अभियंता दल एक सप्ताह के अंदर उन जलद्वार नियंत्रकों को ठीक कर सकता है, शायद और भी शीघ्र।'

'सच है,' वशिष्ठ ने कहा। 'लेकिन हम एक सप्ताह और नियंत्रक सोपानों पर जल नहीं छोड़ पाएंगे। भरत के पोत तब तक फंसे रहेंगे।'

'लेकिन यह एकदम सटीक है,' राम ने कहा। 'मैं इसे अधूरी विजय नहीं कहूंगा। मैं तो इसे दोहरी विजय कहूंगा!'

सब लोग राम की ओर देखने लगे।

राम ने आगे कहा। 'लक्ष्मण इसे अधूरी विजय की तरह देखते हैं क्योंकि वो वीरता से प्रेरित हैं रणनीति से नहीं। भरत का दैनिक संदेश सामान्यत: रात होने तक आता है। मुझे विश्वास है वो इसे उस तरह देखते होंगे जैसे मैं देख रहा हूं।'

'और आप कैसे देख रहे हैं?'

'यह एकदम सही परिणाम है। अगर भरत लंकाइयों पर आक्रमण करने का प्रयास नहीं करते, तो उन्हें संदेह हो जाता। भरत जानते हैं कि मात्र पैंतीस सहस्त्र सैनिकों के साथ उनके पास लंका की तुलना में बहुत कम सैन्य-बल है। कल उनकी सूचना में बताया गया था कि लंकाई लगभग अपनी पूरी सेना को महावेली गंगा में ले आए हैं। यानी लगभग एक लाख अस्सी सहस्त्र सैनिक। लंकाइयों को संख्या का तो लाभ है ही, साथ में नदी में ऊपर होने का अतिरिक्त लाभ भी है। यही कारण है कि भरत अपने साथ बड़े समुद्री पोत लेकर गए थे। यह बेहतर आक्रमण के लिए नहीं, बल्कि बेहतर बचाव के लिए है।'

'उचित बिंदु है,' नारद ने कहा।

'इन विपरीत परिस्थितियों में लंकाइयों पर आक्रमण करना बुद्धिमानी नहीं होगी। और उन पर आक्रमण न करना उनके अंदर संदेह पैदा कर देगा कि हमारी सारी सेना अभी वहां नहीं है। यह बिल्कुल सटीक है। इसे लंकाइयों के दृष्टिकोण से देखें। भरत ने विश्वासघाती विभीषण की सहायता से ओंगुइआहरा पर दुस्साहस भरा आक्रमण बोला, केवल इसलिए कि भरत अपने बड़े पोतों के साथ नदी पार करना चाहते हैं। लेकिन ओंगुइआहरा की वीर वाहिनी ने चतुराई से जलद्वार नियंत्रकों को नष्ट करके उन्हें विलंब करवा दिया। लंकाई धैर्य से तब तक नदी पर प्रतीक्षा करेंगे जब तक भरत के अभियंता ओंगुइआहरा के जलद्वार नियंत्रकों को ठीक नहीं कर देते। और जब तक उन्हें ठीक किया जाएगा, हम पश्चिम से कूच कर जाएंगे और सिगिरिया में होंगे।'

'हम्म,' हनुमान ने कहा। 'अगर भरत की संख्या सही है, तो सिगिरिया में मात्र बीस सहस्त्र सैनिक बचे हैं। हम बड़े आराम से अंदर पहुंच जाएंगे। लड़ाई शुरू होने से पहले ही समाप्त हो जाएगी।'

'बिल्कुल,' राम ने कहा। 'यह एकदम सटीक है।'

अध्याय 24

इंद्रजीत ने हताशा से अयोध्या के बंदी बनाए सैनिक क्षिराज को देखा।

शाम ढल चुकी थी और इंद्रजीत और उसके सैनिक अंबन गंगा में बाढ़ का पानी जाने से रोकने के लिए जलाशय के पिछले भाग में बाढ़-नियंत्रक द्वारों को अवरुद्ध कर चुके थे। इसके बाद उन्होंने बाढ़ के जलद्वार नियंत्रकों को नष्ट कर दिया था। फिर वो उन मोर्चों की ओर चले गए जो लंका की नौसेना ने अंबन गंगा के पश्चिमी किनारे पर जमा रखे थे। वन में बहुत गहरे।

उसने अपने सैनिकों को देखा, उसके चेहरे पर रोष स्पष्ट दिख रहा था। 'वो आखिर कहां हैं?'

क्षिराज शिथिल सा आगे को झुक गया था। उसकी बांहें पीछे को खिंची थी और मजबूत सन की रस्सी से एक पेड़ से बंधी हुई थीं। उसकी टांगें भी इसी तरह खींच कर बांध दी गई थीं। रस्सी खुरदुरी और कठोर थी, बिल्कुल वैसी ही जैसी लंकाई चाहते थे। उसके संघर्ष करने पर इस रस्सी ने उसकी कलाइयों और टखनों को बुरी तरह काट दिया था। बेशक, ये तो उस अभागे अयोध्याई की सबसे मामूली चोटों में से थीं।

उन खुले घावों से रक्त टपक रहा था जहां से उसकी उंगलियों के नाखून खींच निकाले गए थे। उसकी पलकों को पीछे खींचकर काट दिया गया था। पैरों की कुछ उंगलियां नदारद थीं। उसके घुटनों को हथोड़े से तोड़ दिया गया था। उसकी दाईं बांह की कोहनी के अंदरूनी भाग में एक

कील ठोंक दी गई थी। वो कोहनी की मांसपेशी में घुस गई थी और उसने उल्ना तंत्रिका को काट दिया था। यह विशेष रूप से पीड़ादायक था।

क्षिराज पीड़ा से चिल्ला उठा, उसने दया की भीख मांगी, अपनी मां के लिए रोया।

लेकिन उसने मुंह नहीं खोला। उसने अयोध्याई सेना का कोई भी रहस्य उजागर नहीं किया था।

इंद्रजीत को संदेह होने लगा था कि शायद उन्हें जितना मालूम था, वही राम की कुल रणनीति थी: महावेली गंगा की ओर से भारी आक्रमण और अधिकार किए गए ओंगुइआहरा दुर्ग को बाढ़-द्वार खोलने के लिए प्रयोग करना। शायद उजागर करने के लिए और कोई रहस्य था ही नहीं। लेकिन कोई गहरी पैठी सहज वृत्ति उसे कचोटे जा रही थी कि कुछ तो था। उस खुजली की तरह जहां उसका हाथ न पहुंच पा रहा हो। और इसलिए, वो क्षिराज से हार मानने के लिए तैयार नहीं था।

लेकिन वो यह भी जान गया था कि यह तरीका परिणाम नहीं दे रहा था। उसे यातना को बेहतर बनाना होगा। उसे कोई बेहतर पीड़ादायी चाहिए। और उसने एक को बुला भेजा था।

'दलप्रमुख समीची कहां हैं? उन्हें बुलवाए हुए दो घंटे हो गए हैं!'

अपने पूर्व जीवन में समीची मिथिला के सुरक्षाबल में, और नवाचार प्रमुख थी, और सीधे राजकुमारी सीता के निर्देशन में काम करती थी जो राज्य की प्रधानमंत्री थीं। मगर सीता को पता नहीं था कि समीची रावण के प्रति निष्ठावान थी। जब वो बच्ची थी, तब लंका के राजा ने उसे उसके दुराचारी पिता के चंगुल से बचाया था। इसी निष्ठा ने समीची से राजकुमारी के प्रति विश्वासघात करवाया था। इंद्रजीत को पता था कि समीची ने अपने प्रेमी खर के साथ मिलकर एक मलयपुत्र सैनिक से बहुत महत्वपूर्ण जानकारी उगलवाई थी; जो इतना सख्त योद्धा था कि उसे तोड़ा नहीं जा सकता था। सूचना सीता, उनके पति राम, उनके भाई लक्ष्मण और सोलह मलयपुत्र सैनिकों के ठौर-ठिकाने के बारे में थी जो गोदावरी नदी के निकट दंडकारण्य में छिपे हुए थे। इसीलिए रावण इतनी आसानी से, और न्यूनतम जीवन की हानि के साथ सीता का अपहरण कर सका था।

शायद समीची इस हठी मानव के साथ सफल हो सकेगी।

'स्वामी!' एक राहत पाए सैनिक ने कहा। 'दलप्रमुख समीची आ गई हैं।'

इंद्रजीत घूमा।

समीची तुरंत एक घुटने पर बैठी और अपनी दाईं मुट्ठी को अपने सीने तक ले गई। 'मेरे राजकुमार, आपकी सेवा में बुलाए जाने से मैं सम्मानित हुई।'

सीता के अपहरण के तुरंत बाद पुष्पक विमान में जब समीची ने उन्हें चोट पहुंचाने की कोशिश की थी, तभी रावण ने उसे उसके पद से हटा दिया था। समीची द्वारा सीता पर आक्रमण करने की कोशिश स्वाभाविक प्रतिक्रिया थी—सीता ने समीची के प्रेमी खर को मार डाला था। समीची की पिछली सेवाओं को देखते हुए रावण ने उसे क्षमा कर दिया था। मगर अपने स्वामी द्वारा त्याग दिया जाना एक योद्धा के लिए मौत से भी बुरा दंड था। इसीलिए लंका राजपरिवार द्वारा सेवा में वापस बुलाए जाने से वो प्रसन्न थी। भले ही यह राजा द्वारा नहीं, राजकुमार द्वारा था।

'दलप्रमुख समीची,' इंद्रजीत ने कहा। उसे पहले ही जानकारी दी जा चुकी थी। मगर वो चाहता था कि समीची सीधे उससे यह सुने। 'मुझे अंदेशा है कि अयोध्या के इस सैनिक में बहुत कम जीवन शेष है। मुझे यह भी संदेह है कि हम कुछ चूक रहे हैं—राजा राम की रणनीति में कोई तो ऐसा पेंच है जिसकी हमें जानकारी नहीं है। मुझे इस आदमी को बुलवाना है। और तब तक इसे जीवित रखना है जब तक यह बोले नहीं। क्या आप यह बारीक संतुलन बनाए रख सकती हैं?'

'निस्संदेह, स्वामी!' उसे प्रसन्न करने को उत्सुक समीची ने मुस्कुराते हुए कहा। वो एक लंकाई सैनिक की ओर मुड़ी और बोली, एक अधीनस्थ के साथ उसका सुर एकदम भिन्न था, 'ऐ तुम! मूर्ख की तरह खड़े मत रहो। अयोध्या के इस बदमाश का माथा पेड़ से बांध दो। कसकर बांधना। यह अपना सिर हिला न पाए।' फिर वो एक ओर को खड़े कुछ दूसरे लंकाइयों की ओर मुड़ी। 'तुम पांचों, मेरे साथ आओ! फटाफट!'

और समीची दौड़ते हुए वन में चली गई, उसके पीछे वो पांच लंकाई थे जिन्हें उसने चुना था।

आधे घंटे से भी कम में समीची वापस आ गई थी।

पांचों सैनिक केले का एक-एक बड़ा पत्ता लिए हुए थे, जिन पर घोंसले बने थे। वो तिनकों, घास और पत्तों से बने पारंपरिक घोंसले नहीं थे। ये घोंसले उन जीवों के शरीरों से बने थे जिन्हें वो ला रहे थे।

इंद्रजीत अंचभित दिखा। *चींटियां?*

मानवजाति इस भ्रम में जीती है कि वो पृथ्वी की सबसे सफल प्रजाति है। यह एक अत्यधिक संदेहास्पद धारणा है।

चींटियां लगभग दस करोड़ वर्ष से पृथ्वी पर हैं, मनुष्य के आने से बहुत पहले से। वो तब भी यहीं थीं, जब डायनासोर पृथ्वी पर चलते थे, और जिस भी वजह ने उन विशाल जानवरों को नष्ट किया था, उससे भी वो बच गई थीं। और फिर लाखों साल बाद उनकी आबादी में विस्फोट हुआ। चींटियों की आबादी बहुत बड़ी है, कुछ का अनुमान है कि यह हजारों खरब है। वो स्थलीय पशुओं के जैव-भार के पंद्रह से बीस प्रतिशत के बीच हैं; सभी मनुष्यों और स्तनधारियों के योग से अधिक!

वो बड़ी-बड़ी, जटिल बस्तियों का निर्माण करती हैं और काम की विशेषज्ञता के अनुसार खुद को कुशलतापूर्वक व्यवस्थित करती हैं: कुछ चींटियां श्रमिक, तो अन्य सैनिक होती हैं, और सबसे महत्वपूर्ण यह कि रानी चींटी चींटियों की एक बस्ती बनाती है और स्वयं को अंडे देने और अगली पीढ़ी के उत्पादन के लिए समर्पित कर देती है। इंसानों की तरह चींटियां भी युद्ध करती हैं और जटिल युद्ध रणनीतियों का प्रदर्शन करती हैं। दुश्मनी पीढ़ियों तक चलती है। उनका मुख्य प्रतिस्पर्धी लाभ यह होता है कि एक पूरी बस्ती का, जिसमें शायद दस से बीस लाख चींटियां होती हैं, एक सामूहिक मस्तिष्क होता है। एक बस्ती में लाखों चींटियां स्वयं को संगठित कर सकती हैं और मिल-जुलकर काम कर सकती हैं, एक भयानक संगठित महाजीव की तरह। एक साथ चलने पर, यह 'महाजीव' कई सौ मीटर तक फैल जाता है।

चींटियों के बारे में इस सारी जानकारी में समीची को रुचि नहीं थी। उसे रुचि थी तो उनके छोटे से शरीर की तुलना में उनकी अथाह शक्ति में। यह उन्हें बहुत ही असामान्य स्थानों पर पीड़ा उत्पन्न करने देता था।

'घोंसलों को वहां रख दो,' समीची ने दूर मगर साफ दिख रहे एक स्थान की ओर संकेत करते हुए पांचों सैनिकों से कहा। 'और केले के पत्तों के चारों ओर पानी की छोटी सी खाई बना दो ताकि चींटियां भाग न पाएं।'

'जी, दलप्रमुख,' एक सैनिक ने प्रणाम करते हुए कहा।

इंद्रजीत अब स्वयं को रोक नहीं पाया। वो समझ नहीं पा रहा था कि उसने समीची को बुलाकर कोई गलती तो नहीं की थी। 'चींटियां? सच में?'

'ये साधारण चींटियां नहीं हैं, श्रेष्ठ राजकुमार,' समीची ने कहा। 'ये चालक चींटियां हैं। अधिक स्पष्ट कहूं तो, चालक चींटी बस्ती की सैनिक।'

चालक चींटियां मांसाहारी होती हैं; वो अन्य कीड़े-मकोड़ों का मांस खाती हैं। जब अपनी सैनिक चींटियों के नेतृत्व में वो झुंडों में हमला करती हैं, तो मुर्गियों और बकरियों जैसे कहीं बड़े पशुओं को क्षत-विक्षत कर अपने साथ ले जाने के लिए वो मशहूर हैं। यहां तक कि सूअरों को भी, अगर वो घायल हो जाएं या लुटेरी चींटियों से खुद को बचाने में असमर्थ हों तो।

'जल्दी से आग तैयार करो,' समीची ने चुस्ती से एक सैनिक को आदेश दिया। और चाटुकारिता भरी मुस्कान के साथ इंद्रजीत की ओर मुड़ी। 'ये मादा चींटियां हैं, भले राजकुमार। कहीं अधिक भयंकर।'

इंद्रजीत पूछना चाहता था कि समीची को कैसे पता कि वो चींटियां मादा थीं, मगर वो चुप ही रहा। अगर उसने पूछा होता, तो वो उसे बता देती: व्यावहारिक रूप से चालक चींटियों की पूरी बस्तियां मादाओं की होती हैं; नर केवल एक सप्ताह जीते हैं, और प्रजनन के बाद मर जाते हैं या मार दिए जाते हैं।

इंद्रजीत सैनिक चींटियों को देखने आगे बढ़ा। वो रानी चींटी से छोटी मगर श्रमिक चींटियों से बड़ी थीं। रानी केवल अंडे देती है; वो और कुछ नहीं करती। श्रमिक चींटियां बस काम करती हैं। सैनिक चींटियां बस्ती की योद्धा होती हैं। अपनी प्रजाति के लिए भयंकर रूप से रक्षात्मक और विदेशियों के साथ आक्रामक रूप से लड़ाका। अपने शरीर में बने दांतेदार पंजों और डंकों के रूप में उनके पास खतरनाक अस्त्र होते हैं।

समीची ने आग से एक टहनी उठाई, उसे एक केले के पत्ते पर बने घोंसले के पास लाई और फूंक से उस पर धुआं छोड़ दिया। चालक चींटियों के सैन्य बल के अस्थायी 'घोंसले' दूसरी चींटियों के घोंसलों की तरह नहीं होते; वो स्वयं चींटियों के बने होते हैं। दीवारों को बनाने के लिए

वो एक साथ गुच्छा सा बनाती हैं और अपने डंकों और पैरों के पंजों से एक-दूसरे को जकड़ लेती हैं, जिससे एक सजीव तंबू सा बन जाता है। जैसे ही धुएं ने उन्हें परेशान किया, तो तंबू खुल गया और चींटियां केले के पत्ते पर और उसके पार बिखर गईं। उनमें से कुछ पत्ते के चारों ओर बनी पानी की छोटी सी खाई में डूब गईं।

समीची एक सैनिक की ओर मुड़ी और खौंखियाई, 'नदी के सरकंडों से कुछ खोखली नलियां बनाओ। उन्हें तैयार रखना।'

फिर उसने एक चिमटी की सहायता से बहुत सावधानी से एक चींटी को उठाया। सावधानी रखते हुए कि नन्ही सी जान को चोट न पहुंचे। चींटी एक सेंटीमीटर से भी छोटी थी; चालक चींटी के लिए यह अच्छा आकार था। उसके जबड़े बड़े थे; वास्तव में, सैनिक चींटियों के जबड़े इतने बड़े होते हैं कि वो खा नहीं सकतीं और आवश्यक पोषण पाने के लिए उन्हें श्रमिक चींटियों पर निर्भर रहना पड़ता है। सैनिक चींटी का सिर मटमैले नारंगी रंग का, टांगें गहरे नारंगी रंग की थीं, और बड़े-बड़े, काले डंक थे जो बहुत पैने और विषैले थे। उसकी टांगों पर खतरनाक पंजे थे। जब समीची ने उसे उठाया तो उसके स्पर्शक आक्रामक ढंग से उठ गए। उसके दांतेदार, विष-बुझे डंक हवा में हाथ-पैर मार रहे थे।

इंद्रजीत देखता रहा। सम्मोहित सा।

समीची ने सर्द निगाह से क्षिराज को घूरा और धीमी, क्रूर फुसफुसाहट में कहा, 'इस सैनिक चींटी को देख, क्षिराज।'

क्षिराज ने भी उसे घूरा, उसके चेहरे पर घोर दृढ़ता थी। वो उस सबको झेल चुका था जो उन्होंने उसके साथ किया था। एक चींटी क्या कर लेती? और बुरा क्या हो सकता था?

मगर यातना समीची के लिए एक कला थी। निरंतर, कचोटती रहने वाली पीड़ा हौसले को तोड़ सकती थी। लेकिन तभी जब उसे सावधानी से सहनशीलता के उस स्तर तक ले जाया जाए कि मस्तिष्क काम करना बंद न करे।

समीची ने एक सैनिक को संकेत किया, जिसने जल्दी से आगे बढ़कर क्षिराज के दांतों में एक नर्म लगाम लगा दी। समीची डरावनी मुस्कान के साथ इंद्रजीत की ओर मुड़ी। 'हम नहीं चाहते कि पीड़ा से यह अपनी जीभ काट ले। वर्ना यह बोलेगा कैसे?'

इंद्रजीत ने समीची को देखा, सर्द भय की लहर ने उसके हृदय को जकड़ लिया। *यह तो असल में इसमें आनंद लेती है...*

'मैं जानती हूं तुम क्या सोच रहे हो, क्षिराज,' समीची ने अपने शिकार से कहा, उसका स्वर नर्म और डरावना था। 'एक चींटी क्या कर लेगी, है ना?'

क्षिराज ने उत्तर नहीं दिया।

समीची कहती रही। 'लेकिन एक चींटी बहुत कुछ कर सकती है। इसके डंक का विष वन के असली राजा, शक्तिशाली हाथी की भी चीखें निकलवा सकता है।'

समीची एक और सैनिक की ओर मुड़ी, जो सरकंडे की उस खोखली नली को लेकर भागा आया जो उसने बनाई थी। समीची ने उससे सरकंडा ले लिया।

'लेकिन यह पक्का करना महत्वपूर्ण है कि चींटी सही स्थान पर हो।' यह कहते हुए समीची हौले से हंसी। 'हाथी की पीठ पर यह कुछ नहीं कर सकती जिसे वो भेद नहीं सकती। लेकिन हाथी की सूंड में गहरे... आह।'

समीची क्षिराज के कान के पास आई और फुसफुसाकर बोली, 'पता नहीं तुम जानते हो या नहीं कि तुम्हारे कान की नलिका तुम्हारे सिर में लगभग तीन सेंटीमीटर तक जाती है।'

क्षिराज आतंक से सिकुड़ गया, चींटी के डर से नहीं बल्कि इस औरत से रिसने वाली भयंकर रूप से राक्षसी आभा से। मगर वो हिल नहीं सकता था। उसका सिर कसकर बंधा हुआ था।

समीची बुदबुदाती रही, पीड़ा देने की प्रत्याशा से उसका चेहरा उत्तेजना से विकृत हो गया था। 'तुम जानते हो कान के पर्दे के दूसरी ओर हमारी अत्यंत संवेदनशील तंत्रिकाएं होती हैं? मैं हमेशा सोचती रहती हूं कि किसी छोटी और घातक वस्तु के साथ कान की नलिका की गहराई में कैसे पहुंचा जा सकता है।'

समीची ने सावधानी से खोखले सरकंडे का एक सिरा क्षिराज के कान में घुसा दिया। जितना अंदर वो जा सकता था। 'बाधा, जैसा मुझे विश्वास है कि तुम समझते होगे, कान की नलिका की बनावट है। यह

बहुत छोटी सी है। और सीधी भी नहीं है। लेकिन अगर हम कोई पैनी और घातक वस्तु को ले जा सकें, अंदर बहुत गहरे तक... हम्म।' समीची ने पीछे हटकर अपनी कलाकारी को सराहा। 'पता है तुम्हारे कान के पर्दे के दूसरी ओर की तंत्रिकाएं कान की सारी अनुभूतियों को सीधे मस्तिष्क में ले जाती हैं। रीढ़ की हड्डी में कोई निस्पंदन नहीं होता। तुम जल्दी ही जान जाओगे। इस तकनीक में महारत पाने में मुझे कुछ समय लगा था... कुछ दिलचस्प प्रयोग किए। तुम इसे... यादगार पाओगे।'

क्षिराज की बेचैन आंखें घूमीं और उस रेंगते हुए कीड़े को तकने लगीं। सैनिक चींटी के दांतेदार डंकों से विष की बूंद टपक रही थी।

समीची सैनिक चींटी को खोखले सरकंडे के पास लाई। और उसे अंदर डाल दिया। फिर उसने थोड़ी सी मिट्टी से सरकंडे के खुले छोर को बंद कर दिया। और पीछे हट गई।

'इसे अपनी ओर आते हुए सुनो।'

क्षिराज ने जब लगभग अपने कान के पर्दे तक धंसे खोखले सरकंडे के कारण कई गुना तेज हो गई चींटी की आहट सुनी तो वो भय से कसमसा गया। यह ऐसी लग रही थी जैसे दूर कहीं से हाथी के पांवों की धमक आ रही हो।

'इसे आते हुए महसूस करो... इसे आते हुए सुनो...' समीची फुसफुसा रही थी।

उसने चींटी को दूर भगाने की हताशा भरी कोशिशें कीं। उसने अपने सिर को हिलाना चाहा, पागलों की तरह अपनी आंखों को घुमाया। लेकिन उसका सारा शरीर, उसके सिर के समेत, कसकर पेड़ से बंधा हुआ था, जिससे वो कोई हरकत नहीं कर सकता था। और खोखला सरकंडा कान में बहुत अंदर तक घुसा हुआ था।

अब वो उसे महसूस कर पा रहा था। चींटी सरकंडे के खोखल से बाहर, और उसके कान की नलिका में आ गई थी। क्रोध में इधर-उधर भटकते हुए उसके शरीर ने एक तीखी रासायनिक गंध छोड़ी, जो अनुभूत संकट के प्रति स्वाभाविक प्रतिक्रिया थी। गंध ने चींटी को और अधिक क्रुद्ध कर दिया। वो खोखले सरकंडे में वापस घुस गई और तेजी से आगे बढ़ी। वो छेद पर लगी नर्म मिट्टी से टकराई, भयंकर क्रोध में वापस पलटी और आक्रमण कर दिया।

क्षिराज अब अबूझ रूप से चिल्ला रहा था, आवाजें उसके मुंह में लगी लगाम से घुट गई थीं।

सैनिक चींटी क्षिराज के कान के पर्दे तक पहुंच गई थी, उसने अपने स्पर्शक से ऊतक को परखा, अपने सिर को पीछे किया, अपने विष-बुझे डंकों को फैलाया और जोर से काट लिया।

क्षिराज पीड़ा से चिल्ला उठा। लगाम अब चीख को दबा नहीं पा रही थी। उसकी आंखें ऊपर चढ़ गई थीं, कोटरों की सफेदी आसमान को तक रही थी। निर्मम रस्सियों में बंधा उसका कठोर और तनावग्रस्त शरीर तन गया था जिन्होंने उसे शिकंजे की तरह कस रखा था। बाढ़ से उमड़ पड़ी छोटी नदियों की तरह उसकी आंखों से हताशा भरे आंसू बह निकले। वो पसीने में नहा गया था। उसका अपने पेट पर नियंत्रण नहीं रहा। उसकी आंतों में भरा मल फूटकर उसकी टांगों पर बह निकला।

वो लगातार चिल्ला रहा था। अपने ईश्वर को पुकारता। अपने गुरु के लिए चिल्लाता। सबसे स्नेही, अपनी मां के लिए बिलखता। उसका मुंह लगाम से टेढ़ा हो गया था, ये सारी आवाजें अबूझ बड़बड़ाहट बनकर निकल रही थीं।

इंद्रजीत ने भयमिश्रित विस्मय से समीची को देखा। 'बस एक चींटी ने...?'

'सारी बात इसे सही जगह पर रखने की है, श्रेष्ठ राजकुमार। प्रघाण कर्णवत तंत्रिकाएं कान के पर्दे के बहुत पास होती हैं। लेकिन रुकें... असली खेल तो तब शुरू होगा जब चींटी कान के पर्दे को फाड़ देगी। लेकिन, निस्संदेह, यह चींटी पर है। मैं इसे नियंत्रित नहीं कर सकती।'

इंद्रजीत ने क्षिराज को देखा।

अयोध्याई असहनीय पीड़ा की लहरों से ऐंठा जा रहा था। चींटी ने कान के पर्दे को थोड़ा सा फाड़ दिया था और वो आदमी पीड़ाजनित हताशा से चिल्ला रहा था। उसका अपने मूत्राशय पर नियंत्रण नहीं रहा। गाढ़ा पीला पेशाब उसकी टांगों पर बहते हुए उसके मल में मिल गया। वो बुरी तरह से रस्सियों को खींच रहा था। अपना सिर हिलाने की लगातार जारी कोशिशों से उसके गर्दन की नसें फट पड़ने को आतुर लग रही थीं।

'यह अपनी गर्दन तोड़ लेगा,' चिंतित इंद्रजीत ने कहा।

'नहीं, यह नहीं तोड़ेगा, स्वामी,' समीची ने आग्रह किया।

'अगर यह मर गया तो मेरे किसी काम का नहीं रहेगा।'

समीची ने बेआवाज आह भरी और क्षिराज के पास गई। उसने अपनी बोतल से एक घूंट पानी लिया, खोखले सरकंडे के सिरे से मिट्टी हटाई और सरकंडे के माध्यम से क्षिराज के कान में कुल्ला कर दिया। पानी ने चींटी को डुबो दिया और उसका शव बहते हुए कान से बाहर निकला, और क्षिराज की गर्दन पर चिपक गया।

अयोध्याई पेड़ से निढाल लटका हुआ था, उसकी आंखें व्याकुलता से घूम रही थीं, रस्सियों के कठोर बंधनों में जकड़ा उसका सिर और शरीर बुरी तरह से कांप रहा था।

इंद्रजीत ने अपनी उंगलियां झटकीं। लंका का एक सैनिक झटपट क्षिराज की ओर बढ़ा और उसके मुंह से लगाम हटा दी। उसने अयोध्याई की बांहों के बंधन भी ढीले कर दिए। वो हिला नहीं। उसके मुंह के किनारे से उल्टी की पतली धार बूंदों की तरह बह गई।

अयोध्याई के मल-मूत्र की दुर्गंध को रोकने के लिए अपनी नाक को अंगवस्त्रम से ढककर इंद्रजीत क्षिराज के पास गया। 'बोल। तो तुझ पर दया कर दी जाएगी।'

'आपको थोड़ी प्रतीक्षा करनी होगी, भद्र राजकुमार,' समीची ने कहा। 'भीतरी कान संतुलन के बोध का केंद्र भी होता है। इस समय यह बुरी तरह भ्रमित है।'

इंद्रजीत ने कुछ पल प्रतीक्षा की और फिर से कहा। 'बोल... राजा राम की गुप्त रणनीति क्या है?'

क्षिराज का सिर बहुत हल्के से हिला, प्रतिक्रिया का संकेत देते हुए। बोलने की धुंधली सी इच्छा।

'क्या यह हामी थी, राजकुमार इंद्रजीत?' समीची ने पूछा।

इंद्रजीत ने समीची को देखा। 'इसके सिर के बंधन को ढीला करो। लेकिन थोड़ा सा ही।'

समीची ने आदेश का पालन किया। क्षिराज ने अपना सिर हिलाया। वो कांप रहा था, उसकी आंखें उन्मत्त और भ्रमित सी थीं।

इंद्रजीत समीप गया। 'बोल।'

क्षिराज बुरी तरह गिड़गिड़ाने लगा। 'कृपया... कृपया... मुझे मार दें...' उसका स्वर टूट गया।

'बोल।'

'दया करें...'

'बोल!'

क्षिराज कुछ पल चुप रहा, और फिर बोला। कुछ ऐसे जैसे शब्द उसके गले से बलपूर्वक निकाले जा रहे हों। 'मुख्य सेना... यहां नहीं...'

इंद्रजीत ने समीची को और फिर वापस क्षिराज को देखा।

'मुख्य सेना... पश्चिम से... आ रही है...'

'पश्चिम से?' समीची ने पूछा। 'वो तो असंभव है। वहां कोई बंदरगाह नहीं है। यह झूठ बोल रहा है!'

इंद्रजीत ने क्षिराज की आंखों में देखा। 'नहीं, झूठ नहीं बोल रहा है।'

'लेकिन—'

इंद्रजीत ने अपना हाथ उठाया और समीची चुप हो गई। क्षिराज जो कह रहा था, वो हास्यास्पद तो लग रहा था, लेकिन इंद्रजीत की कोई इंद्रिय उसे इस पर विश्वास दिला रही थी।

इंद्रजीत ने फिर से क्षिराज से पूछा। 'पश्चिम में कहां से?'

क्षिराज चुप रहा।

'तुझे एक और चींटी चाहिए?'

'दया करें... नहीं...'

'पश्चिम में कहां से?'

'धनुषकोडी से...'

'धनुषकोडी से?! वहां तो रेतीली भूमि बहुत ऊंची है। उनके पोत रेत में धंस जाएंगे। वो लंका नहीं पहुंच पाएंगे।'

'लंका... आने के लिए... पुल पार करेंगे...'

इंद्रजीत का मुंह खुला रह गया। *पुल? समुद्र के पार?*

धनुषकोडी केतीश्वरम मंदिर के एकदम पास था। अगर वो पुल बनाने और उस क्षेत्र में आने में सफल हो गए, तो राजपथ से एक दिन में सिगिरिया पहुंच जाएंगे। उसने अपना सिर घुमाया और नदी में लंका के

पोतों की दिशा में देखा। *हम यहां फंसे रहेंगे, और अपनी राजधानी गंवा देंगे।*

उसने क्षिराज को देखा। *अभी और भी कुछ है, मैं जानता हूं...*

'और क्या है?' इंद्रजीत ने पूछा।

क्षिराज ने अपना सिर हिला दिया।

'बोल, कमीने,' इंद्रजीत गुर्राया।

क्षिराज मुंह खोलने को तैयार नहीं हुआ।

इंद्रजीत समीची की ओर मुड़ा। 'दूसरी चींटी।'

समीची ने अपनी चिमटी से बहुत सावधानी से केले के पत्ते से एक और चींटी उठाई। लेकिन इससे पहले कि वो अयोध्याई की ओर पहला कदम भी उठा पाती, उसने अचानक हिंसक ढंग से अपना सिर आगे की ओर झटका और अपने शरीर को रस्सियों पर धकेला। रस्सियों ने शिकंजे की तरह उसके सिर, टांगों और पैरों को जकड़ रखा था। लेकिन उसकी बांहों के बंधन थोड़े ढीले हो गए थे जिससा उसका धड़ थोड़ा हिल सकता था। इतना कि आगे झटका खाने में उसकी गर्दन टूट जाती।

'कमीना...' इंद्रजीत ने हताशा से अपने हाथ सिर के ऊपर लहराते हुए उसे गाली दी।

समीची आगे को भागी और उसने क्षिराज के लुढ़के सिर को ऊपर खींचा। वो मर चुका था। उसने अपने हाथ में पकड़ी चींटी को देखा, उसके चेहरे पर घोर निराशा पसरी हुई थी।

इंद्रजीत एक सैनिक की ओर मुड़ा। 'एक छोटी नाव लाओ। जल्दी। मुझे तुरंत अपने पिता से मिलना होगा।' जब सैनिक आज्ञापालन के लिए भागे तो लंका का राजकुमार समीची की ओर मुड़ा। 'आपने बहुत अच्छा काम किया है, दलप्रमुख। धन्यवाद।'

समीची के चेहरे पर अधूरी सी मुस्कान आई। उसने फिर से चींटी को देखा और उसे अपनी उंगलियों के बीच मसल दिया।

अध्याय 25

'सिगिरिया वापस जाएं?!' रावण ने अचंभे से पूछा। 'तुम पागल हुए हो?'

रावण, कुंभकर्ण, मारीच और इंद्रजीत लंका की नौसेना के मुख्य पोत में सम्राट के भव्य कक्ष में एकत्र हुए थे। इंद्रजीत देर रात गए पोत पर पहुंचा था। उसने अपने पिता के भोजन में बाधा डाली और उनसे तुरंत मिलने का आग्रह किया।

'जी, पिताजी,' इंद्रजीत ने कहा, उसका स्वर शांत और विश्वास से भरा था। 'उन्होंने यहां बस भटकाव के लिए छोटी सी सेना भेजी है।'

'भटकाव के लिए छोटी सी सेना? क्या तुमने पोतों की संख्या गिनी है?'

'हां, गिनी है! शायद वो हमें यह प्रभाव देना चाहते हैं कि वो बहुत सारे सैनिक हैं। इन पोतों में संभवतः बहुत थोड़े से कर्मचारी हैं। जब तक हम उनके पोतों में न जाए, पक्की तरह नहीं जान सकते, है ना?'

'शायद? संभवतः? तुम अपने "शायद" और "संभवतः" पर मुझसे मेरी पूरी रणनीति बदलवा देना चाहते हो?'

'पिताजी, मेरे मन को ऐसा लग रहा है—यह सूचना सही है। उनकी मुख्य सेना पश्चिम की ओर से आएगी। अगर हम यहीं रहे तो वो सिगिरिया को आसानी से जीत लेंगे।'

'और अगर तुम गलत हुए तो? अगर हमने नदी के इस मोर्चे से हटकर अयोध्याइयों को आसान विजय दे दी तो? और फिर वो चलते हुए सिगिरिया तक आ गए तो?'

'अगर ऐसा होता भी है, तो भी हम अपने दुर्ग में सुरक्षित बैठे होंगे। भरे हुए भंडारों के साथ और सुरक्षित। वो विस्तारित आपूर्ति रेखाओं के साथ बाहर भटकते रहेंगे। मेरा विश्वास करें, अगर अयोध्याई सच में पश्चिम से आ गए और उन्होंने हमारी राजधानी पर अधिकार कर लिया तो स्थिति कहीं बदतर हो जाएगी। फिर वो हमारे दुर्ग में, भरे हुए भंडारों के साथ, और सुरक्षित होंगे, जबकि हम बाहर फंस जाएंगे। वो हमें भूखों मार देंगे।'

कुंभकर्ण बोला। 'और वो पश्चिम से आएंगे कैसे? इस पर तुम्हारी सूचना क्या है?'

इंद्रजीत ने मारीच को देखा। वो जानता था कि वो जो कहने वाला था उस पर उसके पिता और चाचा के लिए विश्वास करना कठिन होगा। मारीच ने सिर हिलाकर सहमति दी। *बता दो इन्हें।*

इंद्रजीत कुंभकर्ण की ओर मुड़ा। 'वो धनुषकोडी पार करके आ रहे हैं, चाचाजी। और फिर वो चलते हुए केतीश्वरम मंदिर के मार्ग तक आएंगे। फिर सिगिरिया एक दिन से भी कम दूर है।'

'और वो भारत की धरती से लंका कैसे आएंगे?' रावण ने पूछा, उसके चेहरे पर अविश्वास का भाव था। 'उस क्षेत्र को तो तुम जानते हो। ज्वार का पानी उतरने के दौरान बहुत सी रेतीली भूमि असल में पानी के स्तर से ऊपर होती है। वहां कोई पोत सुरक्षित ढंग से लंगर नहीं डाल सकता।'

इंद्रजीत ने गहरी सांस ली। 'मुझे विश्वास है कि वो पुल बना रहे हैं।'

रावण और कुंभकर्ण ठठाकर हंस पड़े।

'पिताजी...' इंद्रजीत गुर्राया, वो विचलित और क्रुद्ध था।

मारीच बीच में पड़ा। 'रावण, कुंभकर्ण। इंद्रजीत की बात तो सुनो। मुझे विश्वास है कि इसके पास जो जानकारी है वो सही है।'

रावण मारीच की ओर मुड़ा। 'मामाजी, आपको इस बकवास पर विश्वास है? समुद्र के पार पुल?! सच में?!'

मारीच मौन हो गया।

'मेरा मानना है कि सबसे छोटा भाई—राजकुमार शत्रुघ्न—यह कर सकता है,' इंद्रजीत ने कहा। 'वो मेधावी है।'

'शत्रुघ्न मेधावी हो सकता है, मेरे बेटे,' रावण ने कहा। 'लेकिन वो कोई मायावी नहीं है। समुद्र पर कोई पुल नहीं बना सकता।'

'पिताजी, मेरा विश्वास करें। मुझे अपने पोर-पोर में यह महसूस हो रहा है। मेरे पास जो जानकारी है वो सही है।'

'इंद्रजीत, बचपना मत करो। तुम चाहते हो कि किसी ऐसी जानकारी के आधार पर मैं यहां से पीछे हट जाऊं, जो तुमने एक आदमी को यातनाएं देकर निकलवाई है। तुम जानते हो हमारे सैनिकों को यह कैसा प्रतीत होगा? वो मुझे कायर समझेंगे! इसकी अपेक्षा मैं यहां मरना पसंद करूंगा। लड़ते हुए।'

मारीच एक बार फिर से बीच में पड़ा। 'क्यों न कुछ तेज घुड़सवारों को केतीश्वरम भेजकर इसका पता लगवा लें? अगर कुछ नहीं है, तो कुछ नहीं है। लेकिन अगर अयोध्याई सच में पार आ रहे हैं, तो हम...'

'ठीक है,' रावण ने हार मान ली। वो कुंभकर्ण की ओर मुड़ा। 'कल सुबह कुछ घुड़सवारों को भेज देना।'

'नहीं, पिताजी,' इंद्रजीत ने कहा। 'अगर आप उन्हें कल सुबह भेजेंगे, तो वो परसों वापस आ पाएंगे। तब तक शायद बहुत देर हो चुकेगी। उन्हें अभी भेज दें।'

रावण साफ चिढ़ा हुआ दिख रहा था। 'मेरे बेटे...'

'पिताजी! मान जाइए! मेरा विश्वास कीजिए!'

रावण ने अपनी आंखें बंद कीं और सिर हिलाया। 'ठीक है। उन्हें अभी भेज दो, कुंभ।'

'कुलीनों का अति-उत्पादन? यह तुम्हारी बड़ी अवधारणा है?' वशिष्ठ ने पूछा।

विश्वामित्र, वशिष्ठ और नंदिनी कावेरी नदी के किनारे, अपने गुरुकुल के बाहर एक बड़ी सी चट्टान पर बैठे थे। तीनों मित्र प्रख्यात

सप्तर्षि उत्तराधिकारी महर्षि कश्यप के गुरुकुल में गुरु थे। तीनों अपने चालीस के दशक के आरंभ में थे। विश्वामित्र और वशिष्ठ अपने प्रारंभिक वर्षों में गुरुकुल में शिष्य थे। शिक्षा पूरी करने के बाद दोनों अपनी-अपनी राह चले गए। वशिष्ठ एक प्रसिद्ध गुरु बने जबकि विश्वामित्र एक प्रतिष्ठित और भयोत्पादक क्षत्रिय राजपुरुष बने। दो दशक बाद, वो फिर से इस प्रतिष्ठित संस्था में आए, इस बार गुरु के रूप में। उन्होंने तुरंत ही बचपन की अपनी मित्रता जीवंत कर ली। अकेले में, वो अभी भी एक दूसरे को अपने विद्यार्थी-जीवन के गुरुकुल के नामों से पुकारते थे: विश्वामित्र कौशिक और वशिष्ठ दिवोदास। गुरुकुल में एक और विद्यार्थी थीं: नंदिनी। हरीभरी, समृद्ध, उपजाऊ नदीमुख-भूमि ब्रंग देश, जिसे ब्रह्मपुत्र और गंगा नदियों का संगम सींचता था, की मेधावी कन्या। अब वो अत्यंत रूपसी स्त्री बन गई थीं। उनके बचपन में नंदिनी एक परिचित मात्र थीं, मगर अब वो अच्छी मित्र बन गई थीं। उन्होंने न केवल जोड़ी को तिकड़ी में बदला था, बल्कि समूह की गुणवत्ता में भी नाटकीय सुधार लाई थीं। क्योंकि वो केवल बौद्धिक रूप से ही विकट विश्वामित्र और वशिष्ठ के समान उत्कृष्ट नहीं थीं, वो उससे कहीं अधिक सुंदर थीं जितना वो दोनों पुरुष कभी होने की कल्पना कर सकते थे!

'बस कुलीनों का अति-उत्पादन ही नहीं, दिवोदास,' विश्वामित्र ने वशिष्ठ से कहा। 'वो तो बस आधी ही अवधारणा है। शेष आधी तो जनसामान्य का परिक्षीणन है।'

'परि-क्या?' नंदिनी ने पूछा।

'इसका अर्थ है आर्थिक निर्धनीकरण। किसी को दरिद्र बनाना।'

'तो फिर "जनता का निर्धनीकरण' ही क्यों नहीं कह देते?' नंदिनी ने परिहास किया। 'बड़े-बड़े शब्दों के प्रयोग से तुम अधिक बुद्धिमान नहीं लगोगे, विश्वामित्र।'

विश्वामित्र ने अपनी आंखें सिकोड़ीं और कृत्रिम क्रोध से नंदिनी को देखा। विश्वामित्र उनके प्रति जो प्रेम महसूस करते थे, उसने उन्हें उस चिढ़न पर नियंत्रण करने पर विवश कर दिया जो उनके चेहरे पर उतरने को आतुर थी।

'तुम जैसे हो, वैसे भी बहुत बुद्धिमान हो, विश्वा,' नंदिनी ने कहा। 'हम सब यह जानते हैं।'

विश्वामित्र मुस्कुराए। नंदिनी जब उन्हें इस स्नेह भरे नाम से पुकारती थीं तो उन्हें बहुत अच्छा लगता था।

'तो,' वशिष्ठ ने आगे कहा। 'जनसामान्य का परिक्षीणन और कुलीनों का अति-उत्पादन...'

'हां,' विश्वामित्र ने मुस्कुराहट के साथ स्पष्ट रूप से नंदिनी की ओर देखते हुए कहा, 'जनता की निर्धनता और कुलीन वर्ग का अति-उत्पादन। स्पष्ट रूप से यह सिद्धांत केवल बड़ी, जटिल सभ्यताओं पर लागू होता है। छोटे समूहों पर नहीं। बड़ी और जटिल सभ्यताओं को संभव बनाने वाला प्रमुख घटक है बड़ी संख्या में लोगों के बीच सहयोग। बड़े पैमाने पर लाखों लोग भी सहयोग कर सकते हैं और एक साथ रह सकते हैं, हमारे भारत की तरह। और मनुष्यों के बीच यह संपूर्ण सामाजिक संरचना एक कुलीन जो नेतृत्व करता है, और जनता जो अनुसरण करती है, के बीच एक सामाजिक अनुबंध पर कारगर होती है।'

'लेकिन नव युग के कुछ लोगों का कहना है कि कुलीन वर्ग और जनता की यह पूरी अवधारणा एक सामाजिक रचना है,' नंदिनी ने कहा। 'यह कृत्रिम है और इसे तोड़ दिया जाना चाहिए। हमें प्राकृतिक तरीके पर वापस जाना चाहिए।'

'"प्राकृतिक तरीके" का अर्थ है तीस साल का औसत जीवनकाल, अनेक स्त्रियों और शिशुओं की प्रसव के दौरान मृत्यु हो जाना, यहां तक कि उंगली पर एक छोटे से घाव का भी शायद हर कुछ दिनों में मृत्यु, हिंसा और भूख का कारण बनना। क्योंकि उत्कृष्ट "प्राकृतिक तरीके" से हम पशुओं की तरह जी रहे होंगे। निस्संदेह, बड़े समाजों में एक कुलीन और जनता के एक साथ रहने की अवधारणा कृत्रिम है। लाखों व्यक्तियों के सहयोग करने का पूरा विचार ही कृत्रिम है। केवल इसलिए कि यह "प्राकृतिक" नहीं है, इसका मतलब यह नहीं है कि यह अच्छा नहीं है।'

'लेकिन मुझे लगता है कि वो कुलीन वर्ग और जनसामान्य के बीच अंतर करने के बारे में प्रश्न उठा रहे हैं। यह समावेशी नहीं है।'

'मैं मानता हूं कि कुलीन वर्ग के हाथों में बहुत अधिक शक्ति का केंद्रित होना अच्छा नहीं है। हमें संतुलन रखना चाहिए। लेकिन दूसरी अति पर पहुंच जाना भी ठीक नहीं है। और, जहां तक समावेशी होने की बात है... तो देखो, अपनी प्रकृति से ही उत्कृष्टता समावेशी नहीं है।

यह समावेशी हो ही नहीं सकती। इसे विशिष्ट होना होगा। आप या तो समावेशिता रख सकते हैं, जहां हर कोई स्वयं को सम्मिलित महसूस करता है, या आप उत्कृष्टता हासिल कर सकते हैं, जिसमें वो लोग जो किसी विशेष कार्य में अच्छे हैं, उन्हें उसे पाने की स्वतंत्रता और प्रोत्साहन दिया जाता है, इस आशा के साथ कि उससे बड़े पैमाने पर समाज को भी लाभ होगा। लेकिन आपको एक को चुनना होगा, समावेशिता को या उत्कृष्टता को। आप दोनों नहीं पा सकते। और उत्कृष्टता के बिना सभ्य जीवन संभव नहीं है। लेकिन मैं फिर से यही कहूंगा, संतुलन होना चाहिए। कुलीन वर्ग बहुत अधिक शक्तिशाली नहीं होना चाहिए।'

'और इसीलिए सामाजिक अनुबंध। जो कि कुलीन वर्ग और सामान्यजन के बीच संतुलन है। कोई भी पक्ष बहुत अधिक शक्तिशाली नहीं होगा।'

'बिल्कुल। अगर सामाजिक अनुबंध सफल रहता है, तो कुलीन और सामान्यजन दोनों प्रसन्न रहेंगे, और समाज सफल होगा। अगर सामाजिक अनुबंध टूट जाता है, तो समाज राजनीतिक हिंसा और अव्यवस्था में डूब जाता है।'

'तो, समाजों के भीतर सामाजिक अनुबंध टूट क्यों जाते हैं?' नंदिनी ने पूछा। 'और इसे कैसे रोका जाए, इस बारे में तुम्हारा सिद्धांत क्या कहता है?'

'मुझे स्पष्ट कर देना चाहिए,' विश्वामित्र ने कहा। 'यह मेरा सिद्धांत नहीं है। कम से कम मौलिक रूप से। मैंने इसे आगे बढ़ाया है, मगर मैंने इस सिद्धांत के मूलभूत तत्व उस व्यक्ति से सुने थे जिससे मैं यमनया स्तपी देश में मिला था, एक व्यक्ति जिसका नाम टर्चिन था।'

'यमनया?!' वशिष्ठ अचंभित थे। यमनया उन जनजातियों में से थी जो यूरोप से लेकर मध्य एशिया और पूर्वी एशिया के आठ हजार किलोमीटर में फैले विशाल स्तपी पर रहती थीं। ये उपजाऊ, अपरिष्कृत घास के मैदान संसार के सबसे अच्छे घोड़ों के प्रजनन के लिए उपयुक्त थे, जो भारत में पाए जाने वाले छोटे अश्ववंश से कहीं बेहतर थे। वहां कठोर, मजबूत बंजारे लोग भी हुआ करते थे, जिनके पुरुषों को आमतौर पर बचपन से ही केवल एक व्यवसाय के लिए पाला जाता था: हत्या और लूटपाट की कला। और इन स्तपी जनजातियों में सबसे क्रूर और नरसंहार

करने वाले यमनया थे। 'वो तो बस क्रूर हत्यारे हैं। उन बर्बर लोगों में कोई बुद्धिजीवी नहीं हो सकता।'

'हां, लेकिन श्रीमान टर्चिन अपवाद हैं जो इस नियम को सिद्ध करता है।'

'वास्तव में, यह समझ में आता है,' नंदिनी ने कहा। 'स्तपी के लोगों की पूरी जीवनशैली ही बसी-बसाई सभ्यताओं पर आक्रमण करना और उन्हें लूटना है। वो सभ्यताएं जो भूमध्यसागर, मध्यपूर्व, भारतीय उपमहाद्वीप और चीन में बसी हैं। अगर वो हम पर आक्रमण करके हमें लूटना चाहते हैं, तो उन्हें हमें समझना होगा। उन्हें जानना होगा कि कब और कहां आक्रमण करें ताकि अपने द्वारा की हर हत्या के लिए उन्हें अधिकतम लूट प्राप्त हो।'

'सही है,' विश्वामित्र ने कहा। 'शिकारी को शिकार को समझना होगा।'

'हम शिकार तो कहीं से नहीं हैं!' वशिष्ठ तमककर बोले।

'हम अगर सशक्त हैं तो शिकार नहीं हैं। लेकिन जब हम क्षीण होते हैं, तो हां, हम स्तपी के हत्यारों का शिकार बन जाएंगे। बाहरी शत्रुओं से सर्वश्रेष्ठ बचाव हमारी अपनी शक्ति और एकता है।'

'हम्म...'

'तो, सिद्धांत...' नंदिनी ने कहा। 'सभ्यताएं क्षीण होकर लुप्त क्यों हो जाती हैं?'

'सिद्धांत कहता है कि यह सफलता का स्वाभाविक परिणाम है। कुछ लोग इसे विनाशकारी सफलता कहते हैं। कुछ जटिल समाजों की असफलता के बीज सफलता की उनकी यात्रा में ही बो दिए जाते हैं।'

'वो कैसे?'

विश्वामित्र ने कहना जारी रखा, 'जब एक समाज सफलता की राह पर चल रहा होता है, तो वो लगातार समृद्ध होता जाता है। और अगर कुलीन वर्ग कुशल और न्यायपूर्ण है, जैसा कि वो एक सफल समाज में होगा, तो वो समृद्धि को निष्पक्ष रूप से आमजन के साथ बांटेगा। तो आमजन भी शीघ्रता से अधिक अमीर और स्वस्थ हो जाते हैं। लेकिन इसके परिणामस्वरूप जनता की संख्या बढ़ती जाती हैं। और जब उनकी

संख्या बढ़ती है, तो श्रम आपूर्ति भी बढ़ती है। अगर कुलीन वर्ग लगातार अर्थव्यवस्था को विकसित करने और बढ़े हुए श्रम को काम में अवशोषित करने के नए रास्ते खोजता रहे तो यह कोई समस्या नहीं है। लेकिन अगर वो ऐसा नहीं कर पाते हैं, और श्रम की आपूर्ति बढ़ती रहती है, तो श्रम का मोल—पारिश्रमिक—लगातार गिरता जाएगा। और जब सामान्यजन का पारिश्रमिक घटेगा, तो वो दरिद्र और क्रोधी होते जाएंगे, और विद्रोह, यहां तक कि क्रांति की परिस्थितियां भी पैदा कर देते हैं।'

'लेकिन पारिश्रमिक अन्य कारणों से भी तो गिर सकता है ना?' नंदिनी ने पूछा। 'जैसे कुलीन वर्ग आप्रवासियों को अवशोषित करने के लिए पर्याप्त श्रम उत्पन्न किए बिना बड़ी संख्या में उन्हें आने दे। या कुलीन वर्ग अन्य देशों से सामान आयात करे जहां सामान्यजन की आय कम हो।'

'सच है,' वशिष्ठ ने कहा। 'और मुझे लगता है कि हम उस कुलीन वर्ग को स्वार्थी कह सकते हैं। लेकिन वो स्वयं अपना दीर्घकालिक दुर्भाग्य लिखते हैं। मुख्य बिंदु यह है कि अगर सामान्यजन पहले की तुलना में अधिक निर्धन या अस्वस्थ हो जाते हैं, तो वो दुखी होते हैं और यह एक क्रांति की स्थिति पैदा कर देता है। जीवित रहने की मूलभूत वृत्ति वाले चतुर कुलीन वर्ग को इसे नियंत्रित करना और सुनिश्चित करना चाहिए कि सामान्यजन बहुत अधिक दुखी न हों।'

'बिल्कुल,' विश्वामित्र ने कहा। 'कुलीन वर्ग के प्रत्येक सदस्य को यह समझना चाहिए कि उसे लगातार निर्धन लोगों की सहायता करनी होगी। यह उनके अपने स्वार्थ में है। यदि वो ऐसा नहीं करते हैं, तो सामान्यजन को दबाने और नियंत्रण में रखने के लिए उन्हें एक बड़े सुरक्षातंत्र और सैन्य व्यवस्था पर अधिकाधिक व्यय करना होगा। और उसकी भी सीमा हैं। किसी न किसी समय सेना व्यग्र हो जाएगी। लेकिन केवल लोगों के निर्धन हो जाने भर से क्रांति नहीं आएगी। सामान्यजन, सामान्यतया, नेतृत्व नहीं करते। वो अनुकरण करते हैं। उनकी अप्रसन्नता विद्रोह, राजनीतिक हिंसा और सामाजिक विघटन के लिए आवश्यक स्थिति पैदा करती है। लेकिन यह पर्याप्त नहीं है। इस असंतोष के साथ एक और परिघटना जुड़ी होनी चाहिए।'

'वो कौन सी परिघटना है?' वशिष्ठ ने पूछा।

'कुलीन वर्ग-विरोधी का उदय,' विश्वामित्र ने कहा।

'वो जो विद्रोह और क्रांति का नेतृत्व करेंगे?' नंदिनी ने पूछा।

'बिल्कुल,' विश्वामित्र ने कहा। 'और सामान्यजन की दरिद्रता से प्रति-कुलीन वर्ग के उभरने की स्थितियां बनती हैं। जब लोग निर्धन होते जाते हैं, उनका पारिश्रमिक कम होता है, और जो लोग जनता के श्रम का उपभोग करते हैं, वो—कुलीन वर्ग—और अधिक समृद्ध हो जाते हैं। जब दोनों के बीच की खाई बढ़ती है, तो जनता की आकांक्षाएं केंद्रित और तीव्र होती जाती हैं। उनमें से प्रतिभाशाली लोग कुलीन श्रेणी में प्रवेश करने के लिए व्याकुल हो जाते हैं। वास्तव में, सामान्य जनता के अधिक से अधिक लोग कुलीन वर्ग में शामिल होने के लिए कड़ा परिश्रम करते हैं, क्योंकि प्रतिफल बहुत आकर्षक लगते हैं। अगर कुलीन वर्ग आडंबरपूर्ण हो, सजग और संयमी होने के बजाय अपनी संपत्ति का दिखावा करे तो यह विशेष रूप से सच हो जाता है।

'सामान्यजन में से कुछ लोग धीरे-धीरे कुलीन वर्ग का भाग बन जाते हैं। वो कड़ी मेहनत करते हैं, स्वयं को शिक्षित करते हैं और आगे बढ़ते हैं। लेकिन समस्या यह है कि संभ्रांत वर्ग बहुत विस्तार नहीं कर सकता। कुलीन पद सीमित होते हैं। राजा एक ही हो सकता है। सेना में केवल एक प्रमुख सेनापति हो सकता है। एक धर्म में एक ही मुख्य पुजारी हो सकता है। आज सभ्य समाजों की संतानों से एक बहुत बड़ा झूठ बोला जा रहा है कि वो सभी विशेष हैं, वो सभी शीर्ष पर पहुंचने की आकांक्षा कर सकते हैं। यह बकवास है। शीर्ष पर अंतहीन स्थान नहीं है। एक जटिल समाज की प्रकृति कुलीन वर्ग को एक छोटा सा वर्ग बना देती है। और अगर कुलीन वर्ग के लिए अधिकाधिक लोग आकांक्षी होंगे, तो तार्किक रूप से अधिकाधिक लोगों को इस संसार में उनकी महत्वाकांक्षाओं और मनोवैज्ञानिक स्थान से वंचित कर दिया जाएगा। और तब ये आकांक्षी निराश हो जाते हैं और कुलीन वर्ग-विरोधी बन जाते हैं।'

वशिष्ठ ने पूछा, 'चूंकि आमतौर पर कुलीन वर्ग-विरोधी अपनी कड़ी मेहनत के बल पर सामान्य लोगों से ऊपर उठते हैं, तो क्या वो पुराने कुलीन वर्ग की संतानों की तुलना में अधिक सक्षम होते हैं?'

'बिल्कुल,' विश्वामित्र सहमत थे। 'सामान्यजन से उभरकर आए कुलीन वर्ग के आकांक्षियों में दृढ़ संकल्प होता है। इसी कारण वो ऊपर उठते हैं। और पुराने कुलीन वर्ग की संतानें सारी सुख-सुविधाओं में जन्म

लेती हैं। उनमें से अधिकांश में कड़ी मेहनत और सफलता के लिए आवश्यक बलिदान देने की इच्छा बहुत कम होती है। उन्हें लगता है कि कुलीन होना उनका अधिकार है और उनके माता-पिता उनके लिए यह सुनिश्चित करेंगे।'

'सच है,' नंदिनी ने शरारत से मुस्कुराते हुए कहा। वो और वशिष्ठ दोनों स्व-निर्मित थे।

'अरे!' विश्वामित्र ने धीरे से हंसते हुए कहा। क्योंकि वो एक राजा के पुत्र थे, स्पष्ट रूप से पुराने संभ्रात वर्ग की संतान। 'समृद्धि में जन्म लेने वाला हर बालक मोटा और आलसी नहीं होता।'

'आलस पर तो मैं तुमसे सहमत हूं,' वशिष्ठ ने खिखियाते हुए कहा। 'लेकिन मोटा? वो मुझे नहीं पता...'

विश्वामित्र ने अपनी बड़ी सी तोंद को देखा और जोर से हंस पड़े। उन्होंने खिलंदड़े भाव से अपने मित्र वशिष्ठ के कंधे पर घूंसा जड़ दिया। वशिष्ठ आगे को झुके और उन्होंने अपने मित्र को गले लगा लिया, अब दोनों एक साथ हंस रहे थे।

नंदिनी भी हंसने लगी। 'ठीक है, ठीक है। अब तुम दोनों शांत हो जाओ।'

'हां, ठीक है,' विश्वामित्र ने वशिष्ठ को थपथपाते और आराम से बैठते हुए कहा।

'तो... समाज में ये बदलाव, समय की लंबी अवधियों में होते हैं, सही?' नंदिनी ने पूछा।

'हां, बिल्कुल। ये बदलाव दशकों में होते हैं। इसलिए, जिन पर समाज के दीर्घकालिक स्वास्थ्य का दायित्व होता है, उन्हें कुछ मापदंडों पर निगाह रखनी चाहिए ताकि उन्हें भावी सामाजिक अव्यवस्थाओं के बारे में बहुत पहले से चेतावनी मिल जाए। वो मापदंड क्या होने चाहिएं? कुछ ऐसे... जनसामान्य और कुलीन वर्ग के बीच कितनी असमानता है? इसकी सीमाएं क्या होनी चाहिएं, जिसके बाद कुछ हस्तक्षेप करना चाहिए? क्या कुलीनों का अति-उत्पादन हो रहा है? कुलीन पद के लिए कितने आकांक्षी प्रतिस्पर्धा कर रहे हैं? क्या कुलीन वर्ग-विरोधी उभर रहे हैं?'

'कृपया एक स्पष्टीकरण दो। जब तुम कुलीन कहते हो, तो तुम्हारा मतलब केवल ब्राह्मणों, क्षत्रियों और वैश्यों से ही नहीं है ना?'

'बिल्कुल नहीं,' विश्वामित्र ने कहा। 'बहुत से ब्राह्मण, क्षत्रिय और वैश्य कुलीन वर्ग का भाग नहीं हैं। उदाहरण के लिए, छोटे गुरुकुलों के शिक्षक, या सैनिक, या किसी व्यापार मंडल में उप-कारोबारी। और बहुत से शूद्र कुलीन वर्ग का हिस्सा हैं: उदाहरण के लिए, बहुत सारे अनुयायियों के साथ शूद्र कलाकार, जैसे कथावाचक और चित्रकार वैचारिक कुलीन वर्ग का भाग होते हैं। तो, बात उस वर्ण की नहीं है जिसमें लोग जन्म लेते हैं। बात है सत्ता की, वो जिनके पास सत्ता है, और वो जिनके पास नहीं है। कुलीन वर्ग केवल एक ही बात से चीन्हा जाता है: शक्ति। अपने समाज में जिन लोगों के पास दूसरों के ऊपर शक्ति होती है, वो कुलीन वर्ग के सदस्य होते हैं।'

'ठीक है,' नंदिनी ने कहा।

'तो, हम इस प्रक्रिया को कैसे नियंत्रित करें?' वशिष्ठ ने पूछा। 'एक चतुर कुलीन वर्ग को इन समस्याओं का पूर्वानुमान लगाने और, इससे पहले कि वो अपने समाज को चोट पहुंचाएं, उन्हें टालने या नियंत्रित करने में सक्षम होना चाहिए।'

'सही है,' विश्वामित्र ने कहा। 'पहला और सबसे महत्वपूर्ण उपाय यह सुनिश्चित करना है कि सामान्यजन के भौतिक जीवन में लगातार सुधार होता रहे। लोग चाहे किसी भी वर्ण के हों, उनके जीवन में निरंतर सुधार होना चाहिए, भले ही कम मात्रा में क्यों न हो। याद रखें, लोग अपने राज्य का मूल्यांकन दूसरे देशों के लोगों की तुलना में नहीं करते हैं। वो इसकी तुलना अपने अतीत से करते हैं। भारत पृथ्वी का सबसे समृद्ध देश है। इसलिए, उदाहरण के लिए, भारतीय यूनानी लोगों से कहीं अधिक समृद्ध हैं। यदि भारतीय सामान्यजन की स्थिति बिगड़ती है, तो वो असंतोष, विरोध और विद्रोहों की ओर अग्रसर होंगे, भले ही अपनी दरिद्र स्थिति में भी वो आर्थिक रूप से यूनानियों से बेहतर हों।'

'हां,' वशिष्ठ ने कहा। 'यह तो सच है।'

'तो यह कुलीन वर्ग के हित में ही है कि वो दरिद्रों की सहायता करें। उनका ध्यान रखें। जब संदेह में हों तो दरिद्रों की सहायता करें। जब आपके पास स्वयं को व्यस्त रखने के लिए कुछ और न हो, तो दरिद्रों की

सहायता करें। एक चतुर कुलीन की अवैकल्पिक स्थिति हमेशा यही होनी चाहिए: दरिद्रों की सहायता करें।'

'और कुलीनों के अति-उत्पादन की समस्या?'

'कुलीन वर्ग के लिए यह भिन्न है। मुझे नहीं लगता कि उनके भौतिक जीवन को हमेशा बेहतर होते चक्र पर होना चाहिए। वास्तव में, मुझे लगता है कि समाज में स्थिरता रहने की खातिर समय-समय पर कुलीन वर्ग की काट-छांट होती रहनी चाहिए। जिससे पुराने कुलीनों, जो मोटे और आलसी हो चुके हों, के स्थान पर नए उभरते, अधिक ऊर्जावान और उत्साही कुलीनों को स्थापित किया जाए।'

'काट-छांट?' नंदिनी ने पूछा। 'यह निर्मम नहीं है? सच में, विश्वा, काश तुमने अपने शब्दों पर विचार किया होता। शब्दों में शक्ति होती है, मेरे मित्र!'

'देखो, मैं सबसे अधिक वर्णनात्मक शब्दों का उपयोग करके अपने मन की बात कहता हूं, और आवश्यक नहीं है कि वो उपयुक्त हों ही। जो भी हो, राजनीतिक नागरिक हिंसा में यही होता है ना? अनेक कुलीन सदस्य मारे जाते हैं, और फिर उस वर्ग में आंतरिक प्रतिस्पर्धा कम हो जाती है। वास्तव में, अक्सर कुलीन अतिउत्पादन कुछ पुराने कुलीनों या यहां तक कि कुलीन-विरोधी वर्ग को भी विदेशी हस्तक्षेप को आमंत्रित करने की ओर ले जाता है। अतिरिक्त समर्थन और मान्यता पाने के लिए। यही वो बिंदु है जो यमनया जनजाति के टर्चिन ने मेरे सामने रखा था। उन्होंने कहा कि यमनया योद्धा ऐसे देशों की तलाश में रहते हैं जहां कुलीन वर्ग में बहुत अधिक लोग हों। उनमें से कुछ तो अपने देश के अन्य कुलीन वर्ग के साथ अपनी आंतरिक लड़ाई में सहायता करने के लिए स्तपी के इन योद्धाओं को आमंत्रित करने के लिए इच्छुक रहते हैं। जैसे भेड़ों का कोई झुंड उन भेड़ों को मारने के लिए भेड़ियों को आमंत्रित करे जिन्हें वो पसंद नहीं करतीं। प्राय: यह उन भेड़ों के लिए भी अच्छा नहीं रहता है जो आमंत्रण भेजती हैं। अंतर-कुलीन गृहयुद्ध किसी भी समाज के लिए विनाशकारी है।'

'तो, मेरे विचार से, इस स्थिति तक पहुंचने से पहले ही विभिन्न कुलीन समूहों के बीच प्रतिस्पर्धा कम हो जानी चाहिए।'

'बिल्कुल। अगर हम अंतर-कुलीन गृहयुद्ध और उससे जुड़ी अव्यवस्था से बचना चाहते हैं तो इसे प्राप्त करने के अनेक मार्ग हैं।

सबसे सरल देश से कुछ विशिष्ट कुलीन समूहों को बाहर कर देना है। बहुत चतुराई से, निस्संदेह, उनके जाने के लिए परिस्थितियां बनाकर। उन्हें किसी विदेशी भूमि में प्रतिस्पर्धा करने दो, भारत में नहीं। फिर भारत के अंदर अंतर-कुलीन प्रतिस्पर्धा कम हो जाएगी। लेकिन एक मार्ग और है।'

'तुम्हारी मायका प्रणाली...' वशिष्ठ ने कहा।

'मायका प्रणाली?' नंदिनी ने कहा। 'वो क्या है?'

'कौशिक ने एक बार इस बारे में बताया था,' वशिष्ठ ने विश्वामित्र के गुरुकुल का नाम लेते हुए कमान संभाली। 'बहुत क्रांतिकारी विचार है। इनका सुझाव था कि शिशुओं को जन्म के साथ ही अनिवार्य रूप से राज्य द्वारा गोद ले लिया जाना चाहिए। जन्मदाता माता-पिता अपनी संतानों को राज्य को सौंप दें। राज्य इन बच्चों का पालन करेगा, शिक्षित करेगा और उनकी जन्मजात प्रतिभाओं और क्षमताओं को पोषित करेगा। पंद्रह वर्ष की आयु में कठोर परीक्षण द्वारा उनकी शारीरिक, मानसिक और बौद्धिक क्षमताओं का आकलन किया जाएगा। परिणामों के आधार पर, उन्हें उचित जातियां प्रदान की जाएंगी। उत्तरवर्ती प्रशिक्षण उनके स्वाभाविक कौशलों को और निखारेगा। अंततः, उन्हें उसी जाति के नागरिकों द्वारा गोद ले लिया जाएगा जो परीक्षण-प्रक्रिया के माध्यम से किशोरों को प्रदान की जाती हैं। बच्चे अपने जन्मदाता माता-पिता को नहीं, केवल जातिगत दत्तक माता-पिता को ही जानेंगे। जन्मदाता माता-पिता भी अपने जाये बच्चों की नियति नहीं जान पाएंगे।'

नंदिनी ने अपनी भौंहें उठाईं। 'जिसकी कोई संतान नहीं होगी, केवल वही यह सोच सकता है कि कोई माता-पिता स्वेच्छा से अपने शिशु को राज्य को सौंप देगा।'

'लेकिन यह प्रणाली समाज के लिए एकदम सटीक होगी, नंदिनी,' विश्वामित्र ने कहा। 'खुले मस्तिष्क से इस पर सोचो। एक मायने में, हम उनका स्तर घटा रहे हैं जो पुराने कुलीन वर्ग के वंशजों की हर पीढ़ी में अक्षम होते हैं। वो सामान्यजन का भाग बन जाएंगे। और सामान्यजन में से जो लोग सक्षम होंगे, वो कुलीनों में सम्मिलित हो जाएंगे। एक खुले और निष्पक्ष तरीके से। पुराने कुलीनों के वो वंशज भी जो सक्षम होंगे, फिर से कुलीन दल में सम्मिलित हो सकते हैं, लेकिन ऐसे किसी भी सामाजिक बढ़ावे के बिना जो उनके अनुरक्त माता-पिता उन्हें देते हैं। कुलीन कहीं

अधिक लंबी अवधि तक योग्य और सक्षम बने रहेंगे। यह समाज को स्थिर रखेगा। यह इसे प्रतिस्पर्धात्मक भी बनाए रखेगा।'

'लेकिन तुम एक ऐसे समाज की कल्पना कर रहे हो जो विशिष्ट रूप से कर्तव्य और योग्यता पर निर्मित है। लेकिन प्रेम? प्रेम के बिना हम मनुष्य क्या हैं?'

'प्रेम सबसे बड़ा छलावा है, कौशिक का मानना है,' वशिष्ठ ने मुस्कुराते हुए कहा। 'या कम से कम, अनेक वर्ष पहले इनका यह मानना था।'

'सच में?' नंदिनी ने विश्वामित्र को देखते हुए पूछा, उनकी आंखें चमक रही थीं।

विश्वामित्र ने कुछ नहीं कहा।

नंदिनी वशिष्ठ की ओर मुड़ीं। 'हो सकता है प्रेम छलावा हो, या शायद न हो। लेकिन फिर भी, इसका कोई कारण नहीं कि जब हम इसे अनुभव कर सकते हैं तो भी इसका आनंद न लें। छलावा हो या न हो। केवल वही लोग प्रेम के दिव्य, भले ही अस्थायी, सुख को नकारेंगे जिन्होंने दुख के बीहड़ मरुस्थल को न झेला हो।'

वशिष्ठ असहज से लगे। वो वापस मौजूदा विषय पर आ गए। 'वैसे, मैं नहीं जानता कि ऐसा समाज संभव है भी या नहीं। मायका प्रणाली कहां लागू की जा सकती है? यद्यपि, मैं मानता हूं—यह बहुत दिलचस्प प्रयोग होगा।'

नंदिनी मुस्कुराईं और लगभग अनचीन्हे ढंग से अपना सिर हिलाते हुए उन्होंने वशिष्ठ से निगाहें हटा लीं।

'मुझे विश्वास है कि मैं अगले विष्णु को इस प्रणाली को लागू करने के लिए आश्वस्त कर लूंगा,' विश्वामित्र ने कहा।

नंदिनी हौले से हंसीं। 'पहले तुम्हें मलयपुत्र-प्रमुख बनना होगा।'

'वो हो जाएगा...'

'निश्चय ही हो जाएगा,' वशिष्ठ ने कहा। 'मेरे मित्र इसमें सफल होंगे।'

विश्वामित्र ने वशिष्ठ को देखा, मुस्कुराते हुए, और अपने मित्र का हाथ थपथपा दिया।

नंदिनी ने दोनों को देखा और पल भर के लिए उनके मुख पर पीड़ा की लहर उतर आई। और फिर लुप्त हो गई। 'मेरा एक प्रश्न और है।'

'पूछो,' विश्वामित्र ने कहा।

'बहुत से क्षत्रिय राजा आजकल वैश्य व्यापारियों पर आक्रमण कर रहे हैं। मुझे लगता है ऐसा भी समय आ सकता है जब वो वैश्य संपत्ति को हड़पना शुरू कर देंगे। क्या तुम इसे, एक तरह से, कुलीनों के एक खंड की काट-छांट करना कहोगे?'

'नहीं, मैं इसे मतान्धता और मूर्खता कहूंगा।'

'क्यों? तुमने अभी तो कहा कि कुलीन वर्ग के बहुत अधिक सदस्य नहीं होने चाहिएं।'

'यह कुछ ऐसा है। शक्ति चार प्रकार की होती हैं: सैन्य, आर्थिक, राजनीतिक और वैचारिक। सैन्य शक्ति हिंसा के प्रयोग की योग्यता पर आधारित होती है। यह सेना, सुरक्षा बल या ऐसी ही कोई दूसरी संस्था हो सकती है। आर्थिक शक्ति का संबंध केवल धन से नहीं होता, बल्कि उस धन के प्रयोग की योग्यता होती है। उदाहरण के लिए, एक धनी व्यापारी के पास किसी बड़े व्यापारिक मंडल के प्रबंधक साझेदार से अधिक निजी संपत्ति हो सकती है, लेकिन प्रबंधक साझेदार मंडल के धन से प्राप्त शक्ति का प्रयोग कर सकती है। तो हमारी इस परिकल्पित साझेदार के पास भले ही उस व्यापारी से कम धन हो, मगर वो कहीं अधिक शक्तिशाली है। इसलिए वो कुलीन है। राजनीतिक शक्ति का प्रयोग राजनीतिज्ञ या प्रशासक करते हैं; मूलतः राजा, उच्चाधिकारी, न्यायाधीश आदि, जो लोगों पर अपनी इच्छा थोपने के लिए राज्य के प्रशासनिक तंत्र का उपयोग करते हैं। अंत में, वैचारिक शक्ति सामान्यजन से ऐसे विचार और धारणाएं स्वीकार करवाने की क्षमता है जो सत्ता पर कुलीन वर्ग की पकड़ बनाए रखने में सहायक हों। वैचारिक कुलीनों में कथाकार, शिक्षाविद, संवाददाता, कलाकार और ऐसे ही अन्य लोग हो सकते हैं। अब, एक सुसंगत कुलीन समूह के पास चारों शक्ति स्रोत होने चाहिएं। उनके पास इन चारों शक्ति स्रोतों को तैनात करने की क्षमता वाले अंतर-उपसमूह भी होने चाहिएं। इसलिए अपने ही कुलीन समूह में किसी उपसमूह का दूसरे उपसमूह पर आक्रमण करना मूर्खता और, स्पष्ट कहूं तो, दीर्घकालिक आत्महत्या है।'

'दिलचस्प...' वशिष्ठ ने कहा। *'तो, तुम्हारे विचार में, आज भारत में कुलीन समूह कौन से हैं?'*

'मेरे विचार में समूह उतने स्पष्ट नहीं हैं जितना तुम सोचते होंगे। मेरे अनुसार भारत में तीन कुलीन समूह हैं। पवित्र सरस्वती नदी विभाजित...'

वशिष्ठ अचानक सपने से जग उठे। वो सपना जिसमें उस स्मृति को याद किया गया था जो एक शती से अधिक पुरानी थी। 'हे प्रभु ब्रह्मा!'

दिन चढ़ चुका था। वशिष्ठ जानते थे कि शत्रुघ्न योजना से एक दिन पहले निर्माण कार्य को फिर से शुरू करने का सोच रहे थे। आधे महावत ठीक हो चुके थे। काम की गति धीमी होगी, लेकिन कुछ नहीं से तो बेहतर ही होगा। कलेवा करने के बाद वशिष्ठ फिर सो गए थे। पंबन द्वीप के समुद्र तट पर छोटी सी झपकी। और उन्हें यह सपना दिखा था। किसी कारण से।

मैं जानता हूं वो क्या करेगा...

वशिष्ठ ने आकाश को देखा। अपने शत्रु बने मित्र को याद करते हुए।

कौशिक... मैं जानता हूं तुम क्या करोगे... अनुनाकी...

अध्याय 26

लंकाई धरती पर लेट गया, उसके पेट में गहरे धंसे खंजर के बावजूद उसका संघर्ष आश्चर्यजनक था। अयोध्याई उसके ऊपर बैठकर अपनी दाईं मुट्ठी से उसके चेहरे पर लगातार घूंसे मार रहा था। बाएं हाथ से उसने लंकाई का मुंह बंद कर रखा था और उसकी गर्दन तक पहुंचने की कोशिश कर रहा था। गला दबा दे और झगड़ा समाप्त करे। लंकाई बचता रहा, वो अयोध्याई को स्पष्ट वार नहीं करने दे रहा था। उसने अयोध्याई के सीने पर हाथ मारा, उसके सिर पर हाथ मारे। मगर लंकाई का हर वार हल्का पड़ता जा रहा था। पेट में लगे घाव से उसका बहुत सारा रक्त बह गया था।

अयोध्याई ने लंकाई के मुंह पर अपनी पकड़ बनाए रखी। उसे यह करना ही था। अगर लंकाई चिल्लाता तो उनका भेद खुल जाता। और लोग भी हो सकते थे।

लंकाई ने अपनी ठोड़ी सीने में धंसा रखी थी। अपने गले को बचाते हुए। अंत में, अयोध्याई अपने चेहरे को ढका रखते हुए अपना सिर पीछे हटाने में सफल हो गया। उसने जल्दी से अपने दाएं हाथ से लंकाई की गर्दन पर पकड़ बनाई। शिकंजे जैसी पकड़। लंकाई बुरी तरह छटपटा रहा था। अयोध्याई को धकेलने की कोशिश करते हुए। अयोध्याई के अंगूठे ने उसके स्वरयंत्र की पुष्ट उपास्थि को तलाश लिया था। और उसने उसे दबा दिया। सख्ती से। अब वो लंकाई के मुंह से अपने बाएं हाथ को आराम से हटा सकता था। अब कोई आवाज निकलना संभव नहीं था। उसने शीघ्रता

से अपने दोनों हाथों को काम में लिया और निर्ममता से दबा दिया। लंकाई के हाथ और टांगें गीली मिट्टी में पटपटा रहे थे। गले पर पड़ रहे क्रूर दबाव से उसकी आंखें उबल पड़ीं।

'मर, कमबख्त,' अयोध्याई धीरे से बोला।

अब लंकाई बहुत धीमे-धीमे ऐंठ रहा था। अयोध्याई ने क्रूरता से दबाव बढ़ा दिया। सख्त और सख्त, वो दबाता गया। अंत में, लंकाई शांत हो गया, उसकी शिथिल जीभ उसके मुंह से बाहर निकल आई थी। अयोध्याई ने भूमि से एक पत्थर उठाया और बार-बार लंकाई के सिर पर मारने लगा, उसे तोड़ते हुए। कोई जोखिम न लेते हुए।

वो उठा। थका-चुका सा। और आसपास देखा।

उसके आसपास पांच लंकाई मृत पड़े थे। और चार अयोध्याई; उसके साथी।

अयोध्याई उस छोटे से दल का, शिकारी-संग्राहक गुट का सदस्य था जो भोजन की तलाश में लंका द्वीप पर फैल गया था। अयोध्या की विशाल सेना के लिए रसद जुटाने के लिए जो पार आने के निकट थी। यह विशिष्ट दल सुबह-सवेरे निकलने वाले टोहियों का था जो सोने की तैयारी कर रहे निशाचर जीवों का शिकार करते थे। अयोध्याई दल का कोई भी व्यक्ति अब तक किसी भी लंकाई से नहीं टकराया था। उनका मानना था कि लंकाई सिगिरिया वापस चले गए थे।

इसलिए जब वो लंकाइयों के इस छोटे से दल से टकराए तो पल भर के लिए हतप्रभ रह गए थे। लंकाई भी स्पष्ट रूप से अचंभित थे। मुठभेड़ तीव्र और हिंसक थी।

अयोध्याई ने धीरे-धीरे अपनी उखड़ी सांसों को सामान्य किया। उसे झटपट वापस जाकर यह सूचना देनी थी। पार उतरने वाली वाहिनियों के सेनानायक अरिष्टनेमी को।

यहां लंकाई हैं!

जब उसकी सांसें सामान्य हुईं और खून का उबाल शांत हुआ, तो उसने नई निगाह से अपने चारों ओर के दृश्य को देखा। वो जानता था कि अरिष्टनेमी उससे खोद-खोदकर प्रश्न करेंगे।

ये लंकाई अकेले आखिर यहां कर क्या रहे थे? अपने शिविर से इतनी दूर?

उसने लंकाई घोड़ों को देखा जिन पर सवार होकर वो आए थे। वो शायद बहुत दूर से आए थे। अयोध्याइयों के पास तो घोड़े नहीं थे, क्योंकि वो पैदल ही भोजन की तलाश कर रहे थे।

लंकाई घोड़े खूंटों से बंधे थे। *ये लोग यहां प्रतीक्षा कर रहे थे। क्यों? हमारी घात में लेटे थे? लेकिन हमारा मार्ग तो पहले से तय था नहीं। ये यहां किसी और कारण से प्रतीक्षा कर रहे थे।*

और फिर उसने कुछ ऐसा देखा जो उसे पहले ही देख लेना चाहिए था। वहां छह घोड़े थे। और मृत लंकाई पांच ही थे।

हे प्रभु रु—

अयोध्याई को अपना विचार पूरा करने का भी समय नहीं मिला। एक खंजर उड़ता हुआ आया और उसकी गर्दन को भेद गया। वो धराशायी हो गया। उसी लंकाई के पास जिसे अभी-अभी उसने मारा था। धुंधलाई आंखों से उसने एक आदमी को पेड़ की शाखाओं से उतरते देखा। वो आदमी निकट आया, एक और खंजर निकाला, और बर्बरता से उसने उसे अयोध्याई के हृदय में घोंप दिया।

शत्रु को चुप करवाने के बाद वो आदमी, लंकाई, खड़ा हुआ और शीघ्रता से अपने घोड़े की ओर बढ़ा।

उसने वो सब देख लिया था जो उसे देखना था। और अच्छे से देखने के लिए पहले वो एक पेड़ पर चढ़ गया था। घनी वन्य पहाड़ी पर एक पेड़ के शिखर के अपने सुविधाजनक स्थान से उसने बहुत कुछ देखा था। सुदूर, केतीश्वरम तट की ओर। अभी भोर ही हुई थी, लेकिन पर्याप्त प्रकाश था। उसने लगभग दो सहस्त्र अयोध्याइयों को काम में जुटा देखा; पेड़ काटते, बाड़ बनाते और एक सेना के आगमन की सामान्य तैयारियां करते हुए।

बाड़ों के माप को देखते हुए, यह भयंकर सेना होगी।

उसे लंकाई सैनिकों के स्थानीय पड़ाव, केतीश्वरम वाहिनी के आवास, भी दिख रहे थे। या जो कभी पड़ाव रहा होगा। क्योंकि भवन जला दिया गया था।

केतीश्वरम मंदिर अनछुआ था। निस्संदेह। कोई सभ्य मनुष्य देवताओं के मंदिर को हानि नहीं पहुंचाएगा। उसने वास्तव में कुछ अयोध्याइयों को फूल मालाएं लिए मंदिर में जाते भी देखा था। शायद सुबह की पूजा के लिए।

वो मन्नार द्वीप के दक्षिण-पूर्वी तट के परे नहीं देख पाया, तो वो निश्चित नहीं था कि कोई पुल बनाया जा रहा है या नहीं। जब उसे विशेष

रूप से यही पता लगाने का काम सौंपा गया था, तो उसे विश्वास नहीं हुआ था।

समुद्र पर पुल? बकवास!

लेकिन एक बात तो निश्चित थी। अयोध्याई समुद्र पार लंका आने के लिए जो भी तरीका अपना रहे थे, स्पष्ट रूप से वो इसकी तैयारी कर रहे थे।

मुझे शीघ्र वापस जाना चाहिए। महाराज को चेतावनी देने।

———

मैं सिंधु देश वापस नहीं जाऊंगा, गुरुजी,' नारद ने दृढ़ता से कहा। 'युद्ध यहां हो रहा है।'

पंबन द्वीप के एक कोने में वशिष्ठ नारद से बात कर रहे थे। वो अकेले थे। मगर फिर भी वशिष्ठ फुसफुसा रहे थे। वो जानते थे कि अरिष्टनेमी के मलयपुत्र हर ओर फैले हुए थे।

'मेरी बात सुनें, नारद,' वशिष्ठ ने धीमे से कहा। 'यह आवश्यक है। कृपा करें। आपको स्वयं नहीं जाना होगा। लेकिन आपको अपने सर्वश्रेष्ठ गुप्तचर को संदेश भेजना होगा। मुझे यह जानकारी चाहिए।'

'लेकिन उस दिन तो आपने कहा था कि अनु नहीं आ रहे हैं। कि वो राजा राम का समर्थन नहीं करेंगे।'

'मैं इस युद्ध की बात नहीं कर रहा हूं, नारद। मैं उस युद्ध की बात कर रहा हूं जो इसके बाद होगा।'

नारद मौन रहे।

'मैं कल के बारे में नहीं सोच रहा हूं,' वशिष्ठ फुसफुसाए। 'मुझे तो परसों की चिंता है। आपके पास गुप्त सूचना पाने का देश का सर्वश्रेष्ठ तंत्र है। आप मेरे लिए यह करें। मां भारती के कल्याण के लिए यह करें। कृपया।'

नारद ने हामी भरी। 'ठीक है, गुरुजी।'

———

'मेरे पुत्र...'

रावण स्पष्ट रूप से भावुक हो गया था। भावनाओं का दुर्लभ प्रदर्शन। उसने इंद्रजीत का सिर थामा, झुका, और अपने बेटे के माथे से माथा छुआया। उसकी आंखें बंद थीं। उसकी सांसें उखड़ी हुई थीं।

देर शाम को, लंका की राज-सभा को सूचना मिली थी कि अयोध्या की सेना लंका के उत्तर-पश्चिमी तट पर, केतीश्वरम मंदिर के निकट जमा थी। आरंभिक झटके के बाद, सभी को स्पष्ट था कि क्या निर्णय लिया जाना था। लंका की सेना का एक बड़ा हिस्सा अपने पोतों से उतरेगा और तीव्र चाल से सिगिरिया की ओर कूच कर देगा ताकि अयोध्याइयों के आने से पहले अपनी राजधानी पहुंच जाए। और घेराव की तैयारी करे।

लंका की सेना की एक छोटी टुकड़ी ओंगुइआहरा में पोतों पर रहेगी। और जब तक हो सकेगा इन अयोध्याइयों को यहीं रोकेगी। यदि लंकाई इस क्षेत्र से पूरी तरह चले गए, तो अयोध्याई अपने विशाल समुद्री पोतों से अपनी कटर नौकाओं को उतारेंगे, शीघ्रता से खेते हुए सिगिरिया के तट पर पहुंच जाएंगे, और सड़क के रास्ते चलकर पीछे से लंका की सेना पर आक्रमण कर देंगे। लेकिन अगर लंकाई नदी की नौसेना का एक भाग वहीं रुका रहा, तो अयोध्याई अपनी छोटी कटर नावों से उन पर आक्रमण करने से बचेंगे।

कुल मिलाकर, लंका की सेना को एक पश्च-सुरक्षा की आवश्यकता थी जो महावेली गंगा में अयोध्या की नौसेना के सामने से पीछे हटते हुए उन्हें सुरक्षा प्रदान करे। और इंद्रजीत ने उस पश्च-सुरक्षा का नेतृत्व करने की पेशकश की थी।

'पिताजी,' इंद्रजीत हंसा। 'चिंता न करें। मैं मरने वाला नहीं हूं। मैं सिगिरिया में आपसे मिलूंगा।'

रावण धीमे से हंसा। 'तुम कभी-कभी मुझे अपनी याद दिलाते हो।'

'मैं आपसे बेहतर हूं, पिताजी। आमने-सामने के द्वंद्व में मैं आपको हरा सकता हूं।'

रावण अब ठठाकर हंसा। 'एक तुम ही हो जो यह कहकर भी जीवित रह सकते हो!'

'कोई पुरुष अपने पुत्र के हाथों कभी पराजित नहीं होता,' मारीच ने कहा। 'वो बस अपना बेहतर स्वरूप देखता है।'

रावण और इंद्रजीत मुस्कुराए और एक दूसरे के गले लग गए।

कुंभकर्ण आगे बढ़ा और उसने इंद्रजीत की पीठ थपथपाई। 'मैं सिगिरिया में तुमसे मिलूंगा, मेरे बच्चे।'

इंद्रजीत ने कुंभकर्ण को गले लगा लिया। 'शीघ्र ही आपसे मिलूंगा, चाचाजी। घेराव की तैयारी करें।'

'हां, हम करेंगे।'

'आपको इस बारे में विश्वास है, मामाजी?' रावण ने मारीच से पूछा।

मारीच ने इंद्रजीत के साथ रुकने का प्रस्ताव रखा था। ओंगुइआहरा में अयोध्याइयों से लड़ने का।

मारीच मुस्कुराया। 'किसी बड़े की निगरानी भी तो रहनी चाहिए!'

चारों हंस पड़े।

युद्धों में समुद्री पोतों के अनेक रणनीतिक लाभ होते हैं। उनमें अनेक मस्तूल होते हैं, इस कारण से वो हल्की सी भी हवा पकड़ लेते हैं और अपने पोत को शक्ति देने के लिए उसका उपयोग करते हैं। कई स्तरों से प्रबल आक्रमण करने के लिए उनमें एक के ऊपर एक कई तल होते हैं। कुछ सुनिर्मित पोतों में अन्य पोतों को टक्कर मारने के लिए सुदृढ़ की गई गलही होती हैं। लेकिन विशाल मुख्य मस्तूल ही नदी के नौसैनिक युद्ध में महत्वपूर्ण बढ़त प्रदान करता है।

अगर मस्तूल बड़े होते हैं, तो मुख्य मस्तूल को बहुत लंबा होना चाहिए। और भरत के अग्रणी पोत पर वो लगभग डेढ़ सौ फ़ुट ऊंचा था। जानकारी जुटाने के लिए यह बहुत उपयोगी था।

युद्ध में उच्च-स्तर की सूचना मनों सोने के समान मूल्यवान होती है।

सभी समुद्री पोतों के मुख्य मस्तूल के शिखर पर निगरानी चौकी होती है। यह अनिवार्य रूप से मुख्यमस्तूल पर ऊंचाई पर बंधा एक पीपा होता है जिसमें सुदृढ़ तल और पकड़ने के लिए छड़ होती है। पीपे पर रहने वाला आदमी प्रायः दल में सबसे छोटा और सबसे अच्छी दृष्टि वाला होता है। वो निगरानी चौकियों पर रहता है और अपनी सूचनाएं नीचे बताता है।

भरत पीपे वाले आदमी से बात कर रहे थे।

'तुम क्या देख रहे हो?' भरत ने भोंपू में जोर से बोलते हुए पूछा।

रात भर अयोध्याई ओंगुइआहरा के नियंत्रण-सोपानों के पार से कुल्हाड़ों से पेड़ काटे जाने की आवाजें सुनते रहे थे। सुबह की पहली किरण के साथ ही भरत इसकी जानकारी लेना चाहते थे। उसके जवाब से दल को कोई हैरानी नहीं हुई।

'वो पेड़ काट रहे हैं, स्वामी,' पीपे वाले आदमी ने अपने भोंपू में चिल्लाकर कहा। 'पेड़ों के कुछ तने नदी में फेंके जा रहे हैं।'

भरत ने लक्ष्मण को देखा। ओंगुइआहरा दुर्ग के दोनों पक्षों को अधिकार में लेने के बाद वो भरत के अग्रणी पोत पर लौट आए थे। विभीषण और उसके अभियंता जलद्वार-नियंत्रणों को ठीक कर रहे थे।

'दादा,' लक्ष्मण ने कहा। 'यह सीधा-सादा सा विचार है... वो महावेली गंगा को लकड़ी के लट्ठों से जाम कर देंगे। इससे ओंगुइआहरा बांध के जलद्वारों को ठीक करने के बाद भी हमारे लिए नदी में आगे बढ़ना मुश्किल हो जाएगा। ये विलंब करवाने की नीति है। ये हमें धीमा कर सकती है, मगर रोक नहीं सकती।'

भरत के माथे पर बल पड़ गए। कुछ ठीक सा नहीं लग रहा था। *यह कुछ अधिक ही रक्षात्मक था। रावण के अनुकूल तो बिल्कुल नहीं था, जिसकी आक्रामक प्रवृत्तियां जग-प्रसिद्ध थीं। वैसे भी, ओंगुइआहरा में मरम्मत कार्य के कारण हमें विलंब हो ही गया है। लकड़ी के लट्ठे उनकी कितनी सहायता करेंगे? समुद्री पोतों के सामने वो निष्फल रहेंगे। हम उन्हें आसानी से तोड़ते जाएंगे। ऐसे लट्ठे तो केवल छोटे नदी के पोतों और कटर नौकाओं के लिए प्रभावी होते हैं... यह पैंतरा लंकाइयों की कैसे सहायता करेगा?*

और फिर उनके मन में खटका हुआ।

सत्यानाश!

उन्होंने पीपे वाले आदमी को देखा और अपने भोंपू में गरजे। 'नीचे आओ! तुरंत!'

'जी, स्वामी,' पीपे वाले आदमी ने कहा।

भरत ने भोंपू को वापस मुख्य मस्तूल में उसके खांचे में लगा दिया। उन्होंने अपने कंधे से अंगवस्त्रम उतारा और लक्ष्मण को थमा दिया।

'दादा?'

भरत ने लक्ष्मण को देखा।

'दादा...' लक्ष्मण ने कहा। 'आप तैंतीस वर्ष के हैं। पहले की तरह युवा नहीं हैं। आपको विश्वास है कि आप—'

भरत ने उन्हें घूरकर देखा तो वो कहते-कहते रुक गए। उन्होंने तुरंत हार मानते हुए अपने दोनों हाथ उठा दिए और अंगवस्त्रम ले लिया।

भरत झुके और उन्होंने अपनी धोती की बीच की चुन्नटें उठाईं। उन्हें उन्होंने आगे और पीछे से अपने कमर के बंध में खोंसा। अब छोर घुटनों से काफ़ी ऊपर थे और उनकी जंघाओं पर कसकर बंध गए थे।

इस बीच पीपे वाला आदमी नीचे तल पर उतर आया था।

भरत ने दोनों हाथों से ऊपर चढ़ने के लिए रस्सी को पकड़ा, अपने घुटनों और टखनों को उस पर लपेटा, लक्ष्मण को देखकर मुस्कुराए, और चढ़ने लगे। चुस्त, सरल गति से। जैसे उन्होंने गुरुकुल में सीखा था। स्वयं को ऊपर खींचने के लिए हाथों का, और सहारे एवं स्थिरता के लिए टखनों और घुटनों का प्रयोग करते हुए। आवश्यक होने पर क्षणिक विश्राम के लिए वो पोत के रस्सों का प्रयोग करते थे, क्योंकि लक्ष्मण सही थे; भरत की आयु हो गई थी। लेकिन हवारहित मस्तूलों में वो लगभग उतने ही समय में पहुंच गए थे जितने में उनसे कहीं छोटा पीपे वाला आदमी पहुंचता था।

भरत निगरानी चौकी के पीपे में घुस गए। या काक-घोंसला, जैसा कि नाविकों की भाषा में इसे कहा जाता था। वो थोड़ा हांफ गए थे।

लक्ष्मण सही कहते हैं। मैं बूढ़ा हो गया हूं।

उन्होंने पल भर ठहरकर अपनी सांसों को स्थिर किया, और धड़कनों को धीमा होने दिया। वो पेड़ों की रेखा से बहुत ऊपर थे। हमेशा नम रहने वाले मस्तूलों के मोटे कपड़े की बासी दुर्गंध से बहुत ऊपर। पोत पर ही रहने, सोने, खाने और नहाने-धोने वाले नाविकों के मानव अपशिष्ट और पसीने की सीली, स्थायी गंध से बहुत ऊपर। लंका की दलदली मिट्टी की तीखी गंध से बहुत ऊपर। घने उष्णकटिबंधीय वृक्षों और वनस्पति से बहुत ऊपर।

शुद्ध निर्मल खुली हवा।

भरत ने गहरी सांस भरी। उसने उनके हृदय को शांत किया और साथ ही ऊर्जा से भी भर दिया।

उन्होंने नदी में आगे की ओर देखा। दूर।

महावेली गंगा के घुमाव पर, ओंगुइआहरा के नियंत्रण-सोपानों से परे उन्होंने देखा कि पेड़ काटे जा रहे थे। कुछ लट्ठे नदी में तैर भी गए थे। दूसरे पानी से बहुत ऊपर नियंत्रण-सोपानों पर ढेर लगा रहे थे। नदी में अवरोध फैल जाएगा।

कुछ अग्रणी लंकाई पोत पीछे हट गए थे। विवेक की बात है। लट्ठों के लिए पानी में स्थान बनाने के लिए।

रावण का पोत कहां है?

प्रमुख सेनाधीश ने भारतीय नौसेना के युद्धों में आगे रहकर नेतृत्व किया था। यही परंपरा थी। वो अग्रणी पोतों की आड़ में छिपेगा नहीं। ये कायरता होगी। उससे भी महत्वपूर्ण, उसका ध्वज गर्व से मुख्यमस्तूल के शिखर पर लहराता था। वो उसके शत्रुओं को चुनौती थी: मैं यहां हूं। आओ और पकड़ो मुझे।

असली पुरुष इसी तरह लड़ते थे।

तो... रावण का पोत कहां है?

पहले तो उसे देखा गया था। वो निश्चय ही वहां था। परंपरा और शूरवीरता के अनुरूप, लंकाई सेना के ठीक शीर्ष पर। भरत को अपने पेट में हौल सा उठता महसूस हो रहा था कि उनका संदेह सही था।

उन्होंने नदी में ऊपर की ओर देखा।

किंवदंतियों का मानना है कि 'काक-घोंसला' शब्द असुर नौचालकों ने गढ़ा था। गहरे महासागरों में यात्रा करने वाले वो पहले लोग थे। उनसे पहले अधिकांश समुद्रयात्री समुद्र में चलते समय भूमि को निगाह में रखते थे, उनके पोतों का मार्ग तटीय रेखा के पास रहता था। इससे मार्ग कहीं लंबा हो जाता था और इसलिए यात्राएं भी लंबी हो जाती थीं। असुरों के पोत सीधी रेखा में चलते थे जैसे 'कौवे उड़ते हैं।' वो यह अपने बेहतर नौचालन उपकरणों के कारण कर पाते थे जो उन्हें महासागरों में दूर जाने में सहायता करते थे। एक विशेष तथ्य को लेकर कुछ सुनी-सुनाई बातें

थीं: कि वो हमेशा कौवों से भरा पिंजड़ा लेकर यात्रा करते थे, जो मस्तूल पर निगरानी चौकी पर रखा होता था। कम दृश्यता की स्थिति में, एक कौवे को छोड़ा जाता और नौचालक पंछी के उड़ान पथ के अनुसार मार्ग निर्धारित करता था।। क्योंकि कौवा हमेशा ही निकटतम भूमि की ओर जाता था।

यह माना जाता था कि असुर दिव्य ने एक कड़ा नियम लागू किया था: कि काक-घोंसले को कभी भी मुख्य मस्तूल के सबसे ऊपरी स्थान पर *नहीं* रखा जाए। क्योंकि पोत का शिखर उनके ईश्वर का स्थान था, जो पोत के नाविकों का मार्गदर्शन करते थे। और, यह माना जाता था, उनके ईश्वर को कौवे पसंद नहीं थे। अपने साथ तो बिल्कुल नहीं।

क्या यह बात, यह कहानी सच थी? केवल असुर ईश्वर ही जानते थे।

मगर परंपरा पूरी निष्ठा से चली आ रही थी। निगरानी चौकी के पीपे को हमेशा मुख्य मस्तूल के शिखर बिंदु से थोड़ा नीचे बनाया जाता था। इसीलिए एक चौकी काक-घोंसले से कम से कम सात से आठ फ़ुट ऊंची थी।

बेहतर दृश्य। अगर भरत उस पर चढ़ सकें तो।

और उन्होंने निर्णय ले लिया। वो चढ़ने लगे।

'दादा...' डेढ़ सौ फ़ुट से अधिक नीचे, तल पर खड़े चिंतित लक्ष्मण ने धीरे से कहा।

चढ़ाई जोखिमों से भरी थी। मुख्य मस्तूल का शिखर चढ़ने के लिए नहीं बनाया जाता था। वो फिसलनी लकड़ी थी। नीचे कोई सुरक्षा जाल नहीं थे। उस ऊंचाई से नीचे कठोर लकड़ी पर गिरने से गंभीर चोटें नहीं लगतीं—इसका मतलब मृत्यु होता।

भरत ने शीघ्र काम किया।

और नदी में ऊपर गहराई तक लंका के नौसैनिक मोर्चों को देखा।

प्रभु रुद्र, दया करना!

अध्याय 27

दिन निकले देर हो चुकी थी, दूसरे प्रहर का दूसरा घंटा था। लंकाई निर्ममता से पेड़ काटे जा रहे थे—और अधिक, और अधिक, और अधिक—और उन्हें अपने मोर्चे से आगे नदी में धकेल रहे थे। अपने और अयोध्या की नौसेना के बीच में। पिछली रात रावण, कुंभकर्ण और लंका की अधिकांश नौसेना के पीछे हटने के लगभग तुरंत बाद ही पेड़ काटना और उन्हें नदी में फेंकना शुरू हो गया था। इंद्रजीत मात्र बीस नदी-पोतों के समूह के साथ पीछे रुक गया था। चार सौ अयोध्याई पोतों के विशाल नौसैनिक बेड़े के सामने।

रावण-पुत्र की योजना यथासंभव लंबे समय तक पश्च-रक्षक सुरक्षात्मक कार्रवाई करने की थी, ताकि शेष लंकाई सही-सलामत सिगिरिया दुर्ग की चारदीवारी में पीछे हट सकें। इसके बाद वो भी अपने बचे हुए सैनिकों के साथ पीछे हट जाता।

'राजा राम—या अगर राजा राम पश्चिमी मोर्चे पर हैं तो जो भी इसका प्रमुख है—को भोर की पहली किरण के साथ ही उनके निगरानी दल ने सूचित कर दिया होगा कि लंका की नौसेना का एक बड़ा भाग पीछे हट रहा है,' इंद्रजीत ने कहा। 'अयोध्याई समझ जाएंगे कि वो अपने समुद्री पोतों को नियंत्रण सोपानों के पार और अंबन गंगा नदी तक नहीं ला सकते। लेकिन उनके समुद्री पोत अनेक छोटी नौकाओं से भरे होंगे। सैनिकों से भरी ये सैकड़ों नौकाएं नदी पर निकल सकती हैं। ये छोटी नौकाएं आसानी

से नियंत्रण सोपानों के पार आ सकती हैं, और फिर वो हम पर आक्रमण करके अपनी भारी संख्या से हमें पराजित कर देंगे। अब हमारे पास केवल बीस पोत हैं। फिर वो हमारे लंकाई साथियों का पीछा कर सकते हैं जो सिगिरिया की ओर लौट रहे हैं। ये लट्ठे उनकी कटर नौकाओं को रोकने के लिए पर्याप्त हैं।'

इंद्रजीत और मारीच दोनों लंकाई दल के नदी के अग्रणी पोत के ऊपरी तल के गलही खंड में थे। वो लकड़ी के लट्ठों को धीरे-धीरे नदी के पूरे विस्तार पर जमा होते देख रहे थे। अपने ठीक सामने।

मारीच मुस्कुराया। 'यह बहुत उत्तम विचार है। अपनी सादगी में उत्तम। कभी-कभी, युद्ध प्रदान न करना भी उस युद्ध को जीतने का सर्वश्रेष्ठ रास्ता होता है।'

इंद्रजीत धीरे से हंसा। उसने अपना सिर उठाया। और दूर आगे देखा। ओंगुइआहरा के नियंत्रण सोपानों को। और धीरे से उन अयोध्याई पोतों से बोला जिन्हें वो सीधे देख नहीं सकता था, जो दूर नदी में आगे थे। उस नौसेना के अयोध्याई सेनापति से, जिसकी पहचान भी उसे ज्ञात नहीं थी, उसने कहा, 'अब आपकी चाल।'

अरिष्टनेमी ने शीघ्रता से उस संक्षिप्त से पत्र पर निगाह डाली, एक-एक शब्द को पढ़ते हुए वो लगातार हतप्रभ होते जा रहे थे। 'सत्यानाश!'

उन्होंने वो पत्र हनुमान को थमा दिया, उन्होंने भी अरिष्टनेमी की भांति उसे तेजी से पढ़ डाला। 'हे प्रभु रुद्र, दया करना!'

नारद ने हनुमान से पत्र छीना। उन्होंने भी झटपट शब्दों को पढ़ा। 'खजैले कुत्ते के अभिशप्त अंडकोषों की सौगंध! इसने तो हमारी युद्ध-रणनीति को तबाह कर दिया!'

अंततः नारद ने वशिष्ठ को पत्र दिया। अयोध्या के महान राजगुरु ने पत्र पढ़ा। वो भी यह मानने को विवश हो गए थे, हालांकि बस अपने मन के शांत दायरे के भीतर: *यह विनाशकारी है।*

लंकाई ओंगुइआहरा से पीछे हट रहे थे। सुरक्षित रूप से यह अनुमान लगाया जा सकता था कि किसी तरह उन्हें पश्चिम से शीघ्र होने वाले अयोध्याई आक्रमण की जानकारी लग गई थी। और जब तक राम और

उनकी सेना पहुंचेंगे वो सिगिरिया की चारदीवारी में सुरक्षित हो जाएंगे। उस सुबह जब गहन वन में कुछ अयोध्याई शिकारी-खोजियों की लाशें पाई गई थीं, तो अयोध्याई सैन्य परिषद को इतना आभास तो हो गया था। इस पत्र ने उनके डरों की पुष्टि कर दी थी।

वशिष्ठ ने राम को देखा। उस सभा में केवल वही थे जिनका चेहरा शांत और आंखें स्थिर थीं। लेकिन वशिष्ठ राम को जानते थे; वो जितने क्रुद्ध या विचलित होते थे, उतने ही शांत दिखते थे। वो अपने ऊपर बलात स्थिरता को ओढ़ते थे। ताकि वो सामने मौजूद समस्या पर एकाग्र होकर उसका हल निकाल सकें।

विचलित मन कोई समस्या हल नहीं कर सकता। वो उसे बस बिगाड़ सकता है।

'अब क्या करें, राम?' वशिष्ठ ने पूछा। 'क्या शत्रुघ्न से शीघ्रता करने को कहें?'

'इस समय शत्रुघ्न को परेशान न करें, गुरुजी,' राम ने कहा। 'महावत काम पर वापस आ गए हैं। हाथी भी काम में लगे हैं। वो शाम तक पुल पूरा कर लेंगे। अभी उन्हें बताने से वो बस घबरा जाएंगे वो मेधावी हैं, मगर बहुत आसानी से विचलित हो जाते हैं।'

'तो फिर?' हनुमान ने पूछा।

'हम आज शाम को ही पार जाने की तैयारी करते हैं। अपने विशेष बलों के साथ। पुल के बनते ही।'

मूल योजना अगले कुछ दिनों में कूच की तैयारी करने की थी, सतर्क गति से। इस तरह सिगिरिया पहुंचने पर सेना तरोताजा होती।

उनका इरादा था कि जब वो लंकाई टोहियों की दृष्टि के दायरे में पहुंचेंगे तो तीव्रता से सिगिरिया में घुस जाएंगे। और अपनी तीव्रता से रक्षा सेनाओं को स्तब्ध कर देंगे। लेकिन अब वो योजना छोड़नी होगी। स्पष्ट था।

'तो, हम आज रात ही सिगिरिया की ओर कूच करेंगे?' अरिष्टनेमी ने पूछा।

'नहीं,' राम ने उत्तर दिया। 'मैं राजा रावण की रणनीति का पूर्वानुमान नहीं लगा सकता। हो सकता है वो सतर्कता बरतना और स्वयं

को सिगिरिया की चारदीवारी में सुरक्षित कर लेना चाहें। या वो आक्रामक होकर कुछ वाहिनियों को यहां हम पर हमला करने भी भेज सकते हैं, हमारे पार पहुंच जाने पर भी। वो लंका में सुदृढ़ समुद्रतट के साथ हमें सबल होने का अवसर न देने का निर्णय ले सकते हैं।'

'आपके क्या आदेश हैं?' हनुमान ने पूछा।

'थोड़े से। पहले तो, मैं चाहूंगा कि हमारी नौकाओं में जितने सैनिक आ सकें, उन्हें लेकर आप और प्रभु अरिष्टनेमी पार जाएं। और तुरंत केतीश्वरम में हमारे उतरने के स्थल के साथ-साथ हमारी बाड़ को बढ़ाना आरंभ कर दें। इससे लंकाई आक्रमण से हमें आड़ मिल जाएगी। दूसरे, मैं चाहता हूं कि हमारे हाथियों को पीछे रखा जाए। छिपाकर। पुल का रहस्य भले ही खुल गया हो। मगर यह मानने का कोई कारण नहीं है कि उन्हें हमारे हाथियों की उपस्थिति की भी जानकारी है। सिगिरिया में यह हैरानी का तत्व बन सकता है। तीसरे, हम कल सुबह सामान्य सुरक्षित सैन्य संरचना में सिगिरिया के लिए निकलेंगे, पार्श्व सुरक्षा के साथ। यह धीमा होगा, मगर लंका के किसी भी आक्रमण से रक्षा करेगा। चौथे, मैं भरत को लिखूंगा कि जितनी जल्दी हो सके वो ओंगुइआहरा नियंत्रण सोपानों को पार करें, और सिगिरिया के बाहर हमसे मिलें। लेकिन उन्हें लगभग पांच सहस्त्र सैनिकों को अंबन गंगा के घाट पर अपने समुद्री पोतों की निगरानी और नदी पर गश्त के लिए छोड़ना होगा। हम गोकर्ण तक नदी पर नियंत्रण रखना चाहते हैं।'

'मतलब हम सिगिरिया पर घेराव डालेंगे?' नारद ने पूछा।

'हमारे पास और कोई विकल्प नहीं है,' राम ने उत्तर दिया।

'राम, आप रणनीतियों को मुझसे बेहतर समझते हैं,' वशिष्ठ ने कहा, 'लेकिन घेराव संघर्षण का युद्ध होता है। रावण अपने भरे-पूरे भंडार वाले नगर में आराम से रहेगा। हम बाहर, लंका के भीतरी भाग में होंगे, जहां पास में न कोई बड़े गांव है न नगर। हम अपनी विशाल सेना का भरण-पोषण कैसे करेंगे?'

कहा जाता है, सेना भरे पेट पर कूच करती है। एक सक्षम सेनाधीश केवल अच्छी रणनीतियों पर ध्यान देता है। एक महान सेनाधीश की निगाह आपूर्ति मार्गों पर भी रहती है।

'इसीलिए तो नदी मार्ग पर नियंत्रण रखना है, गुरुजी,' राम ने कहा। 'सिगिरिया के बाहर संसाधनों के साधन नहीं हैं। लेकिन अगर नदी मार्ग पर हमारा नियंत्रण होगा, तो हम गोकर्ण से सरलता से अपने लिए आपूर्ति प्राप्त कर सकते हैं। जिसे भरत सरलता से उन सैनिकों के द्वारा सुनिश्चित कर सकते हैं जिन्हें वो अपने पोतों पर छोड़ेंगे। यह अच्छा है कि भरत गोकर्ण के व्यापारियों के साथ उदार और समझौतापरक रहे। वो हमें रसद की आपूर्ति करते रहेंगे। रावण भीतर फंसे रहेंगे, जबकि हमारे पास खुला आपूर्ति मार्ग होगा। हम उनसे अधिक जीवित रहेंगे।'

'तब तो यह छोटा युद्ध नहीं होगा,' नारद ने गहरी सांस भरते हुए कहा।

'जल्दी क्या है?' अरिष्टनेमी ने हंसते हुए पूछा। 'आपको किसी भोज में जाना है?'

सब हंस पड़े।

लंकाइयों को ओंगुइआहरा से पीछे हटे एक सप्ताह हो गया था।

राम अपनी सेना को उस विशाल पहाड़ी मैदान में ले गए थे जहां लंका की राजधानी सिगिरिया बसी थी। वो ऐसे नगर के बाहरी क्षेत्र में थे जो दुर्ग के चारों ओर बनी मोटी, सुदृढ़ दीवार और खंदकों से सुरक्षित था।

राम ने शिविर लगा लिया था और सिगिरिया दुर्ग के चारों द्वारों को घेर लिया था: वृष द्वार, गज द्वार, शूकर द्वार एवं बाह्य सिंह द्वार। हर द्वार उस पशु की विशाल मूर्ति से चिह्नित था जिसके नाम पर उस द्वार का नाम था, जिन्हें बीच के मेहराब की शिला में उकेरा गया था। उत्तरी छोर पर बाह्य सिंह द्वार के आगे एक अतिरिक्त सुरक्षा घेरा बनाया गया था, क्योंकि जिस मार्ग को वो सुरक्षित करता था वो सात किलोमीटर अंदर, शहर से होते हुए लंका की राजधानी के केंद्र में जा रहा था। मार्ग के दूसरे छोर पर एक तोरणद्वार था जिसे सिंह द्वार कहा जाता था।

सिंह द्वार एक बहुत छोटे से मार्ग का प्रवेशद्वार था जो सिंह गिरि नाम की एक विशाल पहाड़ी के लिए खड़ी चढ़ाई था। तीक्ष्ण, खतरनाक और लंबवत यह पहाड़ी आसपास की समतल भूमि से दो सौ मीटर ऊपर उठी हुई थी और नगर के ऊपर, शिखर पर दो वर्ग किलोमीटर में फैली

हुई थी। वास्तव में, इस पहाड़ी के नाम पर ही नगर का नाम रखा गया था, सिगिरिया संस्कृत के *सिंहगिरि* का स्थानीय भाषा में अपभ्रंश है। पहाड़ी के शीर्ष पर रावण का विशाल महल परिसर था। उसमें कई सरोवर, हरे-भरे उपवन, विलासितापूर्ण निजी कक्ष, दरबार, कार्यालय और उसके पुष्पक विमान के लिए एक भूखंड था। इससे इंकार नहीं किया जा सकता कि इस महल में संसार के सबसे समृद्ध आदमी के लिए संसार की सर्वश्रेष्ठ विलासिताएं उपलब्ध थीं।

दुर्ग की दो दीवारों ने पूरे शहर को संकेंद्रित वृत्तों में घेरा हुआ था, जिसमें बाहरी और भीतरी दीवारों के बीच निर्जन स्थान था। दुर्ग की बाहरी दीवार से परे खुली भूमि थी जो बिखरे शिलाखंडों वाली अनेक पहाड़ियों से अटी पड़ी थी। इन ऊंचे-ऊंचे शिलाखंडों के सपाट शीर्ष छोटे भवनों के लिए सुदृढ़ नींव का कार्य करते थे जहां सैनिक रहते थे जो अलंघनीय ऊंचाई से सुरक्षा प्रदान करते थे। ये भवन परित्यक्त थे क्योंकि लंकावासी शीघ्रता से, सामूहिक रूप से दुर्ग में चले गए थे। राम ने झटपट अपने सैनिकों को इन ऊंचाइयों पर तैनात कर दिया था। अगर कोई भी लंकाई घेराबंदी से बचकर जाने का प्रयास करता, कम संख्या में भी, तो वो उसे देख सकते थे। और उसे रोक देते।

कोई भी घेराबंदी तभी प्रभावी होती है जब वह पूरी तरह से संपूर्ण हो।

'कोई बचकर नहीं जा सकता, है ना?' राम ने पूछा।

'कोई अवसर ही नहीं है,' भरत ने कहा। 'न कोई सिगिरिया से बाहर आ सकता है न अंदर जा सकता है।'

विभीषण ने बहुत तेजी से ओंगुइआहरा के जलद्वारों को ठीक करके भरत को चकित कर दिया था। इसमें उसे बस तीन दिन लगे थे। उसने जलाशय के पीछे के कुछ जलद्वारों को भी खोल दिया था, जिससे अतिरिक्त पानी अंबन गंगा में बह गया था। ओंगुइआहरा के नियंत्रण सोपानों और अंबन गंगा में अब इतना पानी था कि भरत के समुद्री पोत नदी में आगे बढ़ सकते थे। जैसे ही अयोध्या की नौसेना अंबन गंगा के घाट पर पहुंची, उन्होंने तीस सहस्त्र सैनिकों को उतरने का आदेश दे दिया। पांच सहस्त्र सैनिक चार सौ पोतों पर ही रहे। इन पांच सहस्त्र सैनिकों को पीछे छोड़े गए सेनानायक के नेतृत्व में अंबन गंगा के घाट की सुरक्षा और महावेली गंगा के मुहाने पर गोकर्ण तक नदी मार्ग पर गश्त करने का दायित्व सौंपा

गया था। वो अयोध्या की आपूर्ति रेखा को सुरक्षित रखते। इस बीच, भरत, लक्ष्मण और तीस सहस्त्र सैनिक, जो पोतों से उतरे थे, मानक सुरक्षित सैन्य-संचालन में रवाना हो गए। वो सिगिरिया के बाहर राम और उनकी सेना के साथ मिल गए।

भरत और राम एक शिला पर बैठे थे और दूर स्थित सिगिरिया के दुर्ग की दीवारों को देख रहे थे।

'बहुत बढ़िया,' राम ने कहा।

'घेराव लंबा और कठिन होगा, दादा,' भरत ने कहा। 'सिगिरिया के भंडार भरे हुए हैं। नगर के भीतर ही एक विशाल झील है। और इस द्वीप में वर्ष में दो बार आने वाली वर्षा ऋतु सुनिश्चित करती है कि वो मनहूस झील निरंतर भरी रहे। उन्हें पानी की कभी कमी नहीं होगी। उनके खाद्य भंडार भी भरे हुए हैं। ये लोग दुर्ग की भीतरी और बाहरी दीवारों के बीच के खुले स्थान पर अपनी फसलें उपजाते हैं। उनके पास लगभग वो सब कुछ है जो लंबे घेराव को झेलने के लिए उनके नागरिकों को चाहिए। यहां तक कि औषधियां भी। अलावा उस एक के...'

'भरत,' राम ने अपने छोटे भाई को टोकते हुए कहा, क्योंकि वो जानते थे कि वो क्या कहने वाले थे। 'हम उन्हें मलयपुत्रों की औषधि देंगे।'

'दादा...'

'हम सूर्यवंशी हैं, भाई। हम पुरुषों में सर्वश्रेष्ठ, महानों में महानतम के वंशज हैं। हमारी नसों में इक्ष्वाकु और रघु का रक्त बह रहा है। हम अपने वंश के नाम पर आंच नहीं आने देंगे। हम घोर युद्ध करेंगे। लेकिन न्यायपूर्ण युद्ध करेंगे। धर्म के साथ। अधर्म के नहीं।'

भरत ने गहरी सांस ली और मौन रहे।

अयोध्या की सेना में सब लोग जानते थे कि सिगिरिया एक महामारी से जूझ रहा था। उसने अयोध्या की सेना को भी प्रभावित किया था, मगर उनके पास पर्याप्त मात्रा में—इस रोग का एकमात्र ज्ञात उपचार—मलयपुत्रों की औषधि थी तो वो निर्भीक रहे। अयोध्याइयों में अनेक का विश्वास था कि सिगिरियावासियों को औषधि न देना युद्ध की वैध रणनीति थी। यह उन्हें समर्पण करने पर विवश कर देगा।

लेकिन राम आरंभ से ही इस बारे में स्पष्ट थे। घेराव की रणनीतियां—यहां तक कि धीरे-धीरे खाद्य आपूर्ति को रोकना—युद्ध में वैध थीं। नागरिकों को हानि पहुंचाए बिना शत्रु प्रत्युत्तर दे सकता था। लेकिन एक महामारी को युद्ध के साधन के रूप में प्रयोग नहीं किया जा सकता था, जो निरंतर फैल रही थी और औषधि के अभाव में तेजी से जान ले रही थी, और जिससे वृद्ध विशेष रूप से प्रभावित हो रहे थे। यह अधर्म था। राम का निर्णय स्पष्ट और अनुल्लंघनीय था। अयोध्याई लंकाइयों को मलयपुत्रों की औषधि देंगे।

'मुझे विश्वास है कि हमारे सैनिकों में से अनेक सोचते हैं कि मैं इस बारे में सरल-मति हूं,' राम ने कहा।

भरत ने उत्तर नहीं दिया।

'भरत, मैं हमारे युद्ध जीतने के बाद के समय के बारे में सोच रहा हूं,' राम ने कहना जारी रखा। 'मैं शांति जीतने के बारे में सोच रहा हूं। लंकाई सैनिक लगभग दो लाख होंगे। लेकिन यहां लगभग आठ लाख से अधिक नागरिक हैं। उन्हें अगर लगा कि हम उनके वृद्धजनों को बचा सकते थे, मगर हमने नहीं बचाया तो वो अनियंत्रित हो जाएंगे। दूसरी ओर, अगर वो हमें नीतिपरक समझेंगे, तो जब हम जीतेंगे तो उन्हें संभालना आसान होगा।'

भरत ने कुछ नहीं कहा। कम से कम बोलकर नहीं। *लेकिन पहले हमें जीतना होगा।*

'तुमने गोकर्ण के व्यापारियों के साथ निष्पक्षता और सहानुभूतिपूर्ण व्यवहार किया। वो योद्धा नहीं थे। क्या इसने हमें अच्छी स्थिति में नहीं ला दिया? हमारी आपूर्ति रेखाएं खुली और सुरक्षित हैं।'

भरत ने हामी भरी। वो सहमत होने के लिए विवश थे। 'हां, आप सही कहते हैं।'

'कल तुम जाओगे?' राम ने पूछा।

भरत ने अपने भाई को देखा। 'जब मैं आपसे असहमत होऊंगा, तो आपका विरोध करूंगा, दादा। यह मेरा अधिकार है। लेकिन ऐसा मैं केवल अकेले में करूंगा। जब कोई निर्णय ले लिया जाता है, तो मैं सार्वजनिक रूप से उसका समर्थन करूंगा। यह मेरा कर्तव्य है।'

भरत ने एक और बात अनकही छोड़ दी थी। अयोध्या की सेना में उन्हें व्यापक रूप से राम का उप-सेनाधीश माना जाता था। और बहुत से साधारण सैनिकों में लंकाइयों को औषधि देने को लेकर असंतोष था। भाग्य ने उन्हें विजय का आसान रास्ता दिया था। शत्रु कमजोर स्थिति में था। तो उसे बचने क्यों दिया जाए? भरत, और सेना के अन्य सभी सेनापतियों को, इस निर्णय का एकमत से समर्थन करना था जिससे यह सुनिश्चित हो सके कि सब एकजुट रहें। और ऐसा करने का सबसे प्रभावी तरीका यह था कि भरत उस प्रतिनिधिमंडल का नेतृत्व करें जिसे लंकाइयों को औषधि सौंपनी थी। आगामी दिन।

राम मुस्कुराए, आगे बढ़कर उन्होंने भरत का हाथ थाम लिया। 'भाई...'

भरत हंसे और उन्होंने जोर से राम का हाथ दबा दिया। 'भाई...'

दोनों चुप बैठे रहे। दूर सिगिरिया को देखते हुए।

'वो अंदर कहीं होंगी...' राम ने धीरे से कहा।

भरत ने राम की पीठ थपथपाई। 'वो शीघ्र ही आपके साथ होंगी।'

राम ने भरत को देखा। 'हमें मां भारती के लिए उन्हें वहां से वापस लाना है। उन्हें विष्णु बनना है।'

भरत मुस्कुराए। राम युद्ध को लगभग न्यायसंगत ठहराने की कोशिश कर रहे थे। स्वयं को आश्वस्त करके कि यह युद्ध केवल एक पति के प्रेम के कारण नहीं था। उसका कहीं बड़ा उद्देश्य था।

'यह भी सच है। लेकिन एक पति के रूप में उन्हें वापस पाने की इच्छा करने में कुछ गलत नहीं है। महान लोग भी मनुष्य ही होते हैं।'

राम धीरे से हंसे। 'मेरे लिए तुमसे कुछ गोपनीय रखने का नाटक करना मुश्किल है।'

'तो प्रयास भी न करें।'

दोनों भाई हंसने लगे।

'युद्ध सामान्यतया बहुत अप्रिय कार्य होते हैं,' भरत ने कहा। 'लेकिन यह युद्ध मां भारती के कल्याण और आपके लिए होगा। इसलिए, इसे मेरा पूरा समर्थन प्राप्त है!'

राम मुस्कुराए।

'लेकिन आप सौभाग्यशाली हैं कि आपको उन जैसा कोई मिला है,' भरत ने कहा। 'वो सच में असाधारण महिला हैं।'

राम खोए-खोए से मुस्कुरा दिए। 'मृते प्राप्य स्वर्गो यदि कथयति एतद् अनृतं परक्षो न स्वर्गो बहुगुणामिहैवा फलति।'

राम ने प्राचीन संस्कृत के एक नाटक का एक श्लोक बोला था: *लोग कहते हैं कि केवल मृत ही स्वर्ग जा सकते हैं। लेकिन यह असत्य है। असली स्वर्ग इस जीवन में हमसे परे नहीं है। यह यहीं पृथ्वी पर है। उसके साथ जिसे आप प्रेम करते हैं।*

भरत ने आश्चर्य से, भौंहें तिरछी करते हुए अपने भाई को देखा। 'क्या बात है... भास को उद्धृत कर रहे हैं?'

भास को पूरे भारत में महानतम नाटककार माना जाता था। लेकिन राम को तो काव्य में रुचि के लिए नहीं जाना जाता था। न ही नाटकों में।

'प्रभावित हो?'

'आपसे नहीं। असल में, प्रेम से प्रभावित हूं। यह आप जैसे व्यक्ति को भी काव्य-प्रेमी बना सकता है!'

राम हंसने लगे। 'वो मेरी रातों की सुबह हैं। वो मेरी यात्राओं का गंतव्य हैं। वो मेरे बादलों की वर्षा हैं। मेरे जीवन के जो भी प्रश्न हैं, वो उनका उत्तर हैं।'

भरत धीमे से हंसे। 'आपने इन चौदह वर्षों का भरपूर आनंद लिया है, है ना?'

'यह वनवास मेरे जीवन का सर्वश्रेष्ठ काल रहा है। यह कौन सोच सकता था? मुझे केवल शत्रुघ्न और तुम्हारी कमी अखरी। तुम दोनों भी साथ होते तो मेरा संसार पूरा हो जाता। मेरी पत्नी, मेरे भाई। मुझे और कुछ नहीं चाहिए।'

भरत हंसने लगे। 'यह कौन सोच सकता था? गुरुकुल में मैं रसिक हुआ करता था। आप हमेशा से शांत और गंभीर हुआ करते थे।'

'अरे, मैं अभी भी शांत और गंभीर हूं!' राम ने हंसते हुए कहा।

भरत भी हंसे।

'लेकिन भरत,' राम ने कहा। 'अब बहुत समय बीत गया है। सोलह वर्ष से अधिक। तुम्हें जीवन में आगे बढ़ना चाहिए।'

भरत ने गहरी सांस ली। 'दादा... मैं यह नहीं कर सकता... मैं उसे नहीं भूल सकता...'

'भरत...'

'जाने दीजिए, दादा... जाने दीजिए। युद्ध की बात करते हैं।'

'नहीं, हम ऐसा नहीं करेंगे।'

भरत ने अपने भाई को देखा।

'काश मैं तुम्हारी सहायता कर सकता, भरत। तुम्हारा हृदय निर्मल है। तुम एक ऐसी स्त्री से प्रेम करने की अवर्णनीय सुंदरता का अनुभव करने के अधिकारी हो जो तुमसे प्रेम करती हो।'

'जीवन बहुत लंबा है, दादा। अभी बहुत वर्ष पड़े हैं। आप एक लंबा रास्ता तय कर आए हैं। शायद मैं भी वापस यात्रा कर सकूं।'

राम मुस्कुराए और उन्होंने भरत के कंधे पर अपनी बांह रख दी।

भरत मुस्कुराए और बोले, 'निस्संदेह, यह मानते हुए कि हम इस युद्ध में जीवित रहेंगे! जीवन एक साथ ही लंबा भी है और छोटा भी!'

राम हंसने लगे। 'हम जीवित रहेंगे। और हम विजयी होंगे।'

अध्याय 28

अगले दिन दूसरा प्रहर आधे से अधिक बीत चुका था जब भरत, हनुमान और नारद सिगिरिया की बाहरी दीवार के गज-द्वार से अंदर गए। उनके साथ बीस सैनिक थे।

कुंभकर्ण, इंद्रजीत और अकंपन भीतरी और बाहरी दीवार के खुले मैदान में उनकी प्रतीक्षा कर रहे थे। उनके पीछे भी बीस सैनिक खड़े थे।

एक लंकाई सैनिक श्वेत ध्वज लिए हुए था। उस पर शांतिदेवी की छवि अंकित थी। वो एक कमल पर विराजमान थीं, उनके चेहरे पर शांत और करुणामय भाव थे। उनके चार हाथों में से एक में कमंडल था, जबकि दूसरे में कलश था। तीसरे में रुद्राक्ष की माला थी, और चौथा सहजता से वरद मुद्रा में था। यह छवि अयोध्याइयों द्वारा लाए जा रहे ध्वज जैसी ही थी।

जब अयोध्याई आगे आए, तो कुंभकर्ण ने अपने हाथ बढ़ाए और एक सैनिक से पानी का छोटा सा कलश लिया। उसने अपने दाएं हाथ को वरद मुद्रा में फैलाया और उस पर पानी डाला, और उसे धरती पर गिरने दिया। उसने सुनिश्चित किया कि अयोध्याई इस अनुष्ठान को देख लें।

'ओम् शांति,' कुंभकर्ण ने कहा।

शांति स्थापित हो। अभी के लिए।

भरत ने भी यही अनुष्ठान दोहराया। इस प्राचीन परंपरा के माध्यम से दोनों पक्षों ने एक पवित्र शपथ द्वारा स्वयं को शांतिपूर्ण वार्ता के लिए प्रतिबद्ध किया था।

देवी देख रही थीं। इस भेंट में कोई अपने अस्त्र नहीं निकालेगा। आत्मा पर इसका कार्मिक फल भयंकर होगा।

पहले अपने हाथों को जोड़कर नमस्ते करते हुए कुंभकर्ण बोला। 'राजकुमार भरत, प्रभु हनुमान और क्षमा चाहूंगा, मैं नहीं जानता आप कौन हैं...'

'क्षमा मांगने की आवश्यकता नहीं है, मैं नारद हूं,' नारद ने कहा।

कुंभकर्ण ने अपनी भृकुटियां उठाईं और हौले सा हंसा।

'राजकुमार कुंभकर्ण, राजकुमार इंद्रजीत और प्रभु अकंपन।' भरत ने भी हाथ जोड़कर नमस्ते करते हुए कहा। 'यह हमारा सौभाग्य है।'

अकंपन हैरान था कि भरत उसका नाम जानते थे। *संभवतः उस देशद्रोही विभीषण ने इन्हें बताया होगा।*

'हमें आपके आगमन का सौभाग्य कैसे प्राप्त हुआ?' कुंभकर्ण ने पूछा।

इस भेंट की मांग अयोध्याइयों ने की थी।

हनुमान बोले। 'कुंभकर्ण, मेरे पुराने मित्र, नगर के बाहर स्थित फसल जला दी गई है, कुंए के पानी पशुओं के शवों से विषाक्त कर दिए गए हैं, अंबन गंगा के घाट के भंडार भी नष्ट कर दिए गए हैं।'

वायुपुत्र हनुमान ने एक बार लंका के राजुकमार की जान बचाई थी। तब से दोनों मित्र बन गए थे।

'जली भूमि नीति, प्रभु हनुमान,' कुंभकर्ण ने शत्रु के पड़ाव के क्षेत्र में जीवित रहने के सभी साधनों, जैसे भोजन और पानी के स्रोत, को नष्ट करने की परंपरा का संदर्भ देते हुए विनम्रता से कहा। 'अत्यंत सम्मान के साथ कहूंगा कि आप हमसे अपने लिए इसे आसान बनाने की अपेक्षा तो नहीं करते होंगे ना?'

'और वैसे भी, आपने नदी मार्ग द्वारा गोकर्ण से आपूर्ति रेखा पर तो अधिकार कर ही लिया है,' इंद्रजीत ने कहा। 'महंगा आपूर्ति मार्ग है, मगर कारगर है।'

'और वो आपूर्ति मार्ग जो आपने एक विश्वासघाती की सहायता से जीता है,' अकंपन ने कहा, उनका वृद्ध शरीर क्रोध से कांप रहा था। 'उस... उस संपोले विभीषण ने कपट से ओंगुइआहरा दुर्ग पर अधिकार करने में आपकी सहायता की थी।'

'आप क्या पुराने समाचार दोहरा रहे हैं?' नारद ने मुस्कुराते हुए अकंपन से पूछा। 'या अपनी सेवाएं भी प्रस्तुत कर रहे हैं?'

'बस,' भरत ने अपना हाथ उठाते हुए दृढ़ता से कहा।

सब मौन हो गए।

'राजकुमार कुंभकर्ण,' भरत ने कहा, 'युद्ध में अनेक युक्तियां उचित होती हैं। हमारे मन में आपके लिए कोई विद्वेष नहीं है। लेकिन एक युक्ति कभी उचित नहीं होती; जानबूझकर निर्दोष नागरिकों को हानि पहुंचाना। वो अधर्म है।'

कुंभकर्ण के माथे पर बल पड़ गए। लंकाइयों ने इस युद्ध में ऐसा तो कुछ नहीं किया था। कम से कम जहां तक उसे पता था।

'हम जानते हैं कि आपका नगर सर्दी की महामारी से त्रस्त है,' भरत ने कहना जारी रखा। 'मलयपुत्र हमारे साथ हैं। और इसलिए हमारे पास उनकी औषधि है।'

कुंभकर्ण अब और अधिक उलझन में पड़ गया था।

'उसे लेकर आओ,' भरत ने आदेश दिया।

बड़े-बड़े बोरे लिए अयोध्या के बीस सैनिक तुरंत आगे बढ़े। इंद्रजीत का हाथ अपनी तलवार पर चला गया।

'राजकुमार इंद्रजीत,' भरत ने कहा, उनके स्वर में नापसंदीदगी का पुट था, 'हमने शांतिदेवी की शपथ ली है।'

इंद्रजीत ने तलवार से हाथ हटा लिया।

'एक बोरा यहां लाओ,' भरत ने आदेश दिया।

एक अयोध्याई सैनिक एक बोरा लिए भरत के पास आया। उसने उसे धरती पर रख दिया, कुंभकर्ण और अयोध्या के राजकुमार के बीच में। भरत ने गहरे भूरे रंग का चूर्ण उजागर करते हुए बोरा खोला। उन्होंने अपने अंगूठे और तर्जनी से एक चुटकी चूर्ण उठाया और जीभ पर रख लिया।

और फिर कुंभकर्ण को देखा। कुंभकर्ण ने सिर हिलाकर चूर्ण के सुरक्षित होने को स्वीकार किया।

'आप जानते हैं कि इस चूर्ण को औषधि में कैसे बदलना है जिसे वितरित किया जा सके, सही है ना?' भरत ने पूछा।

'हां,' कुंभकर्ण ने कहा। 'हमारे चिकित्सक यह कर सकते हैं।'

'यह आपके सारे नागरिकों के लिए एक सप्ताह के लिए पर्याप्त होनी चाहिए। उसके बाद हम फिर बात करेंगे।'

कुंभकर्ण ने अपने सैनिकों को संकेत दिया। वो चुस्ती से चलते आए और बोरे ले लिए। कुंभकर्ण ने भरत को देखा, उसके चेहरे पर उलझन का भाव छाया हुआ था। 'क्यों? आप हमारे नागरिकों की सहायता क्यों कर रहे हैं?'

गर्व से भरत का सीना फूल गया और आंखें सिकुड़ गई। 'क्योंकि राम नाम के पुरुष हमारे सेनाधीश हैं।'

कुंभकर्ण हल्के से मुस्कुराया। *रानी सीता सही कहती थीं। उनके पति विशिष्ट हैं।*

'मैं युद्ध के मैदान में आपसे भेंट करूंगा, राजकुमार कुंभकर्ण,' भरत ने कहा। 'हम आपके सैनिकों के प्रति इतने दयावान नहीं होंगे।'

कुंभकर्ण ने आदर से अपना सिर झुकाया। 'मुझे इसकी प्रतीक्षा रहेगी, श्रेष्ठ राजकुमार।'

भरत मुड़ गए। और उनके साथ अन्य लोग भी। बाहर जाते हुए हनुमान ने खेतों की ओर देखा। उनके मन में एक विचार कौंध गया।

—JF JJD—

राम के शिविर में अयोध्या की युद्ध समिति एकत्र हुई थी। वो एक गोल पीठिका के चारों ओर बैठे थे, जिसके ऊपर सिगिरिया नगर का एक मापक प्रतिरूप रखा था: इसके दुर्ग की चारदीवारी, खाइयां और आसपास फैला पठार। विभीषण द्वारा दी गई विस्तृत जानकारी की सहायता से प्रतिभावान प्रतिरूप निर्माताओं ने बहुत तेजी से काम किया था।

राम ने सबको देखा। 'मैं सुझावों का स्वागत करूंगा।'

विभीषण, भरत, हनुमान और लक्ष्मण राम के बाईं ओर बैठे थे, जबकि शत्रुघ्न, अरिष्टनेमी, अंगद और नारद उनके दाईं ओर बैठे थे। सब चुप रहे। जो मुखर रूप से स्पष्ट था, उसे किसी ने शब्द नहीं दिए थे।

हजारों वर्ष से सैनिकों के बीच यह निर्विवाद सच चला आ रहा था: हर दुर्ग में कोई कमी होती थी। हर एक दुर्ग में। मगर, सिगिरिया ने इसे असत्य सिद्ध कर दिया था। इसमें रंच मात्र भी दोष नहीं था। कोई ऐसा रास्ता सुझा ही नहीं सकता था कि अयोध्याई सैनिक दुर्ग में प्रवेश कर पाएं। और समस्या इस तथ्य से और बढ़ जाती थी कि लंकाइयों के ऊपर अयोध्याइयों को संख्यात्मक लाभ नहीं था। किसी भी आक्रमणकारी बल के लिए संख्यात्मक श्रेष्ठता एक ऐसे शत्रु के विरुद्ध सहायक होती थी जो अभेद्य दीवारों के पीछे सुरक्षित बैठा हो। एक और अवरोध था: सिगिरियावासियों के पास आराम से, अगर एक-दो वर्ष नहीं तो, महीनों के लिए खाद्यान्न का भंडार था।

'कोई दोष नहीं है,' विभीषण ने आह भरते हुए कहा। 'सिगिरिया के दुर्ग की दीवारें अभेद्य हैं। हमें उन्हें नदी पर ही पराजित कर देना चाहिए था, या यहां इतना पहले पहुंच जाते कि स्वयं को दुर्ग के भीतर सुरक्षित कर लेते। हमने दोनों अवसर गंवा दिए।'

भरत को विभीषण से चिढ़ लगातार बढ़ती जा रही थी। इस पराजयवादी रवैये से सैनिकों में निराशा फैल सकती थी।

'राजकुमार विभीषण,' लक्ष्मण ने कहा, 'आपने यहां कोई दक्षतापूर्ण संरचना वाली सुंरग नहीं बनाई? जैसी ओंगुइआहरा में बनाई थीं?'

चाटुकारिता से हमेशा प्रभावित होने वाला विभीषण प्रसन्नता से मुस्कुराया। 'मुझे अवसर ही नहीं मिला, राजकुमार लक्ष्मण।'

'बड़े दुख की बात है।'

'मैं कुछ भव्य बना सकता था। क्योंकि अधिकांश लोग मानते हैं कि मैं संसार का सर्वश्रेष्ठ अभियंता हूं,' विभीषण ने यह कहते हुए विशेष रूप से शत्रुघ्न को देखा।

शत्रुघ्न ने अवज्ञा में अपनी भौंहें उठाईं और मुस्कुरा दिए। लेकिन इस चारे में फंसे नहीं। इससे कहीं महत्वपूर्ण काम सामने थे। एक नादान, मूर्ख राजकुमार की असुरक्षाएं अनदेखा किए जाने योग्य थीं।

राम ने दोहराया। 'कोई सुझाव? मैं किसी भी बात का स्वागत करूंगा। भले ही वो अपारंपरिक हो।'

'मेरे पास एक विचार है,' हनुमान ने कहा।

सब महान वायुपुत्र की ओर देखने लगे।

'अगर पर्वत वेरुलम के पास नहीं आ सकता, तो वेरुलम तो पर्वत के पास जा सकता है,' हनुमान ने कहा।

'क्या?' अरिष्टनेमी ने पूछा।

'पश्चिम में अपनी यात्राओं के दौरान मैंने यह कहावत सुनी थी। बुनियादी रूप से, अगर हम दुर्ग में प्रवेश नहीं कर सकते, तो हमें लंका की सेना को बाहर आने पर विवश करना होगा।'

'हम्म,' नारद ने कहा। 'अच्छा विचार है। मेरा मानना है अगर हम उनसे बहुत अच्छे से कहें, तो वो ऐसा कर भी सकते हैं।'

'नारदजी,' अंगद ने कहा, 'इनकी बात सुन तो लेने दें। प्रभु हनुमान आज तक के सर्वश्रेष्ठ रणनीतिकारों में से एक हैं।'

'प्रभु हनुमान,' भरत ने कहा, 'लंकाई सिगिरिया की चारदीवारी को क्यों छोड़ेंगे?'

'भोजन के लिए,' हनुमान ने उत्तर दिया।

'लेकिन उनके पास तो महीनों के लिए पर्याप्त भोजन है,' विभीषण ने प्रतिवाद किया। 'उनकी फसलें काटे जाने के लिए तैयार हैं।'

'कौन सी फसलें?' हनुमान ने पूछा।

'इससे क्या अंतर पड़ता है?' विभीषण ने पूछा। 'वो खाद्यान्न होगा, मैं विश्वास दिलाता हूं। मेरे भाई रावण ने असल में यह युक्ति मिथिला से सीखी थी; दो पक्की दीवारों का विचार। उन्होंने मिथिला के युद्ध के कुछ समय बाद ही भीतरी दीवार को घेरने के लिए बाहरी दीवार बनवाई थी। और दीवारों के बीच की भूमि को फसल उपजाने के लिए प्रयोग किया। भूमि का वो खंड कम से कम एक किलोमीटर चौड़ा है और शहर के चारों ओर पचास किलोमीटर का दायरे बनाता है। यह बहुत बड़ा क्षेत्र है। खाद्यान्न की फसलों से हरा-भरा। नगर कभी भूखा नहीं रह सकता। यह असंभव है।'

'ऊह...' भरत धीमे से बोले। उन्होंने स्वयं को विभीषण के भाषण से अलग कर लिया था और अभी ही उन्हें समझ आ गया था कि हनुमान क्या सोच रहे थे। क्योंकि उन्होंने भी वो भूमि देखी थी। *अद्भुत।*

'क्या?' राम ने पूछा।

'मेरे विचार से इसे बताने का सम्मान प्रभु हनुमान को ही मिलना चाहिए,' भरत ने कहा। 'यह शानदार विचार है।'

राम, और युद्ध समिति के दूसरे सभी लोग हनुमान की ओर घूम गए।

'सारे भारतीय उपमहाद्वीप में सबसे अधिक लोकप्रिय अनाज कौन सा है?' हनुमान ने पूछा। 'हम सबसे अधिक क्या खाते हैं?'

उत्तर स्पष्ट था। 'चावल।'

'हां, हममें से अधिकांश लोग चावल खाते हैं। बहुत से लोग गेहूं भी खाते हैं। लेकिन हम अधिकांशतया चावल खाते हैं।'

'और?' राम ने पूछा।

'भारत का ऐसा कौन सा क्षेत्र है जहां चावल नहीं खाया जाता? केवल गेहूं खाया जाता है।'

'केवल उत्तर-पश्चिम,' वशिष्ठ ने उत्तर दिया। 'इंद्रप्रस्थ से पश्चिम की ओर, पंजाब समेत।'

'विशेष रूप से अनु प्रदेश,' नारद ने कहा। 'वो केवल गेहूं से बनी रोटी खाते हैं। चावल बिल्कुल नहीं।'

नारद ने यह कहते हुए हल्की सी मुस्कान के साथ वशिष्ठ को देखा। लेकिन वशिष्ठ ने नारद को नहीं देखा।

'फिर से कहूंगा, तो क्या हुआ?' विभीषण ने पूछा। 'आपके प्रश्न का उत्तर देने के लिए, हां, रावण और मेरा परिवार अधिकांशतया रोटी खाता है। हम चावल मुश्किल से ही कभी खाते हैं। हम इंद्रप्रस्थ के निकटवर्ती स्थान के हैं। और सिगिरियावासी भी, मेरे भाई के प्रति दासतापूर्ण समर्पण में, सामूहिक रूप से गेहूं खाने लगे हैं। भारतीय उपमहाद्वीप के उत्तर-पश्चिमी क्षेत्र के बाहर हम संभवतः एकमात्र नगर हैं जो पूरी तरह से गेहूं खाता है। चावल लगभग न के बराबर।'

'रुकें, रुकें,' शत्रुघ्न ने कहा। 'आप कह रहे हैं कि सिगिरिया की भीतरी और बाहरी दीवारों के बीच में गेहूं की फसल बोई गई है? और केवल गेहूं? और कुछ नहीं बस गेहूं?'

विभीषण घोर तिरस्कार का भाव लिए शत्रुघ्न की ओर मुड़ा। 'हां, स्पष्ट है!'

'ऊह...' शत्रुघ्न ने अपना सिर पकड़ते हुए कहा। उन्होंने हनुमान को देखा और मुस्कुरा दिए। और सहमति में अपना सिर हिलाया। 'उत्तम। उत्तम। यह निश्चय ही कारगर रहेगा।'

'क्या कारगर रहेगा?' नारद ने पूछा।

इस युद्ध समिति में मंझे हुए योद्धा थे, मगर वो नगरीय प्रदेशों के योद्धा थे। वो किसान नहीं थे। कृषि से जुड़ी बातें उन्हें एकदम से नहीं सूझती थीं। जब तक कि उन्हें इसका अनुभव न हो, भरत की तरह या उन्होंने इसके बारे में पढ़ा हो, शत्रुघ्न की तरह।

'चावल की फसल को बहुत अधिक पानी की आवश्यकता होती है,' हनुमान ने कहा। 'अपने प्रारंभिक रोपण के समय से इसके प्रत्यारोपण तक। फ़सल काटने के दौरान भी मिट्टी गीली होती है। लेकिन गेहूं... गेहूं भिन्न है। इसे बहुत कम पानी चाहिए। इसे बहुत कम देखरेख चाहिए।' हनुमान आगे को झुके और धीमे से बोले, 'और फसल कटने के समय गेहूं एकदम सूखा होता है।'

'ऊह,' हनुमान की योजना समझते हुए राम फुसफुसाए।

'क्या?' अंगद ने पूछा। 'मैं नहीं समझा।'

'हम उनके खेतों को जला दें?' लक्ष्मण ने पूछा।

'बिल्कुल सही,' हनुमान ने कहा। 'हमें तेल नहीं चाहिए। हमें मिट्टी का तेल नहीं चाहिए। हमें कुछ भी ज्वलनशील नहीं चाहिए। गेहूं का लगभग-कटने-को-तैयार सारा खेत इस समय अत्यंत ज्वलनशील है। हमें बस एक आग लगानी होगी...'

सब लोग पीठिका पर आगे को झुक आए और सिगिरिया नगर, दुर्ग की दीवारों और चारों ओर की भूमि के प्रतिरूप को देखने लगे। यह नगर के चारों ओर लपटों की विशाल दीवार होगी, लगभग एक किलोमीटर मोटी और पचास किलोमीटर लंबी।

'इससे न केवल उनकी खाद्यान्न आपूर्ति में बहुत भारी कमी आ जाएगी,' वशिष्ठ ने कहा, 'लपटों से निकलने वाला घोर ताप और धुआं उनके नागरिकों के हौसले को भी बहुत बुरी तरह पस्त कर देगा।'

'हमारी खाद्य आपूर्ति में कमी लाने के लिए उन्होंने जली भूमि नीति का प्रयोग किया था,' भरत ने राम को देखते हुए कहा। 'हम बस उसी का प्रत्युत्तर दे रहे हैं। यह अधर्म नहीं है। यह घेराव की वैध युक्ति है।'

राम ने हामी भरी।

निर्णय स्पष्ट था। वादविवाद की कोई आवश्यकता नहीं थी। बस एक बात तय करना और बचा था।

'कब?' हनुमान ने पूछा।

'क्या वो कटाई के लिए एकदम तैयार है?'

'मुझे तो हैरानी है कि उसे अभी तक काटा क्यों नहीं गया है,' हनुमान ने कहा। 'वो शायद अब किसी भी दिन कटाई कर लेंगे।'

'फिर तो हमें तुरंत आक्रमण करना होगा,' राम ने तीव्रता से उत्तर दिया। 'आज ही रात।

अध्याय 29

'थम,' हनुमान अपना दायां हाथ उठाते हुए फुसफुसाए। उनका हाथ की मुट्ठी बंधी हुई थी।

उनके पीछे आ रहे ग्यारह वायुपुत्र सैनिक तुरंत रुक गए।

वो वृक्षरेखा के पीछे थे और उनके आगे कम से कम दो किलोमीटर का खुला मैदान था। दूसरे छोर पर सिगिरिया के दुर्ग की बाहरी दीवार—पच्चीस मीटर की जबरदस्त ऊंचाई वाली—भी धुंधली सी दिखाई दे रही थी। यह अमावस की रात थी। अंधेरे ने बड़ी चतुराई से अयोध्यावासियों को छिपा लिया था। हवा में एक स्पष्ट सी ठंडक ने भी उनकी मदद की थी। क्योंकि लंकाई पहरेदार गर्माहट पाने के लिए दुर्ग की प्राचीर के चौड़े भित्ति-मार्गों पर अलाव जलाए हुए थे। लेकिन आग घुसपैठियों को उनके स्थान के बारे में भी जानकारी दे रही थी।

मूर्ख।

हनुमान ने सिर घुमाया और धीरे से बोले। 'विभीषण की जानकारी सही लगती है। अधिकांश लंकाई सैनिकों को जलीय-युद्ध का प्रशिक्षण है। वो स्थलीय लड़ाई में घेराबंदी की युक्तियों में माहिर नहीं हैं। राजा रावण ने अपने बेहतर सैनिकों को भीतरी दीवार पर तैनात किया है। और कम प्रशिक्षित सैनिकों को बाहरी दीवार पर। ये तार्किक भी है। उन्हें बाहरी दीवार पर कूदने वाले किसी घुसपैठिए से कोई परेशानी नहीं है। वो चाहते हैं कि हम दोनों दीवारों के बीच एक किलोमीटर के खतरनाक क्षेत्र में

दौड़ लगाएं। ऐसे में भीतरी दीवार पर तैनात विशेषज्ञ सैनिक आसानी से हमें मार गिराएंगे।'

वरिष्ठ वायुपुत्र सैनिकों ने हां में सिर हिलाया। लंका की रणनीति यही होगी।

'हमें आज रात भीतरी दीवार वाले बेहतर सैनिकों से नहीं लड़ना है,' हनुमान ने कहा। 'वो क्रूर राक्षस हैं। और हमारी तुलना में उनके पास एक बड़ी रणनीतिक बढ़त है, क्योंकि वो बहुत ऊपर अपनी दीवारों पर हैं। इसलिए हम नहीं चाहते कि उन्हें कुछ भी आभास हो। हमें बाहरी दीवार के अपेक्षाकृत अनाड़ी सैनिकों से निपटना होगा। उन्हें मार डालना। चुपचाप। बिना आवाज किए।'

'जी, प्रभु हनुमान,' सबने शांति से एकसुर में कहा।

'हमें अपनी योजना पर टिके रहना है,' हनुमान ने कहा। 'कोई बदलाव नहीं।'

'जी, प्रभु हनुमान।'

'अस्त्रों की अंतिम जांच कर लें।'

सैनिकों ने ख़ामोशी के साथ अपनी तलवारों-खंजरों की जांच की। उनमें से प्रत्येक के पास सात खंजर और एक लंबी तलवार थी। उन्होंने चमड़े के पट्टे के बकसुओं को ढीला करके अपने अस्त्रों को थोड़ा ढीला कर लिया। फिर हर सैनिक ने अपने साथी सैनिक के चमड़े के कवच के बंधनों की जांच की। गहरे काले रंग का प्रत्येक कवच अच्छी तरह से कसा हुआ था। धोतियां भी काली थीं और सैन्य ढंग से बंधी हुई थीं। उनके चेहरे, बांहें और टांगें भी काले रंग से पुते थे। इससे वो बिना चांद वाली काली रात का भाग बन गए थे। आठ सैनिक धनुष लिए थे। उन्होंने उन्हें कसकर, धड़ पर बंधे पट्टे में फंसा लिया था। ताकि दौड़ने में आसानी रहे। उन्होंने प्रत्येक तीर के सिर पर लगे तीरपंख और गंधराल के कपड़े की सावधानीपूर्वक जांच की। यह उनका सबसे महत्वपूर्ण अस्त्र था। फिर, उन्होंने तीरों को तरकश के अलग-अलग खानों में वापस खिसका दिया। लंबी काली चढ़ाई वाली रस्सियों को लपेटा, एक साथ जोड़ा और कंधों पर लटका लिया।

दो-दो सैनिकों के दो समूहों ने, जिनके पास धनुष नहीं थे, लकड़ी के पतले-पतले लट्ठों के दो जोड़ों की जांच की। वो शीशम के पेड़ के थे,

जो सबसे कठोर भारतीय लकड़ियों में से था। उन पर भी काला रंग किया गया था। पच्चीस मीटर से अधिक लंबे लट्ठों के ये दो जोड़े शत्रुघ्न द्वारा इस अभियान के लिए नए ढंग से परिकल्पित और निर्मित किए गए थे: एक तह करने और आसानी से लेकर चलने वाली सीढ़ी।

इस सारी जांच में उससे कम समय लगा जितना आपको ऊपर के दो पैराग्राफ़ पढ़ने में लगा होगा। ये प्रशिक्षित वायुपुत्र सैनिक थे। दुनिया के सर्वश्रेष्ठों में से एक।

सैनिक हनुमान की ओर मुड़े। तैयार। प्रतीक्षारत।

'तुममें से आधे मेरे साथ चलेंगे। हम चार सौ मीटर पूर्व में जाएंगे,' हनुमान फुसफुसाए। 'शेष आधे यहीं रहेंगे। पक्षी की बोली के संकेत पर दोनों दल दीवार के चारों ओर बनी खाई की ओर दौड़ने लगेंगे। धीमी गति से। अपने आप को थकाना नहीं है। दोनों टीमों को एक ही समय पर पहुंचना चाहिए। तुम जानते हो कि तब हमें क्या करना है।'

जब सैनिक वर्षा ऋतु के समाप्त होने की प्रतीक्षा कर रहे थे, तो राम ने उन्हें मार्चिंग का कठोर अभ्यास कराया था। उन्हें एक ही गति से दौड़ने और एक-दूसरे की दृष्टि से बाहर होने पर भी विन्यास को बनाए रहने का प्रशिक्षण दिया गया था। उन्हें गति के तीन स्तरों का पालन करने के लिए प्रशिक्षित किया गया था: धीमी, तेज़ और आक्रमण गति।

'कोई प्रश्न?'

'कोई प्रश्न नहीं, प्रभु हनुमान।'

हनुमान ने अपना हाथ आगे बढ़ाया। सैनिक एक-एक करके आगे बढ़े और हनुमान के हाथ पर हाथ रखते गए।

'कालाग्नि रुद्र।' हनुमान ने फुसफुसाते हुए वायुपुत्रों का युद्ध-घोष बोला।

कालाग्नि अंतिम काल की पौराणिक आग है; वो भयंकर अग्नि जो प्रतीक है एक युग के अंत की। और एक नए युग के आरंभ की। वायुपुत्र इसे भगवान रुद्र की अग्नि मानते थे और यह उन लोगों के अंतिम समय का प्रतीक थी जो शक्तिशाली महादेव के विरुद्ध खड़े होते थे।

आग लगाई जाने वाली थी।

'कालाग्नि रुद्र,' सैनिकों ने दोहराया।

हनुमान ने सिर हिलाया, पूर्व की ओर मुड़े और छोटे-छोटे कदमों से दौड़ने लगे। पांच सैनिक उनके कदम से कदम मिलाकर चल पड़े। दो ने अपने बीच लट्ठों वाली एक सीढ़ी उठा रखी थी। वो हल्के कदमों से चल रहे थे। आसान सहज सांस लेते हुए।

छह सैनिक मूल स्थान पर रुके रहे। दूसरी सीढ़ी उनके पास थी।

कुछ ही मिनटों में, हनुमान और उनके सैनिक अपने गंतव्य पर पहुंच गए। उन्होंने दुर्ग की प्राचीर पर भित्ति-मार्ग के ऊपर जलते अलाव को देखा। आग से एक काल्पनिक सीधी रेखा हनुमान के साथी सैनिकों की पलटन और पश्चिम में चार सौ मीटर दूर दूसरी पलटन के लगभग ठीक बीच से गुज़र रही थी।

एकदम सटीक।

लंकाई पहरेदारों पर दोनों ओर से हमला होगा।

हनुमान ने अपने होंठों को दबाया और पक्षी का लगभग बिल्कुल सटीक स्वर निकाला। लगभग तुरंत ही उन्हें एक पक्षी का जवाबी स्वर सुनाई दिया।

हनुमान ने अपने आदमियों को देखकर सिर हिलाया। 'अब।'

वो छहों सैनिक सिगिरिया के दुर्ग की बाहरी दीवार की ओर भागने लगे। सामान्य धीमी गति से। अब वो पूरी तरह से खुले में थे। लेकिन अंधेरे में लगभग पूरी तरह से अदृश्य थे।

दस मिनट से कुछ ही कम समय में उन्होंने दो किलोमीटर की दूरी पार कर ली और दुर्ग की बाहरी दीवार के चारों ओर बनी खाई के पास पहुंच गए। ऊर्जा बचाने के लिए अपेक्षाकृत सुस्त गति से। क्योंकि उन्हें उसकी आवश्यकता अब होगी।

खाई लगभग दस मीटर चौड़ी थी।

हनुमान ने ऊपर देखा। अलाव दीवार के ऊपर, पश्चिम में लगभग दो सौ मीटर की दूरी पर जल रहा था। अंधेरी रात में प्रकाश उभरकर दिख रहा था।

उन्होंने धीरे से नाक से आवाज की। अब से कोई बातचीत नहीं। खामोश, अंधेरी रात में, दीवार के इतने पास बात करना बहुत जोखिमपूर्ण था।

उन्होंने पक्षी के कूट स्वर में अपने निर्देश बताए। *सीढ़ी!*

तीन सैनिकों ने लकड़ी के लट्ठे भूमि पर रख दिए। फिर धीरे-धीरे उन्हें पूरी खाई पर फैला दिया। उसे सीधा रखते हुए। बिना शोर किए।

सीढ़ी पच्चीस मीटर लंबी होनी थी। वो बाद में पच्चीस मीटर ऊंची दुर्ग की दीवार पर चढ़ने के लिए इसका प्रयोग करेंगे। खाई केवल दस मीटर चौड़ी थी। खाई के लिए सीढ़ी की लंबाई आवश्यकता से अधिक ही थी।

लेकिन अभी लकड़ी के लट्ठों को सीढ़ी के रूप में नहीं खोला गया था। वो तह किए हुए थे। संकुचित और सुदृढ़।

लट्ठों को जल्द ही दुर्ग की दीवार के पास खाई के भीतरी हिस्से में समतल भूमि पर जगह मिल गई। फिर, आधी पलटन के सबसे विशालकाय सैनिक ओबुली ने अपना पूरा भार लट्ठों के सिरे पर रख दिया, और उन्हें ज़मीन पर टिका दिया। इसके बाद, सबसे हल्का सैनिक दीपांकर चारों हाथ-पैरों पर झुका और लट्ठों पर रेंगने लगा।

यह अभियान का सबसे जोखिम भरा भाग था।

हालांकि खाई बहुत अधिक चौड़ी नहीं थी, लेकिन गहरी अवश्य थी। कुछेक स्थानों पर चौड़ाई कम थी, क्योंकि शहर की दीवारों के भीतर खेती की भूमि को बढ़ाने के लिए बाहरी दीवार की सीमा बढ़ा दी गई थी। खाई आमतौर पर घड़ियालों और मगरमच्छों से भरी रहती थी—काटने की शक्तिशाली ताक़त वाले आक्रामक उभयचर जीव। आप नहीं चाहेंगे कि किसी का शरीर उनके जबड़ों के बीच फंसे। वायुपुत्रों के सौभाग्य से बहुत से जानवर महामारी की चपेट में आ गए थे और उनकी मौत हो गई थी।

लेकिन दीपांकर को फिसलने और कुछ जीवित बचे मगरमच्छों का भोजन बनने की चिंता नहीं थी। विशेष बलों के लिए मरने का जोखिम तो हमेशा ही रहता था। वो तो पानी में गिरने पर छपाके का शोर होने के विचार से अधिक चिंतित था। इससे लंकाई सतर्क हो जाते, जिससे पूरा अभियान ख़तरे में पड़ जाता।

पर उसे चिंता करने की ज़रूरत नहीं थी। वो बहुत तेज़ी से पार पहुंच गया था।

दीपांकर खाई के भीतरी हिस्से में लट्ठों को ज़मीन पर टिकाए रखने के लिए उन पर बैठ गया। और फिर उसने पक्षी की आवाज निकाली।

हनुमान सहित शेष चार सैनिक खाई पार करके दूसरी ओर चले गए। वहां पहुंचने पर हनुमान ने सीटी बजाई। ओबुली तुरंत लट्ठों से हटा और सीढ़ी को ऊपर धकेलने लगा। दूसरी तरफ़ के पांचों ने दूसरे छोर से उसे उठाना शुरू कर दिया। जल्द ही लट्ठे दुर्ग की दीवार पर टिक चुके थे, जिसका ऊपरी सिरा प्राचीर के झरोखों से परे फैला हुआ था; वास्तव में, कंगूरों तक पहुंच रहा था। हनुमान ने दो बार नाक से आवाज की। दो सैनिकों ने एक लट्ठा पकड़ा, जबकि शक्तिशाली नागा वायुपुत्र और दो सैनिकों ने दूसरे को थामा। उन्होंने लट्ठों को बलपूर्वक अलग किया; बीच में चमड़े के तंतु खिंचने लगे। सीढ़ी खुल चुकी थी। तंतु रासायनिक रूप से उपचारित और अत्यंत मजबूत चमड़े से गढ़े गए थे, जिन्हें एक मुड़ने वाली मिश्रित धातु की छड़ से जोड़ा गया था जो बाहर को खुलती थी। इससे सीढ़ी लाने-ले जाने में हल्की, और परंपरागत रूप से बनाई गई सीढ़ियों की तुलना में आश्चर्यजनक रूप से प्रबल हो गई थी।

अच्छे सैनिक युद्ध जीतते हैं। लेकिन अच्छे अभियंता भी यही करते हैं।

दीपांकर ने सीढ़ी के निचले भाग को पकड़कर स्थिर करके सुनिश्चित किया कि उसकी तली वापस न फिसल जाए।

हनुमान ने चढ़ना शुरू किया और उनकी आधी पलटन के तीन सैनिक उनके पीछे चले। दीपांकर नीचे ही रुक गया।

हनुमान ऊपर पहुंचे, झरोखे के रास्ते ऊपर चढ़े और धीरे से प्राचीर के भित्ति-मार्ग पर उतर गए। अन्य तीन भी चुपचाप उनके पीछे-पीछे उतर गए। हनुमान ने अपनी नाक से हवा छोड़ी। एक नर्म फुफकार; एक आदेश। सैनिकों ने अपने कंधों पर बंधी काली रस्सियों को खोला, पहले से बंधे बड़े से फंदे को कंगूरे के पार खिसकाया, यह सुनिश्चित करने के लिए गांठ पर ढील की जांच की कि रस्सी फिसले नहीं, और फिर रस्सी के दूसरे छोर को बाहरी दीवार से नीचे फेंक दिया।

ऐसा सावधानी के लिए किया गया था। शत्रु की नज़र में आ जाने की स्थिति में तेज़ी से भागने के लिए। वो सीढ़ी का उपयोग करने के बजाय रस्सी से फिसलते हुए नीचे उतरेंगे। ऐसे उपाय आपातस्थिति में जानें बचाते

थे। विशेष बल के सैनिक को प्रशिक्षित करना महंगा आयोजन था। कोई भी सेना इन लोगों की जान सस्ते में नहीं गंवाना चाहेगी।

दीपांकर ने धीरे-धीरे सीढ़ी को वापस खाई के ऊपर उतारना शुरू कर दिया था ताकि दूसरी तरफ़ ओबुली उसे पकड़ सके। हनुमान और उनके सैनिकों की वापसी के समय उन्हें यह तैयार और उपलब्ध मिलेगी।

हनुमान ने धीरे से अपनी नाक से थोड़ी और हवा निकाली। राम की सेना के चारों सैनिकों ने अपने छोटे-छोटे खंजर निकाले और दबे पांव पश्चिम की ओर चल पड़े। अभी भी अंधेरी रात में छुपे हुए वो छोटे से अलाव की ओर बढ़ने लगे। लंकाइयों की ओर।

तेजी से निकट पहुंचते हुए उन्होंने लपटों के प्रकाश में शत्रु को स्पष्ट देखा। छह लंकाई आग के चारों ओर बैठे थे। वो आरामदायक गर्माहट से सुस्त हो रहे थे; उनमें से तीन पूर्वी ओर थे जहां से हनुमान और उनके सैनिक आए थे, और तीन पश्चिमी ओर जहां से अयोध्या की शेष आधी पलटन निस्संदेह निकट आ रही थी। हनुमान उन्हें गपशप करते हुए सुन सकते थे; कुछ बातें घेराबंदी से मुनाफाखोरी कर रहे लंकाई व्यापारियों के बारे में; और कुछ बातें कुछ कुलीन महिलाओं के अवैध संबंधों को लेकर। एक लंकाई ने एक आह भरी और बड़बड़ाते हुए पूछा कि उनके जैसे साधारण सैनिक इन भ्रष्ट, स्वार्थी, घमंडी कुलीनों की रक्षा के लिए क्यों मरें।

सभी सेनाओं की अग्रिम पंक्ति के सैनिकों के बीच यह एक सामान्य शिकायत थी। वो किसके लिए मर रहे थे? वो किसके लिए मार रहे थे? क्या यह इस योग्य था भी? साधारण नागरिक कभी-कभी उन सैनिकों को महत्व देते हैं जो उनकी रक्षा करते हैं। लेकिन योद्धा उन अयोग्य देशवासियों के लिए भी परम बलिदान देते हैं जो उनकी वीरता को नहीं सराहते हैं। क्यों? क्योंकि शूरवीर यही करते हैं।

अंधेरे में छिपे हनुमान ने एशियाई कोयल की सटीक आवाज निकाली।

एक लंकाई सैनिक ने तुरंत अपना सिर घुमाया। वो अंधेरे में घूरने लगा। हनुमान कुछ मीटर की दूरी पर ही थे, लेकिन लंकाई को कुछ दिखाई नहीं दिया।

‘अंधेरे में पक्षी को देखने की कोशिश करना बंद करो, जोर्मूयू,’ एक लंकाई ने कहा। ‘दिन की पहली किरण की प्रतीक्षा करो।’

एक और लंकाई हंसने लगा। ‘जोर्मूयू गलत काम में आ गया है! इसे तो पक्षी-विज्ञानी होना चाहिए था!’

जोर्मूयू अंधेरे में घूरता रहा। हनुमान को लगभग ऐसा लगने लगा था कि लंकाई ने उन्हें देख लिया था। जोर्मूयू अचानक खेद भरे भाव से मुस्कुराया, इस बात से आश्वस्त कि उसने एशियाई कोयल को देखा था, और फिर उसने नजर घुमा ली।

एक अनुभवी सैनिक की वृत्ति उसे चेतावनी दे देती। ये लोग सच में अनाड़ी थे।

एक और एशियाई कोयल बोली। इस बार पश्चिम दिशा से।

समय आ गया था।

हनुमान तेजी से आगे बढ़े और उन्होंने एक पल से भी कम समय में वो दूरी तय कर ली। उनके सैनिक दोनों ओर से आ गए थे।

क्षमा करना, जोर्मूयू।

इससे पहले कि एक विशालकाय योद्धा के अचानक सामने आने पर जोर्मूयू कोई प्रतिक्रिया दे पाता, हनुमान ने उसका मुंह ढका और अपने लंबे चाकू से उसकी गर्दन काट दी। एकदम आरपार। गहराई तक। चाकू घातक ढंग से गर्दन की लंबी मांसपेशियों, गले की नस को, और लंकाई की गर्दन के बाईं और दाईं दोनों ओर गहरी दबी मन्या धमनियों के एक हिस्से को काटता चला गया। बच्चों की होली की पिचकारी की तरह खून उछल पड़ा। हनुमान तुरंत पीछे हटे और वापस अंधेरे में घुल गए।

हनुमान के सैनिकों ने भी अपने चिह्नित आदमियों के साथ ऐसा ही किया।

चार पल के भीतर ये सब निबट गया था। वायुपुत्र अंधेरे से चुपचाप निकले थे, उन्होंने छहों लंकाइयों के मुंह को ढका, उनके गले काटे और वापस अंधेरे में विलीन हो गए थे।

लंकाई अब भित्ति-मार्ग पर औंधे मुंह पड़े थे। और रक्तस्राव से मर रहे थे। भीतरी दीवार के लंकाइयों की दृष्टि से बाहर, क्योंकि उनके शरीर तीन फ़ुट ऊंचे पत्थर के परकोटे से छिपे हुए थे।

जोर्मूयू दस सैकंड में मर चुका था। हनुमान का वार दयालुतापूर्वक गहरा था। कुछ अन्य लंकाइयों को कुछ अधिक देर तक चुपचाप सहना पड़ा था। लेकिन दो मिनट में सभी की मौत हो गई थी। और आंतरिक या बाहरी दीवार पर किसी भी लंकाई को भनक तक नहीं लगी।

सुरक्षित पवित्र वैतरणी के पार जाना, भले जोर्मूयू। मुझे खेद है कि मुझे ऐसा करना पड़ा।

यह सुनिश्चित करने के बाद कि लंकाई मर चुके थे, हनुमान ने फिर से पक्षी की आवाज निकाली। वो बोलकर आदेश देने से अभी भी बच रहे थे।

पश्चिम की ओर से एक अयोध्याई सैनिक चुपचाप आगे बढ़ा। उसने सावधानी बरती कि वो लंकाइयों के ताजा खून से सने फर्श पर न फिसले। उसने अपना धनुष खींचकर तीर तान दिया था। उसने गंधराल का कपड़ा लिपटे तीर की नोंक को लंकाई अलाव से लगा दिया। गंधराल ने तुरंत आग पकड़ ली। अयोध्याई परकोटे पर झुका और उसने तीर को सीधे नीचे सुनहरी रंग के गेहूं के खेतों पर छोड़ दिया।

गलती।

तीर तेजी से नीचे गया और गेहूं के डंठलों के बीच धरती में जा धंसा। आग तुरंत बुझ गई।

सैनिक अपने चेहरे पर शर्म के भाव लिए वापस अंधेरे में चला गया। उसने अपने सेनापति की ओर देखा।

हनुमान ने दो बार पक्षी की छोटी-छोटी आवाजें निकालीं।

वायुपुत्र एकदम जड़ हो गए।

हनुमान ने अपने धनुष को खोला, उसे ऊपर उठाया, सावधानीपूर्वक तरकश से एक तीर निकाला और उसे प्रत्यंचा पर चढ़ाया।

वो आगे बढ़े। अलाव के पास पहुंचते ही, उन्होंने जल्दी से पूर्व और पश्चिम की ओर देखा। अपने सैनिकों की ओर। संदेश स्पष्ट था: *देखो और सीखो। क्योंकि यह ऐसे ही किया जाता है।*

हनुमान ने तीर की नोक को अग्नि पर लगाया। उसमें जैसे जान पड़ गई। वो तुरंत प्रज्वलित हो गया। वो परकोटे के पास गए, और अपने कूल्हे से आगे को झुक गए। उन्होंने धनुष को क्षैतिज रूप से पकड़ा और अपने

धड़ को उसके ऊपर झुका दिया। उनका सिर एक ओर को झुका हुआ था, उनकी दाईं आंख तीर के ठीक सीध में थी। उन्होंने अपने शक्तिशाली कंधों और पीठ के ऊपरी हिस्से को मोड़ा, और डोरी को लगभग अपने कान तक खींच लिया। तीर को छोड़ते समय, उन्होंने तीरपंख को हल्का सा झटका दिया। तीर तैरता चला गया। लगभग क्षैतिज रूप से, गेहूं के खेतों की ओर एक हल्के से कोण पर तैरता हुआ। पिछले तीर के तीखे कोण वाले तेज़ उतार से एकदम भिन्न।

तीर ने गेहूं की कुछ बालियों के शीर्ष को चूमा। और फिर एक के बाद एक बालियों पर उछला। किसी ठहरे हुए तालाब की सतह पर क्षैतिज रूप से फेंके गए एक सपाट कंकड़ की तरह। तीर ने काफ़ी लंबी दूरी तय की, और पचास मीटर की दूरी में गेहूं की कई बालियों में आग लगा दी। धरती पर गिरने से पहले वो चार बार उछला। उसके रास्ते में आई लगभग सभी गेहूं की बालियों में आग लग चुकी थी। आग तेजी से पड़ोसी बालियों में भी फैलने लगी थी।

हनुमान ने अपने सैनिकों की ओर देखा और पीछे हट गए।

उनके द्वारा चलाया गया यह तीर अत्यंत सरल लग रहा था। गेहूं की बाली शीर्ष पर सबसे अधिक सूखी होती है, और धीरे-धीरे नीचे मूल तक नम होती जाती है। सरल सा पाठ: यदि आप गेहूं जलाना चाहते हैं, तो ऊपर से शुरू करें।

हनुमान के सैनिक आगे बढ़े। एक-एक करके। छह तीर चलाए गए। और क्षेत्र के लगभग पूरे गेहूं के खेत में जल्द ही आग लग गई। आग हवा के साथ फैलती जा रही थी। और एक डंठल से दूसरे डंठल तक पहुंच रही थी। आग की लपटें भयावह रूप से ऊंची होने लगी थीं।

यह सब तीन मिनट से कम में हो गया था।

अब उन्हें बाहरी दीवार से लंकाइयों की भय से भरी चीखें सुनाई देने लगी थीं, और यहां तक कि बेहतर सैनिकों वाली भीतरी दीवार के कुछ हिस्सों से भी।

'आग!'

'आग!'

'पानी लाओ!'

'आग!'

हर ओर से तेज शोर। अब खामोश संकेतों की कोई आवश्यकता नहीं थी।

'बस!' हनुमान ने आदेश दिया। 'पीछे हट जाओ!'

वायुपुत्र सैनिक भागने लगे। आधे पूर्व में, आधे पश्चिम में। वापस चढ़ाई वाले बिंदु पर। उन्होंने रस्सियों को पकड़ा और तेजी से बाहरी दीवार से उतरते चले गए, और फिर खाई को पार करके दूसरी ओर चले गए। उन्होंने सीढ़ी को वहीं छोड़ा और आक्रामक गति से वापस भागे। वृक्ष रेखा की सुरक्षा की ओर।

हनुमान की पलटन उन छह पलटनों में से एक थी जो लगभग एक ही समय में तेजी से वापस भाग रही थीं। अन्य पांच का नेतृत्व राम, भरत, लक्ष्मण, अरिष्टनेमी और अंगद ने किया था।

सिगिरिया पचास किलोमीटर की उपजाऊ भूमि, जो एक किलोमीटर चौड़ी थी, से एक विशाल चाप के रूप में घिरा हुआ था। इस पूरी भूमि पर जल्दी ही कटने को तैयार गेहूं की कीमती फसल हो रही थी। अब इस सबमें आग लग गई थी।

* * *

'मेरे पति मेधावी हैं, इसमें कोई शक नहीं,' सीता ने कहा, उनकी आंखें गर्व से चमक रही थीं। 'लेकिन मुझे लगता है कि इस विशेष काम में शत्रुघ्न की प्रतिभा रही होगी।'

रावण और कुंभकर्ण अशोक वाटिका में सीता से मिलने गए थे। वो दुर्ग की दीवारों के दो विस्तारों के बीच एक संरक्षित रास्ते से गए थे। रास्ते पर आसान रक्षा के लिए स्तंभों की पंक्ति थी और यह रास्ता सिगिरिया से आठ किलोमीटर दूर अशोक वाटिका के गढ़ तक जाता था। यह अपेक्षाकृत रूप से शांति की पहली रात थी। रावण का मानना था कि घेराबंदी एक गतिरोध में बदल गई थी। कुछ सप्ताह तक ऐसा ही चलने वाला था। कई दिनों से सीता से न मिल पाने के कारण उसने उनके और अपने भाई के साथ रात्रिभोज करने का निर्णय किया था। बेशक, सीता और भाइयों ने कुछ सप्ताह पहले लंकाइयों के ओंगुइआहरा कूच करने से पहले विदा ले

ली थी, लेकिन वो लड़ाई एक छलावा थी, और अयोध्याइयों के पश्चिम से आने के बारे में पता लगते ही लंकाई झटपट सिगिरिया लौट आए थे।

'जो भी हो,' रावण ने सम्मानपूर्वक कहा, 'समुद्र पर पुल बनाने का विचार... उत्तम। मुझे आशा थी कि राम साहसी होंगे। मुझे आशा थी कि वो निष्कपट आदमी होंगे; उन्होंने हमारे नागरिकों के लिए औषधि उपलब्ध करवाई। लेकिन मुझे इस अभिनव प्रतिभा की आशा नहीं थी... अब चाहे यह विचार उनका हो या उनके भाई का, इससे कोई अंतर नहीं पड़ता। यह युद्ध भव्य होगा।'

'पुरुषों को लड़ाई में इतना आनंद क्यों आता है?'

'और आपको नहीं आता?'

'नहीं, मुझे नहीं आता।'

'इतना भी झूठ मत बोलिए कि आपकी बात सुनना भी पाप हो जाए!' रावण ने उपहास किया। 'आपको युद्ध में निश्चित रूप से आनंद आता है। इसीलिए आप इतना अच्छा लड़ती हैं।'

'मैं भले ही अच्छा लड़ती हूं, लेकिन मुझे इसमें आनंद नहीं आता। मैं तो युद्ध से बचना चाहती अगर मैं—'

सीता चुप हो गईं क्योंकि उन्हें पक्षियों का एक झुंड ऊपर उड़ता दिखाई दिया था। मानो वो भाग रहे हों। *विचित्र...*

लेकिन रावण ने बातचीत को जारी रखा हुआ था। 'कुछ पुरुष इसका आनंद लेते हैं। यह वास्तविकता है। और, जैसा कि मैंने एक बार आपसे कहा था मेरी सेना में ऐसे कई आदमी हैं! लेकिन मुझे लगता है कि युद्ध के बिना हम मनुष्य सभ्य नहीं बन पाते। यह समाजों को संगठित होने और साथ मिलकर काम करना सीखने को विवश करता है। एक बाहरी शत्रु समाज के उद्दंड लोगों को समान उद्देश्य पाने में मदद कर सकता है। यह नई तकनीक के जन्म की ओर ले जाता है, जिसके उत्पाद सामान्य अ-योद्धाओं की भी मदद करते हैं। युद्ध का एक उद्देश्य होता है। सभ्यता के केंद्र में युद्ध है।'

'मुझे नहीं पता कि—'

सीता ने फिर बोलना बंद कर दिया। अब पक्षियों का एक कहीं बड़ा झुंड उनके सिर के ऊपर से उड़ता हुआ जा रहा था। ऐसा लग रहा था जैसे वो सिगिरिया से भाग रहे हों।

'यह हो क्या रहा है?' कुंभकर्ण ने ऊपर देखते हुए पूछा। 'यह विचित्र है...'

सीता ने कहा, 'सिगिरिया की दिशा से कुछ चमक सी दिखाई दे रही है।'

रावण और कुंभकर्ण खड़े हो गए और दूर देखने लगे। और उन्हें एक हल्की सी, फड़फड़ाती चमक दिखाई दी।

रावण अपने पास खड़ी एक महिला रक्षक की ओर मुड़ा। 'निगरानी स्तंभ पर चढ़ो और सूचना दो।'

रक्षक नीलगिरी के लंबे-लंबे पेड़ों के झुंड के ऊपर बने निगरानी स्तंभ की ओर दौड़ी। पेड़ तीन सौ फुट से अधिक लंबे थे, लेकिन रक्षक पेड़ के चारों ओर बनी लकड़ी की घुमावदार सीढ़ी पर दौड़ती चली गई, और एक मिनट से भी कम समय में शीर्ष पर बने मंच पर पहुंच गई। उसने सिगिरिया की ओर देखा। और ऐसा लगा जैसे उसे लकवा मार गया हो।

'क्या हो रहा है?' अधीरता से रावण नीचे से चिल्लाया।

अपने स्वामी की आवाज ने सुरक्षाकर्मी को उसकी स्तब्ध अवस्था से बाहर खींचा। उसने मंच के परकोटे पर लगी तुरही को खोला और उसमें जोर से बोली। 'महाराज, कृपया ऊपर आएं और इसे देखें!'

रावण सीढ़ियां चढ़ने लगा। कुंभकर्ण और सीता उसके पीछे-पीछे गए। रावण की आयु बढ़ रही थी, इसलिए उसे शीर्ष तक पहुंचने में दो मिनट लग गए। वहां पहुंचकर उनकी नजर सिगिरिया की ओर मुड़ गई।

'यह क्या मुसीबत है?!' रावण भौंचक्का सा दहाड़ उठा।

ऐसा लग रहा था जैसे लंका की राजधानी सिगिरिया में आग लग गई हो।

सीता का मुंह विस्मय से खुला रह गया था। ऊह... *आपने यह कैसे किया, राम?*

अध्याय 30

'धन्यवाद,' राम ने हाथ जोड़कर सिर झुकाते हुए कहा। सिगिरिया की गेहूं की फसल को जले दो दिन हो चुके थे।

गांव के मुखिया गजराज ने भी सम्मान से हाथ जोड़कर, और सिर को बहुत अधिक झुकाते हुए नमस्ते की। वो पहली बार राम से मिल रहा था। 'कृपया मुझे धन्यवाद न कहें, महाराज। आपकी सहायता करना मेरे गांव के लिए सम्मान की बात है।'

गजराज का गांव—सिगिरिया से पच्चीस किलोमीटर उत्तर में—लगभग पूरी तरह से सप्त सिंधु के नागा शरणार्थियों से आबाद था। अयोध्या युद्ध शिविर श्रीलंका की राजधानी और गजराज के गांव के बीच में बनाया गया था। नागा होने के कारण ग्रामीणों को हर किसी के भेदभाव और उत्पीड़न का सामना करना पड़ता था। साधारण लोगों में उनके प्रति एक अंधविश्वास भरा भय था। रावण और कुंभकर्ण भी नागा थे, लेकिन वो इतने शक्तिशाली थे कि उन्हें उस प्रकार के पूर्वाग्रह का सामना नहीं करना पड़ता था।

लगभग पच्चीस वर्ष पूर्व, कुंभकर्ण ने अपने भाई को नागा शरणार्थियों को सिगिरिया के पास रहने की अनुमति देने के लिए मना लिया था। उन्हें इस गांव में बसा दिया गया था। समय के साथ, जैसे-जैसे लंकाई राजघराने के लोग अपने सपनों और महत्वाकांक्षाओं में व्यस्त होते गए, गांव का प्रशासन स्थानीय सिगिरियाई अधिकारियों के हाथों में चला गया। और ये

अधिकारी भी आम लोगों की तरह ही दुराग्रही थे। प्रशासन शीघ्र ही शोषण में बदल गया। गजराज के गांव के नागाओं ने शिकायत नहीं की। वो अपने स्वयं के गांव के लिए आभारी थे, जो सिगिरिया जैसे समृद्ध नगर के पास था, जिससे आजीविका के कई अवसर प्राप्त होते थे। वो अपने जीवन का निर्माण करने लगे। धीरे-धीरे। उन्होंने सिगिरिया के नागरिकों को हाथी प्रबंधन का कौशल प्रदान किया। लंका में हाथियों का उपयोग आमतौर पर परिवहन, निर्माण परियोजनाओं और मंदिर के अनुष्ठानों के लिए भी किया जाता था। वो अपने पले हुए हाथियों को किराए पर देकर ठीकठाक पैसा कमा लेते थे। लेकिन पच्चीस वर्ष में बनाई उनकी पूरी जीवनशैली कुछ ही घंटों में नष्ट हो गई थी। लंकाई सैनिकों ने उनकी फसलें जला दी थीं, उनके कुओं में विष घोल दिया था और उनके घरों को ढहा दिया था।

जली भूमि नीति।

ताकि अयोध्याइयों को स्थानीय आपूर्ति प्राप्त करने से रोका जा सके।

जो लोग इस जलाई गई धरती पर निर्भर थे, वो संपार्श्विक क्षति का शिकार हो गए थे।

'कृपया इतनी देर रात गए आपको परेशान करने के लिए मुझे क्षमा करें,' राम ने विनम्रता से कहा।

'बिल्कुल नहीं, महामहिम,' गजराज ने कहा। 'मैं समझता हूं कि आप दिन में यहां आकर लोगों की निगाहों में आने का जोखिम नहीं उठा सकते थे। लंका के गुप्तचर आपको पहचान सकते हैं।'

राम ने सिर हिलाया।

'क्या आप उन्हें देखना चाहेंगे, प्रभु राम?' गजराज ने पूछा।

'हां, बिल्कुल। अगर इसमें बहुत अधिक परेशानी न हो।'

गजराज मुस्कुराया। 'कोई परेशानी नहीं, महामहिम। यह आपका अधिकार है।'

गजराज आगे चला। राम के साथ भरत, हनुमान, अरिष्टनेमी और अंगद भी थे। दस सैनिकों की एक छोटी अंगरक्षक पलटन सावधानीपूर्वक उनके पीछे चलने लगी।

'हमने आग की लपटें देखी थीं, महामहिम,' गजराज ने कहा। 'फसलों को जलाना एक शानदार रणनीति थी।'

राम ने चलते-चलते हनुमान की ओर इशारा किया। 'सारा श्रेय प्रभु हनुमान को है। यह इनका ही विचार था। और इन्होंने ही पूरे अभियान की योजना बनाई थी।'

राम महिमा साझा करने के लिए हमेशा तैयार रहते थे। वो सारा श्रेय स्वयं ले लेने वाले ईर्ष्यालु अधिनायक नहीं थे। यह आश्चर्यजनक है कि लोगों को वो पहचान देकर जिसके वो अधिकारी होते हैं कितना कुछ हासिल किया जा सकता है।

हनुमान ने हाथ जोड़े और मुस्कुरा दिए।

गजराज ने अपनी बात जारी रखी। 'कुछ सप्ताह में अन्न के भंडार खत्म हो जाएंगे। लोग अपनी दीवारों के भीतर उपजी नई फसल के भरोसे थे। नगर में आवश्यक वस्तुओं के दाम आसमान छू रहे हैं। मैंने सुना है कि नागरिकों का मनोबल गिर गया है। राजा रावण की सेना सिगिरिया की दीवारों के पीछे अधिक समय तक नहीं रह सकती। उन्हें बाहर निकलना ही होगा और खुले में आपसे युद्ध करना होगा। और मुझे लगता है कि आप यही चाहते थे, प्रभु राम। जब वो सिगिरिया के अभेद्य दुर्ग की दीवारों के ऊपर नहीं होंगे तब उनकी संख्यात्मक बढ़त उतनी महत्वपूर्ण नहीं रहेगी।'

राम अपनाइयत से मुस्कुराए और गजराज के साथ कदम से कदम मिलाकर चलते रहे।

वो जल्द ही अपने गंतव्य पर पहुंच गए।

राम आगे बढ़े और उन्होंने बड़ी सरलता से नीची बाड़ को फलांग लिया। उन्होंने आत्मविश्वास के साथ उस शक्तिशाली पशु के पास जाकर उसकी सूंड को छुआ।

गजराज ने घबराहट भरी एक गहरी सांस ली, लेकिन कुछ कहा नहीं। युद्ध के हाथियों को केवल उनके महावत ही संभाल सकते हैं। वो अपने महावतों के अलावा किसी और के साथ अत्यंत अस्थिर और शत्रुतापूर्ण होते हैं। आमतौर पर।

युद्ध के हाथी आमतौर पर नर होते हैं। और इसके कई कारण हैं। नर हाथियों को वृषणि मजबूत अस्थि घनत्व, ठोस मांसपेशियां और शक्ति,

और सबसे महत्वपूर्ण, भयंकर आक्रामकता प्रदान करता है। युद्ध के लिए महत्वपूर्ण। नर हाथियों के दांत भी लंबे होते हैं, जिनकी नोकों पर धार रखी जा सकती है और कुशल महावतों द्वारा उन्हें युद्ध में भालों की तरह इस्तेमाल किया जा सकता है। युद्ध के लिए अनुकूल। साथ ही, महत्वपूर्ण रूप से, नर हाथियों को आमतौर पर त्याग दिया जाता है। आमतौर पर हाथियों के झुंडों को एक-दूसरे के प्रति दयालु, पोषक और सुरक्षात्मक माना जाता है। वो होते भी हैं। लेकिन इस सुखद जीवनशैली में, कुलमाता के नेतृत्व में केवल हथनियां ही भाग बनती हैं; संयोग से, हाथियों के झुंड की मुखिया हमेशा मादा होती है। किशोरावस्था तक पहुंचने पर नर हाथियों को आमतौर पर झुंड से निकाल दिया जाता है। इसके बाद, उन्हें या तो स्वयं अपनी देखभाल करनी होती है या फिर वो खानाबदोश और अस्थिर नर झुंड में शामिल हो जाते हैं। नर हाथियों को केवल संभोग के दिनों में बहुत बड़े, अधिक स्थिर मादा झुंड से जुड़ने की अनुमति मिलती है, और उनका काम पूरा होने के बाद उन्हें फिर से बाहर निकाल दिया जाता है। अधिकतर।

नर हाथी पीढ़ियों से इस अन्याय और अकेलेपन के साथ समझौता किए हुए हैं। लेकिन इसी के साथ जीवित रहने की वृत्ति ने उनकी आक्रामकता को बढ़ा दिया है। कैद में होने पर भी ये परित्यक्त नर हाथी अपने मानव महावतों के साथ गहरे संबंध स्थापित कर लेते हैं, जो अकेले ऐसे जीव होते हैं जो उनके साथ परिवार की तरह व्यवहार करते हैं। अच्छे सैनिकों की तरह वो वही करते हैं जो महावत उन्हें करने का आदेश देता है। बिना कुछ और सोचे।

युद्ध के लिए अत्यंत उपयोगी।

परित्यक्त और एकाकी नर हाथी, परित्यक्त और एकाकी पुरुषों की तरह ही, कुशल हत्यारे बन सकते हैं।

इसीलिए जब हाथी ने राम को सूंघकर अपना सिर अपनाइयत से हिलाया तो गजराज को आश्चर्य हुआ। उसने अपनी सूंड को आगे बढ़ाकर अयोध्या के राजा को गले लगा लिया। राम ने प्यार से हाथी की सूंड को थपथपाया।

राम के लिए सबसे बड़ी चुनौती युद्ध शुरू होने तक अपने तीन सौ युद्ध हाथियों को छिपाने की थी। वो उनकी रणनीति में आश्चर्य का प्रमुख

तत्व थे। युद्ध के आरंभ में हाथियों का प्रभावी उपयोग लंकाई पैदल सेना की संख्यात्मक श्रेष्ठता को नाटकीय रूप से बिगाड़ सकता था।

लेकिन तीन सौ की विशाल संख्या में हाथियों को लंका के गुप्तचरों से कैसे छिपाया जाए, जिनकी निगाहें अयोध्याई युद्ध शिविर पर गड़ी थीं? शायद सबकी नजरों के सामने।

जब गजराज के गांव की भूमि को लंकाई सेना ने नष्ट कर दिया, तो गांव अपने हाथियों को त्यागने पर विवश हो गया था। अब जब उनके पास अपना ही पेट भरने के लिए भोजन और पानी समाप्त हो रहा था, तो उनके लिए हाथियों की देखभाल करना असंभव था। उन्होंने पशुओं को उत्तर के जंगलों में खदेड़ दिया था, जहां उन्हें उम्मीद थी कि पशु स्वयं अपनी देखभाल कर सकेंगे। गांव का अभ्यारण्य खाली था। और राम के सैनिक गजराज को अयोध्या की सेना के हाथियों को वहां ठहराने के लिए मनाने में सफल रहे थे। पैसे के बदले में, और उससे भी अधिक महत्वपूर्ण रूप से, भोजन और पानी की आपूर्ति के बदले में, जो अयोध्याइयों को गोकर्ण से मिल रही थी। किसी लंकाई गुप्तचर को ऐसा ही लगता कि गांव में रह रहे वो हाथी गांव के ही थे।

राम का मुख्य सामरिक युद्ध हथियार—उनके हाथी—सबकी नजरों के सामने छिपे हुए थे। और किसी भी लंकाई को इसकी भनक तक नहीं लगी थी।

'यह आपको पसंद करता है, स्वामी,' गजराज बड़बड़ाया।

राम ने फिर से हाथी की सूंड को थपथपाया और गजराज को देखकर मुस्कुराए।

'मुझे यह बताना है कि मैंने जो किया वो क्यों किया,' गजराज ने कहा।

राम ने आश्चर्य से गजराज को देखा। वो नीची बाड़ से बाहर निकल आए। हनुमान, अरिष्टनेमी और अंगद अन्य हाथियों की जांच कर रहे थे। केवल भरत वहां बचे थे।

'मेरे मित्र, आपको कुछ समझाने की आवश्यकता नहीं है,' राम ने कहा।

'आवश्यकता है,' गजराज ने कहा। 'क्योंकि मुझे विश्वास है कि आप सोच रहे होंगे कि यदि मैंने लंका को धोखा दिया है, तो क्या मैं आपको भी धोखा नहीं दूंगा?'

'अगर मैंने ऐसा सोचा होता, तो मैं अपने हाथी आपके पास नहीं रखता।'

'फिर भी... कृपया मुझे बताने की अनुमति दें।'

'बोलें, भले गजराज,' राम ने कहा। वो देख रहे थे कि यह गांव के मुखिया के लिए महत्वपूर्ण था।

'पच्चीस साल पहले हमें शरण देने के लिए मैं राजा रावण, और उनसे भी बढ़कर राजकुमार कुंभकर्ण का हमेशा आभारी रहूंगा। हमने यहां गैर-नागाओं से दूर अपना जीवन बनाया है, जो हमें नापसंद करते हैं। वो दोनों हमारे साथ अच्छे थे, लेकिन उनके अधिकारी, उनके सैनिक... वो राक्षस हैं। हम इसे इतने लंबे समय तक केवल राजा रावण और राजकुमार कुंभकर्ण के प्रति निष्ठा के कारण सहन करते रहे हैं। लेकिन जब दस दिन पहले उन्होंने हम पर आक्रमण किया... तो वो... वो हमें अपनी फसल जलाने, अपने कुओं में विष घोलने और चले जाने का आदेश दे सकते थे। हम ऐसा ही करते। अब तक वो हमें जान चुके हैं। लेकिन वो यह स्वयं करना चाहते थे। उन्होंने हमें पीटा, हममें से कुछ को मार डाला, हमारी कुछ स्त्रियों पर हमला किया...'

गजराज की आंखों में आंसू आ गए। राम ने पास आकर गांव के मुखिया के कंधे पर हाथ रख दिया।

'किंतु जो बात हमें आपकी मदद करने के लिए विवश कर रही है, वो प्रतिशोध की इच्छा नहीं है,' गजराज ने अपनी बात जारी रखी। 'आपके सैनिक... वो भिन्न थे... वो विनम्र थे। शांत थे। उन्होंने हमसे अनुरोध किया... हमें आदेश नहीं दिया। इससे पहले कि हम उनकी मदद करने पर सहमत होते, उन्होंने हमें खाना और पानी दिया। आपके सैनिक भी उतने ही प्रबल, अस्त्रधारी और शक्तिशाली हैं जितने कि लंका के सैनिक। लेकिन उन्होंने दयालुता के साथ व्यवहार किया। उन्होंने धर्म के अनुसार व्यवहार किया...'

राम चुप रहे। उन्होंने गजराज को बोलने दिया।

'एक सैनिक का आचरण उसके सेनापति का प्रतिबिंब होता है, राजा राम। सारे ही सैनिक आक्रामक होते हैं। यह उनके काम की प्रकृति है। उनके भीतर एक राक्षसी हिंसक पक्ष होता है। राजा रावण जैसा अधिनायक इस पक्ष को पूरी छूट देता है, और उन्हें बलात्कार और लूटपाट की अनुमति देता है, यहां तक कि यह उनकी आदत बन जाती है। अच्छा विकल्प उपलब्ध हो, तब भी वो ऐसा ही व्यवहार करते हैं। दूसरी ओर, प्रभु राम, आप जैसे अधिनायक इन सैनिकों को अपने राक्षसी पक्ष को साधकर अपनी शक्ति का उपयोग आम लोगों की भलाई, दुर्बलों की रक्षा और धर्म की सेवा में करने की शिक्षा देते हैं। आपका कोई सैनिक युद्ध से अलग रहने वाली स्त्रियों और बालकों को नहीं मारेगा क्योंकि, मैंने सुना है, वो जानते हैं कि उसके लिए आप उनको कठोर दंड देंगे।'

राम चुप रहे।

'आप एक बेहतर अधिनायक हैं, राजा राम। आप मां भारती के लिए उत्तम रहेंगे। हम इसीलिए आपकी सहायता कर रहे हैं।' गजराज ने हाथियों की ओर इशारा किया। 'ये जंगली हाथी भाग्यशाली थे कि इन्हें इनके महावत मिल गए, जिन्होंने अपनी दया और दृढ़ता से इन्हें उद्देश्य दिया। आप पुरुषों के महावत हैं, राजा राम। आप हमारे महावत हैं।'

गजराज राम के पैर छूने के लिए झुका, लेकिन राम ने उसे रोक दिया और गले से लगा लिया।

'मैं कोई पुरुषों का महावत नहीं हूं,' राम ने कहा। 'मैं तो बस मां भारती का भक्त हूं। जैसे आप हैं। हम अपनी मां के लिए लड़ेंगे। और हम मिलकर उसकी महिमा को वापस लाएंगे।'

'हां, मैं तुमसे सहमत हूं,' राम ने कहा।

राम और भरत अभी गजराज के गांव से लौटे ही थे। वो राजसी शिविर के बाहर एक छोटे से अलाव के पास बैठे थे। रात के खाने का समय था।

'हम्म...' भरत ने कहा। 'मैं आपका मन बदलने में सफल रहा, है ना, दादा?'

'नहीं।' राम हंसे। 'तुमने मेरा मन नहीं बदला। तुमने बस मेरा मन पढ़ लिया।'

भरत हंस पड़े। उन्होंने रोटी के एक ग्रास में कुछ सब्जियां लीं और उसे अपने मुंह में रख लिया। भरत ने अभी-अभी राम से कहा था कि शत्रुघ्न को सेना की सक्रिय सेवा में नहीं रखा जाना चाहिए। उनका सबसे छोटा भाई प्रतिभाशाली था और वो पहले ही समुद्र पर पुल का निर्माण करके युद्ध के प्रयासों में बहुत बड़ा योगदान कर चुका था। लेकिन अन्य तीनों भाइयों के विपरीत शत्रुघ्न युद्धप्रिय नहीं थे। उन्हें युद्ध में लड़ने को विवश करके उनके जीवन को जोखिम में डालने का कोई लाभ नहीं था। राम तुरंत भरत के सुझाव से सहमत हो गए थे।

तभी लक्ष्मण और शत्रुघ्न आ गए। उन्होंने घोड़ों की जांच की थी और घुड़सवार सेना की तैयारियों को देखा था। सब कुछ ठीक था। वो नहीं जानते थे कि लंकाई कब शहर से बाहर निकलेंगे और युद्ध आरंभ करेंगे। उन्हें हर समय युद्ध के लिए तैयार रहना था।

'आओ, भाइयों,' राम ने कहा। 'खाओ।'

'जी, दादा,' जुड़वां भाइयों ने एकसुर में कहा।

लक्ष्मण और शत्रुघ्न ने हाथ धोए और अलाव के पास बैठ गए। परिचारक केले के पत्ते की थालियों पर उनका भोजन भी ले आए।

'घोड़े ठीक हैं, लक्ष्मण?' भरत ने पूछा।

'जी, दादा,' लक्ष्मण ने खाना शुरू करते हुए कहा। 'कोई ज्वर नहीं, कोई रोग नहीं। लेकिन वो अस्थिर होते जा रहे हैं। उन्हें एक सप्ताह से दौड़ने के लिए नहीं ले जाया गया है।'

'हमें आशा है कि लंकाई उन्हें जल्द ही कुछ करने का कारण देंगे,' राम ने कहा। फिर वो शत्रुघ्न की मुड़े। 'शत्रुघ्न...'

'जी, दादा?' शत्रुघ्न ने थाली से ऊपर देखते हुए पूछा।

'सुनो, भरत और मैं अभी बात कर रहे थे... और हमारा विचार है... तुम्हारे और लड़ाई के बारे में...'

'मुझे पता है,' शत्रुघ्न ने कहा। 'लक्ष्मण भी यही सोच रहे थे। जब हम घोड़ों का निरीक्षण कर रहे थे तब इन्होंने मुझसे बात की थी। मैं सहमत हूं। बात समझ में आती है। मैं निश्चित रूप से कोई योद्धा नहीं हूं।'

राम मुस्कुराए। उन्हें राहत मिली थी कि उन्हें वो बात नहीं करनी होगी जो उन्हें लगा था कि कठिन बातचीत होगी। 'मैं भूल गया था कि तुम कितने व्यावहारिक हो, शत्रुघ्न। तुम अहं को अपने रास्ते में नहीं आने देते हो।'

'अहं होना ही क्यों चाहिए, दादा? मैं अपनी शक्तियों को जानता हूं। मैं अपनी कमजोरियों को भी जानता हूं। ये बातें हर व्यक्ति को पता होनी चाहिएं। ईमानदारी के साथ और अपने बारे में बिना किसी भ्रम के। क्योंकि स्वयं को सर्वश्रेष्ठ बनाने का यही एकमात्र तरीका है।'

'सच कहा,' राम बोले। 'लेकिन अधिकतर लोगों को अपनी शक्ति का गुणगान करना आसान लगता है, लेकिन अपनी कमजोरियों को स्वीकार करना कठिन लगता है। आमतौर पर, वो अपनी केवल शक्ति देखते हैं और दूसरों में केवल उनकी कमजोरियां। *मैं संपूर्ण हूं,, बाकी सब अपूर्ण हैं!'*

'स्वतंत्रता यह समझने से आती है कि पूर्णता कहीं नहीं होती। इस ब्रह्मांड में कुछ भी कभी भी परिपूर्ण नहीं हो सकता। किसी भी चीज में सभी गुण नहीं हो सकते। सोने में सुगंध नहीं होती; गन्ने का कोई फल नहीं होता; और चंदन में फूल नहीं होते। लेकिन इससे उनकी सुंदरता कम नहीं होती, है ना?'

'बिल्कुल,' भरत ने कहा।

'और तुम्हारी बौद्धिक शक्तियां श्रेष्ठ हैं, शत्रुघ्न,' लक्ष्मण ने कहा। 'जब तक इस युद्ध की कहानी सुनाई जाएगी, तुम्हारे द्वारा समुद्र पर बनाए गए पुल को कोई नहीं भूलेगा। और यह कि हम सच में युद्ध के हाथियों को लंका ले गए थे!'

शत्रुघ्न मुस्कुराए और उन्होंने खाना जारी रखा।

'साथ ही,' भरत ने कहा, 'केवल भगवान ही जानते हैं कि युद्ध के बाद हम तीनों में से कौन बचा रहेगा। अगर हम सब मर गए तो शत्रुघ्न हमारे वंश को आगे बढ़ाएंगे।'

'दादा,' शत्रुघ्न ने कहा। 'लड़ाई से पहले ऐसी बातें मत कहिए। यह दुर्भाग्य को आमंत्रण देता है।'

'यह युद्ध है, शत्रुघ्न। लोग तो मरेंगे ही।'

'हां, पर—'

'जो भी है, इसे भूल जाएं,' लक्ष्मण ने थाली नीचे रखते हुए कहा। वो खाना खा चुके थे। और उनके भाई भी।

परिचारक भागे-भागे पानी का कलश और एक बड़ा सा पात्र लेकर आए। उन्होंने राजकुमारों के लिए पानी डाला, और उन्होंने पात्र में अपने हाथ धोए। राम, भरत और शत्रुघ्न ने उन्हें दिए गए छोटे-छोटे तौलियों को लेकर उनसे अपने हाथ पोंछे। लेकिन लक्ष्मण ने अपने हाथ धोती से पोंछ लिए।

'लक्ष्मणण्णण...' राम ने नापसंदीदगी के साथ कहा।

'दादा...' लक्ष्मण ने ठिठोली में कहा।

चारों भाई हंस पड़े। और फिर उठ खड़े हुए और पास आकर एक घेरा बना लिया। अलाव के पास। जैसा कि वो अपने-अपने शिविरों में जाने से पहले हमेशा करते थे। उन्होंने एक-दूसरे के कंधों पर अपनी बाहें कस लीं और एक दूसरे के साथ जुड़ गए।

भाइयों का मिलन।

साथ में।

एक साथ सुदृढ़।

उन्हें कोई चीज नहीं तोड़ सकती थी। न जीवन का विष। न मौत की मीठी रिहाई।

'आह... दूसरों को चार दिखते होंगे, लेकिन मुझे तो एक दिखाई देता है।'

भाइयों ने मुड़कर देखा तो कुछ ही दूरी पर नारद खड़े थे।

'हम एक *ही* हैं,' लक्ष्मण ने कहा।

नारद अंदर चले आए; उनके चेहरे पर एक शरारती मुस्कान मंडरा रही थी। 'यह दिलचस्प है कि कोई व्यक्ति जो सुनना चाहता है उसे कैसे सुनता है, चाहे बोले गए शब्द कुछ भी क्यों न हों।'

'क्या?!' राम ने असमंजस में पड़ते हुए पूछा।

'आप भाइयों ने मेरी बात का अर्थ यह निकाला कि चारों भाई एक साथ, एक हैं। कौन जाने, शायद मेरा मतलब यह रहा हो कि आपमें से तीन युद्ध में नहीं बचेंगे। केवल एक बचेगा। इसलिए मुझे केवल एक ही दिखाई देता है।'

'नारदजी,' शत्रुघ्न ने कहा, 'आपका परिहास उपयुक्त नहीं है।'

'उपयुक्त परिहास अक्सर आनंददायक नहीं होते।'

'आपका परिहास आनंददायक भी नहीं था,' शत्रुघ्न ने कहा।

नारद हंसने लगे। 'ऊह... यह अच्छी कही।'

'नारदजी,' राम ने विनम्रता से कहा, 'क्या आप किसी विशेष बात पर चर्चा करना चाहते थे? क्योंकि हम सब अपने-अपने शिविर में विश्राम करने जाने वाले थे।'

'मेरे पास एक समाचार है।'

'क्या समाचार है?' भरत ने पूछा।

'मुझे अभी गुप्तचरों से नवीनतम सूचना मिली है। लंकाई लामबंद हो रहे हैं। रावण अपने निजी मंदिर में अस्त्र पूजा भी कर रहा है। हमें उनके कल अपने दुर्ग से निकलने की आशा करनी चाहिए।'

चारों भाइयों ने एक-दूसरे को देखा और फिर वापस नारद की ओर देखा।

'समय आ चुका है।'

अध्याय 31

दुर्ग के उत्तरी छोर पर स्थित बाह्य सिंह द्वार को भोर होने के दो घंटे बाद खोल दिया गया था। विशाल लंकाई सेना को बाहर निकलते हुए एक घंटा हो चुका था—पैदल सेना, धनुर्धरों और घुड़सवार सेना सहित दो लाख से अधिक योद्धा। दो सौ योद्धाओं की एक छोटी टुकड़ी रथों पर थी। दो घोड़ों द्वारा संचालित, दो पहियों पर सरलता और सुगमता से चलाया जा सकने वाला, अपने अंदर दो लोगों और हथियारों के एक छोटे से ढेर को समा सकने वाला और एक सारथी वाला रथ युद्ध के मैदान को नियंत्रित करने के लिए एक योद्धा को जबरदस्त क्षमता प्रदान करता था। बशर्ते कि युद्ध का मैदान रथों के लिए उपयुक्त हो। सिगिरिया के ठीक बाहर का चिकना और समतल मैदान बहुत उपयुक्त था।

'हमें बाहर निकलने में शायद एक घंटा और लगेगा,' कुंभकर्ण ने कहा। 'और फिर इकट्ठा होने में एक घंटा और। हम दूसरे प्रहर के तीसरे घंटे के अंत तक युद्ध के लिए तैयार हो जाएंगे।'

रावण और कुंभकर्ण बाह्य सिंह द्वार के किनारे पर उठे हुए चबूतरे पर दो अलग-अलग रथों पर सवार थे। बाहर निकलते हुए सैनिकों को स्पष्ट रूप से देखा जा सकता था। उनके साथ अभी कोई सारथी नहीं था और वो स्वयं घोड़ों की लगामें पकड़े हुए थे। ऐसा इसलिए था ताकि वो खुलकर बात कर सकें। प्रत्येक टुकड़ी वहां से गुजरते समय लंका के

राजघराने के सदस्यों को प्रणाम कर रही थी। दोनों भाई प्रणाम का उत्तर दे रहे थे।

'बढ़िया,' रावण ने एक गहरी सांस लेते हुए कहा।

'आप उत्साहित लग रहे हैं, दादा।'

रावण कुंभकर्ण की ओर मुड़ा और मुस्कुराया। 'हां। यह एक गौरवशाली दिन होगा।'

कुंभकर्ण हंसने लगा। 'किसी को मरने के लिए इतना उतावला देखकर देवता स्तब्ध होंगे।'

'हम सबको मरना तो है ही, कुंभ। जीवन को जो चीज जीने योग्य बनाती है वो यह जानना है कि मरने योग्य क्या है। और फिर उसके लिए मरना। मेरी बात याद रखना। यह युद्ध हमेशा याद रखा जाएगा। तुम और मैं हमेशा याद किए जाएंगे।'

एक और टुकड़ी पूरे सैन्य अनुशासन के साथ सामने से गुजरी। सभी सैनिकों ने अपना सिर दाईं ओर अपने राजा की ओर घुमाया। और लंका का युद्धघोष किया, 'भारत भर्तृ लंका!'

लंका, भारत का स्वामी!

रावण और कुंभकर्ण ने अपने दाएं हाथ ऊपर उठाए और युद्धघोष दोहराया। 'भारत भर्तृ लंका!'

यह एक घंटे से चल रहा था। लेकिन रावण और कुंभकर्ण का उत्साह एक बार भी डगमगाया नहीं था। रावण के पीछे तैनात घुड़सवार सैनिक—जो इतनी दूर थे कि उन्हें कुछ सुनाई न दे—अपने नेताओं की प्रतिबद्धता को ध्यान से देख रहे थे। इससे उन्हें प्रेरणा मिल रही थी। सैनिकों को अपने नेताओं को युद्ध के लिए उतावला होते देखना चाहिए। यदि आपके पास सैन्य जीवन का अनुभव नहीं है, तो आपको लगता होगा कि सैनिक अपने देश, या धर्म जैसे अमूर्त विचारों के लिए मरते हैं, या केवल इसलिए कि यह उनका काम है। बेशक, इसमें कुछ हद तक सच्चाई होती है। लेकिन यह पूरा सच नहीं है। एक सैनिक के मरने का प्राथमिक कारण अपने नेता में उसका विश्वास होता है। वो नेता जो यह जानता है, सुनिश्चित करता है कि वो उचित व्यवहार करे।

रावण कुंभकर्ण की ओर मुड़ा। 'तो, आज तुम राम से किन आश्चर्यों की आशा कर रहे हो?'

'मुझे नहीं पता,' कुंभकर्ण ने कहा। 'हमारे गुप्तचरों ने कुछ भी असामान्य नहीं बताया है। उनकी सेना में भी वही खंड हैं जो हमारी सेना में हैं, लेकिन उनके पास पैदल सेना लगभग चालीस हजार कम है। और उनके पास रथ भी बहुत कम हैं। कम से कम कागज पर तो हम मजबूत हैं। मुझे लगता है कि हम रणनीति में कुछ अप्रत्याशित रूप से नई चीज़ें देखेंगे।' रावण ने सिर हिलाया।

घोड़ों पर सवार इंद्रजीत और मारीच दोनों भाइयों के पास पहुंचे।

'पिताजी,' इंद्रजीत ने कहा।

रावण के चेहरे पर एक खिली हुई मुस्कान आ गई और उनकी छाती गर्व से फूल गई। उसने लंकाई सेना के रक्षक अपने पुत्र की ओर देखा जिसने पश्चिम से होने वाले शत्रु के औचक आक्रमण को पहले ही टाल दिया था।

'मेरे बेटे...'

'अयोध्याई बाहर खुले मैदान में अपना विन्यास कर रहे हैं। हमारी दीवारों के समानांतर। इसलिए जब हम उनके सामने गठन में आएंगे, तो सिगिरिया की दीवारें हमारे पीछे होंगी।'

रावण की त्योरियां चढ़ गईं। 'हमारी पंक्तियां मजबूत रहेंगी। हम टूट नहीं सकते।'

'बिल्कुल सही,' इंद्रजीत ने कहा। 'हमने आशा की थी कि हम दिन में जल्दी निकलेंगे और अपने विन्यास बना लेंगे ताकि अयोध्याइयों के हमारी दीवारों के लंबवत बनने के जोखिम का तोड़ किया जा सके। वरना, उनका सामना करने पर हमारा एक पक्ष फंस जाता। लेकिन वो अनुमान से पहले ही अपने विन्यास में लग गए। और उन्होंने ठीक वही किया है जो हम चाहते थे कि वो करें।'

मारीच ने इसका अर्थ स्पष्ट किया। 'हमारे दोनों पक्ष खुले रहेंगे। और, हमारी सेना कहीं अधिक बड़ी है। हम आगे बढ़कर घूमते हुए उन्हें घेर सकते हैं। राम सोच क्या रहे हैं? वो वही सब क्यों कर रहे हैं जिसमें हम शक्तिशाली हैं?'

'तुम्हारे विचार से वो क्या योजना बना रहे हैं?' रावण ने पूछा।

'मैं नहीं जानता,' कुंभकर्ण ने कहा। 'लेकिन मुझे अनुमान है कि उनके पास अवश्य ही कोई चाल होगी। उन्होंने बार-बार अपनी सामरिक आविष्कारशीलता का प्रदर्शन किया है।' कुंभकर्ण मारीच की ओर मुड़ा। 'मामाजी, आप दाएं पक्ष की कमान संभालना। और मैं बाएं पक्ष की कमान संभालूंगा।'

प्रारंभिक युद्ध योजना के अनुसार श्रीलंकाई राजघराने के सदस्य केंद्र में थे। युद्ध के बीचोबीच। और युद्ध के प्रयासों को कुशलतापूर्वक निर्देशित करने वाले थे।

'आप पक्का यही चाहते हैं, चाचाजी?' इंद्रजीत ने पूछा। 'मैं बाएं पक्ष को संभाल सकता हूं। आप पिताजी के साथ रह सकते हैं।'

'नहीं,' कुंभकर्ण ने कहा। 'यह मुझे करने दो।'

अगली टुकड़ी लंका के राजघराने के सदस्यों के पास से गुजरी और जोर से लंका का युद्धघोष किया। 'भारत भार्तृ लंका!'

रावण, कुंभकर्ण, मारीच और इंद्रजीत ने अपने दाएं हाथ ऊपर उठाए और दोहराया, 'भारत भार्तृ लंका!'

रावण की युद्ध संरचना पारंपरिक चतुरंग व्यवस्था में थी और खंडों को अलग-अलग व्यवस्थित किया गया था। पैदल सेना केंद्र में, कसी हुई और अनुशासित पंक्तियों में थी। तीरंदाज पूरी अग्रिम पंक्ति के साथ-साथ पंक्तियों में थे। वो शुरुआती बौछार मारेंगे और फिर अलग हो जाएंगे ताकि पैदल सेना प्रभार संभाल ले। घुड़सवार सेना किनारों पर थी, और भयंकर रथ वाहिनी द्वारा समर्थित थी। यह न केवल कम पैदल सैनिकों वाली, बल्कि एक छोटी घुड़सवार सेना और रथ वाहिनी वाले प्रतिद्वंद्वी के विरुद्ध संख्यात्मक रूप से बेहतर सेना के लिए एक तार्किक संरचना थी।

उनका इरादा केंद्र को स्थिर रखते हुए ख़तरनाक पक्षों का निर्माण करना था, जिसके साथ रावण की सेना राम की सेना को घेर सकती थी और उसे दोनों ओर से नष्ट कर सकती थी।

चतुर और समझदार।

स्पष्टतः।

दूसरी ओर, राम की सेना का गठन कुछ ऐसा था जिसे किसी प्रकार से तार्किक कहा ही नहीं जा सकता था।

एक पारंपरिक सैन्य प्रमुख राम को सलाह देता कि वो अपने दोनों बाजुओं को अपनी घुड़सवार सेना और रथों के द्वारा मजबूत करें। और एक ठोस पैदल सेना विन्यास के साथ केंद्र को मजबूत रखें। जब उनके बाजू लंका की बड़ी संख्या को रोकने का प्रयास करते, तो उनकी ठोस केंद्रीय पैदल सेना लंका के मध्य भाग को तोड़ने की कोशिश कर सकती थी।

लंकाई सेना की बड़ी संख्या, और विशेष रूप से उनकी घुड़सवार सेना और रथ वाहिनी की बढ़त के विरुद्ध यही एकमात्र उम्मीद हो सकती थी।

पक्षों को रोके रखें, और कड़े संघर्ष द्वारा केंद्र को तोड़ें।

तार्किक।

स्पष्टतः।

राम के गठन से इस रणनीति का कोई संकेत नहीं मिलता था।

यह एक अजीब सी संरचना थी, और रावण इसके पीछे के तर्क को समझ नहीं पा रहा था।

क्योंकि अयोध्याई सेना को खंडों के अनुसार व्यवस्थित नहीं किया गया था। इसके बजाय, गठन एक अभूतपूर्व संयुक्त कमान के रूप में था। राम की एक लाख साठ हजार की सेना को अस्सी टुकड़ियों में विभाजित किया गया था। प्रत्येक टुकड़ी में पैदल सेना के डेढ़ हजार सैनिक शामिल थे, जिन्हें एक व्यूह में कसकर व्यवस्थित किया गया था; उनके जत्थों के भीतर धनुर्धर थे, और सामने की ओर और पक्षों पर घुड़सवार थे। आगे के कुछ व्यूहों के सामने रथ थे। यह स्पष्ट था कि इनमें से प्रत्येक टुकड़ी के नायक के पास स्वतंत्र रूप से हमला करने और बचाव करने की आजादी थी। उन्हें यही प्रशिक्षण दिया गया था। वास्तव में, राम ने अपनी सेना को अस्सी विकेंद्रीकृत छोटी-छोटी सेनाओं में बांट दिया था, जिनके भीतर स्वतंत्र रूप से आक्रमण करने या बचाव करने के लिए अपने आपमें पूर्ण खंड थे।

नियत संरचनाओं की लड़ाइयों के युग में इस विकेंद्रीकृत गठन को, विनम्रतापूर्वक कहा जाए तो बहादुरी कहा जा सकता था, और ईमानदारी से कहा जाए तो मूर्खता कहा जा सकता था।

अयोध्या की छोटी घुड़सवार टुकड़ियों को दूर बाएं और दाएं किनारों पर रखा गया था। लेकिन वो स्पष्ट रूप से पक्षों पर तैनात विशाल लंकाई खंडों के खिलाफ बचाव के लिए पर्याप्त नहीं थे।

त्वरित गणित से यह भी पता चल जाता कि राम के तीस हजार से अधिक सैनिक युद्ध के मैदान पर तैनात ही नहीं किए गए थे। शायद उन्हें आरक्षित रखा जा रहा था। पीछे। वनों के भीतर।

इतने सारे सैनिकों को आरक्षित रखकर राम ने युद्ध में अपनी संख्या की कमी को और भी बिगाड़ लिया था।

विचित्र।

'वो कर क्या रहे हैं?' इंद्रजीत ने पूछा। 'ऐसा लगता है जैसे वो अपने पक्षों पर हमले का निमंत्रण दे रहे हों।'

रावण कुछ नहीं बोला। वो जान चुका था कि राम की सामरिक प्रतिभा को कम नहीं आंका जा सकता।

'मुझे लगता है कि वो इस विकेंद्रीकृत सेना के साथ एक लचीली आक्रमण रणनीति का उपयोग करने की योजना बना रहे हैं। ताकि केंद्र में हमारी कुछ पंक्तियों को तोड़ सकें,' इंद्रजीत ने अपनी बात जारी रखी। 'और फिर अपने शेष सैनिकों के साथ दरारों में घुस जाएं। लेकिन ऐसा होने से बहुत पहले ही हम उनके व्यूहों को नष्ट कर डालेंगे। उन्होंने गलती की है। हम उन्हें कुचल डालेंगे।'

रावण ने कहा, 'तुम समुद्र को नहीं कुचल सकते। 'मुझे कोई अन्तरभावना बता रही है कि उनके पक्षों पर हमला करना गलती होगी।'

रावण की अन्तरभावना सही थी। राम का इरादा दुश्मन को अपने पक्षों पर हमला करने के लिए लुभाने का था। क्योंकि तब वो अपने गुप्त हथियारों द्वारा आक्रमण करेंगे। उनके व्यूहों के पीछे वन के अंधेरे में छिपे हथियार। राम के युद्ध हाथी।

'लेकिन हम केंद्र पर भी हमला नहीं कर सकते, पिताजी,' इंद्रजीत ने कहा। 'उनकी लचीली पंक्तियां हमें चोट पहुंचाएंगी। उनमें से कुछ

टुकड़ियां आक्रमण करेंगी, अन्य पीछे ही रहेंगी। और जब वो आगे बढ़कर हमला करेंगे तो उससे हमारी पंक्तियां टूट जाएंगी और हमारी संरचनाएं बिगड़ जाएंगी। वो हमारी दरारों में घुसकर नरसंहार कर डालेंगे। हमारे लिए बेहतर यही होगा कि हम अपनी पैदल सेना को स्थिर रखें और उनके आक्रमण को रोकें।'

रावण ने एक गहरी सांस ली। एक अच्छा सेनापति हमेशा ठीक वही करने से सावधान रहता है जो दुश्मन चाहता था।

इंद्रजीत ने आगे कहा, 'हमें पक्ष से आक्रमण करना चाहिए। हमारे लिए यही एकमात्र तरीक़ा है।'

'नहीं। मारीच और कुंभकर्ण को रुकने का संदेश भेजो। वो पहली चाल न चलें।'

'पिताजी हमारे पास बढ़त है। हमें पहली चाल *ही* चलना चाहिए।'

रावण इंद्रजीत की ओर मुड़ा। 'एकमात्र चीज़ जो तुम सबको करनी *ही* चाहिए वो है मेरे आदेशों का पालन। पक्षों को संदेश भेजो। हम हमला नहीं करेंगे। राम को पहली चाल चलने दो।'

'जैसा आपका आदेश, पिताजी।' इंद्रजीत ने अपने ध्वजवाहक को करीब आने के लिए इशारा किया। उसने आदेश आगे भिजवा दिया।

रावण अचानक दूर अयोध्या के खेमे से एक तेज शोर से विचलित हो गया।

युद्ध कवच पहने और अपने घोड़े पर सवार राम अभी-अभी अपने सैनिकों के निकट पहुंचे थे। भरत, अरिष्टनेमी और लक्ष्मण उनके पीछे थे। हनुमान और अंगद दो हाथी वाहिनियों की कमान संभाले वन में छिपे हुए थे।

राम ने अपने दाएं हाथ को मुट्ठी के रूप में बंद करते हुए ऊपर उठाया। सैनिकों की ज़ोरदार जय-जयकार को स्वीकार करते हुए। पिछले कुछ महीनों में, राम ने चार अलग-अलग सेनाओं – अयोध्याई, वानर, मलयपुत्र और वायुपुत्र—को सफलतापूर्वक एक संयुक्त, अनुशासित और सुगठित युद्ध इकाई में बदल दिया था।

'राम!'

'राम!'

'राम!'

जय-जयकार जोरदार और निरंतर थी।

'राम!'

'राम!'

'राम!'

'मेरे मित्रो!' राम ने गर्जना की; उनकी आवाज हर दिशा में गूंज रही थी। उनका हाथ अभी भी उठा हुआ था, उन्होंने अपना दाहिना हाथ मौन के संकेत के रूप में खोला। 'सुनिए, मेरे मित्रो!'

उनकी सेना पर एकदम से सन्नाटा पसर गया। उनके अनुयायियों पर। 'मैं आपके साथ चला हूं। मैं आपके साथ रहा हूं। मैंने आपके साथ बात की है।' अब राम की आवाज ऊंची हो गई थी। 'और मैंने आपकी बात सुनी है।'

भरत ने सैनिकों की ओर देखा। सबकी प्रशंसा भरी निगाहें उनके बड़े भाई पर टिकी थीं।

'आपमें से कई लोगों ने इस लड़ाई को लड़ने के कारणों पर बात की है!' राम की आवाज तेज और गूंजती हुई थी। 'लगभग आप सभी को लगता है कि हम मेरी पत्नी सीता के लिए लड़ रहे हैं!'

अरिष्टनेमी ने राम को देखा। और थोड़ा सा मुस्कुराए। क्योंकि उन्हें अनुमान हो गया था कि राम आगे क्या बोलने वाले थे।

'आप सब गलत हैं!' राम गरजे। 'सीता किसी सीमा से परे महान हैं! वो विष्णु हैं! मैं उनके लिए गर्व से लड़ूंगा! मैं उनके लिए स्वेच्छा से जान दे दूंगा!' और फिर उनकी आवाज मंद पड़ गई। 'लेकिन मैं आपसे उस बलिदान की मांग नहीं कर सकता...'

सैनिकों ने एक दूसरे को देखा। असमंजस में।

राम ने अपने बाएं हाथ से काठी की मूठ को पकड़ा, और अपने घोड़े से झुके। नीचे तक। जमीन तक। उन्होंने हाथ में थोड़ी सी मिट्टी उठाई। और फिर वापस अपने घोड़े पर तनकर बैठ गए। उन्होंने पवित्र मिट्टी को ऊपर उठाया। 'हम उसके लिए लड़ेंगे जो मेरी पत्नी से कहीं अधिक महान है! हम उसके लिए लड़ेंगे जो हमारी जानकारी में महानतम स्त्री है! हम उसके लिए लड़ेंगे जिसने जन्म से ही हमें पाला है! हम उसके

लिए लड़ेंगे जो तब भी हमारी राख को अपने सीने में संजोए रखेगी जब हम अगले जीवन में चले जाएंगे! हम सबसे शक्तिशाली देवी के लिए लड़ेंगे। हम इस भूमि के लिए, अपनी मां के लिए लड़ेंगे!'

सैनिक जोर-जोर से चिल्लाने लगे। क्योंकि एक बात उन सभी को एकजुट करती थी। प्रेम। उग्र प्रेम। उसके लिए जो उन सभी की मां थी।

भारत माता।

'रावण और उनकी सेना ने यह कहने की हिम्मत की कि वो भारत के स्वामी हैं! क्या कोई बालक अपनी मां का स्वामी हो सकता है?!'

लंका के युद्ध-नाद को याद करते हुए सैनिक रोष से भर उठे।

'कभी हमारी भूमि समृद्ध हुआ करती थी! कभी हमारी भूमि शांतिपूर्ण हुआ करती थी! लेकिन करछप के युद्ध के बाद से, रावण ने हमारी भूमि को नष्ट कर दिया है!'

अपनी उस मुट्ठी से लंकावासियों की ओर इशारा करते हुए जिसमें उन्होंने भारत की पावन मिट्टी को थामा हुआ था, राम गरजे, 'भारत माता की उन संतानों ने उसका अपमान किया है! उसका विनाश किया है! उसे लूटा है! हम उन्हें हराएंगे! हम अपनी अनमोल माता की महिमा को पुनः स्थापित करेंगे! क्योंकि वो जो सबसे मूल्यवान है वो तभी जीवित रह सकता है जब उसकी रक्षा के लिए मरने को लोग तैयार हों! हमारा बलिदान इस धरती के लिए, हमारी मां के लिए एक नई शुरुआत होगी!'

अपने घोड़े को एड़ लगाकर, अपनी मुट्ठी ऊंची रखते हुए, राम पंक्ति के एक ओर से दूसरी ओर तक गए।

'हम लड़ेंगे... इस धरती के लिए, अपनी मां के लिए!'

राम के सैनिक जोर-जोर से चिल्लाने लगे। उनमें देशभक्ति की लहर दौड़ रही थी।

'हम मुक्त करेंगे... इस धरती को, अपनी मां को!'

अयोध्याइयों, वायुपुत्रों, मलयपुत्रों और वानरों की भयंकर पुकारें दूर तक गुंजन करती गईं, सिगिरिया की दीवारों से परे, शहर के अंतःकरण तक।

'हम अपने रक्त से सम्मान करेंगे... इस भूमि का, अपनी मां का!'

राम ने मातृभूमि की पवित्र मिट्टी को अपनी बाईं हथेली पर रखा, उसमें से कुछ को अपने दूसरे हाथ की तीन उंगलियों की चुटकी से उठाया और अपने माथे पर लगा लिया। बाएं से दाएं। तीन रेखाओं में।

यह उन लोगों की पहचान थी जो महादेव के, भगवान रुद्र के भक्त थे; एक गहन प्रतीकात्मक कार्य। मातृभूमि की पवित्र मिट्टी से बनी महादेव की निशानी।

उन्होंने अपना हाथ ऊंचा उठाया और दहाड़े। 'जय मां भारती!'

'जय मां भारती!' उनके सैनिकों ने दोहराया।

'जय मां भारती!' अरिष्टनेमी, भरत और लक्ष्मण गरजे।

'जय मां भारती!'

घोड़े पर सवार राम, और उनके पीछे-पीछे उनके सहायक, पंक्ति के आगे इधर से उधर चलते रहे।

उन्होंने युद्ध नाद दोहराया।

'जय मां भारती!'

'जय मां भारती!'

अभी जब सैनिक युद्ध-घोष कर ही रथे थे कि भरत अपने घोड़े को राम के पास ले गए। उनका चेहरा प्रशंसा से तमतमा रहा था। 'बहुत बढ़िया, दादा, बहुत ही बढ़िया। यह... प्रेरणादायक था।'

राम ने अपने छोटे भाई की ओर देखा। और एक मुस्कान के साथ फुसफुसाए, 'जननी जन्मभूमिश्च स्वर्गादपि गरीयसी।'

मां और मातृभूमि स्वर्ग से भी श्रेष्ठ हैं।

भरत मुस्कुराए। अधिनायक सैनिकों को स्फूर्ति से भरने और प्रेरित करने के लिए भाषण देते हैं। लेकिन कुछ ही अधिनायक सही अर्थों में अपने कहे शब्दों के प्रति सच्चे होते हैं। राम उन्हीं कुछ में से थे। लोगों के एक अनूठे अधिनायक।

'अब?' अरिष्टनेमी ने पूछा।

'अब हम लंकावासियों के चाल चलने की प्रतीक्षा करेंगे।'

'मोर्चों पर वापस जाएं, दादा?' लक्ष्मण ने पूछा।

'हां,' राम ने कहा। 'मोर्चों पर वापस।'

अरिष्टनेमी ने राम को प्रणाम किया और अपने घोड़े को सेना के बाएं पक्ष की ओर ले गए। भरत ने अपने घोड़े को एड़ लगाई और सरपट दौड़ते हुए दाएं पक्ष की ओर चले गए, जबकि राम और लक्ष्मण केंद्र की ओर बढ़ गए।

और प्रतीक्षा करने लगे।

लंकाइयों की ओर से पहली चाल चले जाने की।

यह एक लंबी प्रतीक्षा होने वाली थी।

अध्याय 32

'क्या मुसीबत है!' अपने घोड़े की लगाम खींचते और अपने बड़े भाई की ओर जाते हुए क्रुद्ध लक्ष्मण गुर्राए।

राम के उत्साहपूर्ण भाषण को तीस मिनट हो चुके थे। रावण भी अपने सैनिकों को संबोधित कर चुका था। अयोध्या राजघराने के सदस्य जिस स्थान पर थे वहां से वो लंका के राजा के शब्द नहीं सुन सके थे, लेकिन उन्होंने लंकाई सैनिकों की जोरदार गर्जना और जयकारों में इसके प्रभाव को सुन लिया था। और उसके बाद... कुछ भी नहीं।

लंकाई बस रुके हुए थे। अयोध्याइयों की पहली चाल की प्रतीक्षा में।

लंकाई तीरंदाजों की पंक्ति ने कुछेक बौछारें की थीं, लेकिन वो पहुंच से बहुत दूर थीं। तीर दोनों सेनाओं के बीच खुले मैदान में बिना कोई हानि पहुंचाए गिर गए थे।

'हमला करो, मूर्ख कायरो!' लक्ष्मण गड़गड़ाए।

'लक्ष्मण...' राम फुसफुसाए, शब्दों के बजाय अपने स्वर को शांत रखने का सुझाव देते हुए।

लक्ष्मण ने एक लंबी सांस खींची और राम की ओर मुड़े। बिना कुछ कहे।

'वो सावधानी बरत रहे हैं,' राम ने कहा। 'उन्हें लगता है कि हमारे पास कोई चाल है। जो ठीक उस क्षण चली जाएगी जब हमारे पक्षों पर आक्रमण होगा।'

'तो क्या हमें केंद्र से हमला करना चाहिए?'

राम सोचने के लिए रुके। 'कभी-कभी एक छोटी सी चुभन एक जोरदार घाव से बेहतर काम करती है।'

लक्ष्मण ने अपने भाई के मन की बात को समझकर सिर हिलाया। कुछ-कुछ।

'चार टुकड़ियां भेजो...'

'केवल चार टुकड़ियां? हमारे पास अस्सी टुकड़ियां हैं!' लक्ष्मण ने अविश्वास के साथ कहा।

राम ने कहा, 'लक्ष्मण, इरादा एक चुभन देने का है। शायद दो अरिष्टनेमीजी की ओर से। और दो भरत की कमान से।' राम ने आसमान की ओर देखा। और फिर लंकाई पंक्तियों के पीछे दुर्ग की दीवारों पर पताका स्तंभों पर ऊंचे बंधे ध्वजों की ओर। 'हवाएं तेज हैं। तीर अपने निशाने पर नहीं रहेंगे। हमारे लिए अच्छा है...'

लक्ष्मण ने सिर हिलाया। वो अपने ध्वजवाहक के पास गए, और आदेश प्रसारित कर दिए।

अयोध्याई संरचना के दोनों छोरों से दो-दो टुकड़ियां एक साथ कूच कर गईं। प्रत्येक टुकड़ी में डेढ़ हजार सैनिक थे। बीच में तीरंदाज। रथ सबसे आगे। और पक्षों की रक्षा करते हुए घुड़सवार।

यह एक व्यवस्थित सेना की धीमी प्रगति थी, न कि उद्दंड भीड़ की बर्बर चढ़ाई। राम ने उन्हें अच्छा प्रशिक्षण दिया था। अनुशासित ढंग से आगे बढ़ना बेढंगेपन से आगे बढ़ने और ऊर्जा बर्बाद करने से बेहतर था। साथ ही, खतरनाक गति से दौड़ते हुए विन्यास को बनाए रखना लगभग असंभव था। इस सेना की लड़ाई विन्यास को बनाए रखने और पंक्तियों में बने रहने को लेकर थी। अयोध्याई टुकड़ी शीघ्र ही दोनों सेनाओं के बीच मध्य बिंदु पर पहुंच गई। तीरों की पहुंच के भीतर। वहां पहुंचने पर उन्हें रुकने का आदेश दिया गया। पैदल सेना के सैनिकों द्वारा खाली जगह

उपलब्ध कराई गई, और तीरंदाजों ने अपने धनुषों पर तीर चढ़ा लिए। ऐसा ही रथों पर सवार योद्धाओं ने भी किया।

'चलाओ,' टुकड़ियों के नायकों ने आदेश दिया। तीर चलाए गए। वो एक ऊंची, अनियमित चाप में उड़े क्योंकि तेज हवाओं ने उन्हें पूर्व की ओर घुमा दिया था। लेकिन लंकाई पंक्तियों में सैनिकों की संख्या अत्यधिक थी। लगभग हर तीर किसी न किसी लंकाई पर गिरा। कई सैनिकों ने तीरों को अपनी ढालों से ही रोक दिया। लेकिन कुछ फिर भी शरीरों में घुस गए। एक और बौछार दागी गई। वही परिणाम। और फिर एक बौछार और।

नुकसान बहुत अधिक नहीं था। दो लाख से ज़्यादा लंकाई सैनिकों में से सौ से कुछ अधिक ही चोटिल हुए थे। एक छोटी सी चुभन। लेकिन लंका के सेनानायकों को अपने सैनिकों को जवाब देने से रोकने में मुश्किल हो रही थी, क्योंकि उनके उग्र सैनिक मैदान के बीच उन कुछ अयोध्याइयों पर आक्रमण करने और उन्हें मिटा डालने को बेताब हो रहे थे। अयोध्याइयों के जवाब में श्रीलंकाई तीरंदाजों ने भी बौछारें तो मारीं, लेकिन इस पक्ष पर शत्रु की केवल दो टुकड़ियां थीं। बहुत ही छोटा लक्ष्य। और तेज हवाएं तीरों को चारों ओर बिखेर रही थीं। अधिकांश लंकाई तीर खुले मैदान में गिर रहे थे, जिससे बहुत कम नुकसान हो रहा था। और कुछ तीर जो अयोध्या की टुकड़ियों पर गिरे भी, उन्हें ढालों द्वारा आसानी से रोक दिया गया।

बिगुल बजाया गया।

अरिष्टनेमी और भरत दोनों के पक्षों की अयोध्याई टुकड़ियां पीछे हटने लगीं। धीरे-धीरे। जान-बूझकर।

और चार अन्य अयोध्याई टुकड़ियां आगे बढ़ीं। वही युक्ति। वही परिणाम। एक भी अयोध्याई हताहत नहीं। कुछ लंकाई हताहत।

एक और चुभन।

इन बार-बार की चुभनों का लंकाई सैनिकों पर प्रभाव तेजी से दिखाई देने लगा था। वो भड़कने लगे थे। नाराज थे। वो आक्रमण करना चाहते थे। उनके लंकाई नायकों को उन्हें रोकने के लिए संघर्ष करना पड़ रहा था।

फिर से बिगुल बजाया गया। और अयोध्या की टुकड़ी सुरक्षित वापस लौट गईं।

और अंत में, अयोध्या के बाएं पक्ष के सेनानायक अरिष्टनेमी दो नई टुकड़ियों को बीच मैदान में लाते हुए स्वयं बाहर निकले। समय सही था। दोनों टुकड़ियों में लगभग सारे ही सैनिक वायुपुत्र थे, और उनका नेतृत्व मलयपुत्र अरिष्टनेमी कर रहे थे। राम के संगठनात्मक सिद्धांत का प्रतीक: विभिन्न पृष्ठभूमियों के सैनिकों को मिलाकर एक संयुक्त सेना बनाना। और यह काव्यात्मक था कि अरिष्टनेमी इस अंतिम चुभन का नेतृत्व करें, क्योंकि संयुक्त कमान के साथ कई टुकड़ियों का विचार उन्हीं का था।

अरिष्टनेमी ने अपने घुड़सवार योद्धाओं और रथों को अपनी पैदल सैनिक टुकड़ी के साथ, लंकाई सेना के दाएं घुड़सवार और रथ पक्षों के करीब तैनात किया। इस लंकाई पक्ष का संचालन मारीच कर रहा था। और यहीं राम की रणनीति अंत में फलीभूत होनी थी।

कुछ लंकाई घुड़सवार अंततः अपना धैर्य खो बैठे और तेज़ी से आगे बढ़े। वो जानते थे कि वो छोटी सी अयोध्याई टुकड़ी को युद्ध के मैदान के बीच में आसानी से नष्ट कर सकते थे। लंकाई घुड़सवार योद्धाओं को देखकर अयोध्या की पैदल सेना मुड़ी और वापस भागी। आक्रमण गति पर। उन्होंने दौड़ते हुए अपना विन्यास बनाए रखा। अयोध्याई घुड़सवार और रथ भी पीछे हट गए। लेकिन अरिष्टनेमी ने सुनिश्चित किया कि वो दौड़ते हुए सैनिकों के पीछे ही रहें। उनकी पैदल सेना के लिए एक पश्च पहरेदार के रूप में। पीछे की ओर तीर चलाते हुए।

मारीच वाले छोर से कुछ और लंकाई घुड़सवारों ने भी पंक्तियां तोड़ीं और दौड़ लगा दी। पीछे हट रहे 'कायर' अयोध्याइयों के जाल में फंसकर।

'वो कर क्या रहे हैं?!' यह देखकर कि दाएं छोर पर क्या हो रहा था, लंकाई सेना के केंद्र में रावण चिल्लाया। 'वो पक्षों को कमज़ोर कर रहे हैं! उन्हें वहीं रुकने का आदेश दो! तुरंत एक सवार को मारीच के पास भेजो!'

लेकिन दाएं पक्ष के घुड़सवार लंकाई हमले के लिए आगे बढ़ चुके थे। कुछ और लंकाई घुड़सवार तेजी से आगे बढ़े। और, सबसे गंभीर रूप से, सारे लंकाई रथवाहक आगे की ओर दौड़ पड़े। पीछे हटने वाली अयोध्या रेजिमेंट की ओर बढ़ते हुए।

राम मुस्कुराए। 'बिल्कुल सही।' वो लक्ष्मण की ओर मुड़े। 'हाथियों के आक्रमण का आदेश दो। दोनों पक्षों से। पूरा हमला।'

'और बीस आरक्षित पैदल टुकड़ियों का क्या?'

'पंद्रह लगा दो। पांच आरक्षित रखो, पीछे वन में।'

'ठीक है। मैं उन्हें अंगद की गज-वाहिनी के पीछे चलने और हमारे बाएं पक्ष से लंका के दाएं पक्ष पर हमला करने का का आदेश दूंगा। यहीं से हम सबसे अधिक प्रभाव डाल सकेंगे।'

राम ने सिर हिलाया। *हां।*

लक्ष्मण ने तुरंत आदेश प्रसारित किए, जो संकेतों और बिगुलों के माध्यम से तेज़ी से अंत तक पहुंच गए।

अभी इधर यह सब चल ही रहा था कि उधर मारीच के छोर से और भी लंकाई घुड़सवार तेजी से आगे बढ़ने लगे। रक्त की प्यास अनुशासन पर हावी हो गई थी।

दूसरे छोर पर, कुंभकर्ण अपनी घुड़सवार सेना का गठन बनाए रखने में कामयाब रहा था। स्थिर।

और फिर हुई गड़गड़ाहट।

जैसे आने वाली प्रलय का भयानक कोलाहल।

भड़ाम।

भड़ाम।

भड़ाम।

भड़ाम।

मारीच ने चारों ओर देखा। उधर कुंभकर्ण ने भी।

आक्रमण करती लंकाई अश्वसेना धीमी पड़ गई। उलझन में।

भड़ाम।

भड़ाम।

भड़ाम।

भड़ाम।

मौत के गंभीर कदमों की आहट।

जैसे स्वयं पृथ्वी भय से कांप रही हो।

जैसे क्रुद्ध देवताओं की भयंकर गर्जना हो।

आवाज को सबसे पहले रावण ने पहचाना। लेकिन उसे विश्वास नहीं हुआ। *असंभव।*

और फिर अचानक, असंभव ने स्वयं को प्रकट कर दिया।

लंकाइयों को जैसे लकवा मार गया हो।

अयोध्याई पक्षों के किनारों से युद्ध के हाथी वन से बाहर निकल रहे थे। बाईं ओर से डेढ़ सौ हाथियों की वाहिनी। और दाईं ओर से डेढ़ सौ की दूसरी वाहिनी। तेजी से आगे बढ़ते हुए। अपने महावतों के कुशल मार्गदर्शन में अनुशासित पंक्तियों में। जोर-जोर से चिंघाड़ते और अपनी सूंड आक्रामक रूप से सामने की ओर हिलाते।

विनाश के दूतों की तरह।

घोषणा करते। खुलेआम। कि वो मारने आ रहे थे। और इस बारे में कोई कुछ नहीं कर सकता था।

स्तब्ध मारीच डर के मारे घूरने लगा। 'भगवान रुद्र दया करन...' लेकिन अनुभवी योद्धा ने शीघ्र ही स्वयं को संभाल लिया। या कम से कम, संभालने की कोशिश की। 'पंक्तिबद्ध हो जाओ! पंक्तिबद्ध हो जाओ!'

कुछ लंकाई घुड़सवार जो रुके रहे थे, उन्होंने तेजी से गठन में आने और खाली स्थान को भरने का प्रयास किया। जो लापरवाही से आक्रमण करने के लिए आगे बढ़ गए थे, उनमें से कई ने पीछे की ओर दौड़ना शुरू कर दिया था। अपने खतरे में पड़ गए पक्षों को मजबूत करने के लिए।

लेकिन तब तक बहुत देर हो चुकी थी।

'मुड़ो!' अंगद प्रमुख हाथी के ऊपर से गरजा, और उसके ध्वजवाहक ने आदेशों को स्पष्ट रूप से व्यक्त करने के लिए झंडा उठाया।

अयोध्याई हाथी पहले ही लंकाई पक्ष के बाहरी किनारे पर आक्रमण कर चुके थे। उन्होंने एक हलाका सा घुमाव देखा और धीरे-धीरे मुड़ गए। अद्‌भुत अनुशासन के साथ। प्रत्येक हाथी अपनी काल्पनिक गली में। न कोई हाथी अन्य हाथियों से टकराया। न कोई धीमे पड़ा। न लय में कोई रुकावट आई। यह ऐसी चाल थी जिसके लिए उन्हें बार-बार प्रशिक्षित किया गया था। और कुशलतापूर्वक। राम की निजी देखरेख में। और फिर, उन विशालकाय जानवरों ने लंकाई पक्ष की घुड़सवार सेना में एकदम सीधे

आक्रमण कर दिया। सामने से नहीं, जहां से तगड़ा प्रतिरोध संभव था, बल्कि किनारे से।

घुड़सवार सेना की संख्या कम हो जाने से प्रतिरोध का कम होना पहले ही सुनिश्चित हो चुका था; वो रथ जो उन्हें धीमा कर सकते थे वो जा चुके थे। हाथी लंका के पक्षों को फाड़ते चले गए। बमुश्किल ही धीमे पड़ते हुए उन्होंने पंक्तियों को ऐसे काट डाला जैसे गर्म चाकू मक्खन को काटता है। घोड़ों और घुड़सवारों को कुचलते हुए।

प्रत्येक अयोध्याई हाथी को उसका महावत निर्देशित कर रहा था। उनकी कनपटियों पर पैरों के संकेतों के द्वारा। और हाथी की पीठ पर बंधे हौदे में सवार तीन योद्धा स्वयं को संभाले हुए थे। ये योद्धा लगातार तीर और भाले चला रहे थे। उनके ऊंचाई पर होने के कारण यह निश्चित था कि एक भी प्रक्षेपास्त्र अपने लक्ष्य से चूक नहीं रहा था।

यह नरसंहार था।

कुछ ही मिनट में, लंकाई पक्ष की विशाल घुड़सवार सेना में सेंध लग चुकी थी। उनके विन्यास बिखरे पड़े थे।

हाथी अपनी गति में कोई कमी नहीं लाए। वो बिना रुके आक्रमण करते रहे। अपने रास्ते में आने वाली हर चीज़ को मिटाते हुए। लंबी तलवारों जैसे धारदार उनके दांत सैनिकों और घोड़ों को फाड़ते हुए। भयंकर ढंग से। उनकी सूंडें दुश्मनों को हवा में उछालती हुई। बर्बरता से। उनके पांव उनके मार्ग में सब कुछ कुचलते हुए। निर्दयता से।

अरिष्टनेमी ने पीछे हट रही वायुपुत्र टुकड़ियों को रुकने और मुड़ने का आदेश दिया। अब समय आ चुका था। मारने के लिए आगे बढ़ने का समय। उन्होंने लंकाइयों पर धावा बोल दिया। अरिष्टनेमी के नेतृत्व में। अपने वायुपुत्र सैनिकों के युद्ध नाद का उद्घोष करते हुए। 'कालाग्नि रुद्र!'

'कालाग्नि रुद्र!' और भी कई टुकड़ियां दहाड़ीं, और मैदान में आगे की ओर दौड़ पड़ीं। उन लंकाई घुड़सवारों पर तीर चलाती और भाले धंसाती, जो अपने नष्ट हुए पक्षों को मजबूती प्रदान करने के लिए वापस भाग रहे थे।

अंगद की गज-वाहिनी के दोतरफा हमले और शत्रु के मोर्चे की ओर से अरिष्टनेमी की हमलावर अयोध्याई टुकड़ियों के बीच फंसी लंकाई सेना का दायां घुड़सवार और रथ पक्ष पूरी तरह से ढह गया था।

जिससे अब हाथियों के लिए पैदल सेना की पंक्तियों पर आक्रमण करने के लिए मैदान साफ़ हो गया था। सामने से नहीं जहां से किसी सीमा तक रक्षा करना संभव होता। बल्कि, एक बार फिर, पक्ष से।

अयोध्याई सेना की पंद्रह आरक्षित टुकड़ियों ने, जिनमें बीस हजार से अधिक सैनिक शामिल थे, गज-वाहिनी द्वारा छोड़े गए विनाश के अवशेषों पर धावा बोल दिया। ताकि जो बचे रह गए हों, उन सभी को मार दिया जाए।

लंकाई पैदल सेना को भी इस बात का श्रेय देना होगा कि उनका कोई भी सैनिक पीछे नहीं हटा।

जो सैनिक हाथियों द्वारा कुचलकर मारे जाने से बच गए थे, वो अंत तक आक्रमणकारी अयोध्याइयों से लड़ते रहे। लेकिन यह एक हारी हुई लड़ाई थी।

उनका नरसंहार किया जा रहा था। मांस की चक्की में फेंका जा रहा था।

लेकिन फिर भी वो लड़ते रहे। वो मरते गए। लेकिन पीछे हटते कायरों की तरह पीठ पर घाव के साथ नहीं। वो अपने हाथों में तलवार लिए मरे। जैसे वीर मरते हैं।

इधर जबकि दाएं पक्ष पर लंकाई बुरी तरह मारे जा रहे थे, उधर बाईं ओर, जहां कमान कुंभकर्ण के हाथ में थी, घुड़सवार सेना और रथ डटे हुए थे। वीरता से और गंभीरता से। वो केंद्र में अपने भाई रावण को पहले ही संदेश भेज चुका था। एक सरल सा संदेश: पीछे हट जाएं, इससे पहले कि हम सब नष्ट हो जाएं।

इस बीच, कुंभकर्ण डटा रहा।

एक साहसिक पक्ष-रक्षक संघर्ष में।

हाथियों को गुजरने देने से रोकते हुए।

'उनकी पैदल पंक्तियां उनके दाईं ओर से टूट रही हैं,' बेहतर दृश्य पाने के लिए अपनी काठी पर खड़े राम ने कहा।

'हमें अपनी पैदल सेना को आगे बढ़ा देना चाहिए, दादा,' लक्ष्मण ने सुझाव दिया।

राम ने सिर हिलाया। 'हां। सारी सेना को! पूरा हमला!'

आदेशों को कुशलतापूर्वक प्रसारित कर दिया गया।

भरत ने अयोध्याई दाएं पक्ष से सभी पैदल टुकड़ियों को हमला बोलने का आदेश दे दिया। जबकि राम और लक्ष्मण केंद्र से टुकड़ियों का नेतृत्व कर रहे थे।

सारी सेना! पूरा हमला!

अयोध्याई पैदल टुकड़ियां तेजी से आगे बढ़ने लगीं।

अब तक लंकाई पैदल पंक्तियां टूटने लगी थीं। और वो पीछे हट रही थीं। क्योंकि उन्हें ऐसा करने का आदेश दिया गया था। दो विरोधी युद्ध-गज-वाहिनियों का सामना करते हुए जो उनके घने विन्यास के पक्षों को निर्दयता के साथ बेध रही थीं। अप्रत्याशित रूप से। विरोध करना लगभग असंभव था।

एकमात्र विकल्प पीछे हटना था।

लेकिन एक पक्ष-रक्षक हमले से दसियों हजार सैनिकों को दुर्ग के एक ही द्वार से पीछे हटाना एक बड़ी सैन्य चुनौती थी। दुर्ग से निकलने में दो घंटे लगे थे। वापस अंदर घुसने के लिए उनके पास दो घंटे नहीं थे। तब तक तो वो सब मर चुके होंगे।

यह अत्यंत तंग रास्ता था।

इंद्रजीत व्यक्तिगत रूप से द्वार पर सैनिकों के पीछे हटने का निर्देशन कर रहा था। अगर उन्हें अगले दिन युद्ध कर पाने की आशा करनी थी, तो सेना को बचाना आवश्यक था। रावण अपने पीछे हटने वाले सैनिकों के लिए रास्ते की रक्षा करते हुए वीरतापूर्वक सामने से लड़ते हुए मोर्चा संभाले हुए था। लेकिन सबसे वीरतापूर्ण, सबसे भयंकर लड़ाई लंकाई बाएं पक्ष पर लड़ी जा रही थी।

क्योंकि अगर वो पक्ष टूट जाए, तो लंकाइयों के लिए सब कुछ खत्म हो जाना था।

निर्दयी रूप से भयानक हाथी भी इस पक्ष को भेदने में सफल नहीं हो पाए थे।

यहां शक्तिशाली हनुमान के नेतृत्व में भयानक गज-वाहिनी भीषण और क्रूर युद्ध लड़ रही थी।

लंकाई सेना एक भी इंच आसानी से हारने को तैयार नहीं थी; अयोध्याइयों को एक-एक उंगली ज़मीन भी ढेरों ख़ून देकर जीतनी पड़ रही थी।

क्योंकि यहां अयोध्याइयों को उस दिन के सबसे कठोर मुकाबले का सामना करना पड़ रहा था।

क्योंकि यहां गज-वाहिनी का अदमनीय बल भी एक अचल वस्तु में परिवर्तित होकर रह गया था।

क्योंकि यहां शक्तिशाली कुंभकर्ण खड़ा था।

अध्याय 33

'उनकी आंखों का निशाना लो!' कुंभकर्ण गरजा।

अब एक विडंबनापूर्ण बाधा हनुमान के नेतृत्व वाली अयोध्याई गज-वाहिनी को रोक रही थी। यह लंकाई नष्ट रथों, मृत घोड़ों और मार डाले गए सारथियों की लाशों की लंबी, मोटी कतार थी। घोड़ों और आदमियों के गाढ़े रक्त, मांस और हड्डियों से मजबूती से चिपकी नुकीली और क्षत-विक्षत धातु को चीरकर आगे बढ़ने में हाथी अक्षम थे। टूटे-फूटे रथों की बाधा के पीछे तैनात लंकाई घुड़सवार सेना अगम्य थी।

यह भव्य रहा था। लंका के रथवाहकों ने अंतिम आदमी और अंतिम अस्त्र तक लड़ते हुए, निडर मौतों को गले लगाया था। और उन्होंने अपने बलिदान से लंका की घुड़सवार सेना और पैदल सेना को बचा लिया था। यह एक ऐसा प्रतिरोध था जो झुकने को तैयार नहीं था। अंत के बाद भी।

हाथी अब युद्ध के हथियार नहीं रहे थे। उन्हें रोक दिया गया था। अपने विशाल शरीरों द्वारा टक्करें मारने, अपने दांतों को घोंपने और अपनी सूंड से पिटाई करने से। वो अब अपने हौदों के ऊपर सवार योद्धाओं के वाहक भर थे। बेशक, उन पर सवार अयोध्याइयों को ऊंचाई का लाभ था और वो तीर चला रहे थे और भाले फेंक रहे थे। लेकिन लंकाई घुड़सवार सेना से दूरी के कारण उनके हथियार उतने प्रभावी नहीं हो पा रहे थे।

केवल टूटे हुए रथों की उस दुर्गम बाधा के कारण।

लंकाई घुड़सवारों ने रथों के सर्वोच्च बलिदान को बर्बाद नहीं जाने दिया था। घोड़ों को बाधाओं की सुरक्षा के पीछे नियंत्रण में रखा गया था। और अनवरत तरंग व्यूह की रणनीति के अनुसार नियमित रूप से घुमाया जाता रहा था। घुड़सवार हाथियों के हौदों पर बैठे अयोध्याई योद्धाओं पर तीर चला रहे थे। अपने तीरों के समाप्त हो जाने या निशानेबाजी के परिश्रम से चुक जाने पर, सवारों की अगली पंक्ति पीछे खिसक जाती और योद्धाओं की एक नई पंक्ति को आगे बढ़ने और अपनी जगह लेने के लिए आने देती। और तीरों का हमला जारी रहता। अनवरत तरंगों में।

लंकाई घुड़सवारों के तीर अयोध्याइयों के तीरों से भी कम प्रभावी थे। वो निचली जगह से तीरंदाज़ी कर रहे थे और कुछेक तीर जो अपने लक्ष्य तक पहुंचते भी थे, तो उनमें से अधिकांश घायल करते थे, मारते नहीं थे। लेकिन लंकाई गज-वाहिनी को हराने का प्रयत्न नहीं कर रहे थे। वो बस हाथियों के हमले में विलंब करने के लिए एक हताश चंडावल लड़ाई लड़ रहे थे। तब तक जब तक कि उनकी पैदल सेना सिगिरिया की दीवारों के पीछे सुरक्षित न चली जाए।

वो जीत के लिए नहीं लड़ रहे थे। वो समय के लिए लड़ रहे थे।

लेकिन समस्या यह थी कि ऊंचाई का लाभ उनसे खूनी कीमत वसूल रहा था। धीरे-धीरे लेकिन निश्चित रूप से। कुंभकर्ण हाथी पर सवार अयोध्याइयों के तीरों के कारण लगातार अपने घुड़सवारों को खोता जा रहा था। उसने पीछे मुड़कर देखा। अभी भी बहुत से पैदल सैनिक द्वारों से पीछे हटने की प्रतीक्षा में थे। उसे थोड़े और समय तक लड़ना जारी रखना था। मौजूदा रणनीति पर्याप्त नहीं थी।

और इसलिए कुंभकर्ण ने एक साहसिक निर्णय लिया था।

आक्रमण ही सर्वश्रेष्ठ बचाव था।

वो युद्ध को शत्रु के ख़ेमे तक ले जाएगा। लेकिन हाथियों पर हमला करके नहीं। कुंभकर्ण बहादुर था। मूर्ख नहीं।

इसके बजाय, उसने हाथियों पर सवार अयोध्याइयों पर तीर चलाने के बजाय हाथियों पर ही तीर चलाने का फैसला किया। जानवरों के एकमात्र कमजोर अंग का निशाना, अगर तीरों का उपयोग...

'हाथियों की आंखों का निशाना लो!' कुंभकर्ण दहाड़ा। उसके पीछे मौजूद संदेशवाहक तुरंत तेज़ी से आगे बढ़े, और युद्ध के शोर में लंकाई

घुड़सवार योद्धा पंक्ति के आगे इधर से उधर चलते हुए आदेश को प्रसारित करने लगे।

लंकाई घुड़सवार सेना के सैनिकों ने अपनी चाल बदल दी। अब उन्होंने हाथियों पर तीर बरसाने शुरू कर दिए। लेकिन आंखें आसान लक्ष्य नहीं थीं। हाथी अपने सिर झुलाते रहे और कान फड़फड़ाते रहते थे। दूरी के कारण कठिनाई और बढ़ गई थी। आंखें एक छोटा लक्ष्य थीं।

अधिकांश तीर निशाने से चूक रहे थे।

तब कुंभकर्ण ने उन्हें यह दिखाने का फैसला किया कि इसे कैसे करना है।

उसने अपने घोड़े को स्थिर किया, अपना छोटा-घुमावदार धनुष निकाला और एक हाथी को निशाना बनाते हुए एक तीर चढ़ाया। जानवर की आंख पर ध्यान केंद्रित करते हुए। दोनों ओर से घुड़सवार सैनिक उसे आड़ देने के लिए तीर चला रहे थे। यह सुनिश्चित करते हुए कि शत्रु उनके प्रमुख को तीर न मारे। कुंभकर्ण ने हाथी के हिलते सिर का हिसाब लगाया। उसे ठीक उस जगह तीर मारना था जहां पल भर बाद आंख होगी। उसने अपने धनुष को थोड़ा ऊपर को घुमाव दिया और तीर को ऊंचाई और दूरी समायोजन के अनुसार परवलयिक पथ दिया। उसने धनुष की डोर को अपने कान तक खींचा लिया और तीर छोड़ते समय तीरपंख को हल्का सा झटका दिया।

तीर एक उथले परवलयिक पथ में उड़ा, ठीक उसी तरह जैसे कुंभकर्ण ने चाहा था और जानवर की बाईं आंख में जा धंसा। तीर ने नेत्रपटल को काटा और नेत्र-काचाभ थैली के नर्म ऊतक की गहराई में उतर गया। हाथी तकलीफ़ से चिंघाड़ा, उसने अपने सिर को झटका दिया और पीछे हटा। अचानक झटके के कारण एक अयोध्याई सैनिक हौदे से गिर गया और अपने हाथी के पैर के नीचे कुचल गया। लंकाइयों की ओर से एक गगनभेदी दहाड़ उठी, क्योंकि उन्होंने बाधाओं के बावजूद अंततः एक अयोध्याई को मार डाला था। लेकिन यह दहाड़ बहुत जल्दी दब गई। क्योंकि हाथी पीछे नहीं हटा।

एक भीमकाय हाथी की आंख में तीर का लगना कोई घातक घाव नहीं होता। बेशक, लंकाई यह जानते थे, लेकिन उन्हें आशा थो कि पशु कम से कम पीछे अवश्य हटेगा। लेकिन, श्रेष्ठ प्रशिक्षण प्राप्त युद्ध हाथी

पीछे नहीं हटा। वो युद्ध में वापस आ गया। उसने अपने पैरों के पास पड़े एक लंकाई सारथी के शव को अपनी सूंड से उठाया और कुंभकर्ण पर फेंक दिया। शरीर का यह प्रक्षेपास्त्र कुंभकर्ण से बाल-बाल चूका और उसके बगल में सवार से जाकर टकराया।

और फिर हाथी ने अपने ऊपर सवार महावत के आदेश पर स्वयं को रोक लिया। वो फिर से शांत और स्थिर हो गया। ताकि उसके हौदे पर सवार योद्धा अपना तीर चलाने का काम जारी रख सकें।

कुंभकर्ण ने गाली दी, अपने धनुष को अपनी पीठ पर बांधा और अपने घोड़े को वापस खींच लिया। यह युद्ध हाथी अपराजेय थे। उन्हें केवल रोका जा सकता था, हराया नहीं जा सकता था। उसने अपनी काठी के रकाब पर खड़े होकर अपनी पिछली संरचनाओं को देखा। लंकाई घुड़सवार सेना के पीछे पैदल सेना वापस सुरक्षा की ओर बढ़ने लगी थी। पीछे हटने की प्रक्रिया अंततः लंकाई पैदल सेना पंक्तियों के इस छोर तक पहुंच रही थी। इंद्रजीत फाटकों का प्रबंधन अच्छी तरह से संभाले हुए था।

आधा घंटा और... हम उन्हें बचा लेंगे। हम कल फिर से लड़ेंगे।

'बस थोड़ी देर और, जवानो!' अपने आदमियों के हौसले को बनाए रखते हुए कुंभकर्ण दहाड़ा। 'हम अपने सैनिकों को बचा लेंगे। डटे रहो! तीर चलाते रहो!'

अगले बदलाव के लिए आदेश जारी कर दिया गया था। लंकाई घुड़सवार सेना की अग्रिम पंक्ति पीछे हट गई, ताकि उसका स्थान घुड़सवार योद्धाओं का अगला दल ले सके। और नए सैनिकों ने एक बार फिर तीर चलाना शुरू कर दिया।

कुंभकर्ण ने अयोध्या की कमान की ओर देखा। हनुमान की ओर। और वो अपने प्रतिद्वंद्वी को गायब पाकर चकित रह गया।

प्रभु हनुमान कहां हैं?

अयोध्याई भी अनवरत तरंग व्यूह के अनुसार चल रहे थे। लंकाइयों की तरह। हर दस मिनट पर युद्ध हाथियों की अग्रिम पंक्ति को पीछे हट कर उन्हें योद्धाओं की एक नई पंक्ति के साथ बदलते हुए। लेकिन कुंभकर्ण की ही तरह हनुमान एक बार भी पीछे नहीं हटे थे। पिछले एक घंटे के घमासान युद्ध के दौरान वो अडिग रहे थे। एकदम आगे।

एक अच्छे सैन्य प्रमुख को हमेशा आगे होना चाहिए। जहां उसकी जरूरत है: युद्ध के प्रयासों को निर्देशित करने के लिए, अपने सैनिकों को संगठित करने और उन्हें प्रेरित करने के लिए।

वो पीछे तो कभी नहीं हटेंगे। जब तक कि वो गंभीर रूप से घायल न हों। या फिर वो-

और अचानक कुंभकर्ण चौंक गया।

उसने अपने घोड़े को और पीछे खींचा, काठी की रकाब पर खड़ा हुआ और दूर देखने लगा। दूर बाईं ओर। सिगिरियाई दीवारों की ओर। पंक्तियों के बीच रिक्त स्थानों में। क्योंकि, जब लंकाइयों ने युद्ध के लिए अपना गठन किया था, तब उन्होंने अपने और दुर्ग की दीवारों के बीच कुछ स्थान रखा था। ताकि चिकित्सा वाहिनी और राहत सामग्री को आवाजाही की जगह मिल सके।

हे प्रभु रुद्र!

कोई भी सैनिक कभी चिकित्सा वाहिनी और राहत आपूर्ति टुकड़ी पर हमला नहीं करता था। वो हथियारबंद नहीं होते थे। उन पर हमला करना युद्ध के नियमों के विरुद्ध था। अधर्म था। इस नियम को न तो लंकाई तोड़ सकते थे और न अयोध्याई।

लेकिन चिकित्सा वाहिनी और राहत आपूर्ति टुकड़ियां पीछे हट चुकी थीं। वो जमीन खाली थी। वहां विरोधी को रोकने के लिए कुछ भी नहीं था।

अयोध्याई युद्ध हाथी उस बिंदु से घुसकर पार जा सकते थे, लंकाई घुड़सवार सेना को हरा सकते थे, और सीधे उनके पीछे पैदल सेना पर हल्ला बोल सकते थे। अगर उन्होंने इसे पार कर लिया, तो लंकाई पैदल सेना के सैकड़ों, शायद हजारों सैनिक बहुत ही कम समय में मारे जाएंगे। यह दाएं पक्ष पर नरसंहार जैसा होगा।

'मेरे साथ!' कुंभकर्ण अपने पीछे घुड़सवार योद्धाओं पर गरजा।

उसने अपना घोड़ा घुमाया और दीवारों की ओर दौड़ पड़ा। पचास घुड़सवारों का एक दस्ता उसके पीछे सरपट दौड़ा। तेज़ी से।

'और तेज!'

कुंभकर्ण को सबसे भयानक चीज़ का डर था।

'और तेज!'

वो बेतहाशा गति से दौड़ते रहे और जल्द ही घुड़सवार सेना की पंक्तियों के अंत पर पहुंच गए। कुंभकर्ण ने योद्धाओं के चारों ओर चक्कर लगाया और अपने घोड़े को घुमा लिया। अग्रिम पंक्ति की ओर।

और उसने उन्हें देखा।

उसके दाईं ओर बीस घोड़ों की एक सीमा रेखा, एक के आगे एक, कुंभकर्ण से दूसरी ओर मुंह घुमाए। प्रत्येक घोड़ा रेखा के बाएं छोर पर जमीन पर एक खूंटे की तरह खड़ा था और दाईं तक खिंचा हुआ था। यह अयोध्याइयों से लड़ने वाली लंकाई घुड़सवार सेना के गठन का एक भाग था। दूर घोड़ों से परे, नष्ट हुए लंकाई रथों का अवरोध था। और उससे भी आगे, बहुत दूरी पर, एक के आगे एक पांच युद्ध हाथियों की एक मोटी सीमा थी, जिन सबका मुंह कुंभकर्ण की ओर था, और प्रत्येक युद्ध हाथी हाथियों की उन संरचनाओं के सबसे बाएं किनारे की देखभाल कर रहा था जो दाएं तक फैली हुए थीं। और हाथियों की संरचना की उस सीमा रेखा से बहुत दूर, कुंभकर्ण ने कुछ हाथियों को मुड़ते देखा।

प्रभु हनुमान।

दूरी बहुत अधिक थी। वो केवल एक आकृति थी। लेकिन कुंभकर्ण अपने दिल में जानता था। वो हनुमान थे।

बस हो गया।

अंत आ चुका था।

कुंभकर्ण ने एक गहरी सांस ली।

यह मौत की ग्रीवा थी।

सिगिरिया की दीवारें उसके बाईं ओर थीं। और दाईं ओर लंकाई घुड़सवार सेना, नष्ट रथों और अयोध्याई युद्ध हाथियों द्वारा परिभाषित एक सीमा, जो दूर तक फैली हुई थी।

ग्रीवा के अंत में, सात सौ मीटर दूर, हनुमान के नेतृत्व में मलयपुत्र युद्ध हाथियों की एक टुकड़ी। हमले के लिए गठित होती।

दोनों विरोधी बलों के बीच कुछ नहीं। बस खुली जमीन। अयोध्या की ओर से साथ-साथ दौड़ रहे दो हाथियों द्वारा आक्रमण करने के लिए पर्याप्त चौड़ी ज़मीन। और लंका की ओर से तीन घोड़ों के लिए पर्याप्त।

कुंभकर्ण सहज रूप से जान गया कि वो शत्रु हाथियों को क्षत-विक्षत और नष्ट रथों की रेखा को पार करने की अनुमति नहीं दे सकता। क्योंकि वो उसके घुड़सवार दल को चीर डालेंगे।

केवल एक ही चीज हाथियों को रोक सकती थी—यदि उनमें से एक जमीन पर लेट जाए। हाथी कभी भी अपनों की लाश पर कदम नहीं रखते। यह सभी जानते थे।

सात सौ मीटर लंबी खुले मैदान की ग्रीवा।

बाईं ओर दुर्ग की दीवारें। दाईं ओर जानवर और नष्ट किए गए रथ।

ध्येय स्पष्ट था।

हाथियों को रोकना ही होगा।

पहले कुछ हाथियों को मारना होगा।

शीघ्र।

ध्येय स्पष्ट था।

क्योंकि यह एक आत्मघाती अभियान था।

और कुंभकर्ण ने, वीर कुंभकर्ण ने संकोच नहीं किया। एक क्षण को भी नहीं।

उसने अपनी तलवार खींची और उसे ऊंचा उठा लिया। उसके वीर घुड़सवार और अनुभवी योद्धा सभी जानते थे कि वो किस पर आक्रमण करने वाले थे। वो कुंभकर्ण के पीछे गठित हो गए। एक पंक्ति में तीन। सोलह पंक्तियों तक। दो सवारों ने कुंभकर्ण के दोनों ओर मोर्चा संभाला।

लंका के राजकुमार के बाईं ओर का सवार बोला। 'आपके साथ लड़ना मेरे जीवन का सम्मान रहा है, स्वामी कुंभकर्ण।'

कुंभकर्ण ने उसे देखा और मुस्कुराया। 'मैं तुमसे उस पार मिलूंगा, मेरे मित्र।'

सैनिक ने मुस्कुराकर सिर हिलाया।

कुंभकर्ण ने अपने साहसी पचास साथियों को देखा और गरजकर कहा, 'हमें पहले दो हाथियों को मारना होगा! संभव हो तो और अधिक को! हमें यह करना ही होगा!'

'जी, प्रभु!' उसके सैनिक दहाड़े।

कुंभकर्ण मलयपुत्र हाथियों की ओर मुड़ा। उसने अपनी तलवार लहराकर नीचे की और अपने विरोधियों की ओर इशारा किया। और दहाड़ा, 'भारत भार्तृ लंका!'

'भारत भार्तृ लंका!'

और बहादुर लंकाइयों ने धावा बोल दिया। तेज़ी से दौड़ते हुए। मज़बूती से दौड़ते हुए। अपनी मौत की ओर दौड़ते हुए।

ग्रीवा के दूसरे छोर पर, हनुमान प्रमुख हाथी पर सवार थे। उन्हें इतनी दूर से भी धूल के ग़ुबार के बीच अपने भीमकाय घोड़े पर सवार कुंभकर्ण की विशाल काया दिखाई दे रही थी। उन्हें आश्चर्य होना चाहिए था कि लंका के राजकुमार ने अयोध्या की चाल समझ ली थी। लेकिन उन्हें आश्चर्य नहीं हुआ। वो युद्ध में कुंभकर्ण की प्रतिभा को जानते थे। वो यह भी जानते थे—बहुत अच्छी तरह जानते थे—कि कुंभकर्ण कितना साहसी है। क्योंकि एक बार हनुमान ने उसकी जान बचाई थी। और, अब, उसी जान को लेने का दायित्व उन पर आ पड़ा था।

भाग्य।

तो, वो शक्तिशाली वायुपुत्र अपने लंकाई मित्र को वीरतापूर्वक आक्रमण करने के लिए अपनी ओर दौड़ते देख रहे थे। निश्चित मृत्यु की ओर।

भव्य...

वो अपने योद्धाओं की ओर मुड़े। वो जानते थे कि क्या किया जाना था। कि उन्हें क्या करना था। उन्हें जानकारी दी जा चुकी थी।

हनुमान ने अपना भाला अपने सिर के ऊपर ऊंचा किया। और अपने मलयपुत्र सैनिकों का युद्ध नाद किया। मलयपुत्रों के तौर-तरीकों का सम्मान करता एक वायुपुत्र। 'जय परशु राम!'

'जय परशु राम!' उनके साथ मलयपुत्र दहाड़े।

'आक्रमण करो!'

हाथी तेज़ी से आगे बढ़े, और उनके पैरों के नीचे धरती उनके शक्तिशाली कदमों से कांप उठी।

हाथी अधिक शक्तिशाली थे। लेकिन घोड़े अधिक तेज थे। जितना समय हाथियों को अयोध्याई हाथी संरचनाओं को पार करने में लगा, घोड़े उससे पहले ही दाईं ओर लंकाई घुड़सवारों के पास से गुज़र चुके थे।

शीघ्र ही विरोधी सिगिरिया की दीवारों और टूटे रथों की बाधा के बीच फंस गए। वो एक दूसरे की ओर दौड़ पड़े।

हाथियों पर सवार मलयपुत्रों ने तीर चलाना शुरू कर दिया। प्रत्येक हाथी पर तीन योद्धा थे। ऊंचाई के लाभ के साथ। ढेर सारे तीर चलाए गए। बहुत सारे लंकाई घुड़सवारों को तीर लगे। लेकिन कोई धीमा नहीं पड़ा। वो आगे बढ़ते रहे। तेज़ी के साथ।

'लंका के लिए!' अपने घोड़े को उन्मत्त गति से दौड़ाते हुए आक्रामक हाथियों के निकट पहुंचने पर कुंभकर्ण दहाड़ा।

'भारत माता के लिए!' दूसरे छोर से हनुमान बोले।

उन्होंने अपना भाला कुंभकर्ण के बगल वाले लंकाई पर फेंका। तीर भयंकर बल के साथ जाकर लंकाई से टकराया, जिससे वो अपने घोड़े से पीछे की ओर लुढ़का और अपने से पिछले घोड़े के पैरों के नीचे चला गया। लेकिन कोई घोड़ा धीमा नहीं हुआ। उस घोड़े सहित जो अब बिना अपने सवार के दौड़ रहा था।

हनुमान के हाथी ने अपनी शक्तिशाली सूंड कुंभकर्ण पर घुमाई; भयंकर गति से एक भयंकर कोड़ा। लंका का राजकुमार झुका और लहराकर दाएं हो गया। सूंड कुंभकर्ण के बाईं ओर सवार लंकाई सैनिक से टकराई और उसे दुर्ग की दीवारों की ओर उछाल दिया। उसका सिर दीवार से टकराया और खरबूजे की तरह बिखर गया, जिससे उसे तत्काल मृत्यु का सुख प्राप्त हो गया। घोड़ा आक्रामक हाथी के पैरों के नीचे आ गया, और वो कुचलते-कुचलते बुरी तरह हिनहिना उठा।

इस बीच, कुंभकर्ण अयोध्याई अग्रिम पंक्ति के पहले दो हाथियों के बीच लहरा गया था। उसने अपनी तलवार अपने दाएं हाथ में पकड़ रखी थी। हनुमान को ले जा रहे हाथी के दाएं से गुज़रते हुए उसने अपनी तलवार को मजबूती और स्थिरता से पकड़ा हुआ था, और उसकी मांसपेशियों भरी बांह तेजी से लहरा रही थी। हाथी की सूंड सरसराती हुई कुंभकर्ण के सिर के ऊपर से निकली। निशाना चूक गया। कुंभकर्ण की तलवार ने हाथी के अगली दाईं टांग को बुरी तरह से काटा। एक ओर से। तलवार पार्श्व

उंगलियों और सामान्य उंगलियों को काटती चली गई। आश्चर्यजनक रूप से, कुंभकर्ण ने तलवार पर अपनी पकड़ नहीं खोई; तलवार हाथी की सामने की टांग में घुसती चली गई और उसने अंत:प्रकोष्ठिक मणिबंध मांसपेशियों को काट दिया, प्रसारक और आकुंचक दोनों को। यह बस एक सूक्ष्म-क्षण था। कुंभकर्ण के वहां से गुजरते-गुजरते लाल रंग की बौछार में खून फूट पड़ा। लेकिन अभी उसका काम पूरा नहीं हुआ था। उसने एक बार फिर बर्बर ढंग से काटा, और विशाल पादांगुलि, पादविवर्तिका और पिंडली की मांसपेशियों को चीर डाला।

अब जानवर दर्द से दहाड़ रहा था। वो ढह गया, क्योंकि उसकी सामने और पीछे की दाईं टांगें बेकार हो चुकी थीं। रक्त बौछारों में फूट रहा था। हौदा पलट गया और तीन मलयपुत्र तीरंदाज अपने बाईं ओर टूटे हुए रथों में जाकर गिरे। महावत अपने ही हाथी के नीचे कुचल गया। कुंभकर्ण ने तुरंत अपने घोड़े की लगाम खींची और वापस पलट गया, और दूसरी पंक्ति पर आक्रमण करते एक हाथी के दांत से बाल-बाल बचा।

जब कुंभकर्ण उस हाथी की ओर वापस पलटा जिसे उसने अभी-अभी गिराया था, तो उसके पीछे हाथियों पर सवार योद्धा उस पर तीर चलाने लगे। कुंभकर्ण अपने शरीर को बाएं और दाएं लहराता, तीरों से बचता आगे बढ़ता चला गया। लेकिन बस बाल-बाल। वो अपने भाग्य के साथ खिलवाड़ कर रहा था... और संख्याओं का नियम हमेशा भाग्य पर हावी होता है... वो बहुत सारे तीर थे... अंततः उनमें से तीन आकर लग ही गए। तीर कुंभकर्ण की पीठ में भयंकर बल के साथ टकराए और उसका शरीर आगे की ओर झुक गया। लेकिन वो धीमा नहीं हुआ। वो अपने दाईं ओर लहराया। हनुमान के हाथी की ओर। वो आगे लंकाई घुड़सवारों की दूसरी पंक्ति की ओर तेज़ी से बढ़ रहा था। कुंभकर्ण ने अपनी तलवार वाला हाथ बढ़ाया और हनुमान के हाथी की बाईं पिछली टांग को काटने का प्रयास किया।

लेकिन जिस हाथी पर उसने पहले हमला किया था, और जो गंभीर रूप से घायल अवस्था में जमीन पर पड़ा था, उसमें अभी लड़ाई बाकी थी। आप एक अच्छे हाथी को गिरा तो सकते हैं, लेकिन उसे मारना इतना आसान नहीं होता। जानवर जमीन पर पड़ा था, उसकी टांगों पर बड़े-बड़े घावों से खून फूट रहा था, और वो रोष में गरज रहा था। उसने अपनी

विशाल सूंड को झुलाया। वो कमजोर था, लेकिन फिर भी, उसमें दम था। सूंड कुंभकर्ण के घोड़े को छूती हुई गई। घोड़ा पल भर को लड़खड़ा गया, जिससे हनुमान के हाथी पर कुंभकर्ण का प्रहार का दंश कम हो गया। तलवार हाथी की पिछली बाईं टांग को काटती हुई मांस में धंस गई और कुंभकर्ण की अपनी तलवार पर पकड़ छूट गई।

लंका के राजकुमार ने तुरंत एक और तलवार निकाल ली। इसी के साथ, पीछे से मलयपुत्रों के दो और बाण उसे आकर लगे; एक उसकी जांघ से टकराया, और दूसरा उसके बाएं कंधे में धंस गया। वो भयंकर पीड़ा को नजरअंदाज करते हुए क्रोध से दहाड़ा। उसने फिर से अपना तलवार वाला हाथ आगे बढ़ाया। हनुमान का हाथी थोड़ा धीमा हुआ, उसने अपना सिर घुमाया और अपनी सूंड को क्रूरतापूर्वक घुमाया। लंका का राजकुमार झुका और उसने अपनी तलवार से हमला करते हुए हाथी की सामने की बाईं टांग को काटा। लेकिन यह एक कमजोर चोट थी। हालांकि इससे मोटी खाल कट गई थी और मांसपेशियों और ऊतकों से खून बह निकला था, लेकिन यह अक्षम कर देने योग्य घाव नहीं था।

दूसरी ओर लंकाई अविरल हाथियों को धीमा करने की आशा में मलयपुत्रों पर एक ऊंचा घुमाव देते हुए बाण वर्षा कर रहे थे।

कुंभकर्ण का घोड़ा आगे तक दौड़ गया था। उसने लगाम खींची और उसे फिर से वापस घुमाया। अब वो ठीक हनुमान के हाथी के सामने था। हनुमान ने कुंभकर्ण पर भाला फेंका। वो फिर से झुक गया। लेकिन भाला उसके बाएं कंधे पर अपवृद्धि से टकराया, जो एक अतिरिक्त हाथ की तरह था। यह भाला स्वयं शक्तिशाली हनुमान द्वारा फेंका गया था। शक्तिशाली और मजबूत भाले ने छोटे से अतिरिक्त हाथ को सफाई से काटकर अलग कर दिया।

हर ओर तीर के घाव। अंगों में धंसी बर्छियां। एक साधारण इंसान के लिए ऐसी पीड़ा सहनशक्ति से परे थी। लेकिन कुंभकर्ण कोई साधारण इंसान नहीं था। उसके चेहरे पर पीड़ा का भाव तक नहीं आया और उसने अपनी तलवार से हाथी की सूंड पर वार किया।

हाथी ने बड़ी सरलता से अपनी सूंड को एक ओर किया और फिर अपने शक्तिशाली दांतों से वार किया, जो लंबी तलवारों के आकार के थे। उन्हें नोकों पर धार दी गई थी। एक दांत कुंभकर्ण के घोड़े में धंसा,

और उसकी अंतड़ियों तक जा पहुंचा। घोड़ा बेतहाशा दर्द से चीख़ा, और कुंभकर्ण ने जल्दी से रकाबों से अपने पैर खींच लिए। हाथी ने चिंघाड़ते हुए अपने सिर को झटका दिया, और घोड़े को अपने शक्तिशाली दांत से उठाकर दूर उछाल दिया। कपड़े की गुड़िया की तरह। इतनी देर में, कुंभकर्ण अपने घोड़े से कूदा, जमीन पर लुढ़का और अपने पैरों पर खड़ा हो गया। अब तक लगभग स्थिर हो चुके हाथी के ठीक सामने।

'आ!' कुंभकर्ण हाथी पर चिल्लाया। 'कर जो कर सकता है!'

हाथी के ऊपर से तीर चलाए गए, लेकिन पीछे से लंकाइयों ने बचाव बाण वर्षा की। कुंभकर्ण को केवल दो तीर लगे। एक उसकी बाईं बांह से टकराया। दूसरा उसके सीने पर आकर लगा। लेकिन वो इस स्थिति में नहीं था कि ध्यान देता या यहां तक कि अपने अनगिनत घावों की परवाह करता।

हाथी ने अपने दांतों को लहराया, लेकिन फुर्तीला कुंभकर्ण अपने विशाल आकार और घावों के बावजूद प्रहार को चकमा दे गया।

या कम से कम ऐसा प्रतीत हुआ।

क्योंकि हाथी घोड़ों के समान नहीं होते। वो मूर्ख जानवर नहीं होते। वो भयंकर रूप से बुद्धिमान होते हैं।

दांतों से छुरा घोंपना महज एक भुलावा था। असली वार तो सूंड का था।

जैसे ही कुंभकर्ण एक ओर उछला, हाथी की सूंड मुड़ी और लंकाई की टांगों पर लिपट गई।

हाथी की सूंड में हड्डी नहीं होती। बल्कि, उसमें चालीस हजार शक्तिशाली मांसपेशियां होती हैं, मानव शरीर की मांसपेशियों की कुल संख्या से साठ गुणा से अधिक। एक हाथी की सूंड में कुचलने, जोर से झूलने, पीटने और पटकने की शक्ति होती है। और फिर भी, इसमें जमीन से एक पंख उठाने की कोमलतापूर्ण निपुणता भी होती है।

विशाल कुंभकर्ण को ऊपर ले जाते हुए, जानवर ने अपनी सूंड को ऊंचा कर दिया। उल्टा लटकाए हुए। वो लंका के राजकुमार को जमीन पर पटकने का सोच रहा था, ठीक उसके सिर के बल। और सारा खेल समाप्त हो जाता।

एक भुलावा, और उसके बाद मुख्य झटका।

हाथी भयंकर रूप से बुद्धिमान जानवर है।

लेकिन एक जानवर और भी भयंकर रूप से बुद्धिमान है: मनुष्य।

हाथी की सूंड की ताकत ही उसकी कमजोरी भी होती है। इतनी सारी मांसपेशियां। इसका अर्थ बहुत अधिक वाहिकामयता भी है। और अधिक वाहिकामयता का अर्थ है कहीं अधिक रक्त प्रवाह।

कुंभकर्ण ने जोर से गर्जना की और ऊपर घूमते हुए उसने अपने कंधों को ऊपर की ओर झुलाया और अपने विशाल पेट को कस लिया। हाथी की सूंड से झूलते हुए। उसने अपने शक्तिशाली कंधों को मोड़ा और अपनी लंबी तलवार से जोरदार वार किया। और हाथी की सूंड के बीच वार करके उसे बड़ी सफाई से काट दिया।

हाथी अपनी कटी हुई सूंड से खून के फूट पड़ने पर उन्मादपूर्ण पीड़ा से चिल्लाया। सूंड के हिलने के साथ, जो उसे तेजी से ऊपर की ओर झुला रही थी, कुंभकर्ण हवा में उड़ा और अपने दाएं कंधे के बल जमीन पर गिर गया। कंधे का जोड़ टूटकर चकनाचूर हो गया। जब लंका का राजकुमार टप्पा खाकर अपनी पीठ पर आया, तो पीठ में धंसे हुए तीर उसके महत्वपूर्ण अंगों को काटते हुए उसके सीने से बाहर निकल आए। उसके कंधे के गहरे घाव से, जहां छोटी अतिरिक्त बांह कट गई थी और उसके शरीर पर तीरों के अनेक घावों से खून उबल पड़ा।

इसी दौरान, हाथी ढह गया। उसकी कटी हुई सूंड से बहुत अधिक रक्त बह चुका था। लेकिन वो बहुत धीरे-धीरे नीचे आया था। सोच-समझकर। यह सुनिश्चित करते हुए कि उसके महावत को कोई नुकसान न पहुंचे। हनुमान और योद्धा गंभीर रूप से घायल हाथी के ऊपर हौदे से शीघ्रता से उतरे।

बाणों की वर्षा अभी भी जारी थी। अयोध्याई और लंकाई दोनों छोरों से। दो तीर औंधे पड़े कुंभकर्ण में घुस गए। जिससे उसका शरीर दो जगह से और फट गया। उसके विशाल पेट को छेदते हुए।

'रुक जाओ!' हनुमान ने हाथ उठाते हुए आदेश दिया। 'युद्धविराम!'

लड़ाई खत्म हो चुकी थी। घुड़सवार सेना के पीछे लंकाई पैदल सेना सिगिरिया की दीवारों के पीछे की सुरक्षा तक पहुंच चुकी थी।

कुंभकर्ण के साहसी अंतिम मुक़ाबले ने लंका सेना के एक बड़े भाग को बचा लिया था।

मलयपुत्रों ने तुरंत अपने सेनापति के आदेश का पालन किया। उन्होंने अपने हथियार नीचे कर लिए। पलक झपकते ही लंकाई तीर भी रुक गए।

हनुमान ने लंका के राजकुमार की ओर देखा। अपने मित्र की ओर। जो मैदान पर पड़ा हुआ था। कुछ ही कदम दूर।

कुंभकर्ण का टूटा हुआ शरीर अमानवीय कोणों में मुड़ गया था। वो सिर उठाने के लिए संघर्ष कर रहा था। उसने दाईं ओर एक हाथी को देखा, जिसकी गंभीर रूप से घायल टांगों से खून बह रहा था, वो पीड़ा से तड़प रहा था और उसका महावत उसके नीचे कुचला पड़ा था। बाईं ओर एक और हाथी पड़ा था, जिसकी कटी हुई सूंड से रक्त फव्वारे की तरह बह रहा था; वो मरते दम की सिसकियां ले रहा था, और उसका महावत हाथी का सिर पकड़े रो रहा था। जैसे कोई व्यक्ति अपने भाई की आसन्न मृत्यु का शोक मना रहा हो।

दो हाथी। जमीन पर। आक्रमण रोक दिया गया था। उसने अपनी आंखें घुमाईं और पीछे की ओर देखा। लगभग उस पूरी लंकाई घुड़सवार टुकड़ी का सफाया कर दिया गया था जो इस साहसिक हमले में उसके साथ आई थी। वो अयोध्याई हाथी जत्थे के बाणों और भालों से बिंधे हुए धरती पर पड़े थे।

वो मर चुके थे, लेकिन उन्होंने अपना लक्ष्य प्राप्त कर लिया था।

वो मर चुके थे। और उन्होंने अपने पीछे अपने साथियों की जान बचा ली थी।

मैं जल्द ही तुमसे मिलूंगा, मेरे भाइयो।

'मेरे मित्र...'

कुंभकर्ण पलटा। और उसने हनुमान को अपने ऊपर खड़े देखा। आंखों में आंसू लिए।

शक्तिशाली कुंभकर्ण मुस्कुराया। कमजोरी से। 'प्रभु... हनुमान...'

हनुमान एक घुटने के बल नीचे झुके और उन्होंने धीरे से कुंभकर्ण का हाथ पकड़ लिया। 'मुझे खेद है... मुझे खेद है...'

कुंभकर्ण ने धीरे से सिर हिलाया और हंसा। 'आपने अपना कर्तव्य निभाया... मेरे मित्र... और मैंने अपना...'

हनुमान के आंसू छलक पड़े।

'आपने एक बार... मेरी जान बचाई थी... अब आपको... उसे लेने का अधिकार था... हिसाब बराबर... जैसा कि होना ही चाहिए था...'

'आप एक महान व्यक्ति हैं, राजकुमार कुंभकर्ण। एक अच्छे आदमी...' हनुमान ने संवेदनशीलता के साथ अपनी बात पूरी नहीं की। *गलत पक्ष में एक अच्छे आदमी।*

कुंभकर्ण ने फिर से सिर उठाने की कोशिश की। हनुमान ने उसकी सहायता की और उसका सिर अपनी गोद में रख लिया।

कुंभकर्ण ने वीर हाथी की ओर देखा। उसकी अंतिम लड़ाई। पशु बड़ी सफ़ाई से काटी गई अपनी सूंड के बड़े से घाव से भारी मात्रा में निकल रहे रक्त से धीरे-धीरे मर रहा था। 'वो पशु... महान है... उसका अंत प्रेम से करना... प्रभु हनुमान... उसका अंत... मेरे साथ करना...'

'हम ऐसा ही करेंगे...'

हनुमान ने हाथी की ओर देखा। और फिर से अपने मित्र कुंभकर्ण की ओर।

एक जानवर। और एक मनुष्य। लेकिन दोनों की नियति समान।

त्रासदीपूर्ण नर। दोनों।

जानवर। जिसे उसकी मां, उसकी बहनों, उसकी प्रेमिकाओं ने त्याग दिया था... जब मातृसत्तात्मक वंश के लिए उसका कोई उपयोग नहीं रहा।

मनुष्य। वो जैसा दिखता था, केवल उसके कारण दुनिया उससे घृणा करती थी। और उसके बड़े भाई के अपराधों के लिए।

दोनों एकाकी। दोनों क्रुद्ध। दमित क्रोध। दोनों साहसी। दोनों... महान।

दोनों अपने भाइयों से अत्यंत प्यार करने वाले।

हाथी अपने भाई महावत से। और कुंभकर्ण अपने भाई रावण से।

दोनों अपने भाइयों द्वारा बचाए गए।

हाथी महावत द्वारा जिसने उसे तब उद्देश्य दिया था जब वो अकेला था। कुंभकर्ण रावण द्वारा जिसने जन्म के समय अपने भाई की जान बचाई थी।

दोनों अपने भाइयों द्वारा इस्तेमाल किए गए।

हाथी, युद्ध में अपनी महिमा के लिए अपने महावत द्वारा इस्तेमाल किया गया। कुंभकर्ण, जीवन भर अपने भाई के कार्यों के प्रबंधन के लिए मजबूर।

हनुमान ने महावत की ओर देखा जो हाथी के सिर से टिका हुआ था। फूट-फूट कर रो रहा था। हाथी ने अपना सिर झुकाया हुआ था। लगभग ऐसे जैसे अपनी अंतिम सिसकियां लेते हुए भी, वो अपने महावत को सांत्वना देने की कोशिश कर रहा हो।

असीम प्यार।

'वो मुझसे प्यार करते थे... सबसे ज्यादा...' कुंभकर्ण फुसफुसाया।

हनुमान ने अपने मित्र की ओर देखा।

'उन्हें मृत्यु में... सम्मान देना...'

हनुमान का मन भारी हो गया। कुंभकर्ण अपने अंतिम क्षणों में भी अपने *बड़े भाई* रावण के बारे में सोच रहा था।

उसका *दादा*। उसका वरदान। उसका अभिशाप।

'मैं राम के ध्वज तले लड़ता हूं,' हनुमान ने कहा। 'हम सम्मानजनक रहेंगे, मेरे मित्र। आप यह जानते हैं।'

कुंभकर्ण ने सिर हिलाया। 'विदा... मेरे मित्र...'

'मैं जल्द ही आपसे दूसरी ओर मिलूंगा, मेरे भाई,' हनुमान फुसफुसाए।

कुंभकर्ण की आंखें टिमटिमाईं। 'अपना समय लीजिए...'

हनुमान धीरे से हंस पड़े।

कुंभकर्ण मुस्कुराया। फिर उसने एक बार फिर से हाथी की ओर देखा; जानवर खून बहने से मर रहा था। धीरे-धीरे। उन्होंने उस शानदार विरोधी, एक योग्य विरोधी के प्रति सम्मानपूर्वक अपना सिर झुकाया। और फिर, कुंभकर्ण ने अपनी अंतिम सांस को धीरे से निकल जाने दिया

अब हनुमान के आंसू एक तेज़ बाढ़ के रूप में छलक पड़े। उन्होंने अपने दोस्त को गले लगा लिया। और फिर धीरे से उसका सिर वापस जमीन पर रख दिया।

शक्तिशाली वायुपुत्र अपनी तलवार खींचकर और उसे ऊंचा पकड़े तनकर खड़े हो गए। ताकि मित्र और शत्रु दोनों उन्हें साफ-साफ देख सकें। फिर उन्होंने तलवार को लहराकर नीचे किया और उसे उसकी नोक के बल धरती में गाड़ दिया। और फिर वो एक घुटने के बल नीचे बैठे। और उन्होंने अपना सिर झुकाया।

एक असाधारण शत्रु के प्रति सम्मान दिखाते हुए।

और वहां उपस्थित सभी सैनिक, लंकाई और अयोध्याई दोनों, एक घुटने के बल बैठ गए।

जैसा कि अच्छे सैनिक करते हैं। जब कोई महान योद्धा मरता है।

एक महान योद्धा न तो शत्रु होता है और न ही मित्र। वो केवल एक महान योद्धा होता है।

हाथी और कुंभकर्ण।

दोनों एकाकी और त्रासदीपूर्ण।

दोनों को वो वरदान प्राप्त हो गया था जिसके लिए ऐसे पुरुष लालायित रहते हैं।

एक अच्छी मौत।

अध्याय 34

दोपहर के कुछ बाद, तीसरे प्रहर के दौरान, राम कुंभकर्ण के शव के पैरों के पास चुपचाप खड़े थे।

दिन की लड़ाई समाप्त घोषित की जा चुकी थी, हालांकि सूरज अभी आसमान में ऊंचा था। लड़ाई दो घंटे से कुछ अधिक समय तक चली थी। इसमें लंका की अधिकांश सेना नष्ट हो गई थी।

लंकाई शवों को रोते-बिलखते परिजन वापस ले जा रहे थे। अंतिम संस्कार सिगिरिया के बाहरी और भीतरी दुर्ग की दीवारों के बीच की मध्यवर्ती भूमि पर आयोजित होने थे। वो सामूहिक दाह संस्कार के लिए आवश्यकता योग्य पर्याप्त खुली भूमि थी। अनुष्ठान वैदिक नियमों के अनुसार आयोजित किया जाना था। घायलों की देखभाल लंकाई वैद्यों द्वारा की जा रही थी। राम ने अपनी सेना के वैद्य भी दिए थे। वो लंकाइयों के साथ मिलकर उनके घायलों की देखभाल कर रहे थे। अभी तक हताहतों की ठीक से गणना नहीं की गई थी। लेकिन श्रीलंकाइयों के लिए ये आंकड़े दसियों हज़ार में होंगे। और शायद कुछ सौ अयोध्याई भी।

अयोध्याई हाथियों ने लंका की युद्ध योजनाओं को ध्वस्त कर दिया था।

'क्या आदमी था...' राम ने नीचे कुंभकर्ण की लाश की ओर देखते हुए कहा। 'काश कि भाग्य ने इन्हें किसी भिन्न परिवार का वरदान दिया होता...'

राम की बगल में खड़े हनुमान ने अभी वहां हुए पूरे युद्ध का वर्णन किया था, और कि किस तरह कुंभकर्ण ने लंकाई सेना के इस भाग को बचाया था।

राम एक घुटने के बल नीचे झुके, उन्होंने अपने कंधे से अंगवस्त्रम को उतारा और उसे कुंभकर्ण के पूरे शरीर पर फैला दिया। जिससे उसका धड़ और घुटने ढक गए। उसका चेहरा खुला छोड़ दिया गया था। कपड़े पर चारों दिशाओं में किरणें बिखेरे सूर्य का प्रतीक सूर्यवंशी अलंकृत था।

कुंभकर्ण की लाश को राम के अंगवस्त्रम ने ढका हुआ था।

सम्मान का प्रतीक।

कुंभकर्ण को अपनों के रूप में चिह्नित करने का प्रतीक।

उनके पीछे कुछ शोर हुआ। राम पलटे तो उन्होंने रावण और इंद्रजीत को देखा। एक ही रथ पर। लड़ाई में दोनों घायल। रावण अपने पुत्र से अधिक घायल। क्योंकि उसने अपनी पैदल सेना के पीछे हट जाने तक अयोध्या की पैदल सेना को घुस आने से रोकने वाले हरावल दस्ते की कार्रवाई का नेतृत्व किया था।

रावण ने अभी तक अपने चमड़े से लिपटे धातुई युद्ध कवच को नहीं उतारा था। उसका बायां हाथ कपड़े से बनी एक अस्थायी गलपट्टी में था। उसकी बाईं भुजा की पेशियों में दो तीरों के खूंटे धंसे हुए थे। मूठों को तोड़ दिया गया था और घाव के चारों ओर कोई औषधीय लेप लगाया गया था। युद्धक्षेत्र की त्वरित प्राथमिक चिकित्सा। उसके कई घावों के आसपास का खून जम गया था, जिससे उसके सिर और दोनों बांहों के नीचे मोटी लाल धारियां बनी हुई थीं। वो अपने दाहिने पक्ष पर ज़ोर देकर लंगड़ाता हुआ चल रहा था। स्पष्ट था कि उसकी दाईं टांग में गंभीर चोट आई थी, लेकिन यह घाव खुला नहीं था। धोती पर खून के कोई अवशेष नहीं थे। उसकी दाईं आंख में धातुई टुकड़े घुस गए थे। यह स्पष्ट था कि अब वो कभी उस आंख का उपयोग नहीं कर पाएगा, चाहे शल्यचिकित्सक कितना भी प्रतिभाशाली क्यों न हो।

रावण वीभत्स दिखाई दे रहा था।

लेकिन उसके चेहरे पर जो अवर्णनीय दर्द था उसका कारण इनमें से कोई घाव नहीं था।

अस्त्र वो नहीं कर सकते थे जो उसके छोटे भाई के शव के दृश्य ने कर दिखाया था।

रावण ने एक भी आंसू नहीं निकलने दिया। शत्रु की उपस्थिति में कमजोरी का कोई प्रदर्शन नहीं। राम के सामने तो क़तई नहीं। कभी नहीं।

छह लंकाई सैनिक तेज़ी से आगे बढ़े। उन्होंने शीघ्रतापूर्वक, लेकिन धीरे से, कुंभकर्ण के क्षत-विक्षत शरीर को उठाकर एक शिविका पर रख दिया। वो उसे रावण के पास ले गए। लंका का राजा बिना पलक झपकाए अपने भाई के चेहरे की ओर देखता रहा। कुंभकर्ण के चेहरे का अंतिम भाव, वो भाव जिसे उसकी अमर आत्मा इस जीवन के अंतिम विचार के अवशेष के रूप में दर्ज करेगी, वो अपार पीड़ा की व्यथा नहीं था, बल्कि प्रसन्नता की मुस्कान था। जैसे उसने कोई सरल पल किसी मित्र के साथ साझा किया हो।

लंका के राजा ने मुड़कर हनुमान की ओर देखा। क्योंकि हनुमान ही वो अंतिम व्यक्ति रहे होंगे जिन्हें कुंभकर्ण ने देखा था। बिना कुछ कहे, रावण दूसरी ओर देखने लगा।

हनुमान भी चुप रहे। उन्होंने अपने हाथों को जोड़कर नमस्ते करते हुए कुंभकर्ण की लाश के सम्मान में अपना सिर झुकाया।

लंका के राजा ने अपने छोटे भाई के चेहरे को कोमलता से छुआ। उसने अपना हाथ गालों पर, फिर माथे पर और बालों में घुमाया। कुंभकर्ण को निहारते हुए। अपने चेहरे पर एक उदास भाव लिए।

लेकिन वो रोया नहीं। उसने अपने दुख को अपनी आत्मा में दबाए रखा। इसे बाहर निकालने का समय आएगा। बाद में।

उसने एक गहरी सांस ली, और स्वयं को संभाला।

उसने अपने भाई के शरीर पर राम के सूर्यवंशी चिह्न-अंकित अंगवस्त्रम को देखा। और फिर अयोध्या के राजा की ओर मुड़ा।

रावण फुसफुसाया, 'धन्यवाद।'

राम ने अपना सिर झुकाया और विनम्रतापूर्वक कहा, 'आपके भाई एक वीर योद्धा थे। उन्होंने अपने विरोधियों का सम्मान अर्जित किया है। भगवान यम वैतरणी के पार तक उनका मार्गदर्शन करें। उनके गीत सदा गाए जाएं।'

रावण हल्का सा मुस्कुराया, हालांकि उसके घावों के कारण वो मुस्कान चेहरे की ऐंठन सी लग रही थी। *आप अपना मूल्य केवल अपने दोस्तों की नजर में प्यार से नहीं मापते। आप इसे अपने दुश्मनों की आंखों में प्रशंसा से भी मापते हैं।*

रावण ने द्वारों की ओर देखा और फिर वापस राम की ओर देखा। उसने दोहराया। 'धन्यवाद।'

रावण ने अभी अपनी सेना का पीछा करते हुए नगर में न घुसने के लिए राम को धन्यवाद दिया था। जो कि वो लंकाइयों के पीछे हटने पर खुले द्वारों से कर सकते थे। यदि राम ने ऐसा किया होता, तो वो आज ही युद्ध समाप्त कर सकते थे। लेकिन एक अच्छा सेनापति जानता है कि युद्ध के दौरान एक बार किसी नगर में शत्रु सेना प्रवेश कर जाए, तो फिर कुछ कहा नहीं जा सकता कि क्या होगा। सेनापति के लिए सैनिकों पर नियंत्रण कर पाना बहुत कठिन हो जाता है। कोई विन्यास नहीं रहता है। कमान की श्रृंखलाएं टूट सकती हैं। विरोधी शक्तियों के बीच सड़क की लड़ाई से बहुत अधिक संपार्श्विक क्षति होती है। अयोध्या की सेना और सिगिरिया के नागरिकों के बीच लड़ाई छिड़ सकती थी और हजारों निहत्थे नागरिक मारे जा सकते थे। शत्रु सेना को किसी नगर में अंतिम उपाय के रूप में ही प्रवेश करना चाहिए; केवल तभी जब रक्षक सेना युद्ध करने के लिए बाहर नहीं आ रही हो।

राम ने धर्म के साथ व्यवहार किया था। और रावण में इसे स्वीकार करने की गरिमा थी।

अयोध्या के राजा ने रावण की कृतज्ञता को स्वीकार करते हुए एक बार सिर हिलाया।

'हम...' रावण हिचकिचाया।

'हां, राजा रावण?' राम ने पूछा।

'प्रभु राम, हम ब्राह्मणों के समुदाय में हमारी अलग-अलग परंपराएं हैं। हम दो अलग-अलग अंतिम संस्कार करते हैं। हम मृतक के चेहरे के अंतिम भाव की सटीक समानता में बने मौत के मुखौटे के साथ शरीर की पुआल की एक प्रतिकृति बनाते हैं। फिर उसका दाह संस्कार किया जाता है। स्वयं शरीर का दाह संस्कार नहीं किया जाता, बल्कि उसे दफनाया जाता है। जन्मस्थान के निकट, जहां कभी व्यक्ति की गर्भनाल को दफनाया

गया था। हम शरीर को कुछ वस्तुओं के साथ दफनाते हैं जो गुजरी हुई आत्मा के लिए इस जीवन में महत्वपूर्ण थे। और, यदि वो युद्ध में मरा हो, तो हम शत्रु या मृत्यु का कारण बनने वाले हथियार के किसी अंश को कब्र के भीतर रखते हैं।'

'मैं परंपरा जानता हूं,' राम ने कहा। 'प्रभु हनुमान ने मुझे आपके समुदाय के अनुष्ठानों के बारे में बताया है। हम आपको उस हाथी का एक दांत भेजेंगे जिससे अंत में उन्होंने युद्ध किया था। उस महान जानवर के दांत को अपने भाई के साथ दफना देना। यह हमारे बहादुर हाथी का भी सम्मान होगा।'

रानी सीता इस आदमी के बारे में सही थीं... यह अच्छा विष्णु बनेगा...

भुजाओं में तीर धंसे होने के कारण, रावण अपने बाएं हाथ को आजादी से नहीं हिला सकता था। इसलिए उसने अपने दाएं हाथ को खींचकर अपनी छाती पर लगाया और अपना सिर झुकाया। 'धन्यवाद।'

राम ने हाथ जोड़कर नमस्ते की।

रावण पलटा और लंगड़ाता हुआ वापस अपने रथ पर चला गया; इंद्रजीत उसके पीछे था। कुंभकर्ण के शव को रावण के बगल वाले रथ में रखा गया था। लंका के राजा ने पीछे मुड़कर राम की ओर देखा, और फिर युद्धक्षेत्र से दूर ले जाए जाने के लिए मुड़ गया।

'क्या आपको लगता है कि अब वो आत्मसमर्पण कर देगा?' हनुमान ने पूछा।

राम ने कंधे उचका दिए। 'पता नहीं।'

'मेरे अनुमान से वो अपनी कम से कम आधी सेना खो चुका है। और अधिकांश घुड़सवार और रथ वाहिनियां भी। उसके सर्वश्रेष्ठ सेनापतियों में से दो, कुंभकर्ण और मारीच, मारे जा चुके हैं। वो लड़ाई जारी नहीं रख सकता। उसे अपने भले के लिए यह बात समझ आ जानी चाहिए। युद्ध एक तरह से समाप्त हो चुका है।'

लेकिन लड़ाई तब तक खत्म नहीं होती जब तक वो खत्म नहीं हो जाती।

रावण का पुत्र इंद्रजीत आसानी से आत्मसमर्पण करने वाला नहीं था।

उसके पास एक योजना थी। और वो पहले ही आदेश दे चुका था।

***

'उनका अंतिम संस्कार पूरे सम्मान के साथ होना चाहिए,' राम ने कहा। 'बिल्कुल हमारे सैनिकों की तरह।'

युद्ध में मारे गए दो हाथियों को हाथियों द्वारा खींची गई विशाल बेलिकाओं पर अयोध्या शिविर के बाहरी क्षेत्र में ले जाया गया। उनके वहां पहुंचने पर, सभी हाथियों ने, यहां तक कि उन्होंने भी जो इस विशेष वाहिनी का भाग नहीं थे, आकर उन्हें श्रद्धांजलि दी। हाथी एक-एक करके, धीरे-धीरे दोनों लाशों के पास आए, अपनी सूंडों को फैलाया और गहरे सम्मान के साथ उन्होंने अपने मारे गए साथियों के माथों को धीरे से छुआ। उन्होंने श्रद्धापूर्वक शवों की परिक्रमा की, और फिर धीरे-धीरे चलते हुए वहां से चले गए। बिना पीछे देखे। अंतिम हाथी द्वारा अनुष्ठान पूरा किए जाने तक अयोध्याई धैर्यपूर्वक प्रतीक्षा करते रहे। जानवरों को भी अपने कर्मकांडों पर उतना ही अधिकार है जितना कि मनुष्यों को अपने कर्मकांडों पर। दूर से चिताओं की चमक दिखाई दे रही थी, जहां अयोध्याई मृतकों को मानव और दैवीय शक्तियों के मध्य के दूत, महान अग्नि देव को सौंपा जा रहा था। पुजारी धीरे-धीरे गरुड़ पुराण के संस्कृत के मंत्रों का जाप कर रहे थे। वातावरण में मार्मिक गरिमा पैदा करती आवाजें हवा में तैर रही थीं।

'हां, बिल्कुल, दादा,' भरत ने कहा। 'लेकिन पहले, दांत।'

राम ने सिर हिलाया।

मरे हुए हाथी के दांत निकालना श्रमसाध्य काम है। कमर तक नग्न आदमी काफ़ी समय से काम में लगे हुए थे, और व्यवस्थित ढंग से दांतों के आधार के आसपास की त्वचा और मांस को उधेड़ रहे थे। और उसे काट कर बाहर निकाल रहे थे।

हनुमान राम के दूसरी ओर खड़े थे। कदमों की आहट सुनकर वो मुड़े। लक्ष्मण और शत्रुघ्न भी मुड़े।

अरिष्टनेमी, विभीषण और नारद चलते हुए आगे आए।

अरिष्टनेमी ने कहा, 'हमें अभी-अभी गुप्तचरों से जानकारी मिली है। मुझे डर है कि एक बुरा समाचार है।'

'बुरा समाचार?!' भरत ने आश्चर्य से पूछा। 'क्या वो आत्मसमर्पण नहीं कर रहे हैं?'

हताहतों की गिनती की जा चुकी थी। युद्ध में तीन सौ छह अयोध्याई सैनिक मरे थे। लंका की ओर से हुई मौतों से इसकी कोई तुलना नहीं थी। सत्तर हजार से अधिक पैदल सैनिक मारे गए थे। चालीस हजार अन्य गंभीर रूप से घायल थे, जिनके अगले दिन तक युद्ध के लिए स्वस्थ होने की संभावना नहीं थी। घुड़सवार सेना और रथ वाहिनी का तो व्यावहारिक रूप से सफाया ही हो चुका था। जो बच गए थे, वो अपने जीवन के लिए कुंभकर्ण और उसकी घुड़सवार सेना की अंतिम वीरतापूर्ण लड़ाई के ऋणी थे। अब लंकाई सैनिकों की संख्या नब्बे हजार रह गई थी, और उनके पास अपने पक्षों को मजबूत करने के लिए घुड़सवार सेना लगभग ना के बराबर थी। दूसरी ओर, अयोध्याइयों के पास अभी भी लगभग एक लाख साठ हजार सैनिक और उनके लगभग सभी घुड़सवार और हाथी थे।

'नहीं, वो आत्मसमर्पण नहीं कर रहे हैं,' अरिष्टनेमी ने उत्तर दिया। 'लेकिन यह वो बुरा समाचार नहीं है जो हम लाए हैं।'

'सावधान...' नारद ने अचानक दांत निकालने के काम में लगे सैनिकों को पुकारा।

सब मुड़कर देखने लगे।

सैनिक अब अपने काम के सबसे सूक्ष्म भाग में थे। वो कुल्हाड़ी के बड़े सधे हुए और सावधानीपूर्ण प्रहारों के द्वारा, दांतों की जड़ों के आसपास की हड्डी को काट रहे थे। लापरवाही भरी एक थपकी भी दांतों को क्षतिग्रस्त कर सकती थी या तोड़ सकती थी। लेकिन स्पष्ट था कि वो अपना काम अच्छी तरह जानते थे। उन्होंने नारद को उत्तर देने का कष्ट नहीं उठाया।

'कोई बुरा समाचार कैसे हो सकता है?' लक्ष्मण ने बातचीत को वापस पटरी पर लाते हुए पूछा। 'हमारे हाथियों की बदौलत उनकी आधी सेना नष्ट हो गई। और हम शेष आधी सेना को कल नष्ट कर देंगे। हमारे हाथी काम पूरा कर देंगे।'

'बुरा समाचार यह है कि हमारे हाथी उड़ नहीं सकते,' नारद ने कहा।

शत्रुघ्न गुर्राए। 'क्या?! कृपया स्पष्ट बोलिए, नारदजी।'

'इंद्रजीत पुष्पक विमान में ईंधन भर रहा है। और अस्त्र भी। मैंने सुना है कि उसका कल युद्ध में उसे इस्तेमाल करने का इरादा है।'

भरत ने त्योरियां चढ़ाईं। 'यह हास्यास्पद है। पुष्पक विमान युद्ध का हथियार नहीं है।'

'यह ज्ञापन इंद्रजीत को नहीं मिला,' हमेशा की तरह व्यंग्यपूर्ण नारद ने कहा। 'उसकी योजना है कि वो कल हमारी सेना के ऊपर नीचा उड़ेगा, और हमारे सैनिकों पर तीर, भाले और जलता हुआ तेल बरसाएगा। एकमात्र अच्छा समाचार यह है कि विमान का द्वार बहुत छोटा है; शेष विमान पूरी तरह बंद है। इसलिए एक बार में उनके दो से अधिक योद्धा हम पर तीर नहीं चला सकेंगे।'

राम ने आकाश की ओर देखा। 'एक उड़ता हुआ यान, शस्त्रों से आक्रमण करता हुआ... वो एक दुर्जेय विरोधी है। वो हमारी पैदल सेना के ढांचे को तोड़ सकते हैं। वो हमारी हाथी और घुड़सवार सेनाओं को भी थका सकते हैं।'

'बिल्कुल सही,' नारद ने कहा।

उन्होंने सिपाहियों का घुरघुराना सुना और एक बार फिर देखने के लिए मुड़े। एक दांत के आधार के आसपास की हड्डियों को अब छीला जा चुका था। चार सैनिकों ने सावधानीपूर्वक हड्डीदार नलिका से दांत को निकाला और उसे जमीन पर रख दिया। स्पष्ट था कि दांत बहुत भारी था। एक व्यक्ति ने दांत के ऊपर बैठकर बड़ी कुशलता से लंबी शंक्वाकार नसों और ऊतक को काटकर दांत के खोखले आधार से उसे मुक्त किया। सफेद चिपचिपे रेशे एक छपाके के साथ बाहर निकल आए। दो सैनिक पानी के मटके लिए आगे बढ़े और दांत से खून और ऊतक अच्छी तरह साफ करने के लिए उसे धोने लगे; दोनों के, हाथी द्वारा वार करने पर शत्रुओं के खून और ऊतक भी, और स्वयं हाथी के भी।

'विभीषण,' नारद ने लंका के राजकुमार की ओर मुड़ते हुए कहा, 'मुझे विश्वास है कि आपने समाधान के बारे में कुछ सोचा होगा।'

'शायद वही जो आपने सोचा होगा।'

'अकंपन?'

विभीषण ने सिर हिलाया।

'अकंपन कौन हैं?' शत्रुघ्न ने पूछा।

'रावण दादा के सबसे पुराने सहयोगियों में से एक,' विभीषण ने उत्तर दिया। 'रावण दादा ने समुद्री लुटेरे के रूप में अपने कार्य जीवन का आरंभ अकंपन के पोत पर किया था। अब, अकंपन राजकीय वित्त और खातों की देखभाल करता है।'

'वो पुष्पक विमान में हमारी कैसे सहायता कर सकता है?' लक्ष्मण ने पूछा। 'क्या वो विमान के ईंधन का बीजक पारित करने से इंकार कर देंगे?'

नारद हंस पड़े। 'आप अंततः हास्य-कला सीखने लगे हैं, राजकुमार लक्ष्मण।'

भरत भी हंसने लगे। 'मुद्दे पर वापस आते हुए,' उन्होंने कहा, 'प्रभु अकंपन हमारी मदद कैसे कर सकते हैं?'

विभीषण ने कहा, 'विमान को उड़ाना बहुत मुश्किल है। उनके पास बहुत कम विमान चालक हैं। और विमान चालक भी सैनिक थे। वो आज युद्ध में लड़े। वो जीवित नहीं बचे।'

'और अकंपन विमान उड़ा सकते हैं?'

'हां। वरिष्ठ अधिकारियों और राजघरानों में केवल कुंभकर्ण दादा और अकंपन ही विमान उड़ाना जानते थे। तो अब केवल अकंपन है...'

भरत ने विभीषण को गौर से देखा। लंकाई राजकुमार इस बात से ज़रा भी व्याकुल नहीं था कि आज उसका बड़ा भाई मार डाला गया था। *विचित्र परिवार है...*

उन्होंने राम की ओर देखा। जो शायद यही सोच रहे थे।

राम बोले। 'और यदि मंत्री अकंपन हमारे पक्ष में हों, तो वो सही समय पर...'

'बिल्कुल सही।'

सैनिक अब विशाल हाथी दांत को एक बड़े से कपड़े में बांध रहे थे। वो जानते थे कि इसे सिगिरिया के अंदर रावण के पास भेजा जाना था।

'लेकिन वो हमारी मदद क्यों करेंगे?' भरत ने विभीषण से पूछा। 'इसमें उनका क्या कोण है?'

उत्तर नारद ने दिया। 'अकंपन के साथ मसला यह है: वो रोता हुआ पैदा हुआ था। और उसने कभी रोना बंद नहीं किया।'

भरत हंस पड़े। 'अच्छी बात कही, नारदजी। लेकिन यह मेरे प्रश्न का उत्तर नहीं है।'

'अकंपन हमेशा इस बात से चिंतित रहता है कि क्या गलत हो सकता है,' विभीषण ने कहा। 'मैं उससे अधिक निराशावादी व्यक्ति को नहीं जानता। और आज लंकाई खेमे की मनोदशा यह होगी कि सब कुछ गलत हो गया है। कि वो लगभग निश्चित रूप से कल को सब कुछ खो देंगे। शायद एक सम्मानजनक हार भी मुश्किल ही हो। अकंपन अपने विकल्प खुले रखना चाहेगा।'

'हम्म, तब तो हमें उनसे संपर्क करना चाहिए,' राम ने कहा। 'राजकुमार विभीषण, आपको हमसे क्या चाहिए?'

'मैं उसे क्या प्रस्ताव दे सकता हूं?'

'जो आपको उचित लगे। मुझे आप पर विश्वास है। बातचीत में सहायता के लिए नारदजी भी आपके साथ जा सकते हैं।'

विभीषण ने सिर हिलाया। 'मैं उसे अपने साथ मिला लूंगा, राजा राम।'

—JF JJ5D—

'हमें एक अतिरिक्त योजना की आवश्यकता है,' राम ने कहा।

चारों भाई दिन का भोजन कुछ देरी से करने के लिए राम के तंबू में एक साथ बैठे थे। उनके घावों को धोया और उनकी मरहम-पट्टी की गई थी। उनके शरीर ताजा-ताज़ा नहाए और तेल से चुपड़े हुए थे।

'हां,' लक्ष्मण ने कहा। 'मुझे विश्वास नहीं है कि विभीषण सफल होगा।'

भरत ने कहा, 'मुझे लगता है कि दादा को राजकुमार विभीषण पर पूरा भरोसा नहीं है।' वो जानते थे कि राम के आचरण से पता चलता था कि उन्हें अपने अनुयायियों पर पूरा भरोसा था। लेकिन उन दोनों ने सेना के

भीतर एक बहुत ही कुशल और सावधान जासूसी प्रणाली भी स्थापित की थी। यह सुनिश्चित करने के लिए कि उन्हें अपने सैनिकों के बीच चल रहे कार्य-कलापों की सही जानकारी मिलती रहे। वो अपने साथ किसी को वो नहीं करने दे सकते थे जो विभीषण ने लंका के साथ किया था। राम ने एक बार भरत से कहा था कि नजर केवल बाहर अपने शत्रुओं पर मत रखो, भीतर के विश्वासघातियों पर भी रखो।

'मुझे भी उस पर पूरा भरोसा नहीं है,' शत्रुघ्न ने कहा। 'अपने परिवार के लिए विश्वासघाती अपने स्वार्थ के लिए अपने मित्रों के साथ भी विश्वासघाती होगा।'

'खैर,' राम ने कहा, 'अभी बात राजकुमार विभीषण के बारे में नहीं है। अभी बात पुष्पक विमान के बारे में है। यदि राजकुमार इंद्रजीत ने विमान का अच्छी तरह से उपयोग कर लिया, तो वो हमारी पैदल सेना की संरचनाओं को नष्ट और तितर-बितर कर देगा। आसमान से हम पर बरसते तीरों और आग की कल्पना करो। विमान के डैनों की भयंकर गर्जना और हमारे हाथियों पर उसका क्या प्रभाव पड़ेगा, इसकी कल्पना करो। वो घबराकर भाग सकते हैं, जिससे हमारे अपने सैनिकों में विनाश फैल सकता है। हनुमानजी और अंगद को विश्वास है कि महावत हाथियों को नियंत्रित करने में सक्षम रहेंगे, लेकिन पैदल सेना के लिए संकट फिर भी बना हुआ है। यह महत्वपूर्ण है कि यदि मंत्री अकंपन हमारे काम नहीं आते हैं, तो हमारे पास एक अतिरिक्त योजना हो।'

भरत ने सिर हिलाया। 'मैं सहमत हूं।'

'तो, हम यह करेंगे...' राम ने अपने भाइयों के पास झुकते हुए कहा।

—J+ J5D—

विशाल मांसपेशियों वाले लक्ष्मण हाथी के हौदे के ऊपर पैरों को कंधों की चौड़ाई तक फैलाए तने हुए खड़े थे। उन्होंने अपने बाएं हाथ की त्रिशिरस्काओं की पेशियों को अपने दाएं हाथ से कोहनी के ऊपर तक उठा लिया। इसी पकड़ को बनाए हुए, उन्होंने बायां हाथ अपनी छाती के आर-पार खींच लिया। उन्हें अपने बाएं कंधे पर खिंचाव महसूस हुआ और मांसपेशियों को आराम मिलने और इसके कारण रक्त प्रवाह बढ़ने

से उनके मुंह से आनंद भरी सांस निकली। बेहतर रक्त प्रवाह प्राणवायु की उपलब्धता में सहायता करेगा और मांसपेशियों को दुग्धाम्ल संचय से छुटकारा दिलाएगा, जिससे ऐंठन की संभावना कम हो जाएगी। फिर उन्होंने इस पकड़ को उलट दिया और अपने दाएं कंधे को खींचा। और एक बार फिर आह भरी।

'बस, बहुत हुआ!' लक्ष्मण के हाथी की बगल में एक और हाथी के हौदे के ऊपर से भरत बड़बड़ाए। 'मैंने अपने खिंचाव पूरे कर लिए हैं।'

लक्ष्मण भरत की ओर मुड़े, और पूरी लापरवाही के साथ उत्तर दिया, 'दादा, कृपया समझें... और अधिक मांसपेशियां। लंबे खिंचाव।'

भरत ने एक भौंह उठाई; उनके चेहरे पर एक कुटिल मुस्कान खेल रही थी। उनकी काया भी काफी प्रभावशाली थी। अधिकतर मानकों के अनुसार। पांच फ़ुट दस इंच के क़द के साथ, उन्होंने नियमित व्यायाम और अच्छे आहार के द्वारा अपने शरीर को स्वस्थ बनाया हुआ था। लेकिन लक्ष्मण उनसे एक फ़ुट अधिक क़द के साथ छह फ़ुट दस इंच लंबे थे, और भैंसे जैसी काया वाले थे। कुछ लड़ाइयां बिना लड़े ही सबसे अच्छी रहती हैं। 'ठीक है, ठीक है... चलिए अब शुरू करते हैं।'

लक्ष्मण ने खींसे निकालते हुए अस्त्र-बंधनी से एक भाला उठाया। उन्होंने उसे अपने दाएं कंधे के ऊपर उठाया। उनकी पकड़ उत्कृष्ट थी, भाले की कड़ी उनके हाथ की हथेली पर सपाट थी, तर्जनी और मध्यमा के बीच, अंगूठा पीछे की ओर जबकि बाकी उंगलियां दूसरी दिशा में इशारा कर रही थीं। उन्होंने अपनी दाईं टांग इस तरह पीछे रखी कि उनका पैर उनके शरीर के लंबवत था। बाईं टांग सामने थी, और पैर आगे की ओर इशारा कर रहा था। बायां हाथ ऊंचा उठा हुआ, कोहनी सीधी और कठोर, हथेली नीचे की ओर। फेंक को आवश्यक गति देने के लिए शरीर थोड़ा सा दाईं ओर मुड़ा हुआ। पीठ मुड़ी हुई। निगाहें आसमान की ओर।

'छोड़ो!' लक्ष्मण ने जोर से आदेश दिया।

एक बंदी सफेद-कंठ सुईपूंछ पक्षी को एक वृक्ष के शिखर से मुक्त किया गया। यह पक्षी इस काम के लिए एकदम उपयुक्त था। मध्य एशिया में पैदा हुआ यह पक्षी सर्दियां भारतीय उपमहाद्वीप में बिताता था और सबसे तेज उड़ने वाले जीवों में से एक था। सुईपूंछ की लंबाई केवल बीस

सेंटीमीटर और पंखों की चौड़ाई पैंतालीस सेंटीमीटर थी। यह एक बहुत छोटा और तेज गति वाला लक्ष्य था।

एकदम सही।

फेंको... भरत ने सोचा।

लेकिन लक्ष्मण प्रतीक्षा करते रहे। वो पक्षी को और ऊंचा उड़ने दे रहे थे। और दूर। चुनौती को और ऊंचा करते हुए। वास्तविक अर्थों में।

फेंको, लक्ष्मण...

ठीक तब जब लग रहा था कि पक्षी निकला जा रहा है, लक्ष्मण ने अपने दुर्जेय कंधे की भयानक शक्ति का उपयोग करते हुए अपने शरीर को बाईं ओर झटका दिया और उस शक्ति को अपनी फेंक में डाल दिया। उन्होंने अपनी कलाई और उंगलियों के झटके के द्वारा गति को बढ़ाते हुए, भाले को उछाला। भाला विस्मयकारी बल और गति के साथ ऊंचा उठा। भाला पक्षी के उड़ान पथ से थोड़ा आगे दिखाई दे रहा था। लेकिन लक्ष्मण की सूझबूझ ने तेज पक्षी के बढ़ते त्वरण की बड़ी सटीक गणना की थी।

भाला भयानक ढंग से सुईपूंछ में घुस गया और उसकी धारदार धातुई नोक ने पक्षी को दो टुकड़ों में काट दिया। भाला बमुश्किल धीमा होते हुए आगे बढ़ता चला गया। रक्त एक ब्रह्मांडीय धारा की तरह फूटा और आकाश को लाल रंग के धब्बे से रंग गया जबकि पक्षी का द्विभाजित शरीर दो बड़ी सफाई से कटे भागों में पृथ्वी पर गिर गया।

लक्ष्मण ने अपने हाथों को जोड़ते हुए पक्षी के आगे झुककर उसके लिए क्षमा मांगी जो अभी घटित हुआ था।

'वाह...' भरत ने कहा।

लक्ष्मण ने अपने भाई की ओर देखा और प्रसन्नतापूर्वक मुस्कुरा दिए।

भरत ने सिर हिलाया, जिनका होंठ एक ओर को ऐसे मुड़ा हुआ था जैसे उससे प्रशंसा बलपूर्वक निकाली जा रही हो। लेकिन प्रशंसा तो करनी ही थी। 'बुरा नहीं है, बिल्कुल बुरा नहीं है...'

लक्ष्मण हंसने लगे। 'बुरा नहीं है? यह अद्‍भुत था, दादा...'

'हां, बिल्कुल था,' भरत हंसे। 'यह अद्‍भुत था।'

'आपकी बारी।'

भरत फिर से अपने शरीर को खींचने लगे। और उन्होंने स्वयं को तैयार किया। अगला पक्षी छोड़ा गया। भरत ने एकदम सटीक समय पर अपना भाला फेंका। थोड़ा जल्दी। कम ऊंचाई पर। कम भड़कीला। लेकिन इसने पक्षी को मारा और उसे तुरंत मार डाला।

'यह भी अद्‌भुत था, दादा!' लक्ष्मण ने कहा।

'केवल बीस और पक्षियों पर अभ्यास करना है,' भरत ने कहा।

राम ने सुझाव दिया था कि वो अति न करें। यह महत्वपूर्ण था कि वो अपनी मांसपेशियों को थकाएं नहीं। लेकिन भाइयों ने तय किया हुआ था कि 'अभ्यास परिपूर्ण बनाता है।'

लक्ष्मण ने एक और भाला उठाते हुए आवाज़ दी, 'अगला...'

राम और शत्रुघ्न दूसरे कामों में व्यस्त थे। पुष्पक विमान के हमलों की तैयारी के लिए, राम अपनी पैदल सेना को नई संरचनाओं का प्रशिक्षण दे रहे थे। और शत्रुघ्न हाथियों और घोड़ों के लिए कुछ अतिरिक्त सुरक्षात्मक उपकरण बना और गढ़ रहे थे। ऐसे उपकरण जिनके बारे में राम का मानना था कि वो अगले दिन लड़ाई के लिए महत्वपूर्ण होंगे।

अध्याय 35

'काश उसने मेरी बात मान ली होती, तो यह सब नहीं होता...' रावण की मां कैकेसी चिल्लाईं। वो अपनी सौतेली बेटी शूर्पणखा के साथ राजकीय चिकित्सालय के कक्ष के एक कोने में खड़ी थीं।

कैकेसी गोकर्ण से सिगिरिया वापस आ गई थीं और उन्हें राम के आदेशानुसार अयोध्या की घेराबंदी के बीच से सुरक्षित मार्ग प्रदान किया गया था। अभी वो चिकित्सालय में अपने प्रिय पुत्र कुंभकर्ण और अपने भाई मारीच के निधन का शोक मना रही थीं।

उनकी वापसी का प्रत्यक्ष कारण इस युद्ध में अपने पुत्रों का नैतिक समर्थन करने की उनकी इच्छा थी। लेकिन रावण जानता था। वो यहां उसे प्रताड़ित करने आई थीं। अंतिम बार।

उसने अपनी मां के प्रत्यक्ष रूप से फुसफुसाते शब्दों को सुना और उन्हें अनसुना कर दिया। वो अपने दिल में जानता था कि उन्होंने जानबूझकर यह सुनिश्चित किया था कि वो उनकी बात सुन ले।

वो उसकी सफलता को भुनाते हुए विलासितापूर्ण जीवन व्यतीत कर रही थीं। पर फिर भी वो उसी के साथ सबसे बुरा व्यवहार करती थीं।

लेकिन वो उन पर अपना समय नष्ट नहीं करना चाहता था। उसका ध्यान उस पर केंद्रित था जिसके साथ वो जानता था कि उसने बुरा व्यवहार किया था।

कुंभकर्ण का शव शल्य-पीठिका के ऊपर बीच में पड़ा था। शव अकड़ने के लक्षण प्रदर्शित करने लगा था। रावण ने अपने भाई का दायां हाथ पकड़ रखा था। उंगलियां कड़ी और अनम्य हो गई थीं। सबसे पहले शरीर के सिरे कठोर पड़ते हैं।

राजकीय चिकित्सक मौत का मुखौटा बना रहा था, यद्यपि तकनीकी रूप से यह एक चिकित्सकीय प्रक्रिया नहीं थी। चिकित्सक ने सबसे पहले चेहरे और चेहरे के बालों पर चिकनाई लगाई थी। ऐसा इसलिए किया गया था कि बाल लेप से चिपकें नहीं। फिर चेहरे की प्रत्येक बारीकी को पकड़ने के लिए चेहरे पर सावधानी के साथ लेप लगाया गया।

लेप लगने के साथ-साथ, कुंभकर्ण का चेहरा धीरे-धीरे एक सफेद चिपचिपे आवरण के पीछे छिपता जा रहा था। कैकेसी अपनी छाती को पीटते और बालों को नोचते हुए और भी जोर-जोर से विलाप करने लगीं। 'अब मैं अपने बेटे को देख भी नहीं सकती! अब मैं अपने बेटे को देख भी नहीं सकती!' कैकेसी नाटकीय ढंग से विलाप कर रही थीं, और ऐसा लगता था जैसे वो सांस लेने की क्षमता भी खोती जा रही हों। वो अब बुरी तरह हांफ रही थीं।

चिकित्सक रुक गया और उसने अपने परिचारक की ओर मुड़ते हुए उसे रानी मां की जांच करने का संकेत दिया। रावण ने हाथ के हल्के से इशारे से उन्हें रोक दिया। 'मेरे भाई पर ध्यान दो,' रावण धीरे से गुर्राया, उन अपशब्दों को रोकने का प्रयास करते हुए जो वो अपनी मां के लिए बोलना चाहता था। पिछले कुछ घंटों से उसकी नाभि में बुरी तरह दर्द हो रहा था। अब यह असहनीय हो गया था।

चिकित्सक वापस कुंभकर्ण पर काम करने लगा। वो लेप की और परतें लगाने लगा। जितनी अधिक परतें, उतना ही मजबूत सांचा। लेप को सांचे में बदलने में आमतौर पर एक या दो घंटे लगते थे, लेकिन लंका के चिकित्सकों ने एक नई विधि विकसित कर ली थी जिससे सांचा पंद्रह से बीस मिनट में सूख जाता था।

रावण के लिए, ये पृष्ठभूमि में उसकी मां के चीख-चीखकर विलाप के साथ पंद्रह से बीस मिनट थे। अंततः, वो उनकी ओर मुड़ा। 'आप... आप मारीच मामा के शव के साथ क्यों नहीं रुकतीं? उनका मौत का मुखौटा तैयार हो चुका है। और चिकित्सक—'

'तुम मुझे मेरे भाई का शव फिर से दिखाना चाहते हो?' कैकेसी चिल्लाईं। 'तुमने देखा भी है कि हाथियों ने उनके शरीर के साथ क्या किया है?! उन्होंने उन्हें कुचलकर ऐसा मारा है कि उसके बाद लगभग कुछ नहीं बचा है! बस सिर और धड़ के कुछ हिस्से!' कैकेसी ने अपने चीखने से विराम लिया और फिर जोर-जोर से सिसकने लगी। और अपने रोने-चिल्लाने के बीच वो थोड़ा और चीखीं। 'मैं... मैं मर जाऊंगी अगर मुझे... मारीच दादा को फिर से देखना पड़ा! क्या तुम... मुझे मारने की कोशिश कर रहे हो, रावण?! तुम मुझसे इतनी घृणा क्यों करते हो?! मैं तुम्हारी मां हूं!!'

कैकेसी नाटकीय ढंग से अपनी छाती पीटने लगीं। वो अपने हाथ दीवार पर मार रही थीं। अपने भाग्य को कोस रही थीं।

रावण स्वयं को नियंत्रित करने का प्रयास कर रहा था। उसकी नाभि में पीड़ा बढ़ गई थी। 'तो फिर आप अपने कक्ष में प्रतीक्षा क्यों नहीं करतीं, मां? जब कुंभकर्ण का मृत्यु का मुखौटा तैयार हो जाएगा, तब मैं आपको बुला लूंगा।'

'मैं नहीं जाऊंगी!' कैकेसी क्रोध से चिल्लाईं।

'दया करें...' रावण ने अपना सिर पकड़ते हुए कहा। 'मैंने अभी खोया... कृपया... मुझे परेशान मत करिए।'

'वो तुम्हारे कारण मरा है! इस युद्ध का कारण तुम हो! मैंने तुम्हारे कारण अपना अच्छा बेटा खो दिया है!'

रावण को अपनी मां पर तलवार निकालना बहुत अच्छा लगता। लेकिन वो जानता था कि कुंभकर्ण की आत्मा आसपास ही थी। उसके भाई को उनकी मां के लिए बोला गया एक भी कठोर शब्द स्वीकार नहीं था। रावण शूर्पणखा की ओर मुड़ा। सामान्यतः, वो एक निहित और मौन आदेश का भी पालन करने के लिए दौड़ पड़ती थी। लेकिन वो वहीं खड़ी रही। अपने चेहरे पर तिरस्कार लिए।

शायद इसे लगता है कि मेरे स्थान पर विभीषण राजा बन भी चुका है।

रावण अपने पहरेदारों की ओर मुड़ा। 'कृपया रानी मां को उनके कक्ष तक ले जाओ।'

कैकेसी पहरेदारों से नहीं लड़ीं। लेकिन बाहर जाते-जाते भी वो जोर-जोर से बड़बड़ाती रहीं। यह शिकायत करते हुए कि उनका अच्छा बेटा इकसठ साल पहले के उस शाप के कारण चला गया था जिसने उनके गर्भ को पीड़ित किया था। शूर्पणखा रावण को घूरते हुए अपनी सौतेली मां के पीछे-पीछे कमरे से बाहर चली गई।

राजकीय चिकित्सक नीचे देखने लगा। वो अपने राजा की ओर देखते हुए झिझक रहा था।

रावण ने उस चिपचिपे सफेद लेप को देखा जिसने उसके भाई के चेहरे को छुपा दिया था। उसने कसकर कुंभकर्ण के हाथ को पकड़ लिया।

अब प्रतीक्षा के सिवाय करने को कुछ नहीं था।

उसकी बाईं बाह में ऐंठन हो रही थी। बांह एक गलपट्टी में थी। बाणों के सिर निकाल दिए गए थे, रोगाणुरोधक मरहम लगा दिया गया था और गुडूची के टांके लगा दिए गए थे। उसकी दाईं आंख से धातुई टुकड़े निकाल दिए गए थे और घाव को साफ करके पट्टी बांध दी गई थी। उसके पूरे शरीर पर कई अन्य घावों की भी मरहम-पट्टी की गई थी। और उसे अपनी ताकत फिर से हासिल करने के लिए जड़ी-बूटियों के घोल दिए गए थे। आख़िर अगले दिन फिर से लड़ाई शुरू होनी थी।

वैद्यों ने उसे थोड़े आराम की सलाह दी थी। रावण आराम नहीं कर सकता था। उसे अपने भाई के लिए वहां मौजूद रहना था। जब कुंभकर्ण जीवित था, तो उसने कई बार उसके साथ बुरा व्यवहार किया था। अब उसे इसकी भरपाई करनी थी।

'समय हो गया, मेरे स्वामी,' चिकित्सक ने कहा।

रावण ने प्रहर दीप घड़ी की ओर देखा। और उसे अहसास हुआ कि बीस मिनट बीत चुके थे। 'ठीक है। आगे बढ़ो।'

सांचा अच्छी तरह कठोर हो गया था। वो बस एक चटाके के साथ कुंभकर्ण के चेहरे से उतर गया। चिकित्सक ने सांचे के भीतरी हिस्से को एक मुलायम नमदे कपड़े से साफ किया, जबकि एक सहायक ने कुंभकर्ण के चेहरे को साफ किया। लेप और चिकनाई के सभी निशान साफ कर दिए गए। इस बीच, चिकित्सक ने तरल पिघला हुआ मोम सांचे में डालना शुरू कर दिया।

रावण ने आश्चर्य से उसकी ओर देखा।

'यह बस सावधानी के लिए है, स्वामी,' चिकित्सक ने समझाया। 'सांचे की एक प्रति मोम में रहेगी। यदि हमें बाद में इसका उपयोग करना पड़े। हम राजकुमार कुंभकर्ण का कांस्य का मौत का मुखौटा बनाने के लिए इसी सांचे का उपयोग करेंगे। वो आज देर रात तक तैयार हो जाएगा।'

'कृपया कांस्य के दो मौत के मुखौटे बनाना,' रावण ने कहा।

यह सामान्य रीति-रिवाजों के विरुद्ध था। केवल एक मौत का मुखौटा बनाया जाना चाहिए था। लेकिन चिकित्सक अपने स्वामी के साथ बहस करने वाला नहीं था। 'निश्चित रूप से, मेरे प्रभु।'

रावण अपने भाई का हाथ पकड़े रहा।

'क्या हम...' चिकित्सक ने सावधानीपूर्वक पूछा। 'मेरा मतलब, शव।'

'यहां नहीं,' रावण ने कहा। 'हम कुंभकर्ण को यहां नहीं दफनाएंगे। हम इन्हें मेरी मातृभूमि में दफनाएंगे। उस स्थान के निकट जहां हम दोनों पैदा हुए थे।'

'ठीक है, स्वामी। फिर हम इसका क्या...'

'आप एक हिमकक्ष बनाएंगे। आप मेरे भाई की देह को सुरक्षित रखेंगे।'

'जी, स्वामी।'

'और...'

चिकित्सक प्रतीक्षा करता रहा। रावण की हिचकिचाहट पर चकित सा।

'और,' रावण ने आगे कहा, 'अगर इंद्रजीत या मैं मर जाते हैं, तो आप हमारे शरीरों को यहां जमी हुई स्थिति में रखेंगे। जब उचित होगा तब उन्हें दफ़नाने के लिए घर ले जाया जाएगा। आप हम दोनों के लिए कांस्य के दो मौत के मुखौटे भी बनाएंगे। आपको अपने आदेश उसी से प्राप्त होंगे जो मेरी इच्छा को समझेगा।'

चिकित्सक अचानक सीधा हो गया। 'आप कल जीतेंगे, मेरे स्वामी! हम आपके घृणित शत्रुओं की लाशों को क्षत-विक्षत कर देंगे और फिर—'

'बस चुप रहो और जो मैं करने के लिए कह रहा हूं वो करो,' रावण चिढ़कर गुर्राया।

'जी, मेरे स्वामी।'

पत्तों की सरसराहट सुनकर सीता ने सिर उठाकर देखा।

शाम का समय था, और वो अशोक वाटिका में अपनी कुटिया के बरामदे में बैठी थीं। वो एक सौ आठ मनकों की एक माला से देवी मां का जाप कर रही थीं। अपने पति और उनकी सेना की रक्षा के लिए।

उन्होंने रावण को वृक्षहीन क्षेत्र के किनारे देखा। पहियाकुर्सी पर जिसे एक सैनिक धक्का दे रहा था। उसका बायां हाथ गलपट्टी में था। उसकी दाईं आंख पर पट्टी बंधी हुई थी, और उसके शरीर पर कई अन्य घाव भी थे। उसके पीछे बीस सैनिकों की एक अंगरक्षक पलटन थी। सीता ने रावण के पीछे देखा। वहां कुंभकर्ण नहीं था।

हे प्रभु रुद्र... दया करो...

यह जानते हुए भी कि वो उनके पति के शत्रुओं की ओर से लड़ रहा था, यह जानते हुए भी कि यह दिन आना ही था, उनका हृदय दुख से बोझिल हो उठा। वो उस कोमल दैत्य के लिए शोक मनाने लगीं।

कुंभकर्ण।

वो एक नायक था। एक नायक जो गलत पक्ष में था। एक नायक जो अधर्म के लिए लड़ा। लेकिन फिर भी एक नायक।

युद्ध में, नायकों पर किसी एक पक्ष का एकाधिकार नहीं होता।

रावण को सीता के सामने ले जाया गया। उसने हाथ हिलाकर अपने पहरेदारों को विदा कर दिया। वो सुनने की दूरी से बहुत बाहर, वृक्षरेखा पर चले गए।

'मुझे बहुत दुख है...' सीता ने कहा जिनकी आंखें नम थीं, और जिनके हाथ दिवंगत आत्मा के सम्मान में जुड़े हुए थे।

'उससे पहले मुझे मरना चाहिए था...' रावण ने कहा। 'वो मुझसे अच्छा इंसान था...'

'शायद आपको यह बोझ भी सहन करना है।'

रावण ने सिर हिलाया। 'नहीं... सच कहूं, तो मैं उस पर बोझ था... हमेशा... अब वो मुझसे मुक्त है...'

सीता ने कोई उत्तर नहीं दिया। लेकिन वो अपने दिल में जानती थीं कि रावण सही कह रहा था।

रावण ने अपने चारों ओर देखा। 'मुझे अभी भी उसकी उपस्थिति का भान हो रहा है... जैसे उसकी आत्मा मुझ पर निगाह रख रही हो।'

'वो कैसे गए?' सीता ने पूछा।

'उसी साहसी योद्धा की तरह जो कि वो था...'

और जब रावण ने बाएं पक्ष की लड़ाई का वर्णन किया, तो सीता सुनती रहीं। वो कुंभकर्ण के अद्भुत साहस से चकित थीं। लेकिन साथ ही, वो अपने पति की शानदार रणनीति और हनुमान की युद्ध की चालों से भी चकित थीं।

'कुंभकर्णजी ने एक योद्धा की मृत्यु पाई है,' जब रावण ने कहानी पूरी कर ली तो सीता ने कहा। 'जब उनकी आत्मा वैतरणी नदी को पार करेगी तो उन्हें पितृलोक में पूर्वज सम्मानित करेंगे।'

वैदिक लोगों का मानना था कि मृत्यु के बाद मृतक की आत्मा तेरह दिन तक धरती पर रहती थी, जब तक कि उस शरीर के अंतिम संस्कार पूरे नहीं हो जाते जिसमें उस आत्मा का वास था। और फिर आत्मा पौराणिक वैतरणी नदी को पार करके पूर्वजों की भूमि पितृलोक पहुंच जाती थी। पितृलोक समय और स्थान की बाधाओं से परे था। पितृलोक में पूर्वजों की तीन पीढ़ियां रहती थीं। और इससे परे की पीढ़ियां या तो अपने अगले जीवन के लिए पृथ्वी पर वापस आ जाती थीं या मोक्ष—पुनर्जन्म के चक्र से मुक्ति—प्राप्त कर लेती थीं।

'मैं जल्द ही उसके साथ होऊंगा...'

सीता ने रावण की पहियाकुर्सी को देखा। उनके चेहरे पर एक अजीब सा भाव था।

'मैं कल लड़ूंगा,' रावण ने स्पष्ट करते हुए कहा। 'मेरी दाईं टांग घायल है, लेकिन मैं चलने में सक्षम हूं। यह केवल एक सावधानी है जिस पर मेरे चिकित्सक जोर दे रहे थे। ताकि मेरी टांगों को स्वास्थ्यलाभ का अवसर मिल सके।'

सीता ने सिर हिलाया। अभी भी शांत।

'आपने सही कहा था,' रावण बोला। 'आपके पति एक उत्कृष्ट सेनानायक हैं।'

'सो तो हैं।'

'और एक अच्छे अधिनायक हैं। उन्होंने चार भिन्न सेनाओं को एक सुदृढ़ युद्ध इकाई में बदल दिया है।'

'हम्म।'

'मेरा पुत्र इंद्रजीत अपनी पूरी कोशिश कर रहा है। वो आसानी से हथियार नहीं डालता है। उसके पास एक अद्‌भुत विचार है। देखते हैं...'

सीता ने सिर हिलाया। 'देखते हैं...'

रावण ने एक गहरी सांस ली। उसने अपनी पहियाकुर्सी की एक ओर की जेब में हाथ डाला और कुंभकर्ण का मौत का मुखौटा बाहर निकाला। सीता उठीं और उन्होंने रावण से मौत का मुखौटा स्वीकार किया। दोनों हाथों से। सम्मानपूर्वक।

वो मुखौटे को घूरती रहीं। इसने कुंभकर्ण के जीवन के अंतिम क्षण को भावी पीढ़ी के लिए दर्ज किया था। पीड़ा से नहीं बल्कि आनंद से सराबोर।

ऐसी मृत्यु का आशीर्वाद मिलने से पहले कई अवतार गुजर जाते हैं जिससे आत्मा मुस्कुरा उठे।

'वो हनुमान थे...' रावण ने कहा। 'वो वहां थे... अंतिम समय में... कुंभ के साथ... उन्होंने एक-दूसरे से जो कुछ भी कहा—मुझे नहीं पता, लेकिन मेरा भाई शांति से गया। और प्रसन्नता से।'

सीता ने मृत्यु मुखौटे के सम्मान में अपना सिर झुका लिया।

'ब्राह्मणों के हमारे गोत्र में हमारे विशिष्ट अनुष्ठान होते हैं,' रावण ने कहा।

'हां। मुझे यह मालूम है। कुंभकर्णजी ने मुझे बताया था।'

'पु...' रावण अपने शब्दों से संघर्ष कर रहा था।

सीता प्रतीक्षा करती रहीं। मौन।

'कुंभ के शरीर की पुआल प्रतिकृति दाह संस्कार के लिए तैयार है। और उसकी देह सिगिरिया के राजकीय चिकित्सालय में है... हिमकक्ष में।'

सीता जानती थीं कि उन्हें क्या करना था। लेकिन वो रावण से सुनने का इंतजार कर रही थीं।

'मैंने निर्देश दिया है कि मेरी देह के साथ भी ऐसा ही किया जाए... आशा है कि इंद्रजीत जीवित रहेगा... लेकिन यदि नहीं रहा, तो उसकी देह भी... जब मैं मर जाऊं, और अगर इंद्रजीत भी मर जाता है, तो क्या आप सुनिश्चित कर सकती हैं कि हम सबके शरीर उसी क्षेत्र में दफन हों जहां हम पैदा हुए थे? वो यमुनाजी के निकट एक गांव है। सुदूर उत्तर में। उसका नाम है—'

'सिनौली,' सीता ने रावण का वाक्य पूरा करते हुए कहा। 'मैं जानती हूं। कुंभकर्णजी ने मुझे बताया था।'

'मेरे मामा मारीच भी... वो अच्छे आदमी थे... उनका शव भी राजकीय चिकित्सालय में हिमकक्ष में रखा हुआ है। यदि उनके शव को भी...'

'मैं इसे सुनिश्चित करूंगी।'

'धन्यवाद। मुझे परवाह नहीं है कि शेष राजकीय परिवार के साथ क्या होता है।'

'हम राम के ध्वज तले लड़ते हैं। सभी अ-योद्धाओं के साथ अच्छा व्यवहार किया जाएगा।'

रावण धीरे से हंसा। 'आप मेरे शेष राजकीय परिवार के साथ अच्छा व्यवहार करने के लिए स्वतंत्र हैं। लेकिन उन पर भरोसा मत करना। सिवाय मेरी पत्नी मंदोदरी के। वो थोड़ी अड़ियल हैं, लेकिन अच्छी महिला हैं।'

सीता ने सिर हिलाया।

तभी बूंदाबांदी शुरू हो गई। कुछ सैनिक चुपचाप दौड़ते हुए आए और उन्होंने एक छतरी को रावण की पहियाकुर्सी पर एक प्याली जैसी गुहा के रूप में लगा दिया। उन्होंने एक छाता सीता को भी दिया। और फिर उसी तरह चुपचाप वो वापस वृक्षरेखा पर चले गए।

रावण ने अपने बाएं हाथ से छाते को झुकाया और अपना चेहरा ऊपर किया। उसने बारिश की बूंदों को अपने चेहरे को नम करने दिया।

फिर इससे पहले कि उसकी दाईं आंख की पट्टी गीली होती, उसने नीचे देखा और छतरी को वापस ठीक कर दिया।

'मैं जल्द ही उसके पास होऊंगा,' रावण ने हल्का सा मुस्कराते और अपने चेहरे को सहलाते हुए कहा।

सीता भी मुस्कुराईं।

अब जाने का समय हो गया था। बस एक अंतिम काम करना शेष था। रावण ने एक गहरी सांस ली और अपनी सोने की माला को छुआ। उसने बकसुए को खोला और पेंडल को निकाल लिया। वेदवती की उंगलियों की हड्डियों से बना पेंडल।

'आप क्या कर रहे हैं?' सीता ने मना करने के भाव में अपने हाथ उठाते हुए पूछा।

रावण ने सीता को देखा। उसने पेंडल को अपने हाथों में पकड़ रखा था। 'आपके और मेरे लिए ये एक देवी के अवशेष हैं। किसी और के लिए ये हड्डियां मात्र हैं। इसे आपको रखना चाहिए।'

'मेरे पास पहले ही एक है,' सीता ने अपनी मां की अस्थि के पेंडल को पकड़कर कहा। वो उनके गले में एक काले धागे में लटका हुआ था। 'आपको अभी भी इसकी आवश्यकता है।'

'मैं वैसे भी उनके पास जा रहा हूं,' रावण मुस्कुराया।

'केवल उनके पास मत जाइए। उनके साथ जाइए।'

रावण मुस्कुराया।

'आप जब भी उस पार जाएंगे—'

रावण ने सीता को टोका। 'यह शायद कल ही होगा।'

सीता ने रावण के टोकने को अनसुना कर दिया। 'आप जब भी उस पार जाएंगे, यह सुनिश्चित करना मेरा व्यक्तिगत दायित्व होगा कि उंगलियों का यह पेंडल आपकी कब्र में आपके साथ हो।'

रावण ने एक गहरी सांस ली; उसकी आंखें नम हो गई थीं। बस थोड़ी सी।

'आंसू शरीर के अंदर सड़ सकते हैं,' सीता ने कहा। 'उन्हें बहने देने में असम्मान की कोई बात नहीं है।'

'वैसे भी, आंसू बारिश में छिप जाएंगे...' रावण अपनी बाईं, स्वस्थ आंख को पोंछते हुए मुस्कुराया। 'मेरी मौत के साथ मेरा दुख और क्रोध भी मर जाएगा। मैं मुक्त हो जाऊंगा। मेरा उपचार हो जाएगा।'

रावण की नाभि की पीड़ा कम हो गई थी। मौत की मुक्ति के विचार ने मदद की थी।

'जब आप अतीत में जीने के बजाय, उसे वर्तमान में याद करना शुरू करते हैं तो आपका उपचार हो जाता है। क्योंकि तब आप हृदय से मुस्कुरा सकते हैं...'

'हम्म... तब मैं हृदय से मुस्कुरा सकूंगा...' रावण ने वेदवती के पेंडल को वापस अपनी सोने की माला में डाल लिया। 'मुझे दिया अपना वचन मत भूलिएगा। मुझे अपनी कब्र में उनकी सहायता चाहिए।'

'मैं नहीं भूलूंगी।'

'ठीक है, तो... कहने को अब और कुछ नहीं है,' रावण ने कहा।

'विदा के अतिरिक्त...'

'विदा, महान राजकुमारी। आप सदैव मेरे लिए विष्णु रहेंगी।'

'विदा, वीर राजन।'

'यह समाप्त नहीं हुआ है,' अकंपन ने दृढ़ता से कहा। 'राजकुमार इंद्रजीत परिस्थितियों को बदल सकते हैं।'

'तो फिर आप हमसे यहां मिलने के लिए क्यों तैयार हुए?' नारद ने पूछा। 'बात करने को कुछ है ही नहीं।'

विभीषण और नारद ने चुपके से अयोध्या युद्ध शिविर से दूर, सिगिरिया के दक्षिणी ओर के बाहरी क्षेत्र में प्रवेश किया था। अकंपन दीवारों के बीच छोटी-छोटी गुप्त सुरंगों में से एक का उपयोग करते हुए उनसे वहां आ मिला था; वो सुरंगें जिनका उपयोग आमतौर पर तस्कर शांति के समय शहर के द्वारों पर सीमा शुल्क से बचने के लिए करते थे। ये तीनों बाहरी दीवारों के आसपास की खुली भूमि से परे, वन की वृक्षरेखा के भीतर, खोजी आंखों से दूर मिले थे। हालांकि अंधेरी रात ने यह सुनिश्चित

कर दिया था कि अगर खोजी निगाहें हों भी, तो भी उन्हें शायद ही कुछ देखने को मिले।

'तो मुझे चलना चाहिए,' अकंपन ने कहा, जिसका क्रोध हमेशा नाक पर रखा रहता था।

'शांत हो जाएं, मेरे मित्र,' विभीषण ने कहा, और अपने हाथ बढ़ाकर अकंपन को कंधों से पकड़ लिया।

विभीषण ने प्रत्यक्ष रूप से नारद को डांटते हुए उनकी ओर कड़ी, उलाहना भरी दृष्टि डाली। लेकिन बस प्रत्यक्ष रूप से। वो पारंपरिक अच्छे सैनिक-बुरे सैनिक की भूमिका निभा रहे थे। घबराए हुए अकंपन को इसी तरह फुसलाना था।

'तुम क्या चाहते हो, विभीषण?' अकंपन ने पूछा।

'आप यह जानने के लिए पर्याप्त समझदार हैं कि हम क्या चाहते हैं,' विभीषण ने कहा। 'मुझे समझाने की आवश्यकता नहीं है।'

'यदि मैंने विमान उड़ाने से मना किया, तो मुझे मार डाला जाएगा।'

'लेकिन हम आपसे विमान को नहीं उड़ाने के लिए नहीं कह रहे हैं।'

अकंपन ने भौंहें सिकोड़ीं। और तब उसकी आंखें खुली की खुली रह गईं जब उसे समझ आया कि वो क्या योजना बना रहे थे। 'तुम पागल हो क्या? यह असंभव है।'

'आप इसकी चिंता न करें कि क्या असंभव है और क्या नहीं है,' नारद ने कहा। 'वो हम पर छोड़ दें। आप इसमें हमारे साथ हैं या नहीं?'

'आप किसी भी तरह सफल नहीं होंगे। आपको पता है पुष्पक विमान कितना तेज चलता है? आपमें से किसी के लिए भी यह असंभव है कि—'

'तब तो आपके लिए अच्छा ही है,' नारद ने उसे बीच में टोका। 'आप वो नायक बन जाएंगे जिसने अयोध्याइयों को हराने में इंद्रजीत की मदद की थी। इसका पुरस्कार बहुत अच्छा होगा।'

अकंपन कुछ नहीं बोला, लेकिन उसका अनिर्णय उसके चेहरे पर साफ झलक रहा था।

विभीषण ने कहा, 'मेरे मित्र, आपके लिए कोई जोखिम नहीं है। आपको वो सबसे बड़ा विशेषाधिकार प्रदान किया गया है जो दो युद्धरत

पक्षों के बीच फंसे किसी भी व्यक्ति को मिल सकता है। आप दोनों ओर से खेल सकते हैं। और जो भी पक्ष जीतेगा, आप उसके नायक होंगे।'

'लेकिन यह असंभव है, मैं बता रहा हूं,' अकंपन ने कहा। 'विमान बहुत तेज चलता है। और द्वार बहुत छोटा है। दूरी के साथ-साथ राजकुमार इंद्रजीत के ठोस कवच के कारण तीर बेकार हो जाएंगे। इसके लिए तो एक—'

'यह आप हम पर छोड़ दें, मित्र,' विभीषण ने अपने हाथ में पकड़े एक नक्शे पर एक जगह की ओर इशारा करते हुए उसे टोका। 'बस इस बिंदु पर वृक्षरेखा के निकट विमान उड़ाना। द्वार वन के सामने हो। ऐसा एक बार करना। केवल एक बार।'

अकंपन चुप रहा। नक्शे को घूरता हुआ। अपना सिर हिलाता हुआ।

'अकंपन?' विभीषण ने पूछा।

अकंपन ने विभीषण और नारद की ओर देखा। 'यह असंभव है। कोई भी भाले को इतनी दूर तक सटीकता के साथ नहीं फेंक सकता। आप या तो सटीकता प्राप्त कर सकते हैं या दूरी। दोनों चीज़ें नहीं पा सकते।'

'भाला फेंकने के पाठ के लिए धन्यवाद,' नारद ने कहा। 'यह बताएं कि हम यह कर रहे हैं या नहीं?'

'अकंपन,' विभीषण ने शांत और विनम्र आवाज में कहा। 'आप जानते हैं कि पुष्पक विमान के होते हुए भी इंद्रजीत उसे केवल थोड़ा और टाल ही सकता है जो अवश्यंभावी है। हमारे पास हाथी हैं, लंका के पास नहीं हैं। हमारे पास एक विशाल घुड़सवार सेना है, जो अब लंका के पास नहीं है। और हमारे पास लंका से अधिक पैदल सेना है। हम जीतेंगे। बस कुछ समय की बात है। और युद्ध समाप्त होने के बाद मैं लंका का राजा बनूंगा। सवाल यदि का नहीं, कब का है। अब यह लंका की हानि को कम करने के लिए है। युद्ध जितना लंबा चलेगा, लंका की उतनी ही हानि होगी। आप यह जानते हैं। आप अभी हमारा साथ देंगे, तो मैं याद रखूंगा कि आपने हमारे लिए क्या किया था।'

'तो, क्या कहते हो, अकंपन?' नारद ने पूछा।

अकंपन ने धीरे से सिर हिलाया। और फिर मुड़ा और दौड़ने लगा। तेज़ी से। सिगिरिया की बाहरी दीवार की ओर।

अध्याय 36

इंद्रजीत धैर्यपूर्वक प्रतीक्षा कर रहा था। धरती पर बैठा। वो अपनी मां को जानता था। उनके ध्यान के समय उन्हें परेशान नहीं किया जा सकता था। कभी नहीं।

मंदोदरी अपनी साधारण झोंपड़ी के बाहर आंगन में पद्मासन में बैठी थीं। लकड़ी और पत्थर से बनी मंदोदरी की साधारण सी झोंपड़ी। एक तापसी का घर। यह उस एकाश्म सिंह शिला से कुछ ही दूरी पर था, जिस पर रावण का अत्यंत वैभवपूर्ण महल परिसर खड़ा था। प्रचंड लंकाई सैनिकों के पहरे में यह झोंपड़ी उस कुंज परिसर के भीतर थी जिसने सिंह शिला को घेरा हुआ था। सुरक्षा की आवश्यकताओं के सामने इस छोटे से समर्पण के अतिरिक्त, मंदोदरी ने अपनी पसंद के जीवन पर समझौता करने से इंकार कर दिया था। वो दृढ़ता के साथ विलासिता के जीवन को ठुकराती रही थीं जिसके बारे में उनका कहना था कि यह अपराधों और चोरी के धन पर निर्मित थी। अधर्म के।

वो बहुत स्पष्ट थीं: यदि मैं अपने पति के आपराधिक जीवन द्वारा प्रदान किया विलासिताओं का जीवन जीती हूं, तो मैं उसके अपराध में भागीदार होऊंगी। यदि वृक्ष विषैला होगा तो उस वृक्ष का फल भी विषैला होगा। एक साधारण सी कहावत। लेकिन इसे व्यवहार में मंदोदरी जैसी निर्मल अंतरात्मा वाली स्त्री ही ला सकती थी।

उन्होंने एक साधारण, केसरिया रंग की सूती धोती, अंगिया और अंगवस्त्रम पहना था। केसरिया उन संन्यासिनियों का रंग जिन्होंने खुद को संसार से अलग कर लिया था। वो औसत कद, गोरे रंग और थोड़े से अधिक वजन वाली महिला थीं। उनके सीधे भूरे बाल सावधानी से पीछे की ओर कंघी करके एक चोटी में बंधे हुए थे। उनके नाखून छोटे कटे हुए थे और उनके हाथ कठोर और घट्टेदार थे क्योंकि अपने घर की देखभाल स्वयं करने को प्राथमिकता देते हुए उन्होंने कोई भी निजी कर्मचारी लेने से मना कर दिया था। उनके चेहरे पर हमेशा एक सौम्य सी मुस्कान खेलती रहती थी, जो धर्म के अनुरूप जीवन जीने की ओर इशारा करती थी। उनकी शारीरिक बनावट में कुछ भी ऐसा नहीं था जो उनके शक्तिशाली चरित्र को प्रतिबिंबित करता हो। सिवाय उनकी आंखों के। उनकी काली, दृढ़ संकल्प वाली, मनमोहक आंखें, जो उनकी अडिग, धार्मिक आत्मा की द्योतक थीं।

आंखें इस समय बंद थीं।

इंद्रजीत को अपनी मां के साथ हुई एक बातचीत याद आ गई। उस समय वो सोलह वर्ष का था।

'जीवन अपने मूल में बहुत सरल है, मेरे पुत्र,' मंदोदरी ने कहा था। *'हम सरल सत्य को देखने से बचने के लिए इसके चारों ओर जटिल अर्थहीनता बना लेते हैं। शायद इसलिए कि सच्चाई हमें व्याकुल करती है। शायद इसलिए कि सच्चाई हमें दुखी करती है। और इसलिए, हम एक झूठ को जीते हुए अपना जीवन बर्बाद कर लेते हैं।'*

इंद्रजीत ने कुछ नहीं कहा था। वो बस चुपचाप सुनता रहा था। उसे हाल ही में वेदवती के बारे में पता चला था, कन्याकुमारी के बारे में; प्रत्यक्षतः, उसके पिता के जीवन का प्रेम। इस बात ने उसकी निगाह में उसके पिता के सम्मान को वापस ला दिया था, किसी तरह। वो पिता जिनका वो पहले उनकी व्यभिचारिता और विलासिता के जीवन के लिए तिरस्कार करता था।

वो यह जानकर चौंक गया कि उसकी मां को वेदवती के बारे में पहले से ही पता था।

'तुम इस आशा में जीते हो, मेरे बेटे, कि तुम्हारे पिता में कुछ अच्छाई है। वैसे ही जैसे तुम्हारे चाचा कुंभकर्ण आशा करते हैं। तुम्हारे चाचा सज्जन

हैं, जो एक झूठ को जीते हुए अपना जीवन बर्बाद कर रहे हैं। इस झूठ को कि तुम्हारे पिता कभी एक अच्छे मनुष्य हो सकते थे। क्या तुम्हें लगता है कि कन्याकुमारी यदि हमारे पूर्वजों की भूमि में रहने के बजाय हमारे साथ यहां लंका में रह रही होतीं तो तुम्हारे पिता कुछ भिन्न होते?'

इंद्रजीत ने सिर हिलाया था। 'मुझे लगता है कि वो एक बेहतर मनुष्य हो सकते थे, मां।'

'नहीं,' मंदोदरी ने उत्तर दिया था। 'यह पशु का स्वभाव है। तुम्हारे पिता कुछ समय तक ठीक व्यवहार करते। कुछ समय तक... कन्याकुमारी को प्रभावित करने के लिए। लेकिन अंततः उनका सहज स्वभाव हावी हो जाता। कन्याकुमारी, वेदवतीजी, भाग्यशाली थीं कि वो रावण द्वारा निराश किए जाने से पहले ही चल बसीं। अन्यथा निराशा अवश्यंभावी होती। अंत में, पशु की वास्तविक प्रकृति हमेशा हावी होती है।'

इंद्रजीत असहज सा हो गया था। किसी भी अच्छे पुत्र की तरह उसकी भी इच्छा थी कि वो अपने पिता से प्यार करे। भले ही उसके पिता ने उसे इसके लिए कोई कारण न दिया हो। और वो भरपूर आशा के साथ उस एक बात से चिपका हुआ था जो उसे संकेत देती थी कि उसके पिता एक क्रूर, स्वार्थी, व्यभिचारी समुद्री डाकू से कुछ अधिक थे। प्रचंड बुद्धि और असाधारण प्रतिभा वाले एक अत्यंत सक्षम समुद्री डाकू। लेकिन फिर भी एक समुद्री डाकू।

'मेरे बेटे,' मंदोदरी ने आगे कहा था, 'कहा जाता है कि सत्ता भ्रष्ट करती है और निरंकुश सत्ता पूरी तरह भ्रष्ट कर देती है। बात इतनी सरल नहीं है। सत्ता भ्रष्ट नहीं करती, बस उघाड़ देती है। मनुष्य का छिपा हुआ चरित्र वही रहता है जो वो है। चाहे वो सत्ता में हो या न हो। सत्ता बस सब कुछ सामने ला देती है। क्यों? क्योंकि एक शक्तिशाली व्यक्ति को लगता है कि वो उस चरित्र के होते हुए भी बच सकता है। एक दिन तुम भी राजा बनोगे। और एक राजा को हमेशा चीजों को उसी रूप में देखना चाहिए जैसी कि वो हैं, उनकी पूरी बदसूरत सच्चाई में, बजाय उस रूप के जिसमें वो उन्हें देखना चाहता है। भ्रमपूर्ण दृष्टिकोण विश्वविद्यालयों में मूर्खों के लिए छोड़ दिया जाना चाहिए; उन्हें उनके मूर्खतापूर्ण सिद्धांत बनाने दो। राजाओं और प्रशासकों को वास्तविक दुनिया में रहना चाहिए। वो केवल इसी तरह वास्तविक रूप से अपना काम कर सकते हैं। इस

संसार में अनेक मूर्खतापूर्ण भ्रांतियां और सूक्तियां फैली हुई हैं। जैसे 'सभी लोग अपने मूल में भले हैं।' या 'सभी धर्म समान हैं और उनमें से कोई भी घृणा का उपदेश नहीं देता।' या 'सभी संस्कृतियां सम्मान के योग्य हैं।' सच भद्दा होता है। सभी लोग मौलिक रूप से भले नहीं हैं। कुछ वास्तव में अच्छे होते हैं, और कुछ वास्तव में बुरे होते हैं। सभी धर्म समान नहीं होते, और कुछ धर्म घृणा का उपदेश देते हैं। उनके ग्रंथों को पढ़कर देख लो। कुछ संस्कृतियां दूसरों की तुलना में श्रेष्ठ हैं। यह वास्तविकता है। मूर्खता से छुटकारा पाओ और सरल सत्य को देखने का साहस करो। याद रखो, जीवन जटिल नहीं है। यह सरल है। हम उन सरल सत्यों को देखने से बचने के लिए इसे जटिल बना देते हैं जो हमें परेशान करते हैं। नहीं क्या?'

'हां, मां।'

'और तुम्हें अपने पिता और अपने बारे में सच्चाई को समझना होगा। तुम बड़े होकर योद्धा बनोगे। कई अर्थों में, तुम पहले ही योद्धा हो।'

'हां, मां।'

'योद्धा बहुत पुरुष होते हैं। अपने पौरुष की सारी महिमा और उसकी भयानकता के साथ भी। कुछ ऐसे जो दरिद्रों की रक्षा के लिए अपने प्राणों की आहुति देने को तैयार हैं। और अन्य ऐसे जो उसे पाने के लिए लूटमार को तैयार जिसे वो पाना चाहते हैं। हम—साधारण लोग—हमारा योद्धाओं के साथ सामान्य संबंध नहीं हो सकता। हम या तो उनकी सीमा से अधिक प्रशंसा करते हैं या उनसे इतनी घृणा करते हैं कि हम यह देखना भी सहन नहीं कर सकते कि उनका अस्तित्व तक हो। हम या तो उन्हें योद्धा-देवताओं की तरह पूजते हैं या योद्धा-शैतानों की तरह उनका तिरस्कार करते हैं। बीच का कोई रास्ता नहीं है।'

इंद्रजीत चुप रहा था।

'तुम देवता बनोगे, मेरे बेटे। तुम अपने पिता जैसे नहीं होगे। तुम्हारा व्यवहार ऐसा होगा जो प्रशंसा के योग्य हो।'

'हां, मां,' इंद्रजीत जोर से बोला।

मंदोदरी ने आंखें खोलीं। और अपने बेटे को देखकर मुस्कुराईं। 'तुम कब आए, मेरे बच्चे? क्या तुम बहुत देर से प्रतीक्षा कर रहे हो?'

इंद्रजीत ने सिर हिलाया। 'बहुत देर से तो नहीं, मां।'

मंदोदरी ने धीरे से इंद्रजीत का हाथ थपथपाया।

'मां, कुंभकर्ण चाचा...'

'मैं जानती हूं। मैं उन्हीं के लिए प्रार्थना कर रही थी...' मंदोदरी बोलीं। 'वो अच्छे आदमी थे। धार्मिक आदमी थे। मैंने प्रार्थना की कि अगली बार धर्म का चक्र उन्हें आसान जीवन प्रदान करे। वो इसके अधिकारी हैं।'

इंद्रजीत ने सिर हिलाया। 'और...'

'हां, मैंने तुम्हारे मारीच दादा के लिए भी प्रार्थना की थी। वो परिवार के प्रति निष्ठावान थे। हमेशा। उन्होंने तुम्हारे पिता और कुंभकर्ण चाचा की कई बार जान बचाई थी। ॐ शांति।'

वैदिक भारतीय आत्मा द्वारा शरीर को छोड़े जाने की यात्रा को दो शब्दों के साथ स्वीकृति देते थे: ॐ शांति। जिससे वो दिवंगत आत्मा के लिए शांति की कामना और मोक्ष की आशा करते थे।

'ॐ शांति,' इंद्रजीत ने दोहराया।

मंदोदरी चुपचाप प्रतीक्षा करती रहीं कि उनका पुत्र उस विषय को उठाए जिसके बारे में वो बात करना चाहता था।

'मां...'

मंदोदरी प्रतीक्षा करती रहीं।

'कल एक कठिन दिन है। आज हमने अपने अधिकांश सेनानायकों को खो दिया है। अपनी लगभग सारी घुड़सवार सेना को। आधी से ज्यादा पैदल सेना को। मुझे लगता है कि हमारी सेना लगभग स्थायी रूप से टूट चुकी है।'

मंदोदरी इंद्रजीत के प्रश्न पर पहुंचने की प्रतीक्षा करती रहीं।

'मैं कल कुछ अपरंपरागत करने का प्रयास कर रहा हूं,' इंद्रजीत ने कहा। 'मैं नहीं जानता कि यह सफल रहेगा या नहीं।'

'पुष्पक विमान?'

'हां।'

'मुझे लगता है तुम सफल हो सकते हो।'

'सच?!' इंद्रजीत चकित था।

'इस लड़ाई में सफलता की तुम्हारी परिभाषा क्या है?'

'अयोध्याइयों को हराना।'

मंदोदरी चुप रहीं। लेकिन उनकी आंखों से स्पष्ट था कि उनके विचार से ऐसा नहीं था।

'आप सफलता किसे कहेंगी?' इंद्रजीत ने पूछा।

'शांति को।'

'अयोध्याई हमें शांति का विकल्प क्यों देंगे? वो हमें मात दे चुके हैं।'

'राजा राम देंगे... जब तुम्हारे पिता मर जाएंगे।'

'मां...' इंद्रजीत जानता था कि उसकी मां उसके पिता से घृणा करती थी। लेकिन एक युद्ध के बीच उनकी मौत के बारे में इतनी लापरवाही से बात करना।

'मैं तुमसे बस सच बोल रही हूं, मेरे बच्चे।'

इंद्रजीत ने कोई जवाब नहीं दिया।

'जब तुम्हारे पिता मर जाएंगे, तो केवल तुम बचोगे। तब राजा राम के सामने शांति का प्रस्ताव रखना। वो मान जाएंगे।

'वो क्यों मानेंगे?'

'तुम्हें याद है कि हमने दो तरह के योद्धाओं के बारे में बात की थी? बहुत साल पहले?'

'हां, मां। योद्धा-भगवान और योद्धा-शैतान।'

'हां। योद्धा-देवता उसकी रक्षा के लिए लड़ते हैं जो मूल्यवान है। और योद्धा-शैतान उसे लूटने के लिए हत्या करते हैं जो मूल्यवान है। तुम योद्धा-भगवान हो। जैसे कि राजा राम हैं, जैसा मैंने सुना है। लंका उनसे बहुत कुछ सीख सकती है। उदाहरणत:, एक सेना को ऐसा कैसे बनाना है जो अच्छे के लिए लड़ती है, बजाय ऐसी सेना के जो राज्यों को लूटती है, महिलाओं का बलात्कार करती है और निर्दोषों की हत्या करती है। लेकिन, इसी के साथ, ऐसा भी बहुत कुछ है जो राजा राम लंका से सीख सकते हैं। उदाहरण के लिए, अपने व्यापारी वर्ग को कैसे नष्ट न करें; क्योंकि अपने वैश्य समुदाय को नष्ट करना केवल सबकी निर्धनता को सुनिश्चित करता

है, जैसा कि सप्त सिंधु के राजाओं ने किया है। एक बार तुम्हारे पिता चले गए, तो राजा राम शांति को स्वीकार कर लेंगे। मेरा विश्वास करो।'

'लेकिन मां, मेरे पास जो है...'

'लेकिन शांति बल की स्थिति से ही प्राप्त करनी चाहिए, इंद्रजीत,' मंदोदरी ने टोका। 'कमजोरी से नहीं। लंकाइयों ने आज बहुत कुछ खो दिया है। तुम अपने पुष्पक विमान से अयोध्या की सेना को कुछ हानि पहुंचाकर इसे संतुलित कर सकते हो। और आशा कर सकते हो कि कल तुम्हारे पिता मर जाएं। जब तक वो जीवित हैं, तब तक शांति संभव नहीं है।'

'मां...' इंद्रजीत की आंखों ने अपनी नापसंद व्यक्त की।

'मैं केवल वही सोचूंगी जो हमारे देश के लिए अच्छा है, न कि वो जो तुम्हारे पिता के लिए अच्छा है। केवल राष्ट्र मायने रखता है, इंद्रजीत। केवल राष्ट्र ही सबसे अनमोल है। देश सर्वोपरि।'

इंद्रजीत कुछ नहीं बोला।

'साथ ही, कल उनके पैदल सैनिकों को मारने के प्रयास में समय बर्बाद मत करना,' मंदोदरी ने आगे कहा। 'तुम पुष्पक विमान के संकरे दरवाजे से तीर चलाकर और भाले फेंककर इतने लोगों को नहीं मार सकते।'

'तो मुझे क्या करना चाहिए?'

'उनकी प्रमुख शक्ति पर हमला करना।'

'उनके हाथी?' हड़बड़ाए हुए इंद्रजीत ने पूछा।

'हां।'

'मैं भालों और तीरों से कवचधारी हाथियों का क्या बिगाड़ सकता हूं? मैं पर्याप्त हानि नहीं पहुंचा सकूंगा।'

'बेशक तुम हाथियों का अधिक कुछ नहीं बिगाड़ सकते,' मंदोदरी ने कहा। 'लेकिन तुम उनके साथ बहुत कुछ कर सकते हो जो हाथियों को नियंत्रित करते हैं।'

इस विचार की सरल सी उत्कृष्टता पर इंद्रजीत मुस्कुराया।

'मैं हमेशा से चकित हूं, मां,' इंद्रजीत ने कहा। 'आप हर चीज के बारे में इतना कैसे जानती हैं? युद्ध की कला सहित?'

मंदोदरी मुस्कुराईं। 'जीवन का अर्थ जीने का तरीका सीखना है, मेरे बेटे। जैसा कि हमारे सुदूर पश्चिम में रहने वाले महान बुद्धिजीवी सेनेका ने एक बार कहा था, "जब तक आप जीवित हैं, सीखते रहें कि कैसे जीना है।"'

इंद्रजीत मुस्कुराया। 'केवल देवता ही जानते हैं कि आप अभी भी दूसरों की भलाई के लिए और हमारी मातृभूमि के लिए क्या भूमिका निभा सकती हैं, मां।'

मंदोदरी आगे झुकीं और उन्होंने अपने बेटे का माथा चूम लिया। 'एकमात्र भूमिका जो मैं निभाना चाहती हूं, मेरे बच्चे, वो एक गर्वित मां की भूमिका है। एक भव्य पुरुष की गर्वित मां।'

***

'पीड़ा हो रही है क्या?' शत्रुघ्न ने पूछा।

लक्ष्मण और शत्रुघ्न तंबू के बाहर बैठे थे। वो साथ में खाना खा रहे थे। शिविर के एक चिकित्सक ने लक्ष्मण के खिंचाव आ गए कंधे की महानारायण और अश्वगंधा के तेल के मिश्रण से मालिश की थी। और फिर उसे एक गर्म कपड़े से कसकर लपेट दिया था।

'नहीं,' लक्ष्मण ने उत्तर दिया। 'पीड़ा नहीं हो रही है। आज शाम के अभ्यास से थोड़ा खिंचाव आ गया है। मैं चाहता हूं कि कल यह शक्तिशाली रहे।'

'हम्म... क्या तुम्हें लगता है कि कल युद्ध समाप्त हो जाएगा?'

'देखते हैं... अगर ऐसा हुआ तो मुझे आश्चर्य होगा। लंकाई इतनी आसानी से आत्मसमर्पण नहीं करेंगे। दादा कहां हैं?'

'दोनों नगर की दीवारों की ओर गए हैं। शायद युद्ध की किसी रणनीति के बारे में।'

***

'मुझे लगता है कि अगर हम पुष्पक विमान को प्रभावहीन कर सकें, तो युद्ध कल समाप्त हो जाएगा,' राम ने कहा।

'मैं सहमत हूं,' भरत ने कहा। 'उनके पास और कोई चाल नहीं बचेगी।'

'तुम्हें या लक्ष्मण को उससे निपटना होगा।'

'अवश्य, दादा।'

'कल वो हमारे हाथियों के लिए बेहतर ढंग से तैयार होंगे,' राम ने कहा। 'शत्रुघ्न ने जल्दी से हमारे हाथियों के लिए कुछ अतिरिक्त कवच बनवा लिए हैं।'

'मैंने देखा है। मैंने हनुमानजी और अंगद दोनों से यह सुनिश्चित करने को कहा है कि हमारे सभी हाथी अतिरिक्त कवच से ढके हों।'

'हम्म...'

'दादा, रात के खाने में देरी करने का यह कोई कारण नहीं है,' भरत ने कहा। 'आप मुझे यहां क्यों लाए हैं?'

'क्योंकि युद्ध यदि कल समाप्त हो जाता है, तो हमें इस बारे में स्पष्ट होना चाहिए कि हमें शांति का प्रबंधन कैसे करना है। विशेषकर हमारी सेना नगर में कैसे प्रवेश करेगी। हम लूटपाट या व्यर्थ हत्या की एक भी घटना की अनुमति नहीं दे सकते।'

'मैं सहमत हूं। क्योंकि हमें अपने भविष्य के युद्धों के लिए एक सहयोगी के रूप में लंका की आवश्यकता हो सकती है।'

'सही।'

'तो, आपकी योजना क्या है?' भरत ने पूछा।

अध्याय 37

सिगिरिया के युद्ध के दूसरे दिन का सवेरा हुआ।

लंकाई सैनिकों ने फिर से दीवारों के बाहर अपने विन्यास बना लिए थे। गोकर्ण व्यापार संघ से संबंधित टुकड़ियां एक पुराने अनुबंधात्मक खंड का उपयोग करते हुए पिछली शाम को खिसक ली थीं, जिसमें कहा गया था कि यदि संघ के सैनिकों की अपनी सुरक्षा खतरे में हो तो संघ को अपने सैनिकों को वापस बुलाने का अधिकार होगा। इसका परिणाम यह हुआ कि लंका की पैदल सेना की संख्या नब्बे हजार से घटकर केवल पैंसठ हजार रह गई।

लूटपाट और धन के वादों पर बनी किसी भी सेना को गंभीर संकट के पहले संकेत पर पलायन का सामना करना ही पड़ता है। दूसरी ओर, देशभक्ति की कहीं अधिक मूल्यवान भावना पर बनी सेना अंतिम व्यक्ति तक लड़ती है।

अवधारणाएं धन और हथियारों से अधिक शक्तिशाली होती हैं। कम ही लोग इस बात को समझ पाते हैं। और जो समझ लेते हैं, वो दुनिया पर राज करते हैं।

रावण के अधिकांश श्रेष्ठ सेनापति घुड़सवार सेना व रथ वाहिनी के साथ ही पिछले दिन के युद्ध में मारे गए थे। और उसका अभी भी जीवित सर्वश्रेष्ठ सेनापति इंद्रजीत नगर में था। पुष्पक विमान के साथ। रावण के पास एक और अच्छा सेनापति था, निर्दयी लेकिन कुशल प्रहस्त।

और उसके वाहिनी स्तर के अधिकारी अभी भी उपलब्ध थे। उनके द्वारा समर्थित, अभी वो पैदल सेना के विन्यास का निरीक्षण कर रहा था। उसके पास अयोध्या गज-वाहिनी के लिए एक योजना थी। यह योजना हाथियों को मारने की नहीं थी, क्योंकि यह तो अब लगभग असंभव था। इस योजना का संबंध स्वयं को बचाए रखने से था। जबकि इंद्रजीत अपने हवाई हमले करेगा और अयोध्याई पंक्तियों के केंद्र को हानि पहुंचाएगा।

रावण की बाईं बांह को मरहमों से धोया गया था और फिर एक मोटे कपड़े की पट्टी से कसकर लपेट दिया गया था। इससे क्षतिग्रस्त मांसपेशियों में हलचल करने में कुछ आसानी हो गई थी। बाईं बांह को ढाल से बांधा गया था। वो इसे बचाव के लिए इस्तेमाल करेगा। उसने शल्यचिकित्सा द्वारा निकाल दी गई अपनी दाहिनी आंख को ढकने के लिए एक पट्टी पहनी हुई थी; आंख को निकालना अनिवार्य था वरना वो सड़ने लगती। और अपने घायल दाएं पैर पर बोझ डालने से बचने के लिए वो अपने घोड़े पर सवार हो गया था। लंका के प्रतिभावान वैद्यों ने रावण को शक्ति बढ़ाने वाले आसव दिए थे। उन्होंने उसे कड़ी लड़ाई लड़ने, और उससे भी महत्वपूर्ण, युद्ध का निरीक्षण करने के लिए आवश्यक ऊर्जा प्रदान की थी। रावण ने दर्दनिवारक लेने से मना कर दिया था। वो उसकी क्षमताओं को सुस्त कर देतीं।

शारीरिक पीड़ा एक कमजोर दिमाग को तोड़ सकती है। लेकिन उस मन के लिए यह मूल्यवान है जो मजबूत है। क्योंकि यह ध्यान केंद्रित करने में सहायता कर सकती है।

इधर जब रावण अपनी सेना के गठन की तैयारी में लगा हुआ था, तो उधर मैदान के दूसरे छोर पर राम, अपने सेनापतियों की योग्य सहायता के साथ, अपने सेना प्रभागों की व्यवस्था की निगरानी कर रहे थे।

'आपके विचार से इंद्रजीत कब उड़कर आएगा?' अरिष्टनेमी ने पूछा, जो अब तक राम की शानदार युद्ध रणनीति का बहुत सम्मान करने लगे थे।

'मुझे लगता है कि वो इस बात से अनभिज्ञ है कि हम विमान को लेकर उसकी योजनाओं के बारे में जानते हैं,' राम ने कहा, 'इसलिए मुझे लगता है कि वो देर से आएगा। जब हम अपनी पैदल सेना को युद्ध में लगा चुके होंगे और हमला करने के लिए आगे बढ़ रहे होंगे। इसीलिए

हमारी पैदल सेना को आगे नहीं बढ़ना चाहिए। हमें इंद्रजीत को अपनी ओर खींचना चाहिए। क्योंकि हमारा जाल तभी काम करेगा।'

'तो केवल हाथी, घुड़सवार सेना और रथ,' अंगद ने कहा, जो राम के दूसरी ओर था।

'हां,' राम ने पुष्टि की। 'और, प्रभु हनुमान...'

'जी, राजा राम,' हनुमान ने उत्तर दिया।

'आप जानते हैं आपको क्या करना है।'

हनुमान ने वन की ओर देखा। दाएं पक्ष के पीछे। जहां भरत और लक्ष्मण प्रतीक्षा कर रहे थे। छिपे हुए। दो हाथियों पर। हनुमान को इंद्रजीत को जाल में फंसाना था। युद्ध की योजना में उनकी भूमिका सबसे जोखिमपूर्ण थी। और, इसीलिए, सबसे शानदार।

'मैं यह संभाल लूंगा,' हनुमान ने कहा। 'मैं राजकुमार इंद्रजीत को वन की ओर खींच ले जाऊंगा।'

'और मेरे भाइयों का निशाना नहीं चूकेगा।'

'मैं जानता हूं उनका निशाना नहीं चूकेगा।'

राम ने सिर हिलाया और अपनी दोनों हाथ खोले आगे बढ़े। हनुमान ने राम की बांहों को थाम लिया।

'भगवान रुद्र आपके साथ रहें,' राम ने कहा।

'भगवान परशु राम आपके साथ रहें,' हनुमान ने उत्तर दिया।

फिर राम ने अपने हाथ अंगद की ओर बढ़ाए। लेकिन अंगद ने आगे बढ़कर राम को गले लगा लिया। अयोध्या के राजा मुस्कुराए और उन्होंने अंगद को स्नेहपूर्वक गले लगा लिया। 'आपने कल कई लंकाइयों को नष्ट किया। आज वो दिन है जब हम इस सबका अंत कर देंगे।'

'बिल्कुल कर देंगे, प्रभु राम,' अंगद ने मुस्कराते हुए कहा।

हनुमान और अंगद ने राम को प्रणाम किया और अपनी-अपनी गज-वाहिनियों के प्रमुखों का मोर्चा संभालने के लिए निकल गए।

अरिष्टनेमी और राम अपने घोड़ों पर सवार हो गए। और आगे की पंक्तियों की ओर बढ़ गए।

'धत्तेरे की,' अरिष्टनेमी अपने घोड़े को रोकते हुए फुसफुसाए।

राम ने अरिष्टनेमी की ओर देखा। और फिर ऊपर आकाश की ओर।

'अरे बाप रे...'

नगर की दीवारों के निकट वर्षा शुरू हो गई थी। लंकाई पंक्तियों पर। लेकिन बादल आगे बढ़ रहे थे। बस कुछ समय की बात थी...

'इस द्वीप पर लगभग वर्ष भर बारिश होती है,' अरिष्टनेमी ने कहा। 'वो ठीक से लड़ाइयों की योजना भला बनाते कैसे हैं?'

और, ठीक तभी वर्षा तीव्रता से अयोध्या की संरचनाओं पर भी बरसने लगी।

वर्षा—विशेष रूप से वो भारी वर्षा जो भारतीय उपमहाद्वीप में होती थी—युद्ध को असाधारण रूप से कठिन बना देती थी। यह भूमि को भिगो देती थी, जिससे रथ के पहियों का चलना कठिन हो जाता। रथों का तो मतलब ही गति और फुर्ती था। वो गीली मिट्टी में फंस जाएं, तो उनकी शायद ही कोई भूमिका बचती थी।

रावण के पास कोई रथ वाहिनी नहीं बची थी। राम के पास थी।

बारिश प्रत्यंचाओं को भी गीला कर देती थी। भीगी डोरी के साथ तीर चलाना मुश्किल हो जाता था। और यदि कोई प्रतिभाशाली धनुर्धर तीर चला भी ले, तो भी उसकी सीमा के साथ उसे भारी समझौता करना पड़ता था।

रावण के पास बहुत छोटी सी धनुर्धर सेना बची थी। राम के पास एक पूर्ण धनुर्धर वाहिनी थी।

बारिश रावण की कुछ मुख्य कमजोरियों को कम करने वाली थी, और राम की कुछ प्रमुख शक्तियों को कमजोर करने वाली थी।

प्रत्यक्ष रूप से।

'यह बुरा समाचार है,' अरिष्टनेमी ने कहा।

'नहीं... मुझे लगता है कि वर्षा अच्छा समाचार है,' राम ने उत्तर दिया।

अरिष्टनेमी राम की ओर मुड़े। उलझन भरे भाव से। 'क्या आप हमारी गज-वाहिनी के बारे में सोच रहे हैं?'

बारिश या धूप से हाथियों पर कोई फर्क नहीं पड़ता था। वो तो दलदली क्षेत्रों में भी चल सकते थे। हाथी आवश्यकता पड़ने पर तैरने के लिए भी जाने जाते थे। नम भूमि उन्हें धीमा नहीं कर सकती थी।

बारिश राम की गज-वाहिनी की प्रभावशीलता को विशेष रूप से कम नहीं कर सकती थी।

'नहीं... हमारे हाथियों के बारे में नहीं। हालांकि वो अभी भी कुछ गंभीर तबाही का कारण बन सकते हैं। बारिश का वास्तविक लाभ कहीं और है।'

'मुझे बताइए।' अरिष्टनेमी अब सच में उलझ गए थे।

'हमें बारिश की जरूरत है ताकि हम पुष्पक विमान रणनीति के लिए उन्हें प्रतिबद्ध कर सकें,' राम ने कहा।

अरिष्टनेमी प्रतीक्षा करने लगे कि राम उन्हें समझाएंगे।

'राजा रावण और राजकुमार इंद्रजीत प्रतिभाशाली सेनापति हैं। हमें उन्हें कम नहीं आंकना चाहिए। वो जानते हैं कि हमारे पास एक लाख साठ हजार सैनिक हैं और उनके पास केवल पैंसठ हजार हैं। हमारे पास एक पूरी रथ वाहिनी और घुड़सवार सेना है। उनके पास ऐसी लगभग कोई सेना नहीं है। और हमारे पास गज-सेना भी है। और अगर हम इतने सबके बावजूद पूरे पैमाने पर हमला नहीं करते हैं, तो इससे उनमें संदेह पैदा हो जाएगा। उन्हें संदेह होगा कि हम पुष्पक विमान की उनकी योजनाओं के बारे में जानते हैं। और तब वो अपनी रणनीति बदल सकते हैं।'

अरिष्टनेमी मुस्कुराए। एक महान सेनापति की पहचान अपने शत्रु के दिमाग को पढ़ने की क्षमता है। 'तो, अब हमारे पास पूरे पैमाने पर आक्रमण न करने का एक अच्छा कारण है? उनमें संदेह पैदा हुए बिना। बारिश हो रही है आखिर!'

'बिल्कुल सही,' राम ने कहा। 'और अगर हम अपने सारे सैनिकों के साथ आक्रमण नहीं करते हैं, तो हम विमान के सामने कमज़ोर नहीं हैं। याद रखिए, यह लड़ाई तभी खत्म होगी जब हम पुष्पक विमान के तत्व को हटा देंगे।'

'क्या आपको लगता है कि वो पीछे हटकर अपनी दीवारों के भीतर लौट जाएंगे और कल की प्रतीक्षा करेंगे?'

'नहीं। आज रात राजा रावण पलायन में और भी सैनिकों को खो देंगे। आज इसका अंत हो जाएगा। किसी भी तरह से।'

अरिष्टनेमी ने लंका की संरचनाओं पर नज़र डाली। वो तैयार थे। और प्रतीक्षा कर रहे थे। बारिश कुछ धीमी हो गई थी। अब बारिश बहुत तेज़ नहीं हो रही थी। बस हल्की-फुलकी थी।

'तो, आपके आदेश क्या हैं?' अरिष्टनेमी से पूछा।

राम ने सोचपूर्ण मुद्रा में अपनी ठोड़ी को छुआ। 'केवल हमारे हाथी। बाकी रुके रहेंगे।'

अरिष्टनेमी आदेश प्रसारित करने के लिए मुड़े।

'केवल एक टोली, अरिष्टनेमीजी,' राम ने आगे कहा।

एक टोली का अर्थ होगा पचास हाथी। एक पूरी गज-वाहिनी का एक तिहाई।

हल्का हमला। जिसका उद्देश्य गंभीर क्षति पहुंचाना नहीं होगा। केवल एक प्रतिक्रिया भड़काने के लिए।

'जी, मेरे प्रभु,' अरिष्टनेमी ने उत्तर दिया।

देखते ही देखते, अयोध्याई सेना की ओर से पचास हाथी तेज़ी से आगे बढ़े। अपनी सूंडें आगे की ओर ताने हाथी जोर-जोर से चिंघाड़ रहे थे। लंका की पैदल सेना की रेखाओं के निकट पहुंचने पर हाथियों के हौदों पर सवार कुछ तीरंदाज़ों ने उन पर तीर चलाना शुरू कर दिया। लेकिन दूरी और धनुषों की गीली डोरियों के कारण वो बहुत ज्यादा नुकसान नहीं पहुंचा पाए।

लेकिन तीरों की कमज़ोरी की भरपाई हाथियों के पैरों के गड़गड़ाहट भरे वजन से पर्याप्त रूप से हो सकती थी। क्योंकि सैनिक उनके बोझ तले कुचलकर मर सकते थे।

या कम से कम योजना यही थी।

लेकिन रावण के पास अभी चालें ख़त्म नहीं हुई थीं।

'विन्यासों को तोड़ो!' रावण ने आदेश दिया।

और, लंकाई रेखाएं अविश्वसनीय गति से पुनर्गठित हो गईं। सारी संरचनाओं में, सैनिक तेजी से एक ओर चले गए और पांच रेखाएं एक में विलीन हो गईं। यह सब कुछ ही मिनटों में हो गया था। तीव्र गति से। पिछली शाम को नगर की दीवारों के भीतर इसका बार-बार अभ्यास किया गया था।

नतीजा दर्शनीय था। लंकाई पैदल सेना का दो सौ पंक्तियों का एक सघन पारंपरिक चतुरंग गठन, बीच में बड़े पैमाने पर खुली गलियां छोड़ता हुआ, बड़ी सरलता के साथ केवल चालीस पंक्तियों में समेकित हो गया था।

सैनिकों का सघन गठन हाथियों के लिए एकदम सही रहता। लक्ष्य-समृद्ध वातावरण। पिछले दिन की तरह। बस आगे बढ़ें और भारी तादाद में लंकाइयों को कुचल डालें। परिणामस्वरूप होने वाली भगदड़ विनाश में वृद्धि कर देती।

अब, उनतालीस चौड़ी गलियों में खाली मैदान थे, जिनके दोनों ओर सैनिक एक रेखा में पंक्तिबद्ध थे। एकदम अचानक।

महावत टेढ़े-मेढ़े दौड़ते हुए श्रीलंकाई सैनिकों की एकल पंक्तियों को कुचलने का प्रयास कर सकते थे। लेकिन इसमें जोखिम था। हाथियों के आक्रमण में एक ठोस नियम है: हाथियों को उनकी सीध में रखा जाए। क्योंकि केवल एक ही चीज है जो हाथी को झटपट गिरा सकती है। एक अन्य हाथी।

हाथियों के टेढ़े-मेढ़े दौड़ने में जोखिम यह था कि वो आपस में टकराएंगे। इससे पूरा अयोध्याई हाथी आक्रमण ध्वस्त हो सकता था।

हाथियों के महावतों के पास और कोई विकल्प नहीं था। उन्हें खुली गलियों में ही दौड़ना था। और आशा करनी थी कि हौदों पर सवार अयोध्याई सैनिक भूमि पर अधिक से अधिक लंकाइयों को मार गिराएंगे। अपने भालों और तीरों से।

लेकिन धनुषों की डोरियां गीली थीं। तीर प्रभावी नहीं थे।

ऐसा लगता था कि मौसम आज रावण की मदद कर रहा था।

अयोध्याई योद्धा लंकाइयों पर भाले फेंकेने लगे। उन्होंने कुछ को मार भी डाला। लेकिन बड़ी उम्मीद यह थी कि उन्हें घबराहट में डालकर उनके विन्यास तोड़े जा सकेंगे। लेकिन, अनुशासन का एक ज़बरदस्त प्रदर्शन करते हुए, और हाथियों के उनके इतने करीब आकर भगदड़ मचाने के डर के बावजूद, लंकाइयों ने अपना गठन बनाए रखा। वो डटे रहे।

और फिर रावण ने अपने गुप्त अस्त्र को खोल दिया।

लंबी कुल्हाड़ियां।

मूल रूप से, वो भाले थे, जिनके शीर्ष किनारे पर नुकीले फलक की जगह कुल्हाड़ियों के सिर लगा दिए गए थे। भयंकर रूप से धारदार धातुई सिर वाले कुल्हाड़ियों के सिर।

रावण ने पिछले दिन बाएं पक्ष के युद्ध से सीख ली थी। कुंभकर्ण ने दो हाथियों को मार गिराया था। हाथियों की टांगें काटकर उन्हें अक्षम करके।

पंक्तियों के किनारे से लंका के सैनिकों ने लंबी कुल्हाड़ियां उठा लीं, जो गुप्त रूप से जमीन पर पड़ी थीं। और बस उन्हें ऊंचा उठा लिया। जितने अधिक से अधिक संभव हो उतने हाथियों की टांगों को काटने के आशय के साथ। और उन्हें नीचे गिराने के।

लेकिन यदि रावण के पास एक गुप्त अस्त्र था, तो राम के पास एक गुप्त कवच था!

रावण के दुर्भाग्य से, राम ने भी कुंभकर्ण की रणनीति को ध्यानपूर्वक देखा था। और उन्होंने शीघ्र ही शत्रुघ्न को हाथियों की टांगों के बाहरी हिस्से तक पहुंचने वाला चमड़े का कवच बनाने के काम पर लगा दिया था।

कुल्हाड़ियों के अधिकांश वार अप्रभावी जा रहे थे।

दो वार ठीक लगे और घावों से खून बहा। लेकिन इतना नहीं कि हाथी नीचे गिर जाते। हाथियों ने क्रोध में अपनी सूंडें घुमाईं और कुल्हाड़ियों को उड़ा दिया।

'कोई नुकसान नहीं हो रहा है, मेरे प्रभु,' अरिष्टनेमी ने कहा। 'उन्हें या हमें। यह गतिरोध की स्थिति है।'

'हम प्रतीक्षा करेंगे,' राम ने उत्तर दिया।

'क्यों न हम पैदल सेना की कुछ टुकड़ियां भेज दें?'

'नहीं। हम प्रतीक्षा करेंगे।'

'लेकिन...'

ध्वनि सुनते ही अरिष्टनेमी ने बोलना बंद कर दिया। वही अचूक ध्वनि।

घम्प! घम्प!

घम्प! घम्प!

उन्होंने राम की ओर देखा।

राम ने सिर हिलाया। 'अंततः...' वो अपने ध्वजवाहक की ओर मुड़े। 'हनुमानजी के लिए संदेश... पुष्पक विमान आ रहा है...'

संदेश को तुरंत ही दाएं पक्ष तक भेज दिया गया।

इस बीच, अयोध्याई पैदल सेना के सभी चेहरे आकाश की ओर मुड़ गए थे।

घम्प! घम्प!

लंकाइयों में से एक दहाड़ उठी। उनका सूरमा आ रहा था!

युद्ध के अधिकांश जानवरों की तरह युद्ध के हाथियों को भी युद्ध के शोर के लिए प्रशिक्षित किया जाता है। पर फिर भी, उड़न यंत्र की गड़गड़ाहट भयानक थी। लंकाई सैनिकों पर हमला करने को दौड़ रहे कुछ हाथी अचानक रुक गए। माहिर महावत हाथियों को घुमाने लगे। उन्हें पीछे हटाने के लिए। और साथ ही वो अपने पैरों से जानवरों की कनपटियों पर संकेतों के माध्यम से उन्हें शांत करने वाले संदेश फुसफुसाने लगे।

और फिर...

विमान तेजी से दुर्ग की दीवारों के ऊपर से उभरा। जैसे अचानक कोई राक्षसी दैत्य सामने आ गया हो। विशालकाय। एक उल्टे शंकु के आकार का जो धीरे से ऊपर की ओर पतला हो रहा था। शंकु के शीर्ष पर विशाल मुख्य पंखा किसी भीमकाय तलवार के विशाल टुकड़ों की तरह लयबद्ध ढंग से घूम रहा था। व्यापक आधार के निकट कई छोटे परिचालन पंखे थे, जो दिशात्मक आंदोलन को नियंत्रित करते थे। वो धीरे-धीरे घुरघुरा रहे थे। विमान के नीचे के छिद्रों को मोटे कांच से बंद किया गया था, और उनके पीछे सैनिक स्पष्ट दिखाई दे रहे थे। मुख्य द्वार थोड़ा सा खुला हुआ था। खुले द्वार से दो योद्धा स्पष्ट दिखाई दे रहे थे। उनमें से एक लंका का राजकुमार था। इंद्रजीत। सैनिक ढंग से कसकर बंधी काली धोती पहने हुए। उसका धड़ एक बिना आस्तीन के कवच से ढका हुआ था। उसके बाएं हाथ में एक धनुष था। उसकी कमर के चारों ओर एक रस्सी बंधी हुई थी, जो विमान में कहीं अंदर बंधी हुई थी; यह सुनिश्चित करने के लिए कि वो किसी भी तरह के अचानक झटके से बाहर न गिर जाए।

वो मुड़ा और उसने चिल्लाकर चालक को एक आदेश दिया। अकंपन को।

विमान नीचे हो गया। तीव्रता से शत्रु की ओर बढ़ता हुआ।

घम्प!

घम्प!

घम्प!

घम्प!

रावण ने विमान को देखा। 'जाओ मारो उन्हें, पुत्र!'

युद्ध के मैदान के उस पार, राम ने अपना आदेश सुनाया। 'आड़ लो!' आदेश ध्वज के संकेतों के माध्यम से तेजी से प्रसारित कर दिए गए।

पैदल सेना को पिछले दिन अच्छी तरह से प्रशिक्षित किया गया था। उन्होंने जल्दी से अपनी विशाल ढालें उठा लीं। और उन्हें अपने सिरों के ऊपर सीधा लिटा दिया। प्रत्येक सैनिक की ढाल आंशिक रूप से उसके आगे और पीछे वाले सैनिक को ढके हुए थी। कुल ही पलों में, अयोध्या पैदल सेना की टुकड़ियां हवा से देखने पर विशाल कछुओं जैसी दिखाई देने लगी थीं: कई ढालों से बना कठोर खोल। आकाश से होने वाले हमलों से सैनिकों की रक्षा करने के लिए। वो चमड़े की परत चढ़ी धातुई ढालें थीं। मज़बूत। जलरोधक। तीरों, भालों और यहां तक कि जलते हुए तेल से भी सुरक्षा प्रदान करने के लिए।

इंद्रजीत ने अपने पास खड़े लंकाई को देखा और हंसने लगा। 'अयोध्याई उम्मीद कर रहे हैं कि हम उनकी पैदल सेना पर आक्रमण करेंगे!'

लंकाई भी अपने राजकुमार के साथ हंसने लगा।

राम ने एक ऐसे हमले की तैयारी की थी जो होना ही नहीं था।

इंद्रजीत अपने सैनिकों द्वारा पैदल सेना पर जलता हुआ तेल डालने वाला नहीं था। इससे अयोध्या के सैकड़ों सैनिक आसानी से मारे जा सकते थे। लेकिन इसमें विमान के भीतर लंका के सैनिकों के लिए भी जोखिम था। अचानक तीव्रता से हरकतें करता *और* लकड़ियों की आग पर खौलते हुए तेल को ले जाता एक उड़न-यान... यह कोई अच्छा संयोजन नहीं था।

विमान के भीतर स्वयं लंकाइयों पर तेल बहुत आसानी से फैल सकता था। आग यान के भीतर भी फैल सकती थी।

नहीं। खौलता तेल नहीं। इंद्रजीत ने इसके बजाय अपने सबसे चतुर सलाहकार की बात मानी थी। अपनी मां की।

वो अपने शत्रु की सबसे कमजोर कड़ी पर हमला नहीं करने वाला था। वो उनकी सबसे मजबूत कड़ी पर हमला करने वाला था।

जूजुत्सु।

विमान अचानक मुड़ गया। केंद्र में पैदल सेना से दूर। बाएं किनारे की ओर।

राम को यह समझने में केवल एक क्षण लगा कि उनके शत्रु का क्या इरादा था।

'भगवान रुद्र दया करें...'

'अब क्या करें, प्रभु?' अरिष्टनेमी से पूछा।

विमान पिछले दिन के नायक अंगद की कमान वाली बाईं ओर की हाथी सेना के निकट पहुंच रहा था।

'कमान आपके हाथों में है, अरिष्टनेमीजी!' राम दहाड़े।

'क्या?!' अरिष्टनेमी ने पूछा। और फिर उन्हें समझ आ गया। 'नहीं, प्रभु राम! ऐसा मत कीजिएं!'

लेकिन राम पहले ही बाएं पक्ष की ओर निकल चुके थे। घोड़े को सरपट दौड़ाते हुए। संकट के मुहाने की ओर।

अरिष्टनेमी ने तुरंत अपनी भावनाओं को नियंत्रित किया। राम को वो करना ही था जो आवश्यक था। और उन्हें भी ऐसा ही करना था। वो पैदल सेना के लिए तेजी से आदेश देते हुए अपने ध्वजवाहक की ओर मुड़े। 'संरचनाएं बनाए रखो! संरचनाएं टूटनी नहीं चाहिएं!'

अरिष्टनेमी का काम पैदल सेना को संभालना और घबराहट को रोकना था। आवश्यकता पड़ने पर वो लंका की पैदल सेना से अंत तक लड़ेंगे। लेकिन राम को उससे पहले ही विमान को रोकना था। या इससे होने वाली हानि को सीमित करना था।

राम सरपट दौड़ रहे थे। अपने घोड़े को एड़ लगाते हुए। उनका निजी अंगरक्षक एकदम उनके पीछे-पीछे चल रहा था।

लेकिन विमान भयानक क्षमता वाला एक राक्षसी यंत्र था। कोई भी घोड़ा गति में उसकी बराबरी नहीं कर सकता था। वो बाएं पक्ष के हाथी दल के ऊपर मंडराने भी लगा था। इंद्रजीत और उसके साथ वाले लंकाई ने अपना हमला शुरू कर दिया था। भाले। और विषधर बाण उन धनुषों से छोड़े जा रहे थे जिनकी डोरियां विमान के भीतर सूखी रही थीं। इंद्रजीत के पीछे से अन्य सैनिक पत्थर बरसा रहे थे। भयानक योद्धाओं की शक्ति से प्रेरित और गुरुत्वाकर्षण बल से आकर्षित उस ऊंचाई से गिर रहे पत्थर घातक प्रक्षेपास्त्र थे जो टकराते ही मार डालते थे।

भाले। तीर। पत्थर।

लक्षित। सटीक। क्रूर रूप से प्रभावी।

उसने अपनी कुशाग्र मां की बात सुनी थी। शत्रु की शक्ति पर प्रहार करो। हाथियों पर प्रहार करो। सीधे तौर पर नहीं। बल्कि उनके महावतों के ज़रिए।

महावतों की ऊंचाई और भारी कवच के कारण भूमि से उनका निशाना ले पाना बहुत कठिन था। लेकिन उड़ते हुए पुष्पक विमान की ऊंचाई से वो एकदम आसान शिकार थे। और महावतों के बिना हाथी किसी काम के नहीं थे; जैसे पुष्पक विमान किसी काम का नहीं होगा अगर उसका मार्गदर्शन करने के लिए पंखे न हों। किसी विश्वसनीय स्त्रोत से मिले निर्देशों के बिना हाथियों को या तो लकवा मार जाएगा, या फिर वो अपने मारे गए महावतों के दुख में बौखला जाएंगे।

'राजकुमार अंगद!' राम दूर से ही गरजे। 'संभलिए!'

लेकिन अंगद पर पहले ही प्रहार हो चुका था। उसके ऊपर एक पत्थर गिरा था, जोर से। उसके सिर पर। उसके धातुई टोप के कारण उसे सिर की चोट नहीं आई थी जिससे उसकी मौत हो सकती थी। लेकिन इससे वो बेहोश हो गया था। बीस महावत पहले ही मारे जा चुके थे या ठंडे पड़ चुके थे। अधिकांश हाथी स्थिर खड़े थे। उन्हें समझ नहीं आ रहा था कि वो क्या करें, क्योंकि महावतों के पैरों के ज़रिए उनकी कनपटियों पर मिलने वाले निर्देश अचानक बंद हो गए थे। बस कुछ समय की बात थी कि कोई हाथी अपना आपा खो बैठे और अपने महावत की मृत्यु पर भड़ककर प्रतिक्रिया करे। क्योंकि अधिकांश हाथी अपने महावतों को अपने बड़े भाइयों जैसा मानते थे।

यदि एक हाथी भी क्रोध में प्रतिक्रिया कर दे और भगदड़ मचा दे, तो दूसरे हाथी भी उसी तरह करेंगे। और इस हंगामे में मरने वाले केवल उनके आसपास के सैनिक होंगे। अयोध्याई।

यह भ्रातृहत्या होगी।

जिन हाथियों ने कल लंकाइयों को नष्ट किया था, आज वही अयोध्याइयों को हानि पहुंचा सकते थे।

जूजुत्सु।

अपने प्रतिद्वंद्वी की शक्ति का उसी के विरुद्ध इस्तेमाल करना।

इंद्रजीत अकेले अपने ही दम पर बाजी पलट रहा था। या लग ऐसा ही रहा था।

जूजुत्सु में निहित रणनीति का तोड़ केवल एक ही तरीके से किया जा सकता है। विरोधी पीछे हट जाता है और वार नहीं करता। यदि आपकी शक्ति का उपयोग आपके ही विरुद्ध किया जा रहा है, तो आप पीछे हट जाएं और अपनी शक्ति का उपयोग न करें।

राम सरपट दौड़े जा रहे थे। और जब तक वो हाथी दल के निकट पहुंचे, तब तक अंततः एक हाथी उन्मादी हो ही गया था।

यह अंगद का हाथी था। अगुआ हाथी। जैसे ही उसने अपने महावत को भूमि पर गिरते देखा, जिसके गले में दो तीर गहराई तक धंसे हुए थे, वो क्रोध में चिल्ला उठा। एक बुद्धिमान जानवर की सोच पर भावनाएं हावी हो गई थीं। उसने अपनी सूंड उठाई और भयंकर रूप से पुष्पक विमान पर चिंघाड़ा। और उसकी छाया पर हमला करने को दौड़ा। अन्य हाथी उसके पीछे दौड़े। उन्मत्त। क्रुद्ध।

हाथी के रास्ते में आए कुछ अयोध्याई सैनिक कुचलकर मारे गए।

यह जल्द ही भगदड़ में बदलने वाला था।

'नहीं, मेरे प्रभु!', राम को ज़रा भी धीमे हुए बिना प्रमुख हाथी की ओर दौड़ते देखकर एक चिंतित अंगरक्षक चिल्लाया।

उधर यह सुनिश्चित करते हुए कि उसकी आवाज़ विमान के यंत्रों की दहाड़ के बीच सुन ली जाए, इंद्रजीत मुड़कर उड़ान के नियंत्रण संभाल रहे अकंपन पर चिल्लाया, 'दूसरे पक्ष की ओर! जल्दी!'

जब अकंपन वाहन को मोड़ने के लिए यंत्रों पर काम करने लगा, तो इंद्रजीत ने अपने पास खड़े लंकाई को देखा। 'यहां हमारा काम पूरा हो गया है। अब हमारा काम हाथी करेंगे। हमें दाईं ओर के हाथियों तक पहुंचना होगा इससे पहले कि वो पीछे हटें।'

बाईं ओर के हाथी दल के पास खड़े अयोध्याई पैदल सेना के विन्यास रौंदे जाने से बचने की कोशिश में टूटने लगे थे। राम प्रमुख हाथी की ओर दौड़े। यदि वो उसे नियंत्रित करने में सफल रहे, तो पीछे के अन्य पशु भी शांत हो जाएंगे।

राम ने अपने पैरों को रकाब से बाहर खींचा, उछले और काठी के ऊपर झुक गए। उन्होंने लगाम को अपने दांतों में भींच लिया। अभी भी घोड़े को कुशलतापूर्वक उग्र हाथी की ओर ले जाते हुए। निकट आते-आते, उन्होंने घोड़े को लहराकर किनारे किया और अपने ऊपरी अंगों पर ज़ोर लगाते हुए काठी पर खड़े हो गए। हाथी विमान का पीछा कर रहा था, और उसकी आंखें आकाश में उस वस्तु पर टिकी हुई थीं। उसने घोड़े को सरपट अपनी ओर दौड़ते हुए नहीं देखा था। राम घोड़े को हाथी के दाईं ओर लेकर गए, और फुर्तीलेपन का एक विस्मयकारी करतब दिखाते और समय की सटीक अतिमानवीय समझ के साथ काठी से उछल गए। वो हाथी के विशाल दांत पर उतरे, और दांत का प्रयोग उत्तोलन के रूप में करते हुए बल खाते हुए ऊपर चढ़ गए। हाथी के सिर के ऊपर। सब एक पल में। हाथी ने अपने ऊपर एक उपस्थिति महसूस की। उसने क्रोध से अपनी सूंड उठाई, लेकिन फिर वो रुक गया क्योंकि इस मनुष्य की गंध परिचित सी थी। और प्रिय भी।

वहां भरोसा था।

अचानक हाथी ने अपनी कनपटियों पर एक हल्का और नियंत्रित सा दबाव महसूस किया। राम के पैरों से।

शांत हो जाओ।

मैं आ गया हूं।

धीरे चलो।

और जानवर ने सुन लिया। वो धीमा होने लगा।

शांत हो जाओ...

हाथी ने अपने परिचित की बात सुनी।

उसने अपने बड़े भाई की बात सुनी।

राम ने पिछले कई महीने स्वयं को न केवल अपने अधिकांश सैनिकों से बल्कि प्रत्येक हाथी से परिचित कराने में बिताए थे। वो उन पर भरोसा करते थे। वो उनकी बात मानते थे।

शांत हो जाओ...

धीरे चलो...

कुछ पल बाद मुख्य हाथी रुक गया। और उसी के साथ उसके पीछे वाले हाथी भी रुक गए।

अयोध्याई पैदल सैनिक विजयपूर्वक गरजे। उनके राजा ने उन्हें बचा लिया था। लेकिन उनका राजा नहीं गरज रहा था। वो कहीं दूर घूर रहा था। दाएं पक्ष की ओर।

'हनुमानजी...' राम फुसफुसाए। 'उन्हें वन की ओर ले जाइए...'

दाएं पक्ष पर हनुमान और उनकी गज-वाहिनी पूरी तरह से पीछे हटने की प्रक्रिया में थी। तेज़ी से वापस वन की ओर भागती हुई।

'नीचे!' इंद्रजीत अकंपन पर चिल्लाते हुए दहाड़ा। वो जानता था कि विमान अभी भी इतनी ऊंचाई पर है कि उनके प्रक्षेपास्त्र प्रभावी नहीं हो पाएंगे।

दाहिनी ओर के हाथी तेज़ी से दौड़ रहे थे। वृक्षों की ओर। उनमें से अधिकतर जल्द ही वन में प्रवेश कर जाने वाले थे। और फिर वृक्षों के शीर्ष तीरों और भालों से उनकी रक्षा करने वाले थे।

'और नीचे, अकंपनजी!'

अकंपन ने मुड़कर इंद्रजीत की ओर देखा। द्वार पर। और एक गहरी सांस ली।

मैं केवल आदेशों का पालन कर रहा हूं। अन्य सैनिक मेरा साथ देंगे।

उसने महारत के साथ विमान को नीचे किया। उससे कहीं नीचे जितना नीचे उसे लाना चाहिए था। और पीछे की दिशा के प्रेरकों को और तेज़ चला दिया। द्वार को वन की ओर मोड़ते हुए। धीरे-धीरे।

बस कुछ क्षण और, और फिर निशाना सामने आ जाएगा। एकदम सटीक ढंग से।

अब तुम अयोध्याई अपना काम करो...

और वो प्रमुख अयोध्याई, जिसे अपना काम करना था, तैयार था।

लक्ष्मण ने अपना कवच नहीं पहना हुआ था। इससे भाले को दूरस्थ सीमा तक फेंकने की उनकी क्षमता बाधित हो जाती। उन्होंने विमान को पास आते देखा और अपने महावत को हाथी को आगे बढ़ाने का आदेश दिया। पेड़ों के आवरण से बाहर।

'लक्ष्मण! रुको!' भरत चिल्लाए, जो लक्ष्मण के बाईं ओर हाथी पर सवार थे।

विमान अभी भी एकदम सही जगह पर नहीं था। लेकिन विमान के प्रेरकों के गगनभेदी शोर के कारण लक्ष्मण ने अपने भाई की बात नहीं सुनी। उन्होंने अपना भाला ऊपर उठाया और मुद्रा में आ गए। पैर फैलाए हुए। पिछला पैर लंबवत। बाईं बांह ऊंची उठी हुई। भाले का तना उनके दाएं हाथ की हथेली पर सपाट, तर्जनी और मध्यमा के बीच, अंगूठे का रुख़ पीछे को, और बाकी उंगलियां दूसरी दिशा में। सांस स्थिर और लयबद्ध। आंखें विमान के द्वार पर टिकी हुईं।

उधर विमान के भीतर, इंद्रजीत के पास वाला लंकाई अपने बाएं हाथ से इशारा करते हुए जोर से बोला, 'स्वामी! वो अयोध्या का राजकुमार लक्ष्मण है! उसे मार डालिए!'

इंद्रजीत ने अपने शरीर को दाईं ओर झुलाते हुए अपने नियोजित निशाने की दिशा को बदला और अपना तीर छोड़ दिया।

ठीक उसी क्षण, लक्ष्मण ने भाला ऊपर फेंका। अपनी पूरी ताकत से। इंद्रजीत की ओर अचूक निशाना।

हवा के एक अचानक झोंके ने विमान की जगह अंश भर बदल दी।

'लक्ष्मण!' तीर को तेज़ी से नीचे आता देख भरत दहाड़े।

लक्ष्मण का भाला अपना निशाना चूक गया। विमान की हल्की सी हलचल के कारण। लेकिन इंद्रजीत का बाण अपना निशाना नहीं चूका। वो लक्ष्मण की छाती में जा लगा। क्रूरतापूर्वक। भैंसे जैसी पेशियों की गांठदार परतों को काटता, एक पसली को छेदता, दाएं फेफड़े को फाड़ता।

बलशाली लक्ष्मण के शरीर की गहराइयों तक प्रहार करता। वो हौदे में पीछे को गिर गए। उनकी छाती से खून फूट पड़ा।

'लक्ष्मण!' भरत चिल्लाए। 'नहीं!'

विमान थोड़ा-थोड़ा घूमता रहा। और उठने लगा।

भरत के हाथ में पहले से ही एक भाला था। उन्होंने ऊपर देखा और उसे जोर से फेंका। उनकी सहजवृत्ति ने उनके लक्ष्य का मार्गदर्शन किया।

विमान ऊपर जा रहा था। वो पहले ही भरत की फेंकने की सीना से निकल चुका था। लेकिन भाले का यह जोर केवल मांसपेशियों, हड्डियों और प्रशिक्षण से ही प्रेरित नहीं था। इसमें एक रक्षात्मक बड़े भाई का उग्र क्रोध भी सम्मिलित था।

भाला बिजली की तरह हवा में चीरता हुआ ऊपर बढ़ता चला गया।

इंद्रजीत लक्ष्मण को अपने हौदे में लेटा देखकर हर्षित हो रहा था। वो जानता था कि चारों राजकुमार भाई एक दूसरे से कितने करीब थे। यह उन सभी को तोड़ डालेगा। विमान के मुड़ते-मुड़ते, एक और हाथी दिखाई दिया। लंका के राजकुमार ने अपने तरकश से तीर निकालने के लिए हाथ बढ़ाया। लेकिन हौदे के ऊपर का योद्धा आगे को झुका हुआ था, और उसका हाथ नीचे लटका हुआ था, जैसे उसने अभी-अभी भाला फेंका हो। इससे पहले कि इंद्रजीत इस जानकारी को ठीक से समझ पाता, भरत द्वारा फेंका गया हथियार उसके सीने में धंस गया। फलक की अत्यंत धारदार नोक के साथ उसके किनारे दांतेदार थे। और उसे बेतहाशा गति के साथ फेंका गया था। भाला उसके कवच में घुसा, और उसकी पसलियों को चीरता हुआ उसकी पीठ को फाड़ता हुआ बाहर निकला। उसके दाहिने फेफड़े को काटकर अलग करता हुआ। एक क्षण को इंद्रजीत लहराया। पीड़ा ने उसे निश्चल कर दिया था। और फिर वो आगे को गिर गया। बाहर, विमान के खुले द्वार से। वो एक पत्थर की तरह गिरा, और उसका गिरना गुरुत्वाकर्षण के कारण गति पकड़ता गया। जब तक उसकी कमर के चारों ओर बंधी और विमान से जुड़ी रस्सी ने उसके गिरने को बीच हवा में रोक नहीं दिया। लेकिन अचानक लगे झटके से उसकी कमर और गर्दन भी टूट गई। जिससे तुरंत उसकी मृत्यु हो गई।

हनुमान ने, जो दूर दाहिनी ओर, वन की सीमा के किनारे पर थे, विमान को देखा। उससे नीचे इंद्रजीत का शव लटक रहा था। रस्सी उसकी

कमर पर बंधी हुई थी, उसका धड़ उसके पैरों से एक विषम से कोण पर मुड़ा हुआ था। उसका सिर उसकी टूटी गर्दन से तिरछा लटका हुआ था। उसका शरीर भाले से छिदा हुआ था।

'लक्ष्मण्ण्ण!' भरत चिल्लाए, और उनका हाथी तेज़ी से लक्ष्मण के हाथी की ओर बढ़ा।

इस बीच, विमान ने खुले मैदान में उतरना शुरू कर दिया था। अकंपन उसे नीचे ला रहा था। धीरे-धीरे। यह सुनिश्चित करने के लिए सावधानी बरतते हुए कि विमान इंद्रजीत की झूलती हुई लाश पर न उतर जाए।

लंका का राजकुमार एक सच्चा योद्धा था। वो इस योग्य नहीं था कि उसकी लाश एक यंत्र के नीचे कुचली जाए।

'उतरो!' हनुमान ने अपने हाथी दल के सैनिकों को आदेश दिया। 'दौड़कर विमान में जाओ। उन सबको बंदी बना लो! किसी को मारना नहीं है!'

अध्याय 38

'दादा...' भरत धीमे से बोले, उनकी आंखों से आंसू बह रहे थे।

पुष्पक विमान के धरती पर उतरते ही शांतिदेवी का श्वेत ध्वज फहरा दिया गया था। एक अस्थायी युद्धविराम घोषित कर दिया गया था।

संदेशवाहक रावण के पास उसके पुत्र की मृत्यु का समाचार लेकर भेज दिए गए थे।

राम दाएं पक्ष की ओर दौड़ पड़े थे। वन के किनारे के निकट, जहां विमान उतरने को विवश हो गया था। हनुमान और उनके सैनिक पहले ही पुष्पक विमान के अंदर लंकाई सैनिकों को निहत्था करके उन्हें बंदी बना चुके थे। अकंपन सामने खड़ा था, उसके हाथ पीछे बंधे हुए थे। इंद्रजीत के शरीर को उसकी कमर में बंधी रस्सी से मुक्त कर दिया गया था, और उसके शव को भूमि पर एक कपड़े पर करवट से लिटा दिया गया था। सम्मान के साथ।

यह राम की सेना थी। उनका आचरण शत्रुओं के साथ भी धर्मनिष्ठ था।

राम और भरत अपने घुटनों के बल बैठे थे। भरत ने लक्ष्मण के सिर को अपनी गोद में रख लिया था। उनका विशालकाय छोटा भाई बेसुध पड़ा था। उसका धड़ जमे हुए रक्त से सना हुआ था। युद्धक्षेत्र का कुछ त्वरित प्राथमिक उपचार कर दिया गया था। तीर के तने को तोड़ दिया गया था। लेकिन तीर का शीर्ष और नोक लक्ष्मण के दाहिने फेफड़े में गहरे दबे थे।

चिकित्सक ने खून को बहने से रोकने के लिए घाव के चारों ओर मरहम लगा दिए थे। और सांस लेने में मदद करने के लिए लक्ष्मण की नाक पर एक उपकरण लगा दिया था।

राम ने भरत के कंधे पर हाथ रखा और चिकित्सक की ओर मुड़े। उनके चेहरे पर पीड़ा की रेखाएं थीं, लेकिन उन्होंने स्वयं को मजबूत रखा हुआ था। छोटे भाई के संकट के समय भावनात्मक रूप से टूटा हुआ बड़ा भाई किसी काम का नहीं होता। केवल वही व्यक्ति अपने भाई को आपात स्थिति से बाहर निकाल सकता है जो शांत और स्थिर रहे।

'आप क्या कर सकते हैं, वैद्यजी?' राम ने पूछा।

'ये सांस ले रहे हैं, महाराज,' चिकित्सक ने कहा। 'ये जीवित हैं। मैं एक शल्य चिकित्सा कर सकता हूं और तीर को निकाल सकता हूं। लेकिन शल्य चिकित्सा स्वयं...'

'शल्य चिकित्सा क्या?' भरत ने पूछा।

'महाराज, यह विषैला तीर है। एक बहुत ही विशिष्ट विष में बुझा। यह घाव के आसपास की मांसपेशियों को अस्थायी रूप से पंगु बना देता है। इससे भी बढ़कर यह कि शल्य चिकित्सा द्वारा तीर के सिरे को निकालने से विष के सबसे बुरे प्रभाव हो सकते हैं। यह कुछ ही पलों में राजकुमार लक्ष्मण को समाप्त कर डालेगा... लेकिन अगर हमने कुछ नहीं किया, तो...'

चिकित्सक इतना संवेदनशील था कि उसने अपना वाक्य पूरा नहीं किया। क्योंकि वो वास्तव में एक गंभीर दुविधा की स्थिति में था। यदि चिकित्सक तीर का शीर्ष अंदर ही छोड़ देता, तो घाव विषाक्त हो जाता और लक्ष्मण कई दिन तक पीड़ा झेलते हुए एक धीमी मौत मरते। लेकिन यदि चिकित्सक शल्य चिकित्सा द्वारा तीर को निकाल देता, तो विष फैलने लगता और अयोध्या के राजकुमार कुछ ही पलो में मर जाते। सरल शब्दों में, शल्य चिकित्सा उन पर दया होती और उन्हें दर्द से बचा लेती।

लेकिन राम और भरत इस तरह के भाई नहीं थे जो हार मान लेते।

'आप कुछ तो कर सकते होंगे, वैद्यजी,' भरत ने कहा, क्योंकि वो पारंपरिक भारतीय चिकित्सा में संभव चमत्कारों के बारे में जानते थे। 'आयुर्वेद के पास तो हर बात का उत्तर है।'

'एक वस्तु है जो सहायता कर सकती है, स्वामी। लेकिन उस औषधि का मिलना लगभग असंभव है।'

'असंभव कुछ नहीं है,' राम ने कहा। 'आपको किस वस्तु की आवश्यकता है?'

'मुझे तीन विशेष जड़ी-बूटियों की आवश्यकता होगी। विशाल्यकरणी, सावर्ण्यकरणी और समधानी। और संजीवनी वृक्ष की शाखाएं।'

'अरे, नहीं...' भरत फुसफुसाए। वो जानते थे कि यह जड़ी-बूटियां और पेड़ हिमालय में पाए जाते हैं। सुदूर उत्तर में। बहुत दूर।

'ये उतना दूर नहीं हैं जितना आप सोच रहे हैं, प्रभु भरत। उन्हें बहुत सीमित मात्रा में दक्षिण के पहाड़ों में भी प्रत्यारोपित किया गया है। वो निकटतम पहाड़ी जहां ये जड़ी-बूटियां उपलब्ध हैं, केरल की भूमि में महोदयपुरम विश्वविद्यालय के परिसर में स्थित द्रोणगिरि पर्वत है। लेकिन वो भी बहुत दूर है। क्योंकि विष में हलचल उत्पन्न किए बिना प्रभु लक्ष्मण को वहां ले जाना असंभव है। हम इन्हें बहुत ज्यादा हिला नहीं सकते, और निश्चित रूप से बहुत लंबी दूरी तक तो बिल्कुल नहीं ले जा सकते।'

'लेकिन आपको इन्हें कहीं ले जाने की आवश्यकता ही क्यों है? मुझे समझ नहीं आ रहा। क्या आपके पास यहां दवाइयां नहीं हैं?'

'हमारे पास संजीवनी वृक्ष की शाखाएं तो हैं, लेकिन विशाल्यकरणी, सावर्ण्यकरणी और समधानी तीनों ही जड़ी-बूटियों का उपयोग तोड़े जाने के आधे घंटे के भीतर किया जाना चाहिए। इसलिए, शल्य चिकित्सा महोदयपुरम में ही करनी होगी। समस्या बस यही है। यहां औषधि लाना संभव नहीं है। और इन्हें हम स्थानांतरित कर नहीं सकते। हम बुरी तरह दुविधा में फंस गए हैं। और कोई विकल्प नहीं हैं।'

राम और भरत ने एक दूसरे की ओर देखा। दोनों के मन में एक ही विचार था।

यदि लक्ष्मण पर्वत तक नहीं जा सकते, तो पर्वत के खजाने को लक्ष्मण तक लाना होगा।

'पुष्पक विमान...' भरत ने कहा।

राम ने कुछ दूर खड़े अकंपन की ओर देखा।

विमान राम के अधिकार में था। अकंपन उसे उड़ाने के लिए तैयार हो गया था। चूंकि युद्ध अब लगभग समाप्त सा ही हो चला था, इसलिए लंका का यह मंत्री अयोध्या राजघराने के सदस्यों को प्रसन्न करना चाहता था। शत्रुघ्न और सौ अयोध्याई सैनिकों के साथ अभियान का नेतृत्व हनुमान को करना था। दल में तीन वैद्य भी शामिल थे। उनकी भूमिका यह सुनिश्चित करना था कि सही जड़ी-बूटियों को उचित तरीके से एकत्र किया जाए। द्रोणगिरि पर्वत केवल आधे घंटे की उड़ान की दूरी पर था। इसलिए, उन्हें आशा थी कि वो बहुत जल्दी वापस आ जाएंगे।

युद्ध के मैदान में ही एक अस्थायी शैया लगा दी गई थी और लक्ष्मण को उस पर लिटा दिया गया था। राजकुमार अंगद, जो किसी हद तक ठीक हो गया था लेकिन अभी भी कमजोर था, भी पास की एक शैया पर आराम कर रहा था और वैद्य लगातार आघात के संकेतों पर ध्यान रख रहे थे। वैद्य लोग यह सुनिश्चित करने के लिए निरंतर दोनों राजकुमारों के आसपास मंडरा रहे थे कि उन्हें और कोई हानि न हो।

इसी बीच, वैद्यों ने अयोध्या के सैनिकों के पीछे एक युद्धक्षेत्र चिकित्सालय स्थापित कर लिया था और घायलों की देखभाल कर रहे थे।

धूल उड़ाते सरपट दौड़ते आ रहे घोड़ों की गड़गड़ाती आवाज से अचानक हड़कंप सा मच गया। राम और भरत देखने के लिए मुड़े, जबकि अरिष्टनेमी सुरक्षात्मक रूप से उनके निकट आ गए।

यह रावण था।

वो काठी पर लहराया और नीचे उतरने में एक अंगरक्षक ने उसकी मदद की। उसका थका-मांदा चेहरा जैसे कुछ ही घंटों में एक दशक बूढ़ा हो गया था। केवल दो ही लोग ऐसे थे जिनसे उसने सच्चा प्यार किया था। कभी भी। पहले की मौत पिछले दिन हो गई थी। और दूसरे की लाश वो देखने वाला था।

एक समय था जब वो मदद करने वाले हाथ को रूखेपन से हटा देता। लेकिन अब, लड़खड़ाकर अयोध्या के राजा की ओर बढ़ते हुए उसने अपने अंगरक्षक को अपनी कोहनी पकड़ने दी थी।

'राजा रावण,' राम ने खड़े होते हुए विनम्रता से अपने हाथ जोड़कर नमस्ते की। 'मेरी हार्दिक संवेदनाएं। आपके पुत्र वीरता से लड़े। उस योद्धा की तरह जो वो थे। उन्होंने आज अपने पूर्वजों को गौरवान्वित किया है।'

रावण ने हाथ जोड़ दिए। 'प्रभु राम... कहां...'

राम ने रावण की बांह पकड़ी और धीरे से उसे आगे लेकर चले। वो शत्रु थे, लेकिन राम वैदिक संहिता के अनुयायी थे। धर्म के मार्ग के। शत्रुता में भी एक नवाचार का पालन करना है, एक गरिमा को निभाना है।

राम रावण को उस स्थान तक ले गए जहां अयोध्याई सैनिकों द्वारा संरक्षित इंद्रजीत का शव पड़ा था। उनके पीछे रावण के अंगरक्षक चल रहे थे।

अयोध्या के राजा ने अपने सैनिकों को सिर हिलाकर संकेत दिया। उन्होंने चुस्ती से अभिवादन किया और एक ओर हट गए।

अपने पुत्र के क्षत-विक्षत शरीर को देखकर रावण के मुंह से एक घुटी-घुटी सी चीख निकल गई। वो अपने घुटनों पर गिर गया। आंसू उसके चेहरे पर बहने लगे। उसकी आत्मा कुचल गई थी। वो इसे और सहन नहीं कर सकता था। यदि देवता साक्षी थे, तो वो अवश्य सोच रहे होंगे कि यह अंतिम त्रासदी तो रावण के हठधर्मी, अड़ियल स्वभाव को तोड़ ही डालेगी। यह वो तिनका होगा जो अंतत: पशु की कमर तोड़ देगा।

इंद्रजीत करवट से लेटा हुआ था। उसे सूर्यवंशी चिह्न वाले एक बड़े से कपड़े पर सम्मान के साथ रखा गया था। इंद्रजीत की छाती में गहरे धंसे हुए भाले के तने को बड़ी सावधानी से काटा गया था। तने का प्रमुख अगला भाग उसके फेफड़ों और हृदय में दबा रहा। नुकीला, दांतेदार फलका जो उसकी पीठ को फाड़ता हुआ उसके पार निकल गया था, जहां था वहीं था। फलके और मजबूत लकड़ी के संबल के चारों ओर गाढ़ा खून जम गया था। उसके सिर को सावधानीपूर्वक वापस जगह पर लगाया गया था, लेकिन यह स्पष्ट था कि गर्दन टूट गई थी। कपाल स्पष्ट रूप से ग्रीवा कशेरुक से अलग हो गया था। अयोध्याइयों ने इंद्रजीत की टांगों की स्थिति को भी ठीक कर दिया था। उसकी कमर में बंधी रस्सी को काटकर हटा दिया गया था। लेकिन यह अभी भी स्पष्ट था कि धड़ का आधार और टांगें एक दूसरे से अप्राकृतिक कोण पर थीं। श्रोणिक करधनी, जो धड़ को संभाले रखती है, इंद्रजीत के गिरने पर रस्सी के टूट जाने से न केवल टूट गई थी बल्कि टूटकर चार टुकड़ों में बिखर गई थी।

किसी भी पिता को अपने बेटे को इस तरह न देखना पड़े। किसी भी पिता को अपने बेटे को इस तरह नहीं देखना चाहिए।

युद्ध में कोई महिमा नहीं है। केवल पीड़ा और विनाश है। प्राचीन काल के संस्कृत के सबसे बड़े नाटककार भास ने लिखा था, यह युद्ध-भूमि वास्तव में बलि-क्षेत्र है, जहां मृत योद्धा बलि के शिकार हैं, युद्ध की चीखें मंत्र हैं, मृत हाथी वेदियां हैं, तीर बलि की दूब घास हैं, और घृणा और शत्रुता धधकती हुई आग है।

लेकिन उनमें से एक घृणा और शत्रुता छोड़ने के लिए तैयार था।

राम घुटनों के बल बैठे रावण के पास गए और उन्होंने धीरे से उसके कंधे को छुआ। 'मुझे बहुत खेद है, राजा रावण। वो एक बहादुर मनुष्य थे... आपके पुत्र।'

रावण अपने पुत्र के सुंदर चेहरे को निहार रहा था। इंद्रजीत को उसका रूप विरासत में मिला था। और चेचक के वो निशान न होने के कारण जिन्होंने रावण के चेहरे को खराब कर दिया था, वो सुंदर दिखाई देता था। रावण जानता था कि उसका पुत्र उसका वो सर्वोत्तम स्वरूप है जो वो कभी हो सकता था। क्योंकि इंद्रजीत अपने पिता की शारीरिक बनावट और भयंकर क्षमता और उसकी पत्नी के निष्कलंक चरित्र का संयोजन था। रावण उस व्यक्ति की मृत्यु का साक्षी बनने को विवश था जिसके अंदर सबसे अच्छा वो सब कुछ था जो स्वयं रावण में हो सकता था।

'राजकुमार इंद्रजीत के शरीर को वापस सिगिरिया ले जाने में मैं अपने सैनिकों द्वारा आपकी सहायता करूंगा,' राम ने कहा। 'उन अंत्येष्टि समारोहों को करने के लिए जो आपको करने होंगे। हम उनका सम्मान करते हैं। हम उनका सम्मान करते रहेंगे।'

रावण राम को देखने के लिए नहीं पलटा। वो जम सा गया था, उसकी आंखें अपलक अपने बेटे पर टिकी थीं। आंसू उसके चेहरे पर झरझर बह रहे थे। उसकी आत्मा के अवशेषों को निचोड़ते हुए, धूप की गर्मी में जलने के लिए।

सम्मान... ज्ञान... धन... मर्यादा... धर्म... सब व्यर्थ बातें...

रावण ने रोना बंद कर दिया। उसने अपने चेहरे से आंसू पोंछ डाले। और ऊपर देखा। बारिश के बादल छंट गए थे। एक उदास से सूरज को प्रकट करते हुए। तेज चमकता। अपने नीचे हर वस्तु को झुलसाता। अपनी अपार शक्ति पर गर्वित। आंसुओं जैसी वर्षा की अपनी बूंदों से फूले बादल कभी-कभी इसे छिपा लेते हैं। लेकिन सूर्य अंतत: निकलकर रहेगा।

निश्चित रूप से। यह बादलों पर विजय प्राप्त करेगा। और उन सबको जला डालेगा जो इसे चुनौती देते हैं। क्यों? क्योंकि सूरज यही करता है।

शक्ति... बस यही सब कुछ है... शक्ति... अपनी शक्ति का प्रदर्शन... अपनी शक्ति द्वारा दूसरों को कुचलना... अपनी शक्ति द्वारा उन्हें डराना...

रावण ने सूरज को देखा। जो अभी भी दिन के अपने उच्चतम बिंदु से कुछ घंटे दूर था। अभी सूरज में जान बाकी थी। आज के लिए अभी और जान थी। उसने अपना अवरोहण शुरू नहीं किया था। अभी नहीं। अभी नहीं।

सूरज को अभी और जलना था। इसे अभी दूसरों को और जलाना था।

रावण ने राम के विनम्रतापूर्ण हाथ को अपने कंधे से हटा दिया और अचानक खड़ा हो गया। उसने अपनी दाहिनी टांग का दर्द भुला दिया था। उसने पलटकर अपने शत्रु की ओर देखा। गर्व से भरा न झुकने वाला चेहरा। उद्दंड लापरवाह निगाह।

'इंद्र का द्वंद्व,' रावण फुसफुसाया।

'क्या?' हतप्रभ राम ने पूछा। उन्हें लगा कि उन्होंने ठीक से सुना नहीं।

'मैं आपको इंद्र के द्वंद्व की चुनौती देता हूं!' रावण गुर्राया। जोर से, ताकि आसपास सब उसकी बात सुन सकें।

राम ने रावण की ओर देखा। आंखें स्थिर। चेहरा शांत। लेकिन भरत अपने भाई की बाहों की हल्की सी अकड़ गई मांसपेशियों में उनके क्रोध को महसूस कर सकते थे।

राम शालीन रहे थे। राम विनीत रहे थे। राम धार्मिक रहे थे।

लेकिन राम ने विनीत लोगों की सबसे बड़ी गलती की थी। वो बदले में विनय की अपेक्षा करते हैं।

'दादा...' भरत धीमे से बोले।

वो जानते थे कि उनके बड़े भाई क्या करेंगे। उनके भाई अपनी मर्यादा से क्या करने के लिए बाध्य होंगे। उन्हें राम को रोकना होगा। इस द्वंद्व की कोई आवश्यकता नहीं थी। वो युद्ध जीत चुके थे। लंकाइयों को

हराया जा चुका था। व्यावहारिक भरत यह समझते थे। लेकिन इससे पहले कि वो कुछ और कहते, राम ने चुप करने के लिए हाथ उठा दिया।

और फिर, रावण को देखते हुए राम ने भयानक रूप से शांत स्वर में कहा, 'मैं स्वीकार करता हूं। इंद्र का द्वंद्व। युद्धक्षेत्र के केंद्र में। तीसरे पहर की चौथी घड़ी में, आज।'

इंद्र का द्वंद्व। मृत्यु होने तक लड़ाई।

रावण चुपचाप खड़ा था। इंद्रजीत का हाथ पकड़े हुए। ठीक वैसे ही जैसे उसने पिछले दिन कुंभकर्ण का हाथ पकड़ा था। चिकित्सक को अपना काम करने देते हुए। जो मौत का मुखौटा बना रहा था। इंद्रजीत के अंतिम भाव की छवि, जिसे एक कांस्य मुखौटे में आने वाली पीढ़ियों के लिए दर्ज किया जाएगा।

यह वीर रस का भाव था। साहस और विजय की भावना। उसने अकेले अपने दम पर लड़ाई का रुख लगभग मोड़ ही दिया था। जिसे बस राम और भरत का साहस और तेज ही रोक सका था। इतिहास अपने देश और अपने पिता के लिए सिंह सरीखे इंद्रजीत के साहसपूर्ण बचाव को शानदार शब्दों में लिखेगा। हार के सामने भी वीरतापूर्ण अंतिम लड़ाई।

'स्वामी...' चिकित्सक धीमे से बोला। वो जानता था कि रावण कुछ ही घंटों में द्वंद्वयुद्ध करने वाला था। वो चाहता था कि उसके राजा और स्वामी आराम करें। 'क्या आपको आसन चाहिए? क्या मैं आपके लिए जड़ी-बूटी के कुछ आसव मंगवा दूं?'

'बस अपना काम करो,' रावण गुर्राया। 'सुनिश्चित करो कि मेरे बेटे का मौत का मुखौटा एकदम सही हो।'

'जी, मेरे प्रभु।'

राम ने लंका की सेना को सिगिरिया लौटने की अनुमति नहीं दी थी। उन्होंने इस बात पर बल दिया था कि रावण अपने सैनिकों को निरस्त्र होने और दुर्ग की दीवारों के बाहर खुले मैदान में रहने का आदेश दे। उन्हें बंदी लिया गया था और अयोध्या की सेना ने उन्हें घेरे में ले लिया था। रावण को अपने पुत्र के शव और सौ अंगरक्षकों के साथ शहर में वापस जाने की अनुमति दी गई थी। एक भी योद्धा अधिक नहीं।

राम ने यह सुनिश्चित किया था कि यदि वो द्वंद्व जीत जाएं और नगर पर नियंत्रण करने के लिए सिगिरिया में विजय यात्रा का आदेश दें, तो सड़कों पर कोई प्रतिरोध न हो। वो सिगिरिया में तुरंत और आसानी के साथ व्यवस्था बहाल करेंगे।

राम ने इंद्र के द्वंद्व की चुनौती स्वीकार की थी। लेकिन वो केवल स्वयं को हानि के रास्ते में डाल रहे थे। वो ऐसा कोई कदम नहीं उठाने वाले थे जिससे बाद में उनकी सेना को कोई हानि हो।

महान होने और मूर्ख होने में अंतर है। राम निश्चित रूप से मूर्ख नहीं थे।

'स्वामी?' चिकित्सक ने इंद्रजीत के चेहरे पर लेप मलने की अनुमति मांगी। उसके बाद रावण अपने पुत्र का चेहरा कभी नहीं देख सकता था।

रावण चुप रहा। वो अपने पुत्र के योद्धा चेहरे से अपनी आंखें नहीं हटा पा रहा था। *मैं शीघ्र ही तुम्हारे साथ होऊंगा, मेरे बच्चे।*

उसने अपने बेटे के बालों में उंगलियां फिराईं। *लेकिन मैं इस संसार को उसी तरह छोड़ूंगा जैसे तुमने छोड़ा है... महिमा की ज्वाला में... मैं सूर्य की तरह जाऊंगा...*

क्योंकि सूर्य रात को चुपचाप नहीं जाता है। जब वो डूबता है, तब वो क्रोध में आ जाता है। वो अपने क्रोध से अपने चारों ओर सब कुछ जलाते हुए आकाश को नारंगी और बैंगनी रंग के चमकीले रंगों में बदल देता है।

मैं चुपचाप नहीं जाऊंगा। मैं महिमा की ज्वाला में जाऊंगा...

'स्वामी?' चिकित्सक ने एक बार फिर पूछा।

रावण उत्तर देने ही वाला था कि वो ठिठक गया। दरवाजे पर एक आवाज। किसी ने राजकीय अस्पताल के कक्ष में प्रवेश किया था। रावण ने पलटकर देखा।

मंदोदरी।

'कृपया प्रतीक्षा करें,' मंदोदरी ने विनम्रता और कोमलता से कहा।

उन्होंने महल परिसर में लगभग दो दशक में पहली बार प्रवेश किया था। उनके चेहरे पर सदा उपस्थित रहने वाली संतों सी कोमल मुस्कान नदारद थी। उनकी काली, आकर्षक आंखें सामान्य रूप से उनकी कभी

न झुकने वाली और धर्मनिष्ठ आत्मा को प्रकट करती थीं; अब वही आंखें एक ऐसी व्यक्ति का गवाक्ष बनी हुई थीं जो टूटी हुई और शोकसंतप्त थीं।

वो वहीं खड़ी रहीं।

अपने बेटे को देखती हुई।

अपने गौरव और आनंद को।

अपनी सर्वश्रेष्ठ उपलब्धि को।

अपने सूरज और चांद को।

जिस पति के साथ रहने को वो अभिशप्त थीं, उससे मिलने वाले दुख से अपनी शरण को।

वो जा चुका था।

मंदोदरी लड़खड़ाती हुई इंद्रजीत की लाश के पास पहुंचीं और रावण चुपचाप पीछे हट गया।

वो इकलौती स्त्री—वेदवती के अतिरिक्त—जिसकी नैतिक शक्ति को रावण ने स्वीकार किया था, उसकी पत्नी मंदोदरी थीं। लेकिन उसने मंदोदरी से कभी प्रेम नहीं किया था। उसके हृदय में केवल वेदवती के लिए स्थान था। लेकिन यदि वो स्वयं से ईमानदारी बरतता, तो वो स्वीकार करता कि अपने हृदय के दबे हुए अंधेरे कोनों में वो मंदोदरी से डरता था।

लंका की रानी इंद्रजीत के पास पहुंचीं और उन्होंने धीरे से अपने पुत्र के चेहरे को छुआ। उन्होंने कोई आवाज नहीं की। कोई रोना नहीं। उन्होंने आंसुओं को बहने नहीं दिया। उनकी आंखों ने उस दुख को कैद कर लिया था जो अब उनकी आत्मा से फूट पड़ने को छटपटा रहा था।

वो रोएंगी नहीं। रावण के सामने तो नहीं। अपने पति के सामने नहीं।

'मुझे बहुत दुख है, मंदोदरी...' वर्षों बद पहली बार उससे बात करते हुए रावण हौले से बोला। 'वो एक नायक की मृत्यु मरा... वो सर्वश्रेष्ठों में से था... मुझसे बेहतर इंसान...'

मंदोदरी ने रावण की ओर नहीं देखा। उनकी निगाहें केवल अपने पुत्र पर लगी हुई थीं।

'मैं...'

मंदोदरी ने अपने पति को अनदेखा कर दिया।

'मैं कुछ घंटों में राजा राम के साथ द्वंद्व लड़ने वाला हूं। मैं... शायद यह अंतिम बार है कि तुम और मैं...'

मंदोदरी ने कुछ नहीं कहा।

'मुझे हर बात के लिए दुख है...'

मंदोदरी चुप रहीं। उनका सारा ध्यान अपने पुत्र पर था। केवल अपने पुत्र पर। उसके चेहरे पर कोमलता से हाथ फेरते हुए।

'मैं जल्द ही हमारे बेटे के पास होऊंगा... मैं अपना सिर ऊंचा करके जाऊंगा।'

मंदोदरी ने रावण की ओर देखा। और फुसफुसाईं, 'आप जो एकमात्र चीज ऊंची रखेंगे वो वही है जिसे आपने हमेशा ऊंचा रखा है—आपका अहंकार।'

रावण ने एक तीखी छोटी सी सांस ली। उसकी नसों में क्रोध दौड़ गया। वो अपनी पत्नी को बुरा-भला कहना और गालियां देना चाहता था। लेकिन वो ऐसा नहीं कर सका। अपने पुत्र के सामने नहीं। क्योंकि वो जानता था... वो जानता था कि उसका पुत्र मंदोदरी को देवी की तरह पूजता था।

रावण नीचे झुका, उसने इंद्रजीत का माथा चूमा, मुड़ा और तीव्रता से कक्ष से बाहर निकल गया।

मंदोदरी ने अपने पुत्र के हाथ पकड़ लिए। और अंततः अपने आंसुओं को बाढ़ की तरह बह जाने दिया। वो फूट-फूटकर रो पड़ी थीं।

एक मां जिसने अपना बेटा खोया था। अपना शानदार बेटा।

एक मां जिसने अपना सब कुछ खो दिया था। अब उसके पास कुछ बचा था, तो वो बस उसका जीवन था।

जीवन। क्रूर जीवन। भाग्यशाली हैं वो जो जल्दी बच निकलते हैं। दूसरों को और लंबे समय तक जीवित रखा जाता है ताकि वो और अधिक कष्ट झेलें।

मुझे दुख है कि मैं उनसे तुम्हारी रक्षा नहीं कर सकी, मेरे पुत्र। मुझे खेद है कि मैं तुम्हें तुम्हारे पिता से नहीं बचा सकी।

अध्याय 39

द्वंद्व के लिए स्वयं भगवान इंद्र द्वारा निर्धारित नियमों के अनुसार मैदान तैयार किया गया था। सावधानीपूर्वक एक घेरा खींचा गया था, जिसमें मैदान को मिट्टी से बने एक गोलाकार जाल का आकार दिया गया था, जिसकी डोरियां चौड़ाई में फैली हुई थीं और भूमि में आधी दबी हुई थीं। इंद्रजाल। इंद्र का जाल। इंद्र के द्वंद्व के लिए मैदान।

इंद्र के जाल के भीतर सारे माप गहन रूप से प्रतीकात्मक थे। गोलाकार मैदान की त्रिज्या ठीक 10.185 मीटर थी। फिर परिधि चौंसठ मीटर थी, जो भगवान इंद्र के लिए पवित्र अंक था। सीमा पर 'वृत्ताकार जाल की डोरियों' के शीर्ष पर, वृत्त की परिधि के साथ, इंद्रधनुष के रंग के धनुष थे। इंद्रधनुष। वास्तव में, इंद्र का धनुष। लेकिन, साथ ही, एक शब्द जिसका अर्थ इंद्रधनुष है।

मैदान की बनावट का प्रतीकात्मक अर्थ गूढ़ रहस्य में डूबा हुआ था।

अथर्ववेद इंद्र के जाल का एक गहरे दार्शनिक रूपक के रूप में वर्णन करता है जो ब्रह्मांड को अंतर्संबंध और अन्योन्याश्रितता के जाल के रूप में दर्शाता है। समग्र रूप से संपूर्ण ब्रह्मांड संतुलन में रहता है और ब्रह्मांड के सभी शीर्ष या तो सकारात्मक प्रतिबिंब हैं या फिर नकारात्मक। सभी सकारात्मकताएं और नकारात्मकताएं मिलकर शून्य सिद्धांत या शून्यता बनाते हैं। यह पूरी तरह से शून्य नहीं होता, क्योंकि ब्रह्मांड वास्तव में पूर्ण संतुलन में नहीं है, लेकिन यहां यह महत्वपूर्ण नहीं है। और, शून्यता

का तार्किक परिणाम श्वेत प्रकाश से उत्पन्न होने वाले इंद्रधनुष के सात रंगों की तरह प्रतीत्यसमुत्पाद है।

योद्धाओं की सरल शब्दावली में कहा जा सकता है कि प्रभाव को हटाने के लिए पहले हमें कारण को हटाना होगा। सात रंगों को मिटाने के लिए हमें श्वेत प्रकाश को मिटाना होगा। शत्रुता को मिटाने के लिए किसी एक शत्रु को मरना होगा।

तो, जब सैनिक कहते हैं कि इंद्रजाल में जाना शत्रुताओं का अंत कर देता है, तो वो सही कहते हैं। शत्रु के बिना कोई शत्रुता नहीं होगी।

राम और रावण घेरे के विपरीत छोरों पर प्रतीक्षा कर रहे थे। एक दूसरे के सामने। उनके सहायक उनके पीछे खड़े थे। भरत राम के साथ। प्रहस्त रावण के साथ।

हनुमान और शत्रुघ्न सावधानी से द्रोणगिरी पर्वत की मिट्टी से भरे बड़े-बड़े गमलों में विशाल्यकरणी, सावर्ण्यकरणी और समधानी जड़ी-बूटियों को लेकर आ गए थे। सिगिरिया के बाहर रणभूमि में जब वैद्यों ने पौधों से जड़ी-बूटियों को तोड़ा तब वो सजीव थीं। लक्ष्मण की शल्यक्रिया हो गई थी और वो स्वास्थ्य-लाभ कर रहे थे। इन जड़ी-बूटियों ने अंगद के सिर की चोट को ठीक करने में भी सहायता की थी। उन्होंने अंगद की टूटी टांग को जोड़ने में भी सहायता की थी।

राम का मन शांत था। उनके भाई सुरक्षित थे। अब वो अपनी जान जोखिम में डालने के लिए स्वतंत्र थे। वो द्वंद्व के लिए तैयार थे।

सिगिरिया नगर के द्वार से इंद्रदेव के मंदिर की पुजारिन बाहर आईं। उनके पीछे एक सहायिका एक बड़ा सा थाल लिए चल रही थी। वो आनुष्ठानिक तरीके से मैदान के बीचोंबीच आईं। इंद्रजाल के केंद्र में। सहायिका के थाल में एक शंख, एक छोटा सा सात रंगों का धनुष, एक नन्हा सा जाल, एक अंकुश और वज्र—बिजली की कड़क के आकार का खंजर था। महान विजेता इंद्रदेव के प्रतीक।

इंद्रदेव की पुजारिन के असली नाम या मूल के बारे में कोई नहीं जानता था। जैसी कि परंपरा थी, वो कश्मीर की पवित्र पर्वतीय वादी से आई थीं। अपने पहले की सभी पुजारिनों की तरह। लंकावासी उन्हें बस उनकी पदवी से जानते थे: इंद्राणी।

पुजारिन ने थाल से शंख उठाया और उसे अपने होंठों से लगा लिया। उन्होंने एक गहरी सांस भरी और पूरी शक्ति से उसे फूंका। शंख की गहरी गूंज इस द्वंद्व को देखने के लिए एकत्र हुए दर्शकों पर ध्वनि चेतना की तरंगों की तरह प्रतिध्वनित हो गई। यह द्वंद्व जो कि लोग जानते थे कि, अगर सहस्त्राब्दी का नहीं तो, सदी का महानतम द्वंद्व होगा। सब पर एक अदृश्य आवरण की भांति निस्तब्धता तारी हो गई।

इंद्राणी ने अपने बाएं हाथ से बहुत कोमलता से तांबे का एक कलश उठाया। उन्होंने इससे पानी उड़ेलकर अपनी दाईं हथेली में रखे शंख को धोया। शंख को वापस थाल पर रखकर, उन्होंने शेष पानी को अपनी दाईं हथेली पर लेते हुए भूमि पर गिरा दिया। यह अनुष्ठान उन्होंने तीन बार किया।

फिर उन्होंने उच्च, स्पष्ट स्वर में कहा। 'शक्तिशाली वज्र को धारण करने वाले, नृशंस दैत्य वृत्र के संहारक, शाश्वत पर्वतों को विभक्त करने वाले शूरवीर इंद्र दोनों द्वंद्वियों की आत्मा पर कृपा करें।'

'ओम् इंद्राय नमः!' राम और रावण ने एक सुर में उच्चारा।

'ओम् इंद्राय नमः!' वहां खड़े सभी लोगों ने दोहराया।

इंद्राणी भरत की ओर मुड़ीं। 'आप उस द्वंद्वी के सहयोगी हैं जिन्हें द्वंद्व की चुनौती दी गई है। इंद्रदेव के अकाट्य नियमों के अनुसार उन्हें युद्ध के लिए अस्त्र चुनने का अधिकार है। आप क्या कहते हैं?'

भरत राम की ओर बढ़े। 'दादा?'

राम पल भर भी नहीं हिचकिचाए। उन्होंने फुसफुसाकर कहा, 'तलवार। बिना कवच।'

भरत झिझके। उन्हें अपने भाई से मर्यादापूर्ण व्यवहार से कम की अपेक्षा नहीं थी, मगर फिर भी उन्हें आशा थी कि राम व्यावहारिक बनेंगे। उनके भाई ने व्यावहारिकता पर मर्यादा को चुना था। राम का पसंदीदा अस्त्र धनुष था। वो अपने समय के सबसे अधिक दक्ष धनुर्धर थे। मगर रावण की बाईं बांह घायल थी। सब यह जानते थे। लंका का राजा भलीभांति धनुष चलाने में सक्षम नहीं होगा। यह न्यायसंगत लड़ाई नहीं होती।

धर्म कहता है कि एक योद्धा को अपने शत्रु को पूरी तरह से निष्पक्ष और शंकारहित तरीके से पराजित करना चाहिए। राम ने धर्म को चुना था।

लेकिन राम क्रुद्ध भी थे। यह औचित्यपूर्ण क्रोध था। क्योंकि रावण ने उनकी अनुग्रह और धर्म की पहल को ठुकरा दिया था। इसलिए कोई कवच नहीं।

युद्ध हिंसक होने वाला था।

औचित्यपूर्ण रोष के बिना धार्मिक सदाशयता क्षीण हो सकती है। राम ने सदाशयता को चुना था, लेकिन क्षीणता को ठुकरा दिया था।

भरत ने पुजारिन को देखा और उच्च, स्पष्ट स्वर में घोषणा की, 'मेरे योद्धा भाई राम ने चुनाव कर लिया है। इंद्रदेव की आज्ञा से वो अस्त्र के रूप में तलवार को चुन रहे हैं। एक शर्त पर। कवच के बिना।'

श्रोताओं ने आश्चर्य से आह भरी। राम ने धनुष-बाण का चयन न करके अपने रणनीतिक लाभ को ठुकरा दिया था। वहां उपस्थित सिपाहियों, योद्धाओं और आमजन ने राम के चुने विकल्प में इस न्यायसंगतता को स्वीकारा। यहाँ तक कि लंकाई सिपाही भी मन ही मन कर रहे थे: राम एक न्यायसंगत योद्धा हैं।

इंद्राणी हल्के से मुस्कुराईं। प्रभावित सी। वो अच्छी तरह जानती थीं कि अस्त्र के इस चयन का क्या अर्थ था। वो रावण के सहायक प्रहस्त की ओर मुड़ीं। 'आप क्या कहते हैं?'

प्रहस्त नीच कोटि का योद्धा था। उसे अपने स्वामी के सौभाग्य पर विश्वास ही नहीं हुआ। रावण से पूछे बिना ही उसने उत्तर दे दिया। 'मेरे योद्धा भाई रावण ने चयन कर लिया है। इंद्रदेव की आज्ञा से वो अस्त्र के रूप में तलवार के चयन को स्वीकार करते हैं। और कवच के बिना रहने की शर्त को भी स्वीकार करते हैं।'

इंद्राणी दर्शकों से संबोधित हुईं। 'तो इसे अभिलिखित किया जाए।'

इस बीच प्रहस्त रावण के पास खिसककर धीरे से कहने लगा, 'यह तो सौभाग्य है, राजन! आपका प्रतिपक्षी तो नैतिकतावादी मूर्ख है! आप उसे सरलता से परास्त कर देंगे!'

रावण ने कुछ नहीं कहा। वो राम को घूरता ही रहा। लेकिन उसका मन मंदोदरी से त्रस्त था। उनके अंतिम शब्दों से।

इंद्राणी ने राम और रावण को देखा। 'इंद्रजाल में प्रवेश करें।'

योद्धा झुके और श्रद्धा से मैदान की सीमा को छूकर उन्होंने उसकी रज को माथे से लगाया। उस मैदान के प्रति अपना आदर-सम्मान व्यक्त करने के लिए जहां द्वंद्व होना था। फिर एक स्वर में 'ओम् इंद्राय नमः' उच्चारते हुए उन्होंने प्रवेश किया।

रावण ने सूर्य को देखा, मंदोदरी के बारे में ही सोचते हुए वो केंद्र की ओर बढ़ा। इंद्रदेव की पुजारिन की ओर। सीधे रावण को देखते हुए राम शांत आत्मविश्वास से चल रहे थे, मानो अपनी चाल से पृथ्वी को ही परास्त कर देंगे और झुका देंगे। वो इंद्राणी के दोनों ओर खड़े हो गए, और प्रतीक्षा करने लगे।

इंद्रदेव की पुजारिन ने गरजते स्वर में घोषणा की, 'अंतिम इच्छाएं!'

यह इंद्र के द्वंद्व की एक परंपरा थी। दोनों योद्धा प्रतिपक्षी को अपनी अंतिम इच्छाओं की लिखित सूची देते थे। जो विजेता होता और जीवित बचता था, वो उस द्वंद्वी की, जिसे उसने मारा था, अंतिम इच्छाओं का सम्मान करने और उन्हें पूरा करने के लिए कर्तव्यबद्ध होता था।

यही नियम था।

रावण ने अपने कमरबंद से अपनी सूची निकाली और अपने दाएं हाथ से इंद्राणी को सौंप दी। सम्मानपूर्वक। राम ने भी यही किया। इंद्रदेव की पुजारिन ने अंतिम इच्छाओं को पढ़ा। किसी ने भी उन नियमों और परिपाटी को नहीं तोड़ा था कि क्या मांग की जा सकती थी और क्या नहीं। उन्होंने रावण की अंतिम इच्छाओं की सूची राम को दे दी। और राम की रावण को।

योद्धाओं ने मांगें पढ़ीं।

राम ने रावण से मांग की थी कि उनकी पत्नी, उनके भाइयों, उनकी सेना के किसी भी सैनिक, या उनके देश के लोगों को हानि न पहुंचाए। राम की मृत्यु होने की स्थिति में रावण को इन सभी इच्छाओं का मान रखना था। बस। सीधी-सादी सी सूची। सीधे-सरल पुरुष ने सीधी-सरल मांगें रखी थीं।

दूसरी ओर, जटिल पुरुष जटिल मांगें रखते हैं। रावण की लंबी सूची में पहली थी: कि विभीषण को सारी लंका का राजा न बनाया जाए। सूची में दूसरी थी: रावण, कुंभकर्ण और इंद्रजीत के शवों को राम द्वारा उस मैदान के पास पूर्ण राजकीय सम्मान के साथ दफनाया जाएगा जहां

तीनों लंकाइयों की गर्भनालें दफनाई गई थीं। अच्छा यह था कि रावण ने उस स्थान का नाम बता दिया था। सिनौली। सूची में तीसरी इच्छा थी: कि लंका के तीनों राजपुरुषों के मृत्यु मुखौटों के साथ उनकी पुआल की देहों का लंका में दाह-संस्कार किया जाएगा, पुनः राम के द्वारा। सूची में चौथी इच्छा थी: कि राम व्यक्तिगत रूप से वैद्यनाथ में एक चिकित्सालय का वित्तपोषण और रखरखाव करेंगे। उसने चिकित्सालय का पता भी लिखा था। और सूची में पांचवीं इच्छा थी: कि उनके गले के पेंडल को विष्णु, सीता, को दे दिया जाए।

राम ने सूची से सिर उठाकर देखा और रावण के गले में सोने की माला में पड़े एक उंगली की हड्डी के पेंडल को देखा।

विचित्र निवेदन है।

लेकिन राम ने निवेदनों के सभी गहन विचारों को अलग छोड़ दिया। युद्ध से पहले योद्धा को स्वयं को भटकने नहीं देना चाहिए। उन्होंने वापस सूची को देखा। और आगे पढ़ा।

सूची में छठी इच्छा थी: उसके सभी संगीत वाद्य-यंत्रों को अन्नपूर्णा देवी को दे दिया जाए। राम अन्नपूर्णा देवी को जानते थे, वो उत्कृष्ट संगीतकार थीं और मलयपुत्रों की राजधानी अगस्त्यकूटम में रहती थीं। सूची में सातवीं थी: रावण की पुस्तकों को राम के सबसे छोटे भाई शत्रुघ्न को सौंप दिया जाए।

राम को अपने गले में कुछ अटकता सा लगा। वो इस मांग से सच में अचंभित थे। मगर उन्होंने अपने भावों में परिवर्तन नहीं आने दिया। वो आगे पढ़ते रहे।

मांग-पत्र में आठवीं थी: कि अगर और जब भी कभी राम और सीता की कहानी लिखी जाए, तो कहानी से रावण को न हटाया जाए।

और अंतिम, सूची में नवीं, मांग को स्पष्ट रूप से बाद में हड़बड़ी में लिखकर जोड़ा गया था: रावण की पत्नी मंदोदरी को सिगिरिया में न रहने दिया जाए।

राम के सामने कोई चारा नहीं था। उन्हें इन सारी मांगों को पूरा करने के लिए सहमत होना ही था। इंद्र के द्वंद्व का यही नियम था।

उन्होंने इंद्राणी को देखा और हामी भर दी।

'अब रक्त शपथ,' इंद्राणी ने कहा।

इंद्रदेव की पुजारिन ने बिजली की कड़क की आकृति का खंजर—वज्र—उठाया और राम को थमा दिया। उन्होंने उसे अपने अंगूठे पर चुभोया और रक्त की कुछ बूंदें इंद्र के धनुष पर गिरने दीं। फिर उन्होंने दृढ़ता से धनुष को अपने रक्त से रंजित कर दिया। इंद्राणी ने राम से खंजर लिया और उसे रावण को दे दिया। रावण ने भी रक्त शपथ दोहराई।

इंद्राणी ने अब राम और रावण के रक्त से रंजित इंद्र के धनुष के सुकुमार, लघु प्रतिरूप को ऊपर उठाया, और अपनी कमनीय काया को झुठलाते हुए गरजते स्वर में कहा। 'द्वंद्व-योद्धाओं ने इंद्रजाल की रक्त शपथ ले ली है। ये अपने पराजित प्रतिपक्षी की अंतिम इच्छाओं का सम्मान करेंगे।'

इस शपथ को हल्केपन में नहीं लिया जा सकता था। क्योंकि इस रक्त शपथ को तोड़ने वाले व्यक्ति को इंद्रदेव का वज्र मौत के घाट उतार देता है। इस शपथ को न तोड़ने का कहीं अधिक व्यावहारिक कारण भी था: संसार के किसी भी कोने में मौजूद इंद्रदेव का कोई भी सच्चा भक्त इंद्रजाल की रक्त शपथ तोड़ने वाले विजेता को मार डालने के लिए मर्यादा से बंधा था।

सहायक चुस्त चाल से चलते हुए गए और उन्होंने द्वंद्वियों से मांग-पत्र ले लिए।

शुरुआती अनुष्ठान संपन्न हो गए थे, अपनी सहायक के साथ इंद्राणी पूरे ताम-झाम के साथ मैदान से बाहर चली गईं। राम और रावण उनकी दिशा में अपने सिर झुकाए खड़े रहे।

फिर द्वंद्व योद्धा एक दूसरे की ओर मुड़े। राम ने अपनी तलवार निकाली और सीधी पकड़ ली। वो प्रतीक्षा कर रहे थे कि रावण अपनी तलवार से उसे स्पर्श करेगा।

परिपाटी। द्वंद्व शुरू होने से पहले।

घातक वाद-विवाद शुरू करने से पहले तलवारों को आपस में स्पर्श करना और धीमे से बतियाना चाहिए।

राम परंपरा में विश्वास करते थे। यह सम्मानजनक परंपरा थी।

रावण ने अपनी तलवार खींची और राम को देखकर व्यंग्य से मुस्कुराया। वो आराम से चलता हुआ पीछे हट गया। अपने प्रतिपक्षी की तलवार को स्पर्श किए बिना।

राम ने क्रोध में हल्की सी सांस खींची और वो भी पीछे हट गए। वो कुछ दूर तक गए, पलटे और तलवार-योद्धा की परंपरागत मुद्रा में खड़े हो गए। पांव कंधों की चौड़ाई में फैले हुए। बाईं टांग थोड़ी सी आगे, दाईं थोड़ी सी पीछे। प्रतिपक्षी को लक्ष्य का संकरा सा स्थान देते हुए शरीर एक ओर को झुका हुआ था।

राम ने सैन्य शैली में कसकर बंधी सफेद मोटी धोती और केसरिया कमरबंद पहना हुआ था। यह उनकी टांगों के संचालन को आसान बनाता था। उनके बाएं हाथ ने ढाल को शरीर के निकट, और प्रतिपक्षी की ओर करके थाम रखा था। उनके दाएं हाथ ने तलवार पर पकड़ बनाकर उसे ऊंचा उठा रखा था। फलक ढाल के ऊपर टिका हुआ था। वो अपनी दाईं, घातक बांह को थकाना नहीं चाहते थे। अभी नहीं।

रावण दूर खड़ा था। उसने बैंगनी रंग की रेशमी धोती पहनी थी, वो रंग जिसे केवल राजपरिवार ही वहन कर सकते थे। उसने गुलाबी कमरबंद बांधा हुआ था। सैन्य शैली में कसकर बंधा। उसकी दाईं आंख पर एक पट्टा बंधा था। उसकी दाईं टांग आराम से हिलडुल रही थी; लंका के वैद्यों का चमत्कार।

वो सीधा खड़ा था, उसका पूरा शरीर अपने प्रतिपक्षी का सामना कर रहा था। ढाल और तलवार दोनों नीचे को पकड़े हुए थे। रावण अंहकारपूर्वक अपने पूरे शरीर को लक्ष्य के रूप में प्रस्तुत कर रहा था। अपने प्रतिद्वंद्वी को चुनौती देता सा: अगर साहस है, तो आकर वार करो।

मगर रावण की नाभि, जो कमरबंद से ढकी थी, जानी-पहचानी मीठी सी पीड़ा से फिर से फड़कने लगी थी। इसके बारे में वैद्य कुछ नहीं कर पाते थे। हमेशा रहने वाली पीड़ा, अक्सर इसे भुला और पीछे धकेल दिया जाता था। लेकिन कभी-कभी इसकी तीव्रता बढ़ जाती थी। रावण को अपनी उपस्थिति की याद दिलाते हुए। उसके नागा होने का चिह्न। उस त्रासदी का साक्ष्य और स्मृति जो उसका जीवन रहा था। एक संकेत जो उसे बताता था कि उसने एक और आघात भोगा था।

मंदोदरी।

उन्होंने हमेशा मुझसे घृणा की थी।

'द्वंद्व आरंभ किया जाए!' इंद्राणी ने वृत्त के बाहर से उच्च स्वर में आदेश दिया।

राम ने प्रतीक्षा की। शांति से सांस लेते हुए। एकाग्रचित्त।

रावण भटका सा लग रहा था। उसने सूरज को देखा और अपने कंधे सीधे किए।

राम इतने अनुभवी तलवारबाज थे कि इस बचकाना चाल के झांसे में नहीं आए। उनका ध्यान रावण की आंख पर था। शरीर से पहले आंख घूमती है।

अचानक रावण अपनी बाईं टांग से बढ़ते हुए आगे को झपटा। आगे बढ़ने के लिए अपनी दाईं पिंडली की मांसपेशियों से शक्तिशाली बल लगाते हुए। ऐसी तीव्रता और गति से जो मानवेतर लगती थी, विशेषकर साठ वर्ष से ऊपर के व्यक्ति के लिए!

जब रावण अचानक राम पर झपटा, तो उनके चेहरे पर आश्चर्य की बस एक झलक आई। प्रभावी लाभ के लिए लंका के राजा ने अपनी लंबाई और भारी काया का उपयोग करते हुए हिंसक रूप से ऊपर-नीचे तलवार घुमाई। राम ने तेजी से अपनी ढाल को ऊंचा उठाया और प्रहार को रोक दिया। कठोर धातु के फलक और ढाल के टकराने की आवाज हवा में गूंज गई। इस प्रहार ने राम की रक्षात्मक ढाल वाली बांह को झकझोर कर रख दिया था। वो बाईं ओर ऊपर से आते रावण के अगले वार से बचते हुए नीचे झुक गए, और तेजी से आगे बढ़े। दो-चार कदम चलने के बाद वो पलट गए। फिर से स्थिति में आ गए।

रावण राम का सामना करने के लिए घूम गया।

हंसते हुए। चमकती आंखों से।

इतना भी बूढ़ा नहीं हूं...

अभी भी मुझमें दम है, युवक...

रावण मांसल भारी-भरकम काया का और राम से लगभग तीन इंच लंबा था। वो अपने स्थान पर ही रहा। कूल्हे हल्के से मुड़े हुए, अपना अधिकांश भार बाईं टांग पर डालते हुए। ढाल नीचे। तलवार एक ओर को

पकड़े हुए। अहंकारी और आत्मविश्वासी। अपने से कम आयु के, पतले, छोटे आदमी को हमला करने के लिए ललकारता।

राम भी अपने स्थान पर ही बने रहे। वो झांसे में आने वाले नहीं थे। ढाल ऊपर उठी हुई। शरीर के निकट। परंपरागत मानक स्थिति में। तलवार ढाल के ऊपर टिकी। कोहनी ऊंची। लड़ने वाली दाईं बांह पर कोई तनाव नहीं। शांत भाव से सांस लेते हुए।

रावण ने हमला किया। तेजी से दाईं ओर से और फिर बाईं ओर से तलवार घुमाते हुए। राम ने अपनी ढाल ऊंची रखी, लेकिन ऐसे कोण पर जो रावण के वारों को रोकने की अपेक्षा उन्हें बेकार कर दे। रावण को अपने वार पूरे करने देते हुए। रावण ने एक वार और किया। राम ने आसानी से उसे बेकार कर दिया। रावण के आक्रमण के बल ने उसकी तलवार को उसके शरीर से दूर वेग में रखा था। और राम को एक खुला लक्ष्य मिल गया। उन्होंने तलवार आगे घोंप दी।

लेकिन रावण भी एक अनुभवी योद्धा था।

वो एक ओर को लहरा गया और दक्षता से वार को बचा गया। और फिर उसने अपनी ढाल आगे को फेंकी, जैसे कोई मुक्केबाज अपनी बाईं बांह से मुक्का जड़ रहा हो। वो राम के चेहरे से टकराई। जोर से।

राम पीछे हट गए। अपनी ढाल को बचाव में उठाए हुए।

रावण खुलकर हंसा। उसे इसमें आनंद आ रहा था। सूरज को अभी और ऊपर आना था। सूरज को अभी और जलना था।

बहुत जल्दी ही राम के दाएं गाल पर एक गंदा नीला धब्बा बन गया था। वो लड़खड़ाए नहीं। उन्होंने हाथ बढ़ाकर उस घाव को छुआ भी नहीं।

अपनी पीड़ा कभी मत दिखाओ। अपने शत्रु को नहीं। योद्धाओं का यही तरीका है।

रावण घेरे में घूम रहा था। राम को घूरते हुए। अपनी तलवार को छोटे-छोटे दायरों में घुमाते हुए। अयोध्या के राजा को आक्रमण करने के लिए उकसाते हुए।

राम निश्चल रहे। युद्ध की मानक मुद्रा में।

रावण ने फिर से आक्रमण किया, उन्मत्त आक्रामकता के साथ अपनी तलवार को घुमाते हुए। बाएं। फिर दाएं। राम पीछे हटते गए,

एक-एक कदम। अपनी ढाल और फिर तलवार से वार बचाते हुए। राम जानते थे कि क्या होने वाला था। लेकिन वो समय का अनुमान नहीं लगा पा रहे थे।

और फिर यह हुआ। राम की अपेक्षा से पहले।

रावण को राम को इंद्रजाल के किनारे से धकेलने तक प्रतीक्षा करनी चाहिए थी। सीमा से बाहर पैर रखने पर द्वंद्व रद्द हो जाता और हारने वाले को मृत्यु दंड दिया जाता। राम की गतिशीलता की स्वतंत्रता सीमा द्वारा प्रतिबंधित हो रही थी।

लेकिन रावण पहले ही हट गया।

लंका का राजा अयोध्या के राजा को अपने भयंकर रूप से घातक वारों से पीछे धकेल रहा था। बार-बार। और राम की ढाल और तलवार स्वयं को बचाने के लिए ऊपर उठी हुई थी। अचानक रावण ने वार के रूप में अपनी ढाल को आगे धकेला, उसका इरादा राम के दृष्टि क्षेत्र को अवरुद्ध करने और तेजी से अपनी तलवार घोंप देने का था। लक्ष्य को निचला रखते हुए। पेट पर। अपनी भारी काया की दैत्यों की सी शक्ति का प्रयोग करते हुए, जो एक घातक वार हो सकता था।

लेकिन राम भी कोई नौसिखिया नहीं थे। उन्हें इसकी अपेक्षा थी। और अपने अधिक पतले-दुबले और लचीले शरीर के साथ उनके पास ऐसे विकल्प थे जो रावण के पास नहीं थे। क्योंकि शरीर जितना भारी होगा, उतना ही कम लचीला होगा। जीवविज्ञानी तथ्य।

राम ने अपने शरीर को झुकाया और एक ओर को घूम गए, रावण की तलवार बस उनके धड़ को छू भर पाई थी, जिससे मामूली सा घाव लगा था। मगर राम उत्कृष्ट तलवारबाज थे। उसी वेग में अपने लचीले कंधे को इतना विस्तार देते हुए जो किसी को भी असंभव जान पड़ता, उन्होंने पीछे से अपनी तलवार घुमाई। अतिरिक्त वेग के साथ पीछे से आई तलवार ने रावण को निर्मम घाव दे दिया। रावण का ध्यान अपने आगे के वार पर था, उसकी ढाल ऊंची उठी थी। वो अपने पेट की ओर आ रहे घातक वार को देख नहीं पाया था।

तलवार ने रावण के पेट को चीरते हुए गहरा काट दिया था। उसी प्रवाह में राम कुछ कदम आगे गए और फिर घूम गए। संतुलित। उनकी ढाल ऊंची उठी हुई थी। रावण के रक्त में सनी उनकी तलवार उनकी ढाल

के ऊपर टिकी हुई थी। बायां पैर आगे। दायां पैर पीछे। सांसें शांत और नियमित। लड़ाई की मानक पारंपरिक मुद्रा।

दर्शक—योद्धा जन—अपनी सांस थामे बैठे थे। यह तलवारबाज़ी की दक्षता का विस्मयकारी प्रदर्शन था।

रावण ने पहलू बदला और राम के सामने आ गया। उसकी दृष्टि उस मामूली से घाव पर पड़ी जो उसने राम के धड़ पर किया था। और फिर उसने नीचे देखा। अपने पेट को चीर गए निर्मम घाव को। घाव से रक्त बेरोक बह रहा था।

रावण ने राम को देखा, अहंकार से अपनी भौंहें उठाईं और मुस्कुराया। उसने सिर हिलाया। अपने शत्रु के वार की असाधारण दक्षता को सराहते हुए।

राम की आंखें स्थिर रहीं। एकाग्रता खोनी नहीं थी। रावण की सराहना को स्वीकृति नहीं देनी थी। उन्होंने एक बार भी उस घाव पर निगाह नहीं डाली जो उन्होंने दिया था। न ही रावण की नाभि के उस भद्दे बैंगनी उपांग को देखा, जो कमरबंद के ढीला होने से अब उजागर हो गया था। अधिकांश लोगों के अंदर नागा विरूपताओं के लिए एक विकृत आकर्षण था और वो देखे बिना रह नहीं पाते थे। बार-बार। लेकिन राम नहीं। उनकी आंखें रावण की आंख पर टिकी थीं।

रावण दाईं ओर बढ़ने लगा, धीरे-धीरे केंद्र की ओर बढ़ते हुए। खतरनाक ढंग से राम को घूरते हुए।

राम ने भी यही किया। धीरे-धीरे आगे बढ़ते हुए। सावधानी से। असंतुलित हुए बिना। उन्होंने अपने प्रतिपक्षी के साथ गति बनाए रखी थी।

अचानक रावण ने फिर से आक्रमण किया। राम का पग बीच में था, वो रावण के साथ गति बनाए रखने के लिए बाईं ओर चल रहे थे। उन्होंने अपना दायां पांव मिट्टी में जमा दिया, अपनी मांसपेशियों को मोड़ा और रावण के आक्रमण को झेलने के लिए अपनी ढाल और तलवार को तैयार कर लिया। तलवारें निर्ममता से ढालों पर टकराईं। योद्धा आपस में भिड़ गए थे। उनकी तलवारें और ढालें एक दूसरे को धकेल रही थीं। रावण भारी-भरकम था। उसे पतले-दुबले राम को पीछे धकेल देना चाहिए था। लेकिन वो बड़ी आयु का भी था। और, उससे भी महत्वपूर्ण, घायल था। उसके पेट पर लगा घाव गहरा था।

कुछ पल इस गतिरोध में बीते और फिर रावण अलग हुआ और पीछे हट गया। सुरक्षित दूरी पर। उसने अपनी ढाल ऊंची कर ली थी। रक्षात्मक ढंग से। और अपनी तलवार का फलक ढाल के ऊपर टिका लिया था। इस द्वंद्व में पहली बार तलवार-योद्धा की शास्त्रसम्मत मुद्रा में। राम को घूरते हुए। गहरी और तेज सांसें लेते हुए।

राम तुरंत समझ गए। अब समय था। अब वार करने का समय था।

'अयोध्यातः विजेतारः!' राम दहाड़े और आगे को लपके।

एक अजेय नगर के विजेता।

राम ने निर्ममता से अपनी तलवार घुमाई। लगातार। दाएं से और बाएं से। उन्होंने अपने घातक वारों को मध्य शरीर से ऊपर तक रखा। वो अपनी ढाल को मारक अस्त्र के रूप में प्रयोग कर रहे थे। उन्होने रावण को पीछे हटने पर विवश कर दिया था। लंकाराज की ढाल ऊंची थी, वो एक असामान्य से कोण पर डगमगा रहा था। और फिर स्थिर हो गया। राम आगे बढ़ते रहे। अपने बाईं ओर। वो रावण को अपना भार अपनी घायल दाईं टांग पर डालने के लिए विवश कर रहे थे। और साथ ही, उस दिशा में बढ़ रहे थे जिसमें लंकाई की दृष्टि अपनी पट्टे से ढकी दाईं आंख के कारण बाधित थी।

रावण जानता था कि उसे इंद्रजाल से बाहर धकेला जा रहा था। वो पीछे हटना जारी नहीं रख सकता था। वो अचानक तेजी से दाईं ओर से घूमा। यह कठिनाई में डाले जाने का रोष था। चूंकि राम भी आक्रमण करने के लिए प्रतिबद्ध थे, तो रावण ने अपनी ढाल से जोर से पीछे धकेला। राम झटके से पीछे हटे और फिसलते से प्रतीत हुए। रावण ने सुनहरा अवसर देखा। वो विजयी भाव से दहाड़ा, उसने अपनी ढाल फेंक दी, दोनों हाथों से अपनी तलवार पकड़ी और क्रूरता से घुमाई। उल्टे हाथ का प्रहार। एक अनपेक्षित कोण से।

और जाल कस गया था। शिकार फंस गया था।

राम ने फिसलने का नाटक किया था। यह झांसा था। अपने बाएं पैर को दृढ़ता से जमाकर अब उन्होंने अपनी ढाल को मोड़ा, इसने रावण की तलवार को आक्रामक रूप से रोके बिना फिसलते चले जाने दिया। इस घातक वार के भयंकर वेग ने रावण के शरीर को पलटवा दिया। राम बिजली की सी तेजी से बढ़े। खुला लक्ष्य बिल्कुल वैसा ही था जैसे राम

को अपेक्षा थी और अयोध्या के राजा ने इस पल को व्यर्थ नहीं किया। उन्होंने उग्र रूप से आगे को वार किया।

तलवार ने निर्ममता से रावण के पेट को चीर डाला। उसे कोई प्रतिरोध नहीं मिला। उसने रावण के बैंगनी रंग के नागा उपांग को आधा कर दिया और फिर अंदर गहराई में उसकी आंतें, यकृत और गुर्दे तक काटती चली गई। राम ने कोई दया नहीं दिखाई। वो अपने कंधे और पीठ के पूरे भार का प्रयोग करते हुए तीव्र गति से आगे बढ़े। तलवार ने अपने रास्ते में आने वाले हर अंग को फाड़ते हुए रावण की पीठ को भेद दिया।

जब आवश्यकता आन पड़ती थी तो योद्धा राम निर्मम हो जाते थे। लेकिन वो क्रूर नहीं थे। उन्होंने तुरंत अपनी तलवार को बाहर निकाल लिया। लेकिन ऐसा करते हुए उसे दाईं ओर कर दिया था। तलवार की धार रावण की रीढ़ की हड्डी के पास गंडिका को आड़ा-तिरछा काटती आई थी।

रावण अपने घुटनों के बल गिरा तो उसके हाथ से तलवार गिर गई। उसने नीचे देखा। उसके पेट पर लगे बहुत बड़े से घाव से किसी छोटे से फव्वारे की तरह रक्त बह रहा था। लेकिन उसे जरा सा भी दर्द महसूस नहीं हुआ। उसने वैराग्य भरे विस्मय से अपने खुले घाव को देखा। क्या यह उसी का शरीर था? क्या उसे कुछ भी पीड़ा महसूस नहीं होनी चाहिए?

वो धरती पर गिर गया। अपनी पीठ के बल।

वेदवती... मैं आ रहा हूं...

राम आगे बढ़े, झुककर उन्होंने रावण की टांगें सीधी कर दीं। रीढ़ की हड्डी कट जाने से रावण का अपने निचले अंगों पर कोई नियंत्रण नहीं रहा था।

एक छोटी सी चेष्टा। मगर ऐसी जिस पर वहां उपस्थित सभी लोगों का ध्यान गया था। और बहुत से मनों में एक ही विचार उभरा था। *राम एक सज्जन योद्धा हैं।*

राम एक घुटने पर बैठ गए, उन्होंने अपनी तलवार नर्म मिट्टी में गाड़ दी और रावण के सिर के पास प्रतीक्षा करने लगे। 'मुझे बता दीजिएगा कब...'

रावण की सांसें धीमी चल रही थीं। आंखें ढुलक रही थीं।

'अभी नहीं...' रावण फुसफुसाया।

राम प्रतीक्षा करते रहे।

रावण का हाथ अपनी गर्दन की ओर चला गया, उसने अपनी सोने की जंजीर खींची और उसमें से वेदवती की उंगली निकाल ली। अपने रक्तरंजित दाएं हाथ में उसने उसे कसकर भींच लिया। उसने कुछेक लंबी, सहज सांसें भरीं। अपने शरीर में ऊर्जा भरते हुए। उसने राम को देखा। 'मैंने... मैंने आपको पत्नी को कभी छुआ भी नहीं...'

राम की आंखें भावहीन थीं। कोई दया नहीं। न ही कोई रोष। 'वो आपको छूने भी नहीं देतीं। वो सीता हैं। वो विष्णु हैं। वो आपसे कहीं अधिक शक्तिशाली हैं।'

रावण हौले से मुस्कुराया। 'नहीं... आप समझे नहीं... मैं उनकी मां से प्रेम करता था...'

राम के माथे पर बल पड़ गए। अब वो सच में उलझन में पड़ गए थे।

रावण ने अपनी हथेली खोली, और राम को उंगली की हड्डी देखने दी, सोने की कड़ियों में सावधानी से कसे पोर। 'अब मैं इस देवी के पास वापस जा रहा हूं...'

रावण सांस लेने के लिए ठहरा और फिर आगे कहने लगा। 'मेरे जाने के बाद... इस उंगली को वेदवती की पुत्री को दे देना... सीता को... उन्हें पता है कि इसका क्या करना है...'

राम ने हामी भरी।

'मेरी मृत्यु राम-कथा को जन्म देगी... शायद यही मेरा उद्देश्य था... क्योंकि प्रकाश अंधकार की संतान है...'

राम ने फिर मौन रहना ही उचित समझा। वो रावण से सहमत नहीं थे। लेकिन उनमें इतनी शिष्टता थी कि मरणासन्न व्यक्ति से बहस न करें।

रावण ने गहरी सांस ली। 'मैं तैयार हूं...'

राम ने रावण की तलवार को देखा। वो दूर पड़ी थी। इंद्रदेव की उपासना करने वाले योद्धाओं का विश्वास था कि उन्हें अपने लड़ने वाले हाथ में अपना अस्त्र पकड़े हुए मरना चाहिए। 'क्या आप अपनी तलवार पकड़ना चाहेंगे?'

रावण मुस्कुराया। 'आपकी पत्नी सही कहती हैं... आप अच्छे आदमी हैं...'

राम रुके। उन्होंने रावण की शिष्टता के इस पहले चिह्न को सराहा। उन्होंने अपना प्रश्न दोहराया, इस बार थोड़ा नर्मी से। 'राजा रावण, क्या आप अपनी तलवार पकड़ना चाहेंगे?'

'नहीं... मैं जो चाहता हूं उसे पकड़े हुए हूं। वो एकमात्र वस्तु जिसकी मुझे सच में आवश्यकता है... वेदवती का हाथ...'

पल भर को राम की सांस रुक गई। एक ऐसा पुरुष जो एक स्त्री को इतने सुंदर ढंग से प्रेम करता है, वो इतना बुरा तो नहीं हो सकता। शायद इसमें भी कुछ अच्छाई होगी... शायद...

'शांति से जाएं, राजा रावण,' राम ने धीमे से कहा।

राम ने अपनी तलवार उठाई और उसे लंबवत पकड़ा। तलवार की नोक वो रावण के सीने के पास लाए। उसके हृदय के ठीक ऊपर। उन्होंने पुष्टि के लिए रावण की आंख में देखा। और रावण मुस्कुरा दिया। क्योंकि वो उनसे फिर मिलने वाला था।

वेदवती...

राम ने स्फूर्ति से तलवार को अंदर धंसा दिया। वो आसानी से त्वचा के आवरण और मांसपेशियों को काटती, पसलियों की हड्डियों के बीच से फिसलती, हृदय को तलाशती और उसे चीरती चली गई। एक तेज दया भरे वार में। राम दक्ष योद्धा थे।

रावण का हृदय फट गया और उससे रक्त फूट पड़ा, जिससे उसकी आत्मा को निकलने का मार्ग मिल गया था। और जो प्रेम अपने बदरंग पड़ने तक काया के पिंजर में बंद था, अब मुक्त हो गया था। इस तुच्छ संसार के पार ब्रह्मांड में। जहां आत्मा की उज्जवल कांति में दुर्भावना शेष नहीं रहती है।

उसकी आत्मा निकल गई थी। उस स्मृति को सहेजकर जो महत्वपूर्ण थी। एकमात्र स्मृति जो महत्वपूर्ण थी।

वेदवती।

अध्याय 40

देर शाम को, राम अशोक वाटिका में खड़े थे। खुले मैदान के किनारे। केंद्रीय कुटिया को तकते हुए।

वो अंदर थीं। उनकी सीता अंदर थीं।

रावण की मृत्यु के बाद घटनाएं तेजी से घटीं। राम ने आदेश दिया था कि रावण के शव को पूर्ण सम्मान दिया जाए। अपने भाइयों और मुख्य सेनापतियों के साथ वो रावण के शव को उसके महल में ले गए। मृत्यु का मुखौटा बनाया जा रहा था। राम की सेना में कुछ लोगों को शत्रु को इतना अधिक सम्मान देना अनावश्यक लग रहा था। लेकिन राम ने उन्हें स्वयं इंद्रदेव की उक्ति सुनाकर चुप कर दिया था: *मरणान्तानि वैराणि।* मृत्यु के साथ वैर समाप्त हो जाते हैं।

लंका की सेना को शस्त्रहीन करके नगर के बाहर अयोध्या के सैनिकों की निगरानी में बिठा दिया गया था। राम की सेना की एक टुकड़ी ने सिगिरिया में प्रवेश किया और मुख्य सड़कों पर शक्ति-प्रदर्शन किया, यह सुनिश्चित करने के लिए कि कोई अराजकता न फैले। लंकाई नागरिक अनुशासित रहे, यद्यपि अपनी नियति को लेकर वो भयभीत थे।

शीघ्रता से यह सुनिश्चित करने के बाद कि नगर में कोई अव्यवस्था नहीं थी, राम अशोक वाटिका पहुंचे। उन्होंने वो सब काम पूरे कर लिए थे जिन्हें उनके मस्तिष्क ने एक विजयी सेनाधीश के कर्तव्य कहा था। अब, अंततः, वो अपने एकाकी हृदय की हठी पुकार को सुन रहे थे। एक पति

अपनी प्रिय पत्नी से मिलने आया था। उस वियोग के बाद जो बहुत लंबा हो गया था।

'आप लोग यहीं प्रतीक्षा करें कृपया,' राम ने अपने साथ आ रहे सैनिकों से कहा, और फिर कुटिया की ओर चल दिए।

राम के अंगरक्षक सैनिक चुपचाप मैदान के किनारे खड़े रहे। उनके भाई भरत और शत्रुघ्न सतर्क दूरी बनाकर पीछे आ रहे थे। लक्ष्मण अभी भी अपनी शल्यक्रिया से स्वास्थ्य लाभ कर रहे थे। उन्हें सिगिरिया के राजकीय चिकित्सालय में भेज दिया गया था।

राम कुटिया के बाहर रुक गए। उन्होंने बरामदे में पड़े बेंत के आसनों और पीठिका को देखा। इस साज-सज्जा के परे खुला द्वार था जो उस सादे से आवास में खुलता था जो कई महीनों से उनकी पत्नी का कारावास था।

उन्होंने गहरी सांस ली। अपने जोरों से धड़कते हृदय को शांत करते हुए।

सीता।

वो तीनों सीढ़ियां चढ़े और द्वार तक गए।

'सीता...'

और फिर वो थम गए।

क्योंकि उनकी प्राण, उनकी सीता कुटिया की ड्योढ़ी पर आ गई थीं। सफेद धोती और सफेद अंगिया पहने, उनके दाहिने कंधे पर एक केसरिया अंगवस्त्रम पड़ा था। उन्होंने दोनों हाथों से सोने की पूजा की थाली पकड़ रखी थी। उस पर एक छोटा सा मिट्टी का दीपक, कुछ चावल के दाने, चुटकी भर पिसा केसर और एक छोटी कटोरी पानी रखा था। उन्होंने अपने विजेता पति को देखा, उनकी आंखें गर्व से चमक रही थीं, होंठों पर प्रेम में पगी मुस्कान थी।

राम जहां थे वहीं खड़े रहे। यही परंपरा थी।

सीता उनके पास आईं और राम की आरती की। तीन बार। अग्नि देव साक्षी थे कि उनके पति विजयी होकर उनके पास वापस आए थे।

अजेय नगर के विजयी नायक।

उन्होंने अपनी उंगलियां पानी की कटोरी में डुबोईं और फिर चावल के दानों पर लगाईं। वो उनकी उंगलियों पर चिपक गए थे। उन्होंने चावल के दाने राम के मस्तक पर लगा दिए। चावल उनकी भौंहों के बीच चिपक गए थे। फिर उन्होंने अपनी गीली अनामिका से केसर के चूर्ण को छुआ और उससे राम के मस्तक पर लेप कर दिया। सुंदर तिलक के रूप में।

प्राचीन परंपरा का पालन करने के बाद उन्होंने अयोध्या की रानियों के वो गर्व भरे शब्द दोहराए जो वो अपने विजयी पतियों के वापस आने पर स्वागत में कहती थीं। 'आपकी महान विजय का सुसमाचार शक्तिशाली सूर्यदेव की एक-एक किरण पर सवार होकर ब्रह्मांड के हर उस कोने तक पहुंचे जहां वो जाती हैं।'

'जय सूर्य देव,' राम ने सूर्यवंशियों के कुल देवता का जयकार किया।

'जय सूर्य देव,' सीता ने दोहराया।

राम ने अपनी पत्नी के हाथों से पूजा की थाली ली और उसे पीठिका पर रख दिया। और सीता की ओर बढ़े। सीता उनकी बांहों में पिघल गईं। और वो सीता की बांहों में पिघल गए।

अनेक माह हो गए थे। एक जीवनकाल बीत गया था।

आकाश के देवता द्यौस के पास अब नीले रहने का कोई कारण नहीं रहा था। और उसने दिव्य भगवा रंग ओढ़ लिया था। सूर्य अभी भी तीव्र प्रकाश बिखेर रहे थे, मगर देर सांझ की इस घड़ी में उन्होंने भी धीरे से अपना ताप कम कर लिया था। चंद्रदेव कुछ जल्दी चले आए थे, हालांकि आकाश को रात का होने में अभी कुछ देरी थी... क्योंकि प्रेम के देवता चंद्र राग-अनुराग पर हमेशा मुग्ध रहते हैं। हरे-भरे उपवनों के पार प्रेम की सुंगध फैलाते हुए वायुदेव कोमलता से विचरण कर रहे थे। और पृथ्वी ने धैर्य से अपनी योद्धा बेटी सीता और सूर्यवंश के विजयी वंशज राम को अपनी गोद में ले लिया। वो एक दूसरे की बांहों में बंधे थे।

अनेक माह हो गए थे। एक जीवनकाल बीत गया था।

प्राचीन लोग कहते हैं कि युवा प्रेम कोयले की तरह होता है। यह तेज और आवेग के साथ जलता है। मगर हाय, यह अक्सर स्थायी नहीं होता। लेकिन जब उस पर दबाव—अत्यधिक दबाव—पड़ता है, तो यह हीरे में बदल जाता है। वो प्रेम जो इस संसार में प्रबल—सबसे प्रबल—है। राम

और सीता... उनका प्रेम दुख के ताप और दबाव द्वारा प्रबल हुआ था। अलगाव के बोझ तले। इसे अब कुछ नहीं तोड़ सकता था। कुछ भी नहीं।

अगर ब्रह्मांड अपनी हर दिशा में अनंत तक फैला हुआ है, तो इसका केंद्र कहां है? क्या अनंत के भीतर कोई केंद्र ढूंढ़ पाना संभव भी है? ज्ञानी लोग कहते हैं कि आपका केंद्र वहां होता है जहां आप खड़े होते हैं। आध्यात्मिक रूप से ज्ञानी लोग कहते हैं कि आपका सच्चा केंद्र वहां हैं जहां आपका सच्चा प्रेम खड़ा होता है।

राम और सीता ने अपने सच्चे केंद्र पा लिए थे। एक बार फिर।

'मैं तुमसे प्रेम करता हूं, मेरी रानी,' राम धीरे से बोले।

'मैं भी आपसे प्रेम करती हूं, मेरे हृदय,' सीता ने कहा।

अशोक वाटिका, शोक रहित उपवन, वास्तव में अशोक हो गई थी।

अगले दिन का बहुत समय बीत गया था। दूसरे प्रहर का तीसरा घंटा था। और सूर्य अपने चरम पर पहुंचने वाला था।

राम और सीता ने नगर प्रशासन के महत्वपूर्ण मामलों को देखा। और फिर वो लंका की रानी मंदोदरी से मिलने गए। वशिष्ठ ने उन्हें ऐसा करने का परामर्श दिया था। क्योंकि मंदोदरी केवल एक रानी ही नहीं थीं। भारतीय उपमहाद्वीप के ऋषियों और ऋषिकाओं द्वारा सम्मान-प्राप्त मंदोदरी वैदिक मत के अग्रणी विद्वानों में से थीं।

राम और सीता उस सादगी भरी कुटिया के खुले द्वार के बाहर प्रतीक्षा कर रहे थे जो लंका की रानी का आवास था। वशिष्ठ अकेले अंदर गए थे।

भरत बुद्धिमानी से काम लेते हुए अपने भाई-भाभी के साथ इस भेंट के लिए नहीं गए थे। उन्होंने मंदोदरी के पुत्र की जान ली थी। उनके लिए भरत से मिलना उचित नहीं होता। इतनी जल्दी नहीं।

'मंदोदरीजी,' वशिष्ठ ने अपने हाथ जोड़ते हुए कहा। वो उनके पास घुटनों के बल बैठ गए और नर्मी से बोले, 'आपको जीवन में बहुत कुछ करना है। मां भारती को बहुत कुछ देना है। आप नहीं... आप नहीं जा सकतीं...'

मंदोदरी धरती पर एक सादा सी फूस की चटाई पर लेटी थीं। उन्होंने प्रायोपवेशन की प्राचीन धार्मिक परंपरा का पालन करने का निर्णय लिया था। आम प्राकृत भाषा में प्रायोपवेशन को संथारा के नाम से जाना जाता था। इस प्रण को लेने के बाद व्यक्ति स्वेच्छा से धीरे-धीरे भोजन और तरल पदार्थों की मात्रा कम करते हुए मृत्यु होने तक व्रत करता है। आध्यात्मिक रूप से, यह मानव शरीर और इसकी वासनाओं के दुर्बल होते जाने का प्रतीक है, फिर आत्मा निर्णय करती है कि इस जीवन में उसका कर्म पूरा हो गया है और उसे इससे अलग हो जाना चाहिए।

मंदोदरी ने निर्णय लिया था कि इस जीवन में उनके करने के लिए और कुछ नहीं बचा था। वशिष्ठ उनसे असहमत थे।

'वशिष्ठजी,' मंदोदरी ने अपने होंठों पर हमेशा रहने वाली कोमल मुस्कान, और संथारा के पवित्र मार्ग पर अग्रसर व्यक्ति की आभा के साथ कहा। 'मेरे पास जो था, वो मैं दे चुकी हूं। अब उनका मार्गदर्शन करने का दायित्व आपके कंधों पर है जो मां भरती को एक उद्देश्यपूर्ण राह पर लेकर जाएंगे। मेरा समय पूरा हो गया है। मेरे कर्म पूरे हो गए हैं।'

सीता धीमे से कुटिया में चली गईं। वो अपने घुटनों के बल बैठीं, मंदोदरी के पांव छुए और बोलीं। 'आपके और गुरु वशिष्ठ जैसे विद्वत्जनों के सामने मुंह खोलने के लिए मैं बहुत छोटी हूं। मगर, गुरु मंदोदरी, क्या मैं कुछ कह सकती हूं...'

'बिल्कुल, पुत्री,' मंदोदरी ने कहा।

'दुख के कारण होने वाले पक्षाघात का मतलब यह नहीं है कि व्यक्ति के कर्म समाप्त हो गए,' सीता ने कहा। 'इसका मतलब बस यह है कि व्यक्ति को दुख से पक्षाघात हो गया है। जो कि पूरी तरह समझा जा सकता है। मगर यह पक्षाघात समाप्त हो जाएगा। क्योंकि परिवर्तन और गतिशीलता जीवन का सार हैं। हमें दुख के सामने हार नहीं माननी चाहिए।'

मंदोदरी मुस्कुराईं। 'नहीं, मेरी बच्ची। दुख को कम मत आंको। यह मन में स्पष्टता ला सकता है। मेरा मन स्पष्ट है। सीखी बुद्ध के शब्द याद करो: दुख संसार का परम सत्य है।'

'यह सच है, मंदोदरीजी,' सीता ने कहा, 'लेकिन केवल संसार के दृष्टिकोण से। एक भिन्न दृष्टिकोण से, जो कि मनुष्यों का है, दुख केवल प्रेम है जो अभिव्यक्ति के लिए तरस रहा है। दुख बाधित प्रेम है। यह तब

उत्पन्न होता है जब प्रेम अवरुद्ध कर दिया जाता है, बांध के पानी की तरह। दुख उन भावनाओं से बनता है जो कहीं नहीं जा सकतीं; क्योंकि जिसके प्रति अपने प्रेम को व्यक्त करने के लिए आप तड़पते हैं, वो जा चुका होता है...'

मंदोदरी मौन रहीं। उनकी आंखें नम थीं। अवरुद्ध प्रेम से।

सीता कहती रहीं, उनकी उंगलियां अपने गले में पड़े पेंडल पर कसी हुई थीं। उनकी मां की उंगली पर। 'मैं जानती हूं आप पर क्या बीत रही है, गुरु मंदोदरी। प्रेम को प्रवाह चाहिए, क्योंकि यह आत्मा में यौवन और जीवन की ऊर्जा है। प्रेम में ठहराव नहीं होना चाहिए, क्योंकि तब यह शोकाकुल हो जाता है। जब आप किसी ऐसे को खोते हैं जिससे आप प्रेम करते हैं, जब ऐसा कोई नहीं रहता जिसे अपना प्रेम दिया जाए, तो प्रेम दुख में परिवर्तित हो जाता है। दुख हताश प्रेम है, गुरु मंदोदरी। दुख ऐसा प्रेम है जो अवसाद से बंधा है। दुख उसे न पा सकना है जिसे आप प्रेम देना चाहते हैं। उसका साथ न होना है जो आपके प्रेम को स्वीकार करे... मैं उस व्यक्ति से नहीं मिल पाई जिसे मैं अपना प्रेम देना चाहती थी... मेरी जन्मदात्री मां... मैंने उन्हें खो दिया जिन्हें मैंने प्रेम दिया था... मेरी दत्तक मां... लेकिन अब मेरे पास कोई और है। वो जो मुझे पूर्ण बनाते हैं।' सीता ने राम को देखा, जो ड्योढ़ी में मौन खड़े थे। 'मैंने प्रतीक्षा की, अपने हृदय को खोल दिया, और मेरा दुख चला गया...'

मंदोदरी ने एक गहरी सांस ली। वो अपने आंसुओं को रोकने के लिए संघर्ष कर रही थीं जो उनकी आत्मा से बह निकलने के लिए आतुर थे। क्योंकि उनके पास देने के लिए ढेर सारा प्रेम था। अपने पुत्र को देने के लिए ढेर सारा प्रेम। इंद्रजीत को।

'अपना प्रेम मुझे दे दें, माता,' राम ने कहा।

मंदोदरी ने राम को देखा। और उनके आंसू फूट पड़े। वो फूट-फूटकर रोने लगीं।

राम लंका की रानी के पास आए और अपने घुटनों पर बैठ गए। 'अपना प्रेम मुझे दे दें, मां। मैं वचन देता हूं, मैं अच्छा पुत्र बनूंगा। मैं शपथ लेता हूं कि मैं और मेरे भाई—मेरे सभी अनुयायी—हर वर्ष इंद्रजीत और कुंभकर्णजी का सम्मान करेंगे। युग-युगांत तक। यह मेरा दशरथ वचन है।'

दशरथ वचन। एक अंतहीन वादा जिसे कभी नहीं तोड़ा जा सकता था। चाहे जो भी परिस्थितियां हों। चाहे जो भी काल हो। चाहे जो भी स्थान हो।

मंदोदरी ने हाथ बढ़ाकर धीरे से राम के गाल को थपथपा दिया। जैसे कोई मां अपने बालक को शांत कर रही हो। उनके आंसू और तेजी से बहने लगे। उन्होंने शुद्धी कर दी थी।

'सब कष्ट पाते हैं, मंदोदरीजी,' वशिष्ठ ने कहा। 'कष्ट से कोई नहीं बच सकता। यही जीवन की वास्तविकता है। लेकिन स्वार्थी व्यक्ति का कष्ट सज्जन के कष्ट से भिन्न होता है। स्वार्थी अपने कष्ट में लोटते हैं, कराहते हैं, ध्यान खींचना चाहते हैं, वो चाहते हैं कि दूसरे उनसे सहानुभूति करें और उन्हें सांत्वना दें। वो अपने पीड़ित होने को लेकर आश्वस्त होते हैं। दूसरी ओर सज्जन स्वयं को पीड़ित के रूप में नहीं देखते। वो दूसरों के दुख कम करने को अपने जीवन का उद्‌देश्य बना लेते हैं। सज्जन चाहते हैं कि जिस तरह उन्होंने कष्ट पाया है उस तरह किसी और को कष्ट न पाना पड़े। जिस तरह से उसने कष्ट पाया था जिससे वो प्रेम करते थे। स्वार्थी का कष्ट संसार को हानि पहुंचाता है। सज्जन का कष्ट दुनिया को बेहतर स्थान बनाता है।'

मंदोदरी शांत थीं। लेकिन उनकी आंखों में एक नई समझ झलक रही थी। वशिष्ठ की बातें उनके मन में उतर रही थीं।

'इस संसार में रहें, मंदोदरीजी। इसे एक बेहतर स्थान बनाएं।'

——jf J5D——

चारों में से तीन भाई और सीता कांच से बंद गोल खिड़कियों से चिपके हुए अपने घर को देख रहे थे। अपने प्रिय घर को। चौथे भाई शत्रुघ्न एक पुस्तक पढ़ रहे थे।

पुष्पक विमान विशाल महानहर के ऊपर उड़ रहा था जो अयोध्या की सुदृढ़ चारदीवारी के चारों ओर थी। इसे कुछ शताब्दी पहले सम्राट अयुतायुस के शासन में बनाया गया था। सरयु नदी से पानी खींचकर बहुत कौशल के साथ बनाई गई महानहर के आयाम लगभग अलौकिक थे। यह पचास क़िलोमीटर से अधिक क्षेत्र में फैली हुई थी और अयोध्या नगर की तीसरी और सबसे बाहरी दीवार के चारों ओर बनी थी। चौड़ाई

में भी अतिविशाल इस नहर का किनारे से किनारे तक का विस्तार ढाई किलोमीटर के लगभग था। यह अद्भुत थी। और राम, सीता और लक्ष्मण के लिए तो यह दृष्ट अतींद्रिय था। अवर्णनीय। इस भव्य दृश्य को उन्होंने चौदह वर्ष से अधिक समय बाद निहारा था।

सूर्य धीरे-धीरे अस्त होने लगा था। शाम ढल चुकी थी। मगर अयोध्या के निवासी उल्लास के साथ उत्सव मना रहे थे। हर घर में दीपक जल रहे थे—अंदर, ड्योढ़ियों पर, बरामदों में, और उनकी छतों और चबूतरों की कगारों पर। दुर्ग की तीनों दीवारों की प्राचीर पर बड़े जतन से दीपक सजाकर जलाए गए थे। हवा में आतिशबाजी की गूंज और प्रकाश भरा था, जिन्हें नगर के विभिन्न उपवनों में लगातार चलाया जा रहा था।

उनके राजा-रानी वापस आ रहे थे। राम और सीता घर आ रहे थे।

शुभ काल में यह एक विशेष दिन था। पारंपरिक पांच दिवसीय उत्सव का तीसरा दिन जब अधिकांश धार्मिक पंथों के किसी वृतांत का उत्सव मनाया जाता है: देवी मां, महादेव, विष्णु, जैन तीर्थंकर, सीखी बुद्ध; सबका प्राचीन काल से ही उत्सव मनाया जाता है। अब से एक और जुड़ जाएगा। हमेशा के लिए। इस गुलदस्ते में राम और सीता की कहानी भी सजा दी गई थी। अयोध्यावासी तब यह नहीं जानते थे, लेकिन उन्होंने अपने लोगों, अपने देश, अपनी संस्कृति के लिए एक प्रकाशमान परंपरा आरंभ कर दी थी। आने वाले युगों के लिए। क्योंकि यह पहली दीवाली का दिन था। और जब तक भारत सांस लेगा, यह इस दिन को पूरी सजधज और तड़क-भड़क के साथ मनाएगा।

राम ने सीता का हाथ पकड़ लिया था, दोनों अपने नगर को देख रहे थे। विस्मय और कौतुक से। और प्रेम से भरे हृदयों से।

'उर्मिला महल में तुम्हारी प्रतीक्षा कर रही हैं, लक्ष्मण,' भरत ने कहा।

लक्ष्मण ने अपने भाई को देखा और खुलकर मुस्कुरा दिए। उन्होंने चौदह वर्ष से अपनी पत्नी को नहीं देखा था। वो उनसे फिर से मिलने को व्याकुल थे।

राम ने सुनिश्चित किया था कि वो उन सभी वचनों का मान रखेंगे जो उन्होंने इंद्र के द्वंद्व के दिन रावण को दिए थे।

रावण, कुंभकर्ण और इंद्रजीत के शरीरों की पुआल से बनी प्रतिकृतियों को उनके मृत्यु-मुखौटों से सजाया गया था और राम ने उन्हें चिता की पवित्र अग्नि के सुपुर्द किया था। उनके शवों को पूरे राजकीय सम्मान के साथ उस स्थल पर दफना दिया गया था जहां उनके जन्म पर उनकी गर्भनाल दफनाई गई थीं: सिनौली में। उन्होंने वेदवती की उंगली के अवशेष को—जो रावण ने मृत्यु से पहले उन्हें दिया था—सीता को दे दिया। सीता ने उस अवशेष को रावण के कब्र कक्ष में उसके शरीर के पास रख दिया था। लंका का राजा वेदवती का हाथ पकड़कर पितृलोक गया था। मारीच, रावण के मामा, को भी सिनौली में दफनाया गया था।

राम ने एक वचन दिया था: कि वो अपने तीनों शत्रुओं की देह की अंत्येष्टि के अनुष्ठान को इंद्रजीत की बरसी पर दोहराएंगे; आश्विन मास में शुक्ल पक्ष के दसवें दिन। हर वर्ष। उनके भाइयों ने उन्हें याद दिलाया कि उन्होंने मंदोदरी को केवल कुंभकर्ण और इंद्रजीत को इस तरह सम्मानित करने का वचन दिया था। तो रावण को क्यों शामिल करें? अपनी विशिष्ट सदाशयता से राम ने दोहरा दिया था: *मरणान्तानि वैराणि।*

राम ने अपने व्यक्तिगत कोश से वैद्यनाथ में वेदवती के नाम से स्थापित चिकित्सालय के लिए एक अक्षयनिधि का निर्माण किया। यह चिकित्सालय के सभी व्ययों को पूरा करती थी।

रावण के वाद्य यंत्रों को अरिष्टनेमी अगस्त्यकूटम ले गए और उन्हें अन्नपूर्णा देवी को सौंप दिया। वाद्य यंत्रों के संग्रह में प्रतिभाशाली रावण द्वारा आविष्कृत रावणहत्था भी शामिल था। उसकी सभी पुस्तकें उस व्यक्ति को दे दी गईं जो उन्हें सबसे अधिक सराहते थे: शत्रुघ्न। वास्तव में, वो अभी एक पढ़ रहे थे, आसपास के कोलाहल से बेपरवाह।

रावण की एक अंतिम इच्छा को पूरा करना विशेष रूप से कठिन हो रहा था। उसने मांग की थी कि विभीषण को लंका का राजा न बनाया जाए। मगर, राम तो विभीषण को पहले ही वचन दे चुके थे कि उन्हें सिंहासन पर बिठाया जाएगा। राम अपना वचन कभी नहीं तोड़ेंगे। लेकिन उस समय आप क्या करें जब दो वचन एक दूसरे के आड़े आ रहे हों?

सदा से व्यावहारिक रहे भरत ने एक समाधान खोज निकाला। एक अधिवक्ता की सी रचनात्मक वाकपटुता के साथ उन्होंने कहा कि रावण ने केवल यह मांग की थी कि विभीषण को सारी लंका का राजा न बनाया

जाए। इसलिए उन्होंने लंका का विभाजन कर दिया। गोकर्ण के तटीय नगर और इसके आसपास के क्षेत्रों को एक स्वतंत्र गणराज्य बना दिया गया, जिसे, सप्त सिंधु में शाक्य, वज्जी और अन्यों द्वारा स्थापित लोकतांत्रिक परंपराओं के अनुरूप, इसके उद्यमी संघों और नागरिकों द्वारा चलाया जाना था। लंका बस सिगिरिया और द्वीप के पश्चिमी तट तक सीमित रह गई थी। और विभीषण को इस कटे-छंटे क्षेत्र का राजा बना दिया गया। इस तरह, भरत की चतुराई से राम ने विभीषण को दिए गए अपने वचन का मान रखा, साथ ही इंद्र के द्वंद्व में रावण से किए गए प्रण को भी पूरा किया।

रावण की शीघ्रता में लिखी अंतिम इच्छा का भी सम्मान किया गया था। मंदोदरी अब लंका में नहीं रहना चाहती थीं। वो अब पुष्पक विमान में पीछे बैठी वशिष्ठ के साथ गहन चर्चा में लीन थीं।

भरत ने कहा, 'दादा, रावण की एक अंतिम इच्छा, जिसे आपने अभी तक पूरा नहीं किया है, वो यह सुनिश्चित करना है कि भाभी और आपकी कहानी में उन्हें भी रखा जाए!'

सीता हंस पड़ीं। 'रावणजी और उनके अहंकार पर विश्वास है कि उन्होंने इस तरह की मांग रखी है।'

राम ने सीता को, वेदवती की पुत्री को देखा। उनकी आंखें उनके गले में लटके उंगली की अस्थि के पेंडल पर पड़ी। वेदवती, सीता की जन्मदात्री मां का चिह्न। वो मुस्कुराए। 'कोई भी मांग रखना उनका अधिकार था। लेकिन यह मेरे हाथ में नहीं है। यह तो कथाकारों पर है।'

'तब तो उन्हें निश्चय ही स्थान मिलेगा!' भरत ने हंसते हुए कहा। 'विकृत, अभिशप्त पात्रों के साथ जीना भयंकर होता है। लेकिन उन्हें पढ़ना अद्‌भुत होता है। कहानीकार तो उसी उत्साह से ऐसे पात्रों की खोज नें रहते हैं जैसे कोई भटका हुआ पोत भूमि को खोजता है!'

राम, सीता, भरत और लक्ष्मण हंसने लगे।

एक घोषणा ने उन्हें सूचित किया कि विमान शीघ्र ही उतरने वाला था। सारे भाई और सीता अपने स्थानों पर वापस चले गए और उन्होंने अपने आसनों के बंधन कस लिए।

'आपके विचार में हम पर पहला आक्रमण कौन करेगा?' भरत ने राम और सीता से पूछा।

'अब कोई हम पर आक्रमण क्यों करेगा?' लक्ष्मण ने पूछा।

'हमारे असली शत्रु रावण नहीं थे, लक्ष्मण,' भरत ने कहा। 'वो तो बस एक सीढ़ी थे। उनकी पराजय ने विष्णु...' भरत रुके, और फिर अपनी बात जारी रखने से पहले उन्होंने राम और सीता दोनों की ओर संकेत किया, 'विष्णु दिए, वो प्रभामंडल जो और अधिक महत्वपूर्ण काम करने के लिए उन्हें चाहिए।'

'कैसे और अधिक महत्वपूर्ण काम?'

'उनका असली उद्देश्य: मां भारती का पुनरोत्थान। ये केवल अयोध्या के लिए ही नहीं, बल्कि भारत के लिए विष्णु हैं। सारे भारत के लिए। और यह लंबा संघर्ष होगा। हम शासक वर्गों में अनेक निहित हितों वाले लोगों को आहत करेंगे।'

'मुझे विश्वास है हम कुलीन वर्ग में सहयोगी बना सकते हैं,' राम ने कहा।

'मुझे विश्वास है कि हम बना सकते हैं,' सीता ने कहा। 'लेकिन जब हम सामान्यजनों के लिए काम करते हैं तो सहयोगी भी हमारे विरुद्ध हो जाते हैं। पुराने सामंती हित शायद ही कभी सामान्यजनों के हितों से मेल खाते हैं।'

'यह संघर्ष होगा,' राम ने कहा। 'शायद लंबा संघर्ष। लेकिन हम विजयी होंगे। मां भारती के कल्याण के लिए।'

'हम्म,' सीता ने कहा। 'हमें बहुत सारे काम करने होंगे।'

'और कथाकारों के बताने के लिए और भी बहुत कुछ होगा!' भरत हंसने लगे।

शत्रुघ्न मुस्कुराए और उन्होंने उस पुस्तक से एक उद्धरण सुनाया जो वो पढ़ रहे थे। 'कथता अद्यपि अवशिष्टा रे वयस्य।'

यह प्राचीन संस्कृत थी। *कहानी अभी समाप्त नहीं हुई है, मेरे मित्र!*

सब लोग हंस पड़े।

'बढ़िया कहा, शत्रुघ्न!' राम ने कहा। 'कहानी अभी समाप्त नहीं हुई है।'

'लेकिन अभी तो, हम विश्राम करेंगे,' सीता ने कहा। 'यह भले ही चरमोत्कर्ष का अंत न हो, लेकिन यह निश्चय ही एक अच्छा उपान्तिम अंत है!'

अन्नपूर्णा ने रावणहत्था एक ओर रख दिया।

विश्वामित्र ने पलक झपकाकर अपने आंसुओं को दूर किया। राग ने उनके अंतरतम को छू लिया था और फिर उनकी आत्मा में गहरे उतरकर कई जीवनकालों पहले की भावनाओं को उभार दिया था। अन्नपूर्णा ने रावणहत्था जैसे सीधे-सरल से वाद्य-यंत्र पर माल्कौंस जैसा जटिल राग बजाया था। 'केवल आपके समान दिव्य कौशल वाला कोई ही इस सीधे-सरल से वाद्य-यंत्र पर माल्कौंस बजा सकता है, अन्नपूर्णाजी। आपको सच में देवी सरस्वती का वरदान प्राप्त है।'

विश्वामित्र और अन्नपूर्णा अगस्त्यकूटम में परशुरामेश्वर मंदिर के सौ स्तंभों वाले कक्ष में थे। वो अपने आवास से बाहर निकली थीं। क्योंकि, रावण की मृत्यु के साथ, उनका प्रण भी समाप्त हो गया था। अब वो अपने घर से निकल सकती थीं। और विश्वामित्र ने उन उपहारों से उन्हें प्रसन्न कर दिया था जो अरिष्टनेमी लेकर आए थे: स्वयं रावण के संगीत यंत्र।

'यह तो इस यंत्र का जादू है, गुरुजी,' अन्नपूर्णा ने कहा। 'यह सीधा-सरल दिखता है, लेकिन रावणहत्था में रावण की दिव्य प्रतिभा का संगीतात्मक स्वरावरोह है। देवी सरस्वती की असली कृपा उन पर थी, मुझ पर नहीं।'

विश्वामित्र मुस्कुराए और उन्होंने दोनों हाथ जोड़ दिए। 'ज्ञान की देवी की कृपा किसी पर भी रही हो, मगर मैं सच में स्वयं को भाग्यवान समझ रहा हूं कि मैंने रावणहत्था पर इस राग को सुना।'

अन्नपूर्णा ने भी हाथ जोड़े और मुस्कुरा दीं। उन्होंने अपने दाईं ओर, अगस्त्यकूटम के नागरिकों की ओर देखा जो मंदिर के बाहर प्रतीक्षा कर रहे थे। अरिष्टनेमी भी उनके बीच खड़े थे। उन्होंने भी उनके वाद्य-यंत्र के उच्च सुरों को एकदम स्पष्ट सुना था। और उस राग का आनंद लिया था जो उन्होंने अभी-अभी बजाया था। लेकिन वो विश्वामित्र और उनके बीच हुई बातों को नहीं सुन पाए थे। उन्होंने बहुत धीमे स्वर में बात की

थी। अन्नपूर्णा ने मलयपुत्र प्रमुख को देखा। 'आप क्या योजना बना रहे हैं, गुरुजी?'

'मैं आपका प्रश्न नहीं समझा, अन्नपूर्णाजी।'

'जिस ढंग से सीता का समाचार रावण के कानों तक पहुंचा था, उसकी मुझे भली-भांति जानकारी है, गुरुजी,' अन्नपूर्णा ने मुस्कुराते हुए कहा। 'और मैंने भी साथ दिया। क्योंकि जब मेरे पास जाने के लिए कोई स्थान नहीं था तो आपने मुझे शरण दी थी। धर्म के सर्वोच्च नियमों में से एक उस ऋण को याद रखना है जो हमारे ऊपर उनका होता है जो हमारी सहायता करते हैं।'

विश्वामित्र पल भर को ठहरे, लगभग ऐसे जैसे माप रहे हों कि अन्नपूर्णा पर कितना विश्वास कर सकते थे। निर्णय लेकर वो बोले। 'आप रावण के बारे में क्या सोचती थीं?'

'एक प्रतिभाशाली मूर्ख। ईश्वर ने उसे इतनी उत्कृष्ट क्षमताएं दी थीं जिसका चरित्र उन्हें संभालने के योग्य नहीं था। उसकी प्रतिभाएं उसके लिए वरदान नहीं थीं; वो उसका अभिशाप थीं। लेकिन इस सबके बाद भी, मुझे विश्वास है कि उसमें कुछ अच्छाई भी थी।'

'हम्म... और राम के बारे में क्या सोचती हैं?'

'एक अच्छे पुरुष। वो सज्जन हैं। इतने सज्जन कि यह विश्वास करना कठिन हो जाता है कि वो वास्तविक हैं।'

विश्वामित्र भावहीन रहे। 'हम्म।'

'और रावण मर चुका है।'

'हां, रावण मर चुका है।'

'तो, आप क्या योजना बना रहे हैं, गुरुजी?'

'दिवोदास को लगता है अब उसका नियंत्रण है।'

अन्नपूर्णा विश्वामित्र के जीवन के बारे में इतना जानती थीं कि उन्हें यह पता था कि दिवोदास उनके बचपन के मित्र वशिष्ठ, जो अब उनके सबसे बड़े शत्रु थे, का गुरुकुल का नाम था। 'और ऐसा नहीं है?'

'नहीं, ऐसा नहीं है।'

'आप ऐसा क्यों कह रहे हैं?' अन्नपूर्णा ने दिलचस्पी लेते हुए पूछा।

'पहली बात, मैंने किसी को ठीक अयोध्या के केंद्र में स्थापित कर दिया है। भेडा परिवार के मृगस्य को।'

अन्नपूर्णा हतप्रभ रह गईं। उन्हें इसका पता नहीं था। 'क्या मृगस्य भेडा है?'

'हां। और, उससे भी महत्वपूर्ण, दिवोदास के पास केवल उसका बहुमूल्य राम और अयोध्या का राज्य है। मेरे साथ दस राजा हैं।'

अन्नपूर्णा आगे को झुककर उत्सुकता से विश्वामित्र की योजना सुनने लगीं।

'शांति का काल होगा, मुझे संदेह है,' मंदोदरी ने कहा। 'मगर वो बहुत लंबे समय नहीं रहेगा।'

'नहीं, शांति काल लंबा नहीं होगा,' वशिष्ठ सहमत थे। 'लंबा शांति काल केवल सारे युद्धों को समाप्त करने वाले युद्ध के बाद ही होता है... ऐसे युद्ध के बाद जो समस्याओं को इतने व्यापक ढंग से सुलझाता है कि पराजित होने वाला कुलीन वर्ग अपनी नियति को स्वीकार कर लेता है।'

यह पहली दीवाली के बाद की सुबह थी और वशिष्ठ एवं मंदोदरी अपनी सुबह की पूजा करने के लिए महानहर पर आए थे। पूजा पूरी करने के बाद, उन्होंने अपने अंगरक्षकों से कुछ दूर रहकर प्रतीक्षा करने के लिए कहा और महानहर के भीतरी तट के साथ जा रहे भव्य चबूतरे पर टहलने लगे।

'सभी युद्धों को समाप्त करने वाला युद्ध,' मंदोदरी ने कहा। 'हां, युद्धों और संपत्ति के बीच अंतर होता है।'

वशिष्ठ ने दिलचस्पी से उन्हें देखा।

'बहुत पहले एक पुस्तक में मैंने यह कथन पढ़ा था,' मंदोदरी ने कहा। 'जिसे हमारे सुदूर पश्चिम में शॉपेनहॉवर नामक एक दार्शनिक ने लिखा था। "संपत्ति समुद्री जल की तरह है; जितना हम पीते हैं, उतने ही प्यासे हो जाते हैं," उन्होंने लिखा था।'

वशिष्ठ हौले से हंसे। 'यह तो सच है।'

'और यहीं युद्ध भिन्न हो जाता है। जितना अधिक युद्ध होगा, लोग उससे उतना ही उकता जाएंगे। अतिशय युद्ध लंबे शांति काल की परिस्थितियां उत्पन्न करता है। शांति जो कम से कम कुछ पीढ़ी चलेगी।'

'सच है...'

'और एक नई सामाजिक व्यवस्था केवल तभी सामने आती है जब पुरानी सामाजिक व्यवस्था का कुलीन वर्ग पूरी तरह समर्पण कर देता है।'

'और ऐसा नहीं हुआ है... पुराना कुलीन वर्ग भारत में अभी भी प्रबल है। उन्हें व्यापक रूप से परास्त करना होगा। उन्हें नए कुलीन वर्ग से भय खाना होगा। केवल तभी वो नई व्यवस्था को स्वीकार करेंगे। क्योंकि भय प्रेम की जननी है। लेकिन हम अभी तक वहां नहीं पहुंचे हैं।'

'हां... हम अभी वहां नहीं पहुंचे हैं। लेकिन एक बार वो पूरी तरह परास्त हो गए, और नए तौर-तरीकों को स्वीकार कर लेते हैं, तो हमारे पास दो श्रेष्ठ अगुआ है जो उस नई सामाजिक व्यवस्था को गढ़ेंगे।'

'तीन, अगर आप सोचें तो।'

'तीन?'

'हां। राम, सीता और भरत... सुदास, भूमि और वसु।'

'ये उनके गुरुकुल के नाम थे?' मंदोदरी ने पूछा।

'हां,' वशिष्ठ ने उत्तर दिया। 'हमारे पास हमारी त्रयी है। हमारी नई त्रयी।'

'हम्म। और वो नई व्यवस्था गढ़ेंगे। वो मां भारती के गौरव को फिर से स्थापित करेंगे।' मंदोदरी ने वशिष्ठ को देखा और मुस्कुरा दीं, उनकी आंखें चमक रही थीं। 'यद्यपि हमें अभी भी सभी युद्धों को समाप्त करने वाला युद्ध जीतना होगा।'

'अरे, वो तो हम जीत लेंगे। देवतागण हमारे साथ हैं। और हमारे तीनों नायक निश्चय ही "पवित्र जीवन का देश" रचेंगे।'

'उन्होंने उसका नाम मेलूहा रखने का निर्णय लिया है ना?'

'हां, यही नाम है। और उस पूर्ण साम्राज्य को बनाने में उनकी सहायता करना ही मेरे जीवन का लक्ष्य और उद्देश्य है। वो मेरी अंतिम यात्रा होगी। अंतिम कहानी जो लिखी जाएगी। एक बार यह लिख ली

जाए, तो मेरे जीवन का उद्देश्य पूरा हो जाएगा। मैं शांति से जा सकूंगा... मैं शांति से जाऊंगा... इस लंबी शृंखला की अंतिम कहानी... मेलूहा के उत्थान की कहानी।'

...क्रमशः

अनुवादक के बारे में

शुचिता मीतल एक लम्बे समय से भारतीय अनुवाद परिषद एवं यात्रा बुक्स से जुड़ी हुई हैं। उन्होंने नमिता गोखले की *शकुंतला*, संजीव सान्याल की *मंथन का सागर*, अमीश की *वायुपुत्रों की शपथ*, *रावण*, नीलिमा डालमिया आधार की *कस्तूरबा की रहस्यमय डायरी* समेत पच्चीस से अधिक पुस्तकों का अनुवाद किया है।

अमीश की अन्य किताबें

शिव रचना त्रयी

भारतीय प्रकाशन इतिहास में सबसे तेज़ी से बिकने वाली पुस्तक शृंखला

मेलूहा के मृत्युंजय

(शिव रचना त्रयी की किताब 1)

1900 ईसापूर्व। जिसे आधुनिक भारतीय ग़लती से सिंधु घाटी की सभ्यता कहते हैं, उसे उस समय के निवासी मेलूहा की भूमि—एक सम्पूर्ण साम्राज्य जिसकी स्थापना प्रभु श्रीराम ने कई शताब्दियों पूर्व की थी—के रूप में जानते थे। अब उनकी प्राथमिक नदी सरस्वती मृतप्राय होती जा रही है, और वे पूर्व दिशा में अपने शत्रुओं द्वारा किये जा रहे आतंकवादी हमलों का सामना कर रहे हैं। क्या उनके प्रसिद्ध महानायक नीलकंठ बुराई के नाश के लिए अवतरित होंगे?

नागाओं का रहस्य

(शिव रचना त्रयी की किताब 2)

कुटिल नागा योद्धा ने अपने मित्र बृहस्पति की हत्या कर दी है और अब उसकी पत्नी सती के पीछे पड़ा है। शिव, जो बुराई के प्रसिद्ध विनाशक हैं, अपने राक्षसी विरोधियों को ढूँढ़ लेने तक चैन से नहीं बैठेंगे। प्रतिशोध की प्यास उन्हें सर्प प्रजाति के लोगों नागाओं के द्वार तक ले जायेगी। शिव रचना त्रयी की दूसरी किताब में, भयंकर युद्ध लड़े जायेंगे और कुछ चौंकाने वाले रहस्यों से पर्दा उठेगा।

वायुपुत्रों की शपथ

(शिव रचना त्रयी की किताब 3)

शिव नागाओं की राजधानी पंचवटी तक जा पहुँचते हैं, और अपने वास्तविक शत्रु के विरुद्ध धर्मयुद्ध की तैयारी करते हैं। नीलकंठ नाकाम नहीं हो सकते चाहे इसकी जो भी क़ीमत चुकानी पड़े। अपनी हताशा में, वे वायुपुत्रों से सम्पर्क करते हैं। क्या वे सफल हो पायेंगे? और बुराई से लड़ने की वास्तविक क़ीमत क्या होगी? इन सभी रहस्यों का जवाब पाने के लिए इस बैस्टसैलिंग शिव रचना त्रयी का अन्तिम भाग पढ़ें।

राम चंद्र श्रृंखला

भारतीय प्रकाशन इतिहास में दूसरी सबसे तेज़ी से बिकने वाली पुस्तक श्रृंखला

राम—इक्ष्वाकु के वंशज

(श्रृंखला की किताब 1)

वे अपने देश से प्रेम करते हैं और क़ानून के लिए अकेले डटकर खड़े रहते हैं। उनके भाई, उनकी पत्नी सीता, और अराजकता के अँधकार के विरुद्ध लड़ाई। वे हैं राजकुमार राम। क्या वे दूसरों द्वारा उन पर उछाली गयी कीचड़ से उबर पायेंगे? क्या सीता के प्रति उनका प्रेम उन्हें उनके संघर्षों से पार लगा सकेगा? क्या वे उस राक्षस राजा रावण को हरा पायेंगे जिसने उनका बचपन नष्ट कर दिया था? क्या वे विष्णु की नियति को पूरा कर पायेंगे? अमीश की नयी राम चंद्र श्रृंखला के साथ एक और ऐतिहासिक सफ़र की शुरुआत करें।

सीता—मिथिला की योद्धा

(श्रृंखला की किताब 2)

खेतों में एक परित्यक्त बच्ची मिलती है। उसे दूसरों द्वारा नज़रअन्दाज़, कमज़ोर राज्य मिथिला के शासक गोद ले लेते हैं। किसी को विश्वास नहीं है कि यह बच्ची कुछ विशेष कर पायेगी। लेकिन वे ग़लत हैं। क्योंकि वह कोई साधारण लड़की नहीं है। वे सीता हैं। एक अनोखी बहु-रेखीय कथा शैली के माध्यम से, अमीश आपको राम चंद्र श्रृंखला के ऐतिहासिक जगत की गहराइयों में और अन्दर तक ले जाते हैं।

रावण—आर्यवर्त का शत्रु

(श्रृंखला की किताब 3)

रावण मनुष्यों में विशालतम बनने, विजयी होने, लूटपाट करने, और उस महानता को हासिल करने के लिए दृढ़संकल्प है जिसे वह अपना अधिकार मानता है। वह विरोधाभासों, नृशंस हिंसा और अथाह ज्ञान से भरपूर व्यक्ति है। ऐसा व्यक्ति जो प्रतिदान की आशा के बिना प्रेम करता है और बिना पश्चाताप हत्या कर सकता है। *राम चंद्र श्रृंखला* की इस तीसरी किताब में, अमीश ने लंका के राजा रावण के व्यक्तित्व के विभिन्न पहलुओं को उभारा है। क्या वह इतिहास का सबसे बड़ा खलनायक है या परिस्थितियों का मारा?

कथेतर

अमर भारत

भारत को खोजें देश के कहानीकार अमीश के साथ, जो आपको तीखे लेखों, स्पष्ट भाषणों और बुद्धिमत्तापूर्ण बहस के द्वारा देश को एक नये ढंग से समझने में मदद करते हैं। *अमर भारत* में, अमीश आकर्षक रूप से आधुनिक दृष्टिकोण के साथ एक प्राचीन संस्कृति का विस्तृत ख़ाका खींचते हैं।

धर्म

अमीश और भावना भारतीय दर्शन की कुछ मुख्य अवधारणाओं को खंगालने के लिए भारत के प्राचीन महाकाव्यों के अनमोल ख़ज़ाने के विशाल और जटिल संसार में गहरे उतरते हैं। हम सही और ग़लत में कैसे भेद कर सकते हैं? उत्तर निहित हैं हमारी इन मनपसंद कहानियों की सीधी-सरल और ज्ञानपूर्ण व्याख्याओं में, जो प्रस्तुत कर रहे हैं बहुत प्यारे ऐसे काल्पनिक पात्र जिन्हें जानने में आपको बहुत आनंद आएगा।

भारत गाथा

महाराजा सुहेलदेव

गज़नी के महमूद के लगातार हमले भारत के उत्तरी क्षेत्रों को कमज़ोर कर देते हैं और कई पुराने साम्राज्य खत्म हो जाते हैं। इसके बाद तुर्क देश के सबसे पवित्र मन्दिरों में से एक, सोमनाथ में भगवान शिव के भव्य मन्दिर पर हमला कर उसे नष्ट कर देते हैं। भारी निराशा से भरे इस काल में एक योद्धा राष्ट्र की रक्षा के लिए सामने आता है। *महाराजा सुहेलदेव*—एक प्रचंड विद्रोही, एक करिश्माई नेता, एक पक्का देशभक्त। साहस और वीरता की इस रोनांचक महागाथा को पढ़िये, जो शेर के सामान उस निडर योद्धा की कहानी और बहराइच के महासंग्राम की याद दिलाती है।

30 Years *of*

HarperCollins *Publishers* India

At HarperCollins, we believe in telling the best stories and finding the widest possible readership for our books in every format possible. We started publishing 30 years ago; a great deal has changed since then, but what has remained constant is the passion with which our authors write their books, the love with which readers receive them, and the sheer joy and excitement that we as publishers feel in being a part of the publishing process.

Over the years, we've had the pleasure of publishing some of the finest writing from the subcontinent and around the world, and some of the biggest bestsellers in India's publishing history. Our books and authors have won a phenomenal range of awards, and we ourselves have been named Publisher of the Year the greatest number of times. But nothing has meant more to us than the fact that millions of people have read the books we published, and somewhere, a book of ours might have made a difference.

As we step into our fourth decade, we go back to that one word – a word which has been a driving force for us all these years.

Read.